父亲王开疆，字启黄，在日本早稻田大学法科毕业回国后留影。1940年因抗日牺牲。

母亲李荪，字蕙华。这是她1933年时的照片，她1969年在上海病故。

2012年，一批王氏族人在家乡江苏如东北坎祭扫先人时合影留念。

岳父凌铁庵（凌昭）在台湾去世遗嘱归葬，统战部门举行盛大归葬仪式，安葬于安庆"三胞公墓"。

哥哥王宏济，中国军事维修工程奠基人，七届全国人大代表、全军英模代表，与嫂凌克庄、侄王捷合影。他2016年7月24日病逝于北京301医院。

前排左起三妹李淑、大妹王宏洛、二妹王宏淡、五妹赵平萍；后排为妹夫罗经国、陈聘珍、陈裕德、马正立。

作家、好友陈祥志一家。

旅美作家冰凌在美国曼哈顿，他于2012年8月曾代表全美中国作家联谊会回国将"东方文豪终身成就奖"颁给蒋子龙、马识途和王火。

第十卷

九十回眸

王火文集

四川文艺出版社

图书在版编目（CIP）数据

王火文集. 第十卷，九十回眸 / 王火著. —成都：四川文艺
出版社，2017.4
ISBN 978-7-5411-4632-9

Ⅰ. ①王… Ⅱ. ①王… Ⅲ. ①中国文学－当代文学－作品
综合集②纪实文学－作品集－中国－当代　Ⅳ. ①I217.2

中国版本图书馆 CIP 数据核字（2017）第 067492 号

王火文集 ｜ 第十卷

JIUSHI HUIMOU

九十回眸

王　火　著

责任编辑　燕啸波　奉学勤
编辑统筹　周　轶　彭　炜
封面设计　叶　茂
版式设计　史小燕
责任校对　文　诺
责任印制　唐　茵等

出版发行　四川文艺出版社（成都市槐树街 2 号）
网　　址　www.scwys.com
电　　话　028-86259287（发行部）　　028-86259303（编辑部）
传　　真　028-86259306

邮购地址　成都市槐树街 2 号四川文艺出版社邮购部　610031
排　　版　四川胜翔数码印务设计有限公司
印　　刷　成都东江印务有限公司
成品尺寸　149mm×210mm　1/32
印　　张　20　　　　　　　　　　字　　数　520 千
版　　次　2017 年 6 月第一版　　　印　　次　2017 年 6 月第一次印刷
书　　号　ISBN 978-7-5411-4632-9
定　　价　156.00 元

目 录

九十回眸

第一辑　早年记事

我的父亲王开疆

我的父亲王开疆，20世纪40年代初就有报纸评论曰："他摆脱敌伪囚禁，冒险逃出魔窟，用行动表示抗日决心，拆穿了敌伪想盗用他名义装饰门面的可能手段。当时，汪逆精卫正在筹建伪政府要演出还都南京的丑剧。王开疆先生以他壮烈的死，给日寇和汉奸们一个巨大的打击。"

河北人民出版社1991年出版的《民国人物大辞典》上关于父亲的词条全文如下：

> 王开疆（1890—1940），字启黄，江苏如皋人，1890年（清光绪十六年）生，1912年夏，考入上海中国公学习政法，毕业后赴北京考取法官。1916年回上海，任《民国日报》律师，后东渡日本，入东京早稻田大学深造。1920年毕业后回上海，开设律师事务所，并担任《民国日报》律师，又在上海大学、复旦大学、南方大学、暨南大学等校开课讲授法律，与徐谦等人创办法政大学。南京国民政府建立后，任国民政府法官惩戒委员会秘书长、国民政府中央公务员惩戒委员会委员。1937年当选国民大会代表。抗战爆发后，1939年拒任汪伪中央委员、伪司法部长等职务，被汪软禁。1940年2月9日挈子逃出赴香港，中途被汉奸跟踪，激于义愤，投海自尽，年50岁。

1991 年第 4 期《江苏民革》"纪念辛亥革命八十周年专辑"中有《爱国志士王开疆》一文如下：

王开疆，字启黄（1890－1940），江苏如东县（原如皋县——编者注）北坎镇人。王开疆幼年时由于贫困和受压迫，使他少时便萌发救国救民的意愿。15 岁背井离乡，自荐于一代名流张謇门下。张謇对王开疆几经考察，委王开疆为南通县渔团团练，时王开疆年仅 16 岁。

后来张謇欲调王开疆到垦牧公司任要职，王开疆关心国家命运心切，决定去上海考大学。张謇多方资助，以壮其行，对王开疆后来的进步，起了很大的推动。

王开疆剪辫去沪考入中国公学法律系半工半读，成绩优异。此间他结识了正在沪从事反帝反封建的民族民主革命的章太炎、马相伯、于右任、邵力子等，后遂拥护并参加了辛亥革命。他设律师事务所于南京、上海、苏州等地，是我国最早的律师事务所之一。

1916 年前后，他积极参加讨袁斗争。在报上撰写讨袁文章，公开演讲反袁，遭袁的势力暗杀，险些丧命。当时上海曾出现悬赏捉拿王开疆的通缉令。他转入地下继续从事秘密反袁斗争，险遭逮捕，脱险后东渡日本避难，并在早稻田大学法政科深造。回国后仍致力于政法教育事业，与友人共同恢复了具有革命传统的中国公学。王开疆先后在中国公学、南方大学任商科主任、法律系主任，并兼任上海大学、暨南大学等校教授。继又协同辛亥革命名士徐谦，创办了上海法政大学，徐为校长，王开疆任校董和法律教授，并一度任校长。王开疆还曾与友人在南京创办了文化学院。"七君子"之一的史良、瞿秋白夫人杨之华均系王开疆的得意门生。

当时邵力子在上海创办《民国日报》鼓吹革命，常遭租界帝国主义干涉，甚至被迫停刊。王开疆数次以律师身份与租界当局理直气壮在法庭上抗争，终使《民国日报》复刊。

1926 年北伐胜利后，于右任出任监察院长，提请任命王开疆为国民政府法官惩戒委员会秘书长。后又被特任为国民政府中央公务员惩戒委员会专任委员（至 1937 年初卸任）。1936 年王开疆当选国大代表。抗战爆发后，王开疆与友人创办三吴大学，掩护抗日救亡活动。他曾写下悲壮的自励七律《伤时》一首："镜里才觑白发新，梦中又听铁蹄声。山河破碎空悲切，孤岛沦亡暂寄身。宗悫长风须振奋，元龙豪气敢消沉。沧江岁晚浑无赖，且把行吟涤泪襟。"体现了他忠贞爱国之心。此期间，汪逆曾多次威逼王开疆就范，他正气凛然，终为汪伪极司斐尔路 76 号特务绑架幽禁。1940 年春节拂晓，他乘敌伪戒备疏忽，买通守卫，在有关地下工作人员的秘密保护下，逃出 76 号特务机关，化装登上荷兰"芝沙连加号"邮船潜赴香港。次日王开疆在船上失踪。一说系他蹈海明志（因留有字条）以身殉国，一说是日伪电台广播所传已将王开疆劫回杀害。

1988 年出版的《江苏文史资料》和 1987 年 1 月出版的《如东文史资料》第 1 辑上有《王开疆传略》。1988 年 4 月 25 日北京《团结报》（第 882 号）上有邵力子之孙女邵黎黎写的介绍并悼念王开疆的文章。1995 年出版的《江苏风物县邑丛书·如东卷》中有沙丽写的《海之魂》一文，介绍了王开疆的事迹。1996 年 12 月如东人民广播电台曾以王开疆的事迹制作了《魂归大地》广播剧节目参加江苏省广播电视节目评奖，并获南通市级奖。2000 年 6 月，中国文联出版社顾光燨的《诗说如东》一文中有《蹈海明志王开疆》一文。

在如东，有王开疆的纪念碑，碑文为：

王开疆（1890—1940），如东（原如皋县——编者注）北坎人，毕业于中国公学及日本早稻田大学法科。参加过辛亥革命及讨袁（世凯）二次革命，历任上海各大学教授，创办上海法政大学及南京文化学院，任上海法科大学校长，北伐后任法官惩戒委员会秘书长、中央惩戒委员。一生正直、廉洁、爱国，1940年因抗日献出生命。

（本文写于2014年6月）

极司斐尔路 76 号与父亲海上失踪之谜

我一生中有过许多奇怪独特的遭遇，父亲的失踪就是其中之一，而且还是一个至今未能得到解答的谜。

《民国日报》辩护律师

父亲名叫王开疆，字启黄（1890－1940），江苏如东县（原如皋县——编者注）北坎镇人。他少年时由于贫困和受压迫，很早便萌发出救国救民的意愿。

父亲十五岁就背井离乡，自荐于一代名流张謇门下。张謇对他几经考察，委为南通县渔团团练，当时他年仅十六岁。后来张謇欲调我父亲到垦牧公司任要职，他关心国家命运心切，决定去上海考大学。张謇多方资助，以壮其行。

父亲剪辫去沪，考入中国公学法律系半工半读，成绩优异。这期间他结识了章太炎、马相伯、于右任、邵力子等，并参加了辛亥革命。之后，他设律师事务所于南京、上海、苏州等地，是我国最早设立律师事务所的律师之一。

1915 年前后，他积极参加讨袁斗争，在报上撰写讨袁文章，公开演讲反袁，险些被袁的爪牙暗杀。后东渡日本避难，曾在早稻田大学法政科深造。回国后仍致力于政法教育事业，与友人共同恢复了具有革命传统的中国公学。父亲先后在中国公学、南方大学任商科系主任、法律系主任，并兼任上海大学、暨南大学等校教授。继又协同辛亥革命名士徐谦，创办了上海法政大学，徐为校长，父亲任校董和法律教授，并一度任校长。他还曾与友人在南京创办了文化学院。史良、杨之华均系他的得意门生。

当时邵力子在上海创办《民国日报》鼓吹革命，常遭租界当局干涉，甚至被迫停刊。父亲数次以律师身份与租界当局在法庭上抗争，终使《民国日报》复刊。

1927 年北伐胜利后，于右任出任监察院长，提请任命父亲为国民政府法官惩戒委员会秘书长。后又被特任为中央公务员惩戒委员会专任委员（至 1937 年初卸任）。1936 年父亲当选国大代表。抗战爆发后，父亲与友人创办三吴大学，掩护抗日救亡活动，曾写下悲壮的七律《伤时》："镜里才觑白发新，梦中又听铁蹄声。山河破碎空悲切，孤岛沦亡暂寄身。宗悫长风须振奋，元龙豪气敢消沉。沧江岁晚浑无赖，且把行吟涤泪襟。"体现了他忠贞的爱国之心。

誓不"落水"竟遭绑架

1939 年秋天，汪精卫已偷偷地到了上海。那时候，沪西越界筑路一带，聚集了大小汉奸，故被上海市民目为"歹土"。我父亲因为赋闲，便带了我们，依母族居住上海租界。起初，父亲曾与时任三吴大学校长的聂海帆谋划复活中国公学，但因为中国公学有过一段革命历史，便遭到汉奸陈济成（后任汪伪中央候补监察委员兼社会部部长）等人的破坏捣乱。不久，聂海帆便在一个阴冷的黄昏，被极司斐尔路 76 号特工总部头目丁默邨的两个爪牙暗杀在三吴大学聂氏的办公室里。嗣后，父亲行动就渐入不自由状态。汪伪先遣傅式说（后任汪伪铁道部长）来游说父亲数次无效，继之而来的就是"特工总部"的通知信，大意是"汪主席"要父亲去谈话，但父亲未加理睬。于是又寄来第二封信，严词恐吓说如果再不到极司斐尔路 76 号去一趟的话，决以相当手段来对付。那时我们住在英租界汉口路同安里，接信后，父亲仍不理睬，只是消极地和我们迁到三楼去住。

又过了几天，那天午饭时，楼下来了汽车，喇叭一响，只听得楼下用人乱哄哄地叫喊："不在家！不在家！"接着见有四个执枪的彪汉冲上了楼，我们一家人都惊慌地站了起来。他们其中的一个人认识父亲，凶狠地说："主席请王开疆先生去谈话！"父亲尚未分说，就被他们拥下了楼，架上汽车，一溜烟地绑走了。

顷刻，我们全家急得像热锅上的蚂蚁。到了傍晚，有人从"76 号"打电话来，告诉我们父亲平安，并要我们送衣服去。于是，经过了细密的检查，由人陪同我进入了臭名远扬的"76 号"魔窟，在一间富丽堂皇的房间内，见到了神色颓丧的父亲。我快步扑上前去，抱着父亲就哭了。

后来我才知道，在"76 号"内，汉奸逼迫父亲参加汪伪政权，而父亲反以大义相责，于是就被软禁起来。在以后的日子里，我和哥哥仍住在家里继续读书，每逢假期，跟随了堂兄洪治去看望被囚的父亲。起初每次进去必被搜查，后来也可以比较随意地进去了。

"76 号"特工总部本是国民党将领陈调元在上海的私宅，里面有好几幢洋房，四面有高耸的围墙。汪伪占用后，墙上便加筑了碉堡似的小楼，并且架上了机关枪，派兵守卫。

父亲与汪精卫会面

自从父亲被软禁，汪精卫大约感到对父亲利诱无效，所以就改用威吓的方法。父亲住的三楼，有个阳台，可以清楚地望到东北角的一排西式平房，其实那才是"76 号"真正的"魔窟"。站在阳台上，常可见到有人抬着罩着白被单的担架进去，不久又见抬了出来，后来我们才知道，那罩在白被单下的都是受刑的人。丁默邨会常来告诉父亲："今天某人被上了电刑"，"今天某某被灌了肺"。父亲因为受过革命思想的熏陶和自幼养成的一介书生的忠贞刚烈，所以对这种恐吓毫不在乎，表现出一种视死如归的气概。以后，父亲就很少再到阳台上观望远眺，只有我还常常凝视着那排神秘的屋子出神遐想。

不久，特务们又将父亲押到愚园路1136弄一幢洋楼里软禁。愚园路1136弄的宏业别墅里有好多幢洋房，花园、草坪都很大，围墙上架了铁丝网，还有许多卫兵，汪精卫、褚民谊、梅思平等大汉奸都住在这里面。汪精卫住在1136弄310号（今31号）原国民政府交通部长王伯群的洋楼里。梅思平就住在软禁父亲的楼下。

父亲被软禁后，只见过汪精卫一次，那还是经父亲要求的。当初特务来我家抓父亲时的借口是"汪主席"找我父亲谈话，但父亲被软禁以后，汪却不提"谈话"的事了。父亲和汪往日熟识，觉得有责以大义的必要，但果真见到了汪精卫时，父亲却未能如愿。那天，父亲被人"陪伴"着进入了一间极大的厅房里，厅房的正中有一道绿色的垂幕遮蔽着。父亲和汪精卫各在一端的沙发上坐下互相寒暄后，父亲见汪朝他皱着眉，瞥着眼，汪说："好久不见了，希望我们以后能相处在一块。"父亲正要倾吐满腔的怒火，只见汪又说："我们下次再谈吧。"接着，便呆望着绿色的垂幕不再言语了。父亲后来告诉我们，他发现绿幕后面有人在偷听，这样看来汪精卫的确是个傀儡。

1940年初，高宗武、陶希圣二人逃到香港，公开了汪伪的卖国密约，随后"中央委员"乐景涛也单身逃出了汪伪的魔掌。他们的逃走，带给父亲以兴奋，却也给他带来了更大的压力。在一个晴朗的早晨，我和哥哥又被半哄半吓地关入了父亲的囚室。

我们所受的物质待遇极好，但我们无时不在想飞出去。一度，父亲想自杀，并且在我们面前表露过，父子三人常抱头痛哭。但一种脱逃的希望支撑住了父亲的生存意志，加之他也舍不得把我们丢陷在敌巢里，所以我们是在咬牙切齿之下，挨过了一天又一天。

汪精卫为了讨好日本主子，实现"吸引中国一半高级知识分子拥护其政权"的妄想，便使用恐吓、逼迫、绑架、欺骗等卑劣手段，盗用了一些有声望者的名字，制成一张比较漂亮的名单以装门面。1939年，他们在召开伪中央全会时，背着父亲，把父亲的名字列入了汪伪中委之列。父亲对被盗用名义痛心疾首，无比愤恨。有一天，我在园子里玩耍（因为我被视为孩子，所以比较自由），不经意间，竟渐渐走到汪精卫住的那幢房子跟前去了。我看到房子前面有一群人在摄影，汪精卫也在里面，拿摄影机的是褚民谊。我转身想走，汪精卫却看到了我，就命一个副官叫我过去。汪精卫问我是谁，边上有一个人告诉了他。这时候褚民谊等人进屋去了。汪又问我："你爸爸呢？"我没有回答，他突然摸摸我的头也进屋去了。我感到有点气愤也有点受侮辱，立刻跑回了楼上。过了一会儿，一个副官送来一张两千元的支票，说是汪主席叫给小弟弟买糖吃的。父亲愤怒地把支票退了回去。我便把白天在花园中的事告诉了父亲，我们都感到无比气愤。那时候两千元是一笔不小的数目，而"76号"特工总部的开支，每月竟达二百几十万元，我们房间里地毯都是丝绒的，其奢侈可以想见。

大年初一秘密潜逃

其实，父亲和家中的大人们早已在策划着我们父子三人的出逃，只因我和哥哥年纪小，父亲不可能对我们说。以后我才知道，对外接洽统由我的堂兄王洪治包办。他选择了除夕夜汉奸们狂欢后，在黑甜乡里高卧未起之际，买通了佣人，而大门口的卫兵，向来对里面出来的衣冠楚楚者是只敢敬礼不敢过问的。

真得感谢上帝，1940年2月姗姗降临后，我们的时机终于来到了。这一段时间内，堂兄和外界取得了联系（这儿所指的外界，是国民党青岛市党部主任委员葛覃以及吴开先的部下们)。2月7日除夕晚上，知道了次日有荷兰邮船"芝沙连加号"到香港，堂兄就去买了船票。大年初一前后，敌伪防卫果然松懈，确实是一个脱逃的好机会。天方拂晓，父亲就已起身，片刻后堂兄来了，唤起哥哥和我，就叫我们穿上大衣，并悄悄说："我们今天出去，不要多说话。"我们有点诧异也有点惊恐，但未敢多问。父亲开了门，戴上呢帽，我们跟在后面，下了楼，没见一个人，便迅速地走过了花园和日本宪兵队部，出门时卫兵果然还向我们敬了礼。我们快步走到了静安寺，坐上了预停在那儿的黑色轿车，这段路是有人保护着我们的。汽车开到了东方饭店，又绕到了新关码头附近的一家姓汪的亲戚处，见到继母早已等在那里。进屋后，父亲换上蓝布长衫，戴上平光眼镜，我们也改穿了朴素的衣服。中午十二时，小火轮把我们送到浦东蓝烟囱码头登船。堂兄因为职务在身，就陪伴我继母回去。临别时，父亲只是频频地吩咐堂兄怎样帮助继母搬家，以免敌伪迁怒泄恨。

当日下午二时"芝沙连加号"起碇。出吴淞口时，敌伪的宪兵和特务还上邮船检查，因为我们化了装，又在四等舱里，所以顺利地便溜过了鬼门关似的吴淞口。我记得后来我们在甲板上，父亲望着那滔滔的海浪、碧蓝的天空，抱着我和哥哥快乐得直想流泪。

因四等舱脏得厉害，船出了吴淞口，我们就想补票到三等舱去，而三等舱又只有一张票，我们便决意让父亲搬过去住。当晚，在三等舱内吃饭时，平常不喝酒的父亲还喝了点酒。可是谁又料到第二天清晨竟会发生那么不幸的事呢！

父亲"跳海"难解之谜

第二天是2月9日，我起得很早，哥哥还沉沉地睡着。我就到三等舱内去找父亲，他神态如昔地在舱里散步，先告诉我晚上曾替我去盖过被，接着又问我："你看父亲好不好？"我带着稚气回答他说："好！"他又对我说："你到重庆后要努力读书才行。"我也答应了一声。因为我在中学里念书是相当不用心的，当时父亲的话令我很惭愧，但我竟一点也没有觉察到他有什么异样。那时约莫是七点钟，四等舱敲锣查票，我就回到四等舱里去。票足足查检了一个多小时，等到我和哥哥一同再去找父亲时，父亲已经不在了。我们在他的铺位上，发现了压在他礼帽下的一张字条，说他跳海了！这真是晴天霹雳般的一击，我们兄弟俩顿时悲声痛哭。

无论从哪一方面来说，父亲都是不该死的，然而他终于死了。起初我们以为，父亲是在把他的两个孩子带出了敌伪的巢穴后，为了弘扬民族的正气，为了自己清白的人格，而坚决地自杀了。但是，不久之后当我们听到"76号"等汉奸电台播出逮捕了父亲的消息后，一度又萌生过父亲可能还活着的希望。

当时，从上海到香港的外国邮船主要有英国的"皇后号"（如"日本皇后号"、"加拿大皇后号"等）、美国的"总统号"（如"柯立芝总统号"等）、荷兰的"芝沙连加号"等，这些船大的好几万吨，小的也有两万多吨，船上大得可以迷路。对于从上海到香港的外国邮轮，日寇在吴淞口、厦门鼓浪屿（当时也已沦陷）设卡检查。大批日本宪兵及汉奸特务上船来，勒令旅客列队站立，由他们逐一辨认，并将他们认为要抓走的人秘密带走。在吴淞口，我们就经过这样的检查。当时，为怕互相牵连，父亲、哥哥与我三人是分散站立的。到鼓浪屿那次检查时，父亲已经不在了。日寇宪兵带了些汉奸特务上船来检查，我和哥哥仍分开站立。这时，如果父亲被控制，完全有可能被他们秘密押上岸转移到上海去的。

在父亲床铺上发现的那张纸条上写的是："济溥二儿，父蹈海矣！儿等至港可找杜月笙先生求救，父绝命言。"一共二十五个字，那确是他的笔迹，但极潦草，也确像自杀的遗书。然而细细品味，一是情绪不对，如"父蹈海矣"、"父绝命言"很像被胁迫而自杀的味道；二是"可找杜月笙先生求救"，这个"求救"是什么意思呢？是觉得我和哥哥都身陷危险中吗？当时杜月笙在香港，与在重庆的军统头子戴笠关系十分密切。父亲与杜是认识的，让我们找他求救，难道是要他保护我们吗？这内中有许多可以寻思的地方。父亲失踪后，我们在船上痛哭，引起一些旅客来看望。我忽然在人丛中发现了父亲的一位朋友：立法委员吴经熊。他也认识我，我马上叫了他一声："吴老伯！"他立刻将我和哥哥带到他住的二等舱房里询问详情。船抵香港后，他又带我们到香港当时最大的酒店——高罗士打行同杜月笙见面。杜这时的顾问是监察委员杨天骥，又是我熟识的。因此，我和哥哥的安全得到了保障，但只要回味起父亲的那份简短的遗书，心头总是疑云横生，难以驱散。

1945 年 12 月 6 日国民政府公布《惩治汉奸条例》后，我看到汪伪政府的巨奸们或枪决或监禁，感到非常痛快。次年 7 月初，我在南京老虎桥监狱内，看到被判了死刑的丁默邨。我问他是否还认得我，他注视了一下说："不大记得了。"我说："在'76 号'内见过你的！"他一声不响。于是我说出了我父亲的名字，他听后仍然一声不吭，嗫嚅着踱走了。我离开南京后三天，他就明正典刑了。

这些事，无论后来怎么想，都已经毫无意义了。显然，父亲跳海是死，被敌伪秘密逮捕也必然是死，这是可以想象或推理得到的结论！

"文革"期间，那时我在山东，不知从哪里冒出一个谣言来，说父亲并没有死，人在台湾。当然，这是不可信的。我不信，别人也不信，最后谣言就自生自灭了。

父亲生于 1890 年，该是一百一十多岁了！他早已不在人世，留下的失踪之谜，尽管我不愿回想，更不愿提起，但风晨雨夕，却总在我心头扬起波澜，使我有刻骨锥心之痛。

（本文初稿发表于 1947 年 10 月 17 日上海《现实》杂志，后经修订以《76 号魔窟和父亲失踪之谜》为题发表在 2003 年第 8 期《上海滩》杂志）

重访极司斐尔路 76 号"魔窟"

　　1978 年春天，我在上海永福路上影文学部里修改电影剧本。一天午后，曾专门到当年极司斐尔路 76 号旧址去故地重游。

　　我的心情既无法平静，也十分复杂。

　　这时，极司斐尔路已改路名为万航渡路，极司斐尔路 76 号成了万航渡路 435 号。房屋全部由部队在使用，他们谢绝参观。于是，我拿了上海电影制片厂的介绍信又去，经过交涉，同意让我进去看一看，但有些地方，却仍不同意我进去看，只可以在外面望望。

　　同记忆中已有很大差别，里边的树木已经粗大得多，房屋也显得旧了！过去门禁森严的大门、铁门什么的都已拆除，原来的有点像庙宇和牌楼式的二道门还存在。进门以后，中间那两幢主要的大洋房依然矗立。东面的一幢高楼位居正中，有台阶可以走上去。这是当年父亲被绑架后囚禁在楼上的地方。我在父亲遭绑架后，由人陪着给父亲送衣物第一次进 76 号，上楼进房抱着父亲痛哭的地方就是这幢洋房的楼上。这个高楼的侧面远处，有些西式平房，当年是日本宪兵队驻扎的地方。

　　与东面高楼并肩的西边的一幢是非常宽大的三开间两进的石库门尖顶楼房，很宽很深，楼下是个大厅模样的房屋……

　　这一切都还能唤回我的一些记忆，但与我印象中的魔窟有的可以印证，有的却已有很大的变异。时过境迁，我必须承认我的记忆也已模糊了！留下的只是对往事的唏嘘与对敌伪的仇恨。

这里抗日战争前原是陈调元的私人住宅。陈调元（1886－1943），河北人，曾任北伐第二路军副指挥，做过安徽及山东省主席。1934年，任军事参议院院长，1937年任国民党六届中央执行委员、军委会常务委员。1944年追赠陆军一级上将。抗战爆发，76号处于"歹土"（越界筑路）地段，陈调元住宅被敌伪接收。

想起当年的悲惨往事，想起当年这里是充满血腥味令我仇视痛恨的敌伪魔窟，我怀着一种无法形容的感情离开了那里。

父亲1939年被囚禁和软禁时，我仅十五六岁，而且去父亲囚禁和软禁处时，第一次是由一个在上海四马路石路维大福绸缎庄做店员的人陪我去送衣物的，后来则常是由我的一个堂兄王洪治带着我去探视的。来去都是坐的汽车。沪西的路我也不熟，所以有些印象也不清晰。后来，父亲可能由于他的政治地位及表示"优待"，由囚禁变为软禁，挪了地方，甚至有一天将我和哥哥作为人质同父亲软禁在一起。记忆有时总是容易混淆的。其实后来软禁的地点已不在76号而是在靠近76号的愚园路1136弄宏业别墅里。愚园路1136弄与76号离得很近，这里原是国民党交通部长王伯群的私宅。1136弄是一条狭长的水泥路弄堂，面向愚园路，弄底是一个类似传达室的警卫室，挂着日本沪西宪兵队的牌子，高高的围墙角上也有架着枪的岗亭和伪军卫兵。进去后，花园、草坪很大，里边有多幢独立的小洋房，洋房外边全装着铁丝网，门窗也都有铁栅栏，里边的汉奸卫兵全部穿的是绿色军装。这些都同76号相似，所以我的印象就有了混淆，是1978年春季重访万航渡路435号即原76号旧址后，通过回想才重又获得结论的。

父亲后来被挪到愚园路1136弄内，软禁在一幢洋房的二楼上，"画地为牢"，他是从不许下楼的，一日三餐也总是有人送来吃的。我在前面那篇旧文中说"那时候，汪逆（精卫）刚从76号附近的宏业别墅9号迁进76号去"，实际是汉奸汪精卫住过76号，但基本是住在愚园路

1136弄宏业别墅。宏业别墅里好多幢洋房，都编了号码，汪逆住的是9号，现为愚园路1136弄31号，被辟为长宁区少年宫。我那篇旧文的记述中，这一点正好写反了！我记得清楚的是当时汪精卫、褚民谊、梅思平等大汉奸都住在这里，周佛海、梅思平等都来看过父亲劝他附逆，但他始终不屈，梅思平就住在楼下。

（1978年5月写于上海电影制片厂文学部）

我的母亲李荪

昨夜，我又梦见了母亲。自从母亲去世，只要梦见她或想起她，我心里就会发酸，一种要痛哭的感觉便会油然而生。

母亲是上海罗店川沙人，姓名李荪，字蕙华。她个性坚强，有侠义心肠，一辈子热心，急人所急。年少时，她反抗外婆给她裹小脚，给她缠上她就拆掉，使得她终于不是一个小脚女人。她又反抗封建婚姻，为逃婚，她依靠熟人逃到苏州进蚕桑学校读书。她相信要中国富强需振兴农业和实业，她才进的蚕桑学校。她年轻貌美，擅长书画，毕业后是个出色的小学教师，在上海认识了父亲，于是结合。但不幸两人个性都强，终于离婚。到中年时代，两人都又各自结了婚，但也能互相宽容，不但常在子女面前说对方好，而且也因子女的维系而保持着接触和关心。

我六岁时被父亲带往南京，后来有了继母德芳妈妈，心中却总是思念亲生的母亲。母亲自然也想念我。她曾不止一次地专程从上海坐火车到南京来看我。总是住在离学校不远的鼓楼饭店里，到学校门口等着我放学，把我接到那儿，拿出许多书籍、玩具和吃食给我，流着泪抱着我同我谈这谈那。她总是像一阵风，突然来，又突然走了，留下的只是我更深的无比的思念。

父亲去世后，我本随第二个继母汪某生活，但这个继母出身豪富，工于心计，独吞了父亲遗产。她有再婚的打算，虽无子女，也不愿抚养我，1941年夏逼赶我离开。我在街上流浪了两天，只好去投奔母亲。

母亲当时带着五个妹妹过着艰难的生活，高兴地哭着拥抱了我。从此，我才算又回到了母亲温暖的怀抱之中。

母亲是个"爱子女以其道"的妈妈。她是一个知识女性，重视教育子女，不仅在学习功课上，而且教育我们要独立自强、自尊自爱，更教育我们要爱国。敌伪占领"孤岛"上海时期，她常表现出对日寇无比仇恨的爱国心，不看敌伪报纸，不买东洋货。我有一个在中学做教师的馨姨母，与一个姓钱的女同事常到跑马厅附近散贴抗日传单，因那时我们住在马斯南路离跑马厅近，故她们散贴传单时就住在我们家。母亲知道她们干的事危险，但积极支持毫无畏惧。有一次，母亲与我坐电车过外白渡桥，电车停下，乘客排成一列走过桥去。那里是租界与日军占领的虹口区交接处，须向日军岗哨鞠躬。我走在前，她在后，我心里仇恨日寇未鞠躬，一阵风就过去了。母亲也不鞠躬，却被日本兵扣留。我回头发现母亲出了事，急得要命，却因后边的人走来，四边又都是铁丝网，无法再跑回去。幸好一会儿见母亲从日军岗哨那儿出来了。她急匆匆过来，又气又好笑地说："东洋赤佬用日本话骂了我一顿，我装聋装哑，骂完，点点头回身就走，仍没鞠躬。"她因"仍没鞠躬"而高兴。这件事后，她说："这种亡国奴的生活越早脱离越好！"鼓励支持我离开上海。我在1942年7月离沪跋涉万里经苏、皖、豫、陕等省入川。那时经济窘迫，母亲为我变卖物件，四方借贷筹旅费、置行装，无微不至。母亲舍不得我离开，却又一心送我去抗战。临别时，她的表情既有悲伤又有欣慰。我到大后方后，她常来信，都是娟秀毛笔字写的长信，信上充溢母爱和谆谆教导，也充满盼望早日"天亮"的爱国热情。

母亲在"孤岛"的恶劣环境中，含辛茹苦抚养五个妹妹。她缝补烧洗，清早到深夜从不停歇。市面缺粮，冒生命危险独自去乡下购米。不仅要顾及大家衣食，还要维持妹妹们上学。家中常吃粗糙的玉米面饼，炒一盘黄豆芽，每个妹妹有时只能分到十几根当下饭菜，而母亲自己则一点菜也不吃。迄今有的妹妹谈到这段往事仍会泪流满面。母亲和妹妹们给熟识的东新书店干点零活，年岁尚不大的大、二、三妹都给富人家做家庭教师，有时一人兼两三家的家教。她勤俭持家，自奉极薄，长期以来，除抚养五个女儿外，还赡养我年迈的外祖母。她的美丽容貌，因劳累瘦削而憔悴；她的健康身体，因艰苦磨难而衰弱。熟识的亲友，无不夸奖她爱心伟大，总对我们说："你们有一个了不起的妈妈！"

抗战胜利，母亲高兴。但是看到物价飞涨，民不聊生，贪官污吏专权，特务统治可怕，内战惨烈，人民水深火热，她痛心不已。她是个有思想的人，关心中国向何处去，力主儿女们追求光明和进步，尽心尽力掩护、搭救地下党人。新中国成立后，政务院因她给地下党保存产业契约及文件有功，曾颁发奖状奖励。母亲苦心培养教育的五女二子均有建树：大妹宏洛是高级教师，退休在沪；二妹宏淡是会计师，曾在上海大专学校任教；三妹李淑是北京大学西语系教授，德国古典名著《痴儿西木传》的译者，常在欧洲讲学，用丽抒的笔名写很美的散文；四妹赵文汶曾任中央某部办公厅主任、人事处长；五妹赵平萍曾任上海九院整形外科医生，是蜚声国内外的整形美容专家；大哥是军械工程学院教授，兵工专家，中国军事维修工程的奠基人，多次立功，是全军英模代表及七届全国人大代表。我们兄弟姐妹各奔东西，母亲生前指望有一天全家会来个大团圆，但始终未曾实现。母亲于1969年"文化大革命"期间患肝癌去世，既未能看到子女们在国家改革开放后的锦绣前程，也未看到孙辈们有的获得学位，有的正在创业。

想起母亲，怀念和悲痛就如潮水涌来，我心头上的疚意随着年事愈高而愈浓，很难宽释。母子尘缘早已结束，但慈母常常入梦，伟大的母爱永远沐浴着我，使我温暖而又伤感！

（本文刊于香港中国文化馆 1997 年 10 月出版的《我的母亲》一书）

刻骨铭心的"孤岛"岁月

1937年8月13日上海"八一三"事变后，日寇在8月15日就轰炸了南京。我第一次经历空袭，感到很大的威慑。为了避免挨炸，我随父亲离开南京坐火车到安徽芜湖住了一夜，坐船又去南陵县居住，因为父亲有一个姓江的朋友在南陵安排好了住房。南陵是皖南一个僻静的小县，但上海失守后，日寇从浙江方面杭州湾登陆拟侵袭广德、宣城，从安徽方向包抄南京。我遂随父亲及继母匆匆由南陵到安徽省会安庆，又由安庆坐船到达武汉。

在武汉，依然是天天有日机空袭。武汉当时抗战气氛强烈，到处能听到抗日歌曲，街上可以看到演出《放下你的鞭子》这样的街头剧，电影院里在放映八路军《平型关大捷》的电影。我们住了些日子，终因空袭太多，遂决定坐粤汉路火车到广州，然后再往香港去。粤汉路火车在武昌上车，一路上经历无数次空袭，每次空袭来了，火车头怕被炸毁，就将火车车厢丢下跑了。我们也就逃下火车到周边的树林或田野间躲藏。起初每次空袭还平安无事，仅是虚惊。但最后一次，火车离广州仅六十公里左右到达新街站时，忽然袭来大批日寇的水上轰炸机，对我们的火车狂轰滥炸。飞机低空盘旋头顶，炸弹成批掷下，火车被炸毁，死伤者遍地，我们身边全是碎弹片，幸未遇难。到广州转往香港后，在香港居住了很长时间，因生活昂贵，经济困难，继母又朝夕吵闹着要回上海。当时上海有租界，继母家在公共租界汉口路同安里21号。父亲又有任务要在上海租界办大学，我们遂回上海租界居住。我进了东吴大学附属中学初中部，在汉口路虞洽卿路慕尔堂上课。

一

当时的上海租界，被叫作"孤岛"。这是一种比喻：因为租界的周边地方都被日寇占领，租界成为黑水洋中的一个孤岛了。租界当时是比较平安的，日寇不能进租界来，公共租界主要是英美的势力范围，法租界主要是法国的势力范围，日本当时未同英美等国开战，自然租界仍享有特权。但租界当局对日本既有顾忌也不愿惹麻烦，所以对租界上的抗日活动，是压制的。租界上的巡捕和包探，常常拦路抄靶子。所谓抄靶子，就是抄查行人，要抄身，发现谁身上带了武器、传单什么的，就会逮捕。租界上当时可以看到歌舞升平，灯红酒绿，也可以看到乞丐难民无数，爱国者常在暗杀敌伪人员、散传单、贴抗日标语……

我在东吴附中同班的同学俞伯良正巧也住在汉口路同安里，我住的是21号，他家是9号三楼。我每天上学或放学有时就与他一同走去走回。俞伯良介绍我认识了他的邻居陈鑫如。俞伯良比我小一岁，鑫如与我同年。鑫如当时在光华附中读书。我们三个人处得不错，慢慢就无话不谈了。有一天，我们三个人谈起抗日，大家都认为可以用粉笔上街写抗日标语，也可以制些传单去散发。决定后，就干了起来。

粉笔那时候一分钱可以买两根，在学校里，老师上课后留下的粉笔也可用。我们决定标语不要写在同安里的弄堂里和弄堂口，避免引起人怀疑，也不在学校里写，总是等天黑以后，三个人悄悄在袋里藏着粉笔走出去，由汉口路向外滩方向走，趁人稀少无人注意时，用粉笔在墙上写起"打倒日本帝国主义！""抗战必胜！""枪毙汉奸！"等口号，然后绕路满心轻松而又激动地走回家来。

这大约是 1939 年的夏天时分。从春天以后，上海租界的形势渐渐恶化。因为汉奸汪精卫在 5 月间从越南河内潜来上海躲在虹口日寇卵翼下进行"和平运动"，沪西"越界筑路"一带，在日寇支持下，极司斐尔路 76 号成立了汉奸的"特工总部"。这"特工总部"不断进行恐怖活动，常在租界上暗杀、绑票、敲诈勒索，打击爱国力量和爱国抗日活动。与此同时，租界巡捕房也就加强了巡逻警戒活动。我们觉得三个人一起出去活动危险大，就每个人分散活动，但觉得只写几条标语不过瘾，就决定做传单。

到纸店里买了一些粉红、鹅黄、淡绿的彩色薄纸，我们在俞伯良家趁他父亲不在时就用刀将纸裁成三指宽的小纸条，然后三个人一起在小纸条上写抗日标语。写完以后，每次总有二三百张或三四百张，晚上我们去文化街附近丢撒，文化街晚上行人不多，离汉口路同安里不远，岔道多，万一有事便于逃跑。

有一次在文化街撒传单时，正巧遇到"魔窟 76 号"的日伪便衣特务冲进《大晚报》的排字房又打又砸，原因是《大晚报》上刊登了抗日咒骂汉奸的文章。来砸烂《大晚报》的日伪特务还带着武器，当租界巡捕房的黑色警车飞快驰来时，立即发生了激烈的枪战，枪声"啪！啪！"警笛尖声地吹响。我们当时弄不清是怎么回事，吓得飞快逃回同安里，第二天看了报纸，才知是敌伪行凶。

从这次以后，我们停了很久都未再去撒传单，直到第二年春天，我们才又撒了一次传单。

这时，我们已上高中了！东吴附中初中在汉口路慕尔堂上课，高中则在南京东路东首慈淑大楼里上课。慈淑大楼高七层，下面一、二层楼是顾客拥挤的"大陆商场"，出售百货。三层以上全部出租给一些公司、社团和私人诊所或学校使用。这幢大楼抗战前据说是花了一百六十万银圆建造的，是上海著名的首富——英籍犹太人哈同的遗孀罗迦陵的财产。慈淑大楼正面在热闹的南京路上，另一面在冷清的山东路上，这个地形被我们三个看中了！我们就购纸并书写传单上的口号，足足写了六七百张，然后，分头上楼去侦察适合的地点。

慈淑大楼靠山东路的一面有好几个后门和侧门。我们三个人各走一个门到四楼，在楼梯转弯处的窗口向南京路方向把传单撒下去，然后飞速下楼窜入"大陆商场"，从大陆商场朝向南京路的门口出去，观察我们投撒传单的效果。我们了解：天黑时，我们上下楼的路线，人是很少的。

那是天黑时分，万家灯火。市声沸扬，喧嚣杂乱的南京路上，车水马龙，高大双层公共汽车和叮叮当当的有轨电车在行驶，商店多彩的玻璃大橱窗里霓虹灯红红绿绿变幻着光彩，马路两边行人摩肩接踵。我们三个完成任务又都在大陆商场门口会合，我们散发传单后未看到那些彩色传单飘落下来的情景，但飞快下楼到南京路上后看到许多人手里都拿着我们写制的传单在看在议论，还有些人仍仰着脸朝慈淑大楼的高层处探望。我们心里像开了花似的高兴得不得了，认为这是我们秘密撒传单成绩最显著的一次！

二

在初中时，我最爱看《大美晚报》的副刊《夜光》了！那时学生看这副刊的特别多。《夜光》的编辑朱惺公又名松庐，江苏丹阳人，他积极宣传抗日爱国，在《大美晚报》上发表《中日关系史参考》《民族正气——中华民族英雄专辑》《明代何以能平靖倭寇》《汉奸史话》等文章，这些文章在学生中流传谈论甚广。他还刊出《菊花专辑》好几期，以菊花傲霜凌寒精神激励读者的爱国感情。1939 年也就是我们在墙上涂写抗日粉笔大字标语时，汪伪"76 号"特工总部写了一封恐吓信给他，信里还附了一颗手枪子弹，不许他再在《夜光》上刊登抗日文章，说如果他继续抗日就要杀死他！但是他毫无畏惧，反而在《夜光》上发表了一篇《将被"国法"宣判"死刑"者的自供》作为对敌伪的答复，表示决不屈服。这篇文章慷慨激昂，大义凛然，读了使人热血沸腾。我们在学校里互相都传观谈论，既佩服他，又为他担心。

果然，两个多月后，朱惺公就被敌伪特务开枪暗杀了！

敌伪是用"铲共"的名义把朱惺公当作抗日反汪的共产党人加以杀害的。但后来知道，朱惺公并不是共产党，是自发抗日的！朱惺公死前在《夜光》副刊上写过一首七绝明志，诗中有"懦夫畏死终须死，志士求仁几得仁"的句子，我们在同学中传诵他的诗句，对他十分崇拜。

由于他死得壮烈，他的被杀，激起了上海人民的义愤，各界人士都纷纷前去《大美晚报》报馆捐献赙金，赠送挽联，并去报馆和殡仪馆吊唁。我和俞伯良、陈鑫如三人为朱惺公的被害难过得流泪。我起草了一副挽联，买了两幅白色素绸挥毫写了联句，虽然字不好，但也是一番心意，俞伯良和陈鑫如都夸赞我的挽联写得不错，我们三个人写了名字，又凑了二十元钱，一起亲自送到《大美晚报》报馆，给朱惺公致哀，把钱捐给他的遗属。

挽联写的是：

> 黄浦江畔哭义士，死为鬼雄，先生应升天堂；
> 上海滩头恨暴徒，生是人渣，汉奸该下地狱！

由于敌伪特务曾向《大美晚报》等报馆投掷过手榴弹，并冲进《大美晚报》打砸伤人，所以我们到《大美晚报》报馆时，见门口罩着铁丝网防止暴徒分子袭击，还有一些保镖站在那里，气氛紧张，送挽联和赙金来吊唁的人很多，都不能进去。我们三个挤到前面去，在吊唁的签到簿上签了名，隔着桌子把挽联和赙金递了进去，又从人堆里挤了出来。

说是吊唁，实际只是这么去了一下，连三个躬都没法鞠，但我们还是感到做了应该做的事。记得当天陈鑫如曾激昂地发表感想说："活着像条狗，倒不如勇敢地死得像个顶天立地的中国人！"他比我和俞伯良都胖，说这话时，脸上的肌肉一抖一抖，两只眼睛里像要冒火花！

　　到了第二年——1940年5月，有一天傍晚，俞伯良和陈鑫如在弄堂里对着我住的21号楼上大声叫我的名字。我连忙下楼，鑫如对我说："明天是星期日，下午，我们一起到胶州路孤军营去看望八百壮士和谢晋元团长，你去不去？"

　　鑫如和伯良两人，"八一三"事变时都在上海，他们对谢晋元团长率领的八百壮士特别有感情。那时，上海战事已临尾声，在苏州河畔四行仓库的八百壮士坚守四昼夜后，因孤军无援，接受英美当局的劝告，避免无谓牺牲，奉命退入租界，在胶州路建立了一个营房。上海人称之为"孤军营"。这支孤军被公共租界当局围禁时只剩了三百七十一人，仍由谢晋元统率。他们虽丧失了自由，仍过着有组织的集体生活，每天举行晨操，上政治课讲述爱国抗日言论，还排演抗日反汉奸的话剧。为了每天升国旗，有的士兵被租界当局派来监视的"万国商团"中的白俄士兵打死打伤和凌辱过。各界爱国人士、新闻记者、学生、市民有不少都纷纷去到孤军营慰问。听到鑫如和伯良要去孤军营，我当然立刻表态要去。

　　第二天，我们买了一束通红、美丽的月季花带去。孤军营所在的地方，原是胶州路公园的一角。孤军营门口架着铁丝网，有神色郁闷的"万国商团"的士兵荷枪实弹警戒着。

　　"万国商团"是上海租界特有的一个武装组织，约有一千七百人的样子，是个从一开始建立就替西方殖民者在上海这个"冒险家的乐园"里服务的半军事组织。商团的成员服装配备讲究，枪械精良，有外国人，也有中国人。参加"万国商团"中华队的人，大部分属洋行职员。现在，孤军被囚禁在胶州公园的一角里，"万国商团"扮演了"狱吏"

"狱卒"的角色。看到他们，我们三个都从心里泛出厌恶。

鑫如比较老练，上前说："我们都是学生，来看望谢团长的！"一个持枪的白俄商团士兵神气活现地用流利的上海话吆喝："不行，不能进！"但边上有个商团中国兵比较好说话，在我们央求下，说："到里边登记一下，快点出来，不要多停留！"我们才进去填写好登记簿被一个模样像传达似的瘦子引进一间会客室里等待。

从会客室里透过玻璃窗，可以看到一个广场的一角，广场上竖着旗杆，但未升国旗，我恍然明白：由于日寇的抗议和英国租界当局的禁止，孤军营升挂国旗的斗争实际是失败了。这使我心里难过。正在这时，见一队光着头的孤军正在绕场跑步，整齐地叫着："一、二、三、四！""一、二、三、四！"脚步声"咔嚓咔嚓"似在发泄着愤怒。

一会儿，听到脚步声，转眼，看到门口出现了一个瘦瘦的中等个儿的军人，三十岁光景，笔挺的腰杆，穿一套草绿色军服，光着头，没有戴军帽，我认出这不是谢晋元团长。谢团长的照片报刊上见得多了，认得出的。果然，来人同我们热烈握手，说："对不起，谢团长正带领弟兄们在跑步上操，我是上官志标，是团副！"

我将手里的那束鲜红的月季双手捧着献给他说："我们是三个高中学生，请接受我们对八百壮士的敬意！我们是来向你们致敬的！"说着，我深深一鞠躬，不知为什么，忽然鼻子发酸，心里也发酸，竟落泪了！

上官团副似乎很感动，他脸色很黑，有日晒风吹的痕迹。他接过花，说："谢谢你们！我们很惭愧！没有战死在疆场，却奉命撤退到了这里！对不起全国民众！"说着，泪水流下，他马上用手拭去了！

后来，上官团副又说了些话，具体已记不清了，最后，他虽未戴军帽，却严肃地立正行了一个军礼。

"万国商团"的士兵来催促我们走了！我们向上官团副鞠躬告别，大家走出空气令人压抑、窒息得像监牢似的孤军营。走到外边阳光下，我心里回荡着难以平静的浪潮。

　　我那时候就明白：访问孤军营的经历，我会终生难忘的！虽然，未见到谢团长！

（本文刊于 1947 年重庆《时事新报》副刊）

战时香港记事

七十几年前的印象

1937年"八一三"事变后,从8月15日开始,日寇飞机就开始猛烈轰炸南京。我随家离南京到安徽,又由安徽省会安庆坐船到达武汉。在武汉住了些日子,由于日机不断轰炸,父亲从武汉坐飞机直接飞到香港,我随后母汪淑晴及她的贴身女佣阿妹坐粤汉路的火车到广州,又从广州坐广九路的火车到九龙抵达香港。

那时,去香港很方便,无须办什么手续和证件,可以自由出入。

香港,这块英国人从清廷手中硬割去的中国领土,曾被他们自豪地叫作"女王皇冠上的宝石",由英国派出的香港总督治理。总督府是一幢米白色的漂亮大建筑物,里面高高飘扬着大英帝国的国旗,人都对它侧目而视。大英帝国当时像一个世界上最大的地主,统治着许许多多殖民地,被称为"日不落国"。像印度、巴基斯坦、斯里兰卡(锡兰)、缅甸、澳大利亚、加拿大等那时都是英国的殖民地,在第二次世界大战结束后,才陆续独立的。

公元前111年,当汉朝将沿海土地纳入版图时,香港、九龙就是中国的一部分。但清朝后期两次"鸦片战争"决定了香港殖民统治的命运。1840年6月英国舰队占领港岛,一年后宣布这里是"自由港"。英国将大量鸦片由此运入中国毒害中国人民。1842年，第一次鸦片战争后英国迫使清廷签订《南京条约》，割占了香港岛。1843年设立了总督府。1860年第二次鸦片战争后，迫使清廷签订《北京条约》，将割让的疆域扩大到九龙半岛。1898年又强迫清廷拓展香港界址，"租借"了沙头角到深圳湾以南及九龙半岛界限街以北的大片土地为期九十九年。

熟悉"十里洋场"上海的我，初到香港，觉得香港比上海小得多，整体上也不如上海繁华，香港对海岸的九龙就比香港更差一些。从当时的眼光看，香港的皇后大道比较欧化，显得漂亮，德辅道商店较多，行人也多。九龙的弥敦道一带亮丽洁净，但没有繁华的感觉。只是，香港和九龙远离战火，没有轰炸，是一幅升平景象。

香港和九龙隔海相望。维多利亚海港是著名的深水港，巨大的几万吨级的大轮船也能驶入，各式各样的船只在行驶或停泊。有干净的轮渡从香港随时可以渡海到九龙，从九龙也随时可以驶回来，不但方便而且便宜。为什么我那时觉得香港很小呢？主要是那时香港还没有"填海造地"，自然显得不大；又因为那时香港、九龙的建设还不像现在。现在的港九，那么多密密麻麻的高楼大厦，气势自然雄伟，占有的空间也使人在观感上形成高大的印象。当然，那时的港九也给我一种人们忙忙碌碌的印象。港九的交通是方便的，飞机的航线四通八达可到欧美也可到内地，大型的船舰也可到欧美、南洋或日本、中国内地。九龙有铁路通往广州转向中国内地，由香港到澳门的小轮船一天有好几班。因为澳门当时是被称为"东方蒙地卡罗"的赌城，世界各国的赌徒都愿去试试运气。

我们到香港后，第一件事就是兑换港币。初到时，一百元法币可以兑换九十八元港币。兑换价随行情浮动。街上一些小烟纸杂货店都兼带兑换港币，收一点贴水中间费。后来，随着抗日战场上战事失利，法币慢慢贬值，一百元换八十多元。但1937年始终维持在一百元换九十几元。港币有一仙（即一分）的铜币，也有五仙、一毫（即一角）、二毫及一元（粤语叫一元为"一门"）、二元的银币，此外，就是一元、五元、十元、五十元及一百元的纸币。铜币、银币、纸币上都有维多利亚女王的侧面头像。

1937年时的香港，缺少今天那么多巍峨林立的摩天大楼和高层建筑。那时，毕打街僻静，砵町乍街狭小拥挤，铜锣湾乱糟糟，浅水湾荒凉。最繁华热闹的是皇后大道，其次是德辅道。当然，赛马日在跑马地一带也是人头攒动的。由于香港历来免税，是"购物天堂"，外国人和外地来香港的人很多。进口的洋货价钱便宜，人们购物爱到香港。香港又有美丽的海岸线，有中西合璧的风情。香港的"吃"也很出名极有特色，海味固然多种多样，欧亚一些国家、民族的烹饪法在这里也各放光彩，所以旅游者也愿意到这里"赏光"。去澳门赌博的人也顺道在香港逗留。抗战爆发以后，香港可以避开战火和轰炸，也接纳了不少从中国内地来的人。这就使香港热闹得多。

那时皇后大道沿街都是银行、大公司、大商店、大饭店、咖啡馆，也有电影院……装潢比较华丽。夜间，霓虹灯闪烁，高大的广告牌到处是"白马威士忌"、"三星斧头白兰地"、"三五牌香烟"、"大炮台香烟"、"黄金龙香烟"、"阿华田麦乳精"等五彩缤纷的广告在挤眉弄眼。各种服饰的黄种人、白人、黑人充满街头。间或也有天主教的修女穿着黑色白边的教衣长袍在街边匆匆行走，仿佛是有意躲开尘嚣。维多利亚时代的建筑物，加上趾高气扬的英国差官（警官）、用布缠头的印度巡捕，构成殖民地气氛和香港的特殊风情。香港友人好意告诉我们：香港人讲究做生意，进商店购物不还价就会吃亏。皇后大道上也有永安公司和先施公司，不过规模没有上海的永安公司和先施公司大。在上海，到永安和先施购物，倘若你还价是要被人笑话的。在香港却真的可以还价。父亲在先施公司购一顶呢帽，标价二十五元，香港友人陪同，说："二十元！"居然二十元就买到了，使我们觉得有趣。

香港随地吐痰要罚款，街上常有禁止随地吐痰的警示牌。罚款数很大，确实看不到有人"呸"地吐痰。皇后大道清洁、洋气。德辅道带着浓烈的广东味：沿街店号常播放粤剧名演员薛觉先、马师曾等人的唱片，也常播缠绵悱恻的广东音乐《小桃红》《杨翠喜》等招徕顾客。卖广东凉茶和香肠、腊肉等腌腊制品的店摊在德辅道一带很多。流动小贩见到"差官"就逃跑。背一只小木箱擦皮鞋的男孩充斥街头，使人对香港的贫富不均印象深刻。

英国官员和富人的住宅都在山上，一般中国人不准在山上有住宅。华人在山光道一带有住宅的属于上层。湾仔一带，有些地方看了使人感到是贫民区，住户拥挤，有三层楼的陈旧骑楼，也有菜场、茶园、矮小的木屋棚户区。湾仔的海边，常有从军舰上下来度假的外国水兵和水手游逛，并同一些涂脂抹粉西式打扮的"咸水妹"勾搭。像赶集赶会似的，海边有些地方每天总有渔民划着木船群集来出售海鲜。品种很多，龙虾、明虾、海蟹、海螺、乌贼及色彩缤纷形态各异的海鱼都有。木船中央有一大格船舱底上打了许多洞可以放进海水来养活鱼。站在一边看人买卖各种海鲜是件非常有趣的事。

在香港，买了家禽如果倒提着走是要罚款的，买了鱼用绳拴着怎么提都可以。海鱼中，最贵的是二斤重的石斑鱼。那时还不会人工养殖，而餐饮业却大量需求。香港的酒家菜馆善于烹饪海鲜，活杀现烧，滋味鲜美。当时，吃海鲜的最佳去处是香港仔。香港仔是郊区海边的一个渔村，吸引着外来的游客去那里吃生猛海鲜。馆店都并不太华丽，但门口大木盆、大洋铁盆、桶里养着各种海味听任顾客指定挑选后烧煮了上席。

香港同广州的生活习惯相仿，吃蒸饭，到处可以吃到腊味饭、鱼生粥、肉粥、皮蛋粥、叉烧肉、烤乳猪肉、脆皮鸡……也讲究饮茶，早上饮茶，上午到中午饮茶，下午饮茶，晚上也饮茶。"饮茶"实际是边饮茶边吃广式点心。从虾饺、叉烧包、云吞（粤语的馄饨）、烧卖、肠粉、芋角、蛋挞、马蹄糕到鸡包、荷叶糯米鸡……不下几十种。当然，饮茶的地方也有高低贵贱之分。当时，著名的金龙酒家"饮茶"、宴会时，在豪华的包间里公开摆放鸦片烟枪和烟灯，让客人躺在那里，有女侍者烧烟供客人吸食。开宴和饮茶时也可召妓坐在客人旁边陪同进食和饮茶。"陆羽茶室""吉祥茶楼"，从早到晚楼上楼下常年客满。吃西点、喝咖啡和可可的地方到处都有，以高罗士打行最著名，那里有高雅富丽的欧式布置，很安静，很舒适。矮矮的桌、矮矮的沙发，互相之间距离很大，互不干扰，厅里有时轻放着华尔兹舞曲。银壶装着热可可和热咖啡。有女侍者轻轻推着装满各色西点的小车到面前让你挑选。那是当时上流人士谈心消闲的去所。

我们到香港后，住在"六国饭店"。"六国饭店"靠近湾仔海滨。面对翡翠色的大海，是幢八层楼高的建筑物，当时算是高级旅馆。朝着海滨这一面的客房，有阳台可以站着或坐着观海。那时海水没污染，水绿得可爱极了。清晨，海水托着旭日，血一般鲜红的朝霞洒落在五颜六色的海轮和闪烁绿波的海面上，红嘴白翅的海鸥"呕——呕"叫着，飞舞起伏。当时，香港的海真是特别美丽，维多利亚港中停泊和行驶着大大小小的轮船，也有竖着风帆的游艇在海面滑翔似的疾驶，有时有奶白色的大游轮鸣笛进港……看着海上风光，令人心胸开阔。

二十多年前，"六国饭店"炸掉了旧楼，重建成了三十层高的新楼。"六国饭店"消失了！那时，香港女作家卢玮銮女士（小思）曾专门拍了一张八层楼时的"六国饭店"的照片寄赠我作为纪念，至今我仍珍藏着。

到香港后，遇到过一件颇有意思的事：香港用的邮票都是由英国在本土印好用飞机运到香港出售应用的。我们到香港后的第三天，我去买邮票发信，但邮票售罄，英国印好的邮票未及时运到，港督下令将印花税票暂时代替邮票发售使用。当时寄一封信是五仙邮票，五仙的绿色印花税票形状与邮票相似，上边印着"印捐士担"（士担，Stamp的音译）字样。我当时集邮，但未想到这会是收集珍贵邮票的好机会，买来后发信时贴了"印捐士担"票寄到上海。谁知第二天邮票就由英国用飞机运到香港了！港督立即下令停止使用印花税票。隔了几天，我就见到皇后大道上的一家集邮商店大玻璃橱窗中将盖过邮戳印章连同信封的"印捐士担"票当作珍品陈列在镜框里，并且标上了数百元港币的高价。

我曾打算在香港继续上初中，但去到一所中学了解，见学校房屋很小，主要又因为老师是用粤语教课，课程中国文（即语文课）又用《幼学琼林读本》作教材，父亲摇头说："太陈腐了！"打算以后请位好的家庭教师教我课，免得荒废了学业。当时，我的粤语只停留在会说点"冲凉"（洗澡）、"食饭"、"行街"（上街）、"鬼佬"（洋鬼子）、"唔答"（不行）、"几多钱"（多少钱）一类家常话的水平上。

香港的交通极方便。人力车很少，在热闹的大街上是看不到的。有电动缆车直达最高峰太平山的山顶区。听说从前是不准华人坐的，后来华人可以坐在后边。听人介绍这情况后，父亲对我说过："我们不去坐那东西！"香港的有轨电车很多很方便。又是双层的。绿色车身涂满彩色的广告。上层是头等、下层是三等，没有二等。渡船由香港过海到九龙，也是只有头等、三等，没有二等。双层的电车我是以前未见过的，坐在上面那层俯瞰景色特别舒服。电车横贯香港，"叮叮当当"地在皇后大道和德辅道上行驶。那时没有堵车现象，"的士"（即出租车）和巴士（即公共汽车）及"别克"、"雪佛兰"、"福特"等牌子的轿车来往行驶，海上轮船和渡船喧嚣地鸣着汽笛……夜晚，山上、海上，灯光灿烂像撒在黑丝绒上的钻石似的。大小街道上的舞厅、酒吧、电影院的灯光、乐声和酒楼、旅店里的麻将声、喧哗声使香港的灯红酒绿和歌舞升平给大轰炸中的武汉和广州来的我留下了深刻的印象。

但毕竟是在中国的抗日战争时期，香港也有了浓烈的抗战气氛。不少进步文化人士和爱国人士，有外来的也有本地的，在香港为抗战出力。我们到香港后，每天一早，我就按父亲的要求到"六国饭店"门口和附近的报摊上或从叫卖"新闻纸"（报纸）的报童手上去买《大公报》《南华日报》及其他一些报纸，看看战况和国际新闻及评论。记得12月间日寇在南京大屠杀，放火烧南京及日军在南京杀人比赛的报道就是当时在香港报上看到并留下深刻印象的，后来的台儿庄大捷等也是在香港报上看到的。那时，有的文化单位举办抗日的摄影图片展和漫画展，在香港圣约翰大礼堂有过"保卫中国大同盟"主办的抗日战争展览及支援抗战的募捐活动。那些地方，父亲大都带我去过，他还同熟人握手谈话，在本子上题字、看展览，也捐款。当时，街上和大饭店里常有打着小旗义卖纸花支援抗战或募捐支援抗战的男男女女或学生队伍活动。我清楚记得，就在"六国饭店"门口，一群义卖纸花的爱国男女青年热血沸腾地用粤语讲演后唱起了抗日歌曲："动员！动员！要全国总动员！反对暴力侵占，挣脱压迫锁链！要建成铁阵线！民族出路只一条，生存唯有抗战！大家奋斗到底，枪口齐向前！……"这支歌，抗战初我在武汉就学会唱了！到广州，也听到游行群众在唱。到香港，再一次听到同样的歌声，格外感到温暖和激动。当时，唱歌的人和听歌的人，不少都是热泪盈眶的！我当时不禁想：哦！香港虽被英国人占为殖民地了，但我们同香港有血缘关系，香港的中国人都是同胞，还是这样爱国的哟！

流水掠影回光返照

初到香港（1937年10月），很快就认识了一个本来不认识的"靓"字。那时，商店门口的广告和有些货物上常写着一个大"靓"字招徕顾客，表示货色质量好。粤语报纸（香港有一种粤语报纸，不会粤语的人看不懂）上面常有这个"靓"字。见到美女和美丽的东西，当地人会说："好靓啊！"……这个字，广东话念作"亮"。父亲说："其实可念'静'，与'静'字通用。"后来我知道：《汉书·贾谊传》里有"淡库若深渊之靓"，这"靓"字就念"静"，也是"静"字的意思。左思的《蜀都赋》里有"都人士女，炫服靓妆"的句子，古人还有诗"繁花对靓妆"，那"靓"字就是美，是靓丽，同港粤人应用的意思是一致的了。父亲当时说：香港人用的有些词汇与话语，中文英文因素都有，文言的来自中华文化，如"饮茶"、"食饭"、"行街"、"中意"……地名如"千岁湾"（即浅水湾）……舶来的如"巴士"（Bus）、"的士"（Taxi）、"德律风"（Telephone）……这个"靓"字就是来自中华文化的很雅的一个字。

说起"靓"字，我就想起梁翠薇。不知光阴流逝她后来怎么样了？这位梁姐姐，如还在，该是九十几岁的老人了！她是当时拍粤语片很红的艺人、明星。人美丽、聪明、和善，粤剧和歌曲唱得动听，她常被邀在交际场上出现。当时她也为抗战献金。人们当面都夸她："你好靓啊！"

在高罗士打行下午喝热可可时她爱点生柠檬汁：一杯金黄的柠檬汁里放着两三颗鲜红的樱桃，美极了，但非常酸。我有一次试点了一杯，喝了一口就皱眉咂嘴，引得她发笑。她有时会带一大叠明信片大小的照片来，总被大家分拿一空。她送过我一张签名照，穿着海勃龙长大衣，倚墙叉腰站立，露出旗袍和身材，光线从顶上射下来，她脸上有向往的神色。她比我大七八岁，会唱抗日歌曲《松花江上》《义勇军进行曲》，也会唱王人美的《渔光曲》和金焰的《大路歌》。有时她总爱拉我同她一起，她叫我"阿王"，要我叫她"梁姐姐"，她教我广东话，向我学上海话，问我战前南京的情况，问我香港好不好，有时开留声机让我听广东音乐《孔雀开屏》《雨打芭蕉》……很快我就懂得，她拉我站在一起，是避免有人轻薄她。因为那些交际场合的贵客们，有的色眯眯，握着她的手摸来摸去。有我这么一个年岁的男孩在一起，这种人不方便，她有安全感。

见到梁翠薇大多是在山光道香港的富商李尚铭家、德辅道一个做海参生意的富商刘子清家。有时，在高升茶楼吃早茶或在高罗士打行喝热可可吃蛋挞也有她。一次，郭绪发（一个商人）、两广监察使刘侯武的儿子等在李尚铭家突然邀请梁翠薇外出，她一把拽住我陪她一起去。我们坐郭的轿车到了跑马地一个姓麦的女交际花家。房子不太大，却华丽舒适。麦家是姐妹俩，说是姐妹，年龄像母女，大麦已是画眉涂粉的"肥婆"，小麦年轻漂亮风华正茂，听说追求她的人好多好多。小麦其实是大麦从小收养的，大麦要靠她发财。小麦会弹钢琴、月琴，能清唱广东戏和粤语歌曲，连梁翠薇都夸她"靓"。大麦会算命看手相，据说很准，但要收红包。那天，她给刘侯武的儿子和梁翠薇也算命看了手相。以后，我随他们又去过几次麦家。

麦家一间大寝室里香水味扑鼻，梳妆台上摆满大大小小的一瓶瓶香水。锦缎华丽的床上有鸦片款待嘉宾。穿旗袍的小麦烧烟敬客。一套古色古香的烟具放在床边茶几上的盘中。沏来一小壶热茶，点火让小烟灯燃着青光，客人上床侧身睡着，小麦坐在床前茶几旁的小椅子上，右手执钢签从签盘中一只银质烟膏盒里挑出些生烟膏在烟灯火上炙烧成烟泡，左手拿起一块火柴盒大小的白玉，将钢签上的烟泡在玉上滚动压紧。烟泡熟了，她左手端起那支镶翠的烟枪，将钢签上的熟烟泡就着火插黏在烟枪头上，然后，将烟枪递给吸食的人，客人就着有玻璃罩的烟灯"吱吱"吸食。她熟练地一手扶着烟枪头，一手用签子将被火烧化的烟泡汇集在一起，让吸者干净吸完。吸食者"吱吱"吸完，端起茶壶喝茶，那种快意和鸦片烟味刹那同时出现。香港不禁烟，当时有烟馆营业。英国人似乎仍愿意让中国人吸鸦片保持羸弱，吸鸦片还是交际场上的待客工具。郭绪发患"香港脚"（脚上湿气），吸鸦片时，大麦、小麦都说可以治"香港脚"。我当时却不能不想起林则徐禁烟的故事和鸦片战争割让香港的历史。

事后，我将这些告诉父亲。他是个不沾烟酒、不赌钱、不跳舞的人，叮嘱我以后别跟这些人出去乱跑，他说：香港是英国统治下的金钱社会，有些事，看到了一定要知道好坏。他把"出淤泥而不染"、"君子和而不同"一类道理讲给我听。我后来成年至今，这方面也像父亲，可能是受父亲的教诲和影响很深的缘故。

我的后母汪淑晴是上海人，富商家的"小姐"，到香港后，她就一心想回上海。父亲在外边同友人来往，她概不参加。当时，上海已成"孤岛"，公共租界（即英租界）和法租界之外，都在日寇占领统治下。那时，日本还不想同英、美及法国等把关系搞糟，所以"租界"还是受到保护的，后母的母亲和哥哥都住在英租界汉口路（即三马路），有宽敞的房子。她大哥是洋行买办，小哥是上海有名的维大福绸缎庄的老板。到香港后，她就一心想回上海，总是怂恿父亲与她一同回去，父亲说不回去，她就说上海租界上怎么怎么好。她哥哥来信也说上海租界上一切都好，也安全，报纸照样抗日，抗日分子照样活动，父亲有些好朋友都是些大人物照样都在租界上平平安安过着日子，为什么要流浪在香港等。后母很任性，也有心计，对我冷淡。她同父亲意见谈不一致，整天带着侍候她的阿妹逛商店购物，订了到上海的"柯力芝总统号"美国大邮轮的票，宣布她必须回上海看母亲，并且很快就带阿妹回了上海，将父亲和我留在香港。

我和父亲在后母走后仍住在"六国饭店"。

四面八方到香港的人多了，和香港的爱国人士合流，香港有了渐趋浓厚的抗战气氛，当然确也有人把它作为"世外桃源"看待。在香港，主要是用粤语，但沪语、川语、北方话……南腔北调混杂交错。这里，见不到战火和日寇，如果花天酒地，抗战是可以抛在脑后的。只是报纸上整天的战讯却刺激着人们的神经，尤其是从战火战区中来的人们，抗战的信息总是放在心上的。这中间，父亲有过不少活动。例如，父亲曾与老友监察委员杨天骥等去看望过在香港的孙中山夫人宋庆龄，看望过廖仲恺夫人何香凝（父亲未带我去看何香凝老人。我是直到20世纪50年代——1958年才在北京何老住所采访过她和她的女儿廖梦醒，并写了专访发表在《中国工人》杂志上的。那年何老已年近八十。后来为庆祝世界和平大会在吉隆坡召开，《中国工人》杂志社决定请一批名画家如齐白石、陈半丁、王雪涛等包括何香凝合作一幅国画《和平颂》印成彩色插页发表，并由新华社发稿，由我负责组织并请郭沫若题写了"和平颂"三个字。何老十分谦虚平易，采访她并请她作画她都慨然应允）。她们都在从事抗日救亡工作，听父亲说，孙夫人不顾日寇滥炸广州，曾从香港坐船到广州慰问伤兵和被敌机炸伤的难民。说有一个从敌机炸死的孕妇腹中取出的婴儿，居然还活着。孙夫人在医院亲手抚抱婴儿，叮嘱一定要小心看护抚养好……使人感动。又如1938年年初，驻日本大使许世英奉命从日本下旗闭馆坐船回国，父亲曾与友人接到通知去欢迎并参加宴会。

　　许世英是安徽人，民国14年做过国务总理，抗战前一年赴日本做大使。他身材矮小，不温不火，有人背后叫他"许矮子"。让他做驻日大使，据说就是因为他"稳当"，能忍受日本人的蛮横无理。抗战爆发，日本一直不宣战，许世英一直留在东京坐冷板凳。此时奉召回国，意味着蒋介石下决心抗战了！所以去欢迎的人不少。许世英和杜月笙关系很好，到香港时，杜月笙已从上海迁居香港，在九龙格士甸道有了一幢三层楼大洋房。杜月笙当时有个中国红十字会副会长和赈济委员会常务委员的职务，许世英到香港后，未找到房子居住前，就被杜月笙请到杜公馆三楼居住。父亲同杜月笙也熟识，所以与友人同去过杜公馆同许世英和杜月笙见过面，但未带我去（我是1940年才在香港见到杜月笙的，那时父亲已因抗日去世。许世英我是1948年见到的，在南京。那年，许世英七十五岁，矮瘦而小，但精干。他当时任行政院政务委员兼蒙藏委员会委员长。我岳父与他是老朋友，请他为儿子凌跃龙结婚时做证婚人。当天，让我坐轿车接送并招待许世英。闲谈时，他问我家世，我谈起当年香港的一些旧事，他仍亲切表示记得）。

　　父亲同我生母李苏在我六岁时因性格不合而离婚。当时父亲在南京工作，家在上海。离婚后，父亲将我带到南京，特别疼爱，平时有个保姆还有一个他的秘书张景春照顾我。父亲平时除了办公、开会、做纪念周、去一些特别重要人的住所或有特别重要的事须谈话外，他总爱带我在身边，所以我从小就认识他的许多熟人和朋友。父亲说："人要见多识广，认识文人名士，可以使你有好的教养。"他对礼貌和规矩是很注意的。彬彬有礼，规矩坐着，好好地听，不乱插嘴，不懂的事和话事后可以问。这就是他的"家庭教育"。所以，父亲不带我去的地方，我不会要求去；他带我去的地方，我总是很愿意地跟他同去。我觉得这样做确实可以开阔知识，增加见闻，学会应对。

消逝中的一些存在

抗战时期，从1937年10月到香港，滞留居住一年左右的生活，虽然有些已在我记忆中消逝，却仍有不少依然在我脑海存在。

父亲王开疆是政法教育界名人。他早年在日本曾参加中华革命党。"二次革命"时因反对袁世凯，被通缉并被刺客行刺受伤。1927年应邀由上海赴南京就任法官惩戒委员会秘书长，1932年被特任为国民政府中央公务员惩戒委员会专职委员，清廉正直为人称道。这工作很有权力，南京家中门房里经常有求见、送礼的人，多数是些县长、法院院长等以上的公务员。父亲历来是一个不见，全部让门房挡驾打发走。但为秉公办案，他与司法院长居正等常有矛盾。我上小学六年级时，有次他带我到居正家，为一个案件的事谈话发生矛盾，他最后拍了桌子肃然带了我起身就走，居正送他，他也不理。1936年他当选国民大会代表，在1937年春天终于辞职照准，他打算仍到上海做大律师，办大学。但"八一三"事变后，打乱了他的计划。这中间，于右任、邵力子、叶楚伧都找过他，要他出山，他都拒绝了，说慢慢再考虑。当时盛世才在新疆正开始统治，得到了上将军衔。盛世才在中国公学上过学，在日本留过学，同父亲熟识，热情写信并派人邀请他"去新疆一同工作"，许以高官厚禄，但父亲说："盛世才这个人野心大，与他不可共事！"他拒绝不去。到香港后，他关心时事，力主抗战，交往的多数均是当时的名流，听到一些不顺耳的话，他常常很激动。比如英国当时执行的是绥靖政策，为了英国的利益，帮助日本压迫中国对日本妥协。父亲一位朋友孙隆吉，曾在天津海关当过关长，知道当时英、日谈判，已将中国海关收入及存储全部代中国做主送给了日本。中国为抗战，一心希望向英国贷款。可是英国怕得罪日本，不肯借贷。"鬼佬"（香港人叫洋人为"鬼佬"）似乎就是这样坏！因为报上刊登：美国仍在将钢铁等大量卖给日本，让日本制造炸弹等武器屠杀中国军民。当时，父亲友人间传得最多的是德国大使陶德曼，在暗中调停中日关系想要中日停战，但日本要的条件是狮子大开口，蒋介石不肯答应，所以调停的希望不大。父亲听了，认为"老蒋这样做就对了！""中国人受日本人的欺侮这么厉害，再不拼命怎么行？"他认为"日本就像一条毒蛇，但要吞掉一只大象是痴心妄想！"

香港的气候很好。它属于海洋性亚热带气候，温暖，不寒冷。海风送来海水的淡淡盐味，空气湿润，站在海边会有这种感觉。十月金秋，应该是香港最好的时节。天气晴朗的情况多，有可爱的阳光。间或下了雨，柏油马路上很快也就干了。入冬后，香港也不寒冷。我穿一条深灰法兰绒短裤，换上长筒的灰羊毛袜，上身是白衬衫外加一件藏青西装上衣就行，用不着穿大衣，再冷有风时加件风雨两用衣就可以了。

初冬，有一天下午，父亲曾带我与友人监察委员杨天骥同去看望病中的蔡元培先生。我们是一起坐香港巨商李尚铭的私人轿车去的。住址在哪里，已全忘却，有印象的只是蔡先生的住处会客的房里书特别多，橱架上、长条桌上、书桌上全放满了书。蔡先生穿长袍、戴眼镜、上唇蓄短须，说一口浙江口音的普通话，声音不大，腹部突出，人显得苍老。父亲和杨天骥很尊重他，让我叫他"蔡老伯"。他对我笑笑点点头。父亲和杨天骥都称呼他"孑民先生"。他当时身体很不好，脸瘦有病容。他们谈些什么，印象已经淡忘，只好像谈了上海，他是从上海来香港居住养病的，也谈了抗战的事。还记得杨天骥老伯笑着问过我："你上学时是不是男女同校？"我点头，他就笑着说："这就是你这蔡老伯提倡的！他那时做教育总长。"我后来听父亲说过，"一·二八"那年，我随父亲离南京到北京住过一段时间，当时蔡先生是北大校长。父亲在北京时曾同蔡先生见过面。父亲这次与杨天骥先生看过蔡先生后，在香港圣约翰大礼堂参加"保卫中国大同盟"等举办的支援抗战的展览会及募捐活动，同蔡先生也见过面，只是我未在场。蔡先生与父亲在 1940 年同一年去世。父亲是 2 月出事，蔡先生迟个把月病故。出殡那天，参加的人极多，全港学校和商店都下半旗志哀。蔡先生葬在香港的华人永久坟场。后来，据说已很少有人知道或去扫墓瞻仰了！

关于杨天骥先生，他长得瘦小但面色红润，戴眼镜，秃顶，穿中式长衫，两眼有神。他一般爱用"杨千里"这个名字，江苏吴江人，诗词书法均佳，人称"才子"。他早年在上海某学堂教过国文，胡适是他学生。在 1906 年，胡适十五岁时，杨天骥汇辑《西一斋课文》以备"日后察看学生进步之迅速"，其中收入胡适根据杨先生的命题所作的论文《物竞天择，适者生存，试申其义》。当时杨先生对此文做了赞赏的批语，人都夸他"识才"。1937 年冬，胡适声名正盛，秋天时经香港去了美国。杨天骥同父亲不时谈到胡适，只可惜许多具体的事我都记不清了。

父亲说过：杨天骥先生早年在上海办《民呼》《民主》等报时同父亲相识。在香港时，我发现他会英语，能看英文报也能用英语同人会话。他代理过监察院的秘书长，此时他是监察院的监察委员，也在协助广东省政府主席吴铁城主持港澳的党政工作。父亲认为杨天骥先生

"才不外露"，"是个有学识的能干人"。他同杨先生很谈得来。

我随父亲在香港长住在"六国饭店"。当时这个八层楼的大饭店算是高级的旅馆。我们住房的隔壁，住的是四川籍名流谢无量先生：他个儿不高不矮，胖胖的，脸色很好，两只大眼看起人来慈祥和蔼，脸上总有笑容，不笑时也像弥勒佛，给人坦诚和大而化之的印象，说话声音很柔和，他那时曾穿一套新的藏青色西装，打黑领带。但西装上衣因吃饭时不小心很快就染上不少油渍。父亲说他是"名士风度"。他当时同杨天骥一样，都是监察委员。我们的住房朝海都有个阳台，谢无量那时单身一人在港，他比父亲年龄稍大一些，四川口音，是同盟会员，曾做过孙中山先生大元帅府的秘书。父亲特别夸赞他的学识和书法，听父亲说他在中国公学教过书，著述甚多。我后来上大学时，在复旦大学图书馆查阅他的著作，均是由中华书局和商务印书馆出版的，其中鲁迅很重视的《中国大文学史》就是他的名著。新中国成立后，我听说他在成都任四川省博物馆馆长，在四川大学任教，主讲《庄子》等，后来是全国政协委员，到北京中国人民大学任教，住在铁狮子胡同红楼宿舍内。毛泽东对他很尊重，曾在中南海专门设宴款待他。大约是20世纪60年代初，我看到过当时新华社发的照片，他坐在毛泽东的身旁，仍带着他那种安详坦诚的笑容，席上还有章士钊先生。以后，他出任中央文史馆副馆长，1963年去世。我因1961年夏就离北京去山东支援老区建设，以后未有机会和心绪去看望这样一位堪称文化名流的父辈。

谢无量在香港滞留期间，应是1937年秋冬。他在香港留的墨迹不少。因为经济不宽裕，他也收钱写字。当时，香港开设有多家当铺的巨商李尚铭很爱结识政界上层人士及文化人。一连几个月，每晚都在他山光道寓所设宴待客，款待得十分大方，毫无吝啬。他每次都派汽车接送客人，家中照例至少有一桌麻将或一桌"沙蟹"。谢无量和父亲几乎每天总带着我坐一辆来接的轿车去李尚铭公馆玩。当时的常客，除谢无量、杨天骥和父亲外，有两广监察使刘侯武及他儿子，有卸了任的天津海关关长孙隆吉（此时是银行家），有一个瘦长高颧骨的商人郭绪发（我20世纪80年代在四川做出版编辑工作时，见四川美术出版社出的《谢无量书法集》上收有谢无量写赠郭绪发的字）。此外，当时著名拍粤语片的影星梁翠薇等也应邀常来吃饭。李尚铭备有文房四宝，有时就请谢、杨和我父亲到书房给他写字题诗留下墨宝，并代别人索字，写后很快就裱了挂起。谢无量的书法风格独特，我觉得有的字像小孩写的，但实际苍劲挺拔，不落俗套，人都称好。

谢无量喜欢古玩。在港期间，许多古玩商人都到"六国饭店"送货给他看，要他购买。他极善鉴别，当时香港假的古董玉器极多，他用白洗脸盆，注上一盆酒精，将商人送来的玉器、翡翠、鸡血石等都放入盆里浸泡。假的就会褪色。他就当面退还商人，使以假充真的古玩商十分难堪，我到他房里，看到这样常笑得很高兴。他用放大镜鉴定古玩，还将一只德国货的小放大镜送给我玩。虽属无意的保存，但迄今仍在我抽屉里。他又特别爱打牌，在山光道李宅打麻将的常有他。他总是输得很多，但输了脸上也仍是十分从容，带着他特有的憨厚的微笑。

他有一件事给我留下了很深的印象。一次在李尚铭家，谢老伯和李尚铭的几个朋友喝茶聊天。一个上海客人大约为了讨好李尚铭，就说开当铺是积阴功的好事。穷人有了困难，要是没有当铺，过年或有了急用借不到钱，那真是死路一条了，有了当铺就可以救急等。附和的人也说确是这样！但谢老伯突然笑了，说："哈哈，穷人可不会这么说！开当铺的目的可不是为了啥子施舍！哈哈！"他朝着李尚铭说："对不对？"李尚铭也笑了，把头点了又点。他这也许是敷衍谢无量，也许是欣赏谢无量的坦诚。

我写长篇小说《战争和人》三部曲时，对其中写到香港的"六国饭店"等当年情况时，是动用了当年在香港住了一个时期的生活积累的。

香港女作家小思女士曾写过《香港文学散步》一书，内有怀旧散文，"六国饭店的名字深深地和40年代的中国文艺南方发展连在一起"。书中，还专录了我在《月落乌啼霜满天》中写的《六国饭店》的那个片断。那是1937年冬到1938年春时的状况，看到她书上八层楼高的六国饭店的旧景照片，当年我在那里生活过的情景不觉都出现在眼前。当年，八层楼的"六国饭店"早已变成三十层高的新的大楼了，是爆炸掉旧楼后重建的。看来，历史就是这样。它不会被人们遗忘和背弃，它也总是在向前进步发展。小思女士等在不少作品中都记录、发掘了许多中国文化人和名流在香港留下的事迹和屐痕。这说明香港回归前与回归后都自有一批值得尊敬的作家，他们有可贵的中国心。他们珍重历史，也在开拓今日塑造未来。他们懂得在拥有现代物质文明的同时，该如何去怀念、珍视那些值得铭记的文化人和文化活动，保存并光大香港历史上有过的那些属于中国的、美好的东西！

圣诞大餐、跳"加官"和猴脑宴

　　香港既有中国传统文化底蕴，又有受到英国殖民统治的经历，使它荟萃中西文化，交杂新旧事物形成一种浪漫风情，回味起来，心头会有说不尽道不明的感觉。

　　1937年冬天和次年的大半我都是在香港度过的。从12月下旬到次年过阴历新年前后的往事在心底镌留最深。

　　香港人因为曾处于中西交错的地位上，把圣诞节作为盛大节日来过。"六国饭店"在圣诞节前就布置得富丽堂皇，圣诞树上玩具琳琅满目，圣诞老人的巨像竖在大门口。玻璃橱窗里布置成皑皑的白雪，天际深蓝，闪烁着金色的大星。彩带和闪光的锡纸、玻璃镜漂亮得叫人看了就欢乐，彩色的灯光像眨着的眼，忽闪忽闪。不知什么地方，放出了《平安夜》的音乐声。"六国饭店"很靓，但湾仔木屋区那一带穷苦的人很多；"圣诞节快乐"的英文字很大，但中国抗战前方传来的战况令人揪心。

父亲的一位朋友，广东省财政厅厅长区芳浦在"平安夜"的当天让人送来了请柬，也有谢无量先生的。给父亲的一张请柬上还写明了"请与公子同来赏光"这样的话。我当时感觉：我随父亲一同外出交游赴宴的事一定在他朋友中传开了！我并不愿意跟着父亲外出赴宴吃人家的，但父亲又不能丢下我不管，因此习惯也就成了自然。父亲也是看人家是否诚心，去是否必要，他已没有实职在身，只有个国民大会代表的空衔，但许多朋友都喜欢他，他也不愿与世隔绝，接不接受邀请是并不被动的。朋友们都知道他实职在身时是不轻易吃请的。

区芳浦是广东人，从广州到香港住在浅水湾大酒店；他同父亲通电话说晚上请吃圣诞大餐，说浅水湾酒店的西餐最好！更说晚上还有父亲的老同学等着同父亲见面。父亲问是谁，他不肯说。谢无量因有事晚上决定不去。父亲也犹豫了。但来接的汽车来了，父亲就带着我上车赴宴。到了浅水湾大酒店，进入有圣诞树和圣诞老人的西餐厅。区芳浦笑脸迎着上来，后面跟了两个人，一个穿中装，一个穿西装。穿中装的年岁较大，是康有为的女婿。穿西装的确是父亲在日本留学时的同学。两个人都姓麦，但不是一家的。奇怪的是父亲忽然对区芳浦说："我带着孩子到一下就算来过了！我还有个地方要去，你们请进餐吧！"见父亲如此，区芳浦尴尬起来。但父亲已经带着我移步了。区芳浦送我们父子出来，父亲带我上了"的士"就回"六国饭店"了。我觉得奇怪，父亲对我说："那个康有为的女婿是香港电报局的局长。另一个姓麦的确实是我在日本时的同学，但是个亲日派，我不能同这种人结交。"这我就明白了：父亲是历来反对亲日派的！我和汪精卫的儿子汪有纲在南京中大实校同学，知道汪精卫是亲日派所以我不爱理他。这也是受家庭的影响。所以那晚，我和父亲回了"六国饭店"。父亲点了西餐让楼下送上楼来在房间里吃的。吃饭时父亲大致说：康有为是个保皇党，参加过张勋复辟，死前还向溥仪上折子谢恩，我为什么要同他女婿做朋友？那个与我同过学的人，早先就是亲日派，不来往的！如今日本战争中占了上风，谁知他要干什么！区芳浦太岂有此理！……我觉得父亲脾气刚直。但觉得他是对的！父亲是日本留学生，但一直不同亲日派来往，更不同日本人来往。

转眼到了1938年的除夕，父亲的老友两广监察使刘侯武发来请帖，请父亲和我同去广东同乡会看潮州戏《玉堂春》。刘侯武是广东潮州人。他这两广监察使大部分时间应在广东、广西执行监察任务，但他也有在香港要办的事，所以有时就在香港，也有住房在香港。秋天时，他看望父亲时见到了我，一再夸我相貌好，表示喜欢我，杨天骥就撮合使我拜他为"干爸"。头一天说了，刘侯武第二天就送了些吃食和一套英国货的西装料给我。所以虽是潮州戏，又是《玉堂春》，我还是去了。天黑时，刘侯武派车来接，广东会馆是中西合璧式的灰色建筑，里边有个会场可以演戏。我们到时，刘侯武陪杨天骥、谢无量、李尚铭等都已到了，都坐第一排，横桌上放了花旗柑和高脚苹果及各色八卦状的果盘：蜜饯、糖果、牛肉干、瓜子等，大家拱手作揖握手坐下，女招待不说："请吃吧！"却说："请抓痒吧！"也不知是什么意思。我随父亲坐在刘侯武右边，盖碗茶泡来时，开场锣鼓敲响，震人心魄，足足十多分钟。幕拉开了，掌声中只见台上右边门里出来一个戴着"加官"假脸的角色，大红袍、高底靴，一手举着"加官晋爵"的金牌，一手拿着牙笏，踩着锣鼓点，倒着碎步跳来跳去，舞个不停。这时，台下来了两个穿长袍的男人拥着一个年轻坤伶手捧捐簿来到我们面前，说是为救济潮汕贫病艺人来港义务募捐，敦请官商各界慷慨解囊。这时，台上又出来一个着戏装的财神爷也开始跳了！穿着绿蟒袍，戴着头盔，手拿"得财进宝"的金牌，跳得火热，捐簿递到父亲手里，一看，捐簿头上不知是谁已签名写了"壹仟元"。父亲自然只好也签名写了"壹仟元"。这捐簿又逐一由那美女递请坐在第一排的客人一个个签上名字和款数传过去！这种做法当年上海那些头面人物借着给父母或自己做寿开堂会时就有，名曰"打抽丰"，实际是一种敲竹杠行为。刘侯武是借此为家乡潮州戏剧团做"好事"。我们第一次看潮州戏，听不懂也欣赏不了，硬挺到看完，才被送回"六国饭店"。

刘侯武个儿不高，宽额大眼，唇上留点小胡子，常带笑容。广东潮阳人。学生时代参加同盟会。曾在暹罗（今泰国）办《中华民报》，也在汕头办报。1936年与父亲同时当选所谓的制宪国大代表。这时他任两广监察使，在香港，极有权势也颇有人缘。抗战结束，他辞官回家乡办了潮阳大学，新中国成立后，他去新加坡做了潮阳学校校长并筹办南洋大学。20世纪70年代中在香港病逝。自这次看潮州戏后，我偶尔也听人说起他的情况，但却再未见过这个"干爸"。

也就在旧历年间，收到大红请柬，到山光道李尚铭的花园豪宅里吃"猴脑宴"。据说，李尚铭是极少请人吃猴脑宴的。他的豪宅，是两层高带假三层的宽敞英国式的多卧室建筑，房顶带古典中国式。大客厅也是中国式红木家具配有中国书画、屏风等摆设。花园极美，有喷水池、绿草地、养金鱼的大缸，更多的是花卉树木，一片小竹林，竹枝上丝线拴着薄瓷片，有风吹拂时，薄瓷片甩起来，瓷片碰摇，声音悦耳。许许多多由花工在暖房里培植的盆栽争奇夺艳。矮树上挂着鸟笼，芙蓉鸟和银眼圈鸣声可爱。李尚铭陪父亲和我上过二楼。楼上十分豪华。有中西古玩和工艺品，有巨幅西洋油画，中国的青铜器、瓷器，更有大玻璃橱，放着由大到小许多个纯金罗汉，一间大卧室里，靠墙有他死去的漂亮年轻太太穿着骑士服骑马的巨照，一丈左右见方，是照片放大拼制成的。李尚铭丧妻不娶，为悼念爱妻还留起了山羊须。他中等个儿，头顶微秃，戴金丝眼镜，穿得非常朴素，总是灰色中式长袍，挺着大肚子。他喜欢结交名流官吏，相当长一个时期，总派车接我们去豪宅聚会，家有名厨，菜肴丰盛，应称顶级美食家：席上总有清蒸大龙虾（那时的龙虾特别大，有时有一尺多长，三四斤重不稀罕。不像如今的龙虾，大的几乎看不到了）、清蒸石斑鱼或比目鱼、炒香螺片、红烧对虾、芙蓉青蟹、炒海瓜子、水煮蚬子、烩海参、烩甲鱼裙边。鱼翅羹和燕窝汤自不必说，鲍鱼他总用日本金钱鲍，还喜欢用罐装法国芦笋、英国瓶装小酸黄瓜，至于火腿鸡汤、印度咖喱烧鸡、牛奶菜心、广东腊味等自然属于常有的陪衬。家里的女佣都是广东姑娘，一律梳一根大长辫拴着红头绳垂在背后，穿一样的唐装，端菜上茶彬彬有礼。家里像个俱乐部，男女宾客打扑克和麻将牌、聊赛马、去澳门赌钱的都有。有些当时的影星艺人和交际花间或也清唱一些粤剧和歌曲，奏敲月琴凑趣。就餐前后，饮茶喝咖啡，名流们总是在摆好的大桌宣纸上挥毫写字或赋诗写了赠送他。

吃猴脑宴那天，李尚铭豪宅楼侧供着观音像的佛庵两旁挂着两串金纸大元宝，坛前一只香炉烧着劈碎了的檀香木，浓烈的檀香味弥漫空间。香港怎么叫香港的呢？据说早在明朝当地就生产一种莞香木，居民们将这种香木砍下运到一个小海港（就是香港仔）再转运到广州和内地去卖，这个小海港和附近的地方就得到了"香港"这么一个美名。

这天，过年的气氛特别浓烈。虽然，请的客人仅仅一圆桌，不外是刘侯武、谢无量、杨天骥、孙隆吉、父亲和我，还有两个李尚铭的香港好友，但招待的规格特别高。饭前，我怀着好奇去看猴子，看到厨房旁的屋里一只剃光了脑袋的猴子，用酒灌醉了站在一只木制囚笼里，猴头在囚笼上端露卡着不动，猴脸因为醉酒显得通红，所以猴子闭眼站立像熟睡一样。后来，进餐了，餐厅里用特制圆桌，桌上搁着特制的银光闪闪的大台面，台面中央有个空白碗口大的缺口，大小正好可以套住猴子的天灵盖。我们入席之前，猴子已被削去天灵盖用囚笼装着推入桌下（囚笼下有轮子可推行），故而只看到银台面上银制杯筷碟匙一应俱全。各种颜色的调料红色、黄色、绿色……都有，每个人面前还有高脚瓷杯放着生鸡蛋。两只紫铜大火锅（中间烧着通红的木炭）里鲜汤翻滚，沸喷香气。吃猴脑就是用银匙往桌中央的碗状猴脑壳里舀出一些带血水的猴脑来放在自己的碗里，碗里早按自己的需要舀集了黄酒、葱花、味精、酱油、醋、姜末、芥末、白糖等作料，然后舀入火锅里滚开的鲜汤烫熟，爱吃鸡蛋的还可以在火锅里打上一个生鸡蛋与猴脑一并吃。然后，又上其他菜肴和饭点。那天，我开了眼界，但不肯吃猴脑，只觉得残酷、恶心。父亲也未吃猴脑。

李尚铭结交官场名流的主要目的是希望做生意。后来似乎未达到什么目的，他的热情招待也就淡下来了。据说，他同刘侯武仍有交往。父亲不住"六国饭店"带我住到租来的住处后，交往的人又有了些变化。父亲给我请了家庭教师，每天上午我都得在家里上课。父亲上午外出都是独自去，下午或晚上有人邀请我才有机会跟他同去。但新的香港生活的画面仍继续变幻地呈现在我的面前。

一位去打游击的家庭老师

父亲在香港露面多了，来看望父亲的人也就来得多了。其中还有年轻人，干什么的不清楚。但有些讲起话来慷慨激昂，都是主张抗战大骂日寇的人。记得清楚的是一个名叫聂海帆的，他年岁比父亲要小不少，身体壮实，个儿高高，穿着西装，戴着眼镜，有点学问的样子，会讲普通话，也会讲上海话。有时独自来，有时与另外一两个人来。讲话总压着声音但却很激动，父亲说他想找父亲商量办大学的事。有一次，我正在玩木制的模型飞机，从商店里整盒买来，自己装配起来玩，可以用粗橡皮筋绞紧让模型飞机飞起来。聂海帆来了，父亲说："洪溥，你出去玩玩去！"我就明白，他们可能有要紧的事谈，也可能父亲嫌我在场，有些事他可能不想全让我知道。我拿起模型飞机就从"六国饭店"三楼下到楼下，走近海边去看维多利亚湾那些吸引人的景色了。这个大深水港，大型的各色邮轮和英国军舰都可驶进来停泊。

海面上船只来往忙碌。沿海有大排档，卖咖啡、罐头炼乳和果酱、黄油"土司"和"热狗"（面包夹香肠）……也有烤鱿鱼的摊子卖涂酱的鱿鱼。海鸥乱飞，情景热闹，我常常流连忘返，也到靠近湾仔的一带找空地放模型飞机。湾仔一带的居民穿木屐的特多，清脆的木屐声刚听觉得吵闹，听惯了却变得悦耳了。隔上两三个小时我回"六国饭店"，父亲外出了，我就独自在房间里开收音机听或看看报刊，心里感到寂寞。

后母没有回香港的意思，来信总是叫父亲回上海。"六国饭店"住着开支大，我渐渐明白，家中的经济开支大权是掌握在后母手中，父亲见他的友人像杨天骥老伯等是租了房子住的，父亲就决定托人找房子。我到香港后，不上学，父亲说我像个"无业游民"，就又决定赶快替我找个好的家庭教师。这两件事他都要抓紧办。

他做了决定，说办就办。他认识了一个姓黄的本地人，是永安公司的高级职员。这位黄先生干练负责，很快就在离湾仔不远处找到了房子。那是一种临街有骑楼的房子。在二楼上，一大两小三间房，有阳台，有很小的厨房和卫生间，还有电话、铁门，安全、干净、朝南。有客来摁电铃后，铁门上有个小活动门可以移开看到来人是谁。黄先生又在报上登了一个招聘女佣的小广告。香港报上这种广告特别多，找工作的人也多。说明早上八点到中午十二点，负责买菜，做中、晚两荤一素一汤的菜和饭，兼带打扫卫生购买杂物。很快就找到了一个中年女佣，广东人，姓齐，就叫她"阿齐"。这阿齐话很少，来了就做事，时间掌握得很准，十一点半总是把饭菜做好，十二点我们把饭吃完，她洗好碗就走。晚上的菜都已做好，父亲和我自己晚上热了就可以吃。我跟她上附近菜场去买过菜。菜场里鱼杀好了卖，可以买半条，活的鸡鸭杀了卖。海味多，蔬菜品种也多，芋头有菠萝那么大。阿齐会用鸡鸭"煲汤"（煮汤），做的广东菜像西洋菜鸭肫汤、炒紫菜苔、炒蚝油牛肉、咸鱼蒸肉饼等我们也吃得惯。父亲很满意，也常打发她去熟食店买叉烧肉、卤鸡蛋、卤鸽子，到水果店买水果，到商场里买罐头牛奶、面包和蛋挞做早点。生活安定了，很快那位黄先生就把他的一位本家弟弟名叫黄魂的介绍来做我的家庭教师。黄老师不满三十岁，是广东惠阳人，高颧骨，一头浓黑的头发，两条浓眉毛下带凹的眼睛。个儿不高，但身材结实。他因为家里穷，没有很高的学历，但他自学成才，上过平民学校和职业学校，自己又学完了从高中到大学的课程，在惠阳有过教初中的经验。他能写一笔漂亮的字，到香港后，每天下午在一个雕刻厂做雕模技工，晚上，给一家进出口商做英文打字及计算抄写的工作。他可以从早上八点到中午十二点帮我补习数理和英文、中文。黄先生带来了他写的毛笔字、钢笔字和英文打字的信函及他投稿在报上发表的一些短文和诗给父亲看。短文和诗都是从报上剪下来贴在一本练习簿上的。有首诗我当时看了，后来又看过并且记熟了头两句，到今天都未忘记，那是："我是路边一株踩不死的小草，我是田里会翻土的蚯蚓……"

父亲问了他一个问题："你的名字是家里取的吗？什么意思？"

他答："我本来不叫这名字。这名字是我自己改的！日本鬼佬侵略中国，黄帝子孙应该有黄帝魂！"

父亲听了点头，说："很好！我就把孩子交给你教了！从早上八点半到十一点半，十一点半准时在我这里吃饭，你吃了饭去工厂不会耽误你下午的工作的！"父亲脾气有时较急，但他是体贴人的，又说："我不会亏待你的！请放心！星期日不上课！"

从那以后，周一到周六，我就忙起来了，黄老师总是准时来，准时结束课，吃完中饭就走，非常匆匆非常准时，他对我很和善，教得也很不错。初中课本是他不知从哪里弄来的，适合我的程度。我在南京中央大学实验学校上小学时，二年级开始就学英语。听他的英语发言带广东音，但广东人讲英语带广东音也正常，我也习惯。父亲要我尊敬老师，我也努力做到。我们之间慢慢有了感情，相处虽不过五个月光景，长期以来我却仍保持着深刻的印象和感情。每当想到他和他的诗时，心里总是发热的。

有些事，他使我有了难忘的记忆。

那时候，他来上课，总随手带一只灰布袋。袋里有本子、笔、毛巾等杂物，还时有赛马的报纸杂志；又总放着一本厚厚的《中国名人录》（好像是这么一个书名），黑衬底烫金的书名封面。他在让我做数学题或诵读默记国文课文或抄写英文时，有时常会抽空翻这本大书阅读。我好奇，问他是什么书，他就把书放我面前说："看啦！我中意这本书啦！"他告诉我这是一本介绍名人生平的书。我向他拿过来看，书很枯燥，就是一个个人名按姓氏笔画排列。像字典，下边是介绍这个人的经历，如某某人，籍贯何处，哪年出生，学历和经历，很单调。他却有点空隙时间就看，哪怕看几分钟也很专心。我终于问："看这有什么用？"他答："有大用！"但也没说出什么大用来。直到有一天，他见我又问，才说："我在研究，发现这些人都很有名，都很成功。从他们的经历可以知道，他们大多上过学，有文化，有的还到外国留过学。这些人都很努力。有的是大军人、大官，有的是大学者。如有的是专门下棋的，也能成为棋王，把外国的名棋手打败。有的是变魔术的，居然成为魔术大王。行行出状元，唱戏的能唱成这个派那个派的，变成了泰斗。这些都使我懂得人要爱学，有时间有机会就要努力学抓紧学。中国学了不行再到外国学。"他说的大意是：一个人必须拥有高到受重视和被人需要的本领！讲着这些话时，他似乎决心很大，也很有信心。事后，我把他的这件事和这些话告诉了父亲。父亲笑了，点头说：这个年轻人说得有道理，他将来会有成就的。这些话也是在教你努力呀！事实上，他和父亲说的意思是我在后来成长中体会到的。

第二件事是他爱赛马买马票。香港人许多都这样。有大跑马场。"跑马地"的地名应当就是这么来的！那实际是一种凭运气的赌博，香港人对这很迷恋，报纸上也大版大版刊登跑马的信息和照片。这些信息我当时看不懂也不爱看。香港街上常可看到有人在投注站买马票的。黄老师就是爱玩这一项的人。他手提包里常有我看不懂的跑马场次表、赔率表、投注指南、骑师搭配表一类的材料。

从他那里，我当时懂得马的寿命约三十岁左右。要想取胜，买马票靠的是运气。有次他叹气说："嗨嗒啦，嗨嗒啦！我嗨穷命啦！"但尽管这么说，他关心赛马的事一直未停。只是有一次对我说："爱赛马是我的缺点！很不好的！你不要学我。"有一次也说过："做发财梦的人是发不了财的，想发财还是要靠努力奋斗！"当时他的样子很严肃。至今，我仍记得他那高颧骨的脸上那种认真坚决的神态。

他有时将诗写在口袋里的一个本子上。他讲课辅导我时，是预先在一个练习本上花时间做好笔记的。教国文时，课文之外他常给我添加些诗词。他买过狼毫笔和墨及砚台送我，还买来本子经常要我临临碑帖写写大小楷。他讲课条理清楚，数学使我易懂，讲国文时很认真。一次讲课时，给我讲"串"这个字。他说出一大堆话来，我一下子就记深刻了，至今不忘。他说：串，物相连贯也，连串而成的物件叫"串"。如一串珍珠，一串铜钱。串也可以做到访的解释，比如北方人将上门到别人家访问叫作"串门"；串通就是沟通；"反串"，那就是用在演戏时男的扮女的，女的扮男的，或老生反串小生……这种说法，当时我觉得有趣，也就记住了。

黄魂老师是个爱国青年，关心抗日的战局。看着报纸上一些败退的战讯，常会叹气。同父亲有时谈起抗日，他总是慷慨激昂，大骂"日本仔"和"东洋鬼佬"！他有很好的嗓音。有一次，父亲外出不在，他唱一支抗日歌曲给我听："拿起你的枪，快快儿奔前方；和这恶虎狼，拼命地战一场；我们受亏已不少，今天和他算总账。"声音高亢，感情充沛。

正在这时，门铃响了，父亲回来了！他也不唱了，但父亲听见了他的歌声，父亲说："唱呀唱呀！你唱得很好！对洪溥，我不但要你教他功课，也希望你教他爱国。"

黄魂老师对父亲是很敬重的，对我说过："你有一个好爸爸！你要努力！"

有一天，他对我突然说："我也许会改变一下生活！到抗日前线去！"

但他没有多说，我也没有多问。

他给我做家庭老师大约有好几个月，突然，有一天，他彬彬有礼地对父亲说："很对不起，因为我有事不能再做家教了。"父亲问他什么事，什么原因，他也不讲。父亲问他是不是经济上的问题，他说不是。接着，他就真的不来了。隔了些天，介绍他来的那位穿西装的黄先生来看过父亲。父亲问起我的黄魂老师。

黄先生说："也弄不太清。他说是要去打游击。家乡惠阳那边现在有了游击队。他大约是要去参加，人就离开香港了。"

父亲和我唏嘘了一番，我简直有点伤感。

从此以后，我再也没有见过黄魂老师，也不曾听到过他的信息。

但，在香港相处过几个月的黄魂老师在我的记忆中始终存在，没有也不曾消失。回忆香港那段生活时固然会想起他；有时，在心情起伏时也突然会在脑际出现他那高颧骨的面容和捧读那本厚厚的名人录的模样。不知他是否真去打游击抗日了？他会阵亡牺牲了吗？谁知道呢？只是师恩难忘，想起他时，一种感激之情总会油然荡漾在我胸间……

难忘当年香港仔送别

夏天的香港，太阳有时很凶，但由于有海风，房里总有电风扇，并不使人感到闷热难耐。只是父亲的心情是不好的。他的心总同抗战关联着，战局不好，他总关心。他又是个爱工作的人，想做的事在香港没法做，当然苦闷。继母汪淑晴来信，仍总是要父亲带我回上海租界上住，居然有一天来信要父亲去香港著名的黄大仙祠去烧香求签，说听说那里算命看相很准，建议父亲去拜一次黄大仙对于回不回上海做个决定。父亲看了信摇摇头把信递给我看，说："可笑!"他是不相信烧香求签和看相算命的，当然不会照办。

大约是6月里，由于日寇沿陇海铁路进攻，又要从平汉路进攻武汉，形势不好。有一天，报上突然刊登了日寇飞机炸毁黄河大堤，花园口决堤淹没了大片城市与土地的消息。事后得知，是有日机轰炸但也是为阻敌进攻下令决堤造成重大祸害的。据悉当时淹死九十万人，有一千多万人流离失所。父亲看后，非常感慨。就在这天后，杨老伯来看望过父亲，两人谈起花园口决堤，都估计损失惨重，也都怀疑堤是故意炸开口子的。这天，杨老伯带来了叶楚伧给父亲的一封来信。

叶楚伧与杨天骥是同乡。过去在南京时，我们住过高楼门100号的一幢红砖洋房里。边上的邻居就有外交部次长徐谟、画家徐悲鸿、南京市党部负责人彭尔康，还有这位当时任国民党中央常务执行委员兼行政院副院长的叶楚伧。这时，他仍在武汉，已是国防最高会议秘书长。官很大，权也很大。叶楚伧戴眼镜，仪表挺好，说话文雅，当时颇得蒋介石信任。他前清时做过"七品小京官"，后来参加过同盟会和中华革命党。杨天骥转来的信是由于父亲曾给叶楚伧写了一封信，大约谈了自己的情况及表示对抗战的信心，想了解一些时局。叶的信怎么回复的我已弄不清，只记得信中谈到要坚决保卫武汉，但中央各机构全部拟迁至重庆。当天，父亲同杨老伯谈了很长的时间，觉得老蒋坚持抗战的决心是下定了。中国地方大，回旋的余地大，政府将来到四川去是对的，战事会长期坚持下去的。当时报纸上有幅漫画：一个面目凶恶的日本军人手拿军刀，但两足陷在很大的泥潭中。中国虽然沦陷了很多地方，如今日寇快打到武汉了，但日本的两足确实像陷在泥潭中难以拔出了。杨老伯不仅帮叶楚伧转信给父亲，也帮于右任转过信给父亲。于右任是国民党中央执行委员、监察院院长，父亲有时亲切地叫他"老于"或"胡子"。父亲辞职拟仍做律师并办大学后，他曾建议父亲在上海重新恢复有革命传统的中国公学。有次，他给杨天骥转给父亲的信又提到这件事。杨老伯也认为于右任的建议很好。因为中国公学名声大而且名声好，比创办新的大学来得好。但抗战在坚持下去，父亲在香港要实现他的愿望，完全没有可能。父亲甚至想过：是否在香港设法做律师？但这想法他很快就自己否定了。他不可能在英国人的殖民地上做律师！语言、法律等对他都是生疏的，最主要的是他熟识的人事关系都不在香港，没有人脉，他动弹不得。开律师事务所需要的从房子到助手等，他都无法张罗。为这，当然看得出他的烦恼与苦闷。

李尚铭打电话给他，说老朋友们，包括刘侯武、谢无量、杨天骥等都仍常去他山光道住所叙聚，久不见父亲和我了，欢迎仍去玩耍。但父亲答应了，却没再去。天气热后，有一天，李尚铭正式发了帖子，说是请好友们欢聚，由香港到澳门去玩两天回来。但他们去是想去玩赌场的。父亲就推托不去了。他对我说："赌博是一件非常坏的事，不少意志不坚定的人因为沉迷赌博，闯了大祸，毁了前途。一心想赢钱，结果却倾家荡产……"他自己是不赌的。所以，当李尚铭等坐船从香港去澳门游玩时，父亲谢绝未去，我也并不遗憾。

其实，在香港也是有赌场的，只是没有澳门的赌场大和出名而已。而且，香港有些高级的酒店、旅馆、餐馆里都总是摆着一个或几个"吃角子老虎"在边上，顾客只要有硬币就可以用来玩耍。我在"六国饭店"住时，到它楼下餐厅里玩过一次，纯粹是好奇，父亲也是同意的，说："可以，你也可以尝试一下赌博的滋味，但这仅仅是让你懂得一点赌的滋味。不是教你赌或是鼓励你赌！"我在"六国饭店"赌了一次，在"陆羽茶室"也赌了一次。那种"吃角子老虎"像只方箱子似的竖在那里，可以看得到里边并不是空的，而是有不少钱币在里面。有个塞钱币的线形口子，你可以把硬币塞进去，然后用手使劲将一个扳手一拉，有时毫无反应，那你投的钱币就吃进去不吐了！有时你的手将扳子一拉，突然哗啦啦许多硬币都吐在下面了。这吐出来的一大堆钱币就属于你了！赌钱这种赢法，一个可能换成多个，当然会鼓励人的赢钱欲望。我尝试了两次，一次输，一次赢。由于输的一次只是一个硬币，赢的一次却拿到三四元的硬币，自然算是赌赢的人。但父亲说："好了！以后别再玩了！俗话说，久赌必输！天上不可能掉下肉包子给人吃的！"我是很欢喜父亲对我的这种教育方法的！

仍常常有朋友来看父亲。

那位聂海帆先生也常来。有天，他请父亲和我去吃晚饭，说是该吃吃葡萄牙菜里的葡国鸡。他陪我们坐"的士"到了皇后大道中，下车转进德已立街，路上上下下，有点曲折，最后到了一家葡萄牙人开的餐馆。门面不大，高处挂着彩旗，店招是彩色的，上面写着大字"葡国鸡"，画着一只大公鸡，还有葡萄牙文。这当然是一种西餐，汤、冷盘都没什么特别，小面包、黄油、果酱也没什么特别。精彩的就是一钵蒸得滚热的"葡国鸡"。那是将鸡腿切碎用大量香料和佐料外加许多奶酪蒸熟的一种特色乡土菜，确实味道很好。

我闷声吃鸡，但听到父亲同聂海帆谈话。谈的是在上海租界办大学的事。聂海帆反对用"中国公学"做大学的名字，理由是不要惹麻烦。因为"中国公学"这个名字容易引人注意。他这里说的引人注意的"人"，显然指的是"敌人"。他说："学校的名字我已经想好了，就叫'三吴大学'！不引人注意！"他又说："您做董事长，我任校长！依您的声望地位，在上海租界上是吃得开的！你是前辈，法界名人，工部局、法院、律师界、警察局都有您以前的学生和熟识的关系。校址已经不成问题，这事现在只等您点头了！"

父亲沉吟着，当时并没有点头，好像也没有再说什么。那晚吃完"葡国鸡"后，聂海帆送我们回家，临走时，他好像对父亲说："请您再好好考虑一下……"

聂海帆走后，我问父亲："为什么叫三吴大学?"

父亲说："我也问过他，他说，苏州、常州、湖州自古以来，叫作'三吴'。在上海办个大学，吸引苏州、常州、湖州这一带的学生用这个名字合适。我却觉得没什么好!"

从此以后，日子过得好像极快。父亲仍是与友人——熟的和新认识的不断来往。聂海帆则坐船去上海了，好像他的意见和父亲的取得了一致，他去开拓办"三吴大学"的局面去了!

后来，隔了两年，在上海，那时"三吴大学"已经办成开学，父亲是董事长，聂海帆是校长。有一天，有两个敌伪杀手带了礼品装作给聂海帆送礼，到了"三吴大学"的办公室见到聂海帆后立刻开枪，聂海帆顿时倒在血泊中牺牲了。刺客是日寇和汪伪的极司斐尔路 76 号派来的。接着，父亲就收到了恐吓信又遭到了绑架。那个阶段，我才从父亲处知道"三吴"并不是苏州、常州、湖州的古称。"三吴"是吴玠、吴易和吴樾。吴玠是南宋屡破金兵的名将，吴易是南明起兵抗清的将领，吴樾是近代民主革命的反清烈士。显然，父亲后来同意用"三吴大学"这个校名也是有道理的。

父亲决定要去"孤岛"上海了! 他是一个爱国者，去上海当然不是为了苟安于乱世。临行，有一伙友人为他在香港仔摆宴吃海鲜送行。那对我是至今难忘的一个晚上。

去香港仔，路较远，当时那是一个泊着许多渔船，可以看到好多船桅和大海的渔港，比较荒凉，但碧海靓丽。来吃海鲜的人并不太多。我们赴宴在一只固定于海边的大舫船上。它用红红绿绿的油漆刚打扮一新。舫船停泊的岸上，许多玻璃器皿和木制盆具内都养着各色生猛的海鲜。翠海如镜，远处的沙滩上，有槟榔树、绿色的尤加利树。在舫上摆筵席，使我想起战前随父亲在南京秦淮河和到苏州去太湖吃"船菜"的旧事。那晚，吃了些什么记不清了，主要不外是海鲜，但桌上花雕酒的香味至今想起似还存在。朋友们多数都较年轻，敬父亲酒，父亲仍未喝酒，但说了激动的话，大意似是我不去重庆而去"孤岛"会有危险，但我无所畏惧……有人提议：起立唱一个歌为父亲送行，唱的是《义勇军进行曲》："起来！不愿做奴隶的人们！把我们的血肉筑成我们新的长城……"歌声慷慨激昂，使人热血沸腾，那时候是几乎人人都会唱这支歌的。我夹在中间唱歌，不知为什么却流泪了。父亲那晚，为什么那么激动地说那样的话，我当时似乎不懂，只是，他回"孤岛"后，的确遭遇危险，并终于因抗日死在敌人手里！于是，那晚的往事，他那晚魁伟地坐在那里讲话的情景，至今与香港仔的靓丽海景从未湮没在我记忆的深井中！

父亲去沪是为了应邀用他的声望及社会关系在租界上秘密办"三吴大学"，掩护进行抗日活动。那时，从香港到上海只有坐海船来往。最奢华最大的是英国的皇后号邮船，都是数万吨级以上，如"亚洲皇后号"、"日本皇后号"等，其次是美国的"总统号"邮轮，如"柯力芝总统号"等。一般两天两夜至三天可以抵达。再次是荷兰的邮船如"芝沙连加号"等，约一万几千吨至两万吨。最小的是英商太古、怡和公司的海轮，几千吨不足万吨，要航行四五天以上，颠簸得厉害，条件较差，只是比较便宜而已。

父亲同我买了英国的"亚洲皇后号"大邮船的二等船票。这是一艘航行全球的巨型豪华的四万五千吨级的客轮，奶油白色，巨大得像幢巨型建筑物，头等舱在最上层，二等舱在甲板上端，下面是三等舱，已在甲板下方了。舱底则是四等舱。上了船，四通八达，左转右弯，使人迷路。二等舱的客房很豪华，彩色地毯，丝光窗帘，两张铺着洁白单被的钢丝床，另附全套设备的浴室、盥洗室，还有沙发、长桌、壁橱。我还是第一次坐这种豪华巨大海轮，房里许多环球旅游彩色风景画吸引了我。船要夜晚八点钟才起锚放行。我走到前甲板附近的舷梯边上站着，只见船上大菜间和二等舱的旅客们都倚着船栏在向下张望。码头上拥挤着许许多多送客的人群，也有许多码头工人在搬运大包、扛着大箱或行李在来往装卸。

船下海面上有一幕奇怪的景象，一个广东人在我身旁叫一个穿红衣黑裙的少女："快来睇水鬼！"

原来邮船旁的海面上有三条小舢板，还有两条大木盆船。每条舢板或木盆船上都只有两个人：一个划桨，一个光着身体只穿一条三角裤的就是被叫作"水鬼"的人了。海风已凉，"水鬼"都颤抖着伛偻着身子蹲在船头仰面向上朝着邮船上的乘客做乞讨的手势呼号。谁将亮晶晶的毫角扔下海去，"水鬼"就扑通跃身下海，在海水中将钱币捞上来，举手向船上的乘客亮出钱币致谢。

天色正由光亮转向昏暗，"水鬼"在海水里的动作透明透亮，看得清清楚楚，但看的人多，扔钱的人少。一个吸雪茄的华侨模样的人将一小把银毫币一起扔下去，一下子五个"水鬼"一起投入水中，抢捞得真是紧张。逗得一些观众笑着议论：扔钱的人少，丢下去的钱币恐怕还不够几个人在海边排档摊子上吃一顿咖喱饭或鱼生粥。我心里产生怜悯，我特别怜悯一个白发老婆婆划着木盆船上的一个幼小的"水鬼"，我掏出手帕，将袋里用剩的一些银角加上分币包好瞄准了那一老一小的盆船扔去，可是偏偏手巾包被风吹晃到离他们有四五米远的海水处，反倒被一个强壮的在舢板上蹲着的"水鬼"一个猛子蹿到海里，水中捞月似的捞走了。我心里很失望，没人知道我的心意。可惜我身边没有毫角了……

就是在这种心情下，船开动了！

船进入大海之中，夜晚四面漆黑，大海看不到边，海真大呀，黑水洋似的真吓人，一望无际，浪花激溅，跳跃喧哗。

我带着不好的心情离开甲板回到舱房。

不堪回首的尾声

1938年秋天回上海后，我们住在租界后母汪淑晴家。地址是汉口路（即三马路）同安里21号。后母的父亲已去世，遗嘱女儿和两个儿子同等待遇也分遗产的三分之一。汪淑晴在家是得宠的。父亲又是有声望地位的人，因此他们家将三层楼洋房的二楼让出给父亲和后母及我居住。款待得较好。我插班进了上海东吴大学附属中学。每天在汉口路口子上的慕尔堂教堂里上中学。这时聂海帆做校长的"三吴大学"已经开学，招生等事情多已办妥。父亲是董事长，在上海聘了一批董事，开过会，详情我不了解，但父亲极少到学校去，聂海帆在我记忆中由于忙及怕引起注意等原因，也特意不到同安里父亲住处来。这时，父亲来往的仅有较好的朋友。如上海的江苏高等法院刑庭庭长郁华常到同安里看望父亲并长谈。郁老伯也是日本留学生，在早稻田大学上过学。他比爸爸的年岁大，但父亲说他为人耿直，所以"得罪人多一直做不了大官"。他爱国，同父亲一样反对亲日派。1938年年底，汪精卫突然逃到安南（即之之越南）河内，公开叛国，郁老伯为这特地又到同安里看望父亲并愤慨地同父亲一起痛骂汪精卫。但汪精卫大约半年后就投敌到了上海，1939年底，郁老伯就在他住所门口遭汪伪76号特工总部的凶手开枪杀害。而也就在这件事后不久，聂海帆也在"三吴大学"的校长办公室里遭敌伪的刺客杀害。聂海帆遭暗杀后，父亲就受到监视并收到恐吓信两次要他到极司斐尔路76号去谈话，接着，就在住处遭到绑架被囚禁在敌伪魔窟里。后来哥哥宏济和我也被作为人质同父亲一起软禁在76号里。

1940年农历初一，在我的堂兄洪治与外界地下工作者葛覃和吴开先部下的安排下，父亲与哥哥及我拂晓时逃出了76号，在静安寺坐上预先停在那里的汽车，再转到新关码头一家亲戚处换衣服化装，坐小火轮到浦东蓝烟囱码头，登上荷兰邮船"芝沙连加号"驶往香港。父亲决定带我们兄弟到香港后就去大后方重庆。邮船在出吴淞口时，日本宪兵上来对乘客进行搜查。为了安全，父亲和我们坐的四等舱，日本宪兵搜查后，船出了吴淞口，父亲一人补票到三等舱去（因只有一张三等舱票）。谁知第二天清晨，父亲就失踪了！他床上有一张潦草的纸条，说是他跳海了！他是自杀还是被杀？没有确切答案。因为日本和汉奸广播新闻时说父亲"破坏和运"，"已被逮捕"。

在"芝沙连加号"船上，我突然看到了吴经熊老伯，他是宁波人，是留学美国的法学博士，是立法委员。战前在南京时，父亲同他有交往，我到他家去过。我哭着叫了一声："吴老伯！"他问清情况后，马上将我和哥哥带到二等舱他和夫人的房里，说："在我这里安全些！"他又说："到香港后，我带你们去见杜月笙！"

"芝沙连加号"抵港后，有汽车接吴经熊，他和夫人带我和哥哥上了车直驶高罗士打行。这时杜月笙仍住九龙，但每天到香港高罗士打行八楼办公。这一层楼成了他专门的办公场所。

父亲同杜月笙有过交往我是知道的，但他从来没有带我去过杜月笙住所。我只知道杜月笙是上海滩上的"大亨"。这次吴老伯带我们去见杜月笙我却有些意外：想不到一到高罗士打行杜月笙办公的那宽敞的八层楼时，我立刻看见了杨老伯。杨天骥模样未变，仍穿的是咖啡色长袍，手里夹着雪茄。见到我，他马上说："啊呀！洪溥……"我哭了起来。吴经熊就把父亲的事说给他听。他很同情地点头用手挽着我安慰我，说："见见杜老伯吧，这事他会管的！你们的安全最重要。"

这时，我看到广阔的大厅堂中间，有好几只大沙发成重叠的品字形。中间的那只沙发上坐着一个高个儿瘦削的男人，穿的灰长袍，剃的平顶头。白天，灯都开着，整个大厅里，有好几处都各有一些人坐着在谈话，在商量事情。我已经猜到中间的那只沙发上坐的就是杜月笙！他两只耳朵有点招风，眼光有点锐利，脸色有点苍白，正在听边上两个人同他说话。

吴经熊和杨天骥把我和哥哥带过去。吴经熊同站起身迎接他的杜月笙握了手又拱拱手，坐下来简单说了些情况。杨天骥攥着我的手说："这是洪溥，前年他跟父亲在香港时我们常见面的。"杜月笙点头，客气地叫我们坐。吴经熊急着要走，说："把他们带到你这里我就放心了！我太太还在下面车子里！我那就走了！一切拜托！"他向杜月笙拱手作揖，杜月笙也起身拱手作揖。杨天骥就带着我和哥哥都在杜月笙面前的沙发上坐下来。

当时我看样子，觉得杨天骥很像杜月笙的秘书，但后来明白了：杜月笙很尊重文人雅士，与这些人交往也请这些人出谋划策或给他做些文字上的事。杜月笙自从在上海发迹后，听父亲说过：他从青帮头子进入政界，学会了玩政治，他很注意自己的形象，学得温文尔雅，话不多，总很和气的样子。他同一些文人雅士或官场人物交往，暗中总在学习这些人的言谈举止。杨天骥这时的确常在他身边盘桓，但是他的顾问。杜月笙的秘书名叫胡叙五，光头、戴眼镜，中等个儿，说上海话，勤勤恳恳做事，认真负责。直到上海解放后，后来，杜月笙到了香港不回上海，胡叙五才离开杜月笙最后回了上海。

我和哥哥坐在沙发上，杨天骥又说："杜先生（他是这样叫他的），高宗武、陶希圣的事刚过去，又来了王开疆先生的事。不过高、陶本来是汪一伙的，王开疆是坚贞不屈主张抗日的！这件事要通知新闻界！洪溥他们兄弟俩的安全也要注意安排！"

杜月笙点头，说："对！马上通知新闻界，安全的事也让他们安排！"接着，又问了我和哥哥的名字怎么写。问完，说："你们两兄弟准备怎么办？"

哥哥说："我们都要到重庆去！"我也说："对！我们去重庆！"

但，杜月笙摇头说："宏济可以去重庆！洪溥你太小，还是以后再去。我的意思是你们两人都先回一趟上海，看望安慰一下母亲！然后，宏济去重庆，洪溥就在母亲身边等以后再去！好不好？"

他说得十分在理，又想得这么周到，完全出乎我的意料。我被他的话感动了。

杜月笙又说："令尊同我也是老熟人老朋友了！他爱国！我们都知道！东洋人和汪精卫他们干起坏事来说不清的！现在，先给你们找地方住下。我会叫人注意你们的安全的。我也会给你们订船票回上海去的。你们有什么问题有什么要求都提出来！令尊这件事对敌人的打击是很大的！我能为你们做点事是应该的！"

他说这些话后，有个中年人拿了一只托盘上边放着药和水来给他服药。只见杜月笙拿起托盘中的一支玻璃管，里边是白色的药粉，端起开水杯，将白药粉倒进嘴里，玻璃管敲得牙齿"托托"响，然后喝了几口水将药吃了下去。事后我听杨老伯说：杜月笙上一年十一月坐飞机去重庆时遇到日本飞机用机枪扫射追赶，险些儿出事，但高空空气稀薄，他得了气喘病，身体不好……

总之，这次见到杜月笙，他给我的印象如上。又有客人来找他了。杨天骥带我们离开杜月笙，他很讲义气似的对我们说："你们以后有事可以找我！"杨天骥安排人用车把我们兄弟送去旅馆住。后来，听说杜月笙在香港确是做上海和江南方面的情报工作，他还有个"上海党政统一委员会主任委员"的职务。次日，中央社、《大公报》等记者均来采访发了消息、照片及评论，重庆《新华日报》也发了消息。

这是我第二次到香港，是在父亲因为抗日在船上突然失踪后，与哥哥宏济同到的香港。香港离我上次离开仅仅一年零几个月，表面上没什么变化。但父亲谜一样的去世，使我的心灵受到严重的创伤。处境大不相同。杜月笙安排我们住在德辅道附近的一家"海陆空"旅馆，虽不豪华，也算洁净舒适，但周围环境比较热闹嘈杂。确实有人安排了我们的生活。本来，"芝沙连加号"上有父亲和我们的箱子衣物，荷兰轮船公司在父亲出事后，不肯将箱子等物品发还我们。这时，全部由杜月笙的人给我们领取送来了，也有人叮嘱我们外出要小心等。但我们当时不太了解特工工作的险恶，并不警惕，幸亏也未出事。我们经常就去街边的排档摊吃点炼乳、面包或者云吞、牛丸等当饭。父亲不在了，在香港就感到有一种漂泊、穷困的心态，逗留的日子不长，对世态人情却懂了许多，对人生况味也知道不少。

在香港，我总是会想起与父亲第一次同在香港时的那些事，在杜月笙处同杨老伯分别时，他告诉我："蔡元培先生身体很不好。"又问我："你还记得我陪你父亲带你去看蔡先生的事吗？"接着，个把月后我就在报上见到了蔡先生在香港病故的消息。记得后来读高中时，我曾找了他写的《我在北京大学的经历》阅读，增加了对他的了解，并对北京大学有了憧憬，只是以后考大学时，选了复旦大学新闻系，未圆北大之梦。

这第二次到香港，巧的是见到了许地山先生。我那时熟悉他写的那篇短小而朴素无华的佳作《落花生》，也知道他的笔名就叫"落花生"。并读过他的短篇小说集《缀网劳蛛》。那时，在香港皇后道上的"宁波同乡会"楼上，正举办着一个有关支援抗战的摄影展览。我们有个本家哥哥名叫王琪的在那里帮助工作。我和哥哥去找他时，看到一个相貌堂堂，黑发、八字胡下留一绺黑须、戴黑边眼镜的人，穿灰长袍，由人陪同在看展览，边看边同人谈话。他被几个人簇拥着，给我一种典雅温文、学者气质的印象。王琪说："这就是许地山，'落花生'。"许地山那时是香港大学主任教授，碰巧见他一面，也是一种缘分。他在我见到他的第二年就因心脏病突发在香港逝世，葬在薄扶林道的中华基督教坟场，好像还不满五十岁。

哥哥和我从香港回上海后，他取道浙江去了大后方重庆。我1942年也绕道经苏、皖、豫、陕入川，历经种种艰险去到大后方。

光阴流转，父亲当年在香港的那些朋友早已失散，我再见到过的只有杨老伯。他后来很快离开杜月笙到了重庆。可能由于对当时大后方的种种不满，他宣布脱离政界。抗战胜利后，他思想倾向进步，营小屋在上海及苏州颐养天年。他有亲戚解放战争时期在上海做地下工作。我在20世纪50年代初由上海去苏州专程看望过他一次。他生活简朴，居处小而雅洁，身体瘦弱，人已更老，使我有沧桑之感。我带了水果、点心之类表示敬意，他握住我的手就像第二次我到香港在杜月笙高罗士打行办公处他攥住我手一样。谈起当年香港往事，他莞尔笑笑摇头，未曾明说什么。他不信佛，但桌上有尊佛像，似早已看破红尘。我后来调往北京。他1958年安然病逝于苏州。我以未能去见最后一面为歉。但他脱离政治对人生的那种超脱，使我想起就会感到一种禅意。

关于父亲，当时《大公报》有评论曰："他摆脱敌伪囚禁，冒险逃出魔窟，用行动表示抗日决心拆穿了敌伪想盗用他名义装饰门面的可能手段。当时，汪精卫正在筹建伪政府要演出还都南京的丑剧。王开疆先生以他壮烈的死，给日寇和汉奸们一个巨大的打击。"

失去父亲后，想起父亲，我就会想起香港；想起香港，我又总会想起父亲。1999年春，我已是白发苍苍七十五岁，率大陆作家代表团一行十六人到台湾访问并参加两岸文化交流。来回都路经香港，但行色匆匆，不能多停留。这是我第三次到香港。这时的香港，回归祖国已经快要两年。它是一个"特别行政区"。我在香港会展中心金紫荆广场前飘扬着国旗和区旗及金色大紫荆花雕塑旁摄影留念。忆及往事，面目似有点熟悉而又非常陌生的香港，使我百感交集，香港较当年更繁华了，香港变大了！香港的高楼大厦像雨后春笋般地矗立着。而中国的传统文化、西方文化再加上150多年的英国殖民历史，使整个城市呈现出千姿百态、生生不息的时代动感。人和车，那么多；购物的商场，那么多；餐厅酒店和大宾馆又那么多……中环一带，成了"香港的曼哈顿"，气派最大，它既是港府和立法机关的所在地，又是商业金融中心。湾仔和铜锣湾成了"全天候"的商业繁华区……连过去那么熟悉的维多利亚湾我都似乎生疏了！湾水也不像当年那么翡翠似的蓝净了！我们从漂亮的新国际机场出来，是坐汽车经过海底隧道到香港的，并不需要坐海轮过渡了！往事并不消失，想起当年少年时在香港的种种，想起随父亲见过的那些人和事，我说不清自己胸中翻动着的是一种什么样的复杂感情。忽然想到韩愈的一首感怀诗："忆作儿童随伯氏，南来今只一身存。目前百口还相逐，旧事无人可共论。"不禁有怆然涕下之感。

我后来在由台湾回来途经香港时，傍晚时分挤时间独自雇了一辆"的士"直奔香港仔，目的是寻找当年那次难忘的送别宴时的回忆。但到了那里，一切均已陌生，找不到旧时痕迹，水天茫茫，留下的只是我心中在作祟的伤心感觉。那夜的绍兴酒香，那夜的歌声激昂，那夜父亲的慷慨讲话和表情以及他伟岸的身影……都跟着光阴远远流逝了！

时间真是一个可怕的杀手呀！

它会使一个时代消失，使一个地方巨变，使人的记忆随着人的老化和死亡变为乌有。从那时开始，我就决心用文字把我对香港的回忆记录下来！哪怕是支离破碎的也好……

（本文于 2007 年春至 2008 年秋在香港《海岸线》杂志上连载，后又连载于 2012 年《山花》杂志第 11—12 期）

走过中原"人间地狱"

——1942 年的一段回忆

　　有些深深镌刻在脑中的记忆是不会磨灭的！只要回想，情景仍会新鲜地出现在眼前。我年岁大了，记忆力正在逐渐衰退，但 1942 年夏走过中原大地那段"人间地狱"的往事，却总是清晰难忘。这些天，电影院正在放映冯小刚导演根据刘震云作品改编的影片《一九四二》，我没能去看，但我相信这会是一个撼动人心、温故而知新的题材。我愿意作为这段历史的见证人，如实写下当年的见闻。我的心情是激动的！

　　1942 年，抗日战争进行到第五个年头了，大片国土已经沦丧。那年夏天，我在上海英租界上东吴大学附属中学，读完高一要进高二了。自从 1937 年"八一三"事变后，上海有英、法租界尚可容身，但租界之外全被日寇侵占，上海租界成了"孤岛"。1941 年 12 月，日寇突然袭击美国在太平洋的海军基地珍珠港，同时轰炸马尼拉、新加坡及香港等地英美军队，上海的租界也落入日寇之手。于是，我决定离开上海去到大后方抗日，在重庆继续求学。

　　本来，从上海去大后方四川，是可以经浙赣路走的，但春天开始，规模宏大的浙赣战役开始，日寇三路进攻，战况激烈，只能另找路途。母亲为我找到一个同行者，名叫夏家连，三十几岁，是甘肃省教育厅的工作人员，由兰州来上海租界，任务是带一些显微镜等仪器到兰州去。他老家是安徽合肥东乡大安集附近的夏家村，由于他从兰州到上海是由兰州到陕西经河南到安徽，然后从安徽合肥到南京来上海的，回去仍走这条路，我可以跟他同到陕西宝鸡然后分手，他去兰州，我去四川。他同我见面后，见我十八岁了，身体比较健康，人比较灵活，同意带我走，但说，这一路要经过敌占区、游击区、重灾区，由于战局，路线常会变动，常要靠步行，十分艰难，要我有思想准备。

母亲为准备我走，费尽心力。比如为了要给我带上一笔够用的旅费，她就四处找人筹措帮忙。当时，上海日寇已禁用"法币"，用的是伪中央储备银行发的伪钞。但出沦陷区后，就不能使用伪钞，要使用法币了。而且，身边带的伪钞如果被发现，说不定会给加上一顶"汉奸"的帽子招来麻烦。因此，带的伪钞不能多，只能用到过封锁线前就用完最好，而"法币"这时已经被日伪禁止在市面流通了，母亲只好到各个熟人家里一家家去收集，用伪钞向人兑换"法币"。更因为"法币"收得不多，母亲又向人购来多个金戒指、一块金锁片外加几十元美金让我缝在贴身衬裤上，以备不时之需。母亲为我想得十分周到，除给我准备了衣服外，还给我带了条被褥，带了点日用品，更有一包药品，说："药品是可以救命用的！万一将来用不着，卖掉也可以值点钱。听说那边药品是奇缺的！"她又不知从哪儿买到一小包钢笔尖和一小包钢笔里的橡皮管给我，说："大后方艰苦，人家钢笔坏了总要配笔尖和皮管的，万不得已，你就是给人修钢笔也能赚点钱谋生。"万里迢迢，母亲是知道我年纪轻轻独自远行，既怕我路上缺少盘缠，又怕我到了大后方少人接济，才想尽办法千方百计想使我囊中能尽量丰富而不拮据……这样，我就在7月初随家连哥离开了上海，先坐沪宁路火车到南京，再由南京坐宁芜路火车到芜湖，在芜湖渡江后，我们俩到裕溪口坐淮南路的火车前往合肥。

当时，铁路名义上是日寇和汪精卫伪府"合办"，实际是日军军管，到处是日本兵，到处可以看到毁于战火的断垣残壁和凄凉的敌占区场景。在日寇占领区下那种带着恐惧和仇恨的滋味唯有身临其境才体会得到。途经安徽巢县时，日本宪兵指着我的帆布袋说帆布是军用品，马上让打开检查。我说：这种帆布袋上海租界上到处买得到。检查后，挑不出毛病，又问我去合肥干什么，为什么要离开上海。我按事先同家连哥商量好的说："上海疏散人口，让人回乡，我有肺病，回乡养病。"听说肺病，鬼子兵才挥手让我走。

合肥的农村这时已有不少人在日伪推广下种植鸦片，远远就可以闻到收获罂粟、熬鸦片的气味，使人看到日寇和汉奸毒化中国的恶毒行径。我随家连哥到他父亲家里，他家是中农，不种鸦片，父亲参加田间劳动，家境不富裕，但待我热情。这时，合肥突然发生战事，我们无法过封锁线，担惊受怕地在家连哥的村庄里住了二十多天，有时枪炮声一响，就赶快朝没有枪炮声的方向逃。7月底战事停了，家连哥才同我换上农民的衣服，由他的亲戚挑了我们的行囊，趁夜色绕路一百二十多里，过了日寇的封锁线，一路遇到不少虚惊，在翌日上午到达了广西正规军驻扎的上排河。这里血迹斑斑、负伤的士兵很多。我们逃出沦陷区，终于踏上了抗日的土地。

在上排河找了小客店住下，我心情激动，不禁热泪进出。

曲曲弯弯"起旱"到界首

在地图上看，由上排河往西到河南、安徽两省交界处的界首并不远，就只有四百公里光景吧！可是我们要远远避开日军和战区，得走安全的地带，就必须绕圈子走才行。

我们由上排河出发，步行走到六安，由六安又到金寨，由金寨突然不入河南，又返回安徽北上到颍上，从颍上西北行，经阜阳到界首再入河南。这样弯弯曲曲一折腾，路程马上就起码多了一倍以上。

步行赶旱路，这里叫作"起旱"。我和家连哥租用了一辆高架车装载了行李物件，早起夜宿，步行向前赶路。每天步行多则百把里，少则三五十里。盛夏赶路真是辛苦。我的脚上全起了水泡，那是第一天夜晚绕过封锁线时造成的。但上排河可能战争又会发生，我们又急于赶路，脚上起了好几个泡，再疼也得走。小客栈里的老板，告诉我们一个办法：买些黄表纸卷成"媒子"（吸水烟的人都用这种"媒子"点烟），扎成一捆，点火后吹掉火焰，用它的火及烟来熏脚，将脚皮熏老，将水泡里的水分熏干，照样可以继续步行，不会太痛。家连哥去纸店买了黄表纸来搓成"媒子"，如法炮制，果然我能继续"起旱"了！我们花三天时间，走到了六安，这是一个干净古朴的小城，有名的"六安瓜片"茶叶就是这里出产的。

又一天，到了金寨，我们发现那儿是个破旧不发达的地方，显得贫穷。再走了两天，到了颍上，坐木船由颍河去阜阳，船上满满装着运枣子的客商，船舱装满了枣子，那股气味闻多了令人窒息。由东向北行船，需要上岸拉纤，为了加快船行速度，家连哥和我都上岸参加拉纤，劳累不堪。最后，不到阜阳我们就上岸，又雇高架车"起旱"了，急匆匆"起旱"了几天，才到达界首。这一路，"起旱"的差不多全是凭着战争和混乱发财的商贩和大烟贩。商贩们从沦陷区贩了五金零件、西药、钢笔、铅笔、糖精、日用品等往界首跑；大烟贩们，从沦陷区乔装打扮成木匠、骑自行车的单帮商人、挑担推车的小贩，随身携带着鸦片烟膏，在锯子挖空的木心中、自行车的车驾钢管内、挖空了的扁担心中、车子的轮胎里……都巧设机关裹藏着大烟膏，也都一窝蜂往界首跑。一路上，住小店时，有的烟贩以为家连哥和我也是贩烟土的，倒也不隐瞒自己做的是贩毒生意。等知道我们是空着手去界首还要到洛阳，都替我们惋惜，说："有钱不赚白不赚！带点黑货赚上一笔多好！你们真是太傻了！"据说，鸦片贩到洛阳，价钱比界首要再高一倍，贩到西安，赚得更多，倘若贩到四川、甘肃，能翻几番。我原以为到了抗战区，一切都气象一新，敌伪在合肥大种罂粟我是看到了的，我认为到了抗战区会雷厉风行禁毒的，想不到却让这么多毒贩毫无忌惮地横行贩毒，而且还说："军队和当官的贩得比我们多得多……"这使我吃惊之至！

界首是个很奇特有趣的地方，非常热闹，出乎我意料的繁华。这个地方独特的是处在两个省——河南与安徽的交界点上。一半是河南界首，一半是安徽界首，有一条喧哗的大街，沿着大街走，由安徽省走着走着就走到河南省了！它东南属安徽，西北属河南，是属于以洛阳为中心的第一战区。司令长官是驻在洛阳的蒋鼎文，但第一战区有相当大的实权掌握在副司令长官、第三十一集团军总司令、豫鲁苏皖边区总司令兼四省边区党政分会主任委员汤恩伯手里。汤恩伯名声恶劣，因是蒋介石的亲信，他的嫡系部队是十三军，这里民谣就说："不愿日本鬼子来烧杀，也不愿十三军来驻扎。"我们刚进河南省界就听到这样的民谣，真是出乎意料！

界首这时似乎是个四通八达的地方。上海一带，华北一带通过商丘、徐州、蒙城、阜阳来的客商，都齐集此地。街两边可以看到许多小店、小摊，叫卖着从上海贩来的日用品、香烟、杂货。也有一些店铺，卖的是服装、文具、钟表……全是上海货。使得小小的界首成了沦陷区和战区间物资交流的商城，畸形繁荣起来，妓院、酒馆、赌场、旅馆，吃喝嫖赌俱全，有人称它"小上海"。我们到达界首，正是傍晚，暑热未消，气温仍高，一路走来，还是第一次见到这样繁华热闹的地方，电灯雪亮，街边小饭馆里酒肉飘香，划拳喝酒的，谈笑欢乐的，宾客满堂。旅店、客栈多数已经客满，柜台里站着些花枝招展的女人，有的故意在搔首弄姿招徕顾客，当地人把这种女人叫作"招牌"。旅店和客栈里，歌女卖唱的胡琴声音调嘹亮，"哗啦哗啦"的麻将牌九声震人耳膜。看到贴着禁娼禁赌的已经破烂的布告，实际公开的娼赌都有。我原以为抗战的地方应当严肃紧张、圣洁热烈，何尝想到竟会这样艳歌曼舞、肮脏腐化，连一点抗战的气氛都没有！有难民和乞丐混杂着成群在乞讨，有的赤膊赤脚，个个蓬首垢面，街边的狗热得伸着舌头。我和家连哥已经十分疲惫，赶快找到一家虽便宜却简陋狭小的客栈住下，找了点水抹身，又去买些包子馒头，吃了饭开始休息。

家连哥向人仔细打听由界首去洛阳的情况，人家说：这一路如今十分艰辛，去冬开始河南就大旱，今年更旱，比以前哪年都厉害，蝗灾也严重，"起旱"的路困难，要绕路。外加汤恩伯的军队纪律太坏，要小心提防，民间把"水（灾）、旱（灾）、蝗（灾）、汤（灾）"列为"四灾"。如今世道乱，穷人又没吃的，逃荒要饭的多了！路上"打闷棍"杀人图财的也出现了，杀死人抢劫行旅的事多得很……听人这么说，家连哥和我都有点紧张，家连哥说："两个月前，我回上海时路上结识了个河南商人从郑州经商丘这一路由徐州这么走的，但现在那边又不好走了，那时河南已经灾情极凶，现已更凶了，我们跟着人向洛阳去，只能一路走一路看了！反正路总是人走出来的。"

为了赶路，我们第二天一早，又雇了个高架车拉物件，向西北走。同我们一样要往西北去洛阳方向的人不少，大家都各走各的，有时在一起，有时分开。架子车夫是个剽悍的河南汉子，黑脸上皱起核桃壳似的皮，光着脊梁，只穿一条脏得发了黑的短裤，汗流浃背地迈着大步。烈日火辣辣，烧灼着地皮。我们的既定路线是：由界首到周家口，再从周家口去漯河，经漯河向西北去洛阳，有时要绕路走，路程至少千里以上，但绕路走，里数就不好算了！这段路程艰难的是要经过重灾区。我问架子车夫："重灾区什么样?"他摇摇头，似生气又叹气的"唉"了一声，说："奶奶的！老天爷不让俺百姓活啦！"他说了，也等于没有说，对我这样当时不熟悉农村和天灾的城市青年，重灾区什么样，是想象不出的！

穿越"人间地狱"的重灾区

从界首到周家口的路上，行人不少，多数是逃荒要饭的人和小商贩，包括贩鸦片的。日寇打到了河南，烧杀奸淫，离战区近的地方田地早已荒芜，百姓都向河南中部和西南部流亡逃难。旱情前所未有，农民已经无法生存，挑着些破烂物件连同瓦罐，或者一头挑着衣物一头挑着小孩，衣衫褴褛地离开家乡，盲目逃亡。沿路只看到难民一户户聚着、蹲着，端着黑碗，一路乞讨。看到灾民这种饥饿漂流的可怜景象，叫人心酸。酷暑天，坑坑洼洼的公路上灼热的尘土飞扬。公路西边种的高粱、玉米和粟子因为缺水都稀稀疏疏萎瘪短小卷着叶片，"青纱帐"已形不成也看不到了！只见迷漫旱黄的土地上，瘌痢似的点缀着一些绿色，公路和大车路上无处遮阴。

到了个地方好像叫郑郭，忽然看到远处像片乌云似的飞来一大片飞蝗，飞得不高，也不矮，歪歪斜斜发出一种特别的脆生生的展翅声，衬着淡蓝的天色，集中而又散碎地远远地聚落到稍有点绿色的庄稼地上去了！这真是飞蝗蔽空了！

高架车夫骂了一声又叹气似的说："看见没？老百姓没活路啦！"他拉着高架车放大了脚步。

我是第一次看到飞蝗成群地为害庄稼，我明白：远处那片本已很狼狈的高粱地庄稼彻底遭殃了！

路边的树木早砍伐光了！没有遮阴的地方了！偶有搭着草棚卖小米稀饭和大米稀饭的破烂小摊子，苍蝇嗡嗡地飞舞，都是绿头的大苍蝇，卖稀饭的两个赤膊男人因为苍蝇太多，已懒得用手赶了，苍蝇就满满叮在粥桶周围，看了恶心。这卖的"稀饭"，实际只是极稀薄的糊涂汤，很少米粒，价钱却贵得很。但我们只能带着高架车夫用高价买这种稀饭充饥。吃得半饥不饱的就又上路。有一同行的路人也在谈蝗虫，说蝗虫在天上飞，看了似乎是黑的，其实是绿色或黄褐色花纹的！飞蝗在土里产卵，卵是一块块的，一块卵就是许许多多飞蝗。飞蝗群居，会跳，总是成群迁居，飞降到庄稼地里，一下就能将庄稼吃光，为害很凶。灾民逮到了蝗虫，烧把火在锅里炒着吃。说豫西的汝南是有名的粮仓，但闹了瘟灾（瘟疫），百姓愁得慌！

这些话听了使人心慌。

日行夜宿，没想到去周家口附近，忽然又遇到了蝗灾，最初，是听见传来一阵窸窸窣窣的怪声，我张眼看时，惊得呆了！只见公路上和田地里迎面黑压压涌过来无边无际潮水似的大群蝗蝻。这种翅膀尚未长成只能跳和爬还不能飞的飞蝗幼虫，青黄色，有淡黑的花纹，会爬会跳，倾轧拥挤着，足足三四寸厚，漫地都是，足有二三里地面积，潮水般地向东北面爬行。我们想避开也不行，只能踩着蝗蝻向前走。一脚踩下去可以踩死很多，但你踩你的，它爬它的，踩不尽杀不完。约莫二十分钟，那群黑压压波浪似的蝗蝻，一起过了公路爬到两侧地里去了！只听到"窸窸窣窣"的声音，蝗蝻都在嚼食庄稼。地里种的那点本来萎瘦矮小而又稀稀疏疏的玉米、高粱和粟子很快七歪八倒，绿叶都被啃光。蝗蝻虽小，吃不饱似的蜂拥着又边吃边向前漫延过去了。我们迎着蝗蝻刚才来的方向朝前走，只见路两侧庄稼像摧残收割过似的一片精光，真是吓人！

第一次看到大片飞蝗，接着又第一次看到大片蝗蝻，顿时，令我浑身上下毛骨悚然。同行的一个人说："这批蝗蝻孵出得迟，要是翅长齐了造成的损失更大！又会飞到别的地方作祟去了！"

架子车夫本来常常叹气，但又不声不响，这时说："去年就大旱了，也闹蝗虫。飞蝗成群飞来时，遮天蔽日，声音嘶嘶哗哗，像下大雨似的，可骇人了！可是军粮还是照样征收，当兵的听说也吃不饱。有些兵像匪一样！上头还让百姓自带干粮和工具去周家口到开封之间挖深沟工程提防鬼子来。为挖深沟，民房拆了好多，祖坟也给扒了。今年大旱，又闹蝗虫！春天时就饿死人了！如今，更不得了！当官的不把百姓当人！他们捞钱贪污，大吃大喝。×他奶奶的！"骂了一句，他又闭上嘴了，但一脸怒气。

我也叹气了，家连哥脸上则呈现出同情的神色。

漯河在郑州到信阳的铁路线上。我们从周家口用两天时间步行到达漯河。在大灾之年，这里也灯火辉煌一片升平，酒楼上猜拳敬酒，胡琴声嘹亮，女招待、歌女，红绿满眼，梳妆打扮，旅馆里牌九、麻将聚赌，比界首更繁华。我们找家小客店住了，茶房马上来问："要不要女人过夜？漂亮的大姑娘一夜只要三十元。"家连哥回绝了他，陪我带那架子车夫上街，到小饭店里炒盘咸菜吃了一顿馍馍。

架子车夫提醒说："从这再往西北去，灾情重，一路上买不到吃的了！要在这里买些馍带着上路当干粮吃才行！"

家连哥说："这么热的天，买了馍容易馊，怎么带？"

架子车夫说："买点麻绳，将馍一个个串上，斜背在身上'起旱'，不容易馊，路上要吃时，掰一个下来就是。"

家连哥和我带高架车夫一共买了九十多个馍，将馍用麻绳串成三串，三人各背一串，一人三十多个馍，挂在身上，很像《西游记》里沙和尚的那串骷髅念珠。第二天一早，天不亮，我们贪图凉快就出发向西北行。刚走出漯河市郊，见路边挂着个"军警督察处"的牌子，一张木条桌旁坐着两个当兵的收钱，边上有十几个持枪的"丘八"（兵）站着。一群客商和"起旱"的行人，正拥在桌前交钱办手续。

架子车夫说："去交钱吧！交钱他们可以派兵护送。这一路，我不熟，听说不太平，常有拦路抢劫打闷棍的！"

家连哥和我走到桌前，付了三个人的保护费。在一边与一伙等候保护的人站在一起，大约半小时，懒洋洋走来六个荷枪的士兵，由一个班长带领，大声吆喝："走啰！走啰！"我们这里等候着的五六十人一窝蜂地跟着动身了！跟着那七个"丘八"紧紧地走。

大道两侧树上的树皮早被剥光，树全枯死了，枝干也都砍断了，有的垂杨柳枝叶全无，只剩下粗脖子的秃树干。那护送的七个兵走得飞快，走出去不到十里地，天还不亮，他们一阵风似的走得已经不见踪影了！护送实际是骗钱的，各人仍旧只好自己上路。一会儿，天似快亮了，忽听前方远处有女人呼叫声："救命！救命……"惊心动魄！

我心跳着同家连哥及高架车夫停下脚步，后边有些"起旱"的人也走上来张望。前边有些稀稀疏疏的青纱帐，估计是边上有条刚干涸的小河的原因吧！我们一起往前在青纱帐旁的大车道上绕了十几分钟，只见路边歪倒着一辆空独轮车，车旁两摊鲜血，但没有尸体，估计打闷棍抢劫的人将尸体拖走了！这使我们加紧脚步走得更快了！

同行的人有的大骂汤恩伯。有的说：民怨太大啦！这个政府贪污腐败，不管人民死活。这么大的灾，听说他们给过百姓救济吗？日本鬼子抗不住，军队连盗匪也抗不住吗？也有的说：百姓没得吃的，不就只好抢了吗？不过抢人已经犯法，杀人也太狠了！如今"起旱"太不安全了！今天一早汤恩伯的"丘八"收了保护费却不保护，真不是人！

太阳出来了，热得要命，我想起刚才那女人叫救命和地上血迹的事心里发寒。快步走路，走着走着，在襄城附近，见田野内毫无绿色，一片严重的旱灾情景，土地龟裂，裂纹有二指宽，水沟、土井都干涸着。路边，陆续看到死尸，有一只红了眼的瘦黑狗伸着舌头在食一具干腐了的尸体。从头发看，似是个老人，绿头苍蝇嗡嗡乱飞……架子车夫又叹了一口长气。

天太热，斜挂在身上的馍，贴近胸背的部分都被汗水浸湿了，要不断将馍转动着换换方向，外面的朝里，里面的朝外，早饭中饭都是将馍从麻绳上掰下，边走边啃。一路上，没地方卖吃的，也没卖喝的。原野死寂，被旱灾摧残得毫无生气。走这样的路格外累人，整个空气闷热得像刚烧过一场天火。我同家连哥各带了一瓶水，那高架车夫自己也带了一罐水，但汗出多了顶着烈日口老是渴。午后时分，水就喝光了，口舌干燥，四肢酸懒，四处荒凉，这时已离茨沟不远了，见土地龟裂，水源干涸。我嘴里冒烟，几乎要昏厥，家连哥和那高架车夫带的水也都喝完，我见不远处有个小村庄，对家连哥说："我去看看村子里有没有水？"家连哥说："看就看下吧！快点回来！"我快步走向那小村庄去，见村里根本没人，人都外出逃荒了！土屋的门窗都用泥块、石块堵封着，村子死寂。我干渴得不得了，忽然想起《三国演义》上曹操那个"望梅止渴"的故事，居然舌底酸出点口水来，勉强又支持了片刻，在村尾发现一个已经枯干了的大土井，但是显然无水可取。这大土井像个小池塘，早先肯定蓄水较多的，但现在已无水可取。我走到土井中央最低洼处，见井底有块大石头。我想：大石下边会有水吗？我决定推开大石，平时这样一块大石我是推不动的，但此时我拼命用力，居然将这块罐状的大石推动了，伸手进石底的空隙里去，竟意外发现有点湿土。水源从何而来不得而知。但我嘴唇已经干裂，我马上挖起些湿土含入嘴内，借湿土的清凉和潮湿恢复精力。我又脱下衬衣用手挖了又挖，包了一小堆湿土上路，将湿土分给了家连哥和高架车夫分享。我们三个就这么死撑活撑走到了茨沟，没有渴死，但浑身无力、嗓子像要冒烟。

茨沟是个小地方，有很小的客栈，也有卖水和卖吃的地方，都是些摊子。一到茨沟，我和家连哥马上带了高架车夫去买水喝。水价极贵，我们和高架车夫一人喝了一大碗水，水味之甜美无法形容。渴而未死，也是少有的想不到的经历。

我们住的小客店，墙是旧报纸糊的竹隔子，地上铺着高粱秆编织的席子就算床铺。家连哥提议出去看看有什么吃的。街上有人在昏暗即将降临的时分卖吃的。卖的东西吓我们一跳，都是些什么榆皮面蒸馍、棉糠面蒸馍、兰草根蒸馍、麻糁饼、棉籽饼，另外还有卖韭菜根、花生壳、柿蒂、蔗皮什么的，却都不便宜，全要十块八块一包。有个小摊在卖肉冻、凉粉块一样乌七八糟的东西，我上去看看，架子车夫轻轻用手拽拽我，我就不看了。离开那摊子，架子车夫说："可吃不得！听人说，这一带人肉也吃了！卖的肉冻里，就有人吃出带指甲和毛发的肉了！"后来听店老板说灾民太饿了。有的把已经掩埋了的尸体也掘出来吃了。摆摊的都是外地想来赚钱的人……

茨沟有不少鸠形鹄面逃荒来此的难民，正在村口卖儿鬻女。将些男孩、女孩头上插着干草放在筐里或跪着，高叫："行行好吧，积个德，买个男孩吧！"也有看到我们就叫："十二个馍换个大姑娘！"更有个人高叫："十个馍！俺这个只要十个馍！没法活命，只好卖亲骨肉啦！"

听了叫人心酸。我和家连哥将身上的馍取了一些下来，分给三处卖儿女的一处两个。我们都伤心，但怎么办呢？我当时想：是鬼子和天灾造成了百姓的灾难，但一个四万万五千万人口的大国，有自己的政府！这个政府的许多文官要钱、武官又怕死，汤恩伯这种武官贪赃枉法，鱼肉河南百姓，作威作福。这个政府给百姓干的事也太少了吧？如果不是亲眼看见，怎么能够相信？这还怎么抗战！百姓的民愤这么大，灾民真是挣扎在水深火热的地狱中啊……

当夜，住那小店，我们三个人同睡在地上铺的高粱秆编的席子上，隔屋住的是两个奸商模样的胖子。这一路来，看到许多奸商，不但界首和漯河看到的高抬物价、跑运输倒弄物资和贩毒的奸商多，沿途也有些做贩运的奸商显得不但有钱而且开口谈的就是吃喝嫖赌。这两个胖子，居然招了两个用红头绳拴大长辫子的姑娘陪睡。店房蹩脚，隔屋什么声音都听得清清楚楚，家连和我一夜都没睡好，高架车夫也有时"唉"的叹口气。

第二天，我们带足了饮水用瓶罐装着一早就上路了。但这茨沟的水可能不洁净，也许是我抵抗力差，家连哥和高架车夫平安无事，我竟腹痛拉痢疾了！上午还好，下午每走几十步就要疼得蹲下屙一次，屙不出什么，只是脓血。我还是生平第一次拉痢疾，家连哥说这是赤痢，很危险！幸亏母亲给我带的药物里有"痢特灵"，我立即服用，当夜就止住了，并给家连哥和高架车夫也服用了"痢特灵"预防。家连哥说："要没带这药，那太危险了！你母亲想得真是周到！我们走这一路真是随时有死的可能啊！"

我们拼命赶路，想走出这块可怕的赤地千里的平原灾区，起早睡晚，我是带病走路，痢虽止住了，身体却虚弱疲惫。一路上，常见路边有赤身裸体的死人，也弄不清是饿死后被人剥去衣服的，还是打闷棍打死后抢得精光的。我们挂在身上的馍，早已干裂发酸，但买不到吃的，仍旧是吃它，而且得节约着吃。这样，跟跟跄跄终于走到了离洛阳六十里的水寨，住进了一个兼卖甜面条和咸面条的小客铺。这儿终于算是离开可怕的严重灾区了！而且，离洛阳也近了！

何谓甜面条？是清水煮的面条，什么也不放，是淡的不是甜的。咸面条，是清水面条里加点盐加几滴油，有时也不加那点油。

水寨是个穷苦落后的小地方，但比重灾区好多了！一条破旧的街道很窄小，房屋陈旧，但有一点市面，居然还有个小邮电代办处，夜里也有些不太明亮的昏黄电灯。小客店是一对黑瘦的中年夫妇开的，只点一盏鬼火似的小油灯。前边半间搭个小茶棚卖水也卖刀切面，后边有三小间用高粱秆子隔开的小屋供人住宿，没有床，只在地上铺上高粱篾席给人睡。小木窗棂上糊的报纸黄旧破烂，高粱秸的顶棚上挂着黑色的蛛网尘串，墙角砖土缝里有时还出现可怕的翘起尾巴可以螫人的小蝎子。

河南的灾区极大极多，从郑州向南直下到汝南，都是大灾区，全省一百多个县的三千万人，住在农村的，1942年大半在死亡线上挣扎。洛阳附近，情况好些，究竟是离开无人区了！我和家连哥都觉得需要休整一下。洛阳常有空袭，一放警报就常会有日机来轰炸。我们在这离洛阳六十里的水寨，打算先住两三天，然后合计一下继续前行的事。所以，将高架车夫的钱付了，同他告别。一路同行，大家都有了感情，他始终认为我们是好人。由于我们与他一同吃喝不亏待他，说好到洛阳的车价，现在未到洛阳，仍照原数付他，又见我们肯拿馍做好事，他拿到钱后一再道谢，说："你们是好人！真是好人！"

在河南洛阳的可怕见闻

我想不到竟会在水寨就同家连哥分别了！

一路上他始终热情照顾我。他老练、稳重，人又淳厚。同他在一起我感到有依靠。原来说好是到陕西宝鸡分手的，但现在未到洛阳，我们就只好分手了！我实在舍不得！

我们是为了旅费才分手的！

这一路来，伪钞早在过封锁线之前用完了，法币到了水寨也基本用完了。我用的钱很多还是家连哥垫付的。我离家已经这么多天，现在离洛阳还有六十里，以后的路途还远，一路上还有多少艰难苦辛都是未知数，但需要我将藏在衬裤里的金首饰和美金出售换成法币应用了。我知道家连哥带的钱也不多，我已欠了他不少钱，得赶快还他才好。见小店老板有辆自行车，所以我对家连哥说："明天，我想找客店老板租借自行车骑到洛阳把美金和黄金卖掉！六十里地，骑车来回很方便。"家连哥说想陪我去，但没有自行车，只好由我一人去。我清早起身，骑上车就出发了。从水寨向北沿公路走了约莫十几里，沿着淙淙南去的伊水走，天旱水流不大，看到了龙门，心想：可能这就是"鲤鱼跳龙门"的那个龙门吧！在路旁，看到了出名的龙门石窟。虽然天旱，沾着伊水流过的光，公路边上高大的合欢树仍盛开着鲜艳的须状红花。这里山清水秀，伊水波光粼粼，滔滔流淌在两山之间，抬头张望密密麻麻、大大小小的洞窟和佛像、雕像布满山崖，还有宝塔，壮观极了！这就是北魏到唐朝用了四百多年才雕成的石窟艺术珍宝呀！但有的佛像已经残缺不全，盗窃破坏得很严重，心里真想停下来好好去看一看，想到要去洛阳兑换金子，就顾不得多看了，骑车飞速赶路。

太阳仍旧强烈地高晒，由于开封陷敌，黄河改道，又是天灾作祟，河南半壁河山都化作了饥饿和战火交逼的地区，许许多多灾民从四面八方向洛阳会聚。一路上，总看到挑担的、推车的、扶老携幼走路的灾民跟跟跄跄前行，公路上尘土飞扬。我骑着自行车，浑身大汗淋漓，骑呀骑呀，约莫一个钟点，到了洛阳南部的"关帝冢"！相传"关帝冢"是三国时曹操埋葬蜀汉五虎上将关羽首级的地方。一座古庙，古柏成林郁郁拱卫。我忍不住下车过去看看，但庙里驻着军队养着马，马粪遍地，士兵们到处晒着洗过的军衣，殿左支架着大铁锅煮菜，柴火黑烟弥漫空间，大殿破旧，到处灰尘蛛网，供有关羽及关平、周仓的塑像。关羽头戴旒冕是摄天大帝，两侧一边是关平，一边是周仓。关平有长须，同平常见到的画像上的关平迥然不同，往常京剧和画像上的关平是年轻俊秀没有胡须的，但关平被杀害时已经年岁不小吧，应有须才合理。"关帝冢"是一个小山状的大土坟，矗立着清朝立的大石碑，周围被军人及军马的粪便糟蹋得臭气熏天。这里灾民是不许进的，我是向卫兵请求一个连长同意才被允许"看一看就走"的！

匆匆出来，我又上了自行车，飞快骑到著名的九朝古都洛阳。

洛阳出我意料地萧条，房屋古老，街道不宽，人虽熙熙攘攘，但许多人家都关门闭户，市面也并不繁荣。这一是灾情造成的，二是日寇飞机轰炸造成的。看到个别讨饭的人在乞讨，但没有看到成批大量的灾民在街上走动。问了人，才知灾民是不准进入洛阳市的，既怕灾民进洛阳造成混乱，又怕"有碍观瞻"，影响不好，蒋鼎文之流，不想多让人知道灾情的可怕，怕影响政绩，当然就会封锁新闻，反正老百姓的嘴也封不住。我到洛阳，先找邮局发信，就听见有寄信的人在谈灾情，在谈上头没人管赈灾的事只忙着贪污舞弊走私赚钱，等等，怨气很大。走出邮局，我正想找一家银楼好兑换金子，却忽然听到紧急警报的汽笛声响了，汽笛声"呜—呜—呜"地像喊叫救命，街上出现了戒严的宪兵，布了岗，我不知该往何处去，只好在一家上了门板的小糕饼店门口蹲下听天由命。幸好不过半个时辰，解除了警报，虚惊一场，日机没有露脸也没来轰炸。我推着自行车向路人打听银楼在哪里，走着走着，见大街上有人在贴告示，一会儿，迎面拥来些士兵押着两个人去枪毙，后面和周围拥来不少看热闹的人。两个死囚，年龄都在三四十岁，剥光了上衣，五花大绑，背着手，颈后插着用红笔打了"√"的死标，被连拖带拉地推着在大街上向南走。我跑近去看新贴的告示。告示上说，这两个死刑犯一个是"纠众哄抢粮食"的主犯，一个是"违反黑市买卖黄金犯"。这使我心里一沉，感到恐怖，浑身汗更多了！难民没有吃的，不给救济没人管他们，为了活命哄抢了粮食，就该判死罪枪毙吗？看到灾区情况我是十分同情灾民的苦难的！更没想到洛阳会禁止买卖黄金，买卖黑市黄金竟是死罪，也要枪毙！黄金的官价一直保持不动，可是物价涨了许多倍，黄金早有黑市了！我带的黄金如果按官价卖，得到的那点钱肯定不够继续上路去买火车票和入川的，面对死囚游街去枪毙，我愣了半天，心里七上八下。我不敢再向人打听银楼在何处，看着将被枪毙的人已经被人群簇拥着远去。我寻思银楼必定是在大街上，就朝前边一条大街走，一路走一路看。果然，百把米外就有家银楼在路边。银楼店的门面在全国似乎都相仿：高高的砌花的楼面，有阴森而堂皇的玻璃门，大门外的玻璃橱窗里陈列着银盾、银杯、银盘等各色银器和首饰。但这个银楼冷冷清清，门口挂着一个牌子，上写：金价按官价收购，每两一百元，饰金每两一百二十元。

我心里"瞪"的一沉，离开上海时，上海黑市金价较战前涨了二十倍。这里金子官价却这么便宜，我将金饰按这官价卖了怎么够做路费呢？

那高高的柜台上放着一把黑算盘，一个胖圆脸的掌柜穿件旧夏布背心在扇扇子。我上前同他悄声商量，告诉他我是从沦陷区上海来的学生去四川上学的，盘缠没有了，带得有点金饰，望他能收下，不照官价……但银楼老板把头直摇，说："你没看到？正在杀人呢！照官价就收，不照官价我能收吗？"又说："他们当官当大军人的三妻四妾、家产万贯、大洋房、小汽车，自己去界首、漯河、洛阳套购黄金，爱卖多少价就卖多少，小百姓做点生意就犯法！这不，杀的又是两个小百姓。世道不好，银楼我也想关门了！我的伙计也辞退了……"他骂得起劲，我向他再三解释，简直到了恳求、哀求的地步，老板仍不敢答应。没办法，我拿出了美金，问老板能不能收美金，老板说："我看你是真的流亡学生急需钱用，那么，你到后院我家里来吧！"他关上店门，将我带到后院家里，按当时美金黑市价：二十元换我一美金，收买了我八十元的美金。我心里盘算，有这些钱欠家连哥的钱可以还了。但我的路途还遥远，不卖掉金子总是不够的，只有回去再说了。

骑车匆匆又回到水寨，浑身臭汗，见到了家连哥，同他商量怎么办。我同他算清了账，身边只剩下很少的钱了。我说："我想打个电报到四川江津给堂兄洪江，让他快汇旅费来（店老板告诉我水寨那个邮电代办处，可以打电报，钱汇到他店里是可以的，以前有人汇过），我拟等旅费汇来再起程。"家连哥急于回甘肃兰州，无法等我，但又觉得不能把我一人留下不管，他说："我答应把你带到宝鸡再分手的，现在把你一人丢在这儿我不放心！"我知道他是个守信而且忠厚的人，尽量安慰他说："封锁线早过了，重灾区也过了！往后比较好走了！你别为我担心，我能一个人上路的！"他同我商量来商量去，最后无奈地说："那只好我就先走了！可你要特别小心啊！这是乱世，你年岁小，我实在是不该把你一个人留下的！"他告诉我："到了洛阳，就可以坐陇海路的火车了！火车能通到宝鸡，由宝鸡换上公路汽车可以入川。"但又告诉我："陇海路的火车到潼关附近因为黄河对岸是日军占领的阵地，从风陵渡那儿常常隔黄河炮击铁路，所以可能需要步行，还是很艰难的。"事实放在面前，我的旅费由于金子无法兑现，很容易山穷水尽。家连哥不但急着回兰州，而且再多耽搁下去，他的旅费也要成问题，我不愿家连哥为我而影响他早日到达目的地，所以我说："你别为我担心了！你明天就走吧！我在这里住几天，钱一汇到就动身，我会自己小心的，你放心好了！"

　　事情就这么决定下来了。第二天清晨，他独自雇一辆高架车装载行李，离开水寨去洛阳，我送了他一程。我知道他身边钱也不多，但他仍卷了一卷钞票塞给我，说："你袋里钱少，这点你带着！"我坚持把他的钱退回去，说："你也需要钱用，我的旅费很快就会汇来的！我一会儿就再去打电报给我堂兄，你放心！况且我还有金首饰，不会成问题的！"见我坚持，他只好收下了钱，但对我说："有两件事我得对你说一下：第一，你到西安后，可要小心，说话也要留意。那里最忌谈共产党，国民党反共，那里设立了集中营，怕青年到延安去，三青团在宝鸡办了招待所，负责免费让路过的青年人住，你到宝鸡，千万别住到他们的招待所里去！第二，你由陕西入川前，到了褒城，可以绕道去一下汉中。汉中有个辎汽四团，团长名叫田耕园，合肥人，对同乡特别亲，不认识他的人，他也会帮忙。你去就说你是合肥人，口音不对不要紧，就说从小跟父亲在上海长大的就成。你找他请给个便车搭了入川，这样就可以节省不少路费了！"

　　我同家连哥匆匆分别，心里真的舍不得，眼眶都红湿了！他带着高架车夫远去，大家互相伸颈望着，招了手又招手，直到看不见他那有着两只大眼睛的方脸盘和背影了，我才怅然离开。回到小客店里，见有旅客在吃面条，谈的是汝南那边田赋管理处当官的贪污了好几万斤粮食，也有人说：汤恩伯司令部在叶县，他在那里每天大摆筵席请客，蒋鼎文有好几个年轻的小老婆，这些当官的只干坏事，不干好事！害苦了全河南老百姓！……听了这些，我心情更坏，禁不住悄悄背着人哭了一场。这时候，又格外想念起远在上海的母亲和妹妹来了。

　　我去水寨的邮电代办处里打了个电报到四川江津南安街九号给堂兄王洪江，发的加急电。电报字贵，我字斟句酌地打完电报，只以为电报打去很快会收到，没想到电报发出后我问："这电报什么时候可以收到？"回答却是："现在是非常时期，说不准！"

我回到小客店同老板夫妇讲了情况，我说："我发了电报到四川我亲戚处，很快汇钱来。我想在你们这里住几天等汇款来，汇款来了，我就把店钱一起付给你们。"我将箱子、帆布包打开给他看，说："这里的东西有些是值钱的，你们可以放心，我现在手边没有现钱，大不了可以把东西抵给你们，我不会让你们吃亏的！"老板娘比较和气，说："出门上路谁没个困难，你就住下好了！"我又说："可不可以赊点面条给我吃？"老板娘说："好！"老板却精明地说："我本来想找个下手帮着揉面，切面条，你帮我干吧！很简单，就是揉面切面，我一天给你白吃两顿面条，每顿四两！怎么样？"我一想，也只有这么了！说："好！"

　　过路的人吃面的不少，有县城里的人，也有灾区的人，灾区来讨饭的也有，但很少讨得到吃的，小店的生意不错。老板有了我这个下手，似乎很高兴。谁料想，这揉面的活儿可真费劲，早上四点钟前就得起床揉面，要把一大袋面粉揉熟，面又必须揉得很硬。过路吃面的人不少，我揉面的量也就很大。头一天，老板嫌我面揉软了，叫我切面时又嫌我将面切粗了。在老板娘帮助下，三天后才算合了格。每天上午十点左右，给我一碗甜面条，下午四点光景又给我一碗咸面条。我平常食量小，这时却总是吃不饱，整天在饥饿中度过，更体会到灾区百姓饥饿的痛苦。我天天摸黑起身，揉面揉得肩背疼痛，汗水总是不断滴到面团里，切面曾将左手中指切个大口子，但我咬牙挺过来了，常常想到孔子的"陈蔡之厄"，又想到"秦琼卖马"。我会哼几句京戏，有时就轻轻哼着京戏《秦琼卖马》："遭不幸困至在天堂下，无奈何只得来卖它……"心中酸酸的。

　　我只以为等上一星期总该会有汇款来了吧？谁知道却杳无音信。我天天去邮电代办处询问，却总是石沉大海。怎么办呢？只有等！天燥热，我心里狂躁，度日如年。每天单调地摸黑起身流着大汗揉面、切面，每天依然只吃两碗面条处于饥饿状态。我逐渐已能切一手很均匀不粗不细的面条了！这点技能直到今天依然不忘。

陇海铁路上最可怕的一段

日子一天又一天，心中真是好似滚油煎。想想等到第二十天了，仍旧不见汇款来，我真是失望了！钱会不会不汇来呢？这时已经是8月底了！那天，我写了一封信给母亲，准备到洛阳寄发。我吃完上午那碗甜面条后对老板娘说："我想再去洛阳办点事！"我借了他们的自行车，带上金饰，独自冒着酷暑的太阳去洛阳，目的是想再试试能不能用黑市价将金饰出售掉。一路上的情况跟上次相仿，到了洛阳，去邮局寄了信，我仍跑到那家银楼，走进银楼，见柜台后仍是那老板一个人在无聊地坐着看报。银楼生意清淡，看来他仍不用伙计。我上前叫了一声："老板！"他立刻认出了我，说："啊！你还没走？"我一五一十地把打电报给堂兄汇款至今住在水寨小客店里山穷水尽的事如实说了，并且把特地带在身边的转学证拿出来给老板看，希望他一定能收下我的金饰，使我可以有钱上路。我说：我在水寨已经滞留二十来天了！住的店饭钱都要付给，汇的钱至今不来，再拖下去怎么得了。请他务必帮我解决困难。他不肯，我赖着不走，整整磨了两个小时，他终于觉得我是诚心诚意的。将我带到后院家里，拿出戥子来称我带的金饰，按照当时的黑市价钱付给我现钞。我明明看到他称金饰时分量不对，但觉得他肯冒险给黑市价已经很好了。卖掉金子后，我就骑车回水寨，一路依然看到不少灾民在朝洛阳方向走，但显然他们恐怕是进不了洛阳城的。

我同老板夫妇结账，付了店饭钱，并向他们道谢。我吃的面条，原说是用揉面加切面来抵价的，我却仍付了钱，老板很满意。次日早晨，我雇了一辆高架车装上行李，步行离开水寨去洛阳，继续我的行程。想不到的是走到龙门附近时，只见小店老板骑车从后面赶上来了，送来了堂兄洪江拍发给我的电报。电报上说：旅费已汇给我，要我一路小心。电报到了，但汇款未到，哪天汇款能到呢？难说！我实在觉得不能再等了。我谢了送电报的好心店老板，请他在我的汇款到达后给我退回原处，店老板答应了，我遂继续上路。这笔钱后来在三个月后退回了江津，非常时期就有这种非常之事！

我到洛阳后，去火车站争先恐后地买了一张西行的火车票。

晚上，实行灯火管制，车站一片漆黑，上了火车往河南灵宝方向"轰隆轰隆"地驰去。陇海铁路的火车，有人说它在灾民心目中好像是"释迦牟尼的救生船"，灾民盲目地以为登上火车向西就能远离灾区，逃到乐土上去了。洛阳既不让进，就向西找个地方容身吧！所以铁道两侧，都住着许多灾民，有的在几尺高的土堆上挖了洞藏身，有的是露天搭个小棚居住。当火车停在站上要开时，灾民们就蜂拥而上，票当然是没有的，他们攀爬到火车车厢顶盖上挤在一起，这里根本没人维持秩序，也维持不了秩序，灾民走了一批又来一批，无穷无尽，一切都是乱糟糟拥挤的场面。

火车没有客座，大部分是没有顶盖的货车或闷罐车，闷罐车的车顶上都满满是人。我好不容易花钱请了一个壮汉用劲帮着将我的行李连同我一起塞进了一节货车，我就坐在自己的行李上开始了西行。

火车在大地上西奔，车外是漆黑的原野，不久就要离开河南进入陕西省了，在隆隆的火车声中，我不禁遐想起来……

河南人民太不幸了！抗战开始的第二年——1938年6月，日寇攻陷了开封，河南人民遭到屠杀。为了阻止敌人进攻，国民党政府在6月9日突然炸毁花园口黄河大堤，黄水泛滥，淹没了河南、安徽、江苏三省六十多个县，河南淹得最凶。当时共死了八九十万人，受灾人口一千万，河南是首当其冲损失最大的一个省。现在，1942年，河南又有这么史无前例的天灾，灾民流离失所，饿死沟壑，鬻儿卖女。目睹这种浩劫，我真是热血沸腾，引起对国民党政府的强烈不满和愤怒！政府的贪腐与不作为使我痛恨，在河南，我耳里已充满了百姓的不满之声！

在遐想中睡熟，从瞌睡中苏醒，醒来又打瞌睡。天亮时，火车到达灵宝，这里离陕西省不远了。但陇海路上的灵宝大桥被日机炸断，原来家连哥曾对我说：从洛阳上了火车可以坐火车经过陕西，由西安一直坐到宝鸡。可是现在火车到此为止，须步行三十里路到常家湾。我打听了情况：由常家湾向西，经过陕西潼关，要到华阴才能再上火车西行。而由此西行过潼关，是目下陇海铁路上最艰难危险的一段。

我独自继续行程，没有家连哥同行，感到十分孤单，但只好硬着头皮独自谋划。我提着箱子，背着帆布包淌着汗吃力地下了车。灵宝火车站房顶洞穿，墙壁上全是弹洞，都是日寇飞机炸坍扫射的。车站上有便衣人员在进行检查盘问，也有军装很脏的士兵检查物件。我也被他们检查抄身，听人说主要是查抄鸦片，因为有的奸商装成灾民夹带鸦片，也有奸商雇灾民为他们贩毒。便衣是稽查处的特务。有家连哥临别时的嘱咐，我明白他们执行的是特殊任务：抓住往陕北去找共产党的人！

出站后，见有牵马出租作坐骑的人，可以沿陇海路一侧的大车道向西去。我决定雇马骑，也可让马捎带我的行李物件。出租马的人要价高，还了价，讲定由灵宝到常家湾，再去潼关到华阴，这段路总长有二百多里，我急于赶路，讲定：当天就赶到潼关附近的阌底镇住宿，第二天晚上抵达华阴。

我骑一匹白马，马上带着我的帆布包，那马夫骑一匹棕色马带着我的箱子。我俩一前一后就朝前驱马慢跑起来。马夫二十多岁，爱反复哼唱几句抗日歌曲："到敌人后方去，把强盗赶出境……"曲调不准，咬字倒清楚。马很驯服，脾气温顺，骑在上面倒也不累。我们由河南向陕西跑，看到远处的山影，高高的源头，深深的沟壑，淤积的河滩，潺潺的黄河水……沿路买点干粮就在马上吃了，有时买点路边小摊子上切成一片片的西瓜解渴，草帽挡住烈日，我赤着膊，古铜色的皮肤一路来已晒得脱了一层又一层。傍晚，抵达阌底镇，我同马夫找了一家小店住下。

阌底镇，隔黄河对面就是日军阵地，日寇万恶，从对面风陵渡一带常向这里和潼关一带开炮射击。阌底镇挨的炮弹不少，到处是断垣破壁，据说常有人死伤，一片凄凉的模样。我们住的小客店，房子没有屋顶，只有四周的残墙可以挡风遮灰。客店老板供给高粱篾席铺在地上给旅客作床，收了住房钱，说："近几天，日本鬼子没有打炮，但为了怕引起对岸鬼子的注意，不准点灯点蜡。"所幸天上有灿灿的星光可以照亮。天热，水少，我与马夫用黑碗弄了点凉水洗了脸，又将洗过脸的水用来洗"干澡"。洗"干澡"就是沾点水在身上，用手搓，将身上的尘土搓成"面条"拂在地上。洗了干澡，人都感到累了，我胯下两边和股部骑马时都摩擦得红肿了，非常疼痛，就躺下了。想好好睡一夜明天可以继续上路。马夫将那两匹马就拴在住房旁的一根断梁柱上，喂了草料和水，同我并排睡在一起，很快打起鼾来。我虽疲倦，听着虫豸在瓦砾中鸣叫，却一时睡不着，睁眼看着天上的星斗，又想起母亲和妹妹来。一路上，我只在洛阳等地给她们发过信，我认为非常时期写了信她们也是不一定收得到的，而且许多地方都没有邮局，我一路上又遇到这么多的艰难险阻，写了信反而增加她们的担忧，倒不如不写还好些。如今，终于快走上顺利的坦途了！到了华阴，上了火车，然后到宝鸡再入四川应该是比较顺利了！我算了算，估计再有十几天总该到达四川重庆见到哥哥宏济并到江津见到堂兄洪江了吧！我多么想见到他们啊……我是在这种情况下入睡的。

可是，不多久，忽然被"轰！""轰！"震天般的日寇炮弹爆炸声震醒了！天崩地裂般的炮弹爆炸声似乎就在我身边回响。地面震动，有炮弹飞啸着落在远处，远处哗啦啦地墙坍屋塌，有人惨呼，两匹马也踢蹄长啸。我马上爬起来，高叫马夫："快走！这儿不能住……"马夫也早惊起，解下马来，放上行李，扶我骑上马，他也上了马，同我驱马逃跑。

对岸日本鬼子仍在发炮，炮声有如闷雷，打过来落地的炮弹有火光闪烁，使大地在我们脚下猛烈震动。

我的心剧烈跳动。附近爆炸的炮弹像是开花弹似的迸发。死亡的威胁压迫着我，但一种对侵略者仇恨的心使我无畏，马甩蹄飞奔，跑了一程，估计到达安全区了，才缓下步来。我对马夫说："多亏你的马了！今夜我们也别睡了！闯过潼关去吧！"

仓促离开阌底镇后，日寇的炮击越来越凶，隔河远远仍可看到对岸黑黢黢的夜空下，山峰巨大的身影如同隐伏着的怪兽。我们骑马向潼关奔去，夜色浓黑，偶尔能看到萤火虫一闪一闪在四处飘飞。听着侵略者杀害中国人民的炮击，在黄河边古老的道路上行走，感受到战争气氛特别浓烈。黄河在深夜中，拥着凝重的沉甸甸的一河黄汤，在苍穹下模模糊糊巨龙一样蜿蜒着，微微闪着亮光，响着似有似无凄凉呜咽的汩汩水声，不禁令人迸发出愤激和仇恨来。

我俩骑着马在黎明到达华阴，但要想坐火车到西安方向去，需在离华阴约四十里的桃下站去购票上车。桃下是个小站，火车从东边驶来，因要利用夜黑穿过潼关一带避开侵略者的炮击，这火车就被称为"闯关车"。我仍雇那马夫的白马骑着到桃下，看到外貌破破烂烂的"闯关车"出现在面前，心里不禁兴奋地欢呼着：这下我可以坐火车直到宝鸡了！

其实，从陕西宝鸡翻秦岭入四川，一路上仍然艰困而不顺利。那时既无铁路也无高速公路，我千辛万苦9月下旬才到达目的地，并在9月底考进了江津国立九中高二攻读。

在河南的经历使我终生难忘

然而，等我到了重庆，看到官商中那种"前方吃紧、后方紧吃"的纸醉金迷、贪污腐败现象，想起河南的水深火热，更使我愤激。但"大后方"重庆由于新闻封锁，人们都不知道河南"人间地狱"的大灾实况。

到第二年1943年2月1日，重庆《大公报》特派记者张高峰从河南回来，在洛阳、叶县附近看到了灾情可怕，写了一篇《豫灾实录》通讯发表。该报主笔王芸生根据通讯写了一篇社论《看重庆，念中原》，这篇社论，当时使热血的人愤慨之至，影响极大，但正因其真实，国民党当局竟下令《大公报》停刊三天，大大引起公愤，听说美国名记者白修德也了解到河南灾情之惨有了反响。贪官奸商依然花天酒地毫发无损。大约是1943年的春天，我有机会读到过河南记者李蕤写的反映河南大灾荒的通讯特写《豫灾剪影》，他用亲身亲访见闻写出了河南空前的灾情之惨，而且呼吁救济。但贪官不作为，当官的心中无人民，河南这场天灾，最后死亡人数高达三百万，令人吃惊而且心酸。而后来，国际形势及总的战局已进入好转阶段，1944年4月中旬，日寇发动豫中攻势，由开封附近的中牟越过黄河，在河南作威作福贪赃枉法与奸商勾结为害百姓的蒋鼎文、汤恩伯部队四十万人与侵略军作战后一触即溃，三十八天的会战丢了三十八座城池，损兵二十多万，日寇占领了郑州，进而在5月下旬占领洛阳。

河南人民又遭受了一次大浩劫！

河南那次大灾，使我对当时的中国有了深刻的了解，初步萌发了中国需要大改变的要求。高中毕业后，我考进了复旦大学新闻系，我的想法其实很简单，那就是"要做个好记者，写出有利人民的文字"来！

文艺和人生是息息相关的，和时代脉络是相通的，和社会现实不可分离，以史为鉴，总是有意义的！

这就是我此刻回忆往事的心情。

（本文刊于2013年3月《散文选刊》）

第二辑　师恩难忘

生生不灭七色光

记忆早已遥远，印象依然在心。

20世纪30年代中期抗日战争前，我在南京城南芦妃巷小学念书时，有位高个儿浓眉大眼的张老师教自然课。讲到太阳七色时，那天他带全班同学在阳光下吹肥皂泡。飞舞在空中的肥皂泡上反映出太阳的赤橙黄绿青蓝紫七色。孩子们看到了都特别高兴。一会儿，起了风，皂泡刚吹出来就被风卷走，啪、啪地炸光了。有的同学大声叫嚷："没法吹了！""吹出来就没有了。"……张老师高声笑道："别怕风大，吹吧！吹吧！干什么事都不要泄气！"那天，几十个蹦蹦跳跳的男孩女孩兴高采烈，被自己不断吹出来的大大小小的七色皂泡缠着身，是一种梦境似的、神话般的美妙场面，在我心上留下了深刻的印象。只是，不久以后，张老师不教我们了！不再见到他来上课了！听说他被宪兵抓走了。当时，年龄小，张老师叫什么名字也弄不清。但觉得这么好的老师怎么会抓起来了呢？

六年级时，我在大石桥畔的中央大学实验学校念书。学校对面是有名的"模范监狱"，关政治犯的。监狱有土红围墙，防止犯人逃跑，四面有护城河般的深水沟，沿河开辟了大片菜地。白天，常有脚戴铁镣的犯人被带枪的士兵押出来松土、浇水。什么是政治犯？不太明白。共产党人是政治犯，倒是知道。当时，南京中华门外雨花台，是杀人刑场。年复一年，总在那里枪毙、活埋共产党人。这些犯人就是共产党吗？带着好奇，放学时，我爱在校门口附近张望犯人们，呆呆看着他们脚踝上当啷作响的铁链，看着他们苍白严肃的面容，看着他们的灰色囚衣，看着吆喝他们的武装士兵，心里充满怜悯。

一天，飘大雪，我又站在校门口附近凝望犯人们。突然，我看到劳动完毕被押回去的犯人中，有一个高个儿远远隔了深沟透过迷茫的雪帘在盯视着我！雪花纷纷扬扬，我忽然发现那张脸上两道浓眉、两只闪烁的大眼很熟悉。惊心动情，我几乎叫出声来："张……老师！"但犯人一下子就被押走了！一切烟似的消失了！一连几天，我心头酸酸的，下课后总在校门的护城河边呆望。但再也没有发现那两道浓眉和两只大眼。会真是他吗？谁知道！谁能说！人生似乎有很多遗憾的事，也常多难以完全肯定或否定的事。

以后，一过多年。这事快全忘了。解放战争时期，1947 年冬在上海，一次，有位地下党同志约我去偏僻的曹家渡工人区一个老工人家秘密会面。我们商定一个约会见面的标志，不知为何，我突然想起了吹肥皂泡：既醒目，也方便，不会引起注意。让老工人的小孙女在门口吹肥皂泡玩。她在，意味着安全；没有小女孩吹，赶快另换地点接头。那是个冬日的晴天，"飞行堡垒"的呼啸声时而驰过，那贫穷消瘦的小女孩蓬松着小辫在门口阳光下吹肥皂泡，使我蓦然又想起了那双浓眉和大眼，这时，我已接受党的教育，张老师成了我第一个接触的共产党人。他在何处？已不可知。但他曾将美种植在我幼小的心灵中，我遂会为对美的忆恋铭刻下对他的记忆。

岁月将昨天抛向无边的天际，若干年后，又发生了一件依然是弄不清楚却又使我惊心动魄的事。60 年代初，一个秋风秋雨的日子，我在虎踞龙盘的南京城冒雨凭吊雨花台。风摇树丫，雨扫窗棂，步入纪念馆，看到一张有点模糊的烈士照片，使我像瞥见了红旗与硝烟，想起了黑夜和黎明，生与死的搏斗……照片上的简介，是一位姓陈的烈士，30 年代初参加中国共产党，先后在北京、南京、江西、上海等地做党的秘密工作。两次被捕，出狱后斗志更坚。1948 年 12 月 27 日夜被敌人活埋于雨花台，时年四十岁，其具体事迹大半湮没，难以查考。这像他，又不像他。两人姓不同，一个姓陈，一个姓张，可是做秘密工作改名换姓是常事。如何探微发隐？谁能回答我？

有使我感动的东西充溢胸口，眼皮酸涩，我心头倏然卷起萧萧的秋风秋雨……

岁月如水，一切都流逝了。唯有真正的历史画面是一种永恒的存在。记忆中的颜色也许已经斑驳，有光明的太阳在天空照耀，肥皂泡反映出的七色光彩始终新鲜、美丽。肥皂泡飘然会随风炸碎，只要有人继续不断地吹，它会重新在空中自由飞翔。这不也是生生不灭的信念和境界吗？教我吹肥皂泡叫我不要泄气的人早在我的生活中消失，但他的启示始终与我的生活和斗争同在，留在我心头的美感与萧萧风雨的意境，永远不会消失。那么，这个美的故事是该写下来的，不是吗？

（本文刊于 2010 年 1 月《深圳警察》）

最后一面总难忘

——怀念中大实校的老师们

《春蚕颂·中国当代著名文学家事迹》编委会来信，要我为这本献给教师的书写一段话。我写的话中有这样两句："每当我想起往日我的老师们，就心怀感激和尊敬。他们多数早已谢世，但却活在我的作品中。"

这两句话发自内心。我是常想起当年在中央大学实验学校时的老师们的，而且每每想起我同其中一些老师最后一次见面的情景。时光流逝，一晃半个世纪左右，旧事却历历在目，总是难忘。

1937年"八一三"事变爆发，8月15日，日寇飞机就猛炸南京。父亲决定带我到安徽芜湖转往南陵友人处暂避轰炸威胁。行前那个傍晚我匆匆带着告别的心情急忙骑自行车到大石桥学校里看看。正值暑假，校园里人很少，冷落凄凉，操场周围绿草丛生。在杜威院与望钟楼间，碰见了张箴华老师。在小学时，我一直喜欢这位知识渊博的老师。他浓眉下两只眼睛严肃而亲切，自然课教得极好，常带我们到北极阁、鸡鸣寺捉昆虫做标本；上课时爱讲格言，像"学如逆水行舟，不进则退"、"今日事今日毕"，等等，使我终身受益。有一次，一个同学欺我，我虽比他小但同他打起架来。张老师经过，处理问题公正，使我心服。见到了他，我告诉张老师我要离开南京了。他点点头，说："躲一躲轰炸也好。"对抗战他很兴奋，说："中国人受鬼子的欺侮太多了！牺牲再大也要打到底！"正要分别，瘦削精干的刘克刚老师快步走过来了！他教过我童子军课，带我们野营，训练我们的机智、勇敢和敏捷。每次学校开运动会，总能听到他清脆响亮而威武的口令声："立正！""稍息！"……他那天好像有什么事要办。我叫了他一声，也没说什么，他就匆匆走了。其他老师和同学都未见到，我感到寂寞。后来骑车在学校里兜了一圈，怀着一种异样惆怅与惜别的情绪回家，想不到这就是同张、刘二位老师最后一次见面了！

　　说来也巧。我随父亲在 8 月 17 日晚上到安徽芜湖去，夜里住在一家名叫"大安栈"的旅馆里，却遇到了胖胖高大的穿西装的丁孚九老师。他为什么住在那里，已记不清了。我将丁老师介绍给了父亲，他们谈了一会儿。印象深的是丁老师对父亲说："王洪溥很聪明，就是有点顽皮。"事后，父亲还批评了我。给了老师这种印象并不偶然。他是江苏扬州人，乡音很重，同学们常好学他讲话，其实并无恶意。有次我正在"那块那块"地学他讲话，恰巧他走在我身后，拍拍我脑袋笑着说："顽皮！"其实，他讲课生动，脾气好，待学生和气，我心里对他是很好的。抗战胜利后，1946 年夏我由四川回到了南京，听说丁老师在公路总局任主任秘书，就特地到高楼门他单位里看望他。他正在宽敞明亮的办公室里办公，体态比以前更胖了。见面十分亲热，知我在复旦大学攻读，他很高兴。见他忙，我急着要走。他不让，坚决要我坐着多谈谈。谈起当年，我讲起自己的顽皮并诚心诚意地感谢他的教诲，他忽然动感情了，摸出白手帕来拭泪。我告辞时，他亲自从里边楼上陪同走出来送我出大门；告别时，我向他深深九十度鞠了一躬。走得很远了，回头看时，他仍伫立在门边依依凝望着我向我招手。但以后，一直也就不知他的去向了。

　　那天，同丁老师谈起了何寿斋老师。小学时我是寿斋班级的学生。胖胖的剃平头的何老师，个儿不高，常穿着半新的藏青中山装和黑布鞋，无锡口音，一直给我忧郁、严厉、孤僻的印象。那时，他教数学课喜欢带一块狭长的板子来代替教杆。传说他很凶，有时要用这板子打学生手心，所以有学生背地里叫他"何老板"。其实，他并不打学生手心，教学勤恳而有耐心。极少笑容，是性格使然，对学生是很关心的。一次，我参加运动会跑百米时，猛摔了一跤，跑道上的煤渣嵌进了右臂的肉里，出了很多血。他马上扶我去医务室，关切地抚慰，等校医将煤屑从我伤口里夹出，包扎好后，又安慰了我半晌才走。我发现他不但不"凶"，而且十分可亲。我同他最后一次见面是在1942年的夏天。那时，我正打算从敌伪统治下的"孤岛"上海去安徽偷渡敌人封锁线到大后方去。一天，雨后的傍晚，我走在上海跑马厅附近，突然看到迎面走来了何老师。地上积着雨水，人流拥挤，他穿一双破布鞋，一件旧长衫脱下挽在手臂里，卷着裤脚，一手拿着把旧油布伞。我马上热情地迎上去叫了一声："何老师！"发现他瘦了，头发已白了不少，黄黄的脸上皮肤松弛，眉眼间那种忧悒、孤僻的神色更浓。见到了我他仍无笑容，仅告诉我：他在给人家做家庭教师。好像有急事，匆匆分别，他飘忽在人流中消失了踪影。事后，我每每遗憾与自责，我委实当时太不懂事，懵懵懂懂就让老师走了。他似是给生活重压摧毁了。我怎么不问问他的地址呢？我当时虽也生活困难，但为什么却未曾想到应当怎样尽一个学生对老师应尽的一点心意呢？这就是我最后一次见到何老师！以后，再也不知他的音信，只是每每使我想起就感到心酸和歉疚。亲爱的何老师，原谅我吧！

同许恪士老师最后一次见面，是在1946年春天，我在重庆北碚复旦大学新闻系读书时。一天，中大实校的老同学雷绍陵（1995年已在美病故）、钱燕文（原名钱北三，曾为北京中科院动物研究所研究员）来找我，告诉我，中大实校原主任许恪士老师来到北碚了，住兼善公寓，约我过江去看望。我们一同去了。许恪士老师热情接待。当年在校时，给我印象最深的是：每逢国耻纪念日，他在操场上用洪亮的嗓音给学生讲话，讲到日本帝国主义侵略中国时，总是慷慨激昂并常痛哭失声。于是，我们站着听讲也都热血澎湃跟着流泪。他的言传身教对我们树立爱国主义思想确实很起作用。在校时，他戴副黑边深度近视眼镜，穿中山装，走路挺胸，特别精神；脸上虽严肃，对学生也常露笑容。这次见到我们，倒茶，让座，亲切谈心，对我们能上名牌大学表示高兴，说了不少勉励的话。分别时热情握手，送我们到公寓大门外。当时，他在做教育部的督学，不久后，听说去台湾任教育厅长，以后病故。这在北碚兼善公寓的最后一面，情景至今仍新鲜得如在眼前。

中国如此之大，几十年风风雨雨，天南海北，师生分散了每每难以再见面相会。童年、少年、青年、中年，都已早离我远去。但中大实校的老师们在我心中始终是被岁月被情感挽留住的人！只要想起老师们，往事就汩汩从记忆的泉眼中涌出，早年的欢乐与悼亡悲伤俱来，让我好激动好激动。我就觉得心灵上和人生的感受上在这方面蕴含着的一切是说不尽也忘不掉的！

（本文刊于 1998 年 10 月《作家报》）

我经历的"最后一课"

——记东吴附中王佐才老师

上中学时，语文课本里有法国小说家都德写的脍炙人口的名篇《最后一课》。这篇小说以普鲁士战胜法国后强行兼并阿尔萨斯和洛林两省的事件为背景，通过一个小学生在上最后一堂法文课时的见闻与内心感受，深刻地表达了法国人民深厚的爱国主义感情。

想不到，在抗日战争中，1941年12月8日，日本帝国主义发动太平洋战争时，次日，我在上海租界上的东吴附中读书，也经历了一次类似的事件……

那夜，我正熟睡着，夜色漆黑，忽然被一声"轰隆隆"的巨响惊醒。我猛地从床上坐起，听到似是炮声，声音也不太远，仿佛来自东面黄浦江的方向。接着，听到了"轧轧"的飞机声。一种战争的恐怖感立刻攫住了我的心。

对面楼上一些窗口里的灯盏，一个接一个地亮了，恐怕听到这种声音的人家都在杌陧不安吧？

我开了灯看钟，钟上长短针正指着4点多。我想：会不会是租界外的日军在举行演习？又想：黄浦江里有英、美兵舰，会不会是日本与英、美交战了？这一向，外边老在传说日本要向英、美宣战呢！……

隐约的飞机声仍在远处盘旋，炮声又隆隆传来。我同家人都起床了。大家心头波澜迭起，都非常不安。一种风云骤变的感觉侵袭而来。

炮声又响几下，终于沉寂了。大家虽又都回到床上去睡，我却怎么也睡不着了。

一清早，我起身后决定仍去上学，顺便打听一下发生了什么事。外边，细雨蒙蒙，雨丝裹着寒意。天气阴霾，同人的心情一样。空中像笼罩着一层灰色的烟幕。弄堂里，东一簇人，西一撮人，互相在谈论传告着拂晓前后炮声、飞机声的事。表情既兴奋，又紧张，也有忧虑。谈的不外是日本向英美宣战了，黄浦江上打沉了一艘英国炮舰，另一艘美国炮舰投降了。有人在说："公共汽车和电车都已停驶！"也有人在预测："看来，日本兵今天要开进租界来了！"……

弄堂里，有的人家在垃圾箱旁焚烧书籍，看来是怕日本进租界后会抄家，将抗日的书籍赶快烧掉。

我听了一会儿，没有什么值得再听的新鲜事，立刻带着忐忑不安的心情走到马路上去。马路上也东一堆人西一群人在叽叽喳喳，男男女女都有。男的看样子多数是去上班或特意出来打听消息看看情况的。女的多数挽着空篮子，一看而知是出来买菜的主妇。我找着人丛凑上前去听听情况，也同弄堂里的人谈的大致相仿。沿街的南货店、烟纸店、酒店都上着排门，人心惶惶。有雇黄包车在急急忙忙搬家的，是从公共租界往法租界搬。法奸贝当投降德国后，组织了伪政权，法国本土已被德军占领，上海法租界由于日法之间没有战争关系，法租界在有些人心目中，似乎比公共租界要安全得多。但马路边上有人在闲谈，说法租界当局已经派出大批安南巡捕沿爱多亚路架设了铁丝网，禁止拥进法租界了……

我心里七上八下，出汉口路，沿石路朝北向南京路方向走，见一家出售平粜米的店家排门紧闭，好多人带着空布袋在店门口排成了一字长蛇阵，等待售米。一家卖煤球的店门口也有人抢着在买煤球。再往前走，经过浙江兴业银行门口，见拉着铁栅门，一些要提取存款的户主正在银行门口大声叫嚷、"砰砰"敲门，要银行赶快开业付款。一家大南货店，平时生意兴隆，今天未卸排门，贴了一张纸条，上写："今日本号盘货，休业一天。"

街上行人脚步匆匆，脸色仓皇。我最关心的是日本兵进租界的问题了。一路上，却没有见到一个日本兵。向人打听，也都说没有看到日本兵。但我心里明白：无论如何，日本兵是一定要开进租界来了！以后，"孤岛"沦亡，沉没在日本帝国主义的侵略潮水中，原来在上海租界上的中国人过的将是更加黑暗、悲惨的亡国奴岁月了。心里充满仇恨，涌塞着一种悲壮的情绪。

我在一个卖粢饭团的小摊上，买了一只包油条和白糖的粢饭团，拿在手里一边吃一边向学校所在的慈淑大楼方向走去。

忽然，听见有些人在惊叫："东洋兵！东洋兵！"只见一辆日本军用卡车风驰电掣般开过来，"嘘"地停在路边。军用卡车上堆着许许多多刚印好的日军报道部编的《新申报》。日本军车上的几个穿黄军衣的日本兵撒传单似的散发报纸。有些路人在抢拾报纸。我望着那些日本兵，心里仇恨，为了好奇，也上前拾了一张报纸。边走边看，见报上有日本向英美两国宣战的消息，有日本海空军突然奇袭珍珠港获得辉煌大捷、击毁击沉美国大批军舰和飞机的消息，也有日军今日黎明在黄浦江中击沉英国炮舰"彼得烈尔号"和美国炮舰"威克号"升起白旗投降的消息。我看完了报上的消息，心里发泄不出的愤怒更加强烈，将报纸揉成一团，扔在地上，甩起一脚，踢到了被雨水洒得湿漉漉的路边去。

蒙蒙细雨不知什么时候停歇了。天仍阴沉沉。路上见到的人，脸也阴沉沉。路面潮湿，我终于走到灰色的七层楼的慈淑大楼门前了。慈淑大楼靠近南京路的一面开设着大陆商场，出售百货，占了一、二层楼。三层以上全部出租给一些私人或公司、学校、团体使用。东吴附中在四楼上租了许多大房间做教室。

我吃完粢饭团，在一种难以形容的纷乱情绪中走进光线幽暗、阴森森的慈淑大楼后门，踏上楼梯走到四楼自己的教室里。大楼里人异常的少，阒静无声。到了四楼，见来学校上课的人十分稀少，多数人是害怕外出？还是忙着在马路上张望？啊，不！公共汽车和电车全停驶了，法租界和公共租界的路又截断了，人当然不会来得多了。宽大的教室里一共不过五个同班同学，全是男的，一个女的也没有来。我的好朋友俞伯良在，我闪身刚朝门口一站，俞伯良马上招呼："喂！我去约你来学校，你家里说你已经走了，怎么现在刚到？"

我没有回答，将手里一叠用帆布带捆住的课本和练习本往课桌上一放，对着俞伯良叹了一口气，说："唉，以后，不知道我们还能不能像以前一样上课呢！……"说着，内心痛苦，潸然想掉泪。

听我这样说，同学们有的叹气，有的露出愁闷和气恼。俞伯良忽然用粉笔在黑板中央端端正正写了四个大字："最后一课"！

他一写，我心里更难过了。

过去，在国文课本上读过法国作家都德的短篇小说《最后一课》，当时也为这篇文学名著中那种国土变色的凄凉心情所感染。可是今天，此时此地再来回想这篇名作时，感受更亲切更深沉了。眼看，日寇要来了！以后，也许一定要取缔那些富有民族精神、爱国抗日、反对卖国和揭橥气节和骨气的课程内容，代之以奴化教育的吧？学校里一定会让日本人或汉奸来教日文日语的吧？我虽然与《最后一课》中写的主人公完全不同，小时候并不逃课，从小学到高中学习功课一直尚好，并没有那种后悔过去未曾好好用功读书的憾意，但仇恨敌人即将来到的思想，使我内心像被刀刃刺伤流着鲜血。我看着"最后一课"四个大字，眼眶发热，心里发酸。俞伯良写的正是我心里想的。今天，可能是来上最后一课了呢！

啊！多么悲痛、多么屈辱、多么令人留恋的最后一课啊！

有两个同学也在黑板上跟俞伯良一样，用粉笔加写了"最后一课""最后一课"……快将整块黑板写满了。然后，其中一名叫吴玉书的同学突然哭了起来，抽搐着趴在桌上耸动着肩膀呜呜出声。他是班上年龄最小的同学。

他这一哭，我泪水忍不住哗哗流下来了。我正想去安慰吴玉书，却听见站在窗口俯瞰下边南京路的俞伯良忽然高声大叫："来看呀！东洋鬼子来了！"

大家一起跑到窗口。四层楼的窗下是南京路。我们有一次曾从四楼往下撒过自己写的抗日传单。平日车水马龙行驶着双层公共汽车和有轨电车、小汽车的南京路，行人拥挤、商店集中十分热闹的南京路，此刻，宽广的马路上空荡荡，店家都不开门。远处从外滩方向列队走过来一支人数众多的日本海军陆战队，当头是一杆海军太阳旗，正在举行声威赫赫的入城式。

那些打着日本海军太阳旗的日本海军陆战队士兵，一色穿蓝色海军陆战队的制服，戴着钢盔，全副武装，奏着震慑人心的军乐，正以分列式的队形，在宽阔平坦的南京路上耀武扬威地迈着八字步行进。

啊！日寇来了！进公共租界来了，"孤岛"彻底沦陷在日本帝国主义者手中了，在敌人铁蹄下，更黑暗严酷的岁月来临了！

我同俞伯良肃立在一起，心上淌血，眼噙热泪，俞伯良忽然咬牙切齿轻轻对我说："要是有一把传单，我一定撒下去！"

我拭去泪水，想：要是有手榴弹，我也一定扔下去！

日本海军的军乐声，不知奏的是什么军歌，节奏粗暴，似咆哮，似爆炸，听来特别狂热，野蛮。

我叹息着想："今后肯定是在铁蹄下生活了！"看着眼前的场景，我觉得国耻真是比个人的耻辱更叫人难受。国耻牵连四万万五千万同胞，国耻使子孙万代蒙尘。我心底里不禁呼喊：中国！中国！你什么时候能变得强盛起来收复国土不被帝国主义欺侮呢？你什么时候能使中国人在世界上扬眉吐气呢？你什么时候能使中国人在中国的土地上顶天立地做主人呢？啊，啊！看到日本帝国主义的士兵昂首阔步践踏横行在"孤岛"的土地上，"夸夸"的脚步，像踩在我的头上和心上，我痛苦得简直不想活了。

正沉浸在痛苦中，忽然听到教室门响，有人来了。

我回头一看，不禁叫了一声："啊！王老师！"

我一声喊叫，俞伯良、吴玉书等也都转过身来，同声叫道："王老师！"

王佐才老师是个头发花白胡子也花白的老头子，瘦削、矮小，戴副黑边框眼镜。眼镜的黑边框大，更衬得他的脸小、头小。他家里人口多，负担重，从穿着上也看得出来。总是穿着破布鞋，寒冬时节，仍穿着一件薄薄的古铜色骆驼绒袍。袍子边沿袖口全破损了，像被虫咬过似的，剥蚀着，丁丁挂挂。他平日为人古板，不苟言笑，严肃得过分，考试时批卷打分很紧，对学生在课堂上说笑或者背书时提示别人等一类事情，都要厉声教训，同学们大都不喜欢他。但今天，王老师来了，大家对他感情完全不同，叫他"王老师"时，听得出每个学生对他都是十分尊敬、十分亲切的。

王老师弓着背，嘴里嘘着热气，冷得搓着双手，一本国文课本夹在胁下，进了教室，歉意地用一口浙江湖州口音的官话说："我迟到了！住得太远，今天没有电车也没有公共汽车，从大西路那边步行来的。我是从不迟到的！……"

我想：王老师啊！在今天这种情况下，谁会再计较你的迟到呢？我和同学们明白王老师的脾气，他来就要上课的。也不想再俯瞰耀武扬威列队进租界的日本侵略军了，我和俞伯良、吴玉书等都连忙离开玻璃窗前，回到自己的课桌后坐下来。

日本海军陆战队的军乐声仍在急风暴雨般地传来。王老师依然那样古板，似乎听而不闻，在讲台桌上摊开国文课本，用手扶扶眼镜架，扫视了一下坐在下边的稀稀落落的学生，说："人来得很少啊！"忽然，看见了黑板上写的"最后一课"的字样，他突然背过身去，掏出一块破旧的白手帕来，用手扶住眼镜架，擦拭起眼睛来。啊，王老师哭了！稍停，他回过身来，无限感触地说："是啊！是最后一课了啊！"他用桌上的粉笔擦将未写"最后一课"的地方擦拭干净，却不去擦掉那些"最后一课"的字迹。在擦拭干净了的地方，写下了"新亭对泣"四个字，说："上课！大家翻到课本后边这一课上，今天讲《新亭对泣》这一课。"

老古板的王老师，平时讲课文一直是顺着往下讲的，今天怎么跳过许多课选讲后边的这一课了呢？

翻到一百零三页，见课文一共选了两则《世说新语》上的故事。《新亭对泣》是第一则。课文极短，全文不过一百多字：

> 过江诸人，每至美日，辄相邀新亭，藉卉饮宴。周侯中坐而叹曰："风景不殊，正自有山河之异。"皆相视流泪。惟王丞相愀然变色曰："当共戮力王室，克复神州，何至作楚囚相对。"

课堂里肃静无声，日本侵略军的军乐声已隐约远去。

又有七八个同学陆续来了。他们迟到了，但一来就安心地坐下来听讲，都非常专心。教室秩序从来没有这样严肃、安静过。

王老师瘦黄苍老的脸上特别庄重，黑边眼镜下两只眼睛在放光，声音蓦然也比平时洪亮了几倍，说："本文选自《世说新语》。新亭，又叫劳劳亭，在今天南京市南面，三国时东吴所建。作者刘义庆，是南朝刘宋时彭城人。宋武帝永初元年袭封为临川王，历任多种军政要职。现在我来讲讲这篇短文的背景……"

他讲课，平时我感到平淡。今天他的语气却抑扬顿挫，蒸腾着热力；他眼睛注满了兴奋，吐出来的字像扔出来的石头；用丰富的感情，神采奕奕地感染着学生："西晋愍帝建兴四年，匈奴族刘曜攻破长安，愍帝投降，西晋覆亡。次年，琅琊王司马睿，即晋元帝，在江南建康建立东晋，开始了南北朝对立的局面。当时，由北而南的士族官吏，一部分如闻鸡起舞、中流击楫的祖逖等是主张抗战恢复中原的，但多数只想偏安江南苟延残喘。《新亭对泣》正反映了南下的士族官吏截然不同的两种思想抱负。周侯指周颐，袭父爵为武城侯，故又称周侯，是属于唉声叹气之辈的。王丞相指王导，是慷慨激昂有用抗战光复中原之志的。对比鲜明！……"

我明白王老师为什么今天要选讲这样一篇短课文了。我听着讲，看着课文，只觉得身上热血迸流，受到启发，心里痛快，有异乎寻常的满足。

王老师慷慨激昂地说："要抗战！要光复神州！决不作楚囚之对泣！眼泪应当吞在肚里！把力量用到抗战上去！……"他讲的是课文，又好像在讲今天的时局、今天的责任。

真奇怪，短短一百多字的一篇古文，此时在我身上竟会产生这么神奇的力量。我感到王老师讲的正是我此刻十分需要听的课文。听着，听着，眼眶湿润了，心上身上血液里都被注射进一种渴望同敌人拼一拼的激情。课文浅显易懂，讲完，也就可以背熟了。我见俞伯良、吴玉书等全部来上课的十几个同学，都比平时专心十倍地听讲。从大家脸上的表情，我能看到他们的心在跳，血在迸流。

我忽然心里十分忏悔：过去，为什么对王老师不那么热爱呢？多么好的一位爱国老师啊！他竟是这么一位有感情的热血充沛的老人，平时可一点也不了解呀！在面临敌人铁蹄践踏的关键时刻，他像一把稀世的宝剑光辉闪闪地露出了锋刃！平时为什么看不到老师有一颗金子般的心呢？

王老师讲完课文，突然掏出那块破旧的白手帕来，左手扶起眼镜架，右手用手帕去拭面颊。我看到：两行晶莹的泪珠顺着老师的鼻梁正流下来。教室里静得针尖落地也能听清。老师在啜泣！一刹那间，我也泪流满面了。同学们也都落泪，年纪最小的吴玉书，又伤心地趴在课桌上哭泣起来了。我突然想起，听说吴玉书的大哥是航空员，在杭州笕桥机场上空与日寇飞机空战时血战阵亡的。

哭泣了短暂的一会儿，王老师止住了流泪，忽然说："作楚囚对泣容易，就是讲完了这篇课文，懂得了应该去光复神州而不应当相视流泪的道理后，我们也仍是不禁要泣下。但哭没有用！同学们，记住今天我这最后一课讲的话吧。也许，今后我不会再来教你们的国文了。谁知道会不会派日本人或汉奸来给你们进行奴化教育呢？但你们只要记得曾经有一个五十八岁的国文老师给你们上过这样一堂课，那我也算没有白教你们这些学生了。"

我心里火辣辣地发热，真想上去热烈拥抱老师呀！战争和刀枪能毁灭许许多多东西，但不能毁灭美的思想、美的人和事；侵略者能用铁蹄占领中国的土地，但他们想征服中国人的心那是妄想！

王老师要下课走了。他用粉笔擦去了他写的"新亭对泣"四字，但仍保留着黑板上的所有"最后一课"的字样，用一种依依不舍的声调说："同学们，再见！下课。"

平时，老师来上下课，总是由班长喊："一——二——三！""一"是学生起立，"二"是向老师鞠躬，"三"是老师还礼后学生坐下。今天，班长没有来。上课时，没有人叫"一——二——三"，此刻，我忍不住忽然起立，代替了班长高叫："一——二——三！"

所有学生，一同肃然起立，向老师恭敬地鞠躬，目送着王老师飘然走出教室。

我见王老师瘦削的背影已从教室门口消失，我忽然想起了什么似的，拿起课桌上的课本、练习本大步追了出去。

我在下楼梯的地方追上了衣衫褴褛的王老师。高叫："老师！"快步走上去。王老师慢慢回过身来，瞅着我，立定了脚步，脸上似乎是问："什么事？"

我鞠了一躬，将一本练习本翻到空白处，递了过去，恳求地说：

"老师！请给我留几句话作纪念吧！"我本想告诉老师，我将来可能会离开"孤岛"到大后方去的。但话到嘴边，咽住没说。

王老师从长袍胸襟上取下他插着的一支黑色旧"新民"钢笔，在我的练习本上，用流利的钢笔字写了两句话："养天地正气，法古今完人！"然后，写了"王洪溥同学留念"，在下边签上了名，转身下楼去了。

俞伯良从后面走过来，追问："你在干什么？"

我将手里练习本上王老师写的两句话给俞伯良看了。

俞伯良一跺脚说："唉，我怎么没有想到呢？我也要找王老师写几句！"话音刚落，他已经"通通通"地下楼去追赶王老师了。

我独自下楼。走出慈淑大楼时，看到街口已有横枪站立、面目狰狞、穿黄军衣的日本陆军在放哨。街头上出现了刚张贴的"上海方面大日本陆海军最高指挥官"署名的铅印中文布告。围观的人很多。我挤上前去看，布告上说日军进驻公共租界，是为了"确保租界治安"，等等。这当然都是日本侵略者的鬼话。日本侵略者是攥着杀人的刀枪、戴上不动声色的假面具在攫取"孤岛"了。

时光流逝，一晃几十年过去，但我所经历过的"最后一课"，印象始终新鲜。当年我所尊敬的老师一定早已作古，当年的同学也都不知在何处。但看到我们的祖国终于在中国共产党领导下取得了举世瞩目的成就，赢得了崇高的国际威望，我们的社会主义中华人民共和国已经初步繁荣昌盛，每当回忆起这些辛酸痛苦的往事时，就更有一种无比的欣慰充塞心头。

在日寇铁蹄下的"孤岛"生活，常引起我许多难忘的回忆。日寇海军陆战队在南京路上耀武扬威的情景我也始终印象鲜明，但日寇的军队后来很快又退出了租界，并且开放交通，恢复生产和市面，让上海公共租界基本在表面上维持了日军占领前的状态。其原因是日军岗哨林立，租界人心惶惶，生产凋敝，市面衰落，日寇感到要一个死城一样的上海背上大包袱不合算，维持原状，保持上海"国际都市"的外貌对日本有利，日寇是想用"王道乐土"的精神来麻醉上海人，免得以侵略者自居引起上海租界市民的反抗和反感。日寇司令部当时张贴布告说如有政治恐怖事件发生，日军可以进行封锁，可以拘捕人质。日本又查封商务、中华、开明、世界、大东五大书店，派出大批鹰犬检查各级学校教科书，汪伪也根据敌伪需要重编教科书。为了节电，商店霓虹灯取消了，马路上的红绿灯取消了，公共汽车和电车傍晚六点就停驶了……无论日寇用什么手段掩饰，上海也是在铁蹄践踏下的土地，是屠刀宰割下的俎上之肉。我上的东吴附中，不能继续办下去了。一批爱国的老师出面组织了一个"正养补习学校"，让我们可以继续攻读，不受奴化教育，但给我们上最后一课的王佐才老师，从那时就不知何处去了！以后我再也没有听到过他的消息。

许多年后，我写长篇小说《战争和人》三部曲，当年在日寇铁蹄下的"孤岛"生活自然而然成了我创作的素材。我将人名作了些改动，但写出来的那些生活经历和感受常常都是完全真实的。

我不愿意在上海继续过那种铁蹄下的生活，终于在 1942 年 7 月，独自由上海出发，在安徽合肥过日寇的封锁线，经历千辛万苦、九死一生，经过江苏、安徽、河南、陕西、四川到达大后方重庆，去参加抗战，并继续去完成学业。

（本文刊于 2004 年 1 月《大家》杂志）

中学国文二老师

——忆程小青和范烟桥

抗日战争时期，淞沪战役中国军队西撤后，上海的租界沦为"孤岛"。我从 1938 年年底到 1942 年夏，在"孤岛"上海的东吴大学附属中学攻读从初二到高一的课程。

东吴附中本在苏州，因为抗战苏州沦陷，才迁到上海租界上来的，先在公共租界汉口路（即三马路）虞洽卿路的慕尔堂里上课，后来高中部又在南京路慈淑大楼的四楼租了教室上课。在我上初中的这个阶段，教国文的老师有程小青和范烟桥两位先生。这两位老师当时都是有名的作家。我们做学生的是怀着敬慕的心情听课的。当然，那时我并没有想学他们做作家的打算，但后来走上了写作的道路，恐怕也不能说同得到这两位老师的启蒙没有关系。

程小青（1893－1976），原籍安庆市，实际上可算是上海人。他幼年丧父，家境贫寒，上过私塾，小小年纪就到上海在亨达利钟表店当学徒。业余刻苦自学，并练笔写作，十六岁就给上海的《申报》《新闻报》《时报》等写稿。由于自学了英语，他二十二岁开始就翻译英国作家柯南道尔的《福尔摩斯探案》，由上海世界书局出版。两年后迁居苏州，在东吴大学附中执教，并替世界书局编辑《侦探世界》等文艺刊物，又开始创作侦探小说《霍桑探案》。1937 年抗战爆发后，他在"孤岛"上海除在东吴附中教国文外，继续写他的《霍桑探案》。教我国文课时，他大约四十六七岁，头发虽稍稀疏，额头很大，但行动敏捷，精明强干，匆匆来上课，下课后提着他的黑色公事皮包匆匆又走了，显得整天忙忙碌碌。由于他写的《霍桑探案》当时我们都多多少少读过，所以有些同学背后都叫他"霍桑"。

东吴附中有位美国老师中文名字叫许安之，胖胖的，挺着大肚子，戴副眼镜，说一口洋腔洋调的苏州话，教我们英语课，用的课本是原版的《美国初期历史》。程小青那时还在向许安之学英语解决翻译上的难题。

范烟桥先生与程小青先生有极大的不同。范烟桥说一口道地的苏州话，程小青说一口道地的上海话；范烟桥从不穿西装，程小青从不穿长袍。范烟桥当时专给电影厂写剧本，而且多数是古装剧，他的古文根基极好，古诗词出色；程小青主要兴趣在写作和翻译侦探小说上（虽然他后来也去写电影剧本了，并且写了《梅妃》《董小宛》等古装电影剧本，但只是他创作中的分支），未见他写什么精彩的古诗词。范烟桥上课时是看不到笑容的，程小青上课时则常露笑容。范烟桥年长，当时颇具老态，戴一副茶晶眼镜，视力不好；程小青显得年轻，两眼特别机灵……当时，我和一部分同学都很想接近这两位老师，听他们讲讲作家的事。作家，对我们那些年轻学生来说，显得神秘，有吸引力。但偏偏这两位老师是忙人，在课堂上讲课时又从不爱涉及自己。范烟桥老师年岁大，那模样也好像不太容易接近，我们就多数愿意去接近程小青。他和蔼可亲，不摆架子，告诉过我们他的原籍及在上海当学徒如何贫苦如何刻苦自学的往事。记得我曾问过他为什么要写《霍桑探案》，他曾回答：我想提倡用科学的侦探方法破案，现在平民百姓中的冤案很多（大意如此）。那时，同学中传说程小青很有本事，捕房里遇到疑难案件也请他去做参谋，所以我也好奇地问过他这些情况，并问他：你是不是就是霍桑？印象深刻的是他当时笑着摇头，说："呒没格种事（没有这种事）！"

程小青教课不是很精彩，只是称职而已。但他主持过一次全初中部的作文比赛，给我留下较深的记忆。作文比赛的题目是"在'孤岛'上的感想"。这当然是一个爱国主义的题目。我当时就把抗战同这题目联系起来写，抒发了在"孤岛"上的苦闷和对未来抗战必胜的向往。结果，得到了第二名，他发给我了一张奖状，使我对动笔写作更有了一些信心。

　　大约就是在那两年，我读遍了自己买的一套上海世界书局集印的《霍桑探案袖珍丛刊》，好像有三十册，对程小青塑造的"中国的福尔摩斯"——霍桑留下了深刻的印象。平心而论，霍桑探案有模仿福尔摩斯探案的痕迹，不如柯南道尔作品的精彩、诡异，但反映的是中国的社会世态及人物。那一大套书早已失落，只是那六七十个侦探故事有的至今仍记得。这些小说在逻辑推理、机敏灵活、了解社会生活等方面都给过我营养。

　　1941年冬，12月7日，日本帝国主义偷袭珍珠港发动了太平洋战争，"孤岛"这时也沦入日寇手中，日寇的部队虽然一度进了租界又撤出，但"孤岛"已在日寇掌心，形势险恶。这时，风闻日寇要控制学校并且派日文教师来上日文课进行奴化教育，东吴附中遂决定停办。但爱国的老师们既拒绝为日伪效力，不愿进行奴化教育，却也想到要使青少年继续有上学受教育的机会，他们就决定改头换面出来办一个"正养补习学校"。学生就是东吴附中的全体学生，教师也就是东吴附中的原班人马。教师们共推范烟桥为校长。这时，程小青仍做国文教师。因为他名气大，怕引起日伪注意，他改名为程辉斋。当时，教师们的这些做法，引起我莫大的钦敬。这个正养补习学校其实相当于正规中学，为何取名"正养"呢？是因为东吴大学和附中的校训是："养天地正气，法古今完人。"将这两句校训的前句五个字中摘取了"正养"二字，寓含了爱国心，勉励大家要正气凛然。

　　我在正养补习学校上到1942年7月，读完了高一课程。当时东吴附中的美籍教师文乃博和许安之已被日寇送进集中营。"孤岛"像陷入了黑水洋中，生活水深火热。为了脱离沦陷区去到抗战大后方，我决定长途跋涉冒险去四川重庆。我的路线是从上海经由南京到安徽，又由安徽过日寇封锁线到河南，再从河南去陕西，经过陕西入四川。曲曲弯弯西行，历经危难，秋天抵达重庆。从那以后，就不知程小青先生、范烟桥先生的情况了。直到抗战胜利后，我回到了上海，打听到程先生和范先生都回到了苏州定居，并仍在东吴附中教书，程先生仍在从事他的侦探小说的翻译和创作，并主编侦探小说期刊《新侦探》。对于自己曾受教并尊重的老师，做学生的总是牢记在心的。那时，我仍在复旦大学新闻系读书，但兼了重庆《时事新报》等特派记者的名义，常在上海、南京采访。我去信苏州东吴附中请转信给程先生问好。不久，果然收到他亲切的回信，并赠我《新侦探》一本。我曾有心到苏州看望老师，可惜当时极忙未能抽出时间去看望。他送我的这本刊物后来遗失，他的信件也由于我萍踪漂泊而未保留。

新中国成立以后，知道他是民主党派——中国民主促进会江苏省委的常委，又是江苏省政协委员，并且参加了江苏作协的活动。但当时批判"鸳鸯蝴蝶派"的矛头也连带指向着他。听说他生活得并不顺心。其实，"鸳鸯蝴蝶派"是一个以主张文学的娱乐性、消遣性为标志，在旧中国文坛上发生过较大影响的文学流派，不该一棍子打死。作为现代文学发展长河中的一段波浪，它也代表着一定历史时期的一种文学动向。这种作品对于当时社会某些阶层的思想面貌、社会心理、风气习俗、世态人心的反映，为我们认识当时的现实和非革命文学的发展，提供了丰富的直观文学资料，是当时群众的一种需要，也是构成现代文学这幅画面上不应缺少的一个部分。"鸳鸯蝴蝶派"是一个很复杂的现象，被批判所列入的名单中各人情况不尽相同，也有高下之分、清浊之分、雅俗之分，一律予以否定恰不恰当也是一个问题。用简单化的方法将扩大化的作家名单列入这个流派，予以简单化的粗暴批判，既不令人心服，也不令人感到妥当。程小青实际是我们中国翻译、引进、创作侦探小说这个品种最多、倡导侦探小说最有力，被称为"中国侦探小说家"之"第一人"的一位作家。他还是以比较认真的态度对侦探小说这一样式，下功夫作过一些理论上的探求和阐述的人。所以，20世纪50年代中期知道他调离学校，让他去专业写作，我认为是很对的。他终于中止了搁笔，先后写了《大树村血案》《她为什么被杀》《生死关头》《不断的警报》等小说，走的仍是侦探小说、惊险小说的路子，目的是想反映新中国成立后公安战士同暗藏的阶级敌人英勇斗争的生活。此外，我在《人民日报》《文汇报》《雨花》等报刊上，也读到过他写的散文、杂文，这使我很为这样一位老师高兴。我在有一年的春节曾给他写过一封信贺年，也收到过他的回信，从信上看，他的情况是不错的。

我是1961年夏季从北京去山东工作的。自己生活不安定，那个时期人际关系也不正常，讲什么友谊甚至师生情谊都似乎是不对的。于是，同程小青先生既未通信更未联系。1966年"文革"开始，作家几乎无例外地一律都倒霉，我当然也受冲击。在自己倒霉时也常想起程小青和范烟桥两位老师。直到1972年秋季，我被解放，携两个女儿去江南探亲访友，到苏州后，打听程小青和范烟桥两位老师的情况。有人告诉我：范烟桥同周瘦鹃这些苏州名士文人，早已"斗倒斗臭"，有的斗死有的自杀了！问起程小青则说："早不在苏州了！"再想打听详细情况，竟打听不到。我那次去苏州，是怀着怅然若失的心情离去的，真是"访旧半为鬼，惊呼热衷肠"了！

若干年后才知道：程小青先生1962年就离苏州去北京居住了，似乎仍用的是"程辉斋"的名字。1976年10月12日在北京病故，终年八十三岁。"文革"中程先生遭遇如何？弄不清。他逝世时，正是"四人帮"被逮捕覆灭之后六天。

（本文刊于2004年8月16日《今晚报》）

我为陈望道当助教

陈望道，我国著名学者、教育家。1920 年初翻译出版了我国第一部中译本《共产党宣言》。1923－1927 年任上海大学教务长。新中国成立后，历任华东军政委员会文化部长，华东高教局局长，中国社科院哲学社会科学学部委员，上海哲学社科联主席，上海复旦大学校长，全国人大、全国政协常委。1977 年 10 月 29 日病逝。

一、"好学力行"

望道老师在复旦大学新闻系任系主任先后近九年（1941 年 9 月至 1950 年 7 月），其中前一半时间在四川重庆北碚夏坝，后一半时间在上海江湾。他倡导民主办学，把"宣扬真理，改革社会"作为指导原则，要求学生"好学力行"，将这四个字作为新闻系的系铭。

他平时对时间十分珍惜。夏坝离风景优美的北温泉很近，但假日也未见他去游览过。他总是在忙着做他的工作和学问。他不是一个哗众取宠爱出风头的人。他不显山不露水。我在复旦上学时及以后做他的助教时，未见他有慷慨激昂的演讲，也未见他有剑拔弩张的气势，但解放战争时期，他于沉静中见凝重，于风浪中定方向，他反对当时的统治者，反对内战并心倾革命，使人对他总是产生信任感和尊敬感。

在大学一年级时，我选了望道老师的"逻辑学"和"修辞学"两门课。"修辞学"的课本就是他的名著《修辞学发凡》。他写作这部书的态度十分严谨，再版时一再修订。我1948年开始做他的助教时，他从未用私事支使我，但却要我在平日阅读中帮助他收集一些好的关于修辞方面的例子提供他修订时参考。为一个例子有时要同我"探讨"许久，使我深感他治学之用功。

望道老师的一笔字很有功底，板书尤其漂亮，写得快但决不潦草，端正灵活，圆润醒目。他讲课的特点是条理十分清楚，安排得很从容，讲得比较平和，从不声嘶力竭。但在平稳轻松中使人感到他胸中的学问渊博，一切都游刃有余，确是"肚里有一车水，才能授学生一杯水"。逻辑学和修辞学有些部分是很枯燥的，他却讲得引人入胜，足见功夫之深。

他当时住在复旦东阳镇上，寓所名为"潜庐"。当时东阳镇没电灯，一条小街只有十来间小商店，外加些破旧的民居。他生活简朴清苦，住处也简陋，有次夜间，我陪同学去看望他，见他在黑黝黝的屋里点着一根烛光，在看书，烛光不亮，他弓着身子，看得很专心，烛光映着他消瘦的面孔和斑白的头发，那种学者风度，像幅油画似的印在我的脑海，迄今也未消失。

二、需要虚心，不要狂妄

我在复旦大学上一年级时，当时复旦的副校长郭任远教授从美国回来，开了一门选修课"科学方法"。这门课不能由学生自选而是由他自己挑选一些学生上他的这门课，我也入选了。郭教授是著名的心理学家，在复旦的地位与众不同。他上课时，校工早早替他搬来藤椅放在讲台上，助教先来点名，一位女秘书坐在第一排为他做记录。他上课讲英语很多，一口闽粤音的普通话十分费解。比如"一只兔子四只脚"，他说出来变成了"一只桌子是在躲"。我听了两节课，感到得益不大，就有意逃课。那天，在教室走廊上碰到望道老师，他忽然问我："你怎么不去上课？"我如实回答："科学方法这门课一点儿意思都没有！"望道老师马上毫无笑容地批评我说："你还没有资格这样说！你刚是一年级的大学生，现在需要的是虚心，不是狂妄！我劝你快去上课！"

我面红耳赤，只好说："是！"回身往上"科学方法"的教室走。望道老师站在走廊里一直看着我走进教室。我心里想：他真凶！但后来同望道老师处久了，发现他并不凶，有时还很慈祥，他对学生的严是正确的。而且他很讲礼貌。在课上用名册点名时，他总是在学生的名字后加上一个"君"字。比如点到我名字，就叫："王洪溥君！"

有一次，我在江边林荫道上迎面遇见望道老师走来。他似乎在沉思着什么，我临近时，向他微微鞠躬，叫了一声："陈先生！"他好像完全没有看见，也未听见，径自走了过去。我很不高兴。第二天，在江边林荫道上又遇到了他。他仍是昨天那种走路的姿势，提着黑公文皮包踽踽独行，似在沉思。我暗自做了决定：今天既不朝他看，也不叫他，走过去算了。谁知刚同他交叉走过，他忽然停住了脚步，回身叫我，那口气挺生硬，表情严肃。我忙停步，朝他看看，心里明白，准是他见我没有打招呼而生气了。

果然，他说："你看到我没有？为什么装作看不见？"

我笑着叫了一声："陈先生！"真实地说："上次看见您，我打招呼叫您，可是您不理睬。我估计您是在思考什么问题，所以看不见也听不见。今天，我怕您又是在思考，所以……"他笑了，笑得异常亲切，笑时嘴两侧的脸上都有皱纹。他常常这样笑，使人觉得他笑得很开心。他点点头，似乎满意我的解释，也似乎是对上次我叫他未引起他注意而有歉意。

后来，同高年级的同学闲谈，有的高年级的同学说也碰到过同样的情形，甚至有一位同学说，一次望道夫子在沉思，他上去打招呼叫了一声。望道夫子责怪说："唉！我正在思索一个问题，给你打断了！"

我后来深深体会到，望道老师对学生是很亲切的，见到学生不讲礼貌一定要当面指责。但他确实是位做学问的人，整天头脑里在思索的问题很多，有时太专心了，会视而不见，听而不闻，这不足为怪。有时正在思索重要问题，思路忽然被人打断而感到遗憾，也不足为怪！

三、"新闻晚会"和"新闻馆"

那时的复旦大学新闻系，每周几乎都有一次"新闻晚会"，预先总是用彩色纸张贴出海报通知大家。晚会常研究时事和学术问题，有专题讨论，也请过做记者的系友来讲时事。不但新闻系同学参加，外文系、中文系、历史系同学参加的也有。各系当时都有系会，但新闻系系会被大家瞩目，因为"新闻晚会"的活动经常举行，而且密切联系时局和大家的思想实际。

望道老师平时对时间十分珍惜，夏坝离风景优美的北温泉很近，但假日他总是孜孜在系里和家里忙碌。只是当新闻晚会举行时，总是看到他由一些教授和同学陪同来参加。这既是支持，也像掌舵。

我是1944年暑假后入学的。入学时知道，春天，望道老师发起要为新闻系筹建一所"新闻馆"。

他四方呼号，得到许多校友、系友的积极支持和全系师生的热烈响应。望道老师为这件事常去重庆奔走呼号。

1945年4月5日，"新闻馆"终于建成，并且举行开馆典礼。现在看来，这个"新闻馆"确实是十分"简易"的，一共不过十来间平房，包括会议室、图书资料室、阅览室、编辑室、收音广播室等。但那时，大家是为这样一个"馆"欢欣鼓舞的。有了新闻馆后，新闻系追求进步的同学有了一个根据地。馆门匾上写的"新闻馆"字样是望道老师的手笔，深厚而俊秀挺拔。对联是校友、名书法家于右任（当时任国民党政府的监察院长）写的："复旦新闻馆，天下记者家。"

开馆那天，像办喜事，夏坝很热闹。邵力子、傅学文夫妇、潘梓年、王芸生等都应邀来到。许多往届毕业的校友、系友，多数是重庆各报社的报人都来了！我那天与同学们一同担任招待。因为邵老同我的父亲熟识，我在江边渡船上迎接他并帮他提着网兜里的东西，陪同他到"新闻馆"。满头短短白发的邵老，当时是国民参政会秘书长和宪政促进会秘书长。当天他穿一件黑色皮夹克型的长大衣，我想这是他在担任驻苏联大使时带回国的。在"新闻馆"门口，他抬头看着匾额，连说："写得好！写得好！"戴近视眼镜穿西装和黑大衣的王芸生，当时是《大公报》的负责人，许多同学围着他同他说话。瘦削穿长衫的潘梓年是《新华日报》的负责人，他以前曾被国民党逮捕，上过电刑，身体不好，看上去沉默寡言。不少同学对他很敬重，陪着他谈。我们那时许多同学都订阅《新华日报》。在我想象中，《新华日报》的负责人似乎应当像一把锋芒毕露的宝剑，见到他那种朴实的模样，出人意料。但拿他来对比望道老师，又感他们应当是同属于那种爱憎鲜明、稳而不露、聪慧内含的人。

望道老师提倡新闻系同学能在茶馆里写作，而且不管环境如何嘈杂，应当写得快、写得好。茶馆里人多喧闹，本非写作之地。但望道老师说：做新闻记者，将来也许不可能有很安静的地方供你写作。你必定要有在条件很差的环境中写作的习惯。那时，很多同学都按照他的倡导做了。我也不例外。我刚到夏坝时，觉得"夏坝"这个名称很美。新闻系的老同学就告诉我："夏坝本名'下坝'，是陈望道老师改名为夏坝的。"从修辞观点来看，一字之改，化腐朽为神奇，可见望道老师的功力。他在讲修辞学课时，有的话，我还记得大意。他说：不要以为修辞有神秘性，以为语言的妙处只可意会难以言传，这其实是不对的。修辞是有规律可循的，所以没有什么神秘……他又说：有人以为修辞是打扮文字、雕琢词句、矫揉造作那一套，这也错了！修辞是根据一定的内容，恰当地运用语言条件，顺理成章来做，使思想感情和客观情境的表现和反映能很恰当，而不是单纯来讲究形式美。……但他说的"不是单纯来讲究形式美"，并非机械的，也注意到了形式问题。他讲课时，谈到字形和字义的美时，举例说过："花"这个字是美的，"柳"这个字也是美的。但"花柳"二字放在一起，就糟了！……当时，我们听着课都笑了。几十年来，我从事文字工作，除了在治学严谨、工作踏实上觉得应当学习望道老师外，修辞方面，也受到他的陶冶。我能从事文学创作，讲究文字之美，讲究写作速度与辞能达意，同望道老师的教诲也是分不开的。

在我入学阶段，正是大批青年学生倾向进步的高潮期。当时复旦校园内，进步壁报风盛云涌，如《夏坝风》《文学窗》《政治家》《复旦新闻》等都很吸引人，1944年冬天，又有铅印的四开小报《中国学生导报》出版。我见望道老师有时走过贴满壁报的长廊，默默地也在看壁报；我又见望道老师同一些进步的同学关系都比较亲密融洽。我第一次见到《中国学生导报》，就是在"新闻馆"里从高班级的同学手中拿到阅读的。当时环境复杂，斗争激烈。望道老师为人似乎谨慎。但我觉得新闻系那根脉搏的跳动，可以使人察觉到望道老师对进步学生运动，有一种不露声色或明白的支持。

四、文章要写得有意义

1945年，我写了一个短篇小说《墓前》，拟投稿。这故事是从同学中听来的：一个下江来的流亡学生，爱上了一个四川绅粮家的女儿，两人都是复旦同学。但女同学的父亲和后母坚决反对这桩婚事，后来索性将女儿囚禁在家中不准她上学了。那男同学常在女同学家屋外徘徊，想见一面而不可能。女同学终于病倒了，病重时提出要求，希望死后能葬在夏坝复旦校园后的一座小山上。她病故了，家里按她的遗愿为她立了碑建了坟。可是，有一天夜里，原来的墓碑被砸断了，竖了一块新碑，上面有一首悼念的小诗，署名是那位男同学。接着，男同学失踪了，是到一个遥远的他"久已向往的地方"去了。这向往的地方当然我暗指的是延安。

这传说在复旦同学中流传颇广。那后山上的有诗碑的坟墓我也去看过。我把这个短篇小说送给望道老师看，他看完把稿子还我时，只说了一句话："要写得有意义些！"

我那时年轻不懂事，也不知天高地厚，竟感到有些不受用了。我认为我写《墓前》是寓含反封建的意义在内的，我将爱情写得缠绵悱恻，谁看了都会一洒同情之泪，怎么能说没意义呢？

后来我终于想通了。我这篇小说只是重复了"五四"以后早许多人写烂了、写够了的主题，毫无新意；而且，我把笔墨过多地放在爱情的渲染上，而且归结为失恋之后才去延安，也是一种失败。实际上这个题材可发掘出的意义是存在的，只是我没有去发掘出来而已。就这样一句批评式的意见"要写得有意义些"，体现了望道老师和我之间水平的高低差距。他这么一句话就够我用一辈子的！

直到 1948 年，我毕业留校给望道老师做助教时，才又把另一个短篇送给他看。这个短篇当时发表在上海《万象》杂志上，题目为《缙云坝上的鬼屋》，也是根据北碚夏坝复旦同学间的传说加工写成的。我们学校附近有幢洋房临江矗立，传说是个凶宅，闹鬼。屋主原是川军的一个师长。我赋予这题材一个反迷信的主题，但望道老师看了后，摇着头又是只说了一句话："不要猎奇！"

这贬得很厉害。他那么忙，我把这种短篇小说请他看他肯看已经很不容易，在我是缺乏自知之明，在他是实事求是。但他的真实评语当时却使我不大愉快。事后，我冷静下来想想，才体悟到他确实是位严师，对我的指点是深刻的，他何必要为了使我高兴就廉价地给点鼓励呢？他对我的指点是深刻、真诚的！他是向学生指出一条创作的正道。

几十年来，望道老师送我的这两句警句："要写得有意义些！""不要猎奇！"常常铿锵有声地呼响在我的耳边，使我警惕，使我自勉。我把它们永远铭记在心头。

五、做望道夫子的助教

1948年，我从复旦大学新闻系毕业，望道老师要我留校做他的助教。同望道老师谈话的机会比以前多了，谈的内容也比较广泛。只可惜我的日记和信件照片等早就在"文革"中损失，除了印象深刻的一些话外，多数都已记不真切了。

我同望道老师谈过鲁迅，望道老师告诉我说，鲁迅先生1928年曾在复旦大学作过演讲。那时，上海大学停办，望道老师担任复旦大学中文系主任。当时教育界的黑暗势力很猖狂，仇视白话文，鲁迅的演讲是指责当时黑暗势力的。题目已不记得，也许并没有题目。讲到得意处，鲁迅就仰天大笑，听讲者也都跟着笑。

望道老师说：鲁迅先生的功劳并不局限于文艺方面，当然文艺方面功劳成绩最大。所以纪念鲁迅，不应该局限于任何一个部门或范围，在一切文化教育方面都留有鲁迅先生的功绩。望道老师还特别提到他办的实践大众语的《太白》半月刊，就是得到鲁迅支持才创刊的。

1948年我问起过望道老师翻译《共产党宣言》的事。他说：我1919年5月从日本回国，随即到杭州的浙江第一师范学校教语文。当时，学生施存统（即施复亮）写了一篇文章反对旧道德，遭到反动势力攻击，牵涉到我，酿成有名的浙江一师风潮。我离职回到故乡义乌分水塘村，当时手头有一本日文的《共产党宣言》，是现在这个考试院院长戴传贤（即戴季陶）供给我的。我译成中文后，出版了，有不少地方翻印，北伐战争时印得更多，还随军散发过。现在我手边反倒一本也没有了。

《修辞学发凡》一书，是望道老师在 30 年代初写就的，这本书为我国修辞学的研究开拓了新的境界。望道老师对这本书的宠爱体现在不断修订上。他总希望每再版一次就能有新的修改和补充。他平时很注意收集例证，有点空闲的时候，总喜欢思索一些与这本书有关的问题。我做新闻系助教的一年中，望道老师从来没有找我替他或他的家人做任何一点私事，但他让我帮他收集修辞学上的例证。在我的感觉上，望道老师自己也认为这本书是他对中国文化的一项贡献。他想把这本书精益求精地改得更好，这是一种对读者极负责任的态度。他写这本书和改这本书都出以公心。

望道老师在那个阶段，话不多，比较稳健，但他的立场是坚定的，爱憎是分明的，对反内战、反饥饿的民主运动是全心支持不遗余力的。留在我记忆中最深刻的一件事是：1949 年上海面临解放，解放军在 4月 20 日晚已飞渡长江天堑，占领荻港，国民党长江防线被拦腰斩断。这时，望道老师已经"失踪"一些日子了。由于国民党反动派要逮捕他，他秘密躲藏在虹口区一个友人家中。可能是 4 月 22 日或 23 日，我与新闻系另一同学一同去看望望道老师。望道老师见到我们非常高兴，急忙告诉我们说，他从收音机里听到了中共电台广播，播的是以毛泽东、朱德署名的向全国进军的命令。他连说："快了！快了！"欢乐之情溢于言表。

可能是出于对修辞的关心，他一连说了两遍：在向全国进军的命令中用了"坚决、彻底、干净、全部地歼灭中国境内一切敢于抵抗的国民党反动派"的词句。他说："坚决、彻底、干净、全部，这四个词不是乱用的，用在一起，真是一字千钧！"说着，他开心地笑了。我们告辞时，望道老师一再叮嘱，不要把地址和他的行踪告诉别人，也不要再去看望他。

后来我再见到他时，上海已经解放了。上海总工会成立筹委会，我忙于到上海总工会工作，复旦新闻系助教的任期虽然未满，也不得不离开。望道老师对我完全支持。只是从这以后，我也就失去了在望道老师身边的机会。1953年，我调北京工作，与他见面机会更少。只有他到北京开人代会时，我才有机会去看看他。"十年内乱"后，"四人帮"被粉碎不过一年他就去世了。

光阴荏苒，望道老师逝世瞬忽已许多年。到现在才来写悼念他的文章未免过晚。他用"洪溥大弟"称呼写给我的信件和与我合影的一张照片也早在"文革"中失去。他留给我的只剩下一些难忘的记忆了。随着岁月流逝，这些记忆我怕会变得模糊，现在赶快记下这位文化名人的点点滴滴，恐怕也不是没有意义的。

（本文刊于 1989 年第二期《人物》）

难忘萧乾先生

教过我的课程的教授，剩下的本来就越来越少！在 1999 年 1 月 27 日刚度过九十华诞的萧乾教授，2 月 11 日就因病去世。这位几十年来常同我保持着联系和交往情深谊重的老师，从此就永别了。这不能不使我常陷在一种悲伤与怀念的情感之中。

6 月里离北京来英国之前，我和起凤又到复外二十一楼老师住处去了一次，是为了对老师的去世再作一次凭吊。面对老师微笑的照片，我们默默鞠躬。我嘴上没说什么，心里却在落泪。要我不动感情是不可能的。

那天下雨，我和起凤同文洁若师母告别后出来，大雨倾盆，我们淋湿了衣服走了很多路才招到一辆出租车回到住处。哗哗的大雨，使我的思绪回到了五十多年前的上海江湾复旦大学……我就是在一个下着倾盆大雨的日子第一次见到萧乾老师的。

一

1946 年暑假开学以后，萧乾老师由英国回来到复旦大学新闻系和外文系兼课任教授。他是第一位赴欧洲报道"第二次世界大战"战事的中国记者，是唯一亲历法国诺曼底登陆战的中国记者，在新闻系学生中很有声望。他在新闻系教的是"英文新闻写作"课，主要是讲热爱记者工作，认为记者这种职业，可以广泛接触社会，广泛涉猎人生，能接触各种人，能到各种地方，是了解并探索人生最理想的工作。正因如此，记者必须学好外文，要能说能写，"英文新闻写作"课就是教大家掌握用英文写作新闻的课，希望大家重视学好。这番话曾给我这样的新闻系学生不少鼓舞。那天，下课时正下着急雨，教室走廊的屋檐上流下的雨水哗哗响，他在藏青色西装外披着一件战地记者用的绿色军用风雨衣，冒着雨匆匆走了，步伐轻快敏捷，仿佛有什么重要事要去办。那个雨中远去的背影至今清晰如在眼前。

以后上课，他选过一些英文新闻报道作教材，给我留下深刻印象的一篇，题目是《赫斯吃鸡》。这是一篇用杂文笔法写的新闻报道，有英国人的那种幽默、讽刺和调侃。萧乾先生讲这一课时，谈到了他在西欧采访的旧事，谈《赫斯吃鸡》一文时，很强调语言技巧，要我们善于用文学语言写新闻。

作为一个大学新闻系的学生，我那时在受业于萧乾先生之前，就爱读他在《大公报》上发表的特写通讯，尤其是做随军记者写的英伦通讯及欧洲战场的报道。当时他在《大公报》上用"塔塔木林"笔名写的"红毛长谈"一系列的杂文也引起我的注意。因此，他的课我总是专心听讲并做笔记。萧乾先生没有想象中的"英国绅士"架子和派头，很朴实亲切，谦虚而又和蔼，脸上永远有那种使人感到容易接近的笑容。那时候，每个教授手中都有一本点名册，萧先生有时也带点名册来，但他从不点名，给学生一种宽松的印象。复旦新闻系当时有不少名教授，有的难以亲近。萧先生忙，但从不拒绝与同学接触。我不喜欢"高攀"，但他的亲切和笑容使我忍不住不去他的住处看望。记忆中印象深的有两次。一次是谈他的长篇《梦之谷》。我在图书馆借到了这部小说，读后感到喜爱。那时新闻系的同学石碏在编一家报纸的图书评论专栏。我有时应约写点书评去发表。读了《梦之谷》我去看望萧先生，我告诉他我想写书评的意图，他笑着说：你看了有什么想法就照你想的写好了。但后来，我怕评不好，结果未写。一次是谈新闻写作，他说：新闻每每写出来时有生命，时间长了，生命就消失了。因此，写新闻时，要注意加点"防腐剂"。所谓"防腐剂"，他指的是文学价值和政治价值、经济价值等。萧先生在《大公报》的事极忙，在我记忆中有两次课他都请了假。而且，家庭里出了些不幸的事。我同他久无接触。大约是1948年初，关于他要去办《新路》杂志的事在学生中有传播，说他倡导走"第三条道路"走"中间路线"。但他并没有向学生灌输或拉拢学生去走什么"第三条道路"。他反对国民党发动内战的态度是明确的，根本没去主编《新路》。有一天，在校门口突然遇到他。我们是站着说话的。我无从安慰他什么，但把听到的舆论告诉了他，我的措辞自然是否定第三条道路的。记得他看着我的眼睛点头说："我没打算去！"在我感觉上，他的思想当时是该属于进步范围的，无论如何不该"左"到把他推到"黑色"、"反动"的泥淖中去。

二

　　1948年夏季，我从复旦大学新闻系毕业后留校做了助教。但萧乾先生已不在复旦任教。我再见到萧先生时，已是1957年"反右"前夕了。

　　我是1953年为筹办《中国工人》杂志由上海总工会调到北京中华全国总工会系统工作的，住在东总布胡同十九号。当时的社会风气，人同人之间不大交往，我又不爱去串门，虽然知道有些老师和同学及熟人在北京，但从没有去看望谁的欲望。对萧先生也如此。

　　一天，我在东总布胡同一个简陋的邮局里寄信。这里狭小破落，柜台里坐着一两个工作人员。我在桌上蘸糨糊往信上贴邮票，忽然一抬头看见萧先生在帮一个老人填写包裹单。老人没文化，萧先生耐心认真地按照他说的地址，笑眯眯地低头帮他填写，写得很专心。填完，等那老人把包裹递到柜台上交给邮局的工作人员，他根本就没有发现我。他耐心笑着帮老人填写包裹单的事，当时就感动了我。等他填完，我走近他叫了一声："萧先生！"他抬头认出是我，就笑着同我握手问好，我扼要说了自己的工作情况，并礼貌性地说以后要抽空去看望他。但事实上，从"反右"运动开始，我就再也没有同他见面。他写的《放心·容忍·人事工作》一文，我从《人民日报》上读到，他迅即很倒霉了！"反右"运动把人搞得黯然无声，互不来往，也不敢说真话。接下来是"三面红旗"大跃进，再接下来是"三年自然灾害"……1961年夏，我们的刊物奉命"拆庙搬神"，我自己就莫名其妙地离开北京被下放到了山东沂蒙山区，到一个省重点中学做领导工作。从此，茫茫天涯弹指二十多年，许多旧相识几乎忘了我，我并非无情之人，但也很少想起会同萧先生再有联系！

三

时光如水。同萧乾老师又恢复联系是在80年代了！

1983年10月，我由山东调四川成都四川人民出版社工作。当时，在该社出版的现代作家选集中有《萧乾选集》四卷。选集的一、二卷已经出版，第三、四卷由我终审签发。萧先生同我开始通信。现从找到的信中择一些摘录如下：

1984年11月27日他给我来信说："非常赞成你来主持文艺出版社。上函听说你们川社有五六百职工，我即吓了一跳。人文（人民文学出版社）三百人左右，已嫌太多。上函我提到在西德慕尼黑一出版社，年出书一百种（包括七卷本的中德对照'毛选'，作一种计），还出两种月刊，而从社长到会计，一共只十六人。北京的外文出版社，1949年我们筹办（同时编着两个英文刊物）时只七人，包括乔冠华（他只算半个）。今天该社已三千人出头了。这全是大锅饭之所致。不改改不行啊!"

1983年12月13日他给我来信说:"我有三点想法:(一)人手宜精,切不宜多。前些日子与丁玲同志谈起她选秘书的尺度。她说,绝不要一位准备当作家的。我是主张当编辑一定要写写,才好提高,但也最怕拿编辑岗位当跳板的那种同志。工作中的差错往往是这种人出的。当编辑(当什么)都得有献身精神。只怕这个问题你一人掌握不了!(二)人文社刚作总结。现代书有赔有赚,'五四'书大都赔钱。古典及外国文学则净赚。但'五四'书,有时可以撑场面。常有出版社人来看我(昨天就来了浙江及福建的),一提起四川,就想到你们自李劼人、巴金以来出的这批书(但我认为'五四'书一定得有库存,因为这不同于当代的,经常会有人来找)。如果搞自负盈亏,要不要设个古典组及外文组?(三)外国出版社人少,主要是依靠社会(尤其身边的大学)力量,书应包出去。另一点是,不搞文字加工。加起工来没个头儿,且往往纠纷无穷。"

1985年2月25日他给我来信说:"我年来文思迟钝,一时怕写不出多少东西。我的下一本书早已由三联(京港两地同时)约去,只能为你主持的文艺出版社当个啦啦队了。如今你独当一面,担子必重多了。全国这么多出版社,没有点看家的东西,没有新点子不行。人文这里也在苦恼着,'文学之窗'改为'故事报',销路增了,可又有人对走通俗化的路子怀有戒心。如今搞出版,不赚钱不行,光赚钱更不行。如何把雅俗结合起来,是个重大课题。我有三点小建议供你参考:(一)请名画家为名作画插图——古的如'三言二拍',今的如一些'五四'名著。画家让他插当代作品多不大肯;但如插文学史上名著,则必乐意为之。外国像莎士比亚、堂吉诃德,均有多种由名画家插图的版本。这种做法,只出画家报酬,不需稿酬,成本可低些。既是名画家,则收藏家必仍愿购买,一般读者也会视为珍品。(二)走通俗的路之一,是古典(尤其文言的)作品今译(或重述)。我为中青所译的《莎士比亚戏剧故事集》1956年初版，现已印了多版次，印数近百万册。中国的《元曲》《牡丹亭》《桃花扇》何尝不可有今译本或重述本？这，既俗又雅。（三）外国展出了许多文学磁带。中国许多'五四'作家，在八旬以上者，如不抢录，以后即录不成了。何不请艾芜、沙汀、巴金、叶圣陶、冰心等位，谈一谈生平，接着朗读其作品之一章。我相信不但国内有人买，国外亦有需求也。如何请酌。"

萧先生希望我做一个有眼光有胆识的出版家，他的建议在当时自然都是好的。

1987年初夏，萧先生夫妇到成都，住红星中路红星旅馆。我专程前去看望。他见到我时，激动得第一句话是"你看，我老得不成样子了！……"确是这样！岁月与坎坷无情！当年在我印象中那位生气勃勃、英俊开朗的萧乾老师现在已是苍老、行动迟缓、面色不好、头发灰白的老人。除了笑容，他那有名的亲切和蔼老带点童心的笑容未变。别的都不一样了！见到他，我心里酸酸的。那个第二次世界大战时生龙活虎地在国外驰骋的战地记者哪里去了！？那个在大学讲台上广征博引使学生倾倒的年轻教授怎么这样子了！？那个爱书写书又编书的作家编辑出版家好衰老啊！蒙冤与遭受精神肉体的摧残竟能这么毁了他！……我只知他1981年动了手术，余下的肾只有常人四分之一的功能，他心脏也不好。我感到沉重和语塞，只匆匆同他和文师母合影后就分手了。

所幸，他的精神状态并不老。他的书不断出版，作品不断在报纸上发表。以后，我们通信，我常收到他的赠书，除通信外，我每到北京总去看望他和文师母。听萧先生谈话，总欣慰他精神不老、思想不老。他似是特别关心和思考中国的知识分子问题，常常话题不离知识分子。他又历来是个爱国者，一直关心国内外大事，总是认为知识分子应该是一个国家的良心，知识分子应当发出自己的声音。国家应当听取知识分子的声音。每次同他见面谈心或通信也总觉得常受教益。

大约在80年代末，我收到傅光明同志的信，说萧先生的意思，请他约我写一篇评《梦之谷》的文章。我不禁想到了大学时代那次同萧先生谈《梦之谷》的往事。因此写了《发自肺腑，魅力长存——关于萧乾的长篇小说〈梦之谷〉》一文，先发于《四川大学学报》，后被编入《萧乾研究论集》。我遵循的是萧先生说的"怎么想就怎么写"的原则，也算是了却一件几十年前的心愿。

四

萧乾先生是个极讲礼貌的人，同人见面，十分礼貌，很尊重别人，写信给他，他总是有信必复。因此，我在他年岁越来越大后，很怕写信干扰他，写信时总请他不必复信。但他改成文师母出面代他复信，他也总要在文师母的信上写上一段或再附一张信。他写信给我，每每客气地总要称"王火兄"，我再三提出，他有时改了这种称呼，有时仍不改。他们夫妇俩都是珍重感情的人。我与他们相处，始终感到有一种他们把我当作家里人对待的感情。

与萧先生交往，一直感到他密切关注时事和世事，爱国之心从未减弱。读他写的文章，总是在喊出发自内心的真诚声音，这使我感到极其可贵。他的思虑常常集中在国家民族的强盛上，1998年10月2日他写过一段人生小语。他说："我是本世纪第十个年头出生的，如今差不到两年就是世纪的终点。我出生时，北京皇宫里的宝座上还坐着个娃娃皇帝。如今，国家从四分五裂、任人宰割，到今天，命运已握在自己的手里。我正以好奇的心情，巴望下一个世纪，我有信心会看到中国更强大、健康、开放。中国将永远同弱者站在一起，反对霸权。文化将在固有的基础上不断创新，中国人无论走到哪里，都挺胸直背，受到尊重。"

北京开第五次全国文代会时，与中央领导同志合影那天，他穿一套蓝藏青西装来了。我扶着他走了一小段路，发现他身体虚弱、疲乏。但他脸上仍旧总是露出他那著名的笑容。最后一次见到他时，是1998年的5月，我和起凤到北京医院看望他和文师母，他坐在那里，表示很高兴。事先我问过医生。医生说身体状况不好，别多同他谈话，我就不让他开口。自己也不说什么。一会儿分别时，他依然要送好些新作给我。但赠书已是由文师母代他签名了！正因如此，以后我远在成都不能常去看望，也不愿写信或打电话打扰，却时常记挂着他，关心着他。他过九十寿诞的那天，朱镕基总理写信向他祝寿。我打长途电话到北京医院和他在复外的住所，想表示祝贺，但均无人接。谁知2月11日，萧先生就病逝于北京医院。数日后，我才与文师母通了电话。

老师生前一直关心我写的长篇《霹雳三年》，这小说，1999年第一期《当代》刊登将近二分之一章节，3月份人民文学出版社将书出版。但老师已经西去，未能见到。

自从萧先生去世，我常想念他。1999年6月到10月，我在英国住了四个月，我的住处离伦敦市区只有十几分钟路程。在伦敦经过舰队街时，我就想起萧先生1944年曾在这里设立过《大公报》驻伦敦办事处；坐地铁时，我就想起二战中伦敦遭德寇大轰炸，萧先生曾在地铁站台上过夜。尤其是到剑桥，我更不能不想起萧先生。他的名篇《剑桥书简》和《负笈剑桥》使我对剑桥变得熟悉而不陌生。我在皇家学院门口摄影留念，心里想：1942年到1944年萧先生曾在这里听课，1986年他重返剑桥时曾到这里的绿草坪上同他当年的老师见面。……处处无声，处处留痕，于是我决心写这篇悼忆的文字，作为一个学生对老师的敬爱和纪念。

萧先生曾被踩入污泥二十多年，却以一身洁净和光荣重新站立文坛辉煌二十余年。他是个平民化的大记者、大作家、大翻译家、大编辑家；待人平等，得意时从不得意忘形，失意时恬淡善良；为人正直，是非感十分强烈，与人相交宽厚待人，严于律己。他终生用笔战斗，带病工作到最后一息。他忧国忧民，将爱心献给国家人民。他走了，他那种睿智仁厚的微笑，那许多卷透彻人生洞察世态的文章，他那曾饱经沧桑坎坷依然天真纯净的待人接物态度，他那耕耘不停的奉献精神，他那见多识广鸟瞰世界的阅历与学识，他那种坚定不变的爱国精神，却都会遗留下来，留在中国，留在国外，留在人们心上，留给以后的世人。对于我，痛心于少了这样一位知心的老师，但只要想起他，他留给我的那些话和记忆以及感情，始终春风似的拂在我心上，使我感悟，促我奋进。

岁月已如逝水，死亡是一种生命终结的状态，但对有的人来说也是一个生命无法停止其影响的状态，对于萧乾先生，就是如此。

（本文刊于 2000 年《四川统一战线》及《复旦通讯》）

有世界影响的杰出名记者

——记复旦教授赵敏恒

复旦大学新闻系的教授中，提起赵敏恒，从抗战时期起，到全国解放，不钦佩敬重他的学生恐怕少有。我是非常敬重很喜欢他的。

我在复旦大学新闻系上学是从1944年在重庆北碚入学的，1948年在上海江湾毕业。1948年到1949年又在复旦大学文学院新闻系任助教一年。实际上，主要是为系主任陈望道先生做助教，但也同萧乾、曹亨闻、舒宗侨、杜绍文、赵敏恒等教授接近并处理些事务。但1949年5月27日上海解放，地下党同志就推荐我到上海总工会筹委会文教部工作（5月31日上海总工会筹委会在大光明电影院举行"五卅"运动纪念大会并成立了上海总工会筹委会）。我找到陈望道先生，告诉了他我同地下党关系的情况并需即去上总筹委会工作的请求。他高兴地表示同意。我当时听说：身为上海《新闻报》总编辑的赵敏恒先生有人请他去台湾，他拒绝不去，又有美国、新加坡及香港的报界请他去做总编辑，他也不去，甚至听说英国路透社邀他出山，他也拒绝。显然，他是一个爱国者，很想为新中国出点力，做点事，很想为中国培养出一批做新闻工作的好学生，这使我心里更加深了对他的尊重。

我最后一次同赵先生见面交谈，是1949年春节后的一个晚上，我到《新闻报》馆去看望他，主要是将他借给我看的一本著作《伦敦来去》还他。记得那天他快要上夜班了，吃过晚饭了，我们在《新闻报》

馆楼上的一个小会客室里只谈了不到半小时。那晚，他说："你做助教可惜了！其实你做个特派员（记者）是出色的。假如以后有机会，你来《新闻报》行不？"但又说："不过，现在局势动荡，以后的事谁知道！"《新闻报》当时销量第一，影响大，条件好，待遇高。他这样说，我表示感谢，说："谢谢先生关心！"在我的印象中，他的思想倾向是很好的。例如当时《新闻报》的副刊，他是请田汉等进步人士编辑的。他同我谈话，使我感到有平等、亲切的感觉。接着谈到形势，当时，淮海战役1月间已结束，杜聿明被俘。天津已解放，北平傅作义接受了和平改编。蒋介石被"引退"，李宗仁代行总统职权……他说："国民党太失人心，没有前途！"又说："国民党想'划江而治'我看办不到！"他还幽默地说了两句话："文官武官都要钱也要命，百姓不会拥护这种政府的！"说话时他笑了，我也笑了！

本来可能还会谈一些，但忽然他的夫人谢兰郁女士急匆匆来了似有什么事，我就起身告辞。谢兰郁女士当时属于社会名流，听人说，抗战时期她就热心妇女慈幼工作，是社会活动家。我是第一次见到这位师母，她仪表好，穿着也讲究，彬彬有礼。我同他们握手匆匆离开，但未想到这竟是见赵敏恒先生的最后一面。

我第一次见到赵先生，是在上海江湾复旦大学的课堂里。那是1946年暑假后开学上课的时期，我选了赵先生的"时事研究"课。复旦大学新闻系用当时新闻系一位同学的话说，是"大招牌很多"、"招牌又大又亮"！例如：陈望道、萧乾、赵敏恒、曹亨闻、舒宗侨等都是招引学生的大"招牌"。赵先生有过《伦敦来去》《新闻圈外》《外人在华新闻事业》《采访十五年》等著作。这本《采访十五年》，在学生中是影响很大的，我找来读后，增加了对他的了解，书中他采访的实例，使我很感兴趣，而且产生了一种崇拜感。

他来上课，每周三节课三小时都是排了一上午连续的；一辆黑色"别克"轿车总准时把他送来，从不迟到。因为总编辑要值夜班看稿审标题看版式和清样，熬了夜再来上课，他脸上总有疲劳的神色。他总穿西装，秋凉后外加大衣，领带雅丽。人健壮，常带笑容，身体是敦实的，仪表伟岸，极有教养。但由于疲劳，有时就突然对大家说："对不起，我昨夜工作到天亮才结束，也不敢睡了，请允许我吸支烟吧！"说着，从口袋里掏出一只扁扁的金色烟盒取出支香烟含在嘴上用打火机"啪"地就点上了火！他深深吸了一口烟，又说："对不起！"但烟只吸了大约三分之一，他就揿灭了！事实上，大家都很同情他。但在课堂上有吸烟这种事的教授也就他这么一个熬夜班做总编辑的人。正因为疲劳加上话谈多了，他有时候口中会有痰出现，影响讲课，这种时候，他就掏出袋中早准备下的小毛巾，对大家说一声："对不起！"将痰吐在小毛巾上折叠后又收回袋中。

他是江苏南京人，说话带南京口音，但英语极好，他来上课，从不点名，但教室里却总是坐得满满的，外系来旁听的学生特多。同学们说他讲课是开"新闻发布会"。他1904年生，1923年毕业于清华，1924年赴美留学上密苏里新闻学院，1926年转哥伦比亚新闻学院获硕士学位。回国后，任英文《北京导报》副总编，1929年受聘于英国路透社任驻南京特派员，后任南京分社社长。1938年起任路透社远东分社社长，1945年春辞去路透社职务，任重庆《世界日报》总编辑。1945年8月，在上海任《新闻报》总编辑和复旦大学新闻系教授。他既有广泛的深厚的学识和知识水平，又有新闻实践和新闻来源，所以他讲课深受好评。

赵敏恒先生出名在采访报道方面有五个"第一"：他是第一个报道"九一八"事变的记者；第一个报道南京藏本事件的人；第一个报道国联李顿调查团关于日本帝国主义占领中国东北"秘密报告"的记者；第一个报道"西安事变"的记者；第一个报道二战中"开罗会议"的记者。

所以，无论从哪方面来说，赵敏恒先生都是一个有国际影响、世界影响的中国名记者，是一个爱国反侵略的中国名记者！

学生时代，我同赵敏恒先生接触的机会不少，也偶有谈得较深的时候，他上完课，每每大家见他很疲劳却总不想就让他走。问他问题的，希望他多谈些的人都有。他虽不点名，但记性很好，你同他讲话或谈话，他问了你名字，以后就记得了，他说过："做记者必须要有这种本事，见面就不忘，问了名字就记得你！"

我向他借书看，他答应了就不会忘记，下次上课准把书带来给我。他说："做记者是应该讲信用的！"讲课时，有些话我至今记得（因为我从前有天天记日记习惯，直到"文革"中全部日记被毁而且日记中有些话被作为"反动言论"歪曲，我才改掉了天天记日记的习惯）。

例如他劝我："要学好一门外文！"

他说："做记者必须要有渊博的知识，要多读有用的好书，多看中外各种报刊，研究和比较。"

他说："要练出一支不同寻常的又快又好的笔，笔是记者的武器！"

他说："做记者要有善于同各种人交流的本领，但千万不要同坏人、特务交往！"

他说："做记者要有所写有所不写，要有所为有所不为！"

这些，其实在他的《采访十五年》一书中都有涉及。我有一本他签名的《采访十五年》，但毁于"文革"了！

他曾说："我为什么会到英国路透社去干记者？那是因为我想不让当局（指国民党当局）来束缚我封锁我！"

他说过："做记者不是为了想拿钱养家糊口，是为民喉舌，是为了让老百姓知道他们应该知道的事。做记者应当有'格'，这种'格'要求高于一般的'人格'，有这种高度的记者的'格'，才算是个好记者！有人把做记者当作敲门砖、垫脚石，是因为有的人靠做记者上政治舞台做了官，但有这种心的人是做不了好记者的！不好的记者做了官也不会是好官。"

当时，类似这些话都很使我们受到教育。

但我离开复旦大学到了上海总工会筹委会文教部，工作非常忙。当时，我是个工作狂，工作忙了别的都顾不上了。看望老师一类的事就都放在一边了，我多年未回过母校，后来我调到了北京工作，离复旦的老师们就更远了！

想不到赵敏恒老师 1955 年 7 月，竟突然因莫须有的"国际特嫌"罪被捕。捕后送到江西新余一个矿山里去劳改，长期患病，到"三年困难饥饿时期"病死在狱中，那年他才五十七岁！

一个杰出的有国际影响的新闻活动家赵敏恒教授像一颗流星似的陨灭了！他的夫人谢兰郁女士自从赵先生被捕后一再为赵先生的冤枉申诉呼吁，可是毫无结果，反而在 1957 年被错划为"右派"。两人的冤屈到 80 年代初终于彻底平反。我很感谢我的母校复旦大学，几十年来，始终肯定我为校友，从不中断地同我保持着联系，赠送我各种校报、校刊，在校庆一百周年庆祝时出版的《日月光华同灿烂》一书中，还放上了写我的一篇长文。但我更重视和感谢的是教育过我的那些可敬的老师，尤其是蒙受冤屈的如赵敏恒、萧乾、曹亨闻、舒宗侨、陈子展等各位先生，我看到他们都在校刊上得到公开的平反和追念，刊登了他们光辉的事迹和贡献，发表了悼念他们的文章。但年代久远，他们的学生我今年也九十岁了！我了解他们应该是比较多的，虽然我这篇追忆写得晚了，但也应当是有价值的吧!? 我是含着泪水写这篇文字的！

赵先生！您和谢兰郁师母安息吧！请接受学生诚挚的敬礼！

（本文写于 2013 年 9 月）

忆复旦教授储安平

我记得很清楚的是储安平教授比我大十五岁。按此推论，他生于1909年该是没有错的。如果他仍在人世，今年（1995年）该是八十六岁高龄了！

第一次见到他，是在上海江湾复旦大学新闻系。他是教授，我是学生。那是1947年的上半年。他所创办并主编的《观察》周刊在社会上颇有影响。他在新闻系开一门课，名为"报刊评论写作"，与"中文新闻写作"及"英文新闻写作"同属于必修课，当时大学实行学分制，这门课占两个学分。我同系同班的同学读这门课的不少，大部都是慕名来求学的。

那年，储教授应是三十八岁。他身材修长，约有一米七七至一米七八的个子，爱穿长袍，或灰或蓝，脚穿黑皮鞋，提一只鼓鼓囊囊的黑牛皮大公事皮包匆匆走来上课。他走路姿势潇洒有神，丰满略胖的脸很年轻，冬天时面部肤色常冻得白里泛红，总是带着笑容，一边将黑色大皮包放在桌上，从皮包里往外拿讲课提纲和大家写的评论作业，一边说："好！上课！"他是江苏宜兴人，说的普通话尾音略带乡音。那时听说他抗战前在上海光华大学毕业后，在"新月派"刊物上常写文章，到南京《中央日报》编过副刊，后又去英国伦敦大学做研究工作，去的时间大约两年。抗战爆发时他尚在英国。回国后，1939年至1940年在重庆南温泉中央政治学校新闻专修班任教授，教文学与写作方面的课，并给《中央日报》写社论。后来，又听说储教授在广西桂林和湖南给些不太出名的报纸做过主笔，以后并在重庆创办过一个杂志，是周刊，名叫《客观》，只是这杂志影响不大，命也不长。他的辉煌年代该是抗战胜利后1946年到上海才开始的。在上海他创办了《观察》周刊，自任社长兼主编。当时，《观察》引起读者注意和重视，较为畅销，储教授又在复旦新闻系任教，他的名字在知识界、文化界的影响面也就扩大了。

复旦新闻系的同学们当时大部分都是思想进步的。在思想进步的学生看来，储教授过去在《中央日报》干过，在报人中可能是属于右的方面，但显然也感到储教授的思想是在起变化，由右在转化为中间偏左。比如他办《客观》杂志，取名《客观》显然是带有想不偏不倚有中间的味道，而《观察》的创办，从名字到内容也不像右的刊物，而是中间刊物。《观察》这本刊物，储教授不讲究装潢漂亮和纸张精美，封面的设计上引人注目的是一大批用黑体字排列的特约撰稿人名单。这都是当时著名的学者、教授、名流。而从这一大批特约撰稿人的名字看，左、中、右都有，但绝大部分是左和中的，仅胡适等极少数是右的。因此也有人说，《观察》起初的主旨是走第三条道路宣扬中间路线，只是随着解放战争形势的变化，《观察》的态度后来渐渐向左向进步的方向转变。《观察》最受读者欢迎的是每期那两三篇甚至一篇有分量的"帽子文章"（放在刊物最前面的文章）以及它的各地通讯和读者投书。"帽子文章"都出自名家之手，一般都能针对时局言之有物，吸引读者注意，认为可读和必读。各地通讯中的军事通讯较真实及时地报道战况为人所乐见，一些各地动态则为读者关心国内大势者所爱看。储教授态度起醒目变化的是在1947年至1948年间。当时上海及一些大城市学运蓬勃。在学运高潮中，他亲自写了旗帜鲜明的长文——《学生高举义旗，历史正在创造》，放在那期《观察》的头一篇作为"帽子文章"发表，当时颇引起国民党反动派的震动。文章是很有影响的，那期刊物迅即售完，听说又加印了许多，也很快售罄。而在复旦大学里，储教授态度的变化也在进步学生中引起了好的反响。

储教授给我们上"报刊评论写作"课时，除了讲授报刊评论之重要性和应当如何写评论之外，主要是通过让我们实践来取得认识和进步，也就是经常要我们练习写评论，由他命题作文。他不时将一些报刊上的社论、评论，包括《观察》上的论文，作为范例讲一讲他的体会，或综合评述一下习作中存在的优缺点；有时也将我们同学中他认为优秀的评论文章让大家当堂传阅。他对大家写的评论，并不在纸上进行批改，却有时采取同每个人进行个别谈话的方式对评论的优缺点进行讲评。他讲课时的内容，时隔这么多年，基本我已忘却，但有一些是牢记难忘的。那就是有一次讲课时，他强调了写文章必须"语不惊人死不休"。这本是杜甫的一首诗《江上值水如海势聊短述》中的句子："为人性僻耽佳句，语不惊人死不休。"这话原是杜甫这位大诗人写诗的体会，储教授借用来指导我们：写评论时如要出色动人，必须要有惊人的佳句，不能平淡无奇，不能用人家用滥了的意思和文句来写评论。记得他同我个别交谈我的评论文的优缺点也仅一次，但因为是个别交谈，印象就较深。我记得谈话时，他仍强调了"语不惊人死不休"这个观点。此外，他谈过论文应有长期存在的生命力，这要依靠学识，但评论既是评，还应有较强的时间性和针对性。他说他办《观察》和《客观》都是周刊，就是为了能及时评点国事，及时反映时局。

在听储教授讲课阶段，我同他的接触不多。原因是他非常忙，每每匆匆来校上课，下课后匆匆又走了，那时他的主要精力看来是用于办《观察》。他也不喜欢主动与学生们接近。对学生的态度是很客气的，但并不很热情，有距离。有同学说他"恃才傲物"，是否如此，不太了解。但就在他同我面谈评论文的那次，我们坐得很近，促膝交谈时，我感到：远看上去，他显得健康年轻，头发黑黑的梳得整齐，但坐近了，却发现他的脸色有点憔悴，头发里也夹杂有极少数的初生白发，

145

而且他站立时，肚子已微微凸出，显然是年近四十平时坐着工作的时间太多，开始有大腹便便的姿态了。

同班同学张啸虎，是储教授很欣赏的学生。啸虎善写骈丽华章，文采斐然，学生时代，就常在《大公报》《观察》等报刊上发表论文。他因经济困难，又想得一实习机会，大约在1948年春就到《观察》杂志做助理编辑，半工半读去了。啸虎与我同住德斋宿舍二楼，他的房间与我对门。有时，晚上他会到我的寝室聊天。从他那里，得知储教授与姓端木的夫人离异后，独自一人生活，住在八仙桥青年会宿舍，在生活上既节约又简单。他家庭生活不顺心，但事业心极强，把全部精力都放在《观察》上。他是社长兼主编，所谓《观察》杂志社，实际办公室在虹口狄思威路附近的一间简陋破旧的平房里，拥挤不堪，全社一共仅数人。我在一篇悼念啸虎的文章《名山事业自千秋——悼学者张啸虎》（载《读书人报》）中曾有一段这样的文字写到储教授：啸虎1948年在四年级时，被储安平教授邀到他办的《观察》编辑部工作，工作重，人手少，储教授要求高，待遇苛刻。我有一次途经虹口到那简陋狭小的编辑部里去，只见啸虎埋在稿堆中低头孜孜改稿，大热天，穿件破背心汗流浃背，心无二用，只是满面歉意说："没法留你坐，这稿储先生急等我改出来！"这确是当时实况的写照。那天，储教授也在一张桌前坐着动笔，见到我，我叫了他一声"储先生"，他点点头，仍在忙他的，看得出他工作的全神贯注。我怕影响他们工作也马上走了。啸虎约是这年夏秋之际离开《观察》去《大公报》的，他觉得《观察》这段生活，对他提高业务能力还是颇有帮助的。我在文中说储教授"要求高，待遇苛刻"，并无不敬老师的意思，储教授对自己做事的要求也是严格的，对自己的待遇也是不高的。那时听啸虎说：储教授里里外外地忙，劳累得很，从社务管理到策划选题、组稿审稿和编改稿件，每期刊物的封面和排版，直至印刷校对、发行推广，甚至开付稿费，事无巨细，莫不事必躬亲，是个精明强干的人。《观察》开初创办时，发行数仅数百份，后来增长到几万份，到1948年2月初被当局查封前，发行份数竟逾十万份，当时刊物印数达到这数字是惊人的。《观察》在上海和蒋管区各地确成了一本大有影响的刊物。

1948年3月29日至5月1日，国民党政府在南京召开"行宪国民大会"。那时，我即将从复旦新闻系毕业，带实习性质地在南京作为记者采访。有一天开会时，在国民大会堂的二楼上，看到储教授坐在那儿的记者席上，他穿着西装，打着领带，颇有绅士风度。二楼上的人稀稀朗朗不太多，我就走到他座位旁，叫他一声："储先生！"他客气地起来招呼握手。那次"国大"开得乌烟瘴气，会场外，有的须让出"国大代表"资格的国民党员在绝食抗议，有的人抬了一口棺材在会场门口吵闹，硬要闯进会场。会场内，开会时常常闹得不可开交。为竞选"副总统"，也争吵不休。我坐到储教授身旁，笑着说："储先生，您是代表《观察》在这里'观察'？"他笑了，点头说："我来亲自看看！"那天谈了些什么，已忘了。我陪他坐了一会儿，就同他告别。事后，好像是南京《新民报》上，登的"国民大会花絮"中有一条：《观察》主编储安平来开会时坐在二楼记者席上"观察"的报道。写花絮的记者想法与我不约而同，所以至今仍留有印象。而那时出版的《观察》上，我确看到有文章报道了伪国大开会及"竞选副总统"的混战情况。

《观察》是1948年12月被查封的。听说储教授去了北京，幸运逃脱了逮捕。我再见到他时，大约是1953年春天，那时我由上海总工会调到北京中华全国总工会。一天，在热闹的王府井大街上突然遇见了储教授。他好像是从新华书店出来，手里还拿着些书，仍然是头发梳得很整齐，满面红光，神采奕奕，微微含笑，穿的是一套蓝色的当时流行的朴素的干部服，仍提着个黑色牛皮公事皮包。好几年不见，我上前叫了一声"储先生"，互相握手寒暄。他显得热情，问了我的近况。我知道那时《观察》已改组成《新观察》，他已离开杂志社在新闻出版总署任发行局副局长，并是新华书店总店的副总经理。他要我有空去找他。不久，他当选为第一届全国人大代表。但此后，我在北京连续工作九年，却未再见过他。一是因为工作繁忙，而且我不善于跑上层，即使对老师也如此，怕人家忙，无事总不想去打扰别人。二是1957年春，储教授出任《光明日报》总编辑，鸣放中他一语"惊人"地在中央统战部召开的党外人士整风座谈会上放出了"党天下"的言论（原标题是《向毛主席、周总理提些意见》），引起了全国报纸的讨伐。后来在全国人代会上他作了长达四千余字的《向人民投降》的发言，再后，他就销声匿迹了！

他怎么了？许多年都不知道。到1961年，我所在的单位《中国工人》杂志社被"拆庙搬神"，我去了山东，这就更不知他在何处了。他曾是向我授业的老师，我对老师总是关心的，"文革"后，向人打听，才知他1957年后，曾到北京西山农场里劳动改造，后来住在厂桥棉花胡同，处境可怜，每月拿点生活费，读书写字，没工作干。"文革"开始，红卫兵把他作为专政对象，批斗侮辱，逼他扫街。

在1966年秋天时，有一天，他曾跑到数十里外的西郊青龙桥去跳河自杀，不料水浅未遂，深夜就被红卫兵又揪回城里。但接着，他就失踪了。据说公安机关曾寻找过，可是怎么也找不到。储教授为什么要远远跑到青龙桥去自杀？这青龙桥，1922年冰心曾写过著名的散文《到青龙桥去》，后来，1959年她又写过《再到青龙桥去》，1963年再写了《三到青龙桥》。储教授是抱着对青龙桥和对古长城的向往与感慨去的吗？

谁知道，谁能说呢？

反正从那时他就消失了！成了一个谜！他有女儿，在哪里也不知道了！听到过一种传说，说他仍活着，在江苏某处寺庙里隐姓埋名青灯红鱼做了和尚！这倒颇像写小说的人笔下用了一个光明的尾巴！但，我不信！

（本文写于 1995 年 3 月 5 日。在《黄河》杂志发表后，1995 年 10 月被《作家文摘》转载，接着，收到北京东高地南郊农场一位署名为"一个同样看重师生情的花甲人"吴同志来信，说："据我所知，储教授有一女儿，名储望瑞，1962 年北京农业大学植保系毕业后，分配在北京市北郊农场科技站工作，颇有成绩，已于去年退休。北郊农场在北京北郊回龙观饭店旁，地址是：北京市回龙观北郊农场科技站，邮编可能是 100085〔清河局〕，特此告知。"这使我很欣慰）

直率坦诚的陈子展教授

我在复旦大学新闻系时，选修过陈子展先生的唐诗宋词课。毕业后做助教时，陈子展先生是中文系系主任。他有名著《唐宋文学史》和《诗经直解》等。此前，同学邵文绅向我介绍：陈先生为人耿直，他的治学之道是"不京不海不江湖"，他批评过自称"京派"的傅斯年的"霸道"，也批评过一些自称"海派"的学者的观点"不正确"，更反对用江湖义气拉帮结派在学说问题上排斥异己。他30年代在《申报》副刊《自由谈》上写道："挥汗读书不已，人皆怪我何求？我岂更求荣辱，日长聊以消忧。"这首诗引起许多人注意。

他曾为送好友黄芝岗去桂林写赠七律一首："仓圣造字闻鬼哭，文章遭忌岂无由！秀才不畏狂言罪，词客宁为感愤休。肯以一春谈水怪，还将十载作山囚。怜君独向南荒去，云水遥遥世路悠。"这诗同情好友因文字惹祸被贬，但实际也是表达了自己的为人和为好友抱不平。

我仰慕子展先生的学识渊博和为人直率坦诚，对他颇为尊敬。曹亨闻教授主持办《现实》杂志后，陈子展先生是刊物上开专栏的教授之一，我常去他处取稿，他写的杂文小品风格独特，寓意不凡，取来一字不改就可发排。他曾幽默地说自己："生平从无得意之事，但得意就麻烦了！"也说："我骂人也凶，但我从不害人，更不吃人！"他是湖南长沙人，对学生运动一直持支持态度，对国民党的反动统治不满。

1950年秋天时节，上海总工会成立劳动出版社，我们想为工人专门编一本通俗的小字典以提高产业工人的文化。我为此数次去江湾复旦教授宿舍看望陈先生，请他主编，他居然慨然承诺，只可惜这本字典后来未能如愿编成。当时他仅住一间屋，除床、桌子等，帐旧椅凳也旧，生活简朴，除书之外，箱柜均少。他夫人已逝，但挂着遗像，像两侧是他亲笔所写的一副挽联："累汝患难相从，数十年如一日；嗟余情怀难续，黄泉下重相见。"我为之深深感动，所以背诵下来至今不忘。

子展先生其实是位老革命，1927年湖南"马日事变"时，他站在斗争军阀的最前列，和徐特立、谢觉哉、李维汉等被同案通缉。谢觉哉是他入党介绍人，但据说，因为来不及宣誓，就不算正式的党员。他始终在复旦艰苦教学，成为二级教授，但1957年"反右"时遭错划成"右派"，降为四级教授。于是他蓄起长须，潜心研究《诗经》与《楚辞》。完成了《诗经直解》《楚辞直解》两部大著，用一种奋斗的学术精神支持自己生活下去。但他从不检讨也不违心认错，直到"改正"。"文革"后，他已是八十高龄，头发稀少，视力极差，但依然研究国学并给人仙风道骨的印象。复旦人都知道并尊敬这位特立独行的老教授。这些年来，复旦大学出版的报刊上常有人写文章怀念他。

（本文刊于1999年《珠海》杂志）

第三辑　日伪罪恶

对南京大屠杀的采访与思考

　　1937 年北京卢沟桥发生"七七"事变后，接着上海又爆发了"八一三"事变。中日军队激战三个月后，淞沪失守，日寇分兵六路杀向南京。12 月 12 日，南京中华门外雨花台在激战后失守。12 月 13 日上午，进攻南京的日军从中华门、中山门、光华门分三路入城，南京沦陷。日寇在南京有计划、有组织地血腥屠城。在南京市内及郊外、周围，日军杀戮中国男女老少平民和放下武器的俘虏共计三十万人以上。日寇大肆强奸妇女，仅占领南京一个月中，估计就发生强奸事件约二万多起，每每都是奸后杀死。日寇更洗劫全城，纵火焚烧。大火由中华门一带开始，延至白下路、朱雀路、中华路、太平路、中山东路，繁华商业区数日内即化为灰烬。我曾于 1942 年 7 月由上海到南京转道安徽去大后方，在南京停留时，只见人迹稀少，断垣残壁不少，下关江边一带本来热闹繁华的地方尽皆没有了，南京城的情景与抗战爆发前我在南京居住时完全不同。1946 年南京市临时参议会公布的《南京抗战损失调查表》估计，南京大屠杀期间公私财产损失约为法币二千三百亿元（当时二十元法币兑换一美元）。

　　南京大屠杀是在日寇南京战地指挥官与东京统帅部完全知悉与同意下进行的。当时，日寇上海派遣军司令官是松井石根大将，他后来成为华中方面军司令官，上海派遣军司令官一职 1937 年 12 月 5 日起由日本天皇裕仁之叔朝香宫鸠彦王继任。在松井石根领导下，日军进攻南京兵力近八个师团约二十万人，其中中岛今朝吾中将师团长的第十六师团和柳川平助中将第十军下属的第六师团（师团长为谷寿夫中将）是南京大屠杀中杀人最凶最多的两支部队。松井石根在日寇战败投降后作为甲级战犯在远东国际军事法庭审判后被处了绞刑；朝香宫鸠彦王因是皇室人员受到美国包庇逍遥法外。柳川和中岛因已病死，逃脱了惩罚，谷寿夫则作为乙级战犯押到南京受审。

一、日寇在南京杀了多少人

如今，在南京的"侵华日军南京大屠杀遇难同胞纪念馆"的进口台阶上，用中、英、日文镌刻着"遇难者300000"的字样，给人们难忘的印象。这数字是怎样来的？准确吗？

日本拓殖大学讲师田中正明曾在20世纪80年代初写过一本书，名为《"南京大屠杀"之虚构》，大谈南京被屠杀三十万人的不可能性，以迷惑不明真相的人。我早些年曾写过文章批判他这本书。

抗战爆发前，1937年6月，南京统计居民有1015450人，也有一个统计是107万人。日寇杀奔南京时，有近半数人疏散逃难，有近半数人留在南京市内及近郊。南京守军当时有十多万人，更有大批沿沪宁铁路沿线各地逃到南京的难民。这说明，日寇侵占南京时，南京的人数有60万人以上是无问题的。当时，南京有国际人士出面组织的"南京国际安全区"，老百姓叫作"难民区"，在城西北角，东面是繁华的中山路和中山北路，南面为汉中路，西接西康路、上海路，北为山西路及其以北一带，占地约3.86平方公里，占全城面积的二百分之一。逃入难民区躲避的约有二十五万人。日寇进城后，大肆屠杀，难民区内的人被日寇集体抓出去枪杀的就不少，不在难民区的中国人被血洗得更是干净。南京沦陷后，人口骤减，到1939年4月统计，人口仅存17.32万人。那么，南京的人哪里去了，南京大屠杀杀了多少人，这还不清楚吗?

为了中国审判日本战犯和远东国际军事法庭在东京审判战犯,关于南京大屠杀的证据和资料,自抗战胜利后不久就开始搜集整理,历时两年。在1947年3月10日判决日寇第六师团师团长谷寿夫时,判决书说:"计我被俘军民,在中华门花神庙、石观音、小心桥、扫帚巷、正觉寺、方家山、宝塔桥、下关草鞋峡等处,惨遭集体杀戮及焚尸灭迹者达19万人以上,在中华门下码头、东岳庙、堆草庵、斩龙桥等处,被零星残杀、尸骸经慈善团体掩埋者,达15万人以上,被害总数共三十余万人。"

判决书所定之集体屠杀19万人以上及零星屠杀15万人以上,系根据现仍保存在档案馆的埋尸统计表及身历其境之一千二百五十余位幸存者提供的证词,及当时主持掩埋尸体之红十字会副会长许传音和周一渔、刘德才、盛世征等具结之证明而来。红十字会当时和以后掩埋尸体43123具;崇善堂(也是一个慈善机构,成立于清朝嘉庆二年,原名恤嫠局,同治年间改称崇善堂)收埋尸体112267具;红十字会掩埋队当时共掩埋尸体22683具;灵谷寺有无主孤魂3000余具之碑文;从中华门外多处以丛葬方式集中掩埋之"万人坑"中所起出的头颅白骨数千具;并有众多的中外出版物和照片作为物证提供了数字。

日寇进行集体屠杀的地点主要集中在下关、中山码头、燕子矶、观音门、草鞋峡、紫金山、雨花台、汉西门外、三叉河等地,大屠杀后,尸体大部扔入长江或用汽油焚毁后掩埋。有史料证明,仅1937年12月14日至18日五天日军就销毁尸体15.5万具,下关草鞋峡一次就屠杀俘虏及和平居民5万多人。

当时审判战犯军事法庭首席检察官陈光虞根据十四个团体的调查,于1946年5月向远东国际军事法庭提出的南京大屠杀确定的被屠杀者是294911人,未确定的被屠杀者20万人。同年9月,陈氏根据继续收到的确实资料,又增加被屠杀者96260人,故确定被杀者应为391171

人。远东国际军事法庭听证后做了保守的判决，说："在日军占领后最初六个星期内，南京及其附近被屠杀的平民和俘虏，总数达 20 万人以上。这种估计并不夸张，这由掩埋队及其他团体所掩埋尸体达 15.5 万人的事实就可以证明了……这个数字还没有将被日军所烧弃了的尸体，投入到长江或以其他方法处理的尸体包括在内……"1984 年调查，南京大屠杀的被杀中国人数目为 34 万人，即集体屠杀 19 万人，零星屠杀 15 万人，这是南京一些文化学术团体、南京大学及中国第二历史档案馆以及侵华日军南京大屠杀史料编辑委员会重新调研并编写南京大屠杀的史实与著述时调查确认的结果。

日寇在南京大屠杀的人数，虽由于时间和空间的局限性，对被屠杀人数的定量计算不可能精确到一个不差，但有根据的统计确定在 30 万人以上，这数目应该是完全合乎事实的。

二、忆三个大屠杀下的幸存者

1946 年秋冬到 1947 年间，我采访过一些南京大屠杀的幸存者。年代久远，当时的笔记本等均在"文革"中毁失，如今凭记忆有些人的姓名已经忘却，

但有三个幸存者的姓名、容貌与他们的经历是难以忘怀的。记忆深刻的原因，一是当时谈话的印象深刻；二是我为他们的经历写过一篇文章，题为《被污辱与被损害的——记南京大屠杀中的三个幸存者》，1947 年发表在上海《大公报》上。我原保存着这篇文章的剪报已毁于"文革"，但查《大公报》是定可以查到的。

这三位幸存者一个名叫梁廷芳。他 1946 年冬曾到远东国际军事法庭做证，控诉松井石根纵容部下有组织有计划地在南京进行大屠杀。梁廷芳是个军人出身的壮实中年汉子，很朴实。同他谈话时，他脸色严肃，叙述清楚。他本来参加了保卫南京城的战斗，是担架队的一个

队长，有上尉军衔。城破后，逃进了难民区。日寇到难民区来搜查，把怀疑是军人的都抓走。梁廷芳被发现手上有老茧就拖出来反绑双手架走，同好几千人一起，排成行，由大批日军用刺刀押解到下关江边中山码头，架起机枪扫射，集体屠杀，死人不计其数，血流遍地。有些人纵身跳江，梁廷芳也跳入江中，肩头中弹，从死人堆中爬到岸上，在电灯厂附近一间草房里躲了几天，才逃脱了被杀死的命运。我访问他时，是在南京国防部小营战犯拘留所的接待室内。当时，检察官陈光虞正同他谈话取证，为审讯日本乙级战犯谷寿夫作准备。当时梁廷芳去远东国际军事法庭作证已经归来。他所谈的亲身经历，在法庭上是强有力的一份证词。由于印象深刻，在我创作长篇小说《战争和人》三部曲时，在第一部和第二部中写到南京大屠杀中尹二在中山码头脱险的经历时，原型基本就是来自梁廷芳。可惜1990年12月，我重访南京时，得知梁廷芳早已去世，不胜唏嘘。

第二个幸存者是陈福宝，他也给我深刻的印象。南京大屠杀时，他只是十多岁的小孩。他曾从难民区被日军抓走，见到日军屠杀人。因他年小，最后逃脱。后来他又见到过日军杀人放火。最后，他被日军逮住，与其他几十人一同用绳捆绑着带到五台山下屠杀、活埋。日寇命其中一些人用铁锹把活埋的沟穴加大，他力气小使不上劲，一个会柔道的日本兵把他抓起来猛摔，他血流满面晕死过去，日军将其他人刺杀和活埋后扔下他走了。他醒后，天已漆黑，遂得逃生。陈福宝有个亲戚在新街口开照相馆，大屠杀后，有一天，一个日本兵来冲洗胶卷，拍的全是屠杀奸淫的照片。亲戚是有心人，加洗了一套密藏着打算将来作为敌人的罪证。我约在1947年2月里在检察官陈光虞处见到过。当时不禁毛骨悚然，义愤填膺。陈福宝也曾到远东国际军事法庭做证。在公审谷寿夫前，陈福宝曾带领检察官陈光虞等到五台山下寻找当年日寇活埋中国人的地方，在他指认的地方，确挖出了许多骸骨。这次挖掘，我是跟随着去看的。我1990年12月到南京重游，打听陈福宝，但已不知下落。是呀，悠悠数十年，人事代谢，哪里去找呢？

第三位幸存者，是位可敬的女性，名叫李秀英。1947年初，在南京我采访她时，她由丈夫陪着向我陈述情况。李秀英在南京城陷时已怀孕，未与丈夫一起躲到乡下去，随父亲躲在五台山一座小学的地下室里，一些日本兵发现了她要强奸她，为了不被侮辱，她一头撞在墙上，头破血流昏死在地。日军走了，但她醒来后又来了三个日本兵，其中一个上来动手，她自幼跟父亲学过点武术，就同日军搏斗，结果从脸上到身上被刺三十七刀，险些殒命，幸由美国教会开设的鼓楼医院抢救，才得活命。李秀英已是七十好几的老人了，如今仍活着，住在南京。1991年6月在美国发现了已故美国牧师约翰·马吉等人拍摄的《南京大屠杀》纪录片，其中就有李秀英负伤后满脸刀伤在医院躺卧在病床上治伤的情景。我在长篇小说《战争和人》三部曲中写到庄嫂在南京大屠杀中那惊心动魄的遭遇，基本也是通过对李秀英采访获得的印象生发而成的。1990年12月我到南京，南京大屠杀纪念馆的孙芷丽同志告诉我，她采访李秀英老人时，老人告诉她："当年有一个年轻的记者访问过我，并且写了文章，可惜我忘了他的名字。"我想，那该就是我吧？我本想去看望她，叙叙旧，但因病要去沪治疗，未能如愿，至今遗憾。

三、公审杀人魔王谷寿夫

南京大屠杀中杀我中国军民最多的是日军第十六师团，其次是第六师团。十六师团师团长中岛今朝吾因病死逃脱了公审。第六师团团长谷寿夫于1937年12月20日傍晚，骑马提刀率先带兵破城入中华门，并向部下宣布："解除军纪三天。"他本人也强奸、杀人，犯下了滔天大罪。审判战犯开始后，他被拘入东京巢鸭监狱，1946年8月应中国要求押到上海，10月押到南京，准备公开审判。我在南京小营国防部战犯拘留所见到他时，见他是一个个头矮小结实、面色黑红粗糙、蓄日本式小胡子剃光头的老头（1946年时他是六十五岁），穿草绿色哔叽呢军衣。由于不让直接采访，只在犯人放风时见到他同另一战犯曾任香港总督的矶谷廉介中将在铁丝网围住的空地上散步，迈着八字步，走路还挺像个武士道的军人，挺着胸，很神气。

我以记者身份参加过公审，首次是在1947年2月6日的下午（公审他先后一共五次），地点在南京励志社大礼堂。那次公审，法庭上摆了一排从中华门外金陵兵工厂后山等处挖出的骷髅面对着战犯谷寿夫。谷寿夫开庭后被传上法庭，精神颓丧，步履蹒跚，有时还咳嗽，同我在拘留所见到时已大不同。估计他已自知罪孽深重难逃罪责。谷寿夫面对许多骷髅朝着军法官在庭上狡辩，总是反复说：我是军人，奉命来华作战，不能不来，不应负破坏和平及支持侵略之罪。又说：我的部队在驻防期间，防区内未发生过屠杀、强奸、抢劫等事件。如有暴行，应由驻防警备司令部负责，我不应负责，等等。可是，中国的一些幸存者出来做证，当庭脱衣露出被刀砍刀刺的伤痕作血泪控诉，也有外国证人提供了证据（当时，在一次公审时放过外国人拍摄的关于屠杀的纪录片，但我未见到）。谷寿夫部队驻防地的"万人坑"中挖出的尸骨上均有刀砍刀刺等痕迹，南京大屠杀中日军自己拍的屠杀照片中，军人的符号是第六师团的。检察官陈光虞那天戴着一副墨镜，义正词严地当堂驳斥谷寿夫的狡辩。会开得很长，旁听的人群情激愤，有时会场上保持不了安静。这时，日本东京审判甲级战犯仍在进行（1946年4月29日远东国际军事法庭对二十名甲级战犯起诉，此后花费两年零六个月时间，开庭四百二十三次，有四百一十九名法庭证人，七百七十九人宣誓供述，1948年11月12日宣判结束，土肥原贤二、广田弘毅、板垣征四郎、木村兵太郎、松井石根、武藤章、东条英机七人被判处绞刑。其中松井石根被判死刑是与南京大屠杀有关的）。谷寿夫罪恶滔天，理应处死，但由于法律程序，仍得慢慢来，许多旁听者都对杀人魔王恨之入骨，希望快点宣判。我也是这种心理。

宣判那天，我也去旁听，那是 3 月 10 日下午。判决书的大意是：谷寿夫在作战期间，共同纵兵屠杀俘虏及非战斗人员，并强奸、抢劫、破坏财产，事实昭彰，证据确凿，处死刑。宣判后，过了一个半月，蒋介石以国民政府主席身份亲自签批了战犯谷寿夫死刑的代电。于是，4 月 26 日中午，谷寿夫在南京雨花台被执行枪决。那时的中华门、雨花台一带，十分荒凉萧条，南京遭大屠杀后元气尚未恢复。谷寿夫被押赴雨花台刑场前，曾写了遗言给他的妻子梅子告别。那天，他穿着黄色军便服，但执行死刑前，要求换上黑呢制服，穿上黑色皮鞋，并戴上礼帽，由卡车押到雨花台。雨花台曾是谷寿夫率第六师团驻扎并大肆残害中国百姓的地方，观看他被执行死刑的人，真是人山人海，都远远在周围坡岗上找个地方站着看他被枪毙。我也在人群里，仅见宪兵挟他下了卡车，很快只听枪声一响，还没看清楚，谷寿夫已仰面躺倒在地了，立时响起掌声和欢呼声，周围群众大快人心。当然，群众还是不满足的。南京大屠杀太残酷了，枪毙一个中将师团长谷寿夫，人们的心态是平衡不了的！

南京大屠杀谁该负责？谷寿夫当然罪不可逭，但他只是一个中将师团长乙级战犯。松井石根是日本华中方面军总司令，作为甲级战犯被绞死，自然毫不冤枉。朝香宫鸠彦王身为驻南京之日军最高指挥官，理应战后处以极刑，由于是日本皇室竟逍遥法外，实是对公理与正义之莫大违背。值得提出的是日本天皇裕仁。日本重大问题之最后决策均操诸天皇之手。裕仁对进攻南京极为重视，支持军部及内阁之主战派扩大对华侵略战争，密切注意南京战事之进展。朝香宫鸠彦王是他在攻打南京时派去的司令官。南京大屠杀后，他亲自召见松井、朝香宫及柳川平助，对于攻克南京予以嘉奖，并赐礼品。他对南京大屠杀应负的责任远远大于受他奖勉的那三大战犯。但东京审判时，美国麦克阿瑟包庇裕仁，保留了日本的天皇制，纵容了部分战犯，维护了日本一些法西斯反动势力，可气可叹！

四、驳《“南京大屠杀”之虚构》一书

在第二次世界大战中，比奥斯维辛集中营发生得更早的大屠杀是在 1937 年 12 月开始的南京大屠杀。日寇投降后，历经两年零六个月取证及审讯，到 1948 年冬宣判的东京审判，其实已为这段历史做出了结论。远东国际军事法庭是由中美英苏法等十一国组成的正义审判法庭，但日本的一些右翼反动分子却处心积虑地想为侵略战争辩护，时至今日，仍在对供奉靖国神社的战犯顶礼膜拜。

正是由于日寇南京大屠杀的罪行太严重了，有些与南京大屠杀有关的战犯受到了惩处，日本军国主义的罪行受到了揭露，所以，从 70 年代开始，一些日本右翼分子就开始妄想否定南京大屠杀。日本作家铃木明等人就胡说南京大屠杀“缺少真正的资料”，是“虚构”的。1982 年，日本文部省在审定中小学教材时，又有人妄图借机将南京大屠杀的暴行抹去。1983 年以后，以日本拓殖大学讲师田中正明为代表的少数人，又大造舆论，否定南京大屠杀的存在。尤其是田中正明，竟写了《“南京大屠杀”之虚构》一书出版。此书由日本教文社出版后一版再版。田中正明对铁证如山的南京大屠杀，采取了偷天换日、诡辩、歪曲及无视事实的卑劣手段予以否认。他的言论极其荒谬。

他说：当时各国驻南京记者多人，“没有人说看到过大屠杀”，日本国内许多人也未听说过南京大屠杀，因而大屠杀之说不能成立。其实，他是说谎。当时日本及其他国家的记者都曾报道过南京大屠杀的消息。例如，1937 年 12 月日本《东京日日新闻》就刊登了紫金山下日军两个少尉野田岩与向井敏明用刀比赛杀人的通讯及照片。不过，由于当时日本控制舆论十分严格，日本记者的文字报道及照片，皆须经过检查，许许多多是不让报道的，因此日本国内有的人无法知道也很自然。英

国《曼彻斯特卫报》记者田伯列（H. J. Timperley）曾报道日军的屠杀奸淫抢劫行为。1938 年 3 月，他就编著过《外人目睹中之日军暴行》一书，认为日军南京暴行是"现代史上破天荒的残暴记录"、"现代文明史上最黑暗的一天"（此书是郭沫若写的序）。美国《纽约时报》驻南京特派记者杜廷（F. T. Durdin）是首先发出电稿报道南京大屠杀消息的记者。1937 年 12 月 18 日《纽约时报》的封面大标题为"南京强奸事件"，小标题为"日军陷南京，屠杀两万人！"因此，世界舆论大哗。此外，南京外国侨民代表组成的难民区国际委员会成员美国牧师约翰·马吉（John G. Magee）拍摄有日军暴行的照片及纪录片；美国贝茨博士（M. S. Bates）和史密斯博士（Lewis S. C. Smythe）（写有《南京战祸写真》）等也都曾到东京做证。当时，德国是日本的盟友，但德国驻南京代表向本国外交部写的报告就说："犯罪的不是这个日本人或那个日本人，而是整个的日本皇军——它是一部正在开动的野兽机器。"德国人拉贝（1882－1950 年）南京失陷时供职于德国西门子公司，为南京安全区国际委员会主席。他一度是德国纳粹党南京小组负责人，他有日记及许多详细的文字资料和当年的现场照片等等，足以证明南京大屠杀之存在。拉贝的日记从 1937 年 9 月开始，一直到 1938 年 4 月他回柏林为止，连续写了六个月。这段时间正是南京大屠杀发生的时期，他的日记详细记录了五百多个惨案，详尽地写了侵华日军攻陷南京后对手无寸铁的中国军民集体屠杀、砍头、活埋、水淹、火烧和奸杀等罪行。日记里还包括其他几位德国人亲眼所见的日军暴行。作为日本盟国德国的一个公民所写的私人日记，真实性是不容怀疑的。拉贝 1938 年回德国后，曾向希特勒提交南京大屠杀的报告，但因德、日为盟国，德国当局禁止他发表在南京的所见所闻，他甚至一度被盖世太保逮捕。拉贝于 1950 年逝世后，日记、资料由家人保存一直未公开，直到 1996 年 12 月 12 日才由其外孙女在美国纽约公开，除了日记，拉贝还有日寇南京暴行的许多照片。

南京大屠杀后，有当时南京守军营长郭岐写的《陷都血泪录》，1938年8月连载于西安《西京平报》；有当年南京守城部队军医蒋公毅以日记形式记载的1937年12月13日至1938年2月27日目睹的日军暴行，于1938年秋出版；有南京沦陷时在某文化机关做职员的李克痕在1938年6月逃出南京后写的《沦京五月记》，1938年7月连载于汉口《大公报》；有《武汉日报》记者范式之采访了逃离南京的两个同胞后写的《敌蹂躏下的南京》一文，刊于1938年的《武汉日报》；有一个被俘士兵（佚名）从南京死里逃生后写的目睹日军暴行记录《京敌兽行目击记》，刊于1938年2月7日汉口《大公报》，等等。田中正明等有一个论调是：像南京大屠杀这样一个重大事件在当时报刊书籍中完全没有出现，属于后人编造。事实却完全不是这样。

田中正明在《"南京大屠杀"之虚构》一书中，将被东京国际军事法庭判处绞刑的大战犯松井石根奉若神明，引用了大量的松井日记证明根本不存在一场大屠杀。为此他在引用松井的《阵中日记》时，故意大量进行了篡改，成了丑闻（据有人统计，篡改处达九百处左右）。实际上，在东京审判时的松井石根却比他的老部下田中正明坦率（田中正明1911年生于长野县，毕业于兴亚学塾，经大亚细亚协会兴亚同盟应召入伍，曾随同松井石根赴中国演讲、旅行，兜售"大东亚共荣圈"理论，后来参加过侵华战争）。曾任日本驻华大使的冈崎胜南在东京法庭中供认："南京事件后曾与松井谈话，松井说'无言可以辩解'。"在被远东国际军事法庭判处死刑执行前，松井对巢鸭监狱的教诲师花山信胜说："南京事件，可耻之极！"

（本文刊于2002年第3期《社会科学研究》）

宁死不屈的"圣女"

——悼南京大屠杀中反抗日军暴行的李秀英

我是当年抗战胜利后第一个采访李秀英的记者！我是从李秀英的实际出发对她做出应有评价的！李秀英不但是南京大屠杀的幸存者，而且是位可敬可歌的女战士！她生得伟大！她将不朽！写这样的一篇悼赞她的文字，在我是有始有终，尽了一个文字工作者的责任，也是希望李秀英这样一位坚定不屈的"圣女"的事迹继续流传。

去年（2004年）12月5日《南京日报》刊登了一条消息：

〔南京日报报道〕（记者　李灿）侵华日军南京大屠杀幸存者李秀英因呼吸衰竭，经抢救无效于12月4日6点10分在南京鼓楼医院逝世，享年86岁。

李秀英是南京大屠杀的幸存者。1937年12月，侵华日军进攻南京。李秀英因怀有七个月的身孕，与其父一起躲进南京国际安全区的美国教会学校（现五台山小学）地下室避难。1937年12月19日，三个日本兵入室，图谋强奸李秀英，性格倔强的她与日本兵殊死搏斗，身中三十七刀。日本兵走后，其父设法将她送进医院（南京鼓楼医院），经美国医生罗伯特·威尔逊先生的医治，得以保存性命，但肚子里的孩子却因此流产。当时在南京的西方人士拉贝、麦卡伦、马吉等人的日记与书信中都对此事有详细的记载。特别是美国约翰·马吉拍摄的照片，内有受伤后的李秀英，成为侵华日军南京大屠杀的铁证。

李秀英曾在1947年南京军事法庭审判南京大屠杀主犯谷寿夫案中出庭做证。近年来，李秀英老人常参加集会控诉日军暴行。

面对日本右翼势力的攻击和诽谤，李秀英老人五年前毅然向日本东京地方法院起诉日本右翼分子侵权，并取得一、二审胜诉，有力地批驳了日本右翼势力企图否认南京大屠杀历史的行径。

据李秀英的家属介绍，去年7月26日，老人在家里摔了一跤，经南京鼓楼医院诊治为骨折，后并发多种慢性疾病，老人一度病危。医院专门成立了抢救治疗小组使其度过病危期。近日，老人病情出现反复，最终因呼吸衰竭、抢救无效辞世。

李秀英老人病重期间，受到社会各界的广泛关心，省、市有关领导曾到医院亲切看望。

《南京日报》这则消息比较详细，我在四川成都所看到的这则消息已删成了无足轻重的一条简讯，刊登在极不显眼的地方，而同一日该报娱乐版上发的热炒歌星影星的稿件，却一块一块地占了大大的版面。这使我不禁产生了感慨。

我是在去年9月李秀英大姐一度病重时，接到《南京日报》记者长途电话才知道她的病况的。我曾请我的一位侄子王仲山代表我去医院看望并致慰问。据说，她儿子讲，他妈妈常念叨我，当他儿子附耳轻轻告诉病重的老人我托人来看望她时，半晌，她的嘴唇嗫嚅了一下，断断续续地说："他，他好吗？……"这使我知道后，黯然久之。

光阴似水，我今年八十一岁了；李秀英大姐比我大六岁。我清楚地记得：1947年初，我在南京采访她时，她是二十九岁，我是二十三岁。当时，我是以重庆《时事新报》特派记者的身份发现并采访她的。当时，拉贝、马吉等西方人士的日记、书信、纪录片尚未发现。采访她时，我明确：寻找南京大屠杀的历史，是为了捍卫人类的文明和尊严。往事历历，像她这样的人和事，刻在心上是不会被时光冲洗掉的。

南京大屠杀是日本侵略者罄竹难书的反人类严重罪行。李秀英是1937年12月南京大屠杀中的幸存者，但她不是一位一般的受害者和幸存者，她是一位英烈的奇女子，一位我心目中的"圣女"，一位足以代表中华女性为保持优秀民族气节和为正义不惜殉身的女性。

至今，我仍记得1947年初采访她时的情景。我在南京小营国防部战犯拘留所采访过她，又在南京玄武区鱼市街卫巷她家中采访她。她的先生姓陆，约莫三十多岁，是一位朴实诚挚的中年人。那时，我初出茅庐，但采访是勤奋认真的。我多次同他们长谈南京大屠杀，又去实地勘查验证。李秀英大姐和她先生不厌其烦，支持协助。南京沦陷，日寇大肆奸污中国妇女，受害者有的侥幸活着，也羞于出头露面，但李秀英不同，她为抵御鬼子兵，身中三十七刀而不屈，她是以一位抗日女战士的身份屹立着的，她虽被敌人毁了容，但抗战胜利了，她是受害者中率先出面控诉指证日寇暴行的女同胞。那年年初，天气还极寒冷，她讲着1937年12月她本人独有的血腥恐怖经历时，我听了，觉得浑身冰凉而血液却在体内沸腾燃烧，她落泪时，我的心战栗，眼眶也不觉湿润起来。

12月13日下午，李秀英的丈夫因正当壮年全家让他到江北乡下逃难。当时十九岁的李秀英婚后已怀有七个月身孕，行动不便就随父在城里未走，躲在国际难民区内一个地下室里。12月19日上午9点，来了六个鬼子兵，他们抓了十多个年轻妇女来准备奸污，又要来抓李秀英，李秀英想：我宁死也不能受侮辱，她咬着牙一头撞向墙壁，顿时头破血流昏倒在地，鬼子只得丢下她走了。

我当时问过她："你那时已经不怕死了是吗？"

她噙着泪点头，伤痕满面的脸上充满正气："不怕！怎么样我也不能被鬼子侮辱！我恨死鬼子了！我宁可死！……"她的声音是从心里发出来的！那天苏醒过来，李秀英经历了这场生死抉择后，想法变了，感到自杀是懦弱的表现，与其自杀，不如同鬼子拼一拼。她自幼跟父亲学过点武术。她用布包扎了头上的伤口。中午时分，突然又来了三个鬼子兵，赶走了躲在地下室里的男性，一个鬼子上来要强暴李秀英，她一把就夺住这鬼子兵的军刀柄，同鬼子揪打起来，她咬鬼子的手，卡鬼子的脖子，扭成一团，同鬼子兵在地上翻滚，其他两个鬼子兵跑过来帮忙，用刺刀乱戳她，她脸上、腿上、背上都刺伤了，最后，见她顽强，一个鬼子一刺刀狠狠戳在她肚子上，她终于松开双手血淋淋地昏死了过去。

记得我当时问过她："还有知觉吗？"

她摇头："的确死了，三十七刀哪！鬼子走后，父亲他们回来了，他好伤心，同邻居一起打算刨个坑埋了我的尸体，谁知冷风一吹，我竟醒了，哼了一声，我父亲说，啊！秀英还活着！……于是，将我就近抬到难民区国际人士办的医院里治。我身上一共被刺了三十七刀，也流产了，经过七个月医治，才算活下来……"

至今，我仍记得当时采访李秀英时她的模样：语气坚强，神情严肃。她本来肯定是位端庄、俊秀的姑娘，但我见到她时，她的面部近乎《夜半歌声》中的宋丹萍，鬼子兵用刀将她的鼻子、眼皮、嘴唇和脸面都割损了。当时天气冷，她总是用一条长长的蓝灰色围巾包着头遮着脸，但我却不忍心凝视她或多去看她的伤痕，我觉得那会是对她的一种不敬。当然，她的伤痕昭示的是鬼子兵欠的血债和深仇！只要看过她一眼，印象就消失不了。

以后，过了不少年，我见到了登在报纸上的她的照片，她脸上的伤痕随着岁月的消磨逐渐平复了，尽管这样，伤痕总是伤痕，总是可以看得出来的，而且，我发现：几十年来，凡是我见到她在报刊、电视上的形象时，从未见过她的笑容，这足以说明，同残暴的敌人作生死搏斗侥幸活下来的她受的摧残和心灵的创伤是多么深重，当然，她在照片上的面容那种坚定、严肃总使我记起 1947 年 2 月审判日本战犯时国防部军事法庭上她出来做证的情景。当时审判日本南京大屠杀的一个"屠夫"——第六师团师团长谷寿夫,谷寿夫是个光头结实个儿矮小但凶悍的日本武士道军人,后来判死刑了!李秀英和其他一些证人的做证指控使他畏缩得低头无语。

多少年来,李秀英年岁越来越大,但她是日寇南京大屠杀的"活证据",每当悼念南京大屠杀三十万同胞遇难周年祭的时候,她都会和许多幸存者一起到南京大屠杀纪念馆去凭吊并参加活动,红领巾都亲切地叫她李奶奶,听她讲难忘的往事。自从采访过她后,我就从未忘记过她。现在祖国强大起来了!我如果能看到她的笑容该多好!我真想见见她。可是我长年累月地忙碌,竟总是无缘去到南京。1991年,我到了南京,曾到南京大屠杀纪念馆参观,见到小平同志题写的"居安思危"四个字,感到这四个字真是含意深远,我心灵震动。听南京大屠杀纪念馆的孙芷丽同志告诉我:李秀英还记得我,也想念我。我本想去看望她,但那次她刚好不在南京,我又急着要去上海检查身体,遂失之交臂。今夏,我大概会去南京,想不到她竟已病故。人每每要实现一个愿望有时并不容易,实在令人遗憾。

更遗憾的事当然还有。日本右翼分子无耻地妄想否定南京大屠杀的事实,竟说是"虚构"的云云,并对见证者进行诋毁,李秀英十分愤怒。从1994年起,为了向侵略者讨回公道,她在中日两国正义人士的支持下,先后以"身体损害""名誉损害"为由,将日本右翼作者松村俊夫及日本出版社展转社发行人相泽宏明告上法庭。一年复一年,一审二审虽然胜诉,但日本最高法院的终审却迟在李秀英逝世一个多月后——今年1月20日才到达。日本最高法院审判长异田二郎等五位法官一致判定:驳回被告人的上诉请求,维持东京高等法院对李秀英的二审判决,上诉费用及申诉费由上告兼申诉人承担。

知道了这消息我既激动也悲伤。激动的是许多年来,这还是诉告日本右翼分子否定南京大屠杀的胜诉第一案!这个案件是承认还是否定南京大屠杀史实的较量，它是在中日两国正义人士努力下取得的胜诉，是对日本右翼分子的反击。但我悲痛的是去年已经八十六岁的李秀英老人没有等到这一天就病故了！她的子女说："等拿到判决书，我们兄妹会一起去看望妈妈，安慰她的在天之灵！"我悲伤地想，如果这位爱国而有骨气的李秀英老人生前能看到这判决，一定会走得更从容坦然。为什么判决来得这么迟呢？

南京大屠杀的见证者、目睹者、幸存者随着年龄老化，逐渐凋零。1997年寻访到的两千几百人目前只有四百多人在世，大多是八旬高龄的老人，不少都体弱多病生活困难。这充分说明做好这些老人的调研工作和保护他们的重要。这些年，"侵华日军南京大屠杀遇难同胞纪念馆"一直在做许多收集史料、开放展览、关心支持幸存者等工作，很有成绩。去年8月，在纪念馆倡议下，由南京大屠杀幸存者以及关心南京大屠杀幸存者的海外团体及个人，在南京成立了"南京大屠杀幸存者援助协会"，来自美国纽约世界抗日战争史维护会、加拿大世界抗日战争史维护会和日本神户华侨总会等七个国家的和平友好团体及一批幸存者个人加入了该会，协会宗旨是"关注战争受害者，援助历史见证人"。协会成立后，已对李秀英等十多位南京大屠杀幸存者实施了援助，我为这感到欣慰。

如果说，二战中欧洲波兰奥斯维辛集中营的大屠杀已经超越国界和有责任意识的社会，属于世界人民保卫文明与和平的典型事例，那么，1948年的东京国际审判，理应已为南京大屠杀作了正式的结论，绞死了日本侵略军南京大屠杀的主犯——日本华中方面军总司令松井石根大将等。南京大屠杀自然也应超越国界和有责任意识的社会，属于世界人民为保卫文明与和平谴责日本军国主义分子要日本进行反省的重大事件。令人愤慨的是日本至今仍没有就其侵略罪行向中国正式认真道歉，一些右翼分子仍在挑战人类良知。同德国相比，日本表现显得很不光彩，德国在二战中大规模屠杀犹太人实施种族屠杀时，日本军国主义的屠刀，使中国人的死伤人数多达三千五百万，其中仅南京大屠杀就有三十多万人遇难。但日本和德国对自己给世界人民带来灾难后的理解和态度完全不同。德国能忏悔，道歉，制定相关法律，防止纳粹势力沉渣泛起，进行赔偿；日本却完全不正视历史，从领导人参拜靖国神社，到篡改侵略历史，拒绝民间赔偿，甚至要修改宪法扩充军事实力，完全不能以史为鉴，我们岂可掉以轻心！小平同志为南京大屠杀纪念馆题写的"居安思危"四个字，我看了内心震撼，正在于此！

今年，我们将隆重纪念抗日战争胜利六十周年。今年 12 月，距 1937 年 12 月日寇南京大屠杀开始和进行也六十八周年了！好漫长而又匆匆的岁月啊！我是当年抗战胜利后第一个采访李秀英的记者！我是从李秀英的实际出发对她做出应有评价的！李秀英不但是南京大屠杀的幸存者，而且是位可敬可歌的女战士！她生得伟大！她将不朽！写这样的一篇悼赞她的文字，在我是有始有终，尽了一个文字工作者的责任，也是希望李秀英这样一位坚定不屈的"圣女"的事迹继续流传。

（本文刊于 2005 年 12 月《晚霞》）

访江湾战俘营和虹口日侨

1946 年夏天，我以重庆《时事新报》特派记者的身份在上海对日俘和日侨进行了一次难忘的采访。

当时，在上海的日俘都收容在江湾，日侨被集中起来收容在虹口，都由汤恩伯的第三方面军管理。我在江湾"京沪区徒手官兵管理处"递了名片。这是一幢脏兮兮的灰色三层楼建筑物，据说原来做过日本的兵营。门口有第三方面军的荷枪戴钢盔的士兵站岗警戒。里边一些显得陈旧的房屋用铁丝网拦着，有些场地连铁丝网也未拦。

几棵大杨树上的鸣蝉，在烈日下单调地鼓噪"知了—知了—"，叫得人昏昏欲睡，也叫得人心烦。这里不叫"俘虏"而叫"徒手官兵"，是一种创造，目的大约是怕刺激日本官兵。老百姓早有议论，弄不清为什么对来中国杀人放火的鬼子兵这么好！

那天上午我去访问时，由管理处长王光汉出来接见。那是位少将，架子挺大，让我整整等了一个小时才露面。他矮矮胖胖的个儿，说话好龇牙，河南口音，性格倒直率。听他介绍："有二十七万多日本徒手官兵归我们管。现在集中在江湾、南通、苏州、南京等地的营地里，全都缴了械，正陆续遣送回国。"

我问："在江湾的这些日本官兵表现如何？"

王光汉龇着牙说："日本军人养成了不可一世以征服者自居的性格。他们很多人认为投降是天皇的权宜之计，是为了避免本土遭到更严重破坏，以备将来重显国威。"

我问："还有些什么思想状况呢?"

王光汉坐在那儿，拿起桌上的一叠报纸当扇子扇着风说："当然害怕中国人民报复。他们大多有罪恶，现在说话变得低声下气、点头鞠躬。但有的日本人在遣返船离岸时竟高喊：'我们要回来的! 你们等着吧! ……'那意思是有朝一日仍要回来报仇的!"我不由得心里一惊，天正热，心里更火辣辣了。我问："要多少时间遣送完?"

回答出乎意料："七年的事我们打算十个月干完。现在送走的已经很多了!"

"送走多少人了?"我问。

"无可奉告!"王光汉似乎有点不耐烦了，他正在擦汗。

我又问："听说有的战俘还有留声机，晚上还可以跳舞?"

"有过! 人道主义嘛!"

"听说大量留用了日本战犯，也征用了日本战俘，是否确有此事?"

"不知道! 你是怎么知道的?"王光汉弹着眼珠，似乎触到了什么隐私。

"日本宪兵有多少人，目前怎么样了?"我问。因为日本宪兵逮捕杀害中国人极多。

"上海区就有一千多人吧。都是解除武装了，有的已经遣返!"

"日本宪兵个个手上都沾满鲜血，竟连罪大恶极的也不惩办?"我问。

"这不属我回答的范围! 我还有事，就谈到这里吧!"王光汉说着，站起身来，甩下当扇子用的那叠报纸。

我说："我能否采访一下战俘，参观一下?"

王光汉摇头："以前可以，现在为防止引起日本徒手官兵的思想波动，给工作带来麻烦，我们谢绝参观采访。等我们下次举办招待会时再请你来吧。"

我说:"是否同意我简短地采访一下?我想弄清楚些问题。比如'八一三'之前,从上海到南京去,铁路沿线每个站的墙上都有日本的'仁丹'广告,有大有小。当时并不太介意,只以为是日本倾销商品。等到抗战爆发,才知道这是日寇为侵略战争而预先布置下的指路牌,日军只要看到这广告,就知道这个地方的规模大小,甚至地形、河流、山川在上边也有暗示。现在,这些广告大部分早已铲除,但还有剩余的可以见到。不知这事得到过印证没有?"

王光汉马而虎之地说:"这事自然有。鬼子打中国之前,早就做到心中有数,对中国的地貌地象等等,了解得比我们的五万分之一地图还清楚得多。但我们现在主要是平平安安地把日本徒手官兵遣返,别的事顾不得太多了。"他拭着汗把军帽朝额上一推,说:"我忙,话也说得不少,对不起,你请回吧!"

他陪我走了出来,同我握手告别,告诉我可以到虹口唐山路第三方面军日侨管理处去采访日侨,又说:"那里的日本人不是军人,采访比较方便。都一样是日本人,你可以去看看。"

日侨在虹口街上热卖"民主烧馒头"

当时,有可靠的消息称,国防部大量留用日本战犯和日俘帮助打内战,冈村宁次已经充任蒋介石的秘密军事顾问了!赶车去虹口时,我不禁想:日本这些战犯战俘,如果不经过彻底整肃,将他们身上的法西斯细菌清除掉,对中国对亚洲对世界将来都是一种不可忽视的危险。八年抗战,中国军民伤亡多达三千五百万人,财产、精神损失就难以数计了。如今,在美国存心包庇下,想留下日本的军国主义势力来对付苏联,连对战犯的惩治都稀稀松松、慢慢腾腾,真叫人气不平啊!……

我到了虹口,看看表,已是中午,就先找小饭馆吃了饭,然后走到唐山路，找到"第三方面军日侨管理处"。这是一幢十分宽大、三开间三层楼的花园洋房，既新式，又有石库门房子的味道，估计原来是个什么大汉奸的私宅。花园里依然树木葱茏，盆花很多，太阳花和茉莉花盛开，也有些盆景。客厅样的一间大房作为饭堂，刚开过饭。伙食很差，木桶里剩下的粗米饭颜色发黄发红，菜是炒黄豆芽。地上撒吐着不少饭菜。到了办公室，接待我的是一个少校翻译，姓张，名字记不清了。他刚吃过饭正在剔牙，比王光汉谦和多了。我递了记者名片，向他提出要求后，他说："行！"但让我坐着看报纸等一等，说他先要去办点事。等了半个多小时他才来，对我说："走，先陪你看看！"

虹口依然带着点日本味儿，这是日本移民来的日侨在此大批居住造成的。我和张少校边走边谈。他介绍说：日寇投降后，从各地集中沪上的日侨本来有十万，还过着相当自由、衣食无缺的生活。已经遣返四万了，现在虹口区集中的日侨，不足一万人！日侨原先在这经商的很多，也有开烟馆贩卖鸦片和红丸白面及吗啡的，更有开赌场和日本妓院的。日军在虹口也设立过慰安所。现在这些都早关门了！但小本经营的多起来了，尤其是小吃食店，卖茶、卖点心，小食摊子很多。他又用手指指在街边走动的一些男男女女和老人，说："这些都是日本人。"日本人男的多数穿的是西装、中装，女的多数穿的是中国旗袍，极少见穿日本和服的。可能他们有一种心理，不想表现出自己是日本人。但有时还是看到穿木屐的日本女人，脸上粉搽得雪白，画着眉毛，短肥躯干，摆摆地走着，一看就不像中国人。

张少校满头大汗地陪我走到了唐山路原"日本第九国民小学"的地方。这里居住着好几百日侨，多数来自苏州。早先住在这儿的日侨已遭返日本。在未遭返前，移民来上海虹口落户的日本人的学龄子女，都在日本人办的国民小学读书，如今小学停办了。小学校舍、课堂的房屋都比较整洁。门口，有一家小吃食店，日本人开的，一个日本老太在洗碗碟。门口招牌上大字写着"民主烧馒头"。"烧馒头"实际就是油煎包，有栗子粉的馅儿，看上去味道不错。

张少校用手指指"民主"二字，说："这'民主'二字是如今加上的时髦话，正如上海人在胜利后馆店出售的'胜利饭'、'胜利茶'、'胜利酒'一样。'民主'是日本人新的憧憬吧！"

有些日本人经过，看到张少校穿着军服，都谦卑地低头行礼。张少校说："这些日本人，现在见到中国人比旅店茶房还恭顺，咧开嘴唇讨好地笑着，表示友好。其实以前并不都这样。现在打败了，投降了，若不是当着中国人的面，他们都是些失去笑脸的人！"

日侨们都说，原先以为自己是"世界第一"

到了一间教室，里边有些课桌椅，但绕墙放着榻榻米。我看看手表，催促说："请你快帮忙组织个座谈会，时间不早了，有七八个人参加也就可以了！"

张少校说："我马上去找人，你先把桌椅摆一摆！"说完，就匆匆走了。

我动手把榻榻米合排在一起，把桌椅排好，布置成座谈会的样子。不到二十分钟，张少校带了八个日本人来了。男的两个，都是老年人，女的六个，有两个年轻女子抱着婴孩，其余四个都是中年或年龄较大的。进来后，照例恭敬地鞠躬行礼，满面含笑，十分礼貌地脱鞋登上榻榻米，像中国北方人上炕似的盘腿坐下。抱婴孩的母亲大方地敞开胸怀给小孩喂奶。我和张少校则在椅上坐下。这些日本人大多能说点中国话，可以直接交谈；也有的日本人不会说中国话或不愿说中国话，都通过张少校翻译交谈。除了一个年岁最大的老头佐藤是上海一个什么研究所研究黑热病的专家外，其余这些日本侨民都是在苏州经商的。教育程度，除佐藤外，都是中学以上。张少校悄悄告诉我，这个佐藤很可能是研究细菌战的专家，但他不肯承认。他脾气古怪，寡言少语。

交谈中，日侨首先都表示感谢中国的宽大，然后又表示这次战争是受了军阀之骗。好几个人都说："投降前，我们总以为日本海陆空军都是世界第一，没想到突然就打败了！真是受骗了！"

原来，他们的认识只停留在这样一个程度上。我不禁说："世界第一就该侵略别人吗？你们只认识到受骗，却还认识不到侵略有罪，认识不到中国被你们烧杀成什么样子！你们带着现在的这种思想回去，将来说不定国家强大了，又要扩军向外侵略呢！"

我的话，有的日本人也许懂，有的日本人也许不懂或不想听。我请张少校把这些话好好用日语讲给他们听。日本人听了，绝大多数当然都和顺地点头，但心里怎样想就难说了。

于是，谈到日本天皇和政治问题。日本人说，今后日本要实施更有自由的民主生活，但仍希望保留天皇。这个矛盾怎么解决？他们想不出具体办法，但似乎觉得没有天皇就没有了一切。

一直沉默而双目深陷、脸上皱纹如同刀刻的佐藤，面孔铁板，了无笑容。点名要他谈谈时，他冷漠而又艰涩地说："我对政治问题不感兴趣。"

我问他："你们日本是研究细菌战的，你研究黑热病是不是也同这有关？"

佐藤惶悚了，忧惶的脸上忽然反常地笑笑，显得很不自然，一边摸出小手帕擦汗，一边说："我主要是在研究'癞'的治疗。中国有几百万人有癞病，日本也有几万人患癞病。我并不一定想回日本。如果可能，我愿意在华继续研究。"

他的话是真是假谁也说不准。反正这个人参加研究细菌战完全可能！这样的"日侨"居然也作遣返处理了，我觉得国民党政府真是既荒唐又无能！

时间已经不早，更加闷热难熬，天有下雷雨的迹象。我感到采访只能告一段落了，至少是了解了不少情况和日侨的心态。我立意要对日本人讲几句话作为座谈的结束。我说："这次侵略战争全是日本军国主义者发动的，受害的主要是中国和亚洲人民，兼及美英等国。但日本人民也受到了战争之害。现在，日本败于盟军，败于中国，投降了！应当正确忏悔日本的这段侵略历史，清除日本的军国主义思想，因为它也给日本人带来了极大痛苦。中日两国隔海相邻，自古有着长期友好的交往，但近几十年，日本一直侵略中国，终致造成今天的局面。希望日侨回国后记住这些教训，以后努力为日本自己走和平道路、也为中日关系的改善尽力……"

张少校全部翻译了一遍，说："王先生的这番话讲得很好。"座谈会就此结束。但我明白：自己说的这番话，日本人能接受多少很难说。我心里真希望中国能赶快富强。中国不富强，将来谁知会不会再受帝国主义侵略呢？但中国现在这个政府太不争气，正热衷于打内战，富强的希望在哪里呢？

谢了张少校，握手告别。我回到家里，在激动的心情下，开了个夜车，写了一篇《访江湾日俘营及虹口日侨》。但这篇稿子竟未被采用！什么原因呢？显然是由于我的笔法太尖锐了，写出了许多愤慨，触及了当局的忌讳！往事历历，长亘心头。大半个世纪后的今天，又是一个炎热的夏天，日本国内传来的右翼声浪十分刺耳。我依照当年的原题写下了这篇回忆录，奉献给所有善良但又不愿忘记历史的人们。

（本文刊于 2005 年 8 月《上海滩》杂志）

见证公审冈村宁次

1945年8月15日正午12时，日本裕仁天皇在广岛、长崎挨了两颗原子弹后，向全体国民广播了《停战诏书》。日寇战败，投降了。日本中国派遣军总司令冈村宁次大将，率领部属在南京投降，成了中国的俘虏。

9月9日，中国战区日军投降签字仪式在南京中山门附近原中央军校大礼堂举行。这时，这里已成了"中国陆军总司令部"。签字日礼堂正门上飘扬着中、美、英、苏等国国旗。出席仪式的中外军官、代表、记者等有四百多人。8时52分，戴眼镜的中国陆军总司令何应钦上将坐在受降席中间位置，陪同的有海军总司令陈绍宽上将、陆军副总司令顾祝同上将、陆军总司令部参谋长萧毅肃中将、空军代表张廷孟上校等。戴着眼镜的日本中国派遣军总司令冈村宁次大将及其下属——总参谋长小林浅三郎中将、副总参谋长今井武夫少将、舰队司令长官福田良三中将等都身穿军便服、神情懊丧地排成一横列向何应钦鞠躬敬礼。何应钦叫他们坐下，又说："记者们！你们可以拍照，9点钟受降仪式正式开始。"于是，中外记者都开始抢着摄影。

9点整，何应钦宣布受降仪式正式开始，小林浅三郎起身上前将日本大本营授予冈村宁次代表签降的全权证书双手呈交给何应钦。他垂着头，双手有些发抖。何应钦审定证书后，将中文本的日军降书，交给萧毅肃中将送至冈村宁次面前，冈村起身双手接下，翻阅降书后提起桌上的中国毛笔，在两份降书上签字，还从口袋中取出一个圆形水晶图章在降书上盖了章。小林浅三郎遂将盖印后的降书取了双手呈交给何应钦，何应钦盖章后将其中一份由萧毅肃交付冈村，冈村起立恭敬地接受。他一直表现得沮丧低沉，其他日军将领也都表现得类似冈村。何应钦在将中国战区最高统帅蒋中正关于日军投降的第一号命令交付冈村，冈村立正接受后，何应钦宣布："中国战区日本投降签字仪式结束。日本投降代表退席！"冈村率领下属向何应钦深深鞠了一躬，然后低头颓然退出了会场，使人都看到了日本侵略者在中国的下场。

但是国际关系是复杂的，二战后，美国是怀着叵测的居心包庇部分日本战犯和一大批右翼分子的。二战后，蒋介石也包庇了冈村这样的大战犯。他的目的是利用冈村反共的经验，为他打内战出力，提供军事上的经验。冈村曾长期被安排在南京一幢舒适的洋房里，保着密，受到保护，也不让记者采访，对外宣称他"有病"。远东国际军事法庭主持的东京审判，本来法庭提出要将冈村解赴东京取证，也因国民党当局的偏袒保护而未让冈村去东京。冈村是日本侵华后期的"日本中国派遣军总司令"，是大将，受着优待，直到1948年（日本投降后三年了）8月23日上午才第一次在上海被公审。

我记得很清楚，拿到了记者采访证后，知道是在上海虹口塘沽路市参议会大礼堂首次公审日军中国派遣军总司令冈村宁次大将。这消息提前一天在《新闻报》和《申报》《时事新报》《中央日报》等各报登出后，引起了各界注意。所以申请参加采访和旁听的人很多。

那天，下着大雨，天气闷热潮湿，市参议会大礼堂前，一早就聚集了许多人，停着一些轿车、三轮车。大礼堂前，有森严的宪兵和警卫，记者都凭证挂着条子进去。

冈村宁次，1931年就参与过"九一八"事变的策划。1932年"一·二八"淞沪抗战时，任日本上海派遣军副参谋长。1932年"热河事变"后，他作为关东军代表签订《塘沽协定》。1938年，任日军第十一军司令官参与指挥进攻武汉。1941年就晋升大将，任华北方面军司令官。1944年任第六方面军司令官参与主持攻占广西桂林、柳州的作战，是年11月，升为日本中国派遣军总司令。他的罪恶从他的经历就可以看出，但由于蒋介石对他倚重，认为他在维持治安协助接收在受降工作上"有功"，帮助蒋介石进行内战也"有功"。拖到1948年公审，是因为早已引起民愤，受到舆论和报纸不断谴责才举行的。所以我大致计算了一下，旁听的记者和各界人士竟有一千多人。市参议会大礼堂外的广场上，装上了扩音喇叭，使庭审情况可以传到外边，使无法入内旁听的市民可以在塘沽路上听到有线广播。

坐得满满的大礼堂内，驻沪的各国外交官也坐了不少。9时30分，穿军装的上海审判战犯军事法庭的军法官们都出场了。少将审判长仍是在南京审乙级、丙级战犯的那个福建人石美瑜。他宣布带冈村宁次及从犯上场。

冈村宁次是从高昌庙战犯监狱由宪兵押送到公审处的。不多久，冈村宁次就由翻译陪同出现了。他剃着光头，穿着整洁的草绿色的军便服翻着雪白的衬衫领子，脸色显得苍白，戴着玳瑁边眼镜。跟在冈村后面的是四名从犯，即第二十七师团长落合甚九郎、一一六师团长菱田元四郎、六十四师团长船引正之、八十九旅团长梨冈寿男都像丧家之犬满脸晦气，站成一排。冈村头发刚剃过，头皮露出铁青色，脸部平静毫无表情，肃立回答军法官的询问，报了姓名、年龄、籍贯、履历……之后，让他在一张扶手椅上坐下。这么优待，据说由于他正患肺结核，一直在医治、疗养。摄影记者的照相机闪光灯"啪"、"啪"闪个不停。检察官施泳起立，宣读起诉书，控诉冈村作为侵华日军总司令官参与发动侵略战争，纵容部下残害无辜中国平民，如纵容二十七师团师团长、一一六师团师团长、六十四师团师团长、八十九旅团旅团长于1945年进犯江西等地时残杀平民掠夺财物无恶不作，等等。日语翻译将起诉书译成日文，英语翻译又将起诉书译成英语，翻来译

180

去，花了不少时间。

我用笔记着要点，觉得起诉书里写列的罪行，很不全面，同冈村这样一个大将衔的总司令应负的罪责不相适应，冈村参与侵华的罪恶开始得很早，经历的时间很长，如今的起诉书颇有避重就轻的味道。我身边的一位《申报》的记者轻声对我说："这样的起诉对冈村并无实质性的触动，你觉得冈村会判什么罪？"我说："论理，是死罪！但包庇到今天，在舆论压力下才不得不开始公审，当然是在耍把戏给老百姓看！"

冈村的辩护律师出庭了！起初听说只有一个律师指定为冈村辩护，名叫钱龙生，但这时庭上宣布：辩护律师有三人，除钱龙生外，还有杨鹏，更指定上海出名的江一平大律师为冈村辩护。

闪光灯又"啪"、"啪"地一闪一亮了！这个江一平是浙江杭县人，20世纪20年代复旦大学毕业的文学士、东吴大学毕业的法学士。毕业后，在上海公共租界会审公堂执行律师业务。1925年"五卅"运动时他的表现不错，曾为爱国学生做辩护律师，声名大振。1939年，复旦大学授予他名誉教授职称。抗战爆发后，他去重庆连续出任第二、三、四届国民参政员，并任过北碚复旦大学的副校长，抗战胜利后回上海继续做律师，名气不小。早一天，上海一张报上刊登了一条花边新闻，说江一平的父亲反对儿子替大战犯冈村宁次做辩护律师，说"你是要遭人唾骂的！"但江一平今天一上来就千方百计为冈村开脱罪责，最荒谬的是说冈村在华北方面军任司令官时，为供给农民棉布、打击奸商，"做了不少爱民的事"，引得旁听席上传出了愤怒的"嘘嘘"声。后来多年以后，冈村在日本写的回忆录写到江一平的辩护"使我永铭肺腑"。1961年6月，冈村宁次应蒋介石之邀，由日本到台湾活动，回忆录上写道："去台北曾去拜访江一平及石美瑜表示谢意。"

从犯菱田、落合、船引、梨冈出庭做证，回答质询。这四人都是在押日军战犯，垂手肃立，对军法官询问一一作答，但既为冈村涂脂抹粉，又为自己开脱。江一平对证人进行询问，牵涉到需要冈村回答时，冈村便从扶手椅上起立回答，他老奸巨猾，对检察官起诉书和法官审讯时涉及他的犯罪事实，回答时他都不承认，但硬话软说，态度恭顺、声音细小，推诿"不知道"或"这不是我的责任"，或"那时我不在"，再或"那时我还没有出任中国派遣军总司令"……再或反复辩解自己不是杀人放火的直接指挥者，不负屠杀中国平民之责。诸如此类的回答，令我和旁听席上大多数人一样，听了愤怒，议论纷纷的声音从旁听座上和记者席上发出，在礼堂里"嗡嗡"地传开，军法官不止一次地敲击法槌："肃静！大家肃静！"

　　检察官施泳口才不行，在律师辩护后，结结巴巴宣读了有罪论证，但听不清楚，又软得无力。到十二点过一刻，这使人疲倦而又平淡、平和的审讯似可告一段落了，戴眼镜说福建官话的石美瑜宣布休庭说："下午三时三十分继续开庭！"中午休息时间好长。大雨已停，广场上听广播的人已经散去，商店的无线电里放的是周璇的歌曲："……浮云散明月照人来……"乞丐和小瘪三沿街乞讨，一家百货店在敲敲打打大拍卖，有蒋经国领导的"经济戡乱大队"的人在街上游行呼口号："枪毙奸商！""不许奸商兴风作浪！"……

　　这时物价飞涨，刚发行金圆券不久，人民生活艰难，我找了家饭店吃了午饭，在街上找了家小书店看看书挨到下午三点半之前又去参加旁听公审冈村。

　　开庭后，主任检察官王家楣发言，列举冈村应负战争共犯之责，结尾却说：被告在投降时协助接收"有功"，希望"量罪课刑持以平衡"。江一平等三个律师又同检察官展开了辩论，主张"请宣判被告无罪"。那真是又臭又长的辩论，却仿佛十分讲法治，拼命在动用法律的权威。这使我当时不禁想：当日本侵略者在中国大地上杀人放火抢劫奸淫时法律到哪里去了？为什么对无视法律违反国际法的战犯，却突然要运用法律武器来这样强词夺理不公平地包庇他们？

三个多钟头后，法庭宣布：由于证据不足，今天只审不判，审讯到此休庭。何时续审未定，被告及证人还押。原定在辩论终结的当天可宣判的，但改成只审不判了，于是，又听到一阵议论纷纷之声。包庇了这么久才演戏似的公审了这么一次，实在不光彩，但结果并不出人们的所料，人们都感到这种公审实际就是演戏！

转眼到了1949年的1月了，1月26日，军事法庭对冈村宁次进行最后一次公审，并要宣判。我于1月25日去申请记者旁听证，但遭到了拒绝，说："这次旁听范围大大缩小，我们明天只请《中央日报》、中央社等派记者参加，贵报不在其列！"我据理力争，因为不愿意看不到冈村被判罪！

军事法庭的人员说："不行！时间紧，要办证也来不及了！"

1月26日上午10点，仍在塘沽路市参议会大礼堂公审，我提前到达，发现外边没有像上次公审那样安装扩音喇叭转播，冷冷清清，我想进去，有宪兵拦阻说："在庭内旁听的一共才二十多人，你不能进去！"

听说审判十分草率，最后，六十六岁的冈村被判"无罪"！当然，这是从南京最高方面来的旨意！冈村后来平平安安被送回日本去了！那是1月30日上午10点，冈村宁次竟然与二百五十九名日本战犯一起在上海黄浦码头乘美国轮船约翰·W.维克斯号离开中国被遣送回日本了！而且，他的遣返是保密的！

日本右翼势力后来这么大，同当年美国的包庇和蒋介石政权的包庇是分不开的！这就是我今天写下这段纪实回忆的意义和目的！

（本文刊于 2014 年 8 月《上海滩》杂志）

战犯酒井隆伏法记

昨日（1946年9月13日）午后四时十分，日本战犯中将师团长酒井隆在南京雨花台刑场枪决。酒井隆抗日战争时期被称为"华南之虎"，作恶多端，当该犯被押下囚车步向刑场时，满布四周山上之无数观众欢声雷动，热烈鼓掌。酒井隆穿藏青色西装，鹅黄衬衣，白花点黑领带，下着褐裤黑皮鞋，戴黑边眼镜。下车后，态度尚能勉强矜持，但脸色已如黄蜡。行刑者为国防部警备区三营九连少尉周文杰，自囚车上扶酒井隆下车，各报记者纷纷上前拍照，酒井隆还略作笑容，被摄影后即在两列武装士兵警戒下，抵达刑场草地。酒井隆向南立定，周少尉掏出驳壳枪，先向其背中心一枪，接连又向左背肋心脏一枪，酒井隆即向右前方仆倒，旋自动翻转仰卧，两腿平伸，双手握拳，上臂微屈，面部狰狞，两分钟后遂告气绝。由于日寇侵华烧杀奸淫之暴行，南京人民体会特深，故当时见到战犯受到惩罚，周围满山满岗群众鼓掌达两分钟以上。监刑官此时命地甲上前检查战犯是否身死。地甲是一六十余岁老头，留有两撇胡须，体形瘦削，奉命走近尸身，掀开西服外衣，先摸胸口，后摸嘴唇，然后回身走向法官说："报告！死了！"于是四周掌声再度响起。外国记者观看者也连说："Good!"

酒井隆随身遗物经地甲捡出，计有灰色钢笔一支，白手帕一块，眼镜盒一只。地甲又奉命将酒井隆所戴的黑眼镜拾起放入眼镜盒中，这些物件均由监刑官转交日本联络部保存。至于尸体，据悉，驻南京日本官兵善后联络总部尚未派员为其料理善后，故其尸体经当地保甲以芦席包卷后移向距刑场二三百米处暂时浮葬，以维卫生。闻日本善后联络部会依法请求我国当局准许领回酒井隆尸体送南京市火葬场火化后送回本国，现正办理手续中。

当行刑之前，酒井隆不知其死期已到，赤膊短裤坐于囚室桌旁，用钢笔埋头作书。其囚室，宽约六尺，长一丈余，内有竹床一张、桌子一张，其虎皮大衣一件挂在墙上。桌上有中秋月饼一盒及书数册，书下压有稿纸。下午二时三十分，检察官陈光虞、主任书记官张体坤、翻译官黄文正在战犯拘留所楼上法庭开庭，拘留所杨代所长到楼下囚室命酒井隆换衣出庭。在法庭上，陈光虞问明年龄籍贯等后，说："本案已定，今日执行，有何话说？"酒井隆闻后，甚为惊异，但仍故作镇静，稍停回答："现在无话可说，但有遗嘱等均在房里，今天给我时间整理整理。"陈光虞说："不行，时间不允许！"酒井隆又提出希望见一见日本联络部的一个熟人。但执行令已下，检察官准许酒井隆回囚室半小时处理后事。

酒井隆回房迅速换衣，并写出遗嘱。遗嘱开头用中文写："9月13日午三时，突然刑死，早有准备私金四万五千元……"以下写日文，写毕。整理法警送来的他的物件，计：大白布包一个，内有咖啡色绸面狐皮袍一件、毛衣一件、毛背心一件、日本军服一套、军裤一条、黄衬衣一件、白袜两双、枕套一对、绿军毯一条，连同高级香烟一条，声明留交日本联络部。又皮箱一只，内装呢大衣一件、白衬衫、汗衫、袜子、牙刷、毛巾等物。另外有纸盒一个，计有日记本十本及书籍等。这时陈光虞等来了，酒井隆再三嘱托一定要把这些东西转交给家人。陈检察官当即点头答应："一定给你送到！"此外，酒井隆拿出一个便条，是致天皇表示敬意的，法官也答应转给日本联络部。于是，酒井隆遂立正一鞠躬。

酒井隆坐上国防部之黄色新交通车，领先在前，其后是记者们坐的车子共三辆，监刑官坐中型吉普随后，最后是一辆满载荷枪士兵的卡车。车队引人注目，出中华门至雨花台，但由于酒井隆整理遗嘱及衣物占了三十分钟，故执行他死刑的时间也顺延了三十分钟。

枪毙酒井隆，9月14日南京市各处遍贴这个战犯罪状，原文部分如下：

> "案查战犯酒井隆，参与侵略战争，在香港广东等地，纵兵屠杀俘虏伤兵及非战斗人员，并强奸枪杀平民、滥施酷刑、破坏财产等情，事实昭彰，罪证确凿，业于本年8月27日经本庭（中略）判处死刑，兹奉参谋总长陈（注：指陈诚）本月13日电令：'……原判依法判处死刑，尚无不当，经呈奉国民政府主席批令指复照准，即希遵照克日执行具报为要。'等因奉此。特于即日下午三时，将该犯酒井隆一名提案验明正身，押赴刑场，依法执行死刑。除呈报外，令即布告周知。此布，计开战犯酒井隆一名，男，六十岁，日本广岛县人，住东京。"

> 布告之下，围观者甚众。

（本文刊于1946年9月18日重庆《时事新报》。酒井隆是中将乙级战犯，是抗战后我国处决的第一个日本战犯。因完全是实录，今日读来，犹有史料意义，故原文采用于此。）

梅逆思平执行枪决详记

日本战犯酒井隆伏法后，记者群中，即纷纷传说关于梅逆思平处决之消息，后来由有关方面得到证实，说决定梅逆在今晨（1946 年 9 月 14 日）执行，今晨七时前，各报馆记者暨特派员，早已纷纷出动，准备采访梅逆枪决实况。

一

南京早晨天阴，牛毛细雨，轻微拂面。七时十分左右，老虎桥看守所中布置法庭，已经就绪，法警来往，颇形忙碌。

七时三十分，四个法警到监提取梅逆，梅逆是时尚酣然熟睡，闻声起身，梳洗完毕后，大约知道执行在即，突然发怔，于是就换上纺织衫外罩纺绸长衫，再着灰洋线袜，黑绸布鞋，手中取一白布小包袱，即随法警出监。监房附近，静寂无声，梅逆似稍安心，步上临时法庭，遂向庭上微微躬身。检察官陈绳祖，照例问过姓名、年龄、籍贯、住址后，即说："你的案子经高院判处死刑，有未知道？"梅逆点头含笑说："是的！"陈氏又说："我们已奉到高院及司法行政部命令，今天便要执行！"梅逆听毕不动声色。陈又问："有无遗言和遗物？"答："有三封信。"即将手中白布小包一指，并说："还未写日期。"梅逆欲趋前被法警拖住，他还恨恨地说："跑不掉的，在这儿有什么关系？"当时法警即将二长桌拼成一座临时法庭，分开一张移近梅逆。

二

梅逆之三封遗书，一封呈"蒋主席勋启"，一封致"司法行政部谢部长，谢常务次长，洪政务次长勋启"，临刑前他方索笔添上一个"呈"字，底下注名后又加上"谨呈"二字，另一封是给他的弟弟梅祖芳的。几封信的内容大致是："我为国而死，为沦陷区二万万同胞而死"。致其妻信谓："爱卿：生平没做坏事，只杀过人而未害过人，你也如是，希望能一本此意，教诲子女，以成国用。"下署"思平"二字。另有致子女信，勉励不负父志，努力向学，以为社会出力。所有信件日期皆为9月15日七时三十五分，他填年月日前忘了日期，在笔拿到手时问："今天十几了？"法官说："9月14。"并说："现在是七时三十五分。"梅逆写毕，悉交庭上，并请检察官将致蒋主席及谢部长二信送到。这时梅逆眼内已有湿润泪水充溢，庭上说："希望你镇静。"他说："我很镇静。"又说："是绞刑，抑是枪决？"庭上不置可否地说："尽可能减少你痛苦。"他就点点头说："那就好！"又要求不捆绑，庭上说："你如听话，我们就不绑。"他又要求庭上转告家属，可能的话，葬他在南京城郊。至此，他又说出最后的怨言，认为法庭去提他时，不正式通知他是执行，未能与同难之友告别，认为遗憾，但突然又说："法庭这举措是对的，免得惊动大家。"

三

时已七时四十五分，庭上下令将他推出，由二法警扶行，后随六名荷枪法警警戒。陈检察官及高院葛召棠审判长皆到场监刑，陈氏发令命令推至墙角执行，语犹未毕，法警祝昆峰已拔枪向梅逆头脑一枪，梅即向前仆倒，弹由鼻孔穿出，瞬即毙命。警士将其身体翻向仰面朝天，并将衣服拉扯整齐，临时法庭即电话告诉首都地院检察处派员来验尸，并通知其家属具领。

梅逆之弟梅祖芳于法院验尸完毕后，于十时半左右，即往监中收尸。

梅逆尸体由家属用卡车于十一时半运往中正路中国殡仪馆收殓。梅妻闻处决讯后即携三子女赶赴老虎桥刑场，满面流泪，状极凄苦，后经梅弟祖芳频频劝慰，遂坐门房内守候，及梅尸运出，即赴殡仪馆。中国殡仪馆接到梅尸后，即移入大礼堂，后在化妆室予以整容化妆，定今日下午五时入棺。

礼堂门口，犹有"梅府丧事"四字，礼堂内有桌一张，至午二时，尚无香烛烟火，帐幕上有"音容宛在"四字，不知是谁所写，然并无梅逆照片。

殡仪馆前，冷冷清清，空气死寂非凡，大厅上横陈白木无漆棺材一具，既无吊唁之亲友，亦无家人在旁，一切诸事皆委托馆中代办。汉奸下场如此，固非其当初所能料及。

按：梅逆，浙江人，五十四岁，伪府时代肩任伪实业部长、工商部长，伪浙江省长，战前担任江宁实验县县长，住南京北平路四十二号。

（本文刊于 1946 年 9 月 19 日重庆《时事新报》）

梅花山前谈汪精卫

到南京旧地重游，触动了不少回忆。

梅花山是明孝陵南面的一个小土山，传说原是吴大帝孙权墓。山上遍植梅树，童年时，红梅盛开，父亲就说："去吴大帝墓看梅花去！"于是，带了我来赏梅，有时还出钱租了驴子骑着上山观赏。抗战胜利后，1946 年 3 月我随中共南方局的祝华、陈展同志由重庆飞返沪宁一带后，曾来寻梦。当时四下一片衰颓正在修葺，山上新建一个小亭，开了小径。当时我还不知道汪精卫死后就是葬在梅花山上。以后，终于知道：蒋介石秘密下令在 1946 年 1 月 21 日由国民党七十四军派工兵用烈性炸药炸开汪墓并将汪尸火化消灭。为消除爆炸痕迹，在汪坟原地上盖了一座小亭。据传，炸开汪墓后，见汪精卫尸体完整，着马褂、长袍，马褂口袋内有陈璧君用毛笔写的"魂兮归来"纸条，身旁有一本手抄的汪精卫诗稿，诗稿最后一首题为《自嘲》，字迹歪斜，未具年月，诗曰："心宇将灭万事休，天涯无处不怨尤。纵有先辈尝炎凉，谅无后人续春秋。"有人读此诗后，依原韵改为："梦落东溟丑事休，卖国终将积怨尤。莫道世间历炎凉，恶名遗处正春秋。"诗是改得颇具讽刺意味的！回想起来，我 1946 年 3 月游梅花山时见到的小亭下面原来正是汪逆墓址。这次重来游访梅花山，山上梅花未开，亭子依旧，游人不多，估计知道往事的恐怕更少。看着梅花山，我不禁浮想联翩了……

汪逆精卫抗战期间投敌，1940 年 3 月在日寇卵翼下成立伪国民政府，一直担任党政军首脑，是中国天字第一号大汉奸。1944 年 11 月 10 日病死在日本名古屋。11 月 12 日由飞机运尸回南京，11 月 23 日葬在梅花山上。当时规模盛大，楠木棺材是用六十四抬京杠由杠夫抬上去的。汪逆这样的汉奸巨憝，抗战胜利之前病死，人都说"太便宜了他"，遗憾未见他受到公审。沪宁一带伪政权垮台前后流传过一个政治笑话：

南京伪宪兵抓到了一个小游击队员，只十二岁，但是他想用炸药炸毁汪逆的"国民政府"。汪逆听说后大惊大怒，叫宪兵把小孩带来要亲自审讯。

小孩态度倔强，昂首挺胸，怒目而视。

汪逆："想用炸药炸毁国民政府的是你？"

小孩："是的！"

"那你是游击队？"

"是的！"

"你这王八蛋！这么小也做游击队！为什么不去读书？"

"因为我爸妈都是游击队，所以我要做游击队！"

汪逆气恼："假使你爸妈全是王八蛋呢？"

"那我就是汉奸！"

"混账！"汪逆怒吼，"那么假使你爸妈是汉奸呢？"

"那你就是王八蛋！"

政治笑话当然是人们编出来的，但从这就可以测知沦陷区百姓多么仇恨汪逆，多么仇恨在外敌入侵、民族危亡时公开认贼作父、靦颜事敌的那些汉奸卖国贼，抗战胜利后，百姓关注汉奸审判，是必然的事。

只不过，当时已迅速腐化中的蒋介石国民党政府并非不知人民的迫切要求，却由于要打内战想利用伪军和汉奸反共，要敲诈勒索钱财，要掩盖自己与日伪的秘密勾结、投鼠忌器等因素，在惩办汉奸这件大事上采取了包庇、拖延、宽大无边等做法。于是，大失人心。而且尽管公布的《惩治汉奸条例》很具体，很明确，可是国民党上层人物同汉奸有的有千丝万缕的关系，执法者不能真正依法办案，他们有的秉承上边旨意网开一面，有的贪赃枉法收受贿赂，有法不依，终于造成怨声载道、骂声不绝的局面。蒋介石国民党南京政府后来逐渐走向灭亡，原因多种多样，在惩治汉奸上的丧失人心也可说是一个相当重要的因素。

汪逆精卫因死在抗战胜利之前，侥幸逃脱了公审，未得到惩治，但公理昭昭，他的卖国罪行人所共知，在书本上，在人心中，盖棺论定，都逃不脱千古骂名。这也就是人民对他的惩办！

我在梅花山上远眺四外，云海苍茫，天光荡漾，回溯几十年前那段惩办汉奸时的许多往事，往事并未如烟，它仍十分清晰……人都知道汪精卫早年为谋杀摄政王载沣等被捕时写的诗"慷慨歌燕市，从容作楚囚；引刀成一快，不负少年头"。但汪精卫后来却成了大汉奸，早年叱咤风云革命的人，因其贪欲后期竟蜕变成晚节不忠的堕落分子。社会复杂多变，人也复杂多变，如何跟上时代步伐，无负初衷，历史并不缺少殷鉴。

（本文刊于 1995 年珠海《明镜报》连载之一）

头号女汉奸陈璧君

抗日战争前，我与汪逆精卫有的子女曾在南京大石桥中大实校同学。那时，不少同学常骂汪精卫是亲日派，其实汪逆老婆陈璧君也是亲日派。汪逆秘密通敌，1938年10月日寇希望汪逆脱离重庆另组政府"谈判和平"时，陈璧君是坚决主张出走的。同年12月18日汪逆夫妇率周佛海等就逃离重庆投入日寇怀抱。陈璧君成了汪逆重要助手。汪伪政权二号人物陈公博从香港到沪投汪，同陈璧君的游说也有关。

陈璧君一直任汪伪国民党中监委。她祖籍广东番禺，以"广东政治指导员"的特殊头衔作为"中央代表"充当广东沦陷区的"太上皇"，把那里作为她的独立王国，罪恶极大。

陈璧君虚荣、浮华、贪财，而且有强烈的权力支配欲。她支持丈夫做卖国贼，自己有心要过"第一夫人"的瘾，做汉奸期间，到哪里"巡视"都喜欢军乐迎接，夹道欢迎。

抗战胜利，1946年3月我到南京，听说许多大汉奸都关在宁海路25号和21号，约有数十人，陈璧君也在内。曾看到报上有篇报道，说陈璧君患心脏病，身体肥胖兼患高血压，有她长女汪文惺等陪伴。又听管理人员说：原来要解除被囚汉奸的裤带，但汉奸们坚决表示不会上吊，也就罢了，根据观察，确还没有汉奸想自杀。宁海路看守所属军统管辖，轻易不让人采访。我只在外边转了一圈，看守所是西式花园洋房。其实这时候，陈璧君和陈公博、褚民谊三人早由宁海路送往苏州狮子桥江苏高等法院监狱囚禁，准备公审了，但外面并不知道，到后来才宣布。当时为什么保密，弄不清楚。

我在1946年9月间曾到苏州专门采访有关审判汉奸的案件情况。当时，伪国府代主席陈公博、伪外交部长、广东省长褚民谊已明正典刑于狱内了。陈璧君判了无期徒刑，终身监禁。我要求采访，但遭到拒绝。据了解，4月中旬开庭审判陈璧君时，南京、上海的记者、民众团体的人士都专门来旁听，苏州平民听审的也多，座无虚席。陈璧君在受审时骄横无比，神态傲慢。法警叫她"陈璧君"的名字时，她竟说："我的名字是你叫的吗？当年国父孙中山先生不曾这样叫过我，你们的蒋委员长不敢这样叫我，你是国民党下面雇用的人，敢这样叫我？"以后，居然法警就叫她"陈先生"或"汪夫人"。

陈璧君公审时居然根本否认汪伪政权卖国，这属于死不认账了！她还荒唐地提出：她认为汪伪政权"是一个政治问题，绝非法律问题"，也就是说不能用法律来解决。她辩诉时，竟时而抨击当局，时而讥嘲法官。但罪证确凿，9月下旬就给她定了案，判处无期徒刑。她女儿汪文悱请了律师为她向高院申请复判，但被驳回。

我后来向法院提出要求，想远远看一看陈璧君，法院答应我"可以远远看一看"。此时，陈璧君已有老态，身体矮胖，短发，肥嘟嘟的圆脸上戴副眼镜，低着头在单人囚室里懊丧地似打盹似沉思。听管理人员说她在牢里常常大吵大闹，脾气僵硬，很难对付云云。

我曾看到有的小说上用"娇滴滴"等来形容陈璧君的姿态和讲话，这是不了解陈璧君的缘故，其实完全不是那么一回事。陈璧君长得并不"娇"，有人形容她"脸赤而厉"、"冷若冰霜"。她绝不"娇滴滴"。人都知道她脾气坏，汪精卫怕她三分，当年汪派的人和后来伪府人员见她都头疼。有时客人找汪精卫谈话，时间坐得久了，陈璧君就会出来虎着脸下逐客令，使客人十分难堪。她是个带男性脾气的女人，年轻时有时爱扮男装，性格泼辣。由于是同盟会时期令人瞩目的女性反清志士，她居功自傲，辞色骄横，在国民党里形成了一种特殊的地位。在国民党第一次全国代表大会上被选为中央监察委员。她的命运与汪逆紧密相连，汪沉浮，她也起落。

天下事很难预料，1951年我在上海总工会工作时，听说陈璧君1949年4月27日苏州解放后还在狱中，5月下旬上海解放后，她已由苏州押解到上海提篮桥监狱关押，给她治病，也对她很讲政策，订报给她看。最初，她态度很坏，后来有转变……这引起了我的兴趣。大约在1952年夏秋之交，我们办《工人》半月刊，要采访一个犯了罪的工人，我亲自去提篮桥提审犯人采访时，顺便要求去看一看陈璧君，见到她仍是圆圆的脸，但红晕已退，显得苍白，仍是短发肥胖，但比1946年在苏州看到时老了一些，正坐在女监囚室中看《解放日报》。听监狱管理人员说：陈璧君要求教小偷小摸一类无文化的犯人学文化，狱中正在研究是否同意她这么做。这以后，多少年里，陈璧君早被我遗忘，但曾有机会看到过一份陈璧君在狱中写的回忆性质的交代材料，题为《为日本谋和平我是现在仅存的罪魁祸首》，写在何时也弄不清。她虽说自己是"现在仅存的罪魁祸首"，但这材料中，主要谴责汪蒋之间不和与蒋介石特务力量在河内刺汪的威逼等事，对于伙同汪逆卖国求荣的汉奸行为似乎并无什么真正的深刻认识。1959年6月17日，陈璧君因肺炎和心脏病死于监狱医院，时年六十八岁。骨灰由她在香港的亲属到广州接走。汪逆夫妇民间有人比喻为秦桧和王氏，抗战胜利后也铸造过类似杭州岳王坟前秦桧夫妇赤露上身反绑跪地的铜像。汪逆逃脱了公审，陈璧君则囹圄终身，其实当时民间反应：陈璧君处以死刑并不为过，判为无期徒刑还是很宽大的。

（本文刊于1995年珠海《明镜报》连载之二）

"好梦乍回魂欲断"的周佛海

　　大汉奸周佛海纵横捭阖，擅长权术，又是一个私欲极重、工于心计的人。1921年7月，他作为日本共产主义小组的代表，到上海参加了中国共产党第一次全国代表大会。后来，私欲不能满足时，便叛党而去，投靠蒋介石，成为国民党政客、蒋的亲信，曾任蒋氏侍从室副主任，国民党中宣部副部长、代理部长，国民党中央常务委员会委员等要职。到了抗战中，跟随汪精卫成为汉奸卖国贼中主要人物，先后任汪伪国民党中执委常委兼秘书长、政委会委员、伪军委会副委员长、最高国防会议委员兼秘书长、行政院副院长兼财政部长、警政部长、上海特别市市长、伪中央储备银行总裁等职，掌人事、财务、特务、军事实权，是汪伪政权的股肱，风云一时，作恶多端。他任伪职时，贪恋酒色，生活糜烂，是人所共知。因此，抗战胜利，国人都认为周佛海不杀不可平民愤。但没想到出了怪事。1945年8月日本无条件投降，抗战胜利，伪政权解散，重庆国民政府军委会竟任命周逆为"军委会上海行动总队总司令"，命他统率伪军警及伪保安队"维持上海及沪杭一带治安"。当时上海报上周佛海就以"总司令"名义发表了赫赫"布告"。

　　天下事，颠倒黑白，莫此为甚了！沦陷区百姓在敌伪魔爪下水深火热熬到胜利，对周佛海这种帮助敌人对中国人民敲骨吸髓的卖国贼人人恨不能咬他一口肉。如今见他忽然摇身一变仍骑在大家头上，如何忍得下这口气！全国人民同仇敌忾，舆论大哗。终于，蒋介石集团迫于压力在汉奸的利用价值逐步消失时，先让周佛海辞职，军统头子戴笠又将他及丁默邨等汉奸用飞机送到重庆藏起来。最后，戴笠飞机出事死亡，在一些大学教授、知名人士点名要求下，又终于在1946年9月将周逆等押送南京，关押在国民党首都高院四牌楼老虎桥监狱起诉、公审，并于11月7日判处周逆死刑。此时抗战胜利已一年零两个多月，拖延得也够长了！

1946年秋天，我在南京。10月初，报上发表了即将开庭公审周佛海的消息。我以为届时凭记者名片及证件就可以进入。那天上午八时公审周逆，我就早早去了。晨风习习，颇有秋天的凉意，朝天宫前人头攒动。我要进去，谁知公审前准许旁听的入场证已通过各报社、机关发下去了。重庆《时事新报》在南京没有报社办事处，因此我未拿到旁听证。用名片和证件交涉无效，大厅外和大门口外都装有扩音喇叭。关心审周逆的市民群众拥在外边，人山人海。既进不去，我只好在外边听一听。巧的是大约八点，黑色囚车来了，法警将戴黑框眼镜的周逆佛海押下来走进大厅去。他高高的个儿，穿件灰布袍，脸色苍白有病容，这年他四十九岁，头发蓬松，看到人这么多，有点胆怯，低头走路步子倒还利索。他进去后，不多久，法庭审讯，但从扩音器里听不清楚，我扫兴地离开了。

事后看报，知道周逆在公审时，逐条对起诉书辩驳，说给他"通谋敌国，图谋反抗本国"的罪名不公道（其实，百姓当时认为用"图谋反抗"分量太轻，他不是"图谋"，是"积极卖国"）。他无耻地说："我参加南京政府的前半段，是通谋敌国，图谋有利本国，是希望能与日本直接谈判和平以挽救危亡。"参加南京政府的后半段是"通谋本国，图谋不利敌国"云云。

事隔大约一月，周逆被判死刑，但他不服，请了名律师章士钊等辩护。他老婆杨淑慧还花了大量金条上下打点，企求饶命。最后，

1947年春，蒋介石亲自出面，发表了准将周佛海之死刑减为无期徒刑令，说他在敌寇投降前后，能确保京沪杭一带秩序，究属不无贡献云云，对他特赦。

周佛海是个玲珑的投机分子，早在他感到日寇将败、民怨沸腾时，就在1942年秋同重庆方面的军统特务头子戴笠取得秘密联系，脚踩两条船，为自己留后路，这是事实，但这能赎回抵消他做卖国贼的偌大罪行吗？显然不能。他是从头至尾策划、统治伪政权勾结日寇为非作歹的实力派大汉奸头子。沦陷区人民说："汪精卫在周佛海手中，周佛海在日本人手中。"其实，汪、周都在日本人手中，不过周佛海实权之大，罪孽之多，在这话中可以想见。因此，周佛海当时受到特赦不枪毙，民众非常不满。

周佛海独居一室被囚于老虎桥监狱时，1947年春天，估计是"特赦"后，作七绝一首，题为《春夜》：

> 那堪忧枕听鹃声，寂寞春宵怨恨深；
> 好梦乍回魂欲断，半窗明月照孤衾。

好一个"好梦乍回魂欲断"！他居然还说什么"怨恨深"哩！其实这句话是该由含着血泪的沦陷区百姓来指着他鼻子说的！

周逆佛海1948年初因心脏病，死在老虎桥监狱，尸体由杨淑慧收殓，草草埋在南京郊外永安公墓。

（本文刊于1995年珠海《明镜报》连载之三）

198

"抗告"未遂的梅思平

近年出版的写汪伪汉奸的书上，每每忽略了一个不可小看、不可忽视的大汉奸——梅思平，这是一种疏误。汉奸阵营中，有人认为在整个汪伪政权中，除陈公博、周佛海为汪逆股肱外，论地位之重要，梅思平实应列为第三位。我认为第三位也许排不上，但此人的重要性确非寻常。梅思平在汪伪集团开创基业时，是最先参加的人，是举足轻重的人物，是极受日本重视并与日本谈判的主要角色，是参与绝对机密而且运筹帷幄者。以后，他也一直是"不倒翁"。

梅思平，浙江永嘉人，北京大学政治系毕业，战前历任国民党政府江苏江宁实验县县长、江宁行政督察专员等职，属"CC系"。曾任中央大学教授、中央政校教授。此人个儿不高，小头小脑，眉眼尚清癯，但头发稀疏，头上长了个肉瘤。出名的是能说会写，极有活动能量。抗战爆发，梅思平时为国民党中政会法制专门委员，以中宣部专员名义到香港观望。在港给反共的"蔚蓝书店"主编"国际丛书"，收入甚丰。恰好遇到同乡高宗武在港。高宗武是汪精卫通敌的第一个牵线人，汪精卫过去兼任外交部长时，高曾任外交部亚洲司司长。他正与日方秘密沟通进行和谈，知道梅思平有能耐，约梅一起与日方接触，二人遂成要角，与日本的影佐祯昭、今井武夫、松本重治等密洽。在这中间，他们以汪精卫代表的名义和日方在上海重光堂订下密约，决定：日方将以汪精卫为对手，支持他建立反蒋反共的新政权，来进行中日媾和，步骤是：由日本首相近卫发表一项对中国招降的重要声明，汪精卫等设法脱离重庆蒋介石，到国外某地发电响应，对日停战投降，商谈"和平"。1938年10月，梅思平携带与日方协议的密约秘密到渝，通过周佛海等向汪精卫、陈璧君献策当汉奸。汪逆为梅思平在重庆上清寺官邸中设宴，并下定了出走投日的决心。可见梅思平在汪逆降日中起了多么重要的作用。

汪伪到上海，筹组伪政权前先成立汪记国民党，梅思平分管组织，势热炙人。汪逆每周在上海寓所召集亲信开会必有梅思平，梅思平任汪记国民党中执委、中常委、中政会专门委员。那时汪伪的重要声明都由周佛海、梅思平起草。与日寇早已扶持成立的伪南北政权"临时政府"及"维新政府"谈判改组伪政权时，汪逆也是总带了周佛海、梅思平、褚民谊等出席的。汪伪南京国民政府"还都"时，汉奸们皆认为伪财政、实业两部最"肥"，伪财政部归了周佛海，伪实业部内定梅思平，只不过，狗多骨头少，汪逆等只好将伪实业部分为工商部与农矿部，梅思平出任伪工商部长。"还都"时发生一件事：日伪商定汪伪"国旗"上要有个三角形黄布条，条上写"和平反共救中国"七字，但强迫百姓在南京挂旗时，不少百姓将黄布条扯去了。日本军方大怒抗议，梅思平代表伪府向日军司令部去道歉，可见他在日伪中的地位。

梅思平本与周佛海亦步亦趋，后来野心大了，想独树一帜，屡屡与周矛盾。周佛海提拔了一批实力派作宗派，加上特工头子李士群也与梅思平不睦，梅思平生活腐化、名声很臭，于是又同周佛海修补感情，十分接近。周逆佛海留下的日记中，自1940年至日寇投降五六年中，记载与梅思平交往、谈话及商量问题、开会的地方有五百次左右，可见梅有多么重要。

梅逆在汪伪政府中任工商部长肥缺达五年之久，其间又一度兼任伪浙江省省长，直到日本投降前一年，才调任伪内政部长，他的兼职如伪清乡委员会委员、伪全国经济委员会委员等更多。他一直参与伪政权政策制订与人事更迭的机密。

日寇败降，梅逆于 1945 年 10 月间在南京被捕，押入宁海路看守所。1946 年 5 月初在刑庭公审。这是汪伪政权中在南京受审的第一个汉奸，可能就是由于他在汪伪政权中地位特殊的缘故，同年 5 月 9 日，就被宣判死刑。

1946 年 9 月间，梅逆思平被枪毙。大约在 9 月间，我曾在采访中，见到了梅思平生前写的一份"抗告"。写于何时记不清了，估计应是在他被判死刑之时。

何谓"抗告"？这是梅逆对判决不服的"抗议"。如此大汉奸，还有如此恶抗告，实在令我大开眼界。

他自知罪行严重，必死无疑，却仍死硬地写了"抗告"递给法院。这充分说明他卖了国也无悔意。在"抗告"中，他肆意挑拨国共关系，挖空心思为自己的滔天罪行辩解，大意是说汉奸们无罪有功，因为"与日本谈和谋求全面和平"，是为了"免得百姓再受战争祸害"，"对重庆政府并非敌对行为"。他更别有用心地说：伪南京政权的国土是从日本人处夺回来的，延安方面的土地则是从重庆政府处占去的（其实当时的敌后解放区才真正都是用血肉从日寇铁蹄下保卫和解放来的，梅逆反动，一派胡言。——作者），而现在，延安方面的人士飞来飞去成为上宾，而我们却成为阶下之囚，太不公平云云……

他反共既是本性，更是迎合国民党蒋介石之流的反共的心理。不过，当时人民要求严惩汉奸，也反对内战，这份"抗告"，只博得看到的人一笑，并未公布。我则在看到这份"抗告"后，在上海《大公报》上写过一篇《揭露汉奸无耻的"回马枪"》发表。只是前几年到上海徐家汇藏书楼寻找当时的《大公报》，由于报纸不全，未曾找到为憾。

梅思平被枪毙后，其弟梅祖芳是个律师，到南京收尸。当时，为了修补梅思平右鼻梢的那个枪洞，用了五十万元"法币"。盖棺时，其弟居然在棺木上盖上一面青天白日满地红的"国旗"，并作挽联凭吊，有"绝代聪明，掩棺尚待百年评"句。颠倒是非，混淆黑白，莫此为甚。

（本文刊于 1995 年珠海《明镜报》连载之四）

"忠"字监囚禁梁鸿志

1946 年秋天，我在上海采访肃奸案件时，注意到梁鸿志的情况，因为他是个老牌汉奸，是原汉奸"维新政府"的"行政院长"，又是汪伪政权的"监察院长"、"立法院长"，在提篮桥监狱关押的汉奸中，数他"地位"最高。

因此，我采访了国民党上海高等法院的首席检察官杜保祺。据说杜保祺亲自管梁逆的案子。杜保祺高个儿，灰黑皮肤，脸很凶，不苟言笑，穿件灰长衫，给人"灰溜溜"的感觉。

我说："梁逆算不算重要的王牌汉奸？"

他答："那是个老贼！已判死刑，但他上诉南京最高法院了，申请复判。"

我说："听说孔祥熙给他写了亲笔信，帮他辩解，有这事吗？"

他冷冷地看我，不回答，两只眼很凶，至今我仍记得，听说他也不乏受贿卖案的事，但看得出他是个守口如瓶的人。国民政府审汉奸是没有什么透明度的，因为见不得人的事太多，所以如此。但孔祥熙给梁鸿志亲笔写信作证，说梁鸿志抗战期间曾通过地下工作者向重庆提供了情报的事，后来人所共知；梁鸿志在狱中时曾写过信给孔祥熙表示感激，也是人所共知的。由于抗战胜利后惩治汉奸中，许多国民党上层人物或因包庇，或因受贿，或因私交，都可以出具"证明"，变戏法似的将汉奸说成是"地下工作者"，已成人们见怪不怪的话题和

"手法"。见杜保祺不答，我也不问了。

我又问："梁逆被捕后，最初关在上海福履理路'楚园'，特别优待，独住单间，有年轻的小老婆陪伴，带着厨子办鸡鸭鱼肉吃，吟诗下棋，还学佛说法，外边反响强烈，你怎么看？"

他答："那时尚未开庭侦讯并公诉，后来移到提篮桥监狱，就不一样了！他住的牢房也是三个人在一起。"

我说："听说在提篮桥，小汉奸要剃光头穿囚衣，梁鸿志仍是优待的，他在牢里还作诗呢？"

他答："死刑判决如果上边核准，他的上诉被驳回的话，剃头穿衣的问题也就无所谓了！"

年月久远，以上的话只是今天大致作出的回忆。后来，我向杜保祺要求，到提篮桥监狱里看一看梁鸿志是什么模样。同大汉奸交谈采访是被禁止的，但仅仅去看一看，杜保祺答应了，说："我写个条子，你到高院办个手续吧！"

那是个落着秋雨的下午，我拿了杜保祺的条子，在高院办了手续，实际就是一封介绍信，但注明是仅仅在"忠"字监看一看汉奸犯梁鸿志狱中情况，不许与犯人交谈，时间限五分钟。

提篮桥监狱很大，用"忠""孝""仁""爱""信""义""和""平"等区分监区。梁鸿志等一批汉奸关在"忠"字监里。汉奸卖国贼关"忠"字监，是明显的讽刺，很叫人觉得有趣，也不知这是有意的安排还是无意！？

我去后，见"忠"字监是一所好几层楼的巨大灰色建筑，很牢固。这监狱显然是英帝国主义营造的，囚室三面墙壁一面是有铁窗的大铁门。铁窗上拦着铁条，给人沉重窒息感。看守人员将我的"手续"送给看守长看后，带我到一间囚室，指着铁窗说："里边穿大褂的胖高个子就是！"

从铁窗朝里张望，见里边是水泥地，地上靠墙卷着铺盖，囚室不大，不过丈把长，四五尺宽。六十四岁的梁逆坐在铺盖卷上似在闭目沉思，嘴里好像念念有词。我觉得他可能是在吟诗或作诗，有点摇头晃脑。他剃的小小平顶头中央已秃顶，头发花白，脑袋大，耳朵大，嘴大，鼻大，长方脸盘也大。我问看守："不是说他住的三人囚室吗？"看守说："这我们不管的！"又说："时间到了！"五分钟实在太短，看守催我走，我就离开了。后来知道：梁逆判死刑后，怕他自杀，关单人囚室，白天夜里都加强防范。

梁鸿志是福建长乐人，北洋时代的老官僚。民国初年，段祺瑞执政时他是秘书长。直皖战争后，北洋军阀垮台，他被通缉，躲在上海、大连未被抓到。"八一三"后就沐猴而冠在日本华中派遣军控制下成为伪"维新政府行政院长"。汪精卫成立伪府，他去担任"监察院长"及"立法院长"。抗战胜利，他逃到苏州躲藏，不料小老婆外出遇到熟人被检举，遂被军统抓到上海。

我看到梁鸿志不久，他上诉被驳回，大约1946年11月间在提篮桥监狱被处决。有记者报道说：他赴刑场时嘴里还在诵诗。据说他在提篮桥监狱里写了不少诗，自己编成一册诗集，取名为《待死集》，但汉奸的诗，当时也未见谁想去找来一读。

（本文刊于1995年珠海《明镜报》连载之五）

"魔窟"头头丁默邨

身带血腥味的老特务、大汉奸丁默邨，是被囚禁在南京四牌楼老虎桥监狱阴暗的牢房里的。

这是一所范围较大、较正规的监狱。那时至少有五列监房，分别用"温""良""恭""俭""让"五字编号排列。每一列都有十余间囚室对峙，中间是走廊，挂着电灯。有个刑场就在东边的广场上，枪毙犯人时，据说狱中囚犯可以清楚地听到枪响。

在日伪统治时期，这儿是日本宪兵队的监牢，关、杀过抗日分子，是染满爱国者鲜血的地方。后来，那里也关押了一些普通刑事犯。抗战胜利后，国民党政府接收了监狱，利用这个旧监狱关押犯人。到审惩汉奸时，把普通罪犯迁走不少，腾出些囚房关押汉奸犯。周佛海、丁默邨被戴笠在 1945 年 9 月送去重庆后，隔了一年，1946 年 9 月又由重庆押到南京关押在老虎桥监狱。还有些汉奸，像鼎鼎大名的伪冀东防共自治政府长官殷汝耕这种老牌汉奸，也关押在此，后来在此枪决。

我 1947 年 7 月初在南京采访，到老虎桥监狱看到丁默邨时，他早在年初已被判处死刑，正等待执行。监狱看守不准人同他讲话，只准我看一看。

囚室门是木质的，门上有个大洞，可以递饭，也可以窥视并讲话。

7 月天很热，牢里空气不好，气味难闻，因为是老监狱，也很陈旧潮湿。看到丁默邨穿着褪色的灰纺绸短衫裤，在囚室里踱踱来回，似乎是在潇洒踱方步，却又看得出他沮丧、阴郁而且焦灼。

他骨瘦如柴，身材不高，宽额头，高颧骨，尖下巴，眼睛像蛇，体质似乎很虚弱，听说他有严重的三期肺痨。

我在洞里朝他看时，他忽然也看了我一眼，我告诉他了我父亲的名字，他颇神经质，嘴里轻轻嘟囔着，也不知自言自语说些什么。但他看我的那一眼，像蛇，给我难忘的印象。我却有一种报了仇的快意！

当时，我还不知他就要被执行枪决，但没几天报上就登了"汉奸丁默邨明正典刑"的消息。有的新闻界朋友说：丁默邨本是国民党中央调查统计局第二处处长，却干起日伪特工来，像这种在军统、中统里反复无常的角色，总是容易被裁决的。

据说，丁默邨被执行枪决时，面色惨白，两腿发软走不了路，人像丧失了知觉。这个老特务在主持上海极司斐尔路76号时，杀过许多人不手软，自己被杀却如此害怕！结果，脑门上打了一枪殒命。

丁默邨死前，仍希冀像周佛海一样得到"特赦"，但未能如愿。执行前，他心里明白可能难逃一死，所以沮丧、阴郁、焦灼并不偶然。他死时约四十二三岁。

这个湖南常德人，1939年时，奉中统局之命由香港到上海，劝阻李士群投敌，但他抵沪后就与李士群一同成了日本人的工具。他比汪精卫、周逆佛海等投敌还早，并在日本特务机关控制下和汉奸特务李士群一起成立特务机关屠杀抗日分子。后来上海出名的"魔窟"极司斐尔路76号特工总部成立，他与李士群一正一副主持工作，制造了不少血案，杀抢淫夺，无恶不作。上海滩上，提起丁默邨的名字，就给人带来一种死亡与罪恶的感觉。

丁默邨后来与李士群为争权夺利闹摩擦，李士群依靠日寇特务土肥原与晴气庆胤做后台，在争霸中打败了丁默邨。丁默邨受到排挤后，周佛海将他安排去做伪社会部部长，以后他又干过伪浙江省省长，一直还是很得意的。

汉奸里人都把丁默邨叫作"丁小鬼",一方面是因为他个儿瘦小,另一方面是因为他阴阳怪气、阴险毒辣,冷酷而多诡计。丁默邨是个死心塌地给日寇做鹰犬,给汪伪打江山的卖国贼。他生活腐化,在沦陷区也是出名的。2008年上演的电影《色·戒》中的汉奸特务头目就有丁的影子。

丁默邨不愧是特务出身善于翻手云覆手雨的"丁小鬼"。他起初紧跟周佛海,当周佛海与李士群冲突激烈时,他投靠得更凶,但就在这同时,他又偷偷向汪精卫、陈公博、陈璧君的"公馆派"邀宠讨好。他将从周佛海处得到的秘密报告汪逆,取得汪、陈等的信任。

抗战胜利前夕,丁默邨兼任了伪最高国防会议秘书长的重要职务。陈公博手抓特工组织,将伪军委会政治部改为伪军委会政治保卫部,陈公博自兼总监,让丁默邨担任了副总监,掌握实际大权。不久,丁默邨又调任伪浙江省省长兼伪浙江省保安司令等职。其实,这时的丁默邨,见大局对日伪不利,暗中已偷偷投靠了国民党军统头子戴笠和国民党三战区司令长官顾祝同。所以,抗战一胜利,戴笠就将他与周佛海等一起送往重庆保护起来。可是民愤太大,想"蒋伪合流"的人,在舆论民心的压力下,也觉得不审惩几个知名汉奸过不了关,何况像丁默邨这种血债累累的魔王。既已特赦了周佛海,丁默邨身份地位无周逆显赫,那么,杀就杀吧,也自不能怜惜了。

不过,丁逆受审时并未"示弱"。1947年初审判他时,他强调自己以"原样的浙江归还中央","未让共产党抢去"。又说,他任伪浙江省长时,暗中安插戴笠派去的军统分子葛某为杭州警察局长,以示他"有功"。但戴笠1946年3月飞机失事于南京板桥镇附近二十里处的戴山,机毁人亡。丁默邨想做"抗日英雄"本也不合事实。卖国之罪无可饶恕,留给他的只能是一颗送命的铅弹!

(本文刊于1995年珠海《明镜报》连载之六)

卖国成首富的"盛老三"

谈到抗战胜利后惩处汉奸的事，人们对罪大恶极的卖国贼盛文颐了解不多。但蒋介石国民党"劫收"上海时，军统特务可没忽略他。"劫收"大员都知道"要发财，抢汉奸"的道理，谁"抢"到的汉奸多，就一定可以发大财。汉奸中的富豪，自然更是众"抢"之"的"。盛文颐是个"金银财宝库"，谁都想把他抓到手挤出肥油来。

所以"劫收"开始，军统捷足先登，早早就将盛文颐以汉奸罪名逮捕在手，并将他囚于"楚园"。

这"楚园"是一座三层楼五开间的大洋房，前有宽敞的花园，本是大汉奸伪上海市警察局副局长卢英的公馆，卢英号楚僧，将住宅取名为"楚园"。

盛文颐被抓进"楚园"军统看守所以后，受到优异待遇。他生于1874 年，1945 年时已七十一岁，由于吸食鸦片几十年，烟瘾特别大，人瘦骨嶙峋像能被风吹倒，衰老得很，只是两只骨碌碌的眼睛很精神也很精明，看得出是工于心计善于打算盘经营的人。

那时，汉奸给军统、法院等肃奸人员送了八个字形容其黑暗："有条有理，无法无天。"这"条"指的"金条"，"法"指"法币"。有"条"有"法"其实并不一定管大用，有的汉奸送了金条法币一样枪毙送命（甚至为了灭口就得枪毙），但花了金条法币自然有时也有妙用的。盛文颐在"楚园"时，由于家人上下用金条法币打点，所以烟盘、烟枪可以送去公开吸食鸦片，其他汉奸都侧目而视。

盛文颐，因排行第三，人称"盛老三"。他是江苏武进人，清末邮传部大臣、铁路总公司督办、汉冶萍煤铁公司董事长盛宣怀之侄。清朝时，曾任济南、沙市、烟台等地电报局长。北洋政府时，曾任京汉、津浦铁路局长。后来南京国民党政府从未起用过他，他一直失意不满。由于盛宣怀与有些日本人关系密切，又加上他在津浦铁路局长任内与日本陆军及使领馆人员有来往，所以他结识不少日本人。到了抗战爆发，他在上海立刻就勾结日本大浪人里见甫进行卖国。

当时，日本蓄意继续以鸦片、白面、红丸毒化中国，并依靠毒品来搜刮军费和特务经费。上海沦陷后，日寇就起用盛老三为"宏济善堂"的主持人。"宏济善堂"有一个好听的名字，实际是公开的贩毒、售毒机关。而且随着日军侵华占领土地越多，开设的分堂也越多。"宏济善堂"实权掌握在里见甫手中，盛老三经营也出大力。当时上海的南市、虹口等地都普遍开设烟馆，日寇在古北口以及安徽、江苏的一些县里，大种罂粟，盛老三靠鸦片大发其黑财，一下子成了上海的大富豪之一。有人认为他是上海首富，确否，无从查考，但他因豪富而成为上海大闻人，在敌伪时期，臭名是十分响亮的！我在长篇小说《战争和人》中，曾写到"盛老三"和他的"宏济善堂"，那些情况都是真实的。

日寇十分重视并喜欢盛老三，因为他将贩售鸦片赚来的大笔款项供给日本，也给若干东京的日本海陆军官及议员等每月固定发放"津贴"，同时他毒化中国，使吸毒者大量增加，种毒者大量推广，对减弱中国国力、危害中国人体质做出了"贡献"。因此，日本人支持他。他有日寇做强硬后台，与侵华日军联系紧密。他在上海贩毒到各地，有很大的潜势力。

1942年太平洋战争爆发后，他又把苏浙皖三省销售食盐的"裕华盐公司"掌握到手里，从此，黑的鸦片、白的盐巴全归他掌握。他官儿不大，威胁却大，连周佛海他都不放在眼里，认为你奈我何。周佛海留下的日记中，有二十余处都提到与盛老三谈盐务的事，可见他见周佛海很容易，而且老是在同周逆办交涉。

周佛海起先为同盛老三争夺盐务的利益有摩擦，互不相让，最后，则两人都互相让步，携手合作，一同作恶。

在敌伪统治上海时期，人提到盛老三，有不少传说：有人说他家里金银财宝用箱子装，一箱一箱数不清。到他家里的人，确见他家有金烟灰缸、金痰盂、金鸟笼，连鸦片烟具和脸盆都是金的。

有人说他家有个库专藏上等鸦片烟土，凡客人去，都招待吸鸦片。他本人烟瘾大得一天要抽无数次烟，夜晚也要一次又一次抽，家中养的鸟闻不到烟味就会因瘾而死。

有人说他的房产多，上海有好几条里弄全是他的，住宅有十几处，每处都有一个姨太太。他在金神父路（现瑞金二路）的一所大洋房，占地十余亩，里外都富丽堂皇，花园里有亭台假山、珍贵花木，人说比上海出名的犹太富商哈同的住宅还好。家里男女仆人、保镖、司机好几十个。

有人说，他有一个宠爱的姨太，有只大钻戒足足有二十几克拉重，当时价值上千担白米……

诸如此类，说不尽他的富。军统逮捕盛老三后，据说房产全部被封，汽车、金条、首饰、股票、证券、衣服家具等自不用说，在他老婆那里抄出的金刚钻和宝石、翡翠就有几百颗之多，这些当然都是沾满中国百姓血泪的造孽钱！

传说审讯盛老三时与审讯别的汉奸不同之处，是注重的不在案情而在财产，目的自然是要榨干他的财物。所以，他关在"楚园"后不久，就被军统秘密解送南京，这充分说明了这个汉奸的"特殊"重要。

国民党政府审判汉奸时搞的鬼很多，毫无透明度，有时也不公布审讯详情，这是人民对审奸案极不满意的一个方面，在盛老三的案件上就是这样。

后来，只听说这个年逾古稀的老汉奸已判死刑枪毙了！至于何年何月何日，则弄不清。估计当是在 1946 年。前些时看到《民国人物大辞典》上有盛文颐的词条，只有生年，没有卒年，介绍也十分简单，恐是此故。

枪毙盛老三，他罪有应得。他实在作恶太多，不杀怎平民愤？他的巨额财产的走向，估计是进了军统特务组织和承办案件的法官的腰包，但已无案可稽。就凭这一点，快快地悄悄地杀他灭口何尝不是一种贪赃枉法的伎俩呢?！

（本文刊于 1995 年珠海《明镜报》连载之七）

日本间谍黄濬与"大贞丸"

1937年"八一三"事变后，全国人民抗日之心殷切，同仇敌忾，"有钱出钱，有力出力"，齐心支援抗战。但当时的上海及沪宁沿线——苏州、无锡、常州、镇江直到南京，也有一些被日寇收买的小汉奸，化装成乞丐、小贩之流，或刺探军事情报，或在日寇飞机轰炸时，用手电筒或其他标志指示轰炸目标。这种小汉奸被抓获后，都立即被执行枪决。在上海的华界闸北和南市小西门一带，就曾有小汉奸被愤怒的群众当场打死或悬挂头颅的情况，说明了人民对汉奸卖国贼的切齿仇恨。

但，抗战初最令人震惊的一件汉奸大案——黄濬父子作为潜伏日谍案是发生在"国民党中枢"的。这个大案当时引起无数街谈巷议，也给抗战造成了极大的损失。如果写抗战中的汉奸史，是不能漏掉这一笔的。

我在长篇小说《战争和人》三部曲第一部中曾涉及这个案件。在第一部《月落乌啼霜满天》中，第287页上借一个被整编掉的杂牌军少将王汉亭之口散布传言说："南京警备司令部逮获重要汉奸黄濬执行枪决。这黄濬46岁，闽侯人，是行政院秘书，与他儿子黄晟一起向日本出卖情报，泄漏了军事会议的秘密。本来要在江阴封锁长江，将日本军舰一起拦截住，黄濬父子将情报卖给了日本，日舰一夜之间都逃跑了。"

这当然仅是简略的叙述。事情经过是这样的：1937 年"七七"卢沟桥事变后，8 月 13 日在上海，日本侵略者又突然进攻闸北，淞沪抗战爆发。当时，国民政府首都南京气氛紧张，进入了战时状态。8 月上旬的一天，蒋介石召集少数高级将领在军委会开了一次绝密的重要会议。会议商定一项重要战略：立即由海军采取行动强行封锁长江下游最狭窄险要的江阴要塞江面，一则防止日本强大的海军沿江而上攻击南京，更重要的是可将长江中上游的全部日本军舰及商船近三十艘一起封堵成"瓮中之鳖"加以缴械。这本是一项十分有利于战事的绝密措施，会给日寇强大的打击。谁知，海军正拟在江阴一带布设大量水雷并凿沉破旧船舰堵塞航道时，忽然在一昼夜间，长江中上游诸港口停泊着的日本舰船及在航线上正行驶着的日本舰船，突然全部开船飞速逃出了江阴要塞，驶向上海方向。这些舰船有些本是到重庆、宜昌、武汉、南京等地接载日侨撤退的，日本侨民遂也全部撤光。事后统计，仅两艘日本商船，一艘名"大贞丸"、一艘名"长阳丸"未曾逃脱，被截获。

这一重要军事措施竟会失败，损失重大难以补偿。机密是怎么外泄的？使国民党最高当局纳闷而且震动。

当时，蒋介石召见军统头子戴笠、中统头子徐恩曾及首都宪兵司令兼警备总司令谷正伦，严厉要求立即破案。谷正伦责无旁贷，又有心要抢在军统和中统之前有所表现。事实上，当时在南京高楼门那幢花园红砖洋房里的日本总领事馆和日本领事须磨，早在谷正伦手下的便衣宪警严密监视中，这时自然更加作了严密的布置加以注视和跟踪。

偏偏，同时又发生了另一件怪事：8 月 26 日，英国大使许阁森坐轿车由宁沪公路去上海，事先，蒋介石本拟由南京去上海到淞沪前线视察战况，为了安全，约定与许阁森大使同行。英国当时是中立国家，大使的轿车顶上漆有英国国旗的明显标志，与英国大使同行当然可以保证安全，不怕日机袭击。谁知，当天许阁森出发时，蒋介石因临时有要事需处理未能同行，而英国许阁森大使的轿车在下午两点多钟行至离上海不远的嘉定附近公路上时，忽然飞来两架日机，向大使的轿车轰炸扫射，许阁森身受重伤险些殒命。日寇甘冒破坏国际公法得罪英国这么胡作非为，目的自然是为了想炸死蒋介石。消息传到南京，蒋介石又怒又惊，如果不是身边有掌握了机密的潜伏日谍，怎么会连续发生这样的怪事？

排出嫌疑者的名单，继续监视盯梢日本领事馆人员的非法活动，缩小军警宪人员布下的包围圈，这些自然是反间谍部门必定会做的工作。终于，谷正伦侦查出国民政府行政院秘书黄濬就是替日寇送秘密情报的卖国贼。那时，蒋介石自兼行政院长，黄濬以行政院秘书的身份参与机密。黄濬常有同蒋介石接近的机会。他擅长书法及诗词，著有《花随人圣庵摭忆》一书，蒋介石是很欣赏黄濬的文才与学识的。他在这两件事发生后，也早已开始怀疑到黄濬。所以当宪兵司令兼警备司令谷正伦将掌握的确切证据连同报告一并呈送到蒋介石桌上时，蒋介石火冒三丈，黄濬既通谋敌国，必须立即处死。

黄濬，字秋岳，福建闽侯人，1890 年（清光绪十六年）生。清末毕业于北京译学馆，授举人。民国建立后，历任北京政府陆军部承政厅秘书科科长，交通部法规编纂员，交通部秘书，财政部佥事、秘书、参事。1932 年 8 月起，任国民政府行政院秘书。他早年曾留学日本，在早稻田大学有个同班同学名叫须磨。这个须磨抗战爆发前后任南京日本总领事馆的领事，黄濬是个真正的亲日派，与须磨关系密切。政治上的亲日，生活上的奢侈，须磨就用金钱收买黄濬为潜伏日本间谍。黄濬之子黄晟，也是日本留学生，供职于外交部，同其父一起出卖情报背叛国家民族利益。这个以黄濬为首的日本特务情报集团，其成员分布在参谋本部、军政部、海军部等要害部门。据传说，黄濬父子平日十分贪图享受，在上海、苏州、南京都有豪华公馆。金钱全是卖国所得。

黄濬被捕的消息，当时不胫而走，在民间传播甚广。我还记得这事处理得很快。黄濬父子被枪决是在秋末冬初之时，南京《中央日报》登了消息，很简短，仅是一个小花边框的短短报道，大意是说黄濬及其子黄晟以汉奸卖国罪被押赴刑场明正典刑。但这则消息在当时是颇引起轰动的，杀了潜伏日谍大快人心。

　　有意思的是 1937 年初冬，我随父亲从安徽安庆搭乘一艘客轮去武汉，上了船，才知这艘客轮名叫"大贞丸"，原来是日本的商船，"八一三"事变封江时，由于黄濬给日寇送情报，日本舰船都已逃走。"大贞丸"是条未漏网的"鱼"，被俘获了改作我们的客轮运送旅客、伤兵和难民在长江中行驶的。当时，坐着这条日本船"大贞丸"去武汉，在船上与父亲谈及黄濬卖国的事，至今如在眼前。我在长篇小说《战争和人》中写到"大贞丸"的情况有如下描述："船上机器声隆隆，'大贞丸'启行了。中日在打仗，这艘日本商船变成中国的了。坐着日本船去武汉，岂非怪事……'大贞丸'超载，除了大菜间外，所有的官舱、房舱和统舱都像沙丁鱼一般被老人、妇女、壮年、青年、小孩、伤兵、军人挤得满满的。船上嘈杂混乱，吵闹非凡……轮机声隆隆……江水散发着水腥味……船侧甲板上挨个睡满了人。前面甲板上集中了不少伤兵，正在高声说笑喧哗……"这确是当年这艘"大贞丸"航行在长江中驶向抗战中心武汉的真实写照。

　　"大贞丸"后来不久是被日寇飞机投弹炸沉在长江中的。

（本文刊于 1998 年 2 月《作家报》）

第四辑　春秋钩沉

五次看见蒋介石

　　有人问我："你见过蒋介石吗?"我说："不是同他交流,但看到过他,而且不是一次,是一连五次冷眼看他。"这篇回忆是早些年草就的,翻阅旧稿,见还有意思,故发表。

　　1948年3月29日到5月1日,面对极为不妙的国内外形势,为了巩固统治,蒋王朝在南京召开了"行宪"的"国民代表大会"。这次大会,通过了《动员戡乱时期临时条款》,授权蒋中正可以不受限制,采取他认为必要的紧急措施,将他的权力提高到了无以复加的地步。4月19日,"国大"选举蒋中正为总统;4月29日,又选李宗仁为副总统。4月30日,通过《全国动员戡乱案》。这是蒋政权在处境窘迫、形势极为不利的情况下召开的一次搞政治骗术的十分反动的大会,又是一场乌烟瘴气、笑话百出、非常混乱,在惊恐不安之中演出的闹剧和丑剧。大会开幕之前,就出现了许多滑稽古怪的事。由于争当"代表",有的未被承认的所谓"民选代表",大肆抗议;有人宣布上吊自缢,有人投江自杀;有个姓赵的甚至雇人抬着一具大黑漆棺材放在"国大会堂"前的广场上,他发表抗议演说还站在棺材旁让外国记者拍照片登上报纸;更有一批未被承认的代表在招待所宣布绝食。至于撒传单、贴标语、召开记者招待会的也有。所以开会前,南京城里就乱糟糟了。

　　我当时作为新闻记者,采访"国大"新闻,领到了记者佩挂的绿绸条和摄影记者佩挂的粉红绸条。记者席安排在"国大会堂"楼下右侧,但记者可以楼上楼下自由活动，缺席的代表不少，他们空着的座位记者现场采访时不禁止去坐，所以采访活动倒是比较自由。在会议过程中，我有机会五次看到蒋介石，我这篇文章题为《五次看见蒋介石》，指的并非同他会见，而是五次看到他。国民党在1946年6月下旬开始发动了大规模的内战，到1948年，军队大量被歼，战局极为不利，已由战略进攻进入战略防御。由于人民反对，士气低落，兵源枯竭，物价飞涨，整个国民党营垒充满着失败情绪，使国民党大小头目面对颓势均感到惶恐。在这种情况下，蒋介石仍然要做总统，而且想在"民主"的幌子下取得更大的独裁权力，所以要召开这次"国大"。但出乎他意料之外的是在"国大代表"中，不少人并不受他操纵指挥，许多事都不顺他的意，他的心情可想而知。我就是在他这种灰暗心情之下，在1948年"国大"期间一连看到他五次的。这五次，远距离时，约二三百米，最近的一次，仅二三米。我冷眼看他，总的印象是：他努力想保持矜持，摆着架子和威风，装出镇静，有时还微笑，但内心已经悲凉，颇为不安，有时也不能不自我克制，强打精神。他瘦削，脸上的气色则总是不好、不愉快，甚至疲乏、气恼，有时懊丧，呈现老态。他生于1887年，头一年他刚庆祝六十寿辰，这一年他是六十一岁。

第一次看到蒋中正是1948年3月29日上午。这天，"国大"开幕，按议程，九时到中山陵谒陵，十一时回到城里"国大会堂"举行开幕式。

中山陵在中山门郊外，自市中心区启程，坐汽车前去约要半个小时。那天白雾蒙蒙，七时半到八时，十二个"国大"招待所和两个特约招待所每隔五分钟开出一辆专车。于是不到两千个"代表"（出席"代表"应有三千零四十五人，但开幕时实到不足两千人）分坐八十多辆大型专车和百余辆小轿车列成一里多长的车队在雾海中抵达中山陵。大家纷纷下车一起涌向三百九十二级高石阶下仰面朝中山陵墓走去。蒋介石是八时五十分坐轿车抵达的。他穿黑色防弹披风，持手杖，步履敏捷，与他同行的是瘦削矮小穿西装的翁文灏[1]，两人边谈边走，中途还在石阶旁的平面石椅上坐着休息交谈片刻，两人显得亲密。这时，行政院长是张群，但"国大"5月1日闭幕后，5月24日蒋介石就委任翁氏为行政院长。这说明当时我看到蒋、翁二人亲密同行并交谈是有缘由的。我这时距蒋不过二三百米，但究竟还是太远，而又不能停下或走近去看。我遂快步上行走到中山陵堂前。这天，陵墓放置棺木的墓室开启了，供"代表"进去瞻仰。我见已有人进去了，遂也走过去随同前边的人走进墓室。走进去的人都由右至左缓缓地绕棺一周出来，正这时，蒋介石由侍从室的人引领开道进来了。我前边的人都停步站立在边上。蒋介石进来时，早已脱去黑色防弹披风及军帽，也未拿手杖，穿的是类似中山装般的草绿色军服，脸上无表情地进了墓室，双目注视着棺椁，走得较快，绕了一圈，就出去了。他经过我身边时，离我仅仅二三米，我是看得很清楚的，跟报纸画刊上常发表的照片很相像。给我印象深刻的是他有挺直的身板、挺直的鼻梁、较高的颧骨和两只精明的显得锐利的眼睛。他朝我们看看，并微微点点头。

第二次看到蒋介石，就是在这天（3月29日）上午的"国大"开幕式上。开幕典礼原定十一时开始，但会场秩序乱，"代表"们进进出出，寒暄握手，大会秘书长洪兰友[2]不断要求人们静下来，不断要求"代表"们快点各就各座，却一直迟到十一点二十分会场才比较平静。开会铃声"丁零零"响了，穿着黑西装礼服的洪兰友用一口扬州话宣布开会。他瘦弱异常，脸色苍白，传说他吸食鸦片。他报告了实到人数，宣布由蒋中正召集并主持开幕，并由"代表"中年龄最高的吴敬恒领导

---

① 翁文灏（1889－1971），浙江鄞县人，1912年获比利时罗文大学物理及地质学博士学位。1931年代理清华大学校长，1938年任经济部部长及资源委员会主委。1948年5月任行政院长。新中国成立前夕赴香港，1951年回国任全国政协委员。1971年病逝。
② 洪兰友（1900－1958），江苏江都人，历任中国公学、国民党中央政校教授，中央考试委员会秘书长，国民党五届、六届中执委，国民党重庆市党部主委，国民党中政会代理秘书长。

宣誓。

洪兰友说完后，蒋介石这时由台左侧走出来了。当时掌声哗哗，镁光灯到处闪烁。蒋介石换了上午的衣服，穿着绿军装，不戴军帽，光着头，踱着慢步走到台中央。大约是要给"国大"的开幕添点喜色，他脸上带着微笑，以后也不时露出一点装出来的笑容。他左胸前挂着一枚勋章，两肩各有五星上将的五颗金星，腰束宽带，他虽有时微笑，不笑时目光很凶，脸色也阴暗，似乎心有不悦。他一出场，洪兰友带头鼓掌，请他致辞时，"啪啪"的掌声又起。蒋介石轻轻干咳了两声，开始照着稿子用他那口浙江奉化官话念起开幕词来。

他在开幕词中，把这次"国大"说成是"中国有史以来划时代的一件大事"，"是实现民主宪政的开始"，说"国家整个责任，已由国民政府交还国民大会代表诸君"。然后就是把他发动的内战说成"戡乱"，大肆宣传，并特别强调这次"国大"的使命，只是"行使选举权"。听到这里，会场上马上发出嗡嗡的窃窃私语声。很显然，是"代表"们不同意这么做。这时，蒋介石似乎觉察到了什么，停止讲话，掏出一块白手帕来拭了拭鼻子，并且突然提高了声音"唵呀唵"地念稿子，用这掩饰他的不快并将稿子迅速读完。

第三次看到蒋介石，是4月9日上午。本来，蒋介石的意图是让"国大"只行使选举权，选他当总统，再选个副总统就了事。谁知事与愿违，他3月29日致开幕词后，"代表"们闹翻了天，强烈要求"将地方情况反映于大会于中央"；并要广泛探讨当前时局及施政方针。经过"代表"们的大闹，并且通过表决，绝大多数人同意这主张，更改了"国大"的议程，于是4月9日蒋介石只好来作"施政报告"，其他各部部长也随之要来做报告。

蒋介石来做"施政报告"，说明他在"开幕词"中说的话不算数了，被否定了，他当然十分恼火。他仍穿了军装来，似乎要显得威武些。看得出来他严肃而冷峻，显出他对来做"施政报告"是被迫的、是无奈的。可是为了打出"民主"幌子给美国瞧，他不能不强忍着气。这天早晨，我去"国大会堂"时见大批中央要人捧场似的，早早都到了。在进口处，大会秘书处发给每个记者一个大封套，内放赠送记者的十二英寸的蒋介石戎装大照片一张。是他穿军装佩勋章手握指挥刀略为左侧的坐照。照片上首用毛笔写着我的名字"××先生惠存"，下首署名"蒋中正赠"，并有年月日，盖着红色的印章。做报告时，蒋介石有一种沉重、不快的表情。虽然他不时说些打肿脸充胖子的话，但心情显然不佳，脸上也无开幕典礼时那种故意常带微笑的表情。他照稿宣读，有时也离稿讲几句，先讲了"国大"对"戡乱"的重要，接着谈军事和经济，把军事失败和经济不振，或加掩饰或推诿于中国共产党。他的声音里带有沉重和不快，讲得毫无生气。那时，刘邓大军已进入大别山，我发现这使他特别激动。他承认："华中的战事要拖延时日"，实际是承认了华中战局使他十分尴尬和为难。

那天，给我印象最深至今记忆犹新的是讲到华中战局时，蒋介石忽然双手叉腰，脱离稿子，露出一副跋扈而又忧心忡忡的表情，特别提到了刘伯承。他做着手势指着眼睛咬牙切齿地说："刘伯承，唵，这个独眼龙！厉害得很啊！"他这自然指的是刘伯承、邓小平率军进入大别山进军中原一刀插入胸膛的行动。刘邓挺进大别山后，长江以南都受到威胁，他自然着急。后来，他说："此次召开国民大会以实行宪法，加强戡乱建国的力量。因此首先要求举国一致，同心一德，戡平内乱，才可保障宪法的实施。"这天，听报告的人有的全神贯注，有不少人却交头接耳，东张西望，甚至精神不振、打瞌睡的也有。我看到在左侧前排的邵力子，好像在嚼口香糖，后来才知他是在吃花生米，他牙齿残缺，送一颗花生米进嘴，咬来嚼去要吃许久。次日南京一家报纸的《国大花絮》中说："邵力子吃花生米，咀嚼很难'触礁'。"

蒋介石在报告最后，用命令式的语气规劝"代表"们"切不可议论纷纷，争持不决"，甚至要求大家："程序愈简单愈好，议程进行得愈迅速愈好。"目的是要求大家别来议政，要加快步伐把会快点开完。但实际并未得到多数"代表"同意。

第四次看到蒋介石，是事先未想到的。那好像是 4 月 17 日。自从蒋介石作了"施政报告"后，4 月 12 日，国防部长白崇禧作了军事报告及检讨。"国大"里的会议秩序更乱了。嘘声常常四起，配上跺脚声像打雷，人们有时还大喊大叫一起起哄。出于东北战事失利，参谋总长陈诚是指挥东北战事的，有的人大喊"杀陈诚以谢国人"。再加上"代表"们七嘴八舌什么想法都有，于是会场秩序常常大乱。秘书长洪兰友看到实在没办法控制时，就使出了熄灭电灯的办法，使会场电灯突然全部熄灭，一片黑暗，说是"电灯线路坏了"，只好休会。但这还是解决不了问题。4 月 17 日那天，会场里特别混乱，会议进行中发生了激烈争执。有的"代表"站在丝绒椅子上谩骂，有的"代表"为抢话筒吵骂，有的"代表"跑上主席台去发表演讲，"嘘"跑了想维持秩序的洪兰友。更严重的是有的代表挥拳动手对打。会场里乌烟瘴气，灰尘飞扬。我正在会场里看着这种场面好笑，忽然电灯灭了，又是大会秘书处用了"电灯线路坏了"的老办法，但这天不奏效，打的仍然打，骂的仍然骂。我看了一会儿刚想走，忽然电灯一下又都亮了！这时，我看到主席台左侧有侍从出现，洪兰友也出现了，都站在一边，一瞬间，蒋介石突然来到了主席台上。他像一只老虎似的慢步走了出来，穿的是草绿色不戴领章、肩章的中山装式的军服，光着头，站在台中央靠前端，用他常有的习惯姿态——双手反叉着腰，站在那里，严肃而气恼地看着台下一锅粥的混乱情况。他两道目光很凶。灯光下，他脸色苍白，我感到他很瘦。这时，大多数人已发现蒋介石来了，有些人却热衷于吵骂尚未发现，仍在喧哗。人们还是害怕蒋介石的，大多数人都乖乖地坐在椅子上了。会场很快平静下来。蒋介石到麦克风前用犀利的语气训话了。他可能是洪兰友等请来镇压的，也许是闻讯自己赶来了。反正他非常生气，脸上既有悲愁，也有杀气。但孤单单站在那里使人感到他相当衰老。显然他是在忍，痛苦地在忍。他既不能当场杀人，也不能当场打人、抓人。他只能用训斥的口气像小学教师面对一群顽童般地说："今天见到大会这种情形，我觉得很不像话！很不像话！……我认为不配做宪政模范！"他必然是想大骂一通的，但克制地仅仅这么说了几句。台下，这时人也并不算多（顶多只是三分之一或小半的"代表"），因为太混乱时又加上电灯熄灭，已有一大半的人走了。余下的一小半人挨了训，鸦雀无声。有个福建的"国大代表"林紫贵，职务是台湾省政府的新闻处长。他历来在会上常放大炮，这天我离他很近，注意到他是站在椅子上大跳特跳的一个。蒋介石出现时，他本来仍在跳，肯定被蒋看到了，但他发现蒋来了，马上就静静坐了下来。蒋训话完后，他忽然举手站立似要解释什么，但蒋挥手，没让他讲。蒋不多停留，回转身在侍从和洪兰友陪同下，仍从台左侧走进去了。他来没人鼓掌，走也无人鼓掌，一场闹剧结束。但蒋介石那种忍气吞声懊丧无奈的神态至今在我眼前仍然鲜明。蒋是专横独裁惯了的人，这天遇到的情况恐怕是从1927年他发动"四一二"政变取得政权后的第一次。

　　我第五次看到蒋介石，是5月1日。这天是"国大"闭幕。上午十时三十五分举行。十时三十九分蒋介石由洪兰友陪同进场。他仍像开幕典礼时一样穿着有五星上将肩章的军装，佩戴了一枚勋章，光着头。行礼如仪。穿蓝长袍黑马褂的于右任戴上黑边框老花镜照稿宣读了官样文章的闭幕词。蒋介石冷冷地坐在台上于右任左侧。于右任的陕西话声音沉闷。由于是闭幕式，人心涣散，台下嗡嗡交谈之声不绝于耳。于右任念毕闭幕词后，蒋介石起立致辞。他讲得不多，但表示要"创造光明之前途"。这时，他虽已如愿当上了总统，但"国大"开得他十分烦恼。在选举总统时，有近三百人没投他的票。而且有人在蒋介石的名字上打了"×"，有人把蒋介石的名字划去写上了孙中山，还有人在"蒋中正"与"居正"这两个"总统候选人"的名字中加了一个"不"

字，使选票上的"蒋中正　居正"变成了"蒋中正居不正"。在副总统的竞选时，他蓄意要孙科当选为副总统，结果却被李宗仁将副总统弄到了手。"国大"开会一个多月，蒋介石劳心劳神、受气伤心，所以我看着他，觉得同开幕式上相比，他气色既不朗润，精神也不矍铄，反倒是看上去有些疲劳、衰颓。开幕时装出来的笑容在闭幕式上一次也未再出现。他带着倦容，仿佛急着把话说完就完成任务似的。当时，他当选"大总统"，民间把他叫作"大肿痛"，倒很切合实际。老百姓很明白，蒋政权和蒋介石民心失尽，战局滑坡，经济衰败，民不聊生。蒋介石早成人民公敌。他在蒋政权和国民党内部指挥早已力不从心。国民党不仅腐败而且分崩离析。"国大"开会所出现的种种滑稽而又丑陋的事情都说明了这一点。

在 1948 年春天，连续看到五次蒋介石，留给我很深刻的印象。这是一个在中国统治许多年的独裁者垮台前留给我的印象的纪实。记下这些，就像给历史留下五张当时的旧照片。从蒋介石的身上及"国大"的情况来看，我当时就预感到蒋政权要垮台。但绝对没想到竟垮得那样快！"国大"闭幕后不过近八个月，1948 年底，蒋政权在政治、军事、经济等方面遭到了全面的崩溃。蒋介石于 1949 年 1 月 21 日在南京发表了"引退"声明。到 1949 年 4 月 21 日，人民解放军发起渡江战役，4 月 23 日，人民解放军解放了蒋政权二十三年的统治中心南京。蒋王朝升起在"总统府"上的旗子被扯下来，这象征着一个旧时代的结束和一个新时代的开始。这年 10 月 1 日，中华人民共和国就成立了！

（本文初稿写成于 1949 年底，1967 年被毁，2003 年重写，收入中国文联出版社 2004 年 5 月出版的《人世绘》）

蒋经国"打虎"记

　　1948年4月，在国民党召开的行宪国民大会上，蒋介石当选了大总统，李宗仁当选了副总统。有人把"大总统"叫作"大肿痛"。事实上，这时在内战中，国民党形势已很坏。到夏天时，整个华北，只剩下济南、新乡、太原、北平、天津、唐山、锦州、沈阳、长春等这些孤点。通货膨胀，物价飞涨。工人罢工，学生掀起学潮……那真是一副要垮台的样子。报上总是用"物价如脱缰野马"或"物价如断线风筝"等形容物价的高涨。尤其是上海的黄金、美钞黑市价一日数变直线上升，其他物价跟着飞涨。7月底，蒋介石在杭州召集行政院长翁文灏、财政部长王云五、中央银行总裁俞鸿钧等秘密开会。到了8月19日，各报突然颁布了《财政经济紧急处分令》，要旨是：限期9月30日前收兑人民所有黄金、白银、银币及外币，逾期任何人不得持有。发行金圆券，总额以二十亿元为限。三百万元法币兑换一张金圆券，限于11月20日前兑完。每两黄金兑金圆券二百元，一块银币兑金圆券二元，一美元兑金圆券四元。

　　这是剥夺人民钱财企图挽救危局的一种敲骨吸髓的勾当。由于上海的经济形势会影响全国，与此同时，成立了"行政院上海区经济管理督导员办公室"，任命中央银行总裁俞鸿钧为正督导员，蒋经国为协助督导员，督导经济。上海市全由蒋经国主持，赋予他行政军警指挥大权，以加强经济管制。当时，报载法币发行量已经达到了六百六十万亿元，等于抗战前夕发行额的四十七万倍，而物价较抗战前上涨了六百余万倍。

蒋经国似乎是个说干就干的人，8月20日清晨，他亲率"行政院戡乱建国大队"、"大上海青年服务总队"、"青年会联谊会"等亲信骨干组成的大批部下，从南京坐火车浩浩荡荡到达了上海。

我一清早就到北火车站等候采访，到达时，见上海《新闻报》《申报》、中央社上海分社的记者都已经到了。火车未晚点，不多久，火车进站，欢迎的人多，人声喧哗中看到了蒋经国从车上下来了！我是第一次见到他：不到四十岁，从外貌看，同老蒋不大相同，他脸带笑容，颧骨不高，中等身材，长得壮实，嘴大唇高鼻梁不像老蒋直，仅在眉眼神情上有时候发现一些相似神情。他穿着朴素，一身半旧的浅灰中山装，既不挺还带点皱，脚上是一双普通黑色鞋。我早听说1925年国共合作时期蒋经国仅十七岁就去苏联中山大学留学，传说吃过很多苦，抗战开始才回国。老婆是苏联人。他回国后，在江西干过江西省第四区行政督察专员兼保安司令，以后做过三青团和政工方面的差使，如今已是国民党六届中央常务委员。在军乐队吹吹打打奏起的乐声中，蒋经国满面笑容同来欢迎的上海市长吴国桢、警备司令宣铁吾、市党部主任委员方治、警察局长毛森等热情握手。戴着眼镜的吴国桢的圆脸上微笑着，铁青色脸的宣铁吾的油光脸上狞笑着，高个儿的方治的长脸上诌笑着，小眼凶狠的毛森的瘦脸上也咧嘴讨好地笑着。

蒋经国带来的"大上海青年服务总队"的一批部下，立刻分头散发了以蒋经国署名的《上海向何处去》的传单。

我看那铅印的传单，上面写的是："……我们相信，为了要压倒奸商的力量，为了要安定全市人民的生活，投机家不打倒，冒险家不赶走，暴发户不消失，上海人是永远不能安定的……

"上海许多商人，其所以能发横财，是由于他们拥有两个武器：一是造谣欺骗，二是勾结贪官污吏。做官的如与商人勾结，政府要加倍地惩办。"

这传单上的文字、语气,与平时报上用惯的文字、语气不同。文言气息少,白话气息多,语气颇凶,大有捧着尚方宝剑来者不善决心"打老虎"的味道。

《申报》的记者老陈站在我背后,手里也拿着张传单,说:"看到没有?要拿商人开刀了呢!奸商之坏确实是怪现状,可是物价飞涨归结底是打内战打的呀!治了奸商怕也没用呢!"这时,蒋经国一伙已被欢迎的人群众星拱月般拥着出站去了,军乐队的敲打也停了。我决定离开,但一个新的念头出现在脑际:蒋经国的督导员办公室设在外滩中央银行大厦里,那里面对船舶拥挤的黄浦江,近处就是热闹繁华的南京路。我决定到那儿看看,再回报馆办事处。办事处在爱多亚路外滩附近,距南京路外滩不远,去督导员办公室看一看,再写这篇报道势必会使内容厚实一些。

赶到南京路外滩中央银行大厦那新挂着"行政院上海区经济管理督导员办公室"白底黑字的大长牌子的大厦前,我递了记者名片走上二楼。走进一大间宽大又显得阴森的办公室,里边坐着几个衣着朴素的工作人员,都在忙忙碌碌地整理公文、阅读文件或清点刚印好的铅印布告,空气里弥漫着油墨味。有个中央社的女记者穿着简单朴素上来同我交换了名片,请我在边上一间小会客室里坐,寒暄后告诉我:"这儿主要是接待,也接受告密,处理群众信件,兼做宣传秘书工作,由蒋经国的高秘书负责。"并说:"小蒋这次来,决心很足,只打老虎,不拍苍蝇!打祸国的败类,救受苦的同胞。他提了个口号很精彩:一路哭,不如一家哭!看来,他是会开杀戒用人头平物价的!"我问:"物价能平得了吗?"她说:"做什么事都看有没有决心!有决心总能把事办成的!"但又叮嘱我:"我和你是同行,谈的只算私房话。你不必把这些话都捅出来!"

我点头,又问:"物价能平得了吗?"

她说："小蒋规定：所有商品，必须停留在 8 月 19 日的市价上，他把这叫作'八一九防线'，现在已经选拔了一万二千多名青年，拟组成二十个大上海青年服务队，配合军警行动。上海经管局、警察局、警备司令部稽查处、宪兵都一齐出动，审查账目，查封仓库，勒令金融界、工商界人士带头交兑黄金、外币、银圆、外汇，凡违背法令触犯财政紧急措施条例的，送刑庭法办，货物没收，商店吊销执照。我看，这样干，可能总能有效果。小蒋是要动真刀真枪的！"

　　后来，见她不再多说什么，我觉得也不急着就写什么特写通讯，因为捧小蒋我不愿意，贬他也不合适，需要看情况的发展再决定写什么怎么写，就谢了她告辞出来。

　　这以后，外滩中央银行门外排着长龙曲曲弯弯都是将金条外币去兑换金圆券的百姓。蒋经国的"经济戡乱大队"的队伍常在热闹的街道上游行喊口号，喊的口号是："枪毙奸商！""不许奸商兴风作浪！""拥护蒋经国督导员铁腕督导！""坚决打老虎，大奸商就是大老虎！""凡触犯财经紧急措施条例都一律法办！""戡乱建国！"……每次游行，每个队伍拉拉沓沓总有一百几十人，举着宣传牌子和标语大声喊叫着，杀气腾腾，威风凛凛。但物价仍在涨，乞丐和小瘪三沿街乞讨，四马路、大世界一带白昼都站着许多出来拉客的"野鸡"，八仙桥和石路一带有些百货店和绸缎庄都在敲敲打打大拍卖。我还记得一件事：我去理发馆理发，付了二百四十二万元法币（法币可以用到 11 月 20 日作废），但当时金圆券刚发行，在林森中路（即现在的淮海中路）上吃一客罗宋大菜（白俄开的俄式小西餐馆）只要一元金圆券（可吃一碟汤、一块猪排外加面包和红茶）。

　　可是，金圆券发行不到半月，物价就失控了。上海在"太子"蒋经国的"督导"下，限价仍死死固定在 8 月 19 日的价格上，由于市民认为金圆券没有信用，从 9 月底起，市民纷纷持币抢购各种货物。

　　10 月初，上海永安、先施、新新、大新四家大百货公司，以及许许多多大商店、绸缎庄、日用品公司，都人头攒动。起先抢购者还有选择，后来则什么都买，货物价钱愈高的愈有人买。天气虽开始转凉，冰箱却销售一空。呢绒毛料早就卖光，金手表成为珍品。金首饰、钻戒、珍珠项链、收音机等销售看好。服装店、绸缎庄、鞋帽店、杂货店、食品店都拥挤不堪。上海的繁华地段，如南京路、林森中路、金陵东路、四马路都人声鼎沸。商店货架很快全部扫光。一些商店不到下午三点就上了排门。上海的抢购风很快就波及其他大城市和蒋管区。

人心动摇如山倒。东北、华北、山东的战局败得一塌糊涂。金圆券的实际购买力日见下跌。上海市民醒悟，发觉上大当了！人们抛出了金银外币换来的金圆券买不到东西而愤怒怨恨，抢购范围越来越广，连棺材、寿衣都有人抢购了屯集。中央银行门口早没人排队。商店大多关门。开的店橱窗空空，一片惨象，餐馆、酒楼、菜馆营业不正常了！起初，有的关门，说是无货供应。后来，被勒令开业，上排门算违法，要老板拿出全部库存供应，限定一桌酒席最多只能八个菜，一个人上馆子只准吃一个菜。西餐店因为买不到鱼肉和蔬菜，改卖面包和炒饭。各类物资的黑市价格不断上涨。

蒋经国来上海打虎之初的那股锐气与威势衰退了！"经济戡乱大队"也不再耀武扬威地去街上大游行喊口号了，商人纷纷停业、歇业，隐藏物资，囤积商品。蒋经国出动军警在市场、库房、交通场所到处搜查，不但抓人，还开始杀人。想杀鸡吓猴。

蒋经国先后将上海警备区经济科长张亚民、稽查处第六稽查大队大队长戚再玉等以贪污勒索罪处死，将财政部秘书陶启明以利用职权泄露经济机密牟取暴利等罪名处死，将富商王春哲以囤积居奇、哄抬物价罪名处死。因犯经济罪被他逮捕入狱的商人大户达六十四人，包括海上闻人杜月笙的三少爷杜维屏。但在市民眼中，这些人仍算不得是大老虎，多数仍是苍蝇。而且，原来规定金圆券发行不超过二十亿，实际一下却发行了二百亿元。蒋经国的"戡乱建国大队"、"大上海青年服务总队"五六千人，不断向上海全市各行业实施物资总检查，情势却仍在恶化。

传说雪片般飞来，说蒋经国查封了孔祥熙的儿子孔令侃任总经理的扬子公司。扬子公司赫赫有名，是个欺行霸市违法乱纪的公司。他们只做现货交易，不做订货交易，只收黄金美钞，不收中国币，利用特殊权力套用国家外汇指标从美国低价进口或走私汽车、汽车零件、西药、英美呢绒等物资，高价转手卖出，大发其财，这确是一只大老虎。但蒋太子不是武松，打不赢这只大老虎。上海《大公报》9月25日刊出了一首《打虎赞》，说："万目睽睽看打虎，狼奔豕突沸黄浦"，"雷声过后无大雨，商场虎势尚依然"，"世界到处狼与虎，孤掌难鸣力岂禁？"许多人讥笑蒋经国："他来上海时说只打老虎，不拍苍蝇！现在看到的是只想拍苍蝇，不敢打老虎！"

蒋经国看到上海这种混乱局面，10月6日在广播电台发表了讲话，先摆出功劳说："政府实施财经紧急处分令后，物价之上涨予以制止，此政府与人民同心协力合作之结果，已获初步成功。"对于抢购，蒋经国认为，"这种心理是不正常的"。他坚决表示："限价政策不可改变，宁可忍受一时，决不破限！"最后，要求市民"忍耐一时痛苦"。民间这时流传着一首《平价谣》，共四句："平平涨涨平平涨，涨涨平平平涨涨，涨涨平平平平涨，平平涨涨涨涨涨。"

本来，有的人吹嘘小蒋是"蒋青天"，把他言传得像包龙图一样。以为他拿着尚方宝剑来上海，谁知他碰了扬子公司，这公司是孔祥熙的公子孔令侃所开，蒋夫人宋美龄亲手干预，孔公子平安无事飞往美国，一走了之。蒋经国"打虎"的威风不再。老百姓说：如今的法律像蜘蛛网，条文不少，只能粘住些小虫小苍蝇。结果，抢购势如狂潮，金圆券狂贬，上海人怨声载道，经济管制已管不下去。听说蒋经国气得天天喝酒，喝得大醉，甚至狂哭狂笑。10月底，行政院决定从11月1日起取消限价政策。失败了的蒋经国11月5日正式发表消息辞职，并发表了《告上海市民书》，说了些漠不相关的话，也老实承认："七十天的工作中，不但没有完成计划和任务，而在若干地方，反促进了上海市民在工作过程中所感受的痛苦。"人们都知道他懊丧，消极地到杭州闭门思过去了！蒋经国打虎这场闹剧从头到尾就是这样演出的！

（本文刊于 2013 年 12 月《四川文学》，原标题为《我见闻的蒋经国"打老虎"》）

采访于右任，竟得新诗词

1946 年 9 月 26 日上午九点多钟，我在南京城北宁夏路二号于公馆采访了于右任。

当时，于氏刚从新疆返京。他是 6 月 26 日奉派由南京专程飞新疆去迪化（今乌鲁木齐）监督的。这一年 7 月 1 日，以张治中为首的新疆省政府成立。新疆的情况和环境当时错综复杂，纠纷不少，"为了唤起国内的重视和加强新疆人民对祖国的观念"，"新疆方面电请南京政府指名要监察院长于右任到迪化监督"。所以这位六十七岁银髯白发的老人奉派乘机先到西安转往新疆。但早晨飞机起飞一小时后，油箱突然漏油，驾驶员只好急忙折回南京进行处理后重新起飞。下午二时抵达西安上空，却逢暴雨，浓云密布，盘旋十多分钟，飞机才安全降落。这些险情，当我问起于氏时，他已经把它当作笑谈了！

我在宁夏路二号的客厅里采访于氏，客厅里客人不少，于氏坐在上首中央的一张沙发上，两边的沙发和椅子上都坐满了访客。知道是记者采访，有人让出了靠于氏最近的那张沙发，让我便于交谈。于氏脸上有风尘之色但兴奋、健康。他西行返京后，外边就已传说他在新疆错综复杂的环境中解决了若干不易解决的问题。见他情绪颇好，客人又多，我决定开门见山地提问，并请他谈谈此行的情况及感想。

于氏在新疆总共逗留了七十天左右，时间很长。7 月 1 日新疆省政府主席、副主席和全体委员的就职典礼以及盛大的各族庆祝和平大会上，他亲临监督，简单致辞，目睹各族群众的欢呼喜悦，一片团结气氛，事后曾填词一首。他叫副官将一首手抄的词拿来给我。词如下：

青杏子·迪化和平大会后作

大地现光明，睹天山洁白层层。何人创造新生命？和平万岁，和平万岁，万岁和平！

这首词把迪化的宣誓会称作和平大会，是由于这年6月，张治中完成了同伊犁、塔城、阿山三区代表的和平谈判，改组新疆省府。张治中任西北四省军事长官兼新疆省主席，新疆平息战火实现了和平。于氏告诉我，此次在新疆从7月2日到7月底，他每天上午九时至十二时，都在新疆监察使署接见各界人士，探索民情。各界人士的请求与意见不外下列四种：（一）盛世才时代查封产业请求发还的事项；（二）河西移民到达新疆垦殖而遭遗忘请求救济的事项；（三）伊宁事件阵亡将士遗族请求抚恤事项；（四）维吾尔族与汉族通婚事项。于氏在抚慰和张治中的协助下，都一一做了妥当的处置，但在那种关系微妙的环境下，突发的困难不是没有的。7月10日，在南花园，新疆各族工商各界代表一千多人欢宴于氏，所喊的口号中均未提中华民族，于氏最后致辞时，就补充了中华民族万岁的口号，终于他的口号声也引起了掌声。伊宁来的委员们听了，也终于露出了兴奋而敬重的笑容。

历代以来，新疆以偏僻之区颇少大员亲临，以于氏的声望地位，在新疆遂引起狂热的欢迎。他到了疏勒，欢迎的行列竟有万人以上。喀什人欢迎他时，汽车无法通行他就下来在人丛中步行，足足走了三十华里，才到达专员公署。

在客厅中，与于氏面对面访谈时，我不由得想起抗战前多次随父亲到过的这个宁夏路二号于公馆，旧地重来，往事历历，感触良多。那时，我仅是十多岁的孩子，那时父亲让我叫"于老伯"，带着我看他写书法，在他家与他一桌进餐。我也认识于伯母高仲林和她的大女儿于芝秀以及于氏的外甥周伯敏、秘书李祥麟。那时，宁夏路二号的洋房新盖成不久，他家中也是宾客极多。现在父亲早已不在，我已是二十几岁的青年，经过八年抗战，宁夏路二号的房子经过战火，被敌伪占住，侥幸并未受到大的破坏。抗战胜利，屋归原主。正因为过去的关系，我的采访特别顺利，于氏对我显得慈祥而且目光亲切。从窗口望出去，抗战前见到过的雪松与龙柏，都粗壮、挺拔、苍翠葱茏。我觉得老人的心情很好，看来虽然长途劳顿，但他仍不惮其烦地回答着我的问题。

"这一次从西北回来，我的心情是愉快的。新疆人民本无成见，只要以后政治进步，一切均无问题，新疆的情形是会一天好似一天的。"

"我此行共历七十日，去时飞机遇险，回来时第一天本拟歇脚兰州，但因气候恶劣，中途停歇，次日方经西安回京。"

我问他张治中在那边的情况。于氏拂髯而道："他很努力，新疆人民了解他。经济、文化、建设各方面，新疆都应有进步，他们会努力去做的。"

我将话题转到前新疆督办盛世才。盛世才本在新疆是个土皇帝，又是条变色龙，干了不少坏事，造成许多后患。于氏的语气带有不屑提起盛世才的成分，说："财产无理封起来的已经发还了。"我又问起汉族与维吾尔族婚姻的问题。于氏说："这只是新疆问题里的一个小问题。现在已经在设法求得合理解决。其实保守的作风，各地方都有，维吾尔族当然不愿把他们的小姐嫁给汉族，同时汉族有这么多人口，何必一定要人家的女儿，徒然惹起许多不必有的纠纷呢？"

最后，我因为看见访客过多，已经占用了于右老不少时间，便打算结束采访，请他谈谈对新疆未来的感想。他轻轻地抚摸着银灰色的长髯，吐出了沉重的语音："今后的新疆，一定会走向和平的大道。但是，我们该注意的是中国是世界上的一部分，新疆又是中国的一部分。

和平不可分，中国既然要受世界的影响，新疆当然也会受到中国的影响。"

我决定起身告辞。于氏从沙发上立起身来，伸出了手和我握别。我突然想到他此去新疆，随行的多文学之士如名词人卢冀野等，遂提出要求："希望能给些此去新疆的诗词新作，以便在我们报纸上刊登，相信那一定会得到读者欢迎的。"他笑着点头，让副官拿来了一叠诗词稿，自己挑了几张给我。我表示感谢。他挪动沉硕的身子坚持要送我到外边，我尽力劝阻，他停步在门边。

屋外，阳光猛烈，满园花草欣欣向荣。我心里由于采访有了收获而兴奋。

他给我的诗词除最初给我的那首《青杏子》外，又给了我另外五首如下：

浣溪沙·哈密西行机中作

我与天山共白头，白头相映亦风流，羡他雪水溉田畴。
风雨忧愁成往事，山川憔悴几经秋，暮云收尽见芳洲。

望博克达山不能上也

幼作牧羊儿，老至天山下。
天山不可登，君须习鞍马。

夜宿瑶池上灵山道院不寐有作

飞渡天山往复还，今来真是识天颜。
云中瀑布冰期雪，月下瑶池雨后山。

行远方知骐骥贵，登高哪计鬓毛斑。

夜深惘惘情难已，万木啼号有病杉。

早晴新大楼远望

一雨新晴万卉妍，凉生襟袖寂无喧。

天山南北都开朗，独倚高楼思故园。

人月圆·迪化至阿克苏机中作

人生难得新机会，天上看天山，人间天上，人间天上天上人间。

卢生作曲，韩生作画，我挦银髻，昆仑在左，白龙堆上，孔雀河边。

（我在 9 月 27 日将写成的专访于氏的特写稿连同他给我的六首诗词用航快函寄出。报社很重视，用辟栏地位全部刊登于重庆《时事新报》10 月 4 日的第三版上。）

权威人物论释放张学良

"少帅张学良是个心理学上令人不可捉摸的谜……是最难驯服最执拗而最动人怜的一个。"

五月里，新任国府委员莫德惠飞到台湾，探望软禁在新竹县井上温泉韬光养晦的张汉卿，引起外界种种的猜测。回沪以后，中央社台北分社便发表了一篇莫氏的公开谈话，大意是"张学良恢复自由为期不远"。同时还披露了一首张氏近著的五言诗："十载无多病，故人亦未疏。余生烽火后，惟一愿读书。"当这谈话发表之后，莫德惠便在上海一病二十多天。后来虽又回到南京，并谒见了最高当局，但访张的结果究竟如何，至今依旧是个没有揭开的谜。

为了解答这一个哑谜，记者曾经多方探索，觅取答案，但有关的人都是守口如瓶，无关的人却又臆测难信。写这篇东西的动机是起于三天以前，是由一位有关的权威人物给了记者一些差强人意的答复。那是在他好友上海私邸里，酷热的高温下，我踏进了会客室，他从容地从楼上下来，为记者条条地陈述。

"胜利前后，释放张汉卿的消息，并非全是空穴来风，政府于每次东北局势酝酿变化时，的确会想起汉卿。当然这一次莫德惠又去台湾，目的也是为了想凭借汉卿，使东北局势或许因之好转。目的既然如此，如果谈判告成，当然释放决不会成问题。所以依这次莫德惠去台湾而引起的种种传说而言，实不是无风起浪的。

"但是，这一次莫德惠却并没有成功。以前在贵州时，莫氏去探望张汉卿，谈判失败是种因于外界环境和气氛的破坏，这是说：政府畏惧放出一只可以给对方利用的猎犬来，而那时候的情形似乎是很可能造成这种态势的，但这一次的失败却是迥然两样。

"我不能断然说这一次的失败原因是绝对如此，但认定这是有绝大可能的。俗语说'不见兔儿不放鹰'，汉卿离开东北已经十几年，软禁也已经十年出头了，东北的情势早已沧海桑田，无论政局，无论人事，都已改了样，汉卿在今日出而问事，到底能发生多大效力，引起多少反响，谁也难以猜测。既然这样，释放汉卿，总得要值得才行。因此，在这一个先决条件下，政府如果要释放他，必定要他先给保障，也就是说要先表明态度，为政府拿出力量。

"但汉卿不会那么傻，他有一股硬劲儿，这些年来，他的性格最可能的转变有两种：一种是满腔怒火在心头；一种是多读书后，向'涅槃'的境地走去。但无论是这两种转变中的哪一种，他都不会干出傻事来。

"人事问题和人情关系在中国的现社会里，仍是重要的，张汉卿出来后，在东北总会起些作用，但这仍须视汉卿的努力程度而定。相反的，万一汉卿有个三心二意，干出政府所不愿意的事来，政府也会吃不消的。因此，政府对于释放张汉卿的心理是双重矛盾的。如此，政府当然不会有诚意，不过只是试探性地关心而已。莫德惠对于释放问题是不能全权做主的，即使莫德惠和张汉卿有了默契，但能否得到政府的同意也是难说。这次莫德惠去台湾，可能已经和张氏谈出了一个结果，但这个结果谅必是不能获得政府认为满意的。于是莫德惠病了，台湾之行白跑了，我想这是实在的内幕情形。

"其实，目前东北的局势已经明摆在我们的面前，一个张学良，绝对解决不了国与国之间的关系，尤其在最近，时局的演变宛如秋云，而一切重心即是在东北。依我看，释放张学良已非当前急务，东北人士虽然有小部分还惦念着张汉卿，但大都是泛然的想念而已；其他与张汉卿无关的人，也不过是为好奇心驱策，只是打听打听。无论如何，汉卿的释放大约又是搁起了。"

"那么，张汉卿的悲剧仍将无尽期地演下去么？"我望着对方深沉而严肃的面容急切地问。

他喷出了一口浓烟，冷然说："这也难说，不过要紧的是两个因素：一个是东北情势的再转变，可以利用张汉卿产生作用；另一个就是张汉卿本身的转变。这两个因素关系汉卿的释放极大，而且缺一不可。为汉卿本身着想，他目前的遭遇并不能算悲剧，整个中国的现状才是正在炽热演出着的一个大悲剧。如果他逃出自己的悲剧舞台，而跃进中国大悲剧的舞台，那才真是一个道地的悲剧角色呢！"

时近傍晚，我告辞出来，穿过花园的树荫，踏上街道，火辣辣的太阳依然洒照在地上。

（本文刊于 1947 年 7 月 25 日上海《现实》杂志。文章题目所用的"权威人士"，即莫德惠。当时莫氏不愿用其真名，我采访时答应了发表不用他的名字。莫德惠〔1883－1968〕，1926 年任奉天省省长，1929 年任中东路督办。1938 年至 1945 年任参政员，后为"国大代表"。新中国成立前去台湾，曾代"考试院院长"等职。我访问他时，他的老友、当年曾任东北铁路会办的老同盟会员凌铁庵先生在座。）

记忆中的胡适

1999 年春，率大陆作家代表团到台湾去作文化交流，曾使我有一种似在梦中的感觉。五十年前台湾的一些熟识的前辈、同学、亲戚，大多数已不在人世，有幸见到的也已白发苍苍，自然免不了有一些感慨。老同学宗之珍女士，是已故的北大名教授宗白华先生的妹妹，赠我一件"礼物"，是 1948 年 3 月间我写的刊登在台湾《新生报》上的《访问胡适博士》一文。这篇旧作我早已佚失，看了自然又引起了我那段珍贵的记忆。胡适博士是中国文化史上的"客观存在"，研究中国文化史和文学史的学者不会不研究他的。我觉得哪怕只写了他的一点一滴，也自有其价值，所以就有了这篇回忆文章的诞生。

抗战胜利后，我由四川重庆复员回到了上海、南京一带，复旦大学也由四川北碚迁回上海江湾。当时，我还是复旦大学新闻系的学生（1947 年是三年级，1948 年夏毕业），但带有实习性质地兼着三家报刊记者的名义。

那时，新闻系曹亨闻教授在上海办了一份《现实》杂志，给了我记者名义；新闻系王研石教授在重庆《时事新报》任总编辑，给了我"上海、南京特派员"（即特派记者）的名义；复旦新闻系比我早毕业的同学史习枚（歌雷）1946 年去台湾《新生报》（日寇投降，中国对台湾行使主权后，《新生报》为台湾的省报）任副刊主编后，给了我一个"上海、南京特派员"的名义。这样，我用"王公亮"为笔名的记者名片上就有了三个头衔，但实际并不领取薪金，甚至稿费他们也常不付给。不过，进行采访倒是比较方便了，我当时满足于尝试做记者的滋味，并希望取得做记者的经验，就应他们的要求，努力采访并写作。虽然稿件一般情况下总是寄到立即发表，但稿件文字及内容有时也会遭到删改，甚至也有过发表出来的文章与写去的文章变化较多的情况。为这，办过交涉，只是用处不大。我为了不愿失去实习机会，也就迁就地干着。采访胡适博士，就是应重庆《时事新报》王研石先生之邀，也应台湾《新生报》歌雷之邀进行的。

我在采访胡适后，给这两家报纸各写过一篇人物专访稿，而且都发表了。《新生报》的一篇，1948年3月28日用航空信寄自南京，4月3日发表，题为《访问胡适博士》（就是宗之珍赠我的这篇）；《时事新报》的一篇，因王研石先生开列了些问题让我采访，故内容丰富一些。但重庆解放前夕曾遭大火，重庆《时事新报》存报难以寻觅，虽有热心友人代为寻找，至今未能觅到一份完整的报纸找到原文，颇为遗憾。只是，虽历经五十年，记忆犹在，采访的大致情况与问答内容都不可能全忘。前些年，我创作长篇小说《霹雳三年》（人民文学出版社出版）曾写到过胡适，那并不是虚构或按照资料写的，那是根据我同胡适的接触及采访留下的记忆写的。

见到胡适并采访他是在1948年3月下旬至4月间。那时，在南京蒋政府举行了我们习惯称之为"伪国大"的"行宪国民大会"。我在会上见到胡适博士时提过些问题，也约定了时间对他进行过两次专访。所谓"行宪"，就是按照"中华民国宪法""选举""总统"及"副总统"，实行"总统制"。蒋介石在开幕词中说这次大会是"实行民主宪政的开始"，并说"从今以后国家的责任由国民政府交还国民大会"。4月9日，蒋介石向大会作施政报告，强调实行宪政，进行"戡乱"反共，并论及经济、军事问题。他承认抗战胜利以来，生产萎缩，经济失调，在军事上遭受重大损失，地盘缩小了等。胡适是"国大代表"，3月间，他由北平到了上海，开协和医学院董事会后，又到南京参加中研院评议会。在"中央研究院"二届五次评议会上选出第一届院士八十一人，人文组的二十八人中，有胡适。胡适当时就在鸡鸣寺下中央研究院历史语言研究所傅斯年家住（傅也是人文组院士之一）。胡与傅的关系是极好的。据说1945年9月任命胡适为北大校长的令文正式发表前蒋介石曾属意于傅斯年并征求过傅的意见。傅对胡适一向尊重和信仰，向蒋力荐北大校长非胡适莫属。当时的教育部长朱家骅等也有这建议，胡适遂走马上任。

对学者、院士、北大校长，对有广泛影响的胡适，我本来是比较敬重的。我一向关注着他。但胡适当时很反共，有机会就要骂几句共产党，内战是国民党发动的，他却总是要共产党放弃北方。在抗战胜利后审讯周作人汉奸案过程中，他写证明帮周作人的忙，引起舆论界的批评。头一年元旦，在北平各机关新年团拜会上，他大肆吹捧"制宪国大"，说国民党所定的那部"宪法"是"世界上最合乎民主之宪法"。在美国兵皮尔逊强奸北大女生沈崇案上，学潮如火，他反对用罢课方法干预政治。他常强调学术独立，可是对蒋介石有好感，蒋很想把他拉进政府。有的报上说这是"想往大粪堆上插一朵花"。他拥护发布"戡乱动员令"。我更清楚记得头一年秋天，冯玉祥从美国给胡适写过一封信发表在北平《世界日报》上，因为胡适攻击冯玉祥带了"四百人在美考察"、"领津贴六十万美金"。这当然不是事实。结果，冯玉祥提出质问后，胡适写信给《世界日报》更正道歉……这些事累积起来，在我心目中对胡适博士不禁就形成了一种看法。我就是在这种背景下在"国大"开会期间见到胡适博士并采访他的。

我在会上见到他并与他约定时间向他进行采访时，问过一些问题，他都作了解答。例如当时蒋已当选"总统"，我问他对这次"国大"怎么看。

他眼珠在眼镜下转动，答非所问但也未完全离题地说："我觉得蒋先生在近年的中美英法苏五国几个大巨头里，他的环境比别人艰难，本钱比别人短少，故他的成绩不能比别人那样伟大，这是可以谅解的。

他做总统很好……"

我问过他：先生对副总统竞选支持谁？

他说：中国的事由武人包办，东一个 General（将军），西一个 General 不好，副总统最好来个文人。

我觉得他这似乎是反对李宗仁竞选，说：今年初看到报上登过先生写给李宗仁的一封信，对他宣布参加竞选表示赞成，有此事吧？请问作何解释？

胡适说：早先我曾作过中国公学运动会歌，歌词说：健儿们，大家上前，只一人第一，要个个争先！胜固欣然，败亦欣然。愿竞选的就竞选嘛，这是民主！

我说：现在上边支持的好像是孙科，先生怎么看？

他说：一个总统如果高兴的话，表示一下愿意谁做他的助手，也是正当的。

我也问过他：对于当前的青年们，先生想对他们说些什么？

他好像胸有成竹，说：我主张党政军团可以与学校合作，对学潮采用疏导的办法，让青年发泄不满和烦闷，发泄完了，再回到学业上来。青年朋友最重要的是能把自己这块材料铸造成器。

这些问题都是为重庆《时事新报》采访他时提出的。地点仍是在中央研究院历史语言研究所胡适博士的临时住处。时间是在替《新生报》访问他之后。记得很清楚，那天起立告辞，表示感谢，胡适伸出手来握时，他的手是软绵绵的，有些手汗。这些内容，在我记忆中，都写在给重庆《时事新报》那篇专访中了。我见到的胡适博士每次都穿的中服，整齐干净，但很平常，像个学者。他当时给我留着的印象是：为人比较谦虚、和蔼。他享有盛名，但平易近人，没有架子，朴实而不做作。说话没有太多的顾忌，有时很风趣，很有幽默感。他接受采访时很肯回答问题，似乎并不隐瞒自己的观点。但他的倾向性和立场那时也是鲜明的，这就是反共拥蒋。

现将手边的写于 1948 年 3 月 28 日、在 4 月 3 日刊于台湾《新生报》的《访问胡适博士》一文，全文附后，注解是现在加的。

附：《访问胡适博士》

3 月 27 日是国代报到的第十日，人数比较踊跃了些，上午的时候报到处的新闻记者们显得非常忙碌。而被包围的目标之一便是传说准备也要参加竞选副总统的胡适博士。他进门时故意戴低了帽檐，借此避免引人注目，却又未曾如愿。签名的时候，水银灯正照着他的脸部，他说了一声："啊！好亮，哦……"把四周的人都逗笑了，胡博士连忙又解释了一句："我是刚进城的乡下人。"大家又笑。填表时，在年龄一项，他默算了一阵子，才填作"五十八"①。填好表，记者群随他到休息室，于是一问一答开始。

有人问："胡博士要竞选吗？"（注：当时外边传说胡适也要竞选副总统，也有一种说法，说胡适可能成为总统候选人。故有此问）他笑着摇头，又坚决地说："绝对不会。"也有人问起北方的情形，胡氏说："北方没有什么不好，傅作义、楚溪春最可靠，得人心，得重心，有他们努力，大多人民都心安多了。"②人围得很多，但扩音器里播出了"请胡代表到领件处领件"的声音。人群也就跟着散了。我随着报到完毕的胡氏走了出去，向他说明了要去访问的意愿。"我住在中央研究院历史语言研究所，欢迎你来玩。"他含笑告诉我。

这是 28 日的清晨，地面上刚被牛毛细雨拂洒得湿漉漉的，雨过天晴，庄严的中央研究院历史语言研究所的屋顶被衬托得妩媚好看。记

---

① 胡适 1891 年 12 月 17 日生，实足年龄五十七岁，虚岁五十八岁。

② 傅作义，1947 年 12 月任"华北剿总司令"，1948 年 2 月任"国民政府主席北平行辕副主任"；楚溪春，1947 年 9 月任"国民政府主席北平行辕总参议"，12 月任河北省主席兼北平警察总监。此二人均在 1949 年 1 月于北平起义。

者推开了那扇镶玻璃砖的房门，走进了胡博士的住房。

房里面已经坐了两位客人，他们正在和胡博士天南地北地闲谈，爽朗的笑声时常从胡博士的口中传出来。胡博士大约刚刚起身，站在洗脸架旁，拼命地用肥皂擦脸，脸上有几块蓝色的污迹，一面又掉转头连连地招呼我。那两位客人和我都很奇怪胡先生脸上那几块蓝色污迹。胡先生说："大概是被盖上的颜色，染了我晚间流出的口水，沾到了脸上的。"说着，他指了指床上的那床蓝绸被盖。

因为九点钟就要开会，所以胡博士忙得很，许多来拜访他的客人，都被婉言谢绝了，但却例外地接受了我的采访，而且一再地向我说抱歉，因为昨天晚上我曾去访他未遇。[①] 据胡博士说："会刚一开过，我就到王部长（世杰）家中晚餐去了，直到晚上十二点钟才转来。"[②] 此前，王世杰曾奉蒋介石命要胡适出任"国府委员"，胡未就。后来，在"国大"开会前后，蒋觉得在现行宪法之下，总统不能为所欲为，不如行政院长有实权，因此想让胡适出任总统候选人，要王同胡商谈。胡适曾拿不定主意，可后来终于表示不干，但他在"国大"期间的4月18日，参加了莫德惠等提出的《动员戡乱时期临时条款》的签署，授权蒋介石可不受宪法限制采取他认为必要的紧急措施，又规定在动员"戡乱"时期，"总统"可无限制地连选连任，将蒋的权力抬高到无以复加的地步。这一"条款"被通过（但当时有420多人反对或弃权）。接着我们就谈到了筹建蔡子民[③]先生礼堂的事。他说："建筑礼堂，完全是由北大校友发起的，所以一切募款事宜，也归他们去办，而且我也不愿意向别人设法弄到这笔巨款。"当我问到礼堂大约什么时间可以建成的时候，胡先生苦笑了，他说："这可不太容易决定。物价涨得这么高，等到款齐了，东西又涨了，礼堂的命运，似乎不大佳哩！所以只

---

① 胡博士待人接物态度是谦虚和蔼的。
② 胡适和时任外交部长的王世杰的关系那时十分密切。
③ 蔡子民，即蔡元培。

希望政府早日改革币制，物价一安定，北大的纪念堂才可以完成。"说着，胡博士呷了一口清茶。

"胡先生准备在南京待多久？"记者换了一个话题。胡博士答复说："要等到国大开会完毕后才能走。"接着又谈到竞选副总统的事上，胡博士风趣地说："我已决定应该投谁的一票，不过此时不能公开，即令是我的太太，也对她保守绝对的秘密。"他特别着重在"绝对"这两个字，随后又打趣地向另一位客人说："你也是国大代表，这个秘密你恐怕也不会随便对谁说吧？"那客人听了也笑。这时，我想起外边传说：行政院长宋子文有下台之可能，行政院长的人选传说政府业已圈定，而学贯中西的胡博士就是被提名者之一，于是我就问起了这件新闻。他很幽默地说："我除了对学术研究有兴趣外，别的事我总是拒绝的。这次来南京，出席国民大会是主要的原因，要是说我来想弄个行政院长当当，那真太冤枉了！"胡博士刚谈到这里，又有几位客人来拜访他，但都又被谢辞了。我看腕上的手表，九点还差五分，正预备告辞，胡氏说："不忙，不忙！我还可以告诉你一件大事情，关于募款筹建礼堂的事，是由北大在京校友狄膺及余又荪[①]两人共同负责办理，一切有关募款的收据表册等均已造好，今天就可分发完毕，大概明天就可正式进行了。"

时间离九点越来越近，胡博士匆匆地跑去开会。我也很高兴地辞了出来。胡博士在开会的时候，一定会分外引人注目，因为除了他的声誉和地位以外，他的脸上那几块蓝色的痕迹，并没有擦干净！

（本文写于 1999 年春）

[①] 狄膺（1895—1964），江苏人，1919 年毕业于北大哲学系，曾留学法国，曾任国民党六届中执委兼中央监察委员会秘书长，1947 年任中政会委员，1948 年当选立法委员，后去台湾。余又荪（1908—1965 年），四川人，毕业于北大哲学系，曾留学日本，历任北平民国大学、四川大学教授，重庆大学教授兼总务长，后在台湾大学历史系执教。

上海特别市市长吴国桢

吴国桢从 1946 年 5 月到 1949 年 4 月，做过三年的蒋家王朝"上海特别市市长"。这三年期间，蒋家王朝发动内战，失去民心，通货膨胀，民不聊生，面临崩溃，工潮、学潮如火，吴国桢这个市长，像个消防队长似的到处"救火"，却难以奏效。那时，我在上海做记者，遂有见到他的机会，并且专门采访过他。虽时隔半个多世纪，至今仍记忆犹新。

初步印象

我在上海，当时以重庆《时事新报》、台湾《新生报》两家的上海、南京特派员及上海《现实》（新闻双周报）记者的三个名义活动。

1947 年 5 月 4 日，上海法学院学生为纪念"五四"运动，前往北四川路一带张贴标语，遭警察殴打，有两人受伤，造成罢课。复旦、交大、圣约翰、同济、光华等 30 余校代表组织"上海学生'五四'事件后援会"举行声援，5 月 9 日，后援会代表及上海法学院学生共六百多人浩浩荡荡进入市府请愿，同吴国桢进行了五个半小时的谈判。我在这天，第一次见到吴国桢。他方圆的脸，穿西装，个儿不高，黑发从中间分梳两边，态度较好，人也挺干练的样子。当天，吴国桢提出了一个调解方案，例如学生医药费由市府负担，警察以后要注重礼貌。

他把警察打学生用不讲礼貌来掩盖代替了，要求学生立即复课，结果当然谈判谈不拢。于是，接下去学潮更汹涌，造成了交通大学学生到南京请愿的事。那天谈判，吴氏给我的印象是：他站在反动政府一边，再能言善辩也无法阻止学潮扩大。因此，1947年5月27日重庆《时事新报》上发表了我写的《泛滥京沪的学潮》一文，我表露了这种看法。

以后，在上海工潮起伏中，11月14日，我又一次见到了吴国桢。他约集了许多工会负责人开会，说"工人纪律越来越坏，随时罢工，而效率又特别低……我是同情工人的，但这样行为，实在不可原谅"云云。当时，据我得到的数字，1947年此时，上海全市人口共计396万，有职业者，仅154.9万，而失业人数约有135.3万人。由此可见其他。吴氏当时虽嘴上说"同情工人"，实际却又挤压工人，自然是一筹莫展拿不出办法来面对现实。因此，工潮始终不断。我曾在11月18日写了《上海在不景气中》一文，发表在11月22日的重庆《时事新报》上，较全面地反映了上海经济已经到了总崩溃前夕的状况，也反映了对吴氏的初步印象。

面对面采访

正因为上海情势杌陧，我是在1947年11月22日接受《现实》发行人兼总编辑曹亨闻（复旦大学新闻系教授）的委托去采访吴国桢的。那年我二十三岁。在采访之前，我们以《现实》的名义写了一封信给吴氏，附去了拟谈的问题及我的名片，信上希望他同意采访并定下时间由我去当面采访。我与曹先生合拟了一系列问题，约莫十几个，其中有的问题是一般的，有的问题则是尖锐触及当局时弊的。为怕遭拒绝而达不到采访的目的，我们决定将平淡的问题放在前面问，尖锐的问题放在后边问，而且在附给吴国桢的那张问题单中，只列举了十个较一般的问题，免得他看了有些问题害怕，拒绝接受采访，而由我将其余尖锐的问题默记于心，便于在采访最后当面提出。

信发出后，想不到很快就接到了市府交际科打来的电话，约定我在11月22日上午10时40分在市长办公室与吴国桢晤面，于是，遂有了这初次面对面的专访。

我的专访《与吴国桢论上海当前问题》于1947年11月28日作为头条发表在上海《现实》上，我的署名是记者公亮。我是在吴国桢办公室堆满公文的案前进行采访的。环境很静，他悠悠地吸着烟，淡蓝色烟圈不断从他嘴里喷射出来。他的回答，一半好像和记者谈话，一半好像解答问题。我当初问了"请先生批评以前外国人在上海一切措施之得失""就上海市政府经费情形而言，有什么意见可告诉吗？"以及"处理上海行政问题，最困难的事情是什么？最难对付的是哪些人？"等等。对此他的回答是很圆滑的。

吴答：两种人——野心政客与不法商人。我们对扰乱治安者可以按法拘捕，但这两种人却在阴谋捣乱，我们时时刻刻希望求公平与安定，他们却处处歪曲，到处煽动，唯恐天下不乱。

后来我提到新闻自由问题，他说新闻自由应被尊重。上海以后决不会实行新闻检查的制度。但当我提出最近《观察》杂志遭受干涉一事时，他说他也似乎听到，但是接着又说新闻自由应该尊重，但应在不妨害安定的前提下，否则，也应加干涉。我也没有什么可说，其实《现实》在台湾的发行也曾遭受干涉又将如何说起呢？其他如逮捕学生问题，取缔民盟问题，抑平物价最有效的手段诸问题，吴氏默然不答。

当时上海的美、英记者，称吴氏为"K. C."（"国桢"二字英文第一个字母），对他评价较高。经过这次面对面的采访，我对吴国桢的印象是：他表现得平易近人，有点学者风度。临别送我一张他的照片（刊于《现实》封面），告别时并握手，但他使我感到他擅长粉饰，谈吐老练、圆滑，讲话用技巧，善于辞令。他想讲的就讲，他不想讲的就坚决不讲，避之。而且他讲的话均有立场，即使言不由衷或强词夺理，仍然万变不离其宗。

我这次采访，虽然不算失败，但应当说是不成功的。虽然达到了使他接受采访的目的，我也坦率问了想问的问题，但我问出的一些重要而尖锐的问题吴国桢居然很滑头地挡过或干脆默然不答。当然，滑头地挡住或默然不答也是一种回答，一种立场、态度和倾向，所以我在专访末尾用笔墨抒写了我的不满。还有，我提问中有一个问题："处理上海行政问题，最困难的事情是什么？最难对付的是哪些人？"原意是想引吴氏谈起奸商投机倒把和他同警备司令宣铁吾间的矛盾。谁知吴氏回答得非我所愿。对他的回答，我感到改和删都不好，而且，吴氏当时以貌似民主的假象蒙蔽了一些人。发表他这些言论，对他是一种赤裸裸的揭露，所以就以"有闻必录"的方式发表了。

以后对吴国桢的看法

正由于曾专访过吴国桢，对他有一定的了解，我后来也曾关注过吴氏的表现。

他受的是美国教育，崇尚西方式的民主自由，存有对共产主义的偏见，但又"学而优则仕"在专制独裁特务横行的蒋政权里做官，并受到宋美龄的特别重视，其实思想里却有众多矛盾。他跻身官场多年，那种政治生涯使他必然有圆滑和世故的一面。处于蒋政权走下坡路的时期，四处起火，他想灭那种四面燃烧的火焰，自然力不从心，更谈不上有什么建树了。我在那个时期的上海看到的吴氏，就是一个努力想替蒋政权卖力却无法实施抱负、显得非常狼狈尴尬的吴国桢。他后来离开上海去到台湾，但无法左右时局也无法克服心中的矛盾是必然的。当他与蒋经国交恶，甚至险遭特务暗害而自我放逐去美国后，先沉默忍受，后终于爆发"吴国桢反蒋事件"，他公开反蒋，而被撤职并开除党籍，这自然也顺理成章。

吴氏在美国三十年，晚年寂寞，执教并写书，但思想有变化，虽声言不问政治，关心故土的心情却始终存在。1983 年，他的长子吴修广教授回大陆讲学，携回许多见闻，使他吃惊，并使他对大陆的看法全面改变。他曾对友人说："邓小平先生的文选，我看过三遍，并用红笔加以批注圈点。"又说："邓先生我极钦佩，如果中国朝现在的方向走下去，再走十五年，未来的世纪将是中、美、日的天下。"

吴国桢晚年的哲学，主张"怨不可记，德不可忘"。他本来决定1984 年 9 月上旬偕夫人黄卓群一起飞回大陆，畅游故国，偿多年夙愿。但不幸于 6 月 6 日上午九时病故，葬于萨凡纳。

当时，全国政协主席邓颖超大姐及上海汪道涵市长等均曾致电吊唁。

可惜，他未能旧地重游回来看看变化了的故国和新上海！

（本文于 2003 年加写了"以后对吴国桢的看法"约 600 字，后全文刊于 2003 年第 3 期上海《世纪》杂志）

亲临杜月笙六十岁上海寿庆

那是 1947 年夏天，8 月里有一天在江湾复旦大学里，《现实》的主编、复旦新闻系教授曹亨闻先生找到我问："你认识杜月笙不？"我说："由于家庭的原因，我见过他。"曹先生说："他要做寿了！听说会很盛大的，海上闻人嘛，而且他过去是私立复旦大学的董事，1937 年 1 月他曾拟捐钱给学校建一个'月笙科学馆'。1944 年复旦大学（这时已是国立大学）建新闻馆时，他也是出了不少钱的。你是否可以参加一下他的寿宴并采访一下写篇文章给《现实》用？这对上海的读者是有吸引力的！"我当时答应了下来，但后来在家里把这事告诉了地下党员陈展后，他说："写这种东西有什么意思？青帮头子！你写他就是捧他的场！犯不着！"我觉得他说得有理，但仍决定要参加一下杜月笙的寿宴，丰富我的采访生活。

杜月笙原名月生，后改名杜镛，字月笙，上海浦东人，1887 年生，这年正好六十岁，他年少时在上海一家水果行学徒，后来加入了八股党，与黄金荣、张啸林结拜为把兄弟，逐渐在上海有了势力和地盘及地位。1927 年蒋介石在上海发动"四一二"政变时，杜月笙与黄金荣等组织"中华共进会"反共，蒋介石任命他为海陆空总司令部顾问、国民政府军委会少将参议和行政院参议。以后在上海势力更大，门徒众多，又开设中汇银行，在通商银行任董事长，抗战爆发后他与戴笠建立江浙行动委员会任主任，上海沦陷后先在香港后到重庆，为抗日利

253

用他在上海原有的潜势力做抗日的工作，威势一直很盛。但近一二年内，新闻界的人都听说了杜月笙的一些情况。

这位"海上闻人"，历来与蒋介石关系密切，抗战期间，上海沦陷，杜月笙的势力在上海还有地盘，杜在香港与军统戴笠合作，维持着重庆方面同沦陷区的联系，沟通了物资交流，同日寇和伪组织的汉奸站在对立面。抗战胜利，他被任命为江浙行动委员会主任，先行到屯溪等待，准备参加接收上海。但蒋介石此时见日寇投降，对帮会势力有剪除之心，无培植之意，杜月笙开始失宠，尤其戴笠因飞机失事丧命，隶属军统的上海警备司令宣铁吾根本不把杜月笙放在眼中，使杜月笙感到难堪。1946年8月，上海市参议会选举议长，杜月笙当选，却又让他以"多病"辞去议长之职，重新选了"CC系"的大将潘公展为议长。杜月笙心情极不舒畅，1947年1月里就离开上海到了香港，说是去"养病"了。养病期间，传说很多，最惊人的是说杜月笙想去延安，说杜月笙在香港同民主同盟人士来往，这下当局就派了"CC系"大将洪兰友去香港迎接杜月笙回来。杜在香港待了五十几天，到3月下旬又回到了上海。回到上海，在轮船码头，受到相当热烈的欢迎，他又匆匆去了一趟南京，据说是去向最高当局解释在港情况的。其实，他是依附蒋政权而存在的，去延安根本不可能，据说是他的人放风抬高身价的。

现在，杜月笙隆重地做寿了，虽然他向记者发表谈话说"不愿过于铺张"（他是上海《新闻报》的董事，报上常发表关于他的消息），但他的门生、故旧组成的祝寿委员会筹备处早已从7月就开始发动送礼，并通知门徒前来拜寿，同时更请南北京剧名伶名角到上海来演出堂会。霸王请客、张飞敬酒，名伶们谁敢不来呀！但杜月笙很会来事，他做寿，是由于在大上海混世要讲究一个"面子"，在人家眼中，他现在走着下坡路，不大吃香了，正因为此，做寿风光风光，好让人看看他还有力量。他本拟做堂会，但立即又宣布："目前苏北、四川、两广都有水灾，决定将堂会改为义演，公开卖票，所得全部捐给灾民。"这做法似乎还不错，因为义演的票价最高要五十万元（法币）一张，一张票可抵一石半米。杜月笙还说决定把人家送的寿仪加上义卖的赈灾戏票钱全部捐了救灾。但有人说寿仪虽有几十亿，但通货急剧贬值，物价飞涨。这笔钱放在银行里压一压，转一转，过若干时日捐出来，名义上是捐了，实际这一转一压因法币贬值灾民得到的好处不大，究竟如何是弄不清的。

我去参加杜月笙祝寿仪式进行采访的那天上午，叫了辆祥生出租车到丽都花园去。我没有请柬，不坐轿车是不行的，没想到车子到达泰兴路丽都花园门前远处时，已开不过去了。司机说："开不过去了！你看！"说着，一个警察上来挥手叫我的车子快点走开。原来出租车不让过去，能开进去的都是私家的漂亮轿车，车子前方玻璃上都贴有一个"庆祝杜公六秩寿辰"的红纸出入证。许多警察、宪兵都在维持秩序，指挥汽车进出。别克、雪佛兰、福特等各种颜色的车子数不清，前边人也挤得满满的，我只好付了车钱下车。

来贺寿的宾客真多！我用记者名片开路，一路朝前边人流中挤过去。天热，身上出汗，好不容易挤到丽都花园大门前了，左边正"噼噼啪啪"放鞭炮，外加"天地响"在天上和地上轰响，军乐队也在奏热热闹闹的喜庆迎宾曲。听来采访的《申报》记者陈君说国府文官长吴鼎昌代表老蒋来祝寿了，又看到市长吴国桢、警备司令宣铁吾也来了。还听说昨晚在爱文义路佳庐替杜月笙暖寿，办了几十桌酒席，盛况空前，一大批"党国要人"郑介民、许世英、钱大钧、王正廷、潘公展等，都到了！于右任、孙科、居正、宋子文、孔祥熙等一百人联名写了一篇祝寿文也送到了……当政的要人同上海青帮大佬的结合令人吃惊。

看见人们都走进大门里去，我也随人流一同进了大门，也没人查看我的请柬或名片，但进门两侧放着两列长桌，都上置笔墨砚台，有好多本大旋风装的签名簿，有的写明是"贵宾签名桌"，有的是"记者签名桌",有的是"贺客签名桌"。挂红绸条的男女招待客气地请来宾签名,主要是接待贵宾签名十分恭敬。他们看人签名后,分三六九等,有的陪同人内,有的请到后边去。我写了报社名字又大笔一挥写了自己的名字,发给我一份礼品是一盒红色烫金写着"寿"字的香烟及一份彩印的吴敬恒(即吴稚晖)和叶恭绰亲笔书写的祝寿文,外加一个别针别着佩戴的来宾绿绸条让佩在胸左,请我自由活动。

有"中央电影制片厂"的人用那种"独眼龙"摄影机在拍摄新闻纪录片。寿堂里人声嘈杂,中央上方寿坛前挂一幅大泥金绫边横屏,上写"恭祝杜老先生月笙六十大寿"字样。稍下悬挂着一个丈把高的大金"寿"字,正中有个通红的绸缎寿幛,特大,上边是蒋中正署名写的四个大字"嘉乐宜年",每个字都有尺把长,听说是制成金字用专机送到上海的!蒋这个人,有一套政治手腕,过去早听说他对杜月笙有两副脸,当人面因为避嫌表现得有距离,私下同杜月笙见面却十分亲热。抗战胜利后,他对杜月笙冷淡了,现在怕杜月笙起外心,又笼络了。那天听一个在采访的记者说:"老蒋这次特派蒋纬国夫妇到上海去杜公馆拜寿,还行子侄礼呢!"

寿坛上的香烛烧得寿堂里烟雾腾腾,铜炉里烧的檀香木散发着悠悠香气。许多寿桃、寿面一盘盘地供着,江湖气息与佛教气氛夹杂。这寿堂本是舞厅,地上滑溜溜的,四面琳琅满目挂的全是大红粉红的寿幛。杜月笙在家里"避寿",他的几个儿子都穿着长衫,虽有冷气,天这么热仍加着马褂,在寿坛旁含笑接待拜寿的宾客,欢声笑语此起彼落。

我采访喜欢单枪匹马独自进行,自由利索,节约时间并且方便,又可得到独家报道,不受牵制。杜月笙这次做寿,来的人确实多,宋子文、王宠惠、魏道明、汤恩伯、杨虎等都来了,有的同杜月笙那些儿子们拱拱手或握手寒暄几句就走了,有的则被请进内堂去了,在部分未被请进内堂的人(包括记者)都纷纷从两侧门里进入后边花园里去了。原来请入内堂的人是摆酒席款待，进入后花园的人则在遮阳伞篷下的许多圆桌旁吃寿面。寿面是素的，空气里洋溢着麻油香。我当然不会去吃这种寿面，转了一圈就决定离开。

我事先查阅过资料：1931年杜月笙在上海浦东建了杜氏家祠，举行庆祝盛典，那时气势之大报纸大肆报道过，到的头面人物一万多人，放礼炮二十一响，每次开饭，都一千桌左右，要分四五次才能开完。显然，如今杜月笙的威势已走下坡路了！事后，听到人议论，说蒋介石送杜月笙祝寿的四个字是"嘉乐宜年"，实际是劝嘱他乖乖地享享乐度过晚年的意思，言外之意是要他别再有什么新的非分之想！

杜月笙在上海解放之前一个多月——1949年4月离开上海去到香港，1951年8月在香港病逝，终年六十四岁，离他做六十岁生日仅仅不过四年。他后来葬在台湾台北市郊。

我在杜月笙做六十寿诞的这天，有机会在上海看到一些场景，也有我独特的感受，但我决定不写什么稿件，只把这种经历当作一种资料储存在记忆中。后来，曹亨闻先生问我写了没有，我说没有写，他问："为什么不写一写？"我只简单地回答："上海不少报纸报道捧了场，我不想凑热闹了！"

（本文刊于2014年第3期上海《世纪》杂志）

辛亥元老凌铁庵传奇

一、同盟会秘密会员

凌铁庵先生，生于 1885 年（清光绪十一年），原名凌昭，祖籍安徽省定远县，是著名爱国人士。

先生自幼好学并习武。因受太平天国革命影响，仇恨帝国主义侵略，少时曾读武备学堂立志救国，后毕业于江南陆师学堂。1906 年，同好友袁家声、张江滔等一道加入同盟会，成为安徽省早期同盟会秘密会员之一。此后先生便以"驱除鞑虏、恢复中华"为己任。1907 年，曾东渡日本接受孙中山先生对安徽革命指示，回国后与同盟会会员的两个哥哥，凌毅（蕉庵）、凌季庵一道，将祖先榜眼府大部分田产变卖资助革命作为经费。

1911 年武昌首义，凌毅为光复南京战斗，凌季庵时为广州起义军总司令赵声之军事秘书，挂印在阵。凌铁庵则在安徽作军事策应。1912 年，同盟会会员孙毓筠任安徽省都督，将全省民军编为五个师，凌铁庵受命任第五师师长。二次革命时，凌铁庵任讨袁军皖军总司令部参谋长兼第五师师长。安徽著名革命党人范鸿仙从沪返皖策划反袁世凯称帝，凌铁庵同凌毅一道参加了著名的正阳关军事会议，讨论决定组织反袁军事力量。1914 年初，凌铁庵曾以同盟会会员身份策划了白朗军起义配合讨袁斗争。

二、白朗以军师相待

白朗（1873－1914），字明心，河南宝丰人，幼时曾进过私塾，从小在家务农，1908年夏与地主王岐发生冲突，被捕入狱一年余。辛亥武昌起义时，白朗在宝丰组织农民进行反官府斗争。1912年率领豫西一带农民武装起义，1913年春攻克禹县，提出"打富济贫"口号。队伍扩大，先后攻克新野、邓县及湖北随县等地。又回师北返占有河南唐县、方城等地。1913年二次革命反袁世凯复辟时，黄兴派人去联系白朗未成，凌铁庵奉孙中山密令化名赴白朗处联系，运去枪支弹药，赠送一本地图（凌氏教白朗看地图，使他知道地理历史常识，使他知道如何进退），并代孙中山委任白朗为湘鄂豫三省联军先锋司令，白朗对他的指导十分敬佩，以军师相待。白朗被袁世凯及同伙诬称为"白狼"，他在反袁世凯的战争中立场坚定。但1914年1月，凌铁庵奉中山先生命赴沪。他走后，白朗率部下横越京广铁路，取商城、光山等地又入皖攻克六安、霍山。袁世凯派陆军总长段祺瑞率二十万军队围攻，白朗突围西上，决定西去陕甘，然后入川。此时起义军已达到万人，号称"公民讨贼军"，谴责袁世凯"托名共和，实厉行专制"。但袁军强大，起义军长期流动作战，无根据地，损耗无法补偿。8月中旬，白朗率部回宝丰，途经虎狼爬岭时被围，突围时中弹牺牲，年仅四十一岁。噩耗传来，凌铁庵为之痛哭。

讨伐袁世凯失败，革命党人大批流亡上海。时孙中山先生在日本，凌铁庵也东渡日本，1914年7月8日，在日本东京成为中华革命党第一批党员之一。孙先生命其返沪任中华革命党驻沪主盟代理人。后又代理中华革命党安徽支部长。

1919年10月，中华革命党统一改名为中国国民党，凌铁庵被推举为中国国民党筹备委员。

1921年，他与曾任孙中山非常大总统府咨议之老党人管鹏等在安庆创办了《民治报》。从1921年到1923年，在《民治报》开辟专栏转载进步文章并揭露军阀祸皖罪行，宣传国共合作，竭力弘扬孙中山先生的主张。

三、揭发军阀卖国行为

北伐前，1925年，凌氏奉孙中山先生密令，去北京政府任交通部航政司司长，并兼东北铁路会办，因军阀段祺瑞与张作霖妄图与日本南满铁道株式会社总裁松冈洋右秘密签订出卖东北吉敦、四洮、吉会、打通四条铁路的密约，凌铁庵奋不顾身向全国发出通电揭露密约内容，引起全国之响应反对，阻止了正式签约。东北边防督办张作霖下通缉令，凌氏颠沛流离，遭迫害及暗算，双目受伤（后失明）。

1926年，国民党安徽省党部成立，凌铁庵任监执委，同年冬，随国民革命军北伐，任中将参议。

1927年3月，蒋介石到安庆策划"三二三"反革命事件，凌氏与时任上海警备司令之皖人杨虎等被蒋召见，但他对蒋之行径十分反感，愤然离开安庆。此后他双目失明，十年间歇隐南京等地，热心盲哑学校及残疾人事业，口授著述二十余万字之《盲人之路》一书，主张"替盲人打一条出路"，为残疾人谋福祉。

抗战军兴，凌铁庵力主抗日，勉励幼弟、黄埔八期步科生凌淦上前线抗日杀敌。凌淦在南京保卫战中壮烈牺牲于南京中华门前沿阵地。凌铁庵偕妻子儿女经武汉入川，任军委会中将参议、党史编纂委员会委员，在重庆积极从事抗日救国活动。后迁居江津期间，热心公益，为人称道，他创建难民工厂，筹组"义民公墓"及冬季救济，并支持冯玉祥发起献金运动，深受下江难民拥护及当地人士之钦敬。

四、将陈独秀棺木运归家乡

凌铁庵与陈独秀既是同乡，也是熟友，当抗战时期陈独秀流居江津时期，双方曾有往来。1942年3月21日，陈独秀在《大公报》上发表《战后世界大势之轮廓》（上）一文，散布悲观情绪，认为当时力量对比德日占优势，胜利可能性最大，若此，"中国必然沦为殖民地"，"若美国胜利，中国也只能恢复半殖民地地位"。陈独秀这理论发表在战火正烈之时，散布悲观论调不利于抗战，故遭到凌铁庵驳斥，这驳斥得到国共两党和各方人士的同意。《大公报》也不发表陈独秀这篇文章的下半截了！事后，陈独秀也认识到自己那篇文章不对，曾对江津的好友邓宗纯先生说："我不该写那篇文章！"

1942年5月27日，陈独秀病故于江津，年六十三岁，凌铁庵参与吊唁，陈独秀葬于江津城西两里之外的康庄前坡。抗战胜利，1947年2月，凌铁庵通过国民政府军委会办公厅主任马之远中将批办派一艘大木船，将其已故之妻鲁淑兰和二女凌仲正的灵柩运返家乡安庆时，仗义将陈独秀及其发妻高大众的灵柩一同运往下江。四具棺木（陈独秀棺木上写着陈乾生的名字）从江津顺流而下运到安庆沙漠洲后，由凌铁庵的四女婿余立群与陈独秀的三子陈松年等接上岸。陈独秀的灵柩先置于太平寺内，后葬于安庆北郊十里铺叶家冲祖坟地里。

抗战胜利，由于凌铁庵早期对辛亥革命和北伐功高卓著，被聘任为国民党中央组织部设计委员，1948年当选国民大会代表。内战期间，凌氏曾多次保护营救过共产党人、民主人士及爱国学生。当时出版的《人物》杂志，曾以《盲目不盲于心的凌铁庵》为题，对其事迹作过评价；上海《现实》杂志及南京《新民报》等也均有专访发表，赞誉他"倡导救乡运动，救安徽贪污政治下的三千万人民"。

凌铁庵作为辛亥革命元老，一生爱国，为人正直，晚年在台湾赋闲，日夜思念大陆及家乡。1962年临终前，遗嘱要把他的遗骸运回大陆，埋土家乡。逝世后，其好友于右任先生亲书挽联悼念曰："尽国民天职，盲目不盲于心；是革命人豪，寿己兼寿夫世。"

1995年春，先生骨灰由台湾归葬安庆"三胞公墓"。统战部门安排了盛大迎葬仪式。

（本文原载于1996年第5期《海峡》，后又刊于2011年10月10日《安徽商报》"纪念辛亥革命100周年"特刊）

怀念陈铭枢

 1945 年的深秋，重庆陕西街曹家巷江苏银行后面的一幢洋房的三层楼上，常常拥满了许多痛感国事蜩螗的人物，那时，胜利不久，人心还陶醉在美丽的幻想之中，但内战的征象却已经很显明地表露出来了。三层楼上的主人是一个广东佬，高颧骨，方脸盘，戴着眼镜，蓬蓬的头发已经白了不少，衣着不讲究，但常叼着一个烟斗，到他那里去的人，民盟的也有，国民党的也有，无党派的也不少，朱蕴山、蔡廷锴、蒋光鼐、罗隆基都常是他的座上客，他们谈国事，谈政局，常常想在本位的努力上，使中国更民主更进步，但他们的努力是白费的。虽然在当时，主人曾经赋过"水远山长一草庐，八年陶醉有诗书。而今座上客常满，又有兴亡到老夫"的七绝，但曾几何时，客人散了，主人也默然了，镜花水月一场空。到如今，又是春暖花开的天气，但是他仍然蒙受了深秋萧瑟的气息，息隐在香港，偶尔从报上的电讯里，看到关于他一丝半滴很不详尽的近况，知道他仍在为民主与团结致力，但在这每况愈下的局势中，哪天能收到些微的成果呢？我怀念他——这壮心未已的老人——陈铭枢。

 抗战八年，他的行动常被监视，他的确是"陶醉有诗书"。欧阳渐大师在江津支那内学院讲学，他是最虔诚的弟子。他钻研佛经，临写碑帖，但他究竟不是等闲之辈，大局江河日下，他终于在八年将息之后，又复活了当年神采，想不平凡地做点什么了！1945 年 8 月日本投降后，大家都在做着还乡梦的时候，是他最活跃的时期。1946年"一·二八"淞沪抗战纪念会在重庆曾大规模地举行。当年他是十九路军的领导人。他在会场上的演说中讲："这是十九路军的将士最后一次发动纪念'一·二八'，以后这一个纪念，应该由中国全体人民发动，来纪念，因为'一·二八'是全中国人民最光荣的一段奋斗史，这一个光荣史不单属于十九路军，它是属于全中国人民的。"这话没有错，今年的"一·二八"纪念就是在上海由各界发起庆祝的，中国人民永远忘不了悲壮慷慨的"一·二八"抗日战争的。

中华革命党老党人凌铁庵和他的私交极好。1946年1月的一个中午，我和重庆《益世报》的采访主任邵加陵兄到余家巷凌家时，正巧见到他在凌家的厨房里亲做庖厨。他说他做的菜名叫"黄浦蛋"，那是他当年常常吃的。他教凌铁庵的女公子做，做法是"一斤麻油加一斤猪油在锅里熬，再打十个调好的鸡蛋煎成蛋浆"。但结果他两手油腻，蛋的滋味并不好，只有他一个人独自吃得很多，而且风趣地说："好吃！很好吃！"事后，邵加陵回报社写了个小稿说起陈铭枢做"黄浦蛋"的事，但被扣发，这说明当时当局对他的看法是怎样。

承受着压力，他要离开重庆回南京或上海了。但他的机票是当时许多好朋友出力才得到的。一天傍晚，大雨之后，街上积水未干，我看到他手里拿了雨伞，穿着布褂飘飘然地走在湿漉漉的泥泞道上，我不由得想起政坛人物的命运无常与人生的虚幻。

我了解他的经历。他，字真如，广东合浦人，1889年（清光绪十五年）生，早岁毕业于保定军官学校第二期，1924年任粤军第一师第一旅旅长。1925年任国民革命军第四军第十师师长。1926年任国民革命军第十一军军长兼武汉卫戍司令。1929年当选国民党三届中执委，并任广东省政府主席。1931年任淞沪警备司令，又任京沪卫戍司令长官，年底代理行政院院长兼交通部部长。1932年1月，任行政院副院长兼交通部部长，不久因秘密组织中国社会民主党等事，弃政出洋，旅居法国。1933年回国，与李济深等在福建成立人民革命政府，任国府委员兼政委会主席，被国民党开除党籍。闽变失败，逃往香港。1936年8月，国民政府撤销通缉令，1937年1月回国后，组织三民主义同志联合会。抗日战争期间，挂职于国民外交协会，其实是在当局密切监视之中。往事苍茫，道路崎岖，如此而已。

他走，我们送他，热烈地握手，飞机远了，那是1946年2月间，他回到南京。在南京郊外，他有一片广大的农场，他自己取了个名字叫作"大士农场"。他保持沉默，在农场的树木果园中消闲时日。偶尔也到上海住几天。他并不是个爱沉默的人，也不是个在农场里与草木相处的人。国事阢陧，其实谁都知道他是有"难言之隐"，他的沉默迟早会爆发，他不能无动于衷。

确实，他终于突然秘密到香港去了！[①] 很久没有见面，听到的关于他的消息既零碎也无从对证。我怀念他！但如果他能看到我写下的这篇怀念文章，他一定会对我说："你，这个多事的青年人！"

（本文刊于1947年4月1日上海《文汇报》。但《文汇报》不久就被查封。）

---

① 陈铭枢去港后，1948年加入中国国民党革命委员会。新中国成立后，曾任中央人民政府委员，中南行政委员会副主席，全国人民代表大会常务委员会委员，民革中央常委，第一届全国人大代表，第二届全国政协常委。1965年5月在北京病故。

从天上到"地下"

——我和陈展、祝华同志的故事

二十多岁的青年时代亲身经历的一段旧事，发生在从抗战时期到解放战争时期。时光像水一般流逝，记忆已经遥远，但印象那么深刻，许多事回想起来仍像发生在昨天似的。

一、一次神秘的旅行

人生的道路都是由自己走的，只是这常常又同你所接触的人有关，"近朱者赤，近墨者黑"就是这个道理。我是在抗战胜利前一年（1944年）认识陈展的，正因为认识了他，使我走上了革命的道路。

认识陈展是我堂兄王洪泽（王东生）介绍的。那是抗战胜利的前一年，洪泽在大后方重庆一家保险公司工作。我去看望他，见他正同一个朋友在房里谈话。这是一个脸色黝黑、戴眼镜的中年人，一头浓发梳着分头，脸上常露笑意，皮肤粗糙，刮光的络腮胡成片浮着青光，中等个儿，穿套半旧的紫蓝色西北羊毛粗纺的中山装。他两只眼瞪着人看时，显得有点神经质，是一种警惕、机敏的表示。洪泽说陈展是做生意跑西北的，告诉陈展我是复旦大学新闻系的学生，爱写文章。见我来了，陈展不久就走了，他走后，洪泽悄悄告诉我："陈展表面上说是商人，其实肯定是共产党，只不过他不肯承认这一点。"我问："你怎么认识陈展的?"洪泽说:"战前我们在南通上中学时同过学,陈展曾是共产党的中学支部书记,还担任过共青团南通中心县委组织部长,被通缉过,做过中共江苏省委组织部省巡视员,但我们多年不见了。陈展这人很神秘,战前被捕过,国民党将他关在上海漕河泾监狱,又关在苏州反省院,用过种种酷刑,抗战爆发后,才释放他。前不久,偶然在路上遇到他,才知他在做生意,但他不是个真商人……"

洪泽当时思想比较进步,能写很美很好的诗,与当时有名的影剧演员江村等关系密切。他对时局和现状都不满,平时我们挺谈得来,但交往不多。我这时刚考取复旦新闻系,校址在北碚。接待我上学的堂兄王洪江家在江津,我去江津路过重庆时才偶尔会去看望洪泽。这次在他那里认识陈展后,我绝未想到新认识的这个人竟左右了我以后的人生道路。

复旦大学新闻系当时是比较"红"的:一是报考的学生多,声势大;二是思想左倾的学生多,社会上认为这里赤色分子多。我进北碚夏坝的复旦大学攻读时,从一年级就常在报纸上发表散文和小说,有的文章可能被陈展看到过。有一天,陈展竟出现在夏坝我的宿舍门前了!他说是来看望一个朋友顺便来见见我的,约我在嘉陵江边的小茶馆里喝茶聊天。我陪他喝茶,又陪他在江边散步。他问我家里的情况,在学校的情况,我感到他像一个大哥似的很关心我。从这以后,他间隔一段时日总会来看我一次,同我在茶馆里喝茶或陪我在小饭店里吃面。我们谈得很投机,时局、形势、中国的前途,什么都说,渐渐有了交情。我本来订有《新华日报》,并常到北碚新华书店看看书,买点书,有了陈展做朋友,对共产党也就加深了认识。就这样,我们保持着联系,始终不断。直到1945年8月,胜利降临,日寇投降。我认为他对我是够了解的了,而我对他,却了解得不多,因为我知道他忌讳问他是不是共产党,我也就不问。当年,同共产党接近是一件危险的事,我也要掩护他,所以有同学问我他是谁,我总回答:"我堂兄的一个朋友，做生意的。"

此后不久，我在《大公报》上发表了一篇矛头直指国民党和三青团在大学里横行霸道的恶劣行为的文章，题为《孰令为之》，要求反动党团退出学校去。陈展看到了。几天以后，他来到我处，我以为他会夸我写得很好，谁知他竟劝我不要太傻，说："特务厉害得很，你不要赤膊上阵，要注意安全。"他的话引我深思，似乎懂得了一些什么。

抗战胜利，使大家欢天喜地，但很快就因为当局热衷打内战，抢占东北，使形势杌隉，人们心中笼罩上内战的阴影。陈展同我常常谈起这些问题，我同他一样，在反内战问题上都是态度鲜明的。1946年2月里的一天，陈展突然又来夏坝找我了。我们在江边散步时，他突然向我提出一个要求，也给我一个喜悦，使我完全出乎意料。

当时，八年抗战胜利，谁都想回到下江去同留在那里的久别多年的亲人团聚，浓烈的故乡情折磨着每一个从下江流亡到四川来的人。但交通不便，水路、陆路和空中都只能慢腾腾送回去极少的人。我常常做梦也想着早日回江南，到南京和上海去同母亲和妹妹们团聚。这点陈展是知道的。他说："有个机会可以让你和我一同坐飞机回沪宁。我们先到上海，再去南京，你在这两地都有熟人，在南京你家还有房子。你知道，《新华日报》想在南京出报，需要找房子，你家的房子希望也能租给报馆用。我同你一起去，以后有你这个好朋友，可以有你家做个落脚点，你看行吗？"他说得再清楚明白不过了！我觉得他虽然早已同我几乎无话不谈了，但谈得这么坦率真诚，这还是第一次。他并未告诉我他是共产党，但实际已经把这点技巧地挑明了。我很能意会到他要回下江去干什么。《新华日报》是共产党的报纸，在重庆出版，我们复旦新闻系的同学看这报的人不少，我也订了一份，现在，要在南京也出版《新华日报》。陈展办这件事，以商人面目出现，是为了便于他工作。这我可以理解。我从心里希望自己能对他有些帮助，但却觉得生活实在太有趣了。我斟酌了一下说："你信任我，我觉得我不会辜负你的信任的。但现在不是假期，我离校陪你到这么远的下江去，要是被学校发现，那问题就不好解决了。"陈展说："不要紧的，我们是秘密走的！去到那里，把事办完了你就回来，我负责让你仍坐美军飞机回来！"他口气很大，当时能坐上飞机，可是很了不起的事。我心里琢磨：如果偷偷去上十天半个月，悄悄又回来，学校里还不至于会出现问题。我就问："如果去，什么时候走？"他说："很快就走，但一切都要保密。"又说："以后你千万别让人觉得你左，最好像个自由主义者，不左不右不偏不倚，写文章更要注意。那样，就是写了倾向进步的文章出了问题，也有个辩护。"我知道他这是好意，也明白今后我的命运将同他拴在一起。他话不多，但我却牢记在心。

真是像做梦一样，1946年2月20日我跟陈展果然启程了。我们是从重庆白市驿飞机场搭乘美军军调处执行部的大型银色四引擎C—54运输机赴上海的。在机场上，陈展给我介绍了一个穿西装的白净中年人祝华。祝华和陈展当时都是中共南方局组织部的干部，祝华还是曾家岩周公馆的负责人之一，他与陈展这次去上海、南京后，将留在沪宁一带工作。祝华后来就是上海马思南路107号周恩来将军公馆的办事处长，大家叫他"管家馆长"。他对我印象很好，以后我们常秘密来往，直到他奉命撤离，我们一直都是好朋友。

我还是第一次坐飞机，这种C—54美国运输机可以运输物资，面对面有两排帆布座位可以坐人。机舱里有几个美国的白人和黑人士兵。上机时，我看到一张英文的信笺似的机票上说明乘机的是中共代表团人员，我又发现潘梓年（当时是重庆《新华日报》负责人）、华岗、乔木等也与我们一同上机。我冒名顶替一个名叫吕文俊的人（至今也不知他是谁），美军点名我们上机坐下。我心中更明白陈展的身份了。飞机经过四个半小时的航行，天黑时抵达上海江湾机场。我带陈展回到上海成都南路霞飞巷5号家中与母亲及妹妹们见面，并安排陈展住在家中。第二天我和陈展就同祝华在火车站见面，一同去了南京。

介绍熟人并寻找房屋等事都办得比较顺利。那时，我的恋爱对象凌起凤不久也回了南京，她父亲凌铁庵是国民党的元老人物。后来我替陈展在南京将户口报在凌家，在上海报在我家。陈展领到了身份证，从此就在沪宁一带活动。我在沪宁一带帮陈展、祝华办完了应办的事后，他不失约，果然又同祝华让我坐美军的飞机飞回了重庆。悄悄来去，前后二十天左右，神不知鬼不觉，仅我同寝室住的好友张镇中知道我回了一趟下江，但去干什么他也不知道。我在学校继续上课，到快放暑假时弄到了票，由重庆经西北公路通过陕、豫、苏等省回到上海。这时，我开始被重庆《时事新报》聘为上海、南京特派员，大量写作通讯、特写。回下江以后，就常同陈展、祝华在一起或见面。

　　多少年后，陈展写过一篇革命回忆录——《在沪宁筹办〈新华日报〉》，文中写到这件事说：

　　　　原第十八集团军重庆办事处钱之光处长在《回忆在第十八集团军重庆办事处的战斗岁月》（载中共党史出版社的《中共党史资料》第 14 集）一文中有这样的一段话：

　　　　"1946 年初，国民党政府准备还都南京，国共谈判正在紧张地进行。一月间，刘少文同志奉派到上海，我们曾托他在南京、上海找房子筹备'办事处'。以后又派祝华、陈展两同志去南京，在二月和四月，周恩来同志两次致函国民党行政院院长宋子文和蒋梦麟，要求在南京拨给两幢房屋，在上海拨给一幢，筹建中共代表团办事处。之后，就派龙飞虎、刘恕、石西民三同志以中共代表团、办事处、《新华日报》成员的公开身份去南京帮助筹备。"

　　　　这段话引起了我许多难忘的记忆。当年在南京上海一带按照党的指示进行工作的情况，都油然浮现眼前，宛如发生在不久以前。

　　　　1945 年 8 月 14 日，日本政府宣布无条件投降，经历了长期战争苦难并为新的国内战争所威胁的中国人民，迫切渴望和平，要求民族独立和政治民主。为了达到这个愿望，中国共产党制定了争取和平民主的方针和策略，以政治和军事相结合，与国民党展开了系列的谈判斗争。

此时，由于抗战复员，政治重心开始移往南京、上海一带。正是在这样的形势和任务面前，祝华同志和我就在1946年2月间根据周恩来同志和十八集团军办事处钱部长的指示从重庆到上海、南京去执行任务，主要是买房子或租房子，为中共代表团和十八集团军重庆办事处东迁及在南京创办《新华日报》做准备工作。

为使赴沪、宁后工作得以顺利开展，我物色到了一个在重庆北碚夏坝复旦大学新闻系上学的青年学生王洪溥。我看过他写的文章，通过接触也了解到他确实是一个有正义感，对我党抱有同情和好感的大学生。他阅读过不少进步书刊，为人热情诚恳，是能密切合作而不至于出问题的。他父亲做过大学校长，抗战初因抗日死于日寇汪伪之手。而且，他从小生长在南京、上海一带，在宁、沪有许多亲戚熟人，通过他便于进行工作，所以在得到组织上同意后，我就专程在重庆同王洪溥秘密见了面。

我们变得比较知心，他是学新闻的，我未向他谈自己的身份，我的公开身份是商人，我向他说：《新华日报》要在南京找房子，如果他将来毕业了，可以考虑介绍他到《新华日报》工作。我将饶国模女士同红岩中共代表团的关系如何融洽告诉了他，提出希望他陪我去上海、南京走一趟，帮助我代中共代表团和《新华日报》找房子。我将自己装扮成一个为中共代表团和《新华日报》找房子的捐客，措辞等等都合乎这个身份。但事实上，他是知道我的真实身份的，虽然不详尽，夹有猜测，他也不问，互相处在一种了解和心照不宣的状态中。

1945年12月1日，昆明发生了"一二·一"惨案。昆明师生牺牲四人，重伤二十九人，轻伤三十余人。在中国人民为争取自由、民主和生存权利的斗争史上，中华民族的优秀儿女又奉献了许多鲜血，在国民党蒋介石统治中国的罪恶史上，又增添了一笔血债。当时，王洪溥在复旦大学曾签名并捐款声援昆明学运，遭到了复旦大学反动党团分子的恐吓与威胁，为此，他写了文章在《大公报》上进行抨击，用曲笔要求反动党团退出学校。我看了他的这篇文章，题为《孰令为之》。当时也与他交换了对时局的看法，从此奠定了更进一步的友谊。

谈到要他陪我同返上海、南京进行工作的事，他有些犹豫，因秘密离校到这么远的下江去，怕被学校里发现了不好。但最后，他终于答应陪我到上海、南京办好事情以后立刻回校，于是，我们神不知鬼不觉地就启程了。

我们是1946年2月20日从重庆白市驿飞机场搭乘美军军调处执行部的大型银色四引擎C—54运输机赴上海的。在机场我给王洪溥介绍了祝华同志。祝华同志当时是曾家岩"周公馆"的负责人之一。他这次去上海、南京后，将留在上海工作。祝华同志后来就是上海马思南路一〇七号周恩来将军公馆的管家。那时大家都叫他"管家馆长"。祝华对王洪溥印象很好，以后他们也成了来往的朋友。

我们同机去了上海的尚有潘梓年、华岗等同志。飞机票是由美军马歇尔军调处执行部签发的，全部用的英文，但写明是"中共代表团人员"。王洪溥冒名顶替"吕文俊"（这是英文拼音），他会英文，当然明白是怎么一回事。上飞机前，重庆稽查处的特务曾来检查随身携带的物件，上机时，美国军人按照名单点名检查机票上飞机。我本来未向王洪溥说明同行的有潘梓年、华岗等同志，但他是学新闻的，认识潘梓年同志，在美军点名时等于向他作了介绍。好在他是一个沉静的青年，使人放心。华岗知道他是复旦大学新闻系的学生，不时同他谈谈。那时，正好传来郁达夫在苏门答腊失踪是被日本宪兵杀害的消息。我听到他们谈郁达夫，也听到潘梓年同华岗谈到在适当的时候在《新华日报》上发表纪念郁达夫的文章。潘梓年同志此时是重庆《新华日报》社社长。他到上海是为筹备在上海出版《新华日报》的。我们到上海后没有几天，周恩来同志就从重庆致函国民党上海市市长钱大钧，在信上指出"特派该社长潘梓年君先行来沪筹备出报"。上海《新华日报》的筹备工作此时就由秘密转为公开。但在南京为筹备出版《新华日报》的工作尚在秘密中进行斗争，首要就是找到房子。

我们乘飞机抵达上海时，正是夜晚，刚下过大雨。上海被大雨淋得湿漉漉的。从飞机的圆形小窗向下俯视，可以看到跑马厅以及南京路上的霓虹灯。飞机停在江湾机场，从驱车送我们到市区的汽车司机口中知道美钞已涨到两千六百元一块，米价三万多元一石，猪肉一千二百元一斤。当时，上海人对国民党政府从重庆去的"劫收大员"十分反感，这批"劫收"者无恶不作。我们到上海时，正是英法商电车和公共汽车工人和永安、先施等各大百货公司的职工在大罢工。上海人的民心向背，处处使人能感觉出来。

王洪溥的家住在成都南路霞飞巷五号，我们到上海后，认识了他的母亲李苏老太太，这是一位爱国、坚强、有正义感的女性，从这次认识以后，他们家就成了我的庇护所，以后，我在上海的户口就报在他们家，户主就是李苏老太太。

我和祝华、王洪溥在次日坐沪宁铁路夜车去南京。清晨到达后，在下关一家小馆店里吃了早点。被日寇铁蹄蹂躏过的南京显得异常萧条冷落，投降了尚未遣返的日本兵有的被押解在清扫街道。祝华同志去同有关同志联系，我则由王洪溥陪同找他的熟人介绍房子。当时找到的有南京来复会堂牧师杨××等人。然后，王洪溥陪我到玄武门洞庭路看他们家的两幢房子。那是两幢三层楼的西式房子，有一个约二亩地的花园，花园当然早荒芜了！前幢房子在战争中损坏较重，后幢则依然可以居住，原先被日本一个蓖蔴子株式会社占据着，此时日本人已经撤走，这地方环境清静，房屋如将前幢修复，也颇宽敞。于是，同王洪溥商定，前幢房屋，由我们出钱修理，修复后住三年，三年后，再付租金。这是参照十八集团军红岩办事处的做法。后幢房屋也一样由我们租用。这一处地处南京玄武门洞庭路十号的两幢房子遂这样定了下来。我前两年看到王淮冰同志在《新闻业务》杂志上写的《南京〈新华日报〉是怎样出版的》一文，文中说："在办理'登记'（指《新华日报》的登记）的同时，准备出版的各项工作都在积极进行，其中最重要的是，要找到合适的房子，作为报社的社址。在法西斯恐怖下人们是不敢把房子给共产党的，更何况报社的用房，既要有编辑部，又要有印刷部、营业部。而且还要有容得下全社职工住宿的宿舍，这就需要有一处较大的房子，在当时来说，确实是非常困难的……"这是写得很实际的。当时，我是地下身份，公开以商人面目出现，同王洪溥在南京为房子奔忙了一段时间以后，因他必须及早赶回四川免得学校里出事，于是，同祝华在3月28日将他从上海送上美军的运输机，让他及时回重庆北碚校中。他这一趟秘密来去，在学校里基本无人知道。以后我告诫他：在学校里注意言行，不要太"红"，以免引起特务注意。他遂以中间面目出现，暗中却始终同我们保持密切关系。

在南京的活动比较顺利，我们为党在中山路现在260号百货商店的地方购下了一幢很宽敞的二层楼房，这里离鼓楼不远，去新街口闹市中心也方便，作为在南京筹办《新华日报》的社址比较合适。为了争取早日在南京出版《新华日报》，经周副主席和董老决定将它分配给《新华日报》。但按照国民党《六法全书》上那套产权转移的办法，为了合法使用这房子并且取得产权的证明，以免发生麻烦，必须花钱请一个律师办一个手续。当时，石西民同志与我秘密见面，谈到了这个问题，于是，我仍以商人公开身份出现，由我同《新华日报》负责人石西民同志请了南京当时鼎鼎有名的傅况麟大律师。在夫子庙"六华春"酒家摆了筵席，经傅况麟做中证，签订了买卖方的契约，我是卖方，石西民和《新华日报》是买方。实际是演的一出假戏，将共产党的财产转移到共产党的手里。为什么要请傅况麟呢？因为他是名律师，有点权威，在国民党政府中有很多熟人，为这件事他敢于"担肩架"。当时，他收取的手续费是高的，但他得到了利，我们也达到了目的，在当时，面临曲折复杂的斗争形势，不这样做是不行的。

二、紧张刺激而又艰险的时日

解放战争时期，陈展、祝华等常秘密给我进步书刊阅读。我那几年写的作品以通讯特写为多，因为这种形式明快尖锐，现在回顾，那些作品大都是为民众鼓与呼，为反内战、反法西斯独裁、支持学运，用曲笔为革命效力。那时，在南京梅园新村认识了范长江、梁隆泰等同志，颇受教益。新中国成立后，梁隆泰在北京曾任政务院机关事务管理局局长，50年代中则因犯"错误"到北京市委统战部工作过。我在上海采访时，到马思南路107号周公馆去，可以见到祝华、陈家康、潘梓年、华岗等同志。祝华有个阶段常常夜间会到成都南路99弄5号我住处来，叩我楼下厢房的玻璃窗，我就会开门让他进来与陈展及我见面。有个阶段，我写的作品常给他们看，大家谈时局、谈延安、谈思想，我总是很激动。我对陈展的了解加深了，知他曾在皖南新四军军部工作，是周恩来安排他去十八集团军驻重庆、南京办事处工作的。我曾向陈展提出要求入党，但白色恐怖严重，他认为有些事党员做不合适，我就合适，说你在党外，以你的社会关系可以起很好的作用，危险会少得多，做事胆会大得多，万一出了事，人家救你也方便容易得多。我体会到他的好意，也认为他说得对，思想上和写作上则早把自己看作是他们一路的人了！那段时日是紧张、刺激、快乐而又艰险的。

在那阶段，陈展有时在上海、南京活动，有时去苏北。他在上海的户口就报在我家中，在南京我将他报在凌起凤家中，得到掩护。在上海时，他在静安寺百乐门商场开了个书店作为掩护，还出了田涛的小说集《恐怖的笑》等书。我把我们家的亲朋好友有选择地给他作了介绍，便于他活动。有时，他要我给他做些寄发邮件、采购药品等事，我都不问究竟地去做。有时，他在旅馆或在沪西工人区居住，同我约会，找我帮着做些事情，我也总会准时前往。

多年后，他在革命回忆录中这样写过：

> 王洪溥就将我在南京的户口报在凌家，户主是凌铁庵，这样，我在上海和南京都有了户口，有了身份证，得到了方便和掩护，我同王洪溥之间思想交流的机会也更多了。
>
> 以后，很长一段时期，我在上海做地下工作。关于南京《新华日报》，由于国民党千方百计不"批准"发给"登记证"，还经常指使特务、流氓到中山路《新华日报》筹备处进行骚扰恐吓，到1947年3月，国共和谈破裂，筹备《新华日报》的同志随中共代表团撤回延安，《新华日报》遂未能同南京人民见面，但这段斗争历史是令人难忘的。
>
> 我一直以商人面目为党进行地下工作，在上海时常住在王洪溥家得到掩护。后来，祝华同志以公开身份在上海马思南路107号周恩来将军公馆工作时，我们有时就悄悄在成都南路霞飞巷5号王洪溥家楼下见面。有时在天黑后，只听到楼下靠弄堂那间厢房的

玻璃窗轻轻敲响三下，王洪溥就知道是祝华来了，马上去开门。但1947年3月5日，在国民党军、警、特全副武装包围胁迫下，周公馆的同志全部撤离上海。当天，王洪溥曾利用他的记者名片要去马思南路107号同祝华见面，代我传递信息，并表达一种告别的情意，但被军警阻挡未能见到。后来，当内战烽火燃烧时，他写过《怀念祝华》一文，当然那是发表不了的。

这里，陈展的记载有误，我去马思南路107号要见祝华，代陈展传递信息是3月3日，不是3月5日。此外，祝华在这之前有一天夜里来我住处，曾与陈展同将一包文件及契约交给我母亲收藏。这包东西我与母亲合计后，决定放在大衣橱底下（大衣橱下边的垫板是用螺丝钉拧住的，我们将螺丝钉拧开，把文件放进去，再将螺丝钉拧上）。这包东西直到上海解放后，才取出来交给陈展，转交祝华。

我在1947年3月9日写过一篇通讯特写，题为《上海滩的潮汐》，由上海寄发在3月25日的重庆《时事新报》上发表，文中有这样的文字印证：

> 三月一日政府令京沪渝等地中共办事人员限期一律撤退，从国共战事发生以来，双方不绝如缕的和平希望，至此遂演成正式破裂，苦闷得麻木了的人心，对于目前的中国情势，又能作怎样的想法呢？倒并不是留恋这一二百个中共的办事人员，只是对于正式揭幕了的残酷内战，对于中国未来的前途，因着和平的不能觅得，谁能够不忧心如捣!？谁能够不长叹欲哭!？
>
> 三月三日我去到马思南路107号中共代表团联络处，刚望见那一座三层楼的西式楼房时，两个武装警察拦住了我。我的记者名片，因为局势严重，并未发生作用。祝华、陈家康、潘梓年、华岗……都见不到！三月五日上午，他们一共三十多个人，全部登

上了凯旋号车，由上海先到南京再转飞延安，为了和平谈判而成立的"中共代表团上海联络处"从今以后成为历史名词了，和谈已经死了！我回到住所，将去年夏天在南京参加中共记者招待会时，拿回来的政协文献、停战整军文献等，一齐丢掷在熊熊燃着的炉灶里。还有什么可说的呢？我自己的热情也死绝了！

北平深夜搜查户口捕捉居民的新闻，上海各报登载得不少。当苏州也发生了同样的事情后，上海更不能不风声鹤唳了！上海各大学教授陈望道、张志让、马寅初等66人响应北平朱自清等十三教授抗议当局的宣言，在三月八日也登遍了各报，吴铁城秘书长虽然在三月七日向记者宣布，保证上海不会有同类的事发生，但人心仍是惶惶，愿意这一个保证可靠吧！愿意上海安定，让老百姓苟延残喘活下去！

……的确，如果没有内战，谁能想象现在的中国是什么模样！？而现在眼前的事实，却为我们带来了无数的烦恼，无数的痛苦，无数的愤慨，无数的怨恨。……回上海快半年了，心情从来没有像近来这么懊丧过！苦闷呵！苦闷得要爆炸！

三、他随时可能被枪毙

陈展一直以商人面目为党进行地下工作。后来，在我介绍下，他与我家一位经商的亲戚汪国华相识。当时，党办了个地下兵站"笙记行"，在上海外滩中国银行大楼上租了写字间，这写字间就在沙千里律师事务所隔壁。陈展是地下兵站"笙记行"的经理，他与汪国华合伙在上海秘密采购医药、钢铁、纸张、五金等苏北解放区急需的物资，秘密找通关节由上海运往苏北。陈展手中有空白信笺，上有曾山同志的亲笔毛笔签名。用这信笺，船只到苏北解放区后就是介绍信兼路条，他曾将信笺交我收藏保存。汪国华是个巨商，在上海商界颇有信用，在资金、采购、掩护上都能出力。地下兵站的工作本来一直很顺利，但到1948年深秋，地下兵站竟被敌人特务侦知，"笙记行"被敌人破获，陈展也被捕入狱，形势严峻。他在淞沪警备司令部大牢受尽了酷刑。我得知"笙记行"被抄查，又怕特务来我家中抓人并抄家。我立即毁去一切会造成不利后果的书刊物件，并去与汪国华商议办法。

那晚下雨，我在楼下靠弄堂那间厢房里坐着，忽听玻璃窗上轻轻敲响三下。这是我与陈展及祝华（此时祝已撤离上海）等约定的暗号。我大吃一惊，忙去天井里开门，谁知门一开，雨中站着的竟是一个打雨伞的国民党的中尉军官，将我吓了一跳。他问："你是王洪溥吗？"我点头说"是"，他马上说："走，进屋谈。"我将信将疑、心情志忐地将他带到厢房里，他突然说："陈展让我来找你的！"我问："他怎么样了？"他说："上了重刑，但还不要紧。"我故意说："他太冤枉了！怎么抓他的？"那上尉从袋里取出一包香烟，从烟盒里掏出一支香烟，在手上将香烟撕开，烟丝中有一个极小的纸卷出现了。他将纸卷递给我说："你看看！"我忙去绿色的台灯下打开纸卷一看，只见纸卷上写着蝇头小字，确是陈展的笔迹。现在还模糊记得写的是：

"溥兄：我为将本求利运货去苏北被捕，现押警备部大牢。我是正当商人，实在冤枉。因触犯紧急治罪条例，可判死刑，望速请凌老伯与七姐救命。"

那中尉见我收到纸卷并看了，只说："快想法救他吧！"拿起伞来就冒雨走到天井里了。我给他开了大门，目送他在雨中黑暗里远去（解放后听陈展说，这中尉是一个打入敌人警备部里的同志），心里五味俱全。我上楼将这事告诉了母亲，又去南昌路光明村汪国华家与他一同商量。当晚我就坐火车去往南京，找凌铁庵老伯和凌起凤（即陈展所说的"七姐"）求救。为救陈展，他们父女特地到了上海，找了上海各方人士营救。

当时，找了国民党上海特别市市党部主任委员方治，找了在上海有帮派势力的监察委员杨虎，找了掌握实权的新任淞沪警备司令陈大庆，为此，在上海国际饭店十四楼宴请了他们。席间提出：亲戚陈展是正当商人，无政治问题，做物资交流生意，现关押在淞沪警备司令部大牢，请求保释。但陈大庆自恃是蒋介石的"天子门生"，当时受到重用，做了汤恩伯的副手兼淞沪警备司令，非常骄横死硬，说是要回去查问一下弄清是怎么回事，含糊地说"该放就放"，实际却是说"不该放就不能放"。最后，因"案情重大"，陈展等很快被押送到南通第一绥靖区司令部去受军法审判了！

怎么办？军法审判意味着陈展随时可能被枪毙。汪国华是南通人，但他不敢在南通出头露面。他说："只有用钞票开路，到南通把金条放在军法官面前才能救陈展的命！"

我去打听情况：第一绥靖区司令部南通指挥所军法处在南通城里，第一绥靖区副司令官顾锡九兼任南通指挥所主任，他是当时参谋总长顾祝同的堂弟，手下有六个团，经常在苏北"清乡"，军法处属他管。我找了当时颁布的《匪区交通经济封锁办法实施细则》来看，见口气十分严厉随便杀人是十分可能的。于是，我同母亲商量，也同汪国华先生商量。母亲说："让洪溥陪我去，就说陈展是我干儿子，或是我女婿，我用母亲的身份出面，比谁都好，有洪溥陪伴，许多事他都能办，可以放心。"我本意是独自一人去南通活动，但母亲说得有理，我虽不放心，也只好同意这个方案。

于是，四处设法并罄尽家中所有积蓄，汪先生也送来了条子（当时黄金分成大条子与小条子，又叫"黄鱼"，大的十两一条，小的一两一条）和银圆，我们很快就坐夜行船去南通了。

四、去南通用金条买人头

那个冬天特别寒冷，船行一夜，朝阳初升时分抵达南通天生港。江面一抹通红，岸上破烂嘈杂，一些军装不整的零散国民党士兵夹杂在衣衫褴褛的农民中间，一派兵荒马乱的感觉。我和母亲初到南通两眼一抹黑，我当时名片上有三个记者头衔，即重庆《时事新报》上海、南京特派员，上海《现实》杂志社记者，台湾《新生报》上海、南京特派员。起初，我认为有这些头衔的名片便于我做营救工作，但后来一张名片也没有用。我同母亲雇人力车想到军法处附近找旅店住下。车夫说："弄不清军法处在哪里，但有个关犯人的大牢在城北，隔上几天就有人在那里被枪毙！"我就叫人力车把我们拉到靠近大牢附近的旅店里去。那两个车夫很机灵，把我们拉到一家叫作"吉祥旅店"的小旅馆安顿下来。

住店时，职业一栏，我填了"商"，我觉得填上"记者"政治性太强了，不好。

说来也巧，这旅店里平时常住些探监的犯人家属。那老板是个黄脸皮的瘦子，脖子有点歪，总是抽着香烟，穿件土布棉袍，人挺精明。他同军法处的人有联系，实际是替军法官和管大牢的人员牵线的。探监的犯人亲友找了他，出价合乎他和管牢的人员的心意，就可以去探监，甚至可以替犯人减刑办保释。被枪毙了的人犯，家属要收尸也得花钱，完全像做生意一样。

这时，国民党反动派的军事形势已很恶劣了。好多队伍都从西边撤退下来，纪律坏，抢劫、强奸的事也多，传说不久驻军全要撤往江南。有钱人逃离南通的已经不少，军心早已不稳。我觉得这是好时机，可是陈展的事又得抓紧办，要是迟缓了，怕一旦有变，连哭都来不及，所以同母亲两人心里都很急躁。

老板娘正生了孩子坐月子。我让母亲去同老板娘套近乎，并在附近店里买了不少礼品给老板和老板娘。然后，同老板谈起心来。我问老板："认得军法官吗？"老板说："吃我们这种饭的人，少不了要眼观六路、耳听八方！穿穿针引引线，救人一命胜造七级浮屠呢！"他问："你们有亲属在大牢里？"我点点头。老板说："最近，到我这儿买人头的人也有！我这说的是重刑、死刑犯，以前比较难，现在形势紧好办点了！只要舍得花金条，人头是可以花钱买的！死罪不死，保释出去也不是不行！"我说："为什么现在好办些了？"老板说："兵败如山倒，树倒猢狲散嘛！谁不想趁乱捞一票好走路呀！"我问："要花多少钱才行？"老板说："那得看罪大罪小了，不一定，罪轻的花几两金子保出去的也有！"我对老板说："我有个妹夫，做生意的，冤冤枉枉就给抓了。我母亲与我这次来，就是想看看他，保他出去。我们在南通熟人少，认识了你，真是有缘。要请你帮助呢！"他说得活络："这种事，要看犯人犯的什么罪。冤枉的跟不冤枉的不一样，罪轻的跟罪重的不一样，好办的与难办的不一样。这军法处的几个军法官，为人也不一样。说实话，办这种事我也怕受牵连！军法审判，弄不好牵连上共产党的事，是要吃卫生丸的！但我看你们母子人不错，能帮忙我一定帮！不过话说在前头，花不起钱是办不了事的！"

我向他打听了军法官的情况。他说处长是个上校，姓周，最凶，常判人死刑。他认识的一个军法官是个中校，姓蒋，如果案子在蒋法官手里，就好办些。并说，有个死刑犯花钱保走了，蒋法官弄了个别的犯人枪毙了就顶替了事，巧妙得很。谈到这里，我就将陈展的名字写给了他，托他打听案子在谁手里，犯的罪会怎么判，并说希望先让母亲和我探一次监，同陈展见见面。老板点头说："我试试看！"

"买人头！"这种说法我还是第一次听到，那时听到这说法，真是惊心动魄。陈展在死亡威胁之下，我们需要买他的人头，救他！现在希望虽有，估计困难必然还很多。

果然，那旅店老板来说："糟得很，陈展是个要判死刑枪决的重犯，由周上校亲自审判！蒋法官说这事他插不上手。"

我和母亲像五雷轰顶。老板又说："探监的事蒋法官说可以试一试，但必须给管牢的弟兄们烧点香。"

"烧香"，就是花钱打点。我和母亲都连声说："这没问题，一定烧香！管牢的弟兄们和军法官都烧香。"我们又求老板一定要救救陈展，"宁可破财也要救他！你帮了忙，我们一定也重谢！"那老板好像来了点劲，但说："不是不帮忙，实在是周上校太厉害，他从不收礼品，有人买了礼去他家，他把礼品全甩了出来，名声在外，谁都怕他。"

过了一天，老板通知："今夜九点到大牢探监，会见时间十分钟，要八十个袁大头（银圆）做烧香费。"为了救陈展，我爽快地付了八十银圆，并另加了五个给老板做跑腿费。夜里我们探监，终于见到了陈展。他关的是单人小牢房。牢房又潮又暗又脏，霉臭味冲天。陈展上了镣铐，头发蓬松，络腮胡长长的，身体十分瘦弱，衣服邋邋遢遢。他肯定受过重刑，倚墙雕像似的坐着，站不起来，两只眼在黑牢中亮出两点寒光。母亲落泪了！陈展和我们谈了些什么已忘了，但清楚记得他大叫冤枉，说自己做生意倒了霉，这就是暗示我们他未承认自己是共产党。我则暗示我们是来救他的，特地叫他"妹夫"，让他明白这种关系。他又说："我受刑太重，有病，能保外就医就好了！"这是暗示我们设法保他出外就医。不到十分钟，我和母亲就被赶出来了。

绝对想不到的是一被赶出来，就被军法处长周上校派兵把我们押到他在的一间小平房里去了！他穿着棉军衣，剃着光头，吸着香烟，阴森森地问我们的名字，并问是干什么的。我想拿出记者名片，求得自己和母亲的安全，又一考虑，那样不好。既要花钱买人头，别犯忌，说是记者也许他就不敢贪赃枉法了。因此说是做生意的。出乎意料的是周上校目的是急于捞钱，亲自出马讲价钱了。他说："陈展要判死刑！他给共匪运送物资，肯定是共党，不承认也无用！我这人判共匪的案从不手软！知道不？"我和母亲连声替陈展喊冤辩解。周上校突然语气平和，说："陈展的事可大可小，要看你们会不会办事，我家住在东边街上××号，明晚九点来我家吧！"他看看我，接着说："就你一人来！也别告诉那旅店老板！来时，别带礼，我是不收礼的！"我这就明白了。这伙军法官实际是结成一伙找犯人家属敛钱。周上校以前也许在幕后主持，如今也赤膊上阵自己出面了。他礼是不收的，但金条是收的。

第二天夜里九点钟，我准时去指定地点与周上校谈判。这家伙心很黑，竟提出要五十两金子买陈展的人头，甚至恐吓说："时间紧迫，要不是时局不好，绝不会跟你打交道。你别迟疑，迟疑了，吃亏的是你们，到时候红笔一钩，来收尸吧！"又说："出去别乱说，乱说的话，那陈展马上就人头落地了！"

反正，去谈了两三次，我是软软地同他磨，他也降了点价。我从十多两黄金还价开始，一两二两往上加，他从五十两开始逐渐降到二十四两（当时，黄金最值钱，二十四两在上海可以顶一幢小石库门房子！）。最后我们商定：这儿收到金子，那儿就去大牢里接犯人，但要求有铺保作保证，名义是"因病重保外就医，保证随传随到"。

事情就这么办成了！我立刻回上海找铺保。汪国华找了一家，我们认识上海东新书局的老板夏金松，也具了铺保。我又回南通。陈展的"人头"算买下来了！母亲当时曾气恨地说："这个反动政府如果不垮台真无天理！"

陈展后来在革命回忆录中谈到这件事时说过：

起先，工作很顺利，但到1948年深秋，地下兵站就被敌人特务侦知，"笙记行"被敌人破获，我也被捕入狱，先是关在淞沪警备司令部大牢，受了酷刑。在这种情况下，王洪溥及母李荪老太太想尽方法营救。王洪溥专门到了南京，找了国民党元老凌铁庵，由他写了许多信，由王洪溥持信遍找当时国民党在上海的党、政、军头子，信中说我是他的亲戚，纯属正当商人，希望看他的情面能予释放（这里是陈展的记忆有误和了解不多造成的，实际上，凌氏父女当时专门去了一次上海并请客——引者注）。但因案情重要，不久我们都被押送南通第一绥靖区司令部去受军法审判，许多同志和我都受到了恶毒的指控，幸亏当时国民党反动派败势已定，军法官们都想捞点钱作鸟兽散。李苏老太太以我是她"义子"的名义，由王洪溥陪同亲到南通，将筹措来的一些金条送给了军法官，因我当时受刑后身体极坏，遂用"因病保外就医"的借口将我放出大牢跟随李老太太回上海，但需两家铺保，这点李苏老太太依靠她的社会关系也办到了。我被保出来沪后在李苏老太太家养病并等待时机。当中国人民解放军即将渡江，南京、上海一带已经风声鹤唳时，我终于逃离上海设法渡江奔向苏北解放区，回到了党的怀抱。后来，随解放大军进入解放了的大上海，担任了接收上海钢铁公司的总军代表，并重新把晤了在上海做地下工作时结识的人们。

我们党在上海、南京购买的一些房地产的契约和文件，当时由我和祝华都交给了王洪溥的母亲李苏老太太秘密保存。她完善地保存着直到上海解放，我们重新见面时，她又取出来交还党。为此，政务院（国务院的前身）曾专门颁发了奖状嘉奖了这位革命老太太的义举。李苏老太太有七个子女，现在都是各有成就的干部和高级知识分子了，有的是全国人大代表，有的是教授，有的是编审，有的是名医专家。王洪溥是党员，即著名作家王火。前几年，我们见过一次面，他说我是他的引路人，我却说当年为党做地下工作要谢谢他的帮助。我看到过报道：邓颖超大姐前些年重访重庆红岩村时，曾回忆起红岩办事处房东刘太太（饶国模女士）的功绩并特地到她墓上鞠躬献花。我听说李苏老太太在"文化大革命"期间因患肝癌病逝。在她病逝前，我正被造反派诬蔑为"叛徒"，造反派一再去威逼李苏老太太，要她说我是叛徒，但她正义地说："我只知道他对敌人说过：你们要枪毙就枪毙！他是个不向敌人低头的共产党员，我决不能乱说！"造反派拿她没办法，只好死了这条心。现在，李苏老太太安葬在苏州凤凰山公墓，我的心愿是：我一定要到苏州去一次，在她的坟墓前献上一束通红通红的鲜花，用我诚恳的心恭恭敬敬地向她敬礼！

陈展同志被我们保释回上海后，确是伤病严重，在我们家里养伤并治疗。但伤病稍愈后，有一天，外出散步时，他突然失踪。当时我们推测，有两种可能：一种是又被特务逮走了，另一种是可能逃到他想去的地方去了。我们很为他担忧，又怕被连累，也很怕连累给他做铺保的商家。幸好，国民党反动政府兵败如山倒，风声鹤唳，已顾不上追究这件事。不久，解放军就横渡长江，江南和上海也解放了！上海在1949年5月底解放时，陈展是随大军进入大上海的，他是上海市军事管制委员会驻上海钢铁公司军事特派员、党委书记。我们重逢时那种欢乐是难以言表的。新中国成立后，陈展一直在上海工业战线工作，1978年以后先后担任上海市宝钢工程总指挥部副总指挥兼石化二期工程副总指挥，市三十万吨乙烯领导小组成员，1985年离休，曾任上海市工程咨询中心副董事长，上海市老龄委顾问。他于1996年5月去世，享年八十二岁。

讣告上说：

陈展同志的一生是革命的一生，战斗的一生。他对党无限忠诚，对部下、对同志和蔼可亲，对敌人横眉冷对，对工作认真负责，作风正直，知错就改，清正廉洁，受到群众的尊敬和爱戴。六十多个春秋岁月是一部用热血和汗水写就的可歌可泣的灿烂诗篇。

忠诚而坚强的共产主义战士陈展同志永垂不朽！

新中国成立后，祝华曾在北京任中国花纱布公司总经理，后任过商业部副部长等职。2011年冬在北京病故，享年一百零二岁，2011

年11月我与马识途同志在北京开作代会曾相约同去他处看望，但噩耗传来，他刚去世。

（本文刊于 2014 年 1 月上海《上海滩》杂志，并由上海《新民晚报》连载）

关于王思玷

　　我是 1961 年 7 月由北京到鲁南临沂的。在这之前,我从《中国新文学大系》上读到过王思玷先生的三篇小说作品,这就是《偏枯》《瘟疫》和《几封用 S 署名的信》。这三篇作品深刻地描绘了 20 世纪 20 年代初期鲁南农村真实生动的生活图画,控诉了封建剥削和军阀混战造成的民不聊生、妻离子散的罪恶现实。读后印象很深。

　　到临沂后,我有一度致力于了解临沂地区古今文人的情况。我在临沂第一中学做教学行政领导工作时,曾向一位 30 年代毕业于南京中央大学的教师王敬可了解过王思玷的情况。因为这时我已知道王思玷是苍山县兰陵西南圩的人,他虽然在文坛上像彗星似的一现就不见了,但他毕竟是属于新文学的开拓者中一位曾经在创作上留下了有价值作品的现代作家,是一位先行者。在鲁南,知名作家不多。我很想多了解些他的情况。

　　老教师王敬可当时已老态龙钟、鬓发尽白、步履蹒跚,他告诉我:王思玷应当算是枣庄兰陵镇西南圩人(他这意见是对的,李白诗中吟咏过的"兰陵美酒郁金香"的兰陵在王思玷 1895 年出生时是属枣庄,后来则属苍山县了)。这人幼年读家塾,后来到临沂县上过小学,并且考进了南京国立铁道专门学校。王敬可告诉我他年轻时,从《小说月报》和《东方杂志》等刊物上看到过王思玷的小说和诗歌作品,并说王思玷就是王一民,大约王一民是笔名。此外,他就谈不出什么了,他建议我可以到兰陵去找些当地的老人，也许能了解到更多的情况。但我虽作了些努力，却了解不到更多的情况。时光流逝淘尽人世之沧桑，由此可见。大约在1965年，北京的老摄影家丁一下放到苍山县文化馆工作。丁一是1961年由北京下放到临沂第一中学任教，又由临沂下放到苍山县文化馆工作的。我托他为我收集、了解王思玷的情况。丁一曾写信告诉我，大意是王思玷的事迹能了解的已经不多，但听说他五四运动发生后，曾回到家乡办过小学，宣传进步思想，提倡白话文，提倡"德先生"和"赛先生"。他了解民间疾苦，同情穷人，那些小说大约就是这个阶段写的。关于他的早死，有些悲壮的传说，但未能弄清来龙去脉……他并附来了两张兰陵西南圩的照片，照片上拍的是贫穷破烂的旧屋和小街。可惜这信和照片在"文化大革命"中都遭到劫难了。丁一当时建议我到苍山亲自收集些有关王思玷的资料，他愿意接待我，我则因工作太忙未能前去，这个心愿也就搁下了。

1975年，我曾到苍山收集创作资料，但当时是为了要收集创作戏剧的材料。在文化馆见到了丁一，他那时处境还很艰难，因为"文化大革命"中他遭到很厉害的冲击，臂膀也被折断过，但他见到我时仍同我谈起了王思玷的一些情况。他说：王思玷后来弃笔从戎，担任了国民革命军山东游击队第一支队参谋，这大概是1925年的事。不幸次年深秋却在家乡兰陵附近的一个小村庄作战中牺牲了。打死他的是当地的封建武装。他死时才三十一岁。丁一说："这样的文人可不多啊！"丁一谈的这些情况使我受到震动。我知道北伐战争前后，鲁南地区特别是枣庄一带，革命活动是活跃的，风云变幻很激烈。1927年夏，北伐军曾占领枣庄，可惜的是那时距王思玷去世已经半年多了！他没有能亲眼看见北伐军胜利进军的盛况。我当时确实有过想写一写王思玷传记的念头，我崇敬一位年轻的有才华的作家为国民革命弃文从武献出生命的精神。但当时条件不允许我花大量时间去做这件工作，事情搁下了，只在我的创作素材记录本上记下了王思玷的名字和有关他的一些我所掌握到的情况。丁一后来由苍山退休回到了北京，80 年代初我同他在北京见面时，他还谈起过这件事。可现在他已作古，当我怀念起他时，常把王思玷的事与他联系在一起，使我想到他的热心肠。

1983 年，我在成都四川人民出版社担任副总编辑时，当时终审签发《中国文学家辞典》第三册，因发现第一、二、三册的名单中均无王思玷其人，我感到遗憾。到 1984 年终审签发《中国文学家辞典》第四册时，发现了王思玷的词条，这使我很高兴。如果第四册上再没有，我是要提出补上的。王思玷的这个词条约有八九百字，比较长，从中我了解到，他的文学活动主要在 1921 年到 1924 年之间。处女作短篇小说《风雨之下》发表在《小说月报》1921 年十二卷九号，被评为"风雨之夜"征文优秀小说之一。也了解到他五四运动后确回到家乡与哥哥王思璞在一座古庙里办过高等小学。更知道他弟弟王思瑕曾将其生前发表的作品抄成一集准备出版，但在"文化大革命"中被查抄散失。

面对这个词条，我既有哀思也有欣慰。定稿时我一字未删，一字未改。但有些问题比如王思玷原名究竟是王思璜呢，还是王思玷？他曾用笔名究竟是王一民，抑是王亦民？他少时是读的家塾，抑是乡间私塾？他在临沂县立高等小学就读，抑是在临沂中学堂学习？他在南京铁道专门学堂学习，抑是在南京铁道专门学堂预科学习？他"五四"后到家乡，是在兰陵小学执教呢，抑是自己办了一所高等小学？诸如此类的问题均难在当时作出准确的考证，只能按未必准确的稿定稿。这使我在当时签字发稿时心头不禁遗憾：我既在鲁南长期工作并创作，且对王思玷先生怀有敬意，何以当时竟未曾好好收集一下有关他的史料？这样一位现代作家是不应被湮没或忽略的！他的作品留下的虽然不多，但在今天读来仍然使人能动感情，尤其是能真实地反映出 20 世纪 20 年代鲁南的残酷而又苦难的现实。当然，同时令我钦佩的是他的为人！称他的捐躯为国殇，是不会错的！所以，现在当山东苍山县所编的王思玷先生的选集能有出版的机会之时，我很愿写这样一篇文章，写出我的一些遗憾，却也同时用这篇文章来弥补我的一些遗憾。

（本文系 1985 年应中共苍山县委所邀为王思玷文集所写）

为耿济之鸣冤

友人来访，谈起耿济之，说："他做过汉奸！"我摇头说："没有！"他说："千真万确，周佛海日记上讲的！"后来，他给我寄来了《周佛海日记》（上海人民出版社1984年2月第一版，上海社会科学院历史研究所许仰潮、王仰清标注），在1940年2月19日周氏日记中果然有这样一句话："接见耿济之、杨揆一、刘兰江等，所谈均关于人事者。"在耿济之名字下，标注者注曰："耿济之，名匡，上海人。抗战前历任驻苏联列宁格勒副领事，驻伊尔库茨克副领事，驻赤塔领事等职。"面对白纸黑字，我只好苦笑。

其实，这里的"耿济之"是周氏的笔误。这笔误本来理应在注解中纠正，标注者未纠正，反倒将错就错，把耿济之这样一位鼎鼎大名的文学翻译家和外国文学研究家，变成了与大汉奸周佛海会面谈人事问题的汉奸，张冠李戴，岂不令人啼笑皆非！

耿济之，原名耿匡，字孟邕，笔名耿济之、狄谟。上海人。1899年生，1918年就开始翻译俄国文学。1919年五四运动时，与瞿秋白同为北平俄文专修馆代表，积极参加五四运动。5月与许地山、瞿菊农、瞿秋白、郑振铎等编辑《新社会》周刊及《新中国》月刊。1922年至1936年，在伊尔库茨克、列宁格勒、赤塔、莫斯科、海参崴等地担任外交副领事、代理领事及总领事工作。1937年因病辞职回国。抗战时期在"孤岛"上海隐姓埋名埋头翻译俄国文学作品八年。1946年，因生活困难，由亲友介绍去东北沈阳中长铁路担任总务工作，1947年3月2日脑溢血病故。他是中国文学翻译界，特别是介绍俄罗斯文学方面的先驱者之一，译著甚丰。新中国成立后，在党的关怀下，遗译如《卡拉马助夫兄弟们》《俄罗斯浪游散记》《白痴》等都再版发行了。耿济之从未做过汉奸，无端给他抹上一笔黑实在冤枉！

那么，周佛海日记中所记又是怎么一回事呢？

这显然是周氏的笔误，将汉奸"耿绩之"写成了"耿济之"。

在1940年周佛海9月8日写的日记中，就有这样一句："下午接见李丽之、顾继武、耿嘉基、上田省一等，分别有重要商谈……"1942年8月15日的日记中记载："……晚赴耿绩之家便饭。十一时返。"这个耿嘉基，字绩之，1899年生，江苏松江人。抗战前任国民党上海特别市政府法文秘书、法租界工部局华董，附汪投敌后，任社会部委员、汪伪国民党中央候补监察委员、中政会外交专门委员会委员、上海特别市第八区公署总务处长等职，与周佛海关系密切，因罪恶深重，1944年2月见日寇处境日窘，自杀身亡。周佛海在1944年2月7日的日记中，悼念他这个心腹人时说："闻耿嘉基自杀，不胜哀悼，一周前尚与谈准备应付混乱时期也。唯余将来恐亦难免此途，盖与其为日军或共产党所辱，不如自裁之为愈。耿自杀，原因虽不明，但能出此，亦为自重自爱之好汉也。"充分体现了兔死狐悲的心情。周佛海此时已早与重庆方面搭线，日军此时已呈败局，他心里忐忑，在1944年1月1日的日记中就说过："今年内必有狂风暴雨，惊涛骇浪，余辈大有为大浪卷去而沉入海底之可能也。"所以，本文开头所引的那条注解理应说明"耿济之"是"耿绩之"之误，并对汉奸耿绩之作一介绍。不然，以讹传讹，耿济之先生将死不瞑目。现在有些书，常有些不应错的严重错误，谬误流传，使人不能不想起别林斯基的名言："不好的书告诉你错误的概念，使无知变得更无知。"出版《周佛海日记》是有价值的，这本日记中的绝大多数注解也是好的，但涉及耿济之的这条注解却错得太离奇，涉及名人声誉。问题还是在于不认真。在编辑工作上只要慎重考查一下，错误是完全可以避免的嘛！

（本文刊于 1992 年 2 月《读书人》）

第五辑　时光流转

毛泽东给失败的演员鼓掌

—— 一段真实的回忆

1949 年 10 月 1 日，当毛泽东在北京天安门城楼上庄严宣告"中华人民共和国成立了"的时候，我是在上海外滩黄浦江边的上海总工会大楼里听到他的声音的，那是浓郁的湖南口音。当说到"成立了"三字时，声调变高在"了"字前拐了一个急转弯，然后拖长。那时，没有电视，我们几个上海总工会文教部的干部按时在三楼面对黄浦江和浦东的办公室收音机旁等着收听天安门开国大典的实况录音报道。可惜，看不到那雄壮热烈的伟大场面，看不到毛泽东和天安门城楼上的情况，看不到毛泽东讲话和升起五星红旗的动人景象。但仅仅听到了毛泽东的声音，就使人心潮激荡开心无比了！那是我参加革命后第一次"亲耳"听到毛泽东的声音！

从那时开始，直到"文革"之前，流行着一句话："到北京去见毛主席！"每每都是劳模、先进工作者、各地的头面人物才有此机会并被认为是一种殊荣的。而我，终于在 1953 年初春奉调到北京工作。见到我的上海朋友都说："这下你可以看到毛主席了！"而我，心里也想，是呀！我是要去北京看毛主席去了！其实，那时北京的生活条件比上海差得多。上海的干部奉调去北京都用贴决心书的方式写大字报表态。不过，我贴大字报的态度是自愿的，并未要人动员。我确是怀着想去北京见毛泽东的心愿启程的。那时，他的威信太高了！

在北京，我度过了50年代中光辉灿烂的一些岁月，当然也经历了运动不断的密云骤风期直到60年代初。那时候，我年轻，对革命狂热，有个人崇拜，在北京中华全国总工会系统工作，每年"五一"和"十一"，都要到天安门前"观礼"。那是见毛泽东的好机会。于是，总是十分兴奋，尽管每年总要来这么两次。"观礼"也很疲劳，天不亮就起身，列队走向天安门前，要长时间地站立等待，要在会散后迈着乏力的步子饥饿地走回住处。虽然如此，却总是怀着热烈的心情，穿上自己认为体面的衣服，去接受毛泽东的检阅，绝不懈怠。其实，所谓接受检阅，毛泽东站在天安门上，是未必看清我们的！倒是我们，离得不远，站在下面人山人海前可以看到他走出来，站在上面检阅。那时年轻，视力好，连他的表情都看得清清楚楚，有时还能看到他陪外宾如胡志明或西哈努克或谢胡甚至赫鲁晓夫等检阅。所谓"观礼"，去得多的是上述那种站着接受检阅，工人阶级是领导阶级，中华全国总工会的队伍总是站在人群海洋的最前端，再前面就是捧鲜花和气球的红领巾儿童队伍了！游行完毕，儿童们跳跃欢叫着向前冲，我们也向前跑，争着向天安门城楼上的国家领导人挥手！还有一种观礼，那是站在天安门下观礼台上的观礼，是凭发给观礼证——一种绸条子，才可到指定的观礼台上早早站着等候观礼的。我真正拿到观礼出入场证绸条子的只有一次，而且不是红绸条，也不是粉红绸条，而是绿绸条。因为1953年供给制改为工资制时我仅是行政十六级，隔了一年，升为十五级。级别不高，挂着绿绸条，在观礼台上就只能站在下边，挂着红绸条才可以站在上边，粉红绸条也比绿绸条站的地位高一些，离天安门城楼近一些。但就拿到那么一次请去观礼台站着的绿绸条子，当时已经很稀罕了。

在北京，除了"五一"、"十一"在天安门能见到毛泽东外，平时见到他的机会并不多。那时，虽然我也有过多次出入中南海的机会但不能从长安街正面的新华门进去，而是从长安街的府右街口进去，从中南海的西门入内。那儿有卫兵和传达室，传达室内有一个上尉或大尉接待。先问："同里边联系过没有？"看了介绍信后，就打电话同里边联系过的同志联系，里边同意后，就发个通行证告诉你如何走，放你入内。我找李颉伯同志，他是中共中央办公厅副主任，那时他访问印度回来，我请他为我们的《中国工人》杂志写一篇介绍印度的游记，他答应了，但要由他口授，让我记录整理后经他审查同意后再刊登。中央办公厅在中南海内沿着南海往前走，在一幢大楼的二层楼里办公，这幢大楼下边放着许多扇红色木框镶饰的巨镜，给我很深的印象。颉伯同志口授由我整理的《印度游记》在《中国工人》上连载了两期。我当时很想能在中南海里看到毛泽东或其他中央领导人，但没有见到。后来，我同《中国工人》另一编委周培林同志进中南海找毛泽东的警卫处长闫长林，因想写一篇当年毛泽东在陕北延安抵抗蒋军攻陷延安而后连连失败的文章，题名《胸中自有雄兵百万》（此后由周培林等记录整理在《中国工人》上用闫长林名字发表，以后闫长林又增加内容写成较长的回忆录在人民文学出版社出版的《回忆毛主席》一书中刊出），又进过中南海两次，但在中南海里行走听说毛泽东住丰泽园，却始终未曾碰见过毛泽东。在北京期间，我不止一次有机会听过毛泽东的讲话，但听的是录音，并未当面听过他作报告，比如1957年"反右"、"鸣放"时，听过毛泽东在最高国务会议上的一次鼓励"鸣放"的讲话录音，我做了全记录，但后来这个讲话发表时，有极大的变化，同录音时的讲话大不相同，对比以后使我颇受启发：原来讲的话和发表出来的话是可以不一样的！发表的讲话是经过修改的！

我是在1959年秋天，一个非常偶然的机会，才出乎意料地近距离面对面地见到一次毛泽东的，这次见到他，事先未曾想到，完全出乎意料，重要的是离得非常近，看得非常清楚，因此就留下了难忘的印象。

那是苏联著名的大马戏团来中国首次演出，我以《中国工人》的记者身份，在演出的第一天首场演出拿到了请柬。我有固定座位，位置较好，但挂着绿色的记者条是可以自由走动的，这是演出第一天的开幕式，来宾十分地踊跃。我看到陈云副总理带了他的小孩早早地来了，他坐的位置较高，也并不在最前排，他和孩子静静地坐着，一点也不特殊，就像一个最普通的观众。

当时听说：年初"反冒进"时，陈云同志曾做过检讨，但是否确实，弄不清。自从在1957年"反右"后，大家说话都特别小心，我发现陈云坐的前面下方，有好几排位子都空着，心里揣测：一定是有中央领导要来。我正走动在通向前排位子的走道口看看场内的全景时，忽然发现观众突然由平静变得很不平静了！回首一看，明白了：原来毛泽东来了！

毛泽东迈着他那稳健的步子，脸上带着他那习惯性的微笑出现了！他高大魁梧的身材穿着宽大的中山装，由个儿高高步履挺拔的北京市长兼市委书记彭真，以及穿西装的苏联驻华大使尤金及一些工作人员和卫士簇拥陪同着来了，这完全出乎我的意料。随着这情况，响亮的掌声——这是场内的群众看见毛泽东所鼓起的掌声。毛泽东和彭真、尤金走到我面前来了！我只好止步站在原地不动。

毛泽东步伐很快，一会儿就走到我的跟前，我与身边另两个记者站着不动，毛泽东等步伐很快，我和那两个记者站着看他，他眼睛不看我们，最近时离我只有两尺远，我看得十分清楚，连他下嘴唇那颗痣也看得很清楚，但他一会儿就大步走远了，走到前边空着的那些预留出的座椅前去了！

当时，国内形势，由于"反右"后又"反冒进"，由于要"超英赶美"、"大跃进"，由于"全民炼钢"，成立人民公社"一大二公"、"吃饭不要钱"，再有些地方有天灾，弄得饥饿现象已开始呈现，但毛泽东的笑容和那晚走路的步伐，似乎向人展示他的信心和魄力！他心情很好！

那晚，毛泽东的来到，使苏联大马戏团的艺术家们也激动得难以形容，他们每个节目演出结束，在热烈的掌声中都要朝毛泽东坐的方向恭敬地鞠了躬才退场。大马戏团拥有不少第一流的杂技演员，有的是"功勋演员"。但太激动了！那晚有一个本来十分精彩的节目"横板滚球"——很大的皮球滚动着，上面搁上横板，演员站在板上挪动着脚，大球隔着板滚动，人不掉下来，板上再加另一只大球，球上再加横板，人再上去滚球。可惜两个演员都紧张过分了，老是从滚动的球板上跌落下来，而且再也无法表演成功，我在台下替他们着急也无用。结果他俩就只好恭敬地抱歉鞠躬退场，观众们对这似乎都很理解，仍给他们鼓掌。这时，我发现毛泽东也在给他们鼓掌，含着似乎是表示鼓励的微笑。毛泽东给两个失败演员鼓掌，是那晚使我印象极深的事⋯⋯

不怕失败是对的！坚持错误就不对了！⋯⋯许多年后，经历了"文革"，看了党的决议，我深深认识到个人迷信和个人崇拜的错误和危害后，对那个时期那个晚上毛泽东给失败演员鼓掌的事不由得又有了另一种深深的新的解悟。

（本文刊于中国文联出版社 2004 年 5 月出版的《人世绘》）

罗荣桓元帅的家风

　　1976 年，"四人帮"被粉碎后，我从 1978 年开始采访中央一些领导同志及一些国际友人，以便撰写牺牲在沂蒙山区的德国国际主义战士汉斯·希伯同志的传记。抗战时期，罗荣桓同志率八路军一一五师在沂蒙山区作战，当时他的夫人林月琴同志也在山东，因此我在北京访问了林月琴同志。

　　林月琴同志曾任罗帅的办公室主任，人都叫她林主任，我访问她时，她总穿着军装。罗帅 1963 年病故，生前是中央政治局委员、人民革命军事委员会副主席，第一、二届人大常委会副委员长，第一、二届国防委员会副主席，但我到他家采访，最深刻的印象是这一家人都平易近人，毫无架子。举例来说：因为他们当时住在国防部内，我去不方便，所以派车接我前去。车子一直开到客厅门口，罗帅的长子罗东进同志当时是某研究所的所长，已在那里迎候。林主任穿着军装同我在客厅里谈话时非常亲切，我提出的问题她都一一回答。泡茶、敬水果，拿出当年的许多照相本让我翻阅。采访中，来了一个三四岁的小孩，估计是林主任的孙辈，林主任对孩子说："快对客人敬个礼！"小孩马上举手行军礼。我也笑着逗孩子玩，因为孩子十分可爱。这时林主任的一位学医的女儿回来了，林主任向我介绍了她的女儿，她女儿当时正有一个出国的机会，可去美国也可去加拿大，她还未拿定主意，问林主任："我可以征求这位作家的意见吗？"林主任说："可以。"于是，我也发表了自己的看法，使我感到对他们一家毫无陌生感和局促感。每次，我采访完毕要走了，罗东进同志总在客厅门口送我上车，替我开车门，像对一个长辈。我早听说：罗帅严肃、有原则，但历来对干部十分平易，十分重视群众工作，不摆架子。采访林月琴同志时，这一家的待客之道使我深感到一种优良的老八路家风非常可贵。

（本文刊于 2014 年第 1 期《晚霞》）

罗瑞卿总参谋长的承诺

1960 年时，罗瑞卿大将是中国人民解放军总参谋长、国防部副部长，又是中央军委的秘书长。当时，正是三年自然灾害时期，台湾蒋介石叫嚣要"反攻大陆"。1960 年 4 月，北京要召开全国民兵代表会议。当时，我到东交民巷罗总长住处向他约稿，请他配合全国民兵代表会议为《中国工人》写一篇文章，威慑台湾。当时组这篇稿觉得有难度，因为罗总长非常忙，怕他不会答应，但又觉得当时的形势，他写这篇文章不但有意义而且会起好作用，因此他可能会同意。果然，我到东交民巷罗总长家中找他，他承诺写了，而且叫我以后可以同总参动员部部长傅秋涛上将电话联系。我强调：这篇文章是《中国工人》拟发头条的"帽子文章"，希望在我们发稿前如期拿到稿子。罗总长也慨然答应了。我和编辑部同志为此感到兴奋。

这以后，我同傅秋涛部长电话联系，傅部长告诉我：已派人按罗总长的意思起草了稿子，稿子已送给罗总长亲自去审改定稿了。我强调：这稿是配合民兵代表会议的，这期刊物要赠送给全体会议代表人手一册的，发稿期临近，希望不出问题，能如期拿到罗总长的稿件。傅部长说："罗总长确实非常忙，稿子在他手中，但他飞成都有事去了！不在北京！我再给你转达一下。"傅部长当时又是军委人民武装部部长，他对这事显然是很关心的。

听说罗总长去了成都，发稿在即，我心里忐忑不安，真怕延误了发稿和出版。

　　但，就在发稿那天，收到傅秋涛部长的电话，他那亲切的湖南口音使我十分激动，他说："罗总长的稿子用专机送回来了！他做了些改动，我马上派人给你们送来。稿子你们不要再改动了，按他的稿刊出！"我谢了他，他说："罗总长答应了的事一定会这么做的！"

　　罗总长的文章在《中国工人》发表后，反响强烈，外国记者都发了电讯，全国许多报刊都转载了，这对当时蠢蠢欲动的台湾蒋军是一发威力强大的子弹。

（本文刊于 2014 年第 1 期《晚霞》）

慈祥的谢觉哉老人

1971年八十七岁的谢觉哉老人逝世，迄今四十多年了，但他那慈祥的态度、亲切的笑容至今使我难忘。

20世纪50年代中，谢老在北京任国务院内务部部长时，我向他组稿，请他为《中国工人》写杂文。1959年4月，谢老任最高人民法院院长时，我仍请他为《中国工人》写杂文。这时谢老仍在内务部里住。他的办公室很大，他的夫人王定国同志实际如同谢老的秘书，大家叫她"王科长"。"王科长"总是热情周到地应对客人。我想这同谢老的慈祥待人的风格是分不开的。我每次请谢老写稿时都坐在谢老大办公桌的对面椅子上。谢老总像一位慈祥的长辈那样和善地看着我，似乎在研究我是一个怎样的人。他的湖南口音亲切低缓，穿的衣服十分朴素。他做了多年的领导工作，但给我一种异常慈祥和善的印象却是出乎我意料的。他参加过二万五千里长征，与林伯渠、吴玉章在延安时代并列为"三老"。他是一块百炼钢。正因如此，我意识到他的和善、慈祥是一种大智、大雅、炉火纯青的表现。那时节，谢老的视力已经很差，中午时分光线强烈时他可以用来阅读及写东西。他的字写得极好，给我们写的稿都用毛笔，写的字每个有拇指盖大，字迹圆润挺拔，很少涂改，写在旧式毛边直行纸上，每张都像一件艺术品。我曾经保存过谢老的杂文手稿，可惜后来毁于"文革"了。

我印象深刻的是有一次谢老慈祥地看着我，告诉我：30年代初，他到湘鄂西苏区一个人独自主编一张《工农日报》，从外勤到编辑，从校对到油印，都是一个人做。报纸是油印的，印得同石印一样的好。说时，他笑了，笑得特别慈祥。我也笑了。他问我："喜欢唐诗不？"我说："过去读过也背诵过一些。"他说："你们的刊物叫《中国工人》，是工人阶级的刊物，办好刊物责任重大。要了解群众的要求和意见，听群众讲的真话，李白有诗说：'总为浮云能蔽日，长安不见使人愁'。下情不能上达，你们就有责任！你们当'浮云'，那就是未尽到办刊物的责任。"我告诉他，我们都常下工厂了解工人思想情况，也不断编印"内参"，供有关领导部门了解工人的思想情况与存在的问题。他点头，说："那就好！"他话虽不多，但言简意赅，使人感到指导有方。回去我在编委会上传达了谢老的话，大家都被这位革命老人所感动。所以，此后每当我听到下情能够上达或下情不能上达的事时，总不由得会想起可敬的谢老！

（本文刊于 2014 年第 1 期《晚霞》）

沙湾镇，忆郭老

郭沫若是四川乐山人。乐山沙湾镇有他的旧居。我与起凤到他的故乡，深深为那里的绮丽风光吸引，潺潺的沫水与若水舒展在一片绿山之前，诗情画意扑面而来，立刻使人想到郭老的满腹诗情才华。

旅行车停在沙湾镇大街上，前行不远就是门前高悬"郭沫若旧居"匾额的一幢黑色古老建筑。来参观的人不少，旧居大小三十六间屋保存得很好：进门后左右两间大屋，悬挂着郭老各个历史时期的工作、生活照片，靠墙的玻璃橱里，陈列着他的主要著作和文物、手迹。沿着甬道朝里走，有他诞生的小房，父母的居室，厨房，水井，他少年时代读书的地方。还有一些房间陈列着一些名人题字，外国友人赠送的礼品及书信，以及郭老与外国友人的大量合影照片。这位文化名人的业绩与他一生的经历在这里都得到了记录和重现。在旧居里参观，我情不自禁地忆起了50年代时在北京与郭老的一些接触。往事历历，既有思念，又有感慨……

1953年春，我从上海调到北京。按中华全国总工会决定，参与筹办《工人》半月刊。为了第一期就顺利打响，我前去郭老家中组稿。

郭老当时住在北京西城区大院胡同5号，外表是红色的大门，进去是一幢很大的西式楼房，有花园，宽敞的客厅有里、外两个。在我感觉上，这平房的客厅是后来加盖了同楼房连接起来的。住宅的围墙上有电网，电网上安着红灯泡。进门右侧，传达室有警卫彬彬有礼地让客人填写会客单。我去的那天下午，正好郭老在会客，客人是蔡廷锴，秘书王廷芳请我坐在外客厅的沙发上等待。等郭老送走客人回来后，我便起身招呼郭老，握手坐定以后，我抓紧将组稿的要求谈了。郭老起先似乎不想写，但我强调这是全国性的工人刊物，郭老竟点头说："好!"这使我有一种感觉：郭老对工人阶级是特别重视的。以后在多次接触后，证明了我的这一看法。他应邀为我们写了《回忆斯大林》一文，我们发在刊物的头条上，引起了不少报刊的注意和转载。

《工人》半月刊后来决定改办为《中国工人》杂志，我任主编助理兼编委，刊物第1期在1956年11月出版，郭老应我之邀特地写了一首诗发表在刊物上。全诗开头部分如下：

> 我们是中国的工人，中国的主人翁，
> 我们的热情像炼铁炉一样通红，
> 在国家建设中要起带头作用。
> 要使新式的机器在工厂中交响，
> 在国营农场和集体农场中朗诵，
> 翱翔在水中、陆上和空中。
> 还要潜下水底、钻进地层，
> 争取向别的星球开始活动，
> 要让原子能听我们和平利用……

诗味是不强的，但他是认真写了的。

后来，我们《中国工人》杂志的几个编委分工固定联系一些作者，郭老一直属于我分工联系。他平易近人，对工人刊物约稿，总是乐于应承。但因为他忙，平时尽量不去打扰他。1957年6月，世界和平理事会要召开科伦坡会议。当时，《中国工人》杂志组织了首都著名画家包括齐白石老人、何香凝老人、陈半丁、于非闇等一共十位，画了一幅大画，取名为《和平颂》。画面上有鲜花、有和平鸽、有假山石等。白石老人那时有时清醒有时糊涂，轮到他作画时，本想请他添上几笔就行，谁知他当时竟在画中央点了个墨团，多亏陈半丁、王雪涛等画家把白石老人扶下来休息，将他点了墨团的地方改缀了块假山石作为掩饰。画上请郭老题了"和平颂"三字。这幅画交由中国出席世界和平理事会的代表带往大会作为献礼，并由新华社将稿发往国内外。

到 1960 年，"五一"国际劳动节前，我们决定仿照《和平颂》那幅画的形式，请陈半丁、王雪涛等名画家画一幅彩墨画。并请郭老题诗，作为刊物的插页。我去约稿，郭老慨然应诺，给画起名为《五一颂》，并配了诗，我还记得诗中有"五一声威壮，劳工创大同"的句子。这诗当时在 5 月 1 日的《北京日报》上也发表了，其来源则是由于有这幅画在先。也是在 1960 年，我选了一些工人创作的优秀诗歌送给郭老去看，请郭老看了一些工人诗歌后发表点感想并对工人谈谈诗歌创作。郭老当时担负着繁重的国家事务、科学文化教育和国际交往等方面的领导工作，但郭老同意写这篇文章。后来，我如期到郭老住所取稿，秘书王廷芳同志交给我郭老写的这篇谈工人诗歌的稿子，字数两千字左右，但选了一些我送去的工人优秀诗歌作例，深入浅出地谈了工人诗创作方面的问题。郭老用毛笔写稿，红格稿笺，字很小，书法刚劲俊秀，未打草稿，改动处不多，稿子本身就是一件很好的艺术品。

我在参观中，一直回忆着这些如烟的往事，心情很难平静。步出郭老旧居，已是将暮时分了，登车驶向归途，只见远山早已隐没在氤氲的雾气中，河上有迷滞的雾，远处近处的田野、房舍、竹丛也全有缥缈的暮霭在掩映飘动，但参观郭沫若故居时那种步入历史之感，却在心头荡漾久久不能摆脱……

（本文刊于 1985 年上海《文学报》）

三见黎玉

　　山东抗日根据地的主要领导人和创始人之一——黎玉，是位长期蒙受极大冤屈而仍以大局为重继续努力为党工作的忠诚共产主义战士。他 1906 年生于山西省崞县（今原平市）。1925 年，发生了"五卅"运动，促使他走上了革命之路，他和同学们一起参加游行，宣传进步思想，在 1926 年加入了中国共产党。1927 年"四一二"政变后，黎玉在北京、天津、石家庄、唐山等地做党的工作，勇敢、机智地战斗。1934 年春天，黎玉以中共河北省委巡视员身份到中央河北省直南特委工作，先后兼任过直南特委和直鲁豫边特委的书记。因为抵制"左"倾冒险主义的做法，受到错误的批评撤职处分。但他坚持实事求是的作风，在河北濮县一带成功地领导了几次群众分粮斗争，恢复和重建了党的组织。不久，刘少奇到北方局担任书记，取消了对黎玉的处分并肯定了黎玉的意见。

　　1936 年 4 月，黎玉奉中央北方局之命，到山东恢复建立中共山东省委并担任书记，工作取得了成绩。抗战爆发后，中共山东地下党省委在党中央指示下部署了武装起义。黎玉直接领导了徂徕山起义，并兼任起义部队的政委。在非常艰难的环境下，中共山东省委组成了一支四五万人的抗日武装，为建立山东根据地打下了基础。有了这基础，中共中央从延安派了大批干部来山东抗日战场，建立了八路军山东纵队，黎玉任政委。

1939 年，徐向前、朱瑞等到山东，成立八路军第一纵队，统一指挥山东、苏北境内的八路军部队。黎玉仍任山东纵队政委。到 1940 年夏，随着形势的发展，为加强山东抗日工作的领导并适应民主政权的发展，7 月 26 日到 8 月 26 日，山东省各界人民代表数百人在沂南县城西南二十八公里的青驼寺，召开了山东抗战史上著名的青驼大会，正式成立了山东省战时工作委员会（相当于省人民政府），同时还成立了山东省参议会。黎玉任战工会首席组长，为山东抗日民主政权的创建和发展做出了重要贡献。

1942 年冬，山东军区机关遭到"扫荡"的日军包围，黎玉率领军区机关仅有的一营警卫部队与万余日伪军作战，打垮敌人八次进攻后，黎玉负了伤，仍率队胜利突围。到 1943 年 3 月，八路军一一五师和山东纵队合并成立山东军区，黎玉任军区副政委、山东战工会主席等职，协助罗荣桓工作，为山东抗日根据地的创立和建设做出了许多贡献。

到解放战争时期，罗荣桓率主力北上，黎玉任山东分局书记。不久，新四军到山东，成立华东局，黎玉任副书记，并先后兼任新四军山东军区副政委、华东军区副政委等职，协助陈毅工作，为保卫和建设山东解放区、进行土改、粉碎蒋军重点进攻做了许多工作。可是，1948 年，山东土改复查时期，在康生等把持下，给黎玉扣上了一大堆不符合事实的罪状，罪状之一是说他"使群众只知有黎主席不知有毛主席"，使他蒙受了极大冤屈。从此，黎玉一切听从党的安排，不计地位高低，由于土改复查时期的错误结论，使他在以后的工作中，也继续遭受到不公正的待遇，在搞运动时，有时就会联系到他。但他一直认真地工作，从不动摇信念。新中国成立后，他历任中共上海市委委员兼秘书长，华东军政委员会委员兼上海市政府市政建设委员会主任，中央财委劳资教育组、财政组组长，一机部副部长，农机部、八机部常务副部长、党组副书记等职。他始终在埋头工作。到"十年内乱"时期，他的遭遇更惨，康生对他进行迫害，说他是"叛徒"，他受到的凌辱与打击更多。但他相信正义必会战胜邪恶，挺着身子走过了严寒时节。粉碎"四人帮"后，他重返工作岗位，以后又退居二线，担任一机部顾问、农机部顾问。压在他身上达三十九年之久的错案，也由党中央在经过大量调查、甄别之后，终于在1986年3月13日进行了彻底平反，给黎玉同志恢复了政治名誉。如果从1926年算起，到1986年，整整六十年。黎玉为党为人民努力服务了六十年，而其中有三十九年是在背着沉重的错案包袱下在鞠躬尽瘁的。这应该说是做到"忘我"、做到"大公无私"了！所以，当沉痛悼念他的时候，我就感到在悲伤之外能给我启示和咀嚼的回忆更多。

我第一次见到黎玉同志是在1950年的夏天，在上海。

上海是1949年5月底解放的。我在6月到上海总工会筹备委员会文教部工作，任务是给上海总工会的领导同志刘长胜（主席）、朱俊欣（副主席）、汤桂芬（女工部长）等起草讲话稿，审查电影及书刊稿件，负责华东、上海职工广播节目的安排，编辑工人课本等。到1950年夏天，上海市总工会决定创办一个劳动出版社，除出版工人课本外，还出版工人阅读的各种书籍。文教部决定：请陈毅同志题写"劳动出版社"五个字，并要我负责联系完成。

当时，上海市军管会在外滩，上海市委和市人民政府在福州路江西路的弓形大厦（这里原来是国民党上海市府大厦）内。我带了介绍信，就先到军管会找陈毅同志，接着又到福州路江西路的市委、市府大厦找陈毅同志。但都未见到。两处都有秘书模样的人员要我留下介绍信并说明来意和要求，让我等着听答复。我坚持要亲自见见陈毅同志请他题字。这就决定第二天再去。

第二天，我到福州路江西路的市府大厦去，仍未找到陈毅同志。在二楼过道里，忽然看见一个身材挺拔气宇轩昂穿黄军衣佩红底黑字军管会胸章的人迎面走来。可能因为我穿的是上海总工会的制服（蓝布列宁装，佩白底红框黑字的上海总工会筹委会符号），这人见了我就问："你什么事?"那意思是问我要找谁有什么事,又似乎夹着"你为什么在这里东张西望"的意思。

我说："我要找陈市长!"

他看看我的胸章,说："呵,你是总工会的!"又问,"你什么事?"

我把介绍信递给他看了,扼要说了情况。

他说："我给你问问他!"

看他那模样,是位领导同志,我不好再多说什么。我就问他姓名,他说："我叫黎玉!"我当时孤陋寡闻,还不了解黎玉同志的经历,问怎么同他联系,他说："打电话给我好了!"他告诉我了电话号码,边上正好过来两个人找他。我介绍信给他拿去了,见他有事同那两个找他的人一起走到一间办公室里去了,我就向人询问纪康①同志的办公室在哪里,找到戴眼镜瘦削的纪康同志询问。

纪康同志本来是上海总工会筹委会文教部部长,这时已调到市委工作,上海总工会文教部部长是李家齐②同志了。我问纪康:"黎玉是谁?"并告诉他了经过。纪康告诉我:黎玉是市委的秘书长,并将黎玉过去的情况简单告诉了我一些,我这才知道遇到的是个"大人物"。

隔了一天,我正想是亲自去找黎玉抑或是打个电话向他询问一下结果,谁知劳动出版社总编辑吴从云③同志来找我了,告诉我:"市委已经来通知了,说陈毅同志不写,陈毅同志的意见是可以请舒同写,因为舒同的字好。"

黎玉同志办事这样认真负责而且迅速,使我起敬。他事情一定极忙,电话虽不是他本人打的但总是他叮嘱别人打的。这种办事马上有下文的作风多好。我接着奉命去找舒同同志。舒同当时是华东局宣传

---

① 纪康同志20世纪60年代曾任中联部负责人,"文革"前病逝。

② 李家齐同志"文革"前曾任上海市委秘书长,"文革"后任上海总工会常务副主席。已离休。

③ 吴从云同志"文革"前任上海师范学院党委书记,"文革"初去世。

部长，给我们写了"劳动出版社"五个字，是写了好几条由我们挑选的。我们做了一块大牌子挂在门口，以后所出的每本书上都有这五个"舒同体"的刚劲有力的字。

这以后，同黎玉同志没有接触，万万料不到在"三反"运动刚开始反官僚主义的时候，黎玉却作为官僚主义的典型第一个被"反"了下来。当时，上海报纸都在第一版刊登了黎玉被"反"下来的消息。我很诧异。我在劳动出版社任副总编辑，虽然以前只同黎玉匆匆见过一次面办过一件事，但他给我留下的印象并无官僚主义。闲谈时听人说："黎玉过去犯过错误，反他一下官僚主义不会冤枉他！"意思似乎是说：犯过错误的人每到运动来时都还得整一整的。我也就不说什么了。"三反"在1952年搞定，1953年春我由上海调到北京工作，一直工作到1961年夏。在这么多年里，我几乎从来没有再听到过黎玉的名字也没想起过他。在我的记忆中，他几乎已经消失了。

但，1961年夏，我从北京到了山东临沂，这里也就是著名的老根据地沂蒙山区。我竟常常听到人谈起黎玉的名字。而且，他在山东沂蒙山区，几乎是个无人不知的名人。有人谈他的好处：他怎么领导了徂徕山起义，怎么在既无枪支又无给养更无作战经验的条件下建立了抗日的队伍，1941年日寇调集五万重兵"扫荡"沂蒙山区，敌人的合围怎样在罗荣桓和黎玉领导下被粉碎的，黎玉是怎样出生入死多次遇险并在1942年冬负伤流血的……有人谈他的坏处则说："黎玉那时在山东不挂毛主席的像！""黎玉使山东人只知道有黎主席不知道有毛主席！""黎玉在山东做战工会主席时，识字班课本上写道：'山东人民好福气，出了个黎主席'……""黎玉在山东闹土改时犯过大错误，到1948年土改复查时挨过批判。"其实听说课本上歌颂他的这些事他本人并不知道。

这些关于黎玉的话，我听了也就只是听了，并无法去臧否人物诊断是非，只是在听到这些话时，会想起黎玉同志那挺拔轩昂的身影和长长脸上那双浓眉下炯炯的眼睛。过了些年，向人打听情况，听说黎玉在北京工作。到 60 年代初，有一次在《人民日报》上看到黎玉的名字，当时他是一机部的副部长，算是证明他确实是在北京。但隔不了几年，"文化大革命"的烈火就燃遍了全国。我看到过说黎玉是"叛徒"的传单，能够想象到他受冲击的灾难深重，只是我自己当时在山东省属重点中学临沂一中已成了"刘少奇的代理人"，面对一百多个红卫兵战斗队，受尽折磨，自顾不暇，想起种种无中生有的迫害，想起全国"打倒一切"、"否定一切"的做法，对黎玉却不能不抱有某种同情；而且对他那种跌了跟斗又爬起来干的经历，在逆境下更感到有所得益。

总算熬到了"四人帮"被粉碎。想不到在 1977 年 12 月，我在北京又第二次见到了黎玉同志。这次见面，离第一次在上海见面，已是整整二十七年了！这次，是我主动去找他的，因为我正在采访、收集德共党员、"太平洋学会"记者汉斯·希伯的材料，而黎玉同志是当年见过希伯、了解希伯的少数权威人士之一。我需要他将他所了解到的有关希伯的事告诉我，并想通过他介绍更多的采访线索。

我去一机部打听黎玉同志的情况和地址，才知道黎玉同志还没有"解放"。我问是什么问题，党委的一位同志说："历史问题。"这时我对"文革"中那种无限上纲上线的做法早已深恶痛绝，对无端将许多老干部硬划为"叛徒"等的做法也早已明白是怎么回事。在我思想上认为像黎玉这样为革命流过血的老同志，革命几十年，居然还拿什么"历史问题"来卡他，未免可笑。我要求知道黎玉的地址，一机部接待的同志告诉我："他住在北京火车站附近老万居胡同 15 号，老万居胡同现在改名为农跃胡同，黎玉家的门牌号码可能改成了 13 号了！"我便满怀热情地去找黎玉的家。

这老万居胡同 15 号果然改成了农跃胡同 13 号。那是一幢青砖的西式楼房，原来可能是很好的住房，可是败落了！门首的小院子里花木败落，一派萧索气氛。我进了门，到了楼下一个客厅里，见到一个中年女人，我说了来意，她让我等一等。我坐在客厅里的一只破沙发上，看看这间冷落破旧的客厅，可以想见主人的落魄，心头不觉有些沉重。

一会儿，从楼上下来了一个人，他一进来，我一眼就认出这是黎玉同志。但，他老了！确实老了！走路有了老态，脸色苍白，脸上全是皱纹。而且，从眉宇之间，可以看出他有一种遭过折磨和摧残的心态。但从举手投足之间，仍使人感到他有坚强、坚定的意志。我站起身来，叫了他一声："黎玉同志！"此时，我觉得这称呼是最尊重他的了。也只有这种称呼，足以表达我对一位老同志的敬意。

他请我坐下，自己也在我近旁的一把椅子上坐下。椅旁桌上有茶杯和开水瓶，我说了来意并给他看了介绍信后，他对我说："我有糖尿病多年了，嘴干舌燥，说话都不方便，要常喝水。"说着，自己倒了一杯水放在面前，并问我喝不喝水。我告诉他不喝，带着感情地说："黎老，我带了一点沂蒙山的山楂来给您尝尝。您离开那里已经很久了！我是在临沂工作的。我知道，您在那里战斗、工作过多年，可能您还会常常想念那地方！"

这话可能触动了他，他连连点头说："啊，是很想啊！是很想啊！"他将我摊开在他面前桌上的一小包山楂拿了几个在手里把玩，说："谢谢你还想着给我带沂蒙山区的土产。在沂蒙山区，很多事全记不起来了，但山区有许多这种山楂，我还记得。"

我忍不住问："黎老，您可能不记得我了，解放初期我在上海市委见过您的。"我将在上海第一次见面的事讲了。

他微微笑了："是吗？不记得了！"

但，我们之间的关系由生疏变得亲密了，感情能够交流了。我见他每说两三句话就要喝一口水润润嗓子，我就常常站起来给他倒水。他就把他所了解的关于希伯的事讲给我听。

我们谈着话，忽然，我听见楼上隔壁一间房里有人厉声大叫，声音很高，腔调很怪，声音里充满了痛苦，是呻吟，也是一种灾难的发泄。起初，我使自己镇静下来，好像听而不闻。但过了一会儿，又继续听到第二次、第三次，我就奇怪了，这是谁？为什么这样怪腔怪调地大叫？……

黎玉同志似乎知道我的想法了，停止了叙述，对我解释："这是我的那个儿子！'文革'中给吓疯了！"他说得平静，可是我好像能感到他话中的悲愤。

我能说什么好呢？我当时在北京住在人民文学出版社招待所，见到韦君宜同志的儿子杨嘟嘟（他爸爸杨述同志曾任朱德同志秘书），好好的一个男孩子，也是"文革"中给吓傻的。这场"史无前例"的灾难太深重了！

那天，谈了大约有两个多小时，我见他身体不好，糖尿病使他讲话困难，就决定告辞。他提供的材料和线索不少，我决定去采访他所提供的一些同志，如萧华（当时任兰州军区政委）、林月琴（罗荣桓的夫人）、康矛召（当时在欧洲做外交官）等，并且约定以后再来看望他。

第二次见到黎玉，我的采访收获不小，但却也带来了惆怅。见到他苍老有病、儿子发疯、住所破旧的境况，我不禁想：他的"解放"要到什么时候才能实现呢？……

第二年（1978 年）夏天，我又到了北京，仍是忙于为收集希伯的资料奔波。7 月 25 日，一个星期二的下午，我又到火车站附近的老万居胡同 15 号看望黎玉。这是我第三次见到黎老了！这次我是特地去看望他的。

住处依然如故，只是上回来正是严冬，现在却是盛夏。小院里多了些绿色，冬天的气氛在自然环境中消失了。我步入那间熟悉的客厅，见布置也无变化。只不过多了一台电视机，放在一张矮几上，罩着布罩。

黎玉来了。他大约午睡刚醒，脸上还有睡容，见到我，高兴地说："啊，你来了！"

我站起来向他问好，又同他一起坐下。他依然是倒水喝，但也给我倒了一杯。接着，就告诉我："这些年，我先是靠边，后来给我戴上'叛徒'的帽子。'十一大'后，我提出了自己的意见，那是不对的，不符合事实。党实事求是接受了我的申诉，我'解放'两个月了。"

听说他已"解放"，我很高兴。我说："早该'解放'了！"

但他叹了一口气，说："我已经七十二岁了！"

他那发疯的儿子又在隔壁那间房里吼叫了！我沉默地听着，他也沉默地听着。后来，我送他一本写沂蒙山区土改题材的电影剧本《平鹰坟》。这剧本是临沂地区几位同志集体创作，由我主要执笔写成的。此时已由上海电影制片厂拍摄成影片在全国上映过了。

他出乎我意料地说："这件事（指平鹰坟这件事）发生在沂蒙山区十字路（现莒南县）大店镇，我知道。你们这电影我也看过了，很好。"

可能是这剧本的题材引起了他的回忆，他忽然长叹一声，说："过去我在山东的工作做得不够好啊！不过，有些事我可以承担错误，却并不符合事实。"说着，他变了话题，详细问起临沂和沂蒙山区的近况来了，又问起临沂地委书记和专员的名字，带着浓重的感情，像听故乡音讯似的饶有兴趣，说："这些同志都不认识了！"又说，"山东原来一起的同志提到省一级的不多，地一级的恐怕还有。"更说，"离开山东许多年了，还常常想那里。抱犊崮我还有印象。"

我说："您以后可以回去看看，大家会欢迎您的。"我告诉了他我在沂蒙山区深入生活时常会触景生情想起他的心态。

他没有答话，只是一口一口喝水。

后来，我们谈了很久，谈山东，谈沂蒙，谈希伯，他希望我早点把书写出来。直到后来，有客来了，我就向他告辞，他还亲自送到门口，亲热有力地握手。

以后，听说他重返工作岗位了，是农机部顾问、党组成员。并听说他坚决贯彻执行党的十一届三中全会以来的路线、方针和政策。他很重视冤假错案的平反工作，敢于主持正义，也爱惜干部和人才。接着，我看报时，在全国政协第五届常委的名单中发现了他的名字，使我感到欣慰。

起先，是由于忙；到1983年，我又由山东调到四川工作，一直没有再见到黎玉同志。后来，我读到过黎玉同志写的革命回忆录，一共两篇：一篇是回忆少奇同志的，题为《胜利的转折，历史的功绩》，是他与陈沂、高克亭同志合写的；一篇是回忆罗荣桓同志的，题为《和罗荣桓同志在一起》。听说，有人请他多写些回忆录，尤其希望他写关于自己在山东的经历的回忆录，但他不肯答应。我觉得可以理解：因为当时他还背着沉重的错案包袱（1986年3月党中央给他彻底平反），他怎么能写？我也觉得十分可惜，因为他是那样一位优秀的山东抗日根据地的主要领导人和创始人，他所经历的革命历程和知道的经验教训如果写出来将是多么珍贵！

我们党的历史上，蒙冤的革命者，革命的蒙冤者太多了！革命可真不是"请客吃饭"！它是需要英雄人物才能戴上这个桂冠的！历尽艰难，承受委屈，对党始终热爱，对革命事业仍全力以赴，自始至终，心无旁骛的人，该可算是英雄了！有个哲人说过："每个英雄的背后都隐藏着一段曲折。"我历来并不心服这句话，但从黎老和不少英雄人物的身上，却又仿佛看到了这句话的验证。我要衷心向那些历尽坎坷对党忠贞不贰的老同志学习！但我也愿革命的征途无论在什么时候都能少一些人为的坎坷，多一些关切的同志爱！

我愿意用这样的心意来悼念黎老——一位始终坚持革命信念而不懈怠的老共产党员！

（本文刊于1990年《人物》）

萧三先生二三事

北京大学西语系李淑教授来信告诉我：已故著名作家、诗人萧三的夫人叶华（EVA）现已八十二岁，写了一本书《中国，我的梦，我的爱》，此书用德文写成，约三十万字，在德国出版后畅销。李淑教授曾译过艰深难译的德国古典文学名著《痴儿西木传》，深得好评，叶华慕名而来诚恳邀请她能翻译这本书。李淑教授信上说："我非常忙，而且我不爱翻译，喜欢自己写点想写的东西，但考虑到萧三是位很不平凡的人物，他与叶华的经历很不一般，这本书又写得这样好，我终于答应翻译，现已译出初稿，年底可以定稿。"收到她的信后，我不禁牵动了不少记忆，心情很不平静。想起萧三是 1896 年农历九月诞生在湖南湘乡县的，快到他九十八岁诞辰了！就决定写这篇回忆文章作为纪念。

萧三同志 1983 年 2 月 4 日在北京病故。"文革"中，他们夫妇被莫须有的"国际间谍"帽子摧残得很苦，拖到 1979 年才恢复自由。萧三去世时，报上登了消息。当时我在山东，想拍一个唁电，却不知该拍往何处。我估计他已不住在原来的寓所了。而且，原来在北京东单苏州胡同的住处号码是多少我也记不清了。于是，只好默默在心中凭吊。

1949 年秋冬，我在上海总工会文教部工作，按照市委宣传部的要求参与筹办"上海工运史料展览会"。我分工的部分，包括 1926 年～1927 年上海工人三次武装起义在内。那时，我们采访有关领导同志和老工人，广泛征求、收集工运史料、图片、实物，翻查全部当时的报纸，调来敌特机关、警备司令部及法院、警察局等的秘密档案、黑名单，也研究地下进步刊物、传单，将支离破碎的材料编辑整理成系统的工运资料，写出展览说明文。我在收集到的资料中，了解到萧三同志在1927年3月上海工人第三次武装起义时用的是萧子暲的名字，当时职务是共青团中央组织部长并代理团中央书记。萧三的名字弄得很复杂，他乳名莼三，这就是后来叫做"萧三"的由来，他又名克森，别名植蕃，字子暲，在国际文坛上常用笔名"埃米·萧"。在1927年3月上海工人第三次武装起义前的特委会议记录文件上，我查到"子璋"、"璋"的名字。但当时叛徒顾顺章是军委成员，也参加了第三次武装起义的指挥，会议记录上有时用"章"字代替，而萧子暲是"暲"并非"璋"，因此必须弄清"子璋"与"璋"是否是萧三，而且也想向他了解当时他参加第三次武装起义的具体情况，因此，我给萧三同志去信，信一式两封是请北京全国政协和北京中华全国文学艺术界联合会转的。在这之前，大约10月间，萧三曾陪同以苏联著名作家法捷耶夫为团长的苏联保卫世界和平代表团及苏联艺术代表团到上海参观访问，我在大会上见到过他，却未得到面谈机会，但那一面就印象很深刻，他的风度翩翩，唇上的细八字胡衬得他的脸严肃而有个性。他没有贺龙元帅高大魁梧，但他的笑貌使我感到有点像贺龙。信发出多日，才收到一封简单的回信，大意是说，他太忙，而且时间长了，许多具体情况已记不准确了，"子璋"应当就是他，这是"子暲"之误写。当时，对弄不清的情况，采取十分慎重的态度，展览时，他的照片及事迹均未陈列。我编写《从"五卅"到"大革命"》的画册时，也未将他的名字和事迹列入，《从"五卅"到"大革命"》画册一年后是由上海劳动出版社出版的。

50年代中期，我在北京《中国工人》杂志社工作时，曾多次向萧三同志约稿并同他谈心。他住在东单苏州胡同。进这条胡同口不远在右侧有个关闭着的朝北的小门，进去就是他的家。敲门揿铃后，每每是位老年的外国老太太来开门。请进客室坐后，每每也是她来上茶。萧三同她用俄语交谈。会客室很雅致，玻璃橱里放着各种工艺品、小摆设。萧三与叶华的男孩立昂和维佳模样都接近叶华。萧三同我谈话，他们就去边屋里了。那时，我在研究中国工运史，向萧三了解过上海工人三次武装起义的情况。他说自己大约是1926年春夏之交从北京调上海的，第三次武装起义在1927年3月下旬胜利后，由于陈独秀当时的右倾造成了形势紧张，月底他就撤退去了武汉。他告诉我：当时中央成立的特别委员会和上海工人武装起义指挥部以周恩来为首，参加的还有赵世炎、汪寿华、罗亦农、王若飞和他等人。起义时，他主要是在闸北区活动，谈这些时，他沉入回忆，既无炫耀，也并不形容和描绘，语气平淡，面部表情却是庄重略带悲壮的，那时他仅三十岁出头，是共青团中央组织部长并代理团中央书记。而如今我面对的萧三已是离六十岁不远的老人了！他写过诗说："……也曾闯阵来，火影掠刀光。余光尚补拙，但求真理张……"这"火影掠刀光"该指的就是上海工人三次武装起义，诗所表达的心态该与他同我谈往事时那种语气和表情是一致的。

那时，苏联大使馆有时向《中国工人》供稿。为配合纪念十月革命节，有的稿件译出后我拿去征求萧三同志的意见。我也请萧三同志为《中国工人》写稿。我想请他写回忆高尔基的文章，因为他1934年在苏联作家第一次代表大会上代表中国左翼作家联盟发言时曾同高尔基相聚；我想请他写回忆鲁迅的文章，因为他和鲁迅曾多次通信……但起初是因为他实在太忙，他答应了却总是未写。后来，大约在1956年秋冬时节，有一次我再去萧三同志家向他约稿并谈话时，发现他对家人脾气很大，心情非常坏。他忽然十分懊丧地对我说："我是退伍文人了！退伍文人！以后别再向我约稿！"问他怎么回事，他未回答。但后来知道，他是作家协会党组成员，在批丁玲时，因为他认为丁玲只是认识问题，不反党，于是，被从台上"轰"了下来。要不是他是老党员，说不定还会倒大霉。于是，我同他的最后一面，留下的就是这么一个懊丧但却十分正直坦荡的印象了！

以后，萧三不像新中国成立初期那么活跃了。他编过书，如有名的《革命烈士诗抄》等，但他写的《毛泽东青少年时期的故事》也小范围地挨过内部批评。因为《中国工人》不再向他约稿，我又十分忙碌，也就未再登门看过他。以后，我去山东了，他用毛笔签名赠我的一本诗集《友谊之歌》，我是带到山东去的，只遗憾"文革"抄家，也不知被毁于何处了！留下的只是他赠书给我时那个浅浅的笑容。

萧三是位传奇人物，他同毛泽东缔结的亲密友谊一直持续到新中国成立以后。他经胡志明介绍，参加过法国共产党；1934年又参加过苏联共产党。他在国内外享有盛名。他精通俄语、德语、英语、法语等多种语言。他同许多世界名人有交往。他在文学上的建树更是多方面的。像他这样有特殊经历和特殊贡献的人是不多的。萧三修改的《国际歌》的中文歌词在我国一直流传到 60 年代。每当我唱起这支歌时，常会想起萧三。近年来，我见到过一些新出版的《文学家辞典》《文化名人传略》，有的有他，但略而不详；有的连不太够格的人都列有词条，却看不到萧三的词条，心中不免耿耿，难道萧三就该这么快被文化、文学界遗忘和忽略吗？

（本文刊于 1994 年秋珠海《明镜报》）

关于老舍答学人傅光明问

问：您感觉老舍是怎样一种作家？是否喜欢他的作品？

答：老舍是一位爱国的、正直的作家；是一位文学巨匠。他说过："在我入墓的那一天，我愿有人赠给我一块短碑，上刻：'文艺界尽责的小卒，睡在这里。'"我认为他确是一位尽责的大作家！是一位独特的作家。

我十分喜欢他的作品。当然，特别喜欢的是小说和话剧剧本。小说中最欣赏的是《骆驼祥子》《四世同堂》《月牙集》中的作品，还有《老张的哲学》《赵子曰》等；话剧剧本喜欢的是《茶馆》《龙须沟》。我喜欢他的"老舍味"，他的语言特色、人物刻画、北京色彩。

问：您如何评价老舍解放后的创作？

答：曹禺早说过，"我们不应该轻率地衡量和取舍老舍的作品，应该留给历史和后世去评价"，确有见地。我是不同意否定老舍解放后的全部作品的。老舍解放后，政治热情高涨，写了许多作品，今天来看，有些配合政治、政策的作品是他作品中之"短"，但任何作家也不可能所有作品个个都好，老舍解放后的剧本中，《茶馆》和《龙须沟》是出色的。有一个《茶馆》，老舍先生就不朽了！可叹可惜的是由于"左"的倾向恶性发展，1963 年至 1966 年，老舍的创作出现过前所未有的低产期，停过笔耕，这事实足以说明老舍如果在和风煦日下，他是会有杰作精品不断问世的。

问：从批胡风到反右，老舍一直是运动的参与者，都响应党的号召写过一些批判文章。您怎样看？您认为他当时参加政治斗争抱的何种心态？

答：经历过那些错误运动的人都知道：谁也不可能置身于运动之外，想不参加运动是不可能的。实际上大家常是抱着一种没奈何的心态参加运动的。写批判文章每每是一种政治任务，交任务给你，你不写也得写，而且，有些运动写批判文章的人也未必搞得清是怎么回事，只能遵命响应号召写大字报或写文章表态。我觉得老舍是位正直的人，满腔热忱"听党的话"。他当时参加政治斗争，不外是按要求办，也许同时会有无奈的心态。他是个有爱心和同情心的人，不是个好搞阶级斗争的人。

问：您是什么时候怎样知道老舍投湖的？当时有什么想法？

答：知道得很晚，因我"文革"中也受冲击（当时在山东一所省属重点中学做行政领导工作）。记得知道时已是1967年了，我怀着思念和痛悼，想起50年代时（约在1954年冬及1960年冬，我都在北京到老舍先生的"丹柿小院"里拜谒过他，我那时是《中国工人》杂志的主编助理兼编委）见到他的情景。他给我热情、和蔼、谦虚的好印象，我觉得他是位可尊敬的前辈作家，是个好人，竟遭迫害至此，太使人伤心和愤激了！

问：您今天如何评估老舍的死？我们应怎样反思"文革"？

答：老舍先生死得太惨太可惜！如果不死，他必然更会有极好的奉献。但他遭到了那么丧失人性的迫害与摧残，他用死来表白并抗议，无可厚非！"文革"这场"史无前例"的灾难，历史已做了结论！全盘否定它理所当然！反思"文革"，批判"文革"，目的是给人间以是非，使中国今后再也别出现这种罕见的灾难！

问：您为老舍做过什么？

答：1983 年 10 月，我由山东调至四川成都任四川人民出版社分管文艺的副总编辑，当时，社里正出现代作家选集。其中的《老舍选集》（共五卷），已经在 1982 年出了一、二、三卷（长、中、短篇小说），第四卷是话剧。到 1984 年 10 月，四川文艺出版社成立，我是第一任书记兼总编，这时，舒济同志所编的第五卷（散文及其他）已交来，责编是李定周，我终审签发了这第五卷并出版。

1993 年，我参加"世界反法西斯文学书系"中国卷编委会，与江晓天、殷白等同志负责小说卷，在长篇小说中，我在编委会上提出并主张将老舍的《四世同堂》选入"书系"，我认为过去对这部小说不仅未予重视，且有人批评是不对的，理应为之正名、平反，这实际是一部反映沦陷区人民抗战时期生活和斗争的佳作，应选入"书系"传之不朽，也将这作为对老舍先生的悼念。结果，得到其他编委同意，将它选入"书系"中国卷第 2 本总第 42 本。

1998 年 5 月 30 日，在成都"巴国布衣"餐馆一次宴会上与舒乙同志见面（他与陈建功、邵燕祥、林斤澜同志到成都）。席间，我端详着他，从他脸上仿佛看到了他笑貌中的一种"老舍味"，我动了感情想告诉他一些什么，但只说了一句："五六十年代时，我在北京从灯市口丰富胡同往里走，到府上看望老舍先生时，你们院子里那棵柿树上的红柿子在冬天可真好看！……"老舍先生的不幸惨死，使我不想多谈那段乌云漫天的日子和往事。当时，舒乙同志不可能知道我的感情。

（本文刊于 1999 年夏《成都晚报》）

夏衍和《包身工》

　　《包身工》是夏衍同志 1935 年写的一篇优秀而有影响的报告文学作品，现在流行的有两种文本。第一种是原著《包身工》，可以 1978 年 1 月人民文学出版社出版的文学小丛书中的《包身工》为代表，全篇近一万字。第二种是 1959 年《中国工人》杂志第五期上刊登的《包身工》一文，全篇不到七千字。后一种文稿，当时全国不少报刊转载，目前尚在流行。例如山东师范大学附设自修大学 1982 年 8 月印行的《中国现代文学作品选》中所用的就是这一文稿。又如人民教育出版社 1979 年 2 月及 1980 年 3 月两次印刷出版的全日制十年制学校高中语文课本第一册中所选的《包身工》一文，也是后一种文稿，只是又经过编者根据课文的需要略加删改。高中语文课本在"十年动乱"之前选用《包身工》一文时，文末曾注明：（原载《中国工人》）。现在的课本上已删去这一个注解，遂更使不了解情况者混淆了这两种不同的文本。

　　我从筹办到停刊始终在《中国工人》杂志社工作，比较了解这篇名著重新发表的始末。1959 年初，以高指标、瞎指挥、浮夸风和"共产风"为主要标志的"左"的错误造成了恶果，人民的生活已经很困难。工厂里不少青年工人都有思想问题，《中国工人》杂志既是政治思想教育刊物，就决定从"新旧社会对比"方面来做些教育工作。这时，我就想起了夏衍同志的《包身工》这篇著名报告文学。那是 40 年代中期，抗日战争胜利前后，我在当时的大后方——重庆北碚复旦大学新闻系攻读。大约是1945年上半年的一天晚饭后，我陪章靳以教授在嘉陵江畔的林荫道上散步。靳以老师是位热情可亲的师长，同夏衍同志当时有交往。闲聊时，他向我介绍了《包身工》，劝我读读。他告诉我，夏衍写这篇作品经过多年的酝酿，一丝不苟。为了写这篇东西，他深入上海纱厂区采访调查，亲眼看见包身工水深火热的痛苦生活，才将它实录下来，是直接反映中国工人生活和控诉日本帝国主义掠夺的一篇优秀作品。后来我就从图书馆里找到了这篇作品。记得是30年代广州的一个"离骚出版社"印行的。读了以后，果然使我震动，给了我深刻难忘的印象。1949年6月开始，我在上海总工会工作，办过"上海工运史料展览会"和《工人》半月刊。在收集工运史料和同老工人接近时，了解到许多当年包身工的生活情况。回忆起夏衍所写的《包身工》，感到不但写得真实生动，而且非常深刻。这时，我就有了个想法：夏衍同志30年代的这篇报告文学，可不可以拿到《中国工人》上重新发表一下呢？

为此，我到北京图书馆去找《包身工》。巧极了！找到的仍是广州离骚出版社1936年那个版本。重读一遍，依然感到新鲜和深刻。于是，着人将文章全文抄下来。我们《中国工人》社五个编委在编委会上研究决定，由我加一个编者按重新发表。有的编委提出：文中上海话不少，怕北方工人看不懂。也有编委说：全文太长。于是，我将《包身工》带到了长辛店机车车辆厂念给工人听，果然也反映有些地方不懂，全文长了一些。那时工人的文化水平比现在要低，我们不能不从通俗化考虑。因此，虽觉得夏衍这篇名著不应作什么"处理"，但仍决定从刊物性质特点出发，将原文作一些改动和删削。

编委会后，由我执笔对《包身工》原文进行"处理"。"处理"的主要原则大致是：

（一）工人反映"不懂"的上海话适当改为普通话。例如"猪猡"改为"猪"，"拷皮衫裤"改为"拷绸衫裤"，"脚路"改为"门路"，"手面"改为"排场","弄堂"改成"巷子","揩地板"改为"擦地板","东洋"改为"日本","做了烂污生活"改成"活儿做得不好","迭个"改成"这个","坏来些"改成"坏得很",等等。

（二）为节约篇幅，便于广大工人阅读，删去一些技术性强和虽有价值但偏重于说理的段落。例如这样一节：

"有括弧的机器，终究还是血肉构成的人类。所以当他们忍耐到超过了最大限度的时候，他们往往会很自然地想起一种久遗忘了的人类所该有的力量。有时候，愚蠢的'奴隶'会体会到一束箭折不断的理论，再消极一点他们也还可以拼着饿死不干。此外，产业工人的流动性，这是近代工业经营最嫌恶的条件，但是，他们是决不肯追寻造成'流动性'的根源的。一个有殖民地人事经验的自称是'温情主义者'的日本人在一本著作的序言上说：'在这次争议（五卅）中，警察力没有任何的威权。在民众的结合力前面，什么权力都是不中用了。'可是，结论呢? 用温情主义吗? 不，不!"

这段从原作来说，是有机的组成部分，但从《中国工人》当时的读者对象来说，他们反映"深奥"，就只好忍痛割爱。这样删去的段落及文句约计有二千五百字至三千字，占全文的四分之一强。

（三）从通俗、简短考虑，适当作些删改。例如原文中这样一段：

"在这种工厂所有者的本国，拆包间、弹花间、钢丝车间的工作，通例是男工做的，可是在上海，他们就不必顾虑到'社会的纠缠'和'官厅的监督'，就将这种不是女性所能担任的工作，加到工资不及男工三分之一的包身工们身上去了。"

经过删改，成为：

"一些在日本通例是男工做的工作，在这里，也由这些工资不及男工三分之一的包身工们担负了下来。"

这种改动其实是使原作深刻广泛的内容受到一定损害的，改得不尽合适，但当时考虑到要便于工人阅读，就"明知故犯"了。

稿子改出来，我亲自和编辑拿到工厂读给工人听，认为可以，决定送请夏衍同志过目，征求夏衍的意见。那时，夏衍是文化部副部长。大约是1月下旬的一天，我拿了改动后的手稿到了文化部，上楼找到了夏衍的秘书徐帆，要求见夏衍部长。徐帆很热情，要我把稿子留下由他拿给夏衍部长看了再联系。正在谈话，忽然见瘦削的夏衍同志刚巧走过来了。于是，我就抓紧时间开门见山地把来意说了。我说："考虑到使工人容易接受，也为了使篇幅短一些，我们不得已做了删改，很想得到您的支持，现在将改稿送上，请您审阅指正。"夏衍态度亲切，当时点点头，平静地答应说："好，我看看。"

离别后，我心里有点忐忑不安。但过了一天，打电话同徐帆联系，徐帆带着喜气说："夏部长看过了！同意你们发表。原稿上有很小的改动，马上派人给你送去。"

我当天很快收到了夏衍审阅过的《包身工》改稿。他在第一张稿纸头上，用粗粗笔触的蓝墨水钢笔字写了"同意"二字并签了"夏衍"的名及日期。尽管我删改得未必都恰当，他都没有计较，只在"请愿警"这个名词后，亲笔用括弧加了一个注解如下："这是一个日本式的名词，在中国，一般叫作'保镖'，旧社会有钱的人为了保卫自己的安全而出钱向反动政府雇用的警察。"一共四十八个字。这使我很感动，以夏衍的声望、地位和文字水平，以《包身工》这样一篇有定评的名作，我在"处理"时，常常感到删改是个难题，既怕改坏，也怕夏衍不同意，甚至还会生气冒火。但夏衍不仅慨然同意，而且还亲加注解。这种革命作家的风格与态度，岂不令人起敬！从我长期从事编辑工作的体会来说：有些比夏衍声望地位以及学识、文字水平差得不可以道里计的作者，对自己的作品字字珠玑地不让人动一个字，那思想境界和胸襟的高低真是相去太远了。

《包身工》在《中国工人》1959年第五期上加了编者按以突出的方式加以编排重新发表后，引起了读者强烈反响，连《中国青年报》等全国性报刊也转载了。为了做到连续宣传，我们又请夏衍专为《中国工人》写一篇文章，谈谈早年写《包身工》的情况，目的是向青年进行政治思想教育。夏衍在百忙中慨然应诺，如约写了一篇约四千字的题为《从〈包身工〉引起的回忆》的文章。文中详细介绍了他早年写《包身工》的经过与有关情况后，语重心长地指出："我写的时候力求真实，一点也没有虚构和夸张……在今天的工人们看来似乎是不能相信的一切，在当时却是铁一般的事实。""在那个悲惨的时代，今天的青年人还没有出世。那么，我想，回头来知道一点过去的事情……为了今天的幸福，为了更幸福的将来，爱党、爱社会主义、为社会主义—共产主义的新中国而贡献出自己的力量，应该是我们青年一代的责任。"这篇文章，后来由夏衍易名为《回忆与感想》，附入人民文学出版社 1978 年 1 月北京第一版的"文学小丛书"《包身工》一文后面。

《包身工》是使我们了解旧中国工人生活的一份好教材，又是一篇著名的报告文学作品，所以中学语文课本选用它是很有必要的。高中语文课本中，以《中国工人》刊登的经过夏衍看过的文稿为依据，可能是由于篇幅限制，又删去了描述纱厂工人的三大威胁——音响、尘埃和湿气的三小段和一个想逃脱老板控制遭到吊打的包身工的遭遇，一共大约八百字。我想，他们是从语文课本需要的角度"处理"的。所以，严格来说，《包身工》还有这第三种文本。三种文本不但字数不同，原稿近一万字，《中国工人》刊登的文稿不到七千字，语文课本上的教材六千字光景，而且内容也不全相同。

我的意见是，从文学角度，从研究作者作品的角度来考虑，还是应当重视和推荐夏衍同志的原作。山东师范大学附设自修大学 1982 年 8 月所出的《中国现代文学作品选》中，与其选《中国工人》上刊登的那篇删改稿，就不如选原作。因为原作究竟是有特色的。这不但有夏衍自己的语言风格，而且他写的是上海，用了不少上海的方言，很有时代特色和地方色彩，读来使人增加真实感。《包身工》是把艺术形象和科学分析相结合的成功之作。"芦柴棒"们令人触目怵心的非人生活，确凿可靠的统计数字和实况调查，深刻地揭露了帝国主义、封建主义和流氓特务势力这一切邪恶力量紧密控制下的"包身工"制度的罪恶！这在原作中是写得淋漓尽致的，在删改后就大大逊色了。只有读原作才可窥见全豹。

（本文刊于 1984 年第 9 期《复旦大学学报》社科版）

陈荒煤的一封信

陈荒煤同志（1913－1996），湖北襄阳人，1913 年 12 月出生于上海。1932 年在武汉参加反帝大同盟、武汉左翼剧联，并开始写作，同年秋加入中国共产党，次年在上海参加左翼戏剧家联盟，1935 年转至左翼作家联盟。1936 年到 1937 年在上海文化出版社出版了小说集《忧郁的歌》《长江上》。

1938 年夏，他在武汉参与创作多幕剧《总动员》，秋天赴延安在鲁艺任教。1939 年春，他率鲁艺文工团到华北抗日前线采访，写了《刘伯承将军会见记》《陈赓将军会见记》等报告文学作品。1942 年 5 月，参加延安文艺座谈会。

中华人民共和国成立后，他长期担任文化领导工作，先后任四野文化部部长，中南军区宣传部副部长、文化部部长等职。1952 年底调北京，先后任文化部电影局副局长兼艺委会主任、局长。1963 年 7 月任文化部副部长。他为新中国电影事业的发展付出了很大的精力和心血。"文革"中，他遭到长期迫害。"文革"后，恢复了工作和写作，先后任中国文联党组第一副书记，文化部副部长、党组副书记、顾问，中国电影艺术研究中心学委会主任等职，是第二届全国人大代表，第六届、第七届全国政协常委。荒煤的贡献是多方面的，尤其在文学、电影和艺术教育领域，有很高成就。

1980 年以来，他先后出版了《荒煤短篇小说选》《荒煤散文选》，电影、文学评论集《解放集》《回顾与探索》《攀登集》《探索与创新》《点燃灵魂的一簇圣火》，散文集《荒野中的地火》《梦之歌》《永恒的纪念》《冬去春来》《难忘的梦幻曲》；主编了《中国现代文学史料汇编》《中国新文艺大系》《当代中国电影》等丛书。

荒煤同志 1996 年 10 月 25 日在北京逝世，享年 83 岁。在我感觉和印象中，他是思想敏锐、珍视人才、为人谦和、认真勤奋的一位领导同志。他送过我《荒煤选集》两卷本等书。1994 年 1 月，他到成都，我曾与他有过畅叙。就在 1 月 17 日，四川省文联与作协宴请过他并为马识途同志祝贺八十寿辰，宴后，我又面聆过他对小说创作的见解。但最使我难忘的是 1992 年 9 月，我的长篇小说《战争和人》三部曲在北京开研讨会，荒煤同志因事不能来参加，却连夜写了一封长信托冯牧同志带给我。当时他已七十九岁高龄，却读完了我那一百六十多万字的长篇并写出意见，这种认真负责、细致周到的精神使我十分感动，故将他的这封长信全文发表，作为纪念①。

王火同志：

　　我今日上午正好要主持一个会议，不能来参加你的大作长篇小说《战争和人》的讨论会了，颇为遗憾。现托冯牧同志带去此信，既对《战争和人》获得的成功表示衷心的祝贺，也简单地谈点个人的读后印象，供你参考。

　　《战争和人》（人民文学出版社 1992 年版）三大卷，共一百六十余万字，对我这个即将八旬的老人来讲，拜读如此篇幅浩繁的巨作本身就是一个大工程，这可能是第一部描绘抗日战争前后国民党统治阶级内部矛盾重重、摇摆不定、钩心斗角的种种社会动

_____

① 此信后来由荒煤同志用《史诗品格风采独特——评〈战争和人〉三部曲》为题，发表在 1992 年 11 月 3 日《光明日报》上。

态和行为，以及军、政、党各派系人员极其复杂的心态的作品。它把我们既不熟悉又有所见闻的所谓"大后方"的内幕，揭露得很深刻，很生动。可以说，这是一面"照妖镜"，也是从国民党内部派系之间各种人物的心态这一个侧面，反映了抗日战争的另一方面历史真相。

作者在第一部《月落乌啼霜满天》卷首的扉页中写道："战争本身对人来说，就是一面镜子。往事构成的画卷，通过艺术的聚光镜，有助于人们认识历史，启示生活。"

长期以来，我们提倡文艺创作的百花齐放，往往只强调形式和风格的多样化，却忽视题材的多样化，实际上没有题材的多样化，就不可能有形式风格的多样化，因为不同的题材和内容须有不同的形式和风格去表现、去反映。

周恩来在1962年2月对在京的话剧、歌剧、儿童剧作家的讲话中指出："不能要求一个作品把时代的全部内容都反映了……戏剧只能反映时代的一个侧面，又一个侧面，不能反映各个侧面。舞台就那么大，电影就只能是几本，不能一百本，不可能那么全面地反映时代……时代精神也只能通过时代的一个侧面表现出来。"这说出了文艺创作的特殊规律。

我感到《战争和人》这部作品应该引起评论界的注意，因为只有通过抗战时期的"大后方"奇形怪状的种种社会动态、极其复杂的种种人际关系和丰富的各种人物的心态的一个侧面，又一个侧面，我们才能真正全面地认识八年的抗战历史。

其次，我对作品感兴趣的，是作者始终遵循他自己的诺言，正如他自己所写的："我只愿从生活出发来塑造人物，并没有遵循任何模式。但我确实写了人物性格深层结构中的不安、动荡、痛苦、搏斗。"

作者中的主人翁童霜威，尽管是一个国民党司法行政部的秘书长、一个政府的高级官员，但他毕竟不是一个能够左右或直接影响国民党统治集团决策的人物，就其思想倾向来讲，也不算是什么先进分子、左倾分子。他绝不附逆，不愿当汉奸，或与敌伪分子有何联系，卖国求荣或贪享富贵，也对国民党某些人士不择手段竞相勾结敌伪，流窜在香港、沦陷的上海、大后方的陪都——重庆之间的形形色色丑恶现象感到憎恶，而终于奔向重庆，却也不得重用，而郁闷满怀。这恰好似一个"中间人物"。

我已经记不清楚50年代我们曾经在文坛大批写"中间人物"论时的许多观点了。但现在来看，在一个伟大的复杂的历史动荡时期，的确不可避免要出现一些"中间人物"，恰恰反映了较多数的人们，当他们思想还不能认清历史发展的前途，在复杂的环境中往往陷于极端困窘的处境之中，他们既不能超脱现实，摆脱困境，又不能勇往直前，认清必须奔向的目标，于是徘徊、彷徨、痛苦、不安……幸而最终亲身体会到国民党法西斯统治的滋味，看到下一代的青年起来了，不能不寄托以一些朦胧的希望。

这种人物有他们特殊的典型意义，这种人物大量存在于当时现实生活之中，既非一种积极推动历史前进的力量，然而却又绝不是可以加以轻视的一种社会现象和力量，他们的确算是一种中间势力，一旦在历史倾斜的过程中，他们倾斜于某一方，就将是一个很可观的重量，因为他们终究是一大部分主张正义、爱国主义和渴望振兴民族的代表人物。

假如以过去"左"的观点来批评这部作品只是创造了一个"中间人物"的典型，当然是笑话。可是，今天来看，这部作品也真是创造了一个在重要历史发展阶段中一个真实可信、生动的童霜威的形象，这也正好证明，作者没有遵循任何模式，所以创造了一个特定历史条件的真实的"中间人物"的典型。我也是第一次在我们文艺作品中认识、理解这样一个生动真实的形象。

固然，由于这个特殊的典型的性格和命运，反映的生活面难免有些局限性，然而就童霜威奔波于香港、沦陷的上海，最后奔向重庆之间的所见所闻，无不反映出童霜威的性格特性和内心世界，所以这个人物的形象终究是非常饱满的。

　　作品围绕着童霜威的性格和命运，以他为轴心写了许多其他人物，如他的妻子方丽清、儿子童家霆，以及各种形形色色的人物。作品中对这些人物的描写都注重到生活的真实和艺术的真实。否则，也无法塑造一个真实的童霜威。例如在三卷中写童霜威去北温泉缙云寺先后再次访问卢婉秋的经历，尽管只是一个小小的插曲，可是很耐人寻味。卢婉秋这位女子的心情和个性就很鲜明了。

　　这也说明，一部优秀的长篇小说，不尊重文学是人学的规律，不注意随时都要着意刻画着一个人物的性格和心理，不创造众多的有典型意义的人物形象，是谈不到生活的真实与艺术的真实的。

　　我认为，这部作品很有助于青年一代和不熟悉当时"大后方"情景的人们更深刻地理解抗日战争的历史，并且作品主要是通过一系列生动真实的形象，以人物的性格和命运来吸引读者，再加上作者文笔的流畅，善于描写人物的心理以及社会、文化知识的渊博，是能够获得更多读者喜爱的。

　　匆匆，祝好！

陈荒煤

1992 年 9 月 9 日

落花时节思艾芜

艾芜是一位德高望重的文学前辈，一位大家敬仰尊重的长者。提起艾芜老人，他那锲而不舍从事文学的事业心，他那淡泊宁静的典型风范，已无须我来再添枝加叶说些什么。但自从他去年（1992 年）12 月病故后，我心里总有一种舍不得他走的感情。我不能不用朴实的文字从感情上来表达一些自己的独特的哀思。

前些年，艾老比较健康时，我曾有意向艾老讨教，但艾老谦虚，未曾居高临下地向我介绍创作经验或论述作品。在我感觉上，他沉默寡言，但平易近人，"心底无私天地宽"，给了我很强的感染。

1986 年 5 月中旬，大西南五省区文学座谈会在四川宜宾地区竹海聚会。一天清晨，天气阴霾，我起身后走到宾馆水池边散步，看见艾老起得早，独自坐在池边的亭畔。那个清晨有淡淡的雾，周围全是绿树竹丛的池里有一种灰色有翡翠花纹的小蛙，鸣声像弹琴。艾老是在静静聆听蛙声。我走到他身边后，听着拨动琴弦似的蛙声，同他谈起那种蛙来。我说："一样是蛙，这种蛙的鸣叫声好艺术啊！"艾老被我的话逗笑了，不断点头。他是四川文艺出版社的名誉社长，我当时是该社的党组书记兼总编辑。那个清晨我告诉他："我年龄已到，头部又负过伤，决定退下来，以后可以写写东西。"他对我要退下来未置可否，但我谈到写东西，他却频频点头，态度很真诚。

接着，我们谈了起来。他问起《艾芜文集》第四、五、六卷何时可以出版，我歉疚地告诉他：稿子我早已终审签发，因为征订数量少社里经济困难的原因，延缓了开机印刷，但我已做好布置，年内是可以出书的。这三卷指的是他写的长篇《故乡》《山野》和《丰饶的原野》。我说："我很喜欢《山野》，全书二十多万字，只写了一天的事情，写法新颖，笔触细腻，情景逼真，刻画了抗日战争时期不同阶级的不同面貌，真实反映了抗战这一伟大历史阶段的一个侧面。"他说："《山野》当时曾颇受文艺界好评，但生活局限，限于所见所闻，我只能写了一个小小的山村和一天小小的战斗生活。这次收入《文集》，交稿前改了一些。不合历史背景的都改了一改。"我说："我注意到了修改的地方，您是很认真细致的。"

接着，谈到《丰饶的原野》。这是由《春天》《落花时节》和《山中历险记》三个中篇组成的一部长篇。有趣的是《春天》写于1936年，《落花时节》写于1945年，解放前出版时，这两个中篇合在一起，艾老取了个名字：《丰饶的原野》。但1979年时，艾老感到故事未完，还应当继续写下去。于是见缝插针，用一天两千字的速度，写出了《山中历险记》这个中篇，将从三十年代中期到七十年代末期写成的三个中篇合成一个长篇，用《丰饶的原野》为名出版，编入《艾芜文集》第六卷。他说："《山中历险记》没有写好，有很多缺点。"但我如实地将读后感告诉了艾老："您塑造的刘老九正直勇敢，不自私，同情弱者，我喜欢。这是一个光辉的农民形象！"

那天，艾老说话的态度冷静、安详。他的真诚和谦逊，使我感到庄严、尊贵。艾老是一位"含蓄以养深、浑厚以待人"的作家。我敬重他的品格。

1987年9月，老友——上海作协副主席哈华来成都，要我专程陪他去看望艾老。他与艾老是小同乡，都是四川新繁县（现并入新都县）人，互相熟知却未见过面。我们坐小车同到四川作协艾老住处拜访。9月11日那天下午去时，艾老的夫人王蕾嘉同志不在，仅艾老一人在家。

他穿一套旧蓝涤卡中山装来开门。进房后，见他刚才正写东西，桌上摊着稿纸。看到远道而来的同乡客人，他热情地让哈华在沙发上坐下后，就急着要去泡茶。我见他往厨房走，就跟着前去效劳，但他一连提了两只开水瓶，都空空如也。他打算烧水，我连忙劝阻，说："艾老，不泡茶了！老哈主要是来看望您，谈谈，见到您，他不喝茶也高兴的。"

我们一同回到他的书房里，我将艾老要煮水泡茶的事向哈华说了。艾老拿了糖盒来，让我们吃糖，然后，他俩就高兴地谈起来了。

艾老比哈华大十四岁，1925年二十岁出头就离开家乡到云南昆明然后去缅甸漂泊，离开家乡许多年。哈华也是1938年二十岁出头投奔延安进抗日军政大学学习，几十年未回过家乡。但他俩对家乡都充满乡情。谈起以前对家乡的一些印象，哈华说他这次回四川真是"少小离家老大回"，"乡音已改，鬓毛已衰，感慨很多"。他在新繁"已经没有认识的亲人"了！艾老说："1945年，我离家已经二十年了，还不能回去。教小学的父亲去世，我也没能回去，母亲死得早，在离家二十年里，祖父母、叔伯、婶娘、姨娘及一些亲友也陆续不在了。"他劝哈华："你可以回去看一看，那里变化很大。"接着艾老赞扬哈华在上海创办的《萌芽》培养了不少青年作者。哈华告诉他：还有一份《电视　电影　文学》，现在也有较好的影响。最后，哈华谈到《南行记》，说他喜欢。艾老微微笑着，听着，但不说话。

从艾老家出来，哈华赞叹地说："这个老人真好，就是话不多。"我说："今天他同你谈得可不少了。"哈华说："他生活真简朴，像诸葛亮说的：'静以修身，俭以养德！'"我说："他是个精神上戒自大，物质上不贪求的人！"同艾老见面后，哈华更加重了乡思，决定到新都看看。我陪他到省委宣传部，文艺处的同志热情地给县委宣传部打了电话，派了车，老哈第二天就去暌别了几十年的家乡寻梦了！

往事历历在目，但1992年8月哈华在上海因血癌去世，12月，艾老又病故，几个月间，新繁的两个出名的作家都先后不在了，看看那天见面时我们三人的合影，我很伤感。

听到过一件艾老的轶事：重庆解放，新中国成立后，艾老任重庆市人民政府委员兼文化局长及文联副主席。当时，他还不是党员。一位有实权的党员同志比较粗鲁，对他不够尊重，有事都不同他商量，放在别人可能很难忍受，他依然平静、积极。有人为他抱不平，他恬淡地说："不看僧面看佛面嘛！"意思是说：看在党的面上为大，不去计较这些！

1990年3月5日，成都召开庆祝《艾芜文集》出版和艾老创作六十六周年座谈会，我写了《艾老之风，山高水长》一文代替一束鲜花当面献给了艾老表示敬意。现在，艾老去世了！想起艾老，我仍有"山高水长"的感觉。艾老在创作上不安于平凡，力求卓越。他的存在和价值体现在生前，又体现在身后。曹丕《典论·论文》中说："年寿有时而尽，荣乐止乎其身，二者必至之常期，未若文章之无穷。"艾老是一个极为谦虚的不愿多向人民索取什么而只愿多向人民做些贡献的文学家。现在正是杜鹃鸟叫的落花时节，我想起他在《落花时节》中写的那个美丽凄怨的杜鹃鸟的传说，又想起他，心里酸酸的。艾老说过："古人说，年华如逝水。我说，逝水就好，它是流着的，这象征了生命的活跃……人应该像条河一样，流着，流着，不住地向前流着。"多美好的诗一般的语言啊！艾老的精神是永留文坛大放光芒的！

（本文刊于1993年上海《文学报》）

在缅甸，深深想起艾芜

　　飞机盘旋着在缅甸仰光机场降落时，看到了下面金光闪闪的大金塔和绿树遮映有异域风光的建筑物，我突然又一次想起艾芜。我们中国作家代表团应邀于 1993 年 12 月 1 日至 15 日到缅甸访问半个月。在缅甸时，我这来自四川的成都客，老是想起艾老。一是因为素所敬仰的艾老早年漂泊时到过缅甸，二是因为访问期间的 12 月 4 日是艾老逝世一周年纪念日。念中缅文化交流之情谊，伤前辈作家之逝去，于是，触景生情，在异国他乡，时常脑际重现艾老的音容笑貌。

　　艾老 1927 年大约 10 月间到了仰光，那年二十三岁。他在《我在仰光的时候》一文中说："仰光位于仰光江边，远洋巨轮可以开进江来靠在码头边上，是缅甸最热闹的都市。"他初抵仰光，住在五十尺路门牌四号腾越栈，病倒街头后，为万慧法师收留；以后曾做《仰光日报》的校对和小学教师，后因失业流浪到新加坡，不久又跑回缅甸，做报纸的副刊编辑。1930 年冬天，他被统治缅甸的英帝国主义逮捕。1931 年春被押送回国，先到香港，然后被驱逐到厦门。

　　对缅甸，既有点了解又十分生疏。我 1982 年曾到过中缅边界，但当时在那里了解的缅甸，与十年后这次到达的仰光、曼德勒等大城市见闻迥然不同。仰光是这么美丽！漂亮的房屋、绿化的城市、花园似的景色、繁荣的市场、宽阔洁净有林荫的街道、巍峨庄严的大金塔与小金塔……街上走着西方来的旅游者，行驶着无数日本进口的汽车。

穿各式"笼基"的男人，穿各式"特敏"的女子，披铁锈红或黄袈裟的和尚和头顶水盂的小姑娘，在街边屋前踢着藤球的男孩子，一派祥和安定气象，艾老当年在缅甸时看到的种种同今天是完全不同了。那时，缅甸还在英帝国主义残酷殖民统治之下。缅甸人民经过长期斗争，1948年1月4日独立后，勤劳、优秀的缅甸人民与中国人民一直友好。这几年来，缅甸实际也像我们一样在改革开放，缅甸正在朝气蓬勃地发展、前进。

在仰光时，我谈起艾芜，他们不了解，这也正常，中缅作家现代、当代文学作品的交流、翻译尚待开拓与扩展，我很懊悔没能带些艾老的著作去赠送给缅甸的作家。

住在仰光美丽豪华的茵雅湖宾馆，清晨，我常与诗人冰夫在幽静澄澈的茵雅湖边散步。白天，我们乘车外出，常经过气势非凡高112米的大金塔。我不禁想起了艾老写的"水波浩渺的绿绮湖"。艾老说："在湖的那边耸立着大金塔，在蓝色的大幕里，经常出现璀璨的金色的巨影。"我仅从艾老的提示中知道绿绮湖是离仰光闹市较远的地方。但仰光市区早已扩大，绿绮湖是否就是现在的茵雅湖呢？好客的主人替我们把访问日程安排得满满的，又总是集体行动，无法再找绿绮湖，我只有带着憾意思念着艾老。

一晚，在宾馆，我同中国驻缅大使馆一等秘书韩学文谈起艾芜。我告诉他：艾老逝世一周年了！我说："艾芜是第一个同缅甸有着联系的中国现代著名作家。他在缅甸华侨办的《仰光日报》上发表过新诗和散文，在仰光的报馆工作过。他文艺观的树立，就是在仰光看了一部辱华而宣扬殖民主义的外国影片后激发起来的，所以决定把'一切弱小者被压迫而挣扎起来的悲剧，切切实实地给写了出来'（《南行记》初版《自序》，1993年）。要谈到中缅作家间的文化交流，是不能忘记艾老的。"

北大东语系毕业的韩学文在缅工作已经八年，缅语娴熟，业务熟悉，同缅甸各方关系很好。他读过《南行记》，告诉我："《南行记》影视片拍摄时，想到缅甸拍摄外景，大使馆曾代联系，只是后来外景改在国内拍了。"他问我："艾老出国访问到过哪些国家？"我说："到过匈牙利、捷克斯洛伐克及苏联、朝鲜、日本等国，但没有到过缅甸，如果他能重访缅甸，那多好啊！他一定感受很深的。"老韩说："过去是应当请他来重访缅甸的，缅甸方面也一定是会热烈欢迎的。这件事没有办，真遗憾！"

是呀，天下很多这种令人遗憾的事！

12月4日，艾老逝世一周年那天，我们乘飞机由仰光到了曼德勒市，从飞机上鸟瞰，浩瀚的伊洛瓦底江在阳光下正在缓缓地流。艾老在他的散文《从八募到曼德勒》中曾形容过这条被缅甸称为"生命之河"的大江。看到这条江，不禁使我想起了艾老那首明朗乐观的题为《伊拉瓦底江边》的短诗：

> 蹲在掌大的窗边，
> 瞧见了江水弥漫，
> 破楼里虽是幽暗，
> 心灵中却闪有波光片片。

> 蹲在掌大的窗边，
> 瞧见了江水泛滥，
> 破楼里虽是黑暗，
> 心灵中却飞有白鸥点点。

伊洛瓦底（又译伊拉瓦底）江上依然有波光片片、白鸥点点，波光永远与阳光、江水同在，白鸥已不知是当年漂泊缅甸的艾老所见的那些白鸥的多少代后裔了吧？

去外地游览后，又回到仰光。有一天天黑后，大使馆文化参赞林朝宗热情地亲自开车带我们夜游仰光。先瞻仰了大金塔的辉煌夜景，接着，车子驶到热闹的"唐人街"一带。林参赞原是华侨，福建人，自幼曾随养母在仰光居住，对仰光十分熟悉。到了广东街附近，街边商店全是华文招牌，许多华侨夜间都在露天茶馆里喝茶聊天，那情况与成都的茶园类似。应我的要求，老林把车由一百尺路向五十尺路开去，指给我看了五十尺路，可是正如他所说的："年代久了！变化太大了！原来的样子早就变了！"面对五十尺路，我扳指计算，艾老六十六年前在此住过。六十六年，好悠长的岁月呀！艾老当年的脚印哪里去寻？我想觅找艾老遗踪的愿望怎么能不落空呢？

最后，林参赞将轿车开到仰光河边的大码头上，让我们看看这个很有名的船码头。艾老当年该就是在这里被英帝国主义押上轮船驱逐出境的。码头很大，白昼嚣闹，此刻是夜晚，它却异常寂静。伫立江边，看着江上船只的点点灯光，听着水声滔滔，在暗夜中流泻不停，像大河一样终身朝文艺的大海不断向前流去的艾老又永生地出现在我的脑际。在水流声中，我仿佛听到他歌唱着、笑着，像河一样地流着……

（本文刊于 1994 年上海《文学报》）

想起我写节振国

20 世纪 50 年代初，我在上海总工会工作时，听说北京话剧界的有些同志，以冀东一位矿工游击队长节振国的事迹为题材写了一部话剧，但未成功，没有上演。到 1953 年春，我由上海调到北京工作，有一次又偶然听人说："丁玲曾想过写冀东一位著名的游击队长节振国的故事。"告诉我的人并说："节振国的性格很像苏联的夏伯阳（后译恰巴耶夫）。"这事我听后并未引起多大注意，更没有想到以他的事迹为题材来进行创作。

1956 年秋冬时节，当时我在北京《中国工人》杂志社工作，去唐山收集开滦工运史料。在开滦的唐山矿、赵各庄矿及林西矿活动期间，听到许多矿上的干部和职工说起节振国。人们说："抗日战争时期，日本侵略者在冀东最怕节振国，把他叫作'白脸狼'、'寨主'，到处悬赏捉拿他。在他牺牲的消息传出后，鬼子不敢相信，怀疑这是节振国故意布下的疑阵，曾出动大批兵力到处搜寻他的下落。""节振国大义凛然，他有个结拜兄弟名叫夏连凤，与节振国情同手足。但夏连凤被捕叛变投敌后，来游说节振国投敌，节振国立即将夏连凤枪毙示众。""榛子镇有个武装土匪汉奸头子李奎胡，为非作歹，残害百姓。节振国用计杀了李奎胡，将李奎胡的人头高挂在榛子镇城楼上，日本鬼子看了都胆战心惊。"以后，我又接触了一些唐山市委、市工会的干部，他们也能讲一些节振国参加 1938 年开滦五矿大罢工和冀东十万工农大暴动的故事，更能讲一些节振国来无影去无踪抗日锄奸的故事。这些生动感人的故事吸引了我，使我对节振国这一位传奇英雄发生了浓烈的兴趣。

接着，我从抗日战争时期的延安《中国工人》1940 年第 10 期上，读到了慰冰写的《中国工人阶级的英雄——白脸狼》一文，并且听有同志谈起：毛泽东 1940 年在延安听到从冀东去延安汇报工作的吴德谈起节振国的英勇抗日的事迹，了解到冀东敌人"扫荡"的残酷情况后，曾说：对这样一位工人出身的游击队长，要好好保护他培养他，不要让他牺牲，牺牲了是很可惜的！可是，实际上，毛泽东说这话时，节振国在冀东不幸已经作战牺牲了，这当然是非常令人遗憾的。后来，周恩来在重庆时，曾向文艺界的人士介绍过节振国的抗日事迹，并且建议能将他的事迹写成文艺作品……

我追问原因：为什么写节振国事迹的文艺作品迟迟没有出现？有人说：一是因为需要进行艰苦深入的采访，花费的时间精力太多；二是这个人物不好写，有点个人英雄主义和冒险主义，性格上像夏伯阳，也是作战时不该牺牲而牺牲了的，北京话剧界的同志写了节振国事迹的剧本就没通过，白白浪费了劳动。

我将信将疑，但却有了创作的意图。我在冀东开始采访并收集节振国事迹的材料，以后又在北京等地继续采访。终于，有了创作冲动，并对节振国有了一个比较完整的认识。

节振国，1910 年 10 月 9 日出生在山东省武城县刘堂村（60 年代初，刘堂村划归河北省故城县），他十岁那年，因家乡闹灾，随全家逃荒到开滦赵各庄煤矿，十四岁就下井做了童工。开滦矿工有习武之风。节振国为了不受欺压，习武强身，武艺高强。他为人正直、深受工人拥戴。"九一八"事变后，他激于民族义愤，带领工人抵制日货，砸日本商行，成为工人领袖。

1938 年春，英国资本家在赵各庄矿实行"井下记工制"，加强对工人的剥削，工人大罢工，节振国任工人纠察大队长，此时他已接受党的领导。在罢工中，表现十分英勇，曾率领纠察队在罢工委员会组织下打垮了唐家庄矿由资方组织的"护矿队"。由于工人生活困难，节振国领导纠察队保护了数千工人及家属分掉东煤场的存煤，用煤去换取粮食，为坚持罢工斗争提供了物质保证，取得了大罢工的成功。这次罢工沉重打击了开滦煤矿英国资本家，而且粉碎了日寇插手工运想夺取矿权的阴谋。5月的一天清晨，日寇队长高野带了十几名宪兵和伪军到赵各庄逮捕节振国，节振国用菜刀砍倒高野和另一个宪兵翻墙逃脱，但节振国也身负枪伤避到丰润县南关好友张志发家养伤。伤愈后，正逢中共冀热边区特委发动人民举行武装抗日大暴动，节振国遂与一伙矿工兄弟在滦县韩家哨聚义竖起抗日旗帜，曾收缴了榛子镇伪警察的枪支。当时，他为寻找党，先去投奔抗日联军副司令洪麟阁，但未被重视，后来找到了我党直接领导的冀东抗日联军副司令李运昌部，李司令员将节部编为抗联第二路司令部直辖工人特务大队，节振国为大队长。

7月18日，节振国奉命率队攻打了赵各庄伪警察所，扩大了兵源，开滦赵各庄矿、林西矿和唐家庄矿有三千多工人参加了抗日队伍，与日寇激战两次后，退入农村汇入暴动队伍的洪流。但秋天时，日寇调集兵力"扫荡"，冀东抗日大暴动受到严重挫折，工人特务大队也仅剩下二十余人，节振国威武不屈，在北部山区又找到了党领导的抗联部队，重新扩大队伍战斗在冀东。这期间，他用流水疾风的战术活动在矿区打击日寇、铲除汉奸，有一次晚上进入赵各庄燕春楼戏院抓了几个汉奸特务，并且当场跳上戏台向观众发表了抗日演讲，然后才安全撤走。

冀东的抗战，环境十分艰苦，节振国工人特务大队的游击战十分出色，为开辟抗日新局面作出了极大贡献，1939年秋，他在丰润县乡下入党，1939年9月，冀东抗联部队编入八路军。节振国被调到阜平晋察冀分局党校第三期学习。1940年5月结束了学习，组织上派他回冀东军分区工作。节振国所在的干部队同十二团陈群团长的部队在返回冀东途中，在盘山地区和冀东中部与敌人激战。节振国强烈要求与十二团一起作战，在滦县下尤各庄战斗中，由于勇敢杀敌过于冒失，被敌人枪弹击中牺牲，时年三十岁。噩耗传来，日寇不信，抗日军民则都十分悲痛。上下尤各庄的老乡们为他吃素三天，以祭奠他。抗日部队则继续打着"节振国工人特务大队"的旗帜用游击战袭击敌人。日寇和汉奸到处寻找节振国的坟墓，以证实他确实已经牺牲，但老乡们守口如瓶，一直秘密保护着节振国的坟墓。直到日寇败亡，烈士的遗骸才移灵唐山烈士陵园。

节振国的传奇式的经历十分悲壮动人，也使我受到很大的教育。我觉得这位英雄应该写，为写节振国的传记，花费再多的时间精力也值得。至于说他有个人英雄主义和冒险主义倾向等等，说明我们那时创作中的条条框框，清规戒律多么严重，说明我们那时用"左"的态度来对待创作，进行过多的不必要的干预是多么严重。我暗下决心，要冒风险来写节振国，即使失败，我也不后悔。

恰好，这时中华全国总工会书记处书记张修竹分工领导《中国工人》杂志，他建议，在《中国工人》杂志上应当搞一个小说连载，规定题材要与工人有关，故事性要强，要有教育意义。在这种情况下，我花了二十多个夜晚，一气写成了八万字左右的中篇小说《赤胆忠心——红色游击队长节振国的故事》。由画家江荧配了精美的插图，先在《中国工人》连载，接着又由工人出版社出版了单行本。

小说刊出，反响强烈：电台连播，名评书艺人袁阔成广为说讲（后来并出版了书），上海的评弹演员也加以采用；外文出版社在1961年将它译成外文向国外介绍；赵各庄业余话剧团将它改编为话剧；唐山京剧团并根据开滦矿史和《赤胆忠心》改编为京剧《节振国》，参加了1964年全国京剧会演，后来又拍成了电影……说实话，我并没有想到这样一本仅仅只能看作是记录素材的小说，会引起这样大的连锁反应，我明白，重要的是烈士本身的事迹感人，所以会使读者喜欢，书的成功就源于此，而写得不好或不足之处，则是我的努力不够、笔的笨拙和思想水平不高所造成。我对《赤胆忠心》这部中篇小说的单薄与稚嫩，一直感到有必要在适当的时候予以补救。当然这个愿望要实现，我明白：还要付出十分艰巨的劳动，还有待于时日。

事实上，是到二十多年后才实现的。

二十多年后，我决定重写节振国的传记小说。在掌握了原有素材的基础上，我去烈士的故乡及有关地点补充生活、收集材料。除北京外，先后到山东武城、河北的故城、峰峰矿区、邯郸、石家庄、天津、唐山、丰润、滦县、迁安、遵化等地，得到各地党委及各地烈士陵园、档案馆、图书馆等有关单位的大力支持，也得到了节振国的亲属、战友、部下及他当年的上级领导同志和一同做过工，打过游击的同志们的照顾帮助，使得写一部长篇小说有了可能，我将长篇小说定名为《血染春秋——节振国传奇》交花山文艺出版社，在 1982 年出书。①

《血染春秋》和《赤胆忠心》虽一脉相承，却大不相同，它不是简单的补充、改写，而是在补充生活后重新创作的，无论从整体构思还是立意上，抑是从人物塑造到选材安排上，都大不相同。

我为什么要重新创作呢？因为：

（一）节振国在国内外已有影响，原来的写法是"大材小用"了，十分可惜，读者也不满足，我自己则感到对烈士心里抱歉。我认为应当有一部比较扎实的长篇记录他的事迹，使我国的文艺画廊里真正增

① 2009 年 10 月中华人民共和国成立六十周年，经过修订，四川文艺出版社将《血染春秋——节振国传奇》作为红色经典，改名为《英雄为国——节振国和工人特务大队》在"十一"国庆前出版。2012 年 4 月开滦党委特派专人从河北唐山来到成都授予作者王火"开滦名誉矿工"称号。王火向唐山开滦博物馆捐赠了一批创作资料及有关节振国及开滦煤矿的文物资料。

加一个英雄人物。

（二）"文化大革命"期间，我在山东临沂，因为是在省属重点中学临沂第一中学做行政领导工作遭到冲击，唐山铁道学院等单位有过两批红卫兵到山东找我，他们凶横得很，要我提供节振国是叛徒的"材料"或"可疑线索"。我说："节振国从未被敌人逮捕过，他是同日本侵略者战斗到流尽最后一滴血的，怎么会是叛徒？"他们蛮不讲理，甚至用打骂手段进行逼供，但我坚持了原则，未让他们达到目的。我听说，由于污蔑节振国是"叛徒"，连他的战友、家属都受到了株连。1976年10月"四人帮"被粉碎后，我就决定，重写节振国。我觉得被颠倒的应该颠倒过来，这有助于"拨乱反正"。

（三）60年代到70年代初，在拉丁美洲，甚至在其他地方，古巴格瓦拉的游击战理论有很大的影响。而格瓦拉那种不要根据地只搞"游击中心"的理论，那种只搞冒险袭击不走群众路线的理论，实际对游击战起了很不好的影响。由于古巴是在国外游击中心营地训练了一批武装人员，在某一天突然回国袭击夺取政权成功的，所以格瓦拉的理论走红了。其实，不要根据地、不要群众路线，游击战士是会疲于奔命孤立自己最后遭到消灭的。事实上，提倡游击中心主义的格瓦拉，虽然英勇无畏，他的实践却证明了他的游击中心主义理论的谬误至少也是失策。他率领游击中心训练过的战士进入玻利维亚要夺取政权，可是结果却失败了。格瓦拉本人也在1967年10月8日下午被玻利维亚政府军枪杀牺牲。《赤胆忠心》过去所以在60年代初被译成外文，原因之一就是因为它宣传了我党我军的军事游击战思想。我感到继续宣传这一点是必要的。

（四）在采访创作的过程中，我一直想正确反映日本侵华这段历史。我是亲身经历过抗日战争目睹过日本帝国主义侵略、险些丧生在敌人炸弹和炮火之下的。我常激动地想起那段血腥的历史，节振国当时所处的冀东地区，抗日斗争特别惨烈，敌人也特别残酷，中日人民

351

应当世世代代友好下去，但历史不可篡改和抹杀。"前事不忘，后事之师"。在文学作品中真实反映这段历史有所必要。如果说，日本的军国主义者阴魂不散，想对下一代用欺骗的手法把侵略说成不是侵略，我们就永远要有真实反映那段历史的作品来说明真相。

开始重新采访收集材料打算重写节振国事迹的时候，我老是怀念着节振国烈士在唐山烈士陵园里的坟墓是否安好？我也老是怀念着刘玉兰老大娘（节振国烈士的遗孀）和她的两女一男节凤英、节凤兰和节凤生是否安好？我在北京及河北等地进行采访后回到山东，忽然知道了唐山大地震的情况，这使我格外不放心。

我在唐山大地震后不久就设法到了唐山。啊！那真是惨绝人寰的景象，毁灭性的大地震使我面对无边无际的废墟与断垣残壁落下了辛酸的眼泪。我住在临时帐篷性质的招待所里，想寻找节家的人和我在唐山的老熟人，可是，无法寻访，谣传刘玉兰大娘已在地震中不见了！使我恻然久之。

我步行去瞻仰冀东烈士陵园。但展现在面前的是一片废墟，原先华丽的纪念堂、陵园的办公室全部从根倾倒。烈士的墓如包森司令员的已开裂，有的碑倒坟塌。我找到节振国烈士墓前。只见墓尚完好，但碑也倒了。四周无人，烈士陵园在大地震后据说曾作为停尸场，虽经消毒喷洒过药物，一股刺鼻的尸臭味仍很浓重。我用力将歪倒的碑石挪到坟前扶正放着，却无法将它竖起。只能颓然走回来，唐山的采访工作既然无法进行，我只能匆匆离开。

后来，我又二次到了唐山。唐山遭到强烈地震后此时不过半年。但开滦煤矿已经早恢复生产，街道两边的防震平房盖得整整齐齐，废墟正在清理，全国各省来支援的队伍包括建筑队很多，大型机械整天在铲土、清理现场。电影院正在上映《永不消逝的电波》，市文化局正在搞职工业余文艺会演……我带了一张早年在唐山采访时的熟人名单去，可是却只找到了极少数的人。倒也不都是在地震中遇难了，而是因为街道、房屋都毁了，到处都搭起了防震的屋子。找人，是非常困难的。

到唐山的当天下午，我就又去瞻仰唐山烈士陵园。展现在眼前的仍是一片废墟。只是修缮已有开始的迹象。我走到节振国烈士墓前，找了个工人帮助用水泥将墓碑沾好重新竖立，我在现场拍了照片留作纪念。然后，在陵园里寻找管理人员。

陵园很大，但空荡荡的十分凄惨，不见人影。好不容易在远处找到了管理陵园的一位女同志，姓赵，这是一位认真负责忠于职守的好同志。陵园的管理人员在大地震中伤亡极多。她的家人也有伤亡，但她在大地震后，从废墟中扒出了全部烈士的档案保存在她暂时住着的地震棚里。由于她提供的线索，我得知传说节振国烈士的遗孀刘玉兰在地震中遭难是谣言，并且知道节振国的二女儿节凤兰在唐山机车车辆厂做技术员，我就直奔机车厂去找凤兰。

唐山机车车辆厂在地震中的损坏最为严重。有些车间巨大的钢架在地震中扭成了"麻花"。这个厂准备原样保存以供将来开放让人参观。我在断瓦残壁间的临时防震棚里见到了节凤兰，大家都非常高兴。我同节振国烈士一家有着深厚的友谊。找到了节凤兰，也就是找到了他们全家。中断了多年的联系又恢复了。七十多岁的刘玉兰老大娘身体那时仍然康健，她有时住在凤兰处，有时仍住在丰润县王官营老家。凤兰的大姐凤英在甘肃酒泉地区部队里面做军医，凤英的爱人刘承学是空军的一个副师长。凤兰的爱人徐瑞林是唐山机车车辆厂的技术员。节振国烈士唯一的儿子节凤生60年代初在中国科技大学毕业后，后来调到中国科学院高能物理研究所工作，他也早已成家，爱人是位教师。"文化大革命"中，他们当然也有过坎坷的遭遇，在"四人帮"猖狂为非作歹的时期，凤兰受过迫害，凤生被从北京下放到河南。有些人无中生有地污蔑节振国是"叛徒"时，当然也曾给烈士的亲属带来磨难。节振国这位赵各庄的矿工，他的子女都是社会主义的知识分子了，使人看了感到欣慰。这说明了我们国家的进步与发展。

离开唐山后，我到冀东一些当年节振国打游击的县城与乡村采访，这对后来我写《血染春秋》时描述丰润、遵化、迁安、迁西、玉田等县的景色与特点大有帮助。我又在河北跑了大半个省。在山东与河北交界处的烈士家乡觅到了一张节振国的照片，这是他十六七岁时的照片，也是可以找到的唯一的一张遗像。照片上的节振国，眉宇之间那种威武之气，使人见了可以想见其为人，这对我描绘烈士形象时也有用处。

《血染春秋——节振国传奇》从采访补充生活到重新创作成书历经六年。写真实人物的传记小说就是要花费更多的时间和劳动，这我深有体会的了。

在创作上，我自己有哪些尝试和追求探索呢？扼要说来：

（一）我没有按一般传记小说的常规写法来写。从幼年、少年、青年、中年，叙述到人物的去世，我只是重点描绘了节振国一生中最光辉灿烂可歌可泣的一段。童年及往事等，则用比较粗略跳跃的笔法点染，穿插在回忆、倒叙中。我写的这一段，时间仅仅从 1938 年初春写到 1939 年秋季。这从春到秋的一段红光灿灿的艰难岁月是被鲜血染红的，所以取名为《血染春秋》，有双关的意义：既是历史的春秋，又是从 1938 年春到 1939 年秋。

（二）除了忠实于史实及其基本事实外，我容纳了一些较为可信或比较动人的传说。这使作品加强了文学色彩，并能带有传奇色彩。因为，节振国在群众心目中和口头上早已是一个传奇人物了！如果写出来与群众的印象不相符合，与群众的喜爱不相符合，群众是不会喜欢不愿接受的。我觉得作为文学作品，作为传记小说是文学与史学的交叉作品。这样做是完全允许的。

（三）着重写人，而不是着重写战争。节振国是游击队长，他的抗日活动和坚持创建根据地的光辉业绩离不开打仗。如果不着重写人，而去着重写打仗，那么打了一仗又一仗，打过三五仗后就大同小异无法继续写了。实际，写打仗也还是为了写人物。这里有个武戏文唱的问题，这点，在创作思想上自始至终是明确的。至于笔力是否到家，那就是另外的问题了。

（四）着重写人，但也要通过人和事宣传我党我军的游击战的战略战术思想，寻找"新质"，用这来使人看到我们的建立根据地、用群众做靠山的游击战思想与格瓦拉的游击中心主义是迥然不同的。

（五）书中的主要人物，如节振国、纪振生、周文彬、胡志发、关清风（此人名姓因怕对号入座引起麻烦，故更改）等均忠实于生活、忠实于原型。比如节振国，不少人说他是"中国的夏伯阳（恰巴耶夫）"，但从采访中，获知他的性格与夏伯阳迥然不同。如果将他写成"中国的夏伯阳"也许性格会更鲜明，但既然不符合原型，就未作这样的处理。

此外，以前在《赤胆忠心》中有错误的材料，在《血染春秋》中都作了改正。例如，在《赤胆忠心》中，我将节振国的结拜二弟纪振生误写成了杨作霖。后来，京剧改编时从初稿到 1964 年出版的剧本上也写成杨作霖（"文化大革命"中则被改为杨小霖）即由此而来。杨作霖烈士确有其人。他是在延安抗日军政大学学习过的原东北抗日联军干部，曾在陈群团长领导的第十二团里任营长。为尊重事实，遂予以改正。其他有些地名、人名也有改动。

《血染春秋》出书后，1982 年被评为花山文艺出版社优秀图书，1983 年被河北省列为职工读书活动推荐书，并两次送往香港参加书展，1986 年，由唐山电视台改编为六集电视剧《节振国》。只是这个电视剧很失败，既剽窃，又将节振国基本降为一个武打片的主角，而不能令人看到节振国这个抗日英雄的精神面貌。

《血染春秋》的出版，要感谢花山文艺出版社的优秀编辑李屏锦同志。他是文化部出版局 1985 年表彰的优秀编辑。在出书过程中，他关心作者、尊重作者、体贴作者，极会做组稿工作，不但有编辑水平，作风又正派严谨，在审阅处理稿件过程中，他不辞辛劳，从河北到山东，当面详谈了非常具体而又对稿件提高极有好处的意见，这应当说是一种编辑艺术。初稿原来五十万字，我删去了十多万字，凡一般化的情节、不吸引人的地方、多余累赘的笔墨全部删去。篇幅是少了，书的质量却有了提高。

（本文写于 1988 年 12 月，刊于 1989 年《作家报》）

苦辣酸甜一部书

——记《战争和人》三部曲的创作

这是一段真实的经历。在我是一件付出极大艰辛和许多精力的事，是一件曾使我最倒霉最无奈的事，也是一件使我最后获得了一些光彩和成就的事，这样的事自然使我难以忘怀，因此决定写一写这段经历。

一

1949年10月1日，天安门前升起了五星红旗。中华人民共和国成立的那天，我正在上海外滩上海总工会三楼的文教部办公室里，与几个同志一起收听开国大典的实况录音报道。上海总工会的特点是地下党同志多，在白色恐怖下同敌人斗争，深深懂得没有人民自己的国家机器，得不到保护，是多么的可怕与可怜，大家把生死置之度外奋斗，就是盼着新中国的成立，所以当听到宣布"中华人民共和国成立了"的声音时，同志们那种兴奋激动的心情是难以表述的，到现在想起来还会心跳。

那真是豪情满怀的岁月！如果没有那样岁月，我是没有心绪和启示，没有胸怀和魄力想到来动手创作这样一部大作品的。那时我在上海总工会非常忙碌，但忙得非常有劲。我要给领导同志刘长胜、张祺、朱俊欣、汤桂芬等起草讲话稿，要编辑给上海工人用的文化课本，要负责安排华东、上海人民广播电台的职工节目，要代表上海总工会文教部参加审查全市上映的电影，审查外界送来的一些书稿、剧本，有时要陪工作组下厂，后又要编辑上海工运史料并筹办展览会去大新公司展出，还要配合在上海召开的亚澳工会会议编辑一套"亚澳工人运动丛书"，参加筹备成立上海劳动出版社并创办《工人》半月刊……但就是这样，我的精力仍觉得多余，需要很好利用，假日的时间，我不爱下棋、打扑克、玩克郎球，也不爱逛马路、聊天……那时，我已是中华全国文学工作者协会上海分会的会员，我总是手痒得想写点作品，抗战八年中我具有的独特的生活和题材，积累在胸中已经酝酿发酵，有不吐不快的感觉。我决定写一部一百万字以上的长篇，反映那段可歌可泣的历史，于是，我开始写《战争和人》的前身——《一去不复返的时代》，利用业余时间慢慢地写。

虽然以后运动接踵而来，先是上海总工会进行了"整理机关、团结进步"的运动，又来了"镇反"运动，抗美援朝运动，再来了"三反"、"五反"运动……这些运动占了许多工作和业余时间，但我的写作却断断续续一直在坚持。

最初，我构思《一去不复返的时代》，曾想用一百万字，写一写从西安事变（1936 年 12 月）到 1949 年南京解放，写着写着，当然会起变化，想把这一大部头分成三部来写，用三句古诗作书名，即《月落乌啼霜满天》《山在虚无缥缈间》《枫叶荻花秋瑟瑟》，时间的跨度由西安事变写到抗日战争胜利内战爆发。后来，则又考虑再写一个第四部，即《春风又绿江南岸》，写内战爆发到南京解放蒋家王朝败走。再后来，则决定用《战争和人》为总名，集中精力写前三部，即从西安事变写到抗战胜利内战爆发。从 1950 年到 1953 年，我在上海就是这样在业余起步创作《战争和人》三部曲的，进度虽然较慢，但却雄心勃勃、劲头十足，一边做好工作，一边利用夜晚和假日的零散时间认真地写长篇小说。

二

　　1953 年春天，我由上海总工会调至北京中华全国总工会，先在工人出版社任编辑组长兼通联组长，后在全国部工会机关刊物《中国工人》杂志社任主编助理兼编委。那是火红的年代，国家建设突飞猛进，人民情绪奋发昂扬，我的工作依然繁重，常常出差，足迹遍及东北、华北、西北、华南和上海、江苏……结合工作，写了不少东西。尽管从批判《武训传》《清宫秘史》到批判俞平伯和《红楼梦研究》……使知识分子都有沉重感，时刻想到头上有顶改造的帽子，但因为未涉及我自己，我的积极性仍旧很高。除给自己的刊物写文章外，还应一些出版社之邀，写作出版了一些作品。谁料，1954 年底，公布了胡风的意见书后，次年形势急转直下，公布了三批信件，错误地给胡风问题定了性，牵连甚广。由于我有一本小说《后方的战线》是在上海新文艺出版社出版的，这家出版社被视为"胡风集团的阵地"，就怀疑我与胡风集团的关系，幸好该书的责编翟永瑚同志是中共党员，不是"胡风分子"，无问题，写了证明，搭救了我，停止了审查。塞翁未失马，于是，我长篇的创作仍继续进行。那段时间，消耗了所有假日的休息和娱乐，不看电影不逛名胜，长期每天工作十几小时，将腿拴在桌旁爬格子，看着一张张稿件越积越厚，我创作的兴致更高。只是，这时候，业余写作被人目为"种自留地"。有一种感觉，即使作品内容不出问题，写作本身总是被人目为"追求个人成名成家"、"想攫取个人名利"。业余创作即使未影响工作也很不好，因此，写作时只要想到这，就有点感到"犯忌"，感到"倒胃口"了！怎么办？想不明白，觉得即使以后写，这时已经写下的许多也舍不得丢弃，遂在一种无奈的心态下，点点滴滴、拖拖拉拉，维持着自己的创作局面。

　　到 1957 年，我写的以民族英雄节振国烈士为题材的小说《红色游击队长节振国》在《中国工人》上连载，又在工人出版社出书，意外地引起轰动，中央台连播，袁阔成说书，还被改编为话剧、京剧（以后又被译成外文，出现在银幕、荧屏上），这给了我鼓舞，继续写作就成了我的决心。我觉得只要小心注意，我是不会写出问题来的。

谁知，1957年至1958年间的反"右"派运动，使我非常震惊。全国批判了许多作家，"一本书主义"成了一顶吓人的大帽子，"个人主义是万恶之源"同作家的辛勤创作挂上了钩，明明是香花突然都变成毒草。断章取义、牵强附会、胡乱"对号入座"、到处寻觅"含沙射影"，一字一句都能上纲上线。"左"风使正确的话也成了"恶毒攻击"，使自己的同志成了"反动派"，风声鹤唳，真是草木皆兵。我终于进一步体会到"弄文"太容易陷入"文网"，创作确是一条无法由你自己做主的太危险的道路。我所在的刊物的一位同志，不是不会写文章，但却从来不写，每次运动都有人会因文的牵连倒下，他却总是安然无恙，因为，他没有可被人揪住的辫子。

我开始谨小慎微，将长篇和其他写作努力停下来，就是任务所迫非写不可，也多多思索怎么才不会出问题。写了稿尽量不署名，既避免了成名成家思想，也说明我的"公"心。我帮助工人作者写作，付出极大劳动，但都用工人作者的名字发表。我替一些人写采访记，总用"本刊记者"的名义刊出。我还起了不少笔名，诸如田炎、山铸、江枫、艾凤等轮换了用，避免我的个人色彩。

但，这种尴尬的局面维持了两年，我就又"故态复萌"了。创作是我的兴趣爱好，是我的寄托，平生有个习惯，做事总不喜欢虎头蛇尾有始无终，心里老惦记着未写完的长篇，觉得既已开头写了那么多，何不把它完成打上一个句号？因此，利用零星的业余时间，又悄悄地投入长篇创作之中。这时节，外边正在热气腾腾高举总路线、"大跃进"、人民公社"三面红旗"，"左"的狂热气氛浓烈。一方面，那种意气风发的情绪也激励着我工作时全心全意；另一方面，那种密云骤风般的压力同样冲击着我。我无法再在业余时间见缝插针写长篇，加班加点地工作成了家常便饭，出差下厂时也与工人三同（同吃、同住、同劳动），从炼钢到插秧，从种树到收割稻麦，都干过。记得一次在北京全总干校挥锨挑灯夜战，给的任务是深翻地五米，整整干了一夜未停，浑身水洗一般，筋疲力尽，日上三竿才完成任务，把地下的生土全翻到了地面上。庄稼其实是无法种的，种了也不会结籽的，幸好那夜挖出了一个古墓，还挖出了一盆黄金，还不算无效劳动。中午时分回家休息，太累了反倒亢奋起来，铺开稿纸想续写上几百字再睡，但力不从心，伏在桌上竟然呼呼睡着了！

三

接着，进入三年困难时期，那是天灾人祸的惩罚。北京城里处于饥饿状态，商店柜台吃食全部空空如也。东四我家附近一家"青海餐厅"，连猫肉也当佳肴高价出售，有人排队进食。每个人的粮食定量自报公议，我的定量最早申请降为每月九公斤，批准为十一公斤，全家大小整天处于饥饿状态。绝大部分同志都因营养缺乏浮肿了，我没浮肿，但每天拖着沉重脚步去办公室也感到累乏。在那种困难情况下，我产生出一种悲壮的感情，我的这部即将写满一百万字的长篇再艰难也该完成，它也许无法出版，但我写的是苦难中国过去了的一段长长的悲壮历史，是真实的生活的感受。书里有我的希望、信念、理想及要表达的爱国主义和民族精神，书即使不出版，即使我将来不在世了，这部稿子我也该留给孩子阅读，让孩子知道我们中华民族曾有过这么一段抗日的光荣历史。对我来说，也是利用生命中的许多边角料时光做了一件应该做值得做的事，因此，我又顽强地用剩余的时间在夜间伏案动笔了。迄今，我犹记得深夜听着窗外北风呼啸，暖气不热，忍着寒冷，腿上盖着毯子（至今仍有寒腿病），胃里空空，费力地在北京东四猪市大街 100 号三楼我那寝室里一个字一个字奋笔疾书的情景。

　　那是 1961 年初，一个阴冷的上午，我正要率一个工作组到西安转赴延安去为《中国工人》组写一批宣传"延安精神"的稿件，突然得到中宣部通知：将在外出差的人全部叫回来有重要指示传达。延安之行遂作罢。几天后，仍是一个阴冷的天气，正式听到传达：《中国工人》停刊！《中国工人》因为是工人阶级的刊物每期出版后都送给中央领导同志，而这一期上，毛泽东同志在上面批了"拆庙搬神"四个字，于是，一切按此办理！

　　是怎么回事？早已无法求证，据说是同《刘志丹》事件有关。事情是这样的：工人出版社 1958 年撤销后，牌子仍挂在《中国工人》杂志社门口，有几本畅销书，如《把一切献给党》《我的一家》等均由《中国工人》接手。当时，《刘志丹》一书尚在写改，也移交《中国工人》。后来，《刘志丹》一书完成排出后，曾由《中国工人》送习仲勋副总理审阅，后习仲勋请杂志社编委们去听取意见。他大致说了三点意见：（一）中央红军长征抵达陕北时的形势；（二）这是小说，小说中未有人用高岗的名字，这样写可以；（三）要多宣传毛泽东思想。但后来这本小说竟被康生污蔑为"反党小说"，并把习仲勋的三点意见上纲上线成为：（一）胡说什么陕北救了中央；（二）为高岗树碑立传；（三）用刘志丹思想篡冒毛泽东思想……"拆庙搬神"的来由估计源于此。我在指示下达后，负责做结束工作，写了告别读者的文章，安排处理完稿件等未了事宜，将所有原稿密封送去化为纸浆，然后，决定下放山东。在这期间，我前途未卜，觉得我写的这个长篇也该告个段落结束了才好，就决心用拼搏的方式将它写完。那些日子，起早睡晚，不管如何艰苦，常常空着肚子，每天自己规定任务，不完成不离桌，总算突击完成了一百二十万字的三部曲初稿。是年 6 月底得到通知：带中组部介绍信率队去山东，不经过省委，一竿子到底去沂蒙山区支农，并说去两年就回来，又说只要《中国工人》复刊就调我回来。走前，我将厚重的书稿送到了中国青年出版社，我自己则于 1961 年 7 月 1 日启程带队离北京绕道江苏徐州去著名的山东老根据地临沂。

那时，国家正在困难中，到处看到饥荒萧索的景象，到达临沂后，被地委安排到一个省属重点中学——临沂第一中学做行政领导工作。几个月后，得到出版社通知，让去谈长篇的修改工作，他们认为这部长篇"是百花园中，一朵独特鲜花"。我取回原稿，在临沂改了稿件又寄去北京，谁知，这时各出版社均已下达"利用小说反党是一大发明"的指示，都在检查书籍和工作，长篇小说已停止出版。我的小说处于搁浅状态。此时《刘志丹》一书已成立中央专案组审查，一种黑云压城的气氛使人压抑，我决定置那部在北京的书稿于不顾，专心致志于我所担负的学校领导工作。

四

真是令人难忘的艰苦时代。学校师生都吃不饱，教职工食堂常吃干地瓜秧切碎煮成的"渣豆腐"。煮南瓜两角钱一瓢，外加吃带着沙土的高粱面的窝头、方块。所幸，苦日子随农业开始好转而结束，市场供应渐渐丰富。在这种情况下，《山东文学》和江苏的《雨花》向我约稿，我写去的稿很受重视，我就又似乎离不开创作了。这时，出版社让我再次修改长篇，根据新精神提的意见改起来难度很大，我只好仍旧安排时间认真修改。那时，抓阶级斗争成了全党的头等大事，杜鹏程的《保卫延安》已被收缴销毁，批了电影《北国江南》，又批电影《早春二月》。我悻着心改稿，再也改不出来了，在"四清"运动和农村社会主义教育运动的高潮中，我放弃了修改，实际也放弃了创作。

再后，史无前例的"文化大革命"来临，想不到我这部从 50 年代初开始动笔费了那么多时间和精力写成的长篇小说，竟成了"文艺黑线的产物"，成了"为国民党树碑立传的反党反社会主义反毛泽东思想的大毒草"，我受尽摧残，险些"永世不得翻身"，稿子被拿去展览，"批斗"了我无数次。"文化大革命"中遭难的情况，在我由中国文联出版社出版的《在"忠字旗"下跳舞》一书中反映得很详细。我被夜审、活埋过，也在两派武斗中逃亡过上海，我曾厌世。在那本书中，我说："我欣慰自己能活着记述这场红色大疯狂的经历，它也许仅仅只能作为一部粗略的野史留在人间，但它是真实的。那段时日，白昼变得可怕，梦乡反倒能给我带来慰藉。我总是借着繁重劳动和残酷批斗后的沉沉睡眠来摆脱痛苦和辛酸。只有在梦中我才有了人的起码的尊严和权利。……'文化大革命'像无底的苦牢和深渊，步履艰难，我看不到一点希望，而人性之沦丧变成兽性，又令我发指。我内心悲苦消沉，我的心和身体都太累了！"虽然到了1972年，支左的六十军副政委刘相同志下命令解放我，恢复原职务，但书稿已化为灰烬，"文化大革命"已使我的心受伤滴血。幸亏，有了难忘的1976年十月风云，接着是拨乱反正，推翻了"两个凡是"，停止了再搞政治运动，平反了冤假错案，否定了"文化大革命"，明确了以经济建设为中心。小平同志主持十一届三中全会后，我在山东，突然收到了中国青年出版社的一封挂号信，热情地索取当年我那个长篇，这是当年中青社的编辑黄伊同志建议写的。一种遇到知音的感觉油然而生，但想到书稿荡然无存不禁唏嘘。我去信说明情况，表示感谢和遗憾。这时，国内形势变得越来越好，我迷恋文学，已决定仍做作家写些好作品，但重写三部曲的想法是没有的，因为那需付出太多的时间和精力。不久后，黄伊调到了人民文学出版社，谈了这部书稿的事，人民文学出版社于砚章同志又来信询问这部稿子并鼓励我重新把它写出来。编辑和作者的至诚交流和合作，使我在希冀"合浦珠还"的愿望下，于1980年动笔重写《战争和人》三部曲。

为了给重写作准备，1980年我特地到南京、苏州等地跑了一圈，我的一个学生崔晋余是位苏州通，陪我漫游苏州。我们去了枫桥镇和寒山寺，面对那条潺潺的古运河，我们谈着张继的《枫桥夜泊》。听着钟声，看着河水静静流淌，想着历史的演变，人事的沧桑……诗的意境、诗的感情盎然降临，过去、现在与未来都逗起我的遐想，心扉开了！灵魂震惊！我情不自禁了！回去就开始动笔。传说米开朗琪罗在佛罗伦萨学院里见一块已经闲置在那儿四十六年的大理石，他提议给他一个机会，利用大理石做点东西，然后，他完成了他的名作《巨人》。我觉得我仿佛也在学他，将一块闲置了许多年的"大理石"进行雕琢，虽然笨拙、艰难，但充满希望和热情。

我不拘一格地写这部小说，不想走人家的老路落入俗套，也不给自己定什么样的框框。我只是按照自己的心意写一本具有中国味儿、中国生活、中国民族精神的长篇，希望能有思想的宏伟和感情的丰富。我力求按照历史唯物主义观点，如实地再现那段多棱角的历史，按照辩证唯物主义精神，真实地从生活出发，塑造各式各样情况复杂、性格迥异的人物。

五

重写《战争和人》是十分艰难的，数不清的日日夜夜，一个字一个字写出来的几公斤重的稿纸，要摒弃多少生活乐趣，要损害多少健康，要增添多少白发。我早已熟悉明清之际著名史学家谈迁的故事。他花了二十多年时间完成了卷帙浩繁的编年体明史《国榷》一书，大功告成了，多年的愿望实现了，不料一天夜晚，全部手稿竟被一个撬门入室的小偷窃去，这时他已五十五岁。经历这场横祸后，他伤心而不灰心，发奋重整旗鼓，重编《国榷》，奋斗了近十年，终于又第二次完成了一百零八卷《国榷》。巧的是，人民文学出版社向我提出重写的要求时，我也正是五十五岁！五十五岁究竟精力不比年轻时代，又经过"文化大革命"那一番从心理到生理的大摧残，高血压一直苦苦缠着我，自然使我的创作过程变得分外艰苦。

无数个淅沥微雨、落叶打窗的夜晚，当我在山东沂河边上的旧居里默默执笔重写《月落乌啼霜满天》时，眼前总会出现我这部书未来的责编于砚章那张瘦瘦的戴着眼镜、较为严肃的面容，仿佛听到他在催我："王火同志，快写吧！"他是一位负责任的、关心作者、仔细认真而且有水平的好编辑，使我倾心，在我整个写作过程和后来《战争和人》的出版工作中，他同我通过一百多封信，我珍藏着，因为我珍视这种友谊，不是他持久不断的鼓励，我的重写未必那么顺利。

我记得1977年夏秋之交，为了重写节振国烈士的长篇传记小说《血染春秋》，我到大地震后不久的唐山深入生活，遇到过一个插曲。一天，我无意中在烈士陵园发现两部被丢弃在一边的无主的手稿，灯下翻阅，竟在一部抗日战争时期牺牲的冀东闻名的包森司令员传记的稿末，发现了红卫兵写的一行歪歪扭扭的小字："此稿系从黑帮管桦家抄来。"10月里，我做了一件好事，将这两部管桦同志失落的手稿寄回北京"完璧归赵"。管桦同志当然高兴。重写《月落乌啼霜满天》时，我有时劳累极了，不禁浩叹：他的稿子失而复得如此容易而幸运，我自己的稿子失而复得为什么这样艰难困苦？

幸好，勤奋耕耘是使失落的东西重新获得的一个好方法。从我答应人民文学出版社重写此稿开始，几个年头过去了，断断续续，苦写苦熬，用极大的恒心和自信心，悄悄埋头拼搏，"太阳下去了，还会升起来！"《月落乌啼霜满天》终于在山东又完成了初稿。欣慰之余，我也不免心里感到酸楚：十年浩劫，失去的光阴太多了！浪费的时间太多了！做过的事又重来，多么冤枉！不然，能多写多少新的作品，多做多少新工作啊！这使我不禁沉浸在一种难用言语表述的感慨之中。

1983年秋，我复旦大学新闻系的同班好友马骏（张希文），邀我到四川成都四川人民出版社担任负责文艺方面的副总编辑，山东的领导和同志们对我很好，盛情挽留，但我去意坚决，由于山东和四川两省组织部门领导的支持，一个多月我就成行了，因为《战争和人》的第二部、第三部都要写到四川，这促使我愿意重临旧地深入生活便于写作。我是带着已完成的《战争和人》三部曲的第一部《月落乌啼霜满天》的手稿赴成都工作的，并且决心在四川将这三部曲予以完成。

六

由山东调到四川成都，在改革开放的大好形势下，我感到文学创作的环境是新中国成立以来最好的了，但工作很忙，为了做好工作，我简直抽不出时间写作。我特别感谢山东省朱奇民省长，他在担任中共临沂地委第一把手时，与宣传部部长王树群同志等就一直关心我的写作。那时，他让我自己决定想写什么就写什么，不强给任务；让给我报销一切差旅费用，让给我政治待遇以利写作。有时，夜里10点钟了，还来我住处看望并谈心。我调四川后，他立即派秘书李春逖同志来看望，并说了三条意见：你在山东时工作很好，创作很好，到成都后要依然这样好，希望写出好作品来。四川"文革"时可能留一些后遗症，不要介入这些事。工作如果顺心，就很好；如不顺心，可以回山东，我给你安排。得到这样的温暖，自然也增加了我的动力。

可是，人间的有些事是常会出人意料的。1985年5月间，我任四川文艺出版社第一任主要负责人。那天，我手拿一部书稿的清样去出版部门，当时，正兴建出版大厦，工地上到处沟渠纵横。天下着雨，我听到小孩的哭声，发现一个穿红毛衣的小女孩掉进一条约一米宽的深沟正在哭，沟边有个青年看着小孩哭却不下去。我毫不犹豫跳下深沟，沟深齐到我的胸部，我抱起小女孩用双手将她托上沟去，她跑走了，可是我自己却上不来了。那青年这时已走，雨下大了，我急着想上来，用皮鞋尖在沟内土壁上踢了一个可踩脚尖的凹形，踩着往上一纵，双手托住沟沿拼力一跃，没想到头部猛撞在一根钢管上，"乓"的一声，撞得太凶了！我双手抱着头又摔进了沟里。我捂住头痛得咬牙蹲在地上，半响，才勉力又用老办法纵身出了深沟，但左侧面全部瘀血，于是，先是出现脑震荡症状，接着颅内出现了出血点，严重时，见到人不认识，说不出话，其实，更大的灾难是当时左眼视网膜负伤，结成一个伤疤。经过治疗休养，颅内出血与脑震荡总算治好了，但到1987年9月，由于劳累，左眼伤疤破裂，视网膜脱落，手术失败，竟造成了左眼失明。

搞创作的人，做编辑出版工作的人，依靠的是眼睛。遭到左眼失明这样重大的不幸，打击自然很大，我很快就离休了，但坚持完成这部可以失而复得的长篇的决心更坚定。美好的形势促进着我，想把过去浪费了的光阴夺回来的心愿激励着我，要将这部我认为有独特价值和独特生活的作品献给读者的志向鼓舞着我。

于是，我全力以赴，用仅有的一只右眼写呀写，继续写。为山九仞，我不愿功亏一篑。我的三部曲是写完一部交一部、出版一部的。责编是于砚章，终审是王笠耘同志，三部曲一百六十余万字，他们提出了很好的意见，却并不勉强作者按他们的要求改。终于，《战争和人》三部曲第一部《月落乌啼霜满天》在1987年出版，第二部《山在虚无缥缈间》在1989年出版，第三部《枫叶荻花秋瑟瑟》在1992年出版，三部曲并以《战争和人》为总名于1993年7月结成一套出版。

我在三部曲第三部的后记中说：

> 开始写这部书到现在完成，一直在一种苦难状态下搏斗。视力不好，左眼失明后，医生关切地说："右眼要好好保护，因为玻璃体浑浊，又有白内障。"仅靠一只老花的右眼写长篇，实在太苦！进度既慢，看和写都不方便，眼疲乏得疼痛，造成了身心疲乏。工作时间长了，眼前就模糊一片，有时还白光闪烁，更何况写的是那个令人压抑痛苦的一去不复返的时代，进入创作时，许

多悲惨故事使我十分激动、沉重，心理反过来又影响了生理。我常常担心，书未完成，右眼会不会又出问题？

今年夏天，成都特别炎热，我整天拭着汗水伏案，感到自己简直是在冒险、在拼命！写作之苦，以前从无这种体会。所幸，坚持下来了，书稿完成了！既如释重负，又感到庆幸！但，我实在太累了，累得只想把笔一摔，爬上床去睡一睡，或去到青山绿水的凉爽地方，静静卧在一片如茵的草地上呼吸点新鲜空气，一动也不动，不思也不想，什么声音都别入耳。我真像大病了一场，精力用光了，十分需要安静和闲适。

但，我也感幸福，因为我终于完成了这部作品。我并不是为了追求快乐而全力以赴，但我确定是在全力以赴中寻到了快乐！我完成了预定计划中要完成的一件有意义的工作……

这些确是我的由衷之言。

七

以后的情况是比较一帆风顺的了！

《战争和人》三部曲的第一部《月落乌啼霜满天》出版后，在四川得到了首届郭沫若文学奖，又被"世界反法西斯文学"书系将第二部《山在虚无缥缈间》选为第44辑。1995年，《战争和人》三部曲获"炎黄杯"1986－1994年人民文学奖。1996年，《战争和人》三部曲获第二届国家图书奖。国家国书奖是国家级图书的最高奖，第一届未有长篇小说获奖，第二届仅《战争和人》三部曲获奖，我对能获这项奖是极为重视的。以后，1997年，《战争和人》三部曲获第四届茅盾文学奖；接着，1998年，又获"八五"期间优秀长篇小说奖。一部长篇小说，能连续获四个全国性大奖是少有的。1998年4月20日，在茅盾文学奖颁奖仪式上，中国作协党组要我代表获奖作家讲话。在人民大会堂里，我做了《有助于历史的前进》的发言：

感谢中国作协和各位权威的评委们，将这一届的茅盾文学奖给予另外三位作家和我。

我看了本届评委的名单，他们包括了老一代的作家、评论家、中老年专家，还有年轻一代的学者、作家以及各方面的专家，其组成体现了百家争鸣、兼容并收的精神，不但有很高的水平，而且都有对中国文学事业的责任心、使命感以及对作家的爱心与善意。评选的过程为了慎重，时间很长，经过充分阅读和讨论，评委们用自己的意志权衡轻重决定取舍，以无记名方式认真投票，最后一轮是以超过三分之二的票才评出四部作品的。

因此，我觉得这种奖励是对我国长篇小说创作在文学领域和精神文明建设中所做贡献的承认，是对在创作园地中辛勤劳动的作家们的一种鼓舞。应当珍视。但，也认识到，优秀的作家很多，真正的作家谁也代替不了谁，读者多种多样，作品各不相同，好作品可以使大多数人肯定，天下却还没有能使人人喝彩个个折服的作品。有许多的前辈、同辈和年轻的同路人，他们写得都很好，得奖作品也需要等待时间继续考验。

有一位得奥斯卡奖的演员（《克莱默夫妇》的男主角）领奖时对他的同行们说过："我们都是艺术大家庭中的成员，都在追求更高的艺术境界，我们谁也没有战胜谁，我为能与大家一起分享这份荣誉而骄傲。"此刻，我有类似的心情。

同时，我又不能不想起我的一位本家女科学家王承书同志。她不是文学家，但是一位了不起的女科学家，她的精神和事迹是超过一切领域的。她无名地耕耘了一辈子，去世后报上才登载她那石破天惊的事迹，人们方知她是我国铀同位素分离事业理论的奠基人。她一贯谦虚，生前总是谢绝记者采访，由她参加或主持过的科研获奖项目有几十项，她都谢绝署名，贡献非常大，她自己却未得什么奖，临终遗言说："虚度80春秋，回国已36年了，虽做了一些工作，但是由于主客观原因，未能完全实现回国前的初衷，深感愧对党，愧对人民。"想到她我就不禁肃然起敬！像王承书这样的大写的人，当前在我国并不太少，在各条战线都有，因此，感谢之余，我清醒地认识到：应当谦虚，应当继续努力创作和学习，不应当停步不前。我想，这对于一切的获奖者都是可以取得共识的。

因此，我虽然已经年迈，仍旧要深刻地认识这一点，说出这一点，要用诚实的劳动继续努力实践这一点！并要借此机会，向出版社，向广大读者，向报纸、杂志社，向那么多评介过作品的评论家、作家、记者、编辑们，向书的编辑和终审，向一切关心过作品的人深深地致谢。

文学创作是一项高尚、严肃而艰难的事业。文学创作是我们为国家、为人民献出光和热的一条途径。文学是这样的迷人，我对它有执着不变的爱！我觉得我们的文学创作者应当义不容辞地站在自己岗位上，有责任感、有使命感地用笔来为我们改革开放中的祖国和人民尽一份我们应尽的力量！

我希望而且相信，我们这样一个伟大的国家，有它了不起的人民，了不起的庞大作家队伍，必然会不断有更好更出色的长篇作品问世。这些作品会具有辽阔的视野、大气的格调、丰富的内涵，真实而不虚假，富于发现，富于创造，新颖，独特，能反映时代精神，塑造出典型人物，以毫不妥协的深刻性写出人生，写出矛盾，有助于生活的美好，有助于社会的发展，总而言之，有助于历史的前进！中国的优秀作品将不仅属于中国，同时也会属于东方，属于世界！

我就说这些，谢谢大家！

以上这个讲话是我当时的真实感受。关于这次评奖，《文艺报》曾有较长报道，现摘录前半部分于后，作为纪念：

〔本报讯〕我国具有最高荣誉的长篇小说文学大奖第四届茅盾文学奖评选12月19日在京揭晓。4位作家的4部长篇小说获此殊荣：王火的《战争和人》（一、二、三部）、陈忠实的《白鹿原》（修订本）、刘斯奋的《白门柳》（一、二部）、刘玉民的《骚动之秋》。

由中国作家协会主办的茅盾文学奖是根据茅盾生前遗愿于1981年设立的，意在推出和褒奖长篇小说作家和作品。本届评选范围为1989年到1994年间发表的长篇小说。1995年10月中国作协组成了以著名作家、评论家为主体的评奖委员会，经过初评审读，从各地推荐的112部作品中遴选出30部供评奖委员会评议研究。评委会注重导向性、权威性、公正性，按照思想精深、艺术精湛的要求和宁缺毋滥、少而精的原则，在充分发扬民主，认真分析讨论的基础上，经过预选、决选两轮无记名投票正式评定了当选作品。

第四届茅盾文学奖评奖委员会成员聘请在文学界有影响的人士担任。巴金任主任，刘白羽、陈昌本、朱寨、邓友梅任副主任。委员为丁宁、刘玉山、江晓天、陈涌、李希凡、陈建功、郑伯农、袁鹰、顾骧、唐达成、郭运德、谢永旺、韩瑞亭、曾镇南、雷达、雍文华、蔡葵、魏巍（以姓氏笔画为序）。

评奖工作启动后，中国作协向全国各省、市、自治区及单列市的作协、各行业文协、全国各有关出版单位的大型文艺杂志社广泛征集参评作品，共征集到111部作品（后经评委3人以上推荐补充进 1 部作品，共计 112 部作品）。

由 23 名年富力强、熟悉长篇小说创作的青年评论家、作家组成的审读小组（读书班）完成了初步筛选工作，从 100 多部作品中筛选 30 部作品，又从 30 部作品中筛选出 20 部作品，将两个篇目一起提供给评委会参考。

第四届茅盾文学奖评奖指导原则是：以马列主义、毛泽东思想和邓小平建设有中国特色社会主义理论为指针，坚持四项基本原则，遵循文艺为人民服务、为社会主义服务的方向。贯彻"百花齐放、百家争鸣"的方针，落实江泽民总书记关于抓好长篇小说、影视文学、儿童文学的指示精神，本着"以高尚的思想塑造人"、"以优秀的作品鼓舞人"的原则，弘扬主旋律，提倡多样化，鼓励贴近现实生活、体现时代精神的创作，坚持导向性、权威性、公正性，推出具有深刻思想内容和丰厚审美意蕴的长篇小说作品。为纪念世界人民反法西斯战争和中国人民抗日战争胜利 50 周年，本届评奖适当关注抗日战争题材的优秀作品。

评委会主任巴金对此次评奖提出了"宁缺毋滥"、"不照顾"、"不凑合"的意见获得了评委们的一致赞同。

本着对社会主义文学事业负责、对广大作家负责的精神，全体评委，包括一些年事已高的评委在长达一年多的时间里认真阅读了数千万字的作品。在审读小组提供的书目以外，由 3 名以上评委推荐的 3 部增补作品也进入阅读范围。评委会经过充分的讨论协商后进行两轮无记名投票表决。第一轮表决产生以获得半数以上票数的 5 部作品组成的候选篇目。第二轮表决产生以获得三分之二以上的票数的 4 部作品组成的正式获奖篇目。

评委会认为，这 4 部作品基本上反映了 1989 年至 1994 年这一时期长篇小说创作的收获。

……

从写《一去不复返的时代》到重写《战争和人》，作品在创作上有了很大的变化。《战争和人》三部曲从西安事变写到抗战胜利后内战爆发，就打上了一个句号。但在1996年到1998年，我又写了50万字的长篇《霹雳三年》。这部长篇小说写的是解放战争时期，写它同当初写《战争和人》时的构思和酝酿有关，但并非《战争和人》的第四部或续篇，因为人物变了，写法变了，结构和叙事风格也变了，此书曾由《当代》选载，北京人民广播电台连播，并由何启治、刘海虹、于砚章同志做责编，由人民文学出版社1999年出书。

"都云作者痴，谁解其中味！"回顾《战争和人》三部曲的创作、出版历程，我不能不万分感慨。一部书绵延将近半个世纪，在成败得失间回旋，太不正常。真正写这部作品，十来年也就足够了，可是我却经历了那么多曲折坎坷，风霜雨雪，说是喜剧也好，说是悲剧也行，要不然，我该写多少作品啊！

1997年10月率团访欧在贝尔格莱德出席第34届国际作家会议时，结识了一位瑞典诗人约翰·米洛斯（Jon Milos），他比我年轻得多，却已出版过六十七部诗集。这真使我嗟叹。他们没有政治运动，没有"文化大革命"，没有下放劳动，没有阶级斗争的干扰和压力，有的是自己自由支配的时间。我被浪费掉的光阴太多了，而今，白发满头，垂垂老矣，还有什么心绪和资格以"成就"来安慰自己？幸喜今天人民的作家、爱国的作家，不必随着压力或戴着"枷锁"创作，不必冒着被胡乱扣上政治帽子的危险创作，看到老作家们仍在奋笔图强，那么多中青年作家正在文坛大显身手，对我们文学的繁荣，我不但乐观而且信心百倍！中国的作家优秀杰出的太多了，只要给他们条件，他们不但在数量上，而且在质量上是会不断拿出扛鼎之作、传世之作、有世界影响之作的。

愿我全力以赴写出的《战争和人》三部曲里的希望、信念、理想、爱国主义和民族精神、历史必由之路……能可信地给人以感染，使人看到苦难中国过去了的一段长长的悲惨历史，懂得现在，知道未来，明白自己的责任！

访问宝岛散记

1999 年 4 月 28 日　星期三　阴

　　率大陆作家访台湾代表团一行十六人今日由北京飞经香港去台湾高雄。另十五位同事名单如下：内蒙古作协主席扎拉嘎胡，《诗刊》副主编叶延滨，中国当代文学研究会副会长顾骧，《文艺报》副总编李兴叶，陕西省西安市作协副主席叶广芩，《小说选刊》副主编傅棠活（傅活），上海《文学报》总编辑郦国义，辽宁省作协副主席范长钰（晓凡），江苏省作协副主席兼《钟山》主编赵本福（赵本夫），浙江省作协副主席兼杭州市作协主席薛家柱，湖北省作协副主席汪芳（方方），北京广播学院文学系教授曾庆瑞，北京女作家毕淑敏、徐小斌，中国作协外联部副主任钮保国。

　　晨六时离开宾馆赴机场。七时半起飞，十一时许抵香港。从宽广漂亮的新国际机场出来，预约好的国际旅行社大巴载着我们经海底隧道去香港至金钟道 89 号力宝中心四楼中华旅行社驻香港办事处换取台湾地区旅行证以便入台。手续需两个半小时，遂离开到楼下附近餐馆进餐。因去台飞机晚上七点半起飞，时间充足。两点半钟取得入台证后集体乘车游览香港，导游是一穿西装的瘦子，一路讲解一些路过的景点。六十多年前，抗战爆发后，我在香港住过一段时期，旧印象未忘，但同眼前的香港九龙对不上号，当年的港九没有这么多高耸的楼厦，没有这样现代的繁华，人口不这么拥挤，汽车没有这么多。原有的双层电车、过海轮渡都见不到了！海水也没有当年那么蓝净了！……

在新机场吃了快餐。晚上七时半飞机起飞，在茫茫大海上向东飞往台湾高雄。心里不禁想：如果"三通"了，哪需这样折腾费事呢!？九时许抵高雄。领取箱子向外走时，在接客处看到高雄市文艺协会已打着欢迎的大横幅在外伫候热情迎接了，来欢迎的有理事长周啸虹、常务理事杨涛、萧超群、张忠进、裴源，常务监事李书铮，理事沈立、曾人口、蓝善仁、陈丽卿等，监事李玉等，候补理事洪丽玉等近三十人。名誉理事长萧飒也来了！大家十分高兴，纷纷握手。周理事长（萧鸿），江苏江都人，1932年出生，在新闻界服务并从事写作四十余年。他致辞欢迎，我简单答词感谢。他拿出活动手册给我们，上面写的是每日各项活动，极为详细，并将台湾八家报纸刊登我们访台新闻的复印件送我们每人一份。这八张报纸为《联合报》（报道两次）、《台湾新闻报》《台湾日报》《中央日报》《自由时报》《民众日报》《民生报》及《台湾时报》。

抵达我们住的白金汉饭店后，周理事长介绍我认识了阮百灵。阮先生爱好文学，住在屏东，经营生意也种植当地名产水果莲雾。他得知我们来，特地开车载来两箱莲雾给访问团吃。原来以前蒋子龙等访台时，他也这么热情的送过莲雾。子龙在一篇散文中曾写到过他，我谢了他。他黑夜还得开车赶回屏东有事！他走了，那两箱红色美丽的莲雾却将一种浓浓的亲情留了下来！莲雾我是有生以来第一次吃，形状有点像小的高脚苹果，红色夹着些青绿，有清香，味甜脆，很好吃的水果。

出乎意料，睡前忽接台北《联合报》副董事长及复旦校友会理事长刘昌平兄来电话，说："我一直关注着你们来访的消息，先前打过几次电话给你，想不到你们到得这么晚。"昌平待人诚恳热情，为人真切仗义，过去在复旦新闻系学习时成绩极好，人也正派，给我的印象就是如此。我在台湾出版的《王惕吾传》一书中看到过一些他在台湾新闻界创业的情况。几年前，他率团到重庆出席复旦大学校友会世界联谊会，特意到成都看望过我，当时的四川省长肖秧及副省长李蒙曾宴请过他。这次我要来，消息传出，他就关注了，在电话中说："希望到了台北就能见面。"我告诉他：我们访台作家中还有两位复旦同学，即《文艺报》副总编李兴叶和《文学报》总编辑郦国义。他说："好极了！5月5日复旦校庆，台北要开大会，欢迎并希望你们参加！"

1999年4月30日　星期五　阴雨

上午至出名的佛光山游览。陪同的除周理事长外，有常务监事李书铮。高雄朋友年长的叫她"大姐"，年轻的都叫她"阿姨"，看得出颇受人尊重。陪同的还有杨涛（即诗人海歌）、李冰（《新文坛》杂志社社长兼主编、《高县青年》杂志主编）、陈丽卿、王蜀桂（她名片上写着"写报道、传记，教作文"，很别致）、王心华、李玉等。

佛光山位于高雄大树乡，是台湾最大的佛教寺院和圣地，揭橥的宗旨是"以文化弘扬佛法，以教育培养人才，以慈善福利社会，以共修净化人心"。本来打算不来，但高雄文协竭力推荐，恰又逢佛光山封山时节，对外不开放，却欢迎我们去参访，遂决定前去。

这里幅员广阔，寺院金碧辉煌，气象肃穆庄严，环境清幽，树木葱茏，使人心旷神怡。天落着雨，寺院环境更洗得清洁干净。大雄宝殿在翠柏掩映中红柱黄墙，脊顶金黄琉璃瓦在雨中闪亮发光。大佛城的接引大佛高120英尺，大佛右手举起，左手低垂。"举右手为放光明普照众生之慈，低左手为接引众生之悲"。大佛四周有480尊小型阿弥陀佛塑像围绕，经过禅法堂，见坐禅僧众正在修行。参观了"佛教文物陈列馆"，见珍藏的古今中外佛教文物多达数千件。对佛教的历史、地理、文物都有详细介绍，并看到佛光山佛光出版社出版的不少书籍，有一套系列图书中，有一本详述名僧寒山的书，恰就是薛家柱撰写的，大家高兴，要他拿着书，为他拍照。

参观完文物陈列馆到檀信楼一间大厅里休息时，突然一位身材高大、慈眉笑颜穿黄色袈裟戴一大串念珠的大和尚来到。原来是星云大师。他请我上台坐，友好地向我们表示欢迎，然后向大家致辞问好，并谈及两岸同根共祖，应多交流来往，并说到中国理应统一。

星云是扬州人，十多岁时在南京栖霞山出家，他比我小两岁，其父可能蒙难于1937年12月的日寇南京大屠杀。抗战前，我常到栖霞山游览，当时与他不相识，如今，大家均年逾古稀，却在台湾见面，实在有缘。

我接着发言，除从佛家的"缘"字与"禅"字说起，谈起我对禅的解悟外，对高僧的友好谈话内容欣然表示同意。当时不知为什么突然有一种想法：宗教的力量很大，佛教的信徒很多，有一些高僧，如请他们到大陆，在南京为当年被日军屠杀的三十万亡灵举行法事超度，既对不承认战争罪行的日本军国主义分子是一种昭示，也是对世界和平事业的一种捍卫！为什么不这样做？

相谈甚欢，午间，在檀信楼进午斋，是西式自助餐，素食蔬菜瓜果数十种，任凭选食，洁净而新鲜。

下午，游三地门，参观台湾排湾族原住民文化园区。王蜀桂富于这方面知识，常为我们讲解。三地门乡盛产杗果，主人以香甜的杗果待客。在原住民文化园区，意外地看到给我们送莲雾的阮百灵。我同他合影留念，这才意识到这里属屏东县。

后来，汽车载我们到屏东县高山顶上的天鹅湖举行晚宴，此处有陈新旺新办的"天鹅湖农艺园庄"，木屋回廊，别有天地。可惜天降大雨，山路险峻，在环山道上奔驰，令我为全车人的安全提心吊胆。晚宴时，主管屏东市的王进士先生等来对我们表示欢迎并一同进餐。

下山回高雄时已经晚八点多钟。天色漆黑，山路险窄，雨中路滑，前边有一辆轿车开路引道，并用尾灯照亮道路。司机李先生驾驶技术娴熟，一路平安。回到白金汉饭店，见由台北赶来参加研讨会的作家姜穆、张放二位均已来到，大家见面，十分高兴。

1999 年 5 月 1 日　星期六　阴雨

今天在高雄市西子湾中山大学文学院小剧场及会议室开两岸文学研讨会。研讨会开得严肃、认真、务实、友好。8：30 报到，9：00 开始。9：00－9：20 由中山大学刘维琪校长、周啸虹理事长、我及钟玲文学院长主持开幕式。高雄市侯和雄先生来致辞。周啸虹理事长发言，题为《两岸交流，文化为先》，说："海峡两岸的文化，有许多差异，但基本上文字与语言相通，只要能放弃成见与偏见，通过文化的交流，必能化解彼此的歧见而达到圆融的目标。高雄市文艺协会邀请大陆作家访台，是使他们对台湾的种种多一份了解，而同行研讨，更是提供彼此一个切磋的机会，借着对文学的热爱与认知，使两岸关系向前迈进"。钟玲女士发言说："这是中山大学首次举办以两岸创作与文学对话为主题的学术会议。很高兴与高雄文协合作举办这个有意义的活动，非常高兴有十六位大陆一级作家来参加这次会议，会议特色在于进行真正的对话与讨论，希望通过真正的对话达到进一步的了解。"限于时间，我逐一介绍了坐在会场前三排的访问团成员，决定将我的讲话放到闭幕式说。

上午，研讨会共三场，第一场是"两岸小说"；第二场是"两岸散文"；第三场是"两岸诗歌"。大陆地区作家、学者发表论文，由台湾作家、学者作专业讲评；台湾方面的论文则由大陆方面讲评。其中，大陆方面，曾庆瑞发表论文《两岸乡土文学之比较》，由台湾蔡振念讲评；

顾骧论文为《新时代大陆散文》，由台湾王小琳讲评；叶延滨论文为《两岸诗歌现状》，由台湾张锦忠讲评。台湾方面，姜穆论文为《地域文化与文学的关系》，由大陆毕淑敏讲评；黄锦珠论文为《从〈文化苦旅〉到〈山居笔记〉——论余秋雨的散文》，由大陆顾骧讲评；裴源论文《近代大陆新诗之发展》，由大陆叶延滨讲评。听众济济一堂，都专心静听。

下午，分组讨论。小说组由萧飒主持，大陆徐小斌，台湾朱秀娟、张放、李冰等均发言。散文新诗组由叶延滨主持，大陆晓凡及台湾张忠进、王禄松、钟顺文等均发言。编辑组由邓伯宸主持，大陆李兴叶、郦国义、方方及台湾杨涛、辛郁等均发言。

研讨会开得很认真。有的问题意见有分歧或有争论本属正常。例如在诗歌讨论中有的分歧是源于他们对情况不清楚、引用的资料不准确，从而使我更深感加强交流之重要了！

茶叙片刻后，余光中作综合讲评，六组主持人李瑞腾、曾庆瑞、江聪平、萧飒、叶延滨、邓伯宸均发言。余光中最后说：我们这次两岸文学研讨会，是两岸文学甚至是一般文化的对话。对话并不需要雄辩滔滔，对话需要有人讲话、也要有人能够耐心地听。半个月前我去香港开香港文学国际研究会，与会学者有大陆、台湾和香港的学者。香港的学者说："你们懂得香港文学吗？你们隔靴搔痒。"我当时说，如果都是自己人谈的话，不如举办同乡会就好了。所以两岸交流的目的就是：他山之石，可以攻错。互相来提醒、激发才算是对话。比如说许多学者观念各有不同，他的认同范围或大或小，但就像树的同心圆，只要圆心是同一个就可以（对话）。两岸交流不但是面对"两岸"本身的问题，两岸的文学都面临经济压力，也都面对了市场的问题、媒体的问题，所以两岸的对话是有意义的。以下可作为我的心声：两岸分隔已经半世纪了，希望我们不要因为五十年的分隔忘掉五千年的文化。政治是分裂的、文化是亲和的，但愿我们的文化一直有交流。

我在闭幕式上有较长的发言，大致说：今天参加研讨会，感触很多，首先想到了历史。1840年发生了鸦片战争；1895年（清光绪二十一年）甲午惨败次年，签订了可悲可耻的《马关条约》。中国近代以来的危亡形势，造成了悲壮的中国文学。在即将结束的20世纪里，中国经历过万分屈辱，受过血腥侵略，也有过酷烈内战。历经半个世纪的风霜雷霆，占世界人口总数四分之一的受尽苦难的中国人才在1949年得以改天换地，站立起来！鸟瞰20世纪的中国历史，实质上是一部追求现代化摒弃落后、贫弱、愚昧与受人欺侮的历史，是一部探索中华民族的独立，探索中华民族全面振兴的历史。20世纪中国的文学，与中国面临的形势无法分割。中国的危急存亡及中国人的渴望进步与富强，使中国文学，一直与民众共命运。因此我认为研究中国的文学，不能忘掉这段历史。

我说：谈文学的发展与前进，历来也不能不谈到国家、民族的前途和命运。去年，一个从海外归来的老朋友，回去前说："现在，我看到的是一个与过去全然不同的中国，什么时候我们曾经有过像今天这样的一个中国呢!？我可以不喜欢某种制度，但我不能不喜欢这个国家！……"21世纪可以预见是中国走向民主、富强、文明，实现振兴中华理想的新的一百年。一个伟大民族的崛起，必然有繁荣的文化相伴随。随着经济建设和高科技发展，我们的文学应该会更加成熟，走向繁荣，取得新的辉煌。

我说：海峡两岸，虽曾长期隔离，但这二十年来，从开始交流到较多的来往互访。台湾文学界的同行兄弟姐妹们的作品大量在大陆出版，作家大量在大陆被介绍，许多作家和作品都得到读者喜爱，形成一种同步汇流在前行的情势，值得高兴。台湾文学是中国文学的重要组成部分，我爱我读过的不少同行兄弟姐妹们的作品。非常感谢我们的东道主——高雄文艺协会安排了这样好的研讨会，我们两岸作家应为博大精深、源远流长的中国文学的发展，加强合作，携手并进。这是我的良好祝愿!

我又说:交流不是交锋,但真正的交流迸发出一些火花是很正常的。前年,在欧洲,我出席了一个国际性作家会议,曾写过一首打油诗朗诵,诗名《干杯》,现在我把这首诗的最后四句献给今天的研讨会,其中的第三句本来是"让我们为和平与友谊,干杯吧!"如今我改了一改,成为:

> 我可以拥有我的爱好!
> 也能欣赏你拥有的那些美妙,
> 让我们为中国文学的发展干杯吧!
> 求同存异把交流搞得更好!

在我结束讲话谢谢大家时,在掌声中,我感到我的话是有共鸣的。

一天紧张会议,大家都已疲劳,晚间在"祥钰楼"举行联合欢宴,我与余光中、钟玲、周啸虹夫妇(周夫人陈春华在台湾《新闻报》副刊室任《万象·七色桥》主编,笔名江上秋)等同席交谈。宴会开始前,我请访问团副团长扎拉嘎胡和钮保国副主任代表全团向高雄文协及中山大学赠送礼品及我们的作品。周理事长热情讲话后,要我说几句。我站起来笑着说:开了一天会,大家都累了!我再说出长篇大论,太对不起大家了!现在把到高雄后有感而发填的一首词替代我的讲话献给大家:

长相思·访高雄

> 出大陆,沐海风,飞经香港到高雄,路曲盼直通。
> 春光艳,喜相逢,人杰地灵九州同,最感亲情浓。

短短的真心话,得到了大家的欢迎。

1999年5月5日　星期二　阴雨

由台中至台北，公路行车两个半小时。住中山北路二段122号富都大饭店。

上午十时到台北市罗斯福路三段277号9楼，与中国文艺协会座谈。理事长饶晓明（鲁稚子）、秘书长王吉隆（绿蒂）、资深作家张放、《联合报》记者江中明等都在此等候，八十多岁的老作家尹雪曼也来了！他们在换届选举，许多人整夜未睡。

进行座谈交流后，午间由中国文协宴请。饶晓明因事未参加，邀约访问团晚间十时吃夜宵聚叙。我们这桌，有绿蒂、周啸虹等作陪，气氛和谐，但另一桌来了个公开声称自己是"台湾国人"的台独分子，五十岁，先像散发广告似的散发他的自我介绍，自称他刚当选为监事，然后就出口不逊，大言不惭而又逻辑混乱地发泄他的台独观点，那桌上有本夫、延滨、保国、淑敏、家柱、广芩等在，听不得他的邪言妄语，当然义不容辞针锋相对，虽然尚有克制，却已使他张口结舌。同桌的"双丽"（陈丽卿、洪丽玉）也为此人的无礼与狂妄生气。此人其实算不上什么真正的作家，自己跑来胡侃了一通碰了壁而已。到台湾一趟，能见到一个活生生的台独分子，倒也算长了点见识。

下午，在台北参观故宫博物院，限于时间，主要我只看了玉器、瓷器两部分，而且是走马看花。这里珍贵国宝不少，琳琅满目，一只六摺大屏风，全部银镶翡翠，尤其令我叹为观止。这屏风原是故宫宝藏，抗战时汉奸汪精卫向日寇献媚，将它献给了日寇。抗战胜利后，才从日本追缴运归的。两位有专门知识的女士，文质彬彬，儒雅有礼地分别专门给我们做了很好的讲解。问我感想，我不禁想起曾在北京看故宫时的一件旧事。那年在北京开会，文化部还是刘忠德部长主事，邀我们去故宫见面，说："今天要以对待比外国国家元首更高的规格接待。"原来是让参观新建地宫里的国宝。故宫原有珍贵文物大都在台湾，而新中国成立以来发掘出的地下大批宝藏都在北京。我不禁想：如果两处宝物统一合在一起，那该多么丰富多彩，世界上哪个国家能有这么多的国宝!?

晚六时，到台北市元母忠诚路二段180号的"法乐琪"西餐馆吃法式大餐。"法乐琪"是个挺高级的去处。法国红葡萄酒，配以芦笋冷盘、浓汤及炸鱼、炸虾或羊排、鹅肝酱之类，佐以生菜、番茄，早已知名的女作家丘秀芷及两位先生、一位小姐宴请（我的一盒名片已经用完，未能同对方交换名片）。深知丘女士是受尊敬的台湾抗日爱国诗人丘逢甲老先生的后人，我忍不住在同她谈话时诵出了以前记在脑海中的丘逢甲写的那首名诗《春愁》："春愁难遭强看山，往事惊心泪欲潸；四百万人同一哭，去年今日割台湾。"

陪同丘女士的那位小姐刚从德国学成归来，文静而睿智。宴会上，大家谈得很愉快，丘女士几次到过大陆，还去福建寻根，说以后还要回来。她说，因为忙，写得少，但有一本文集将要出版。我诚恳地说："希望以后常读到大作。"

晚餐后已八点，回富都饭店休息，服务生送来一厚叠电话通知单（有一些亲友打电话找我），还有一信，拆开，见是昌平的：

"洪溥兄：不知你们今晚晚宴情况，如果你及郦国义、李兴叶二位能抽身前来参加复旦校友大会和晚宴，热烈欢迎。请联络，如可，则派车来接。昌平5月5日下午"

附来的红色请柬上写的是大会在下午五时三十分在敦化北路环亚大饭店二楼国际大会堂举行。另见新出的《复旦通讯》三本。去参加已不可能，将《通讯》分赠郦、李二位，转达了昌平的心意。

昌平现仍任台北复旦校友会理事长。他前后已为在台湾及迁居国外的校友服务十三年，连任理事长已三四次。每次再三再四拜托大家勿再选他，可是大家仍照选不误。在他任内，海峡两岸开始交往。因此，在这方面的贡献，是独特的。就以"复旦大学世界校友联谊会"为例吧，倡导联谊会的首功应归北京的孙越崎老学长，但支持它维护它之功，刘昌平及台北市复旦校友会则功不可没。世界联谊会自1990年在香港举办第一届，刘昌平率团出席，以后，隔一年或二年在大陆各地举行过五届。其中，在北京、重庆举办的两届，昌平均亲自率团出席，并始终从经济上及各方面支持这项活动。

台北夜市热闹，夜生活的人多，大街小巷五颜六色闪烁的霓虹灯整夜不熄。夜十时，中国文协理事长请大家参观台北书店（许许多多家大大小小的书店均集中在这一条街上），并请大家吃夜宵聊天。

尹雪曼、萧飒、张放、向明诸位均来富都大饭店看望大陆的朋友。萧飒是特地从高雄赶来送行的，盛情可感，他1990年在高雄任中国文协南部分会值年常务理事（理事长），1995年曾邀请大陆中国作家协会组团访台。1996年应大陆中国作协之邀，曾以贵宾身份列席第五次全国作家代表大会，可惜那时我们不认识。

到了台北，就想到了张香华、柏杨夫妇两位，春节时曾收到过他们的信，来台北理应看望。但因时间紧，已无从找机会见面为歉。

1999年5月6日　星期四　阴雨

上午，依然落雨，大家去游阳明山，台北有亲友或需处理私事的可以自便。昌平来看望，见面很高兴。他有司机驱车陪我访蔡宝瑛、王刚然、凌振钰及杨淑英等三处亲友，然后又送我回来。

认识了醒吾商专校长、教授，明达大学董事顾建东，并认识了其弟醒吾商专及醒吾中学的顾怀祐。顾建东校长，江苏盐城射阳人，是顾骧兄的堂兄。他不但在台湾热心办学从事教育事业，且在大陆热心办教育，为办学常辛劳来往大陆。他为人豪爽好客，博学仗义，年已古稀，但精神矍铄。下午一时，我们坐车到"三民书店"（一多层建筑物），因顾校长慷慨建议请大陆作家到此处自己选取要的图书，不限量，以能带得动为限，全部书款概由他付。好书很多，大家在类似购书中心的大书店内楼上楼下浏览挑选，都很克制。我选了一本关于南京大屠杀的书，作为纪念，自己在扉页写了"1999年5月6日访台湾时顾建东校长赠此书于台北"。

下午两点，乘车到林口的醒吾商专参观。

顾建东校长先以隆重的香道和茶道招待。参加了"四序（春、夏、秋、冬）茶会"，给人风雅、不凡的感觉。品茗后，参观学校。学校规模很大，环境颇佳，管理有序，设备齐全，校园整洁，学生精神面貌极好。我38岁时做过省属重点中学校长，从这些方面可以衡量出学校质量。

随后，在醒吾商专大楼前合影留念，照片迅速洗出分赠大家。

步入聚会大厅，看到书画家正在挥毫绘画写字。顾校长说："各位看到哪幅画好，就请自选带走"。他是位有心人，早已亲自将访问团成员每人的名字撰入对联，请名书法家唐秉政写成对联赠给每个人，赠我的对联为：

洪化育才文载道，
溥德福人爱博情。

全团只有"扎拉嘎胡"的名字无法分开列入对联，因为这位内蒙古作家协会主席的名字四个字是个整体，无法拆开，就是拆开了也无法化入对联的。这难倒了顾校长。

高规格的惜别晚宴隆重地在餐厅里摆了多桌酒席，台下正面贴了"欢迎大陆中国作家访问团"的红色大字，来的宾客都是台北各界名流，苏北各地同乡。宴会前，前不久刚游大陆归来曾任台湾"行政院"和"国防部"负责人的郝柏村先生来了，给宴会增加了热烈气氛。先在会客室内谈天时，我问他回乡访游情况，他问我目前出版及出书情况，并问我们是否曾到台湾农村看看。谈话气氛和谐、友好。晚宴开始，我的一桌有郝先生和孔学会会长李奇茂、杂志事业协会理事长卜幼夫、营建管理协会秘书长孙光、东南八省市旅台乡亲联谊总会总会长汪英群、大法官董翔飞、商业总会常务监事胡慎之等等。首先，郝柏村先生致辞表示欢迎及惜别，提出两岸同根共祖应当多作交流，然后向我敬酒。他讲话后，我致辞对东道主及来宾表示感谢，对郝先生说的多作交流表示欣赏。最后，我说："李白有诗：'桃花潭水深千尺，不及汪伦送我情。'我今晚想，这两句诗可以改为'日月潭水深千尺，不及台北送我情'。"我不会喝酒，敬酒时以饮料代酒，说"酒是假的，情是真的！敬大家一杯"。

盛宴至晚八时半结束，回富都饭店。

周啸虹兄赠我大作三册：散文集《三十功名尘与土》《归乡拾梦》，小说集《悲欢岁月》。人说他的作品一如其人，以平实、真挚为其特色。一路同行，与他相处，确有这种感觉。他说写作是他的最爱，所以无怨无悔爬了四十年的格子。我也是个醉心于写作的人，因此我们相处不似新识都有一种"老朋友"似的感觉。

明天就要结束访问离开台湾了！来此后深感台湾同胞都是骨肉同胞、手足兄弟，交流互访符合共同愿望。我们的访问是成功的！虽仅十天相聚，但彼此情谊深厚。因为我们都是中国的作家！这次相聚，将留下永久的记忆。尤其是全程陪同的周啸虹、李玉和陈、洪两位女士。他们都真诚热情、坦率谦和，既是文友，又是主人，对我们的照顾和关心，尽心尽力。十天里，大家像融化在一个集体中，将要分手，真有舍不得的感情。

（本文刊于 1999 年夏北京《统一》）

第六辑　情感记忆

瞻焉在前，仰之弥高

——《马识途文集》序

　　作者按：这篇文章是十年前《马识途文集》出版时，遵马老之嘱写的序，现在一晃十年，马老百岁了！这十年来，马老始终未停止在电脑前写作，也始终未停止书写墨宝。马老百岁了！但马老仍年轻，他是文坛一株开放着火红鲜花的万年青，古人诗说："勿言年齿暮，寻途尚不迷。"马老可敬可爱，现在为马老祝寿，特将此序编入此辑，祝马老"寿源无量，以介景福"！

2014 年 1 月

　　《马识途文集》由四川文艺出版社出版发行了。文集十二卷，洋洋大观，看了令人高兴。

　　《马识途文集》的出版对国家文化积累来说，是一件好事；对一位有成就的著名作家的作品汇聚展示提供一个标准的文本，也是一件好事；对向国内外介绍马识途这样一位经历独特、作品独特、类型独特、有中国特色的革命老作家及其作品来说，同样是一件好事。我在此谨向马老致以衷心的祝贺。

　　今年九十高龄的马老，早在 20 世纪 30 年代就已和文学发生关系，但因从事革命地下活动，又与文学告别。1941 年，他考进著名的学府昆明西南联大中文系后，才又办文学杂志《新地》并化名发表小说和杂文。但 1945 年毕业时，接受任务，要到滇南准备开展游击战，第二年，党的南方局把他从滇南调到川康特委做地下党的领导工作。他既然完全转入地下，只好与文学分手。新中国成立后，他一直担任着行政领导工作，十分繁忙，当然无从动笔，到 1959 年才又发表作品，用他自己的话说是："那些一同战斗过的烈士……我们常常在梦中相见，他们和我谈笑风生。一种感情一种责任，常在催促我，欲罢不能。"于是，在那时候，我记得文坛纷纷谈论并推崇着他先后发表并引起极大关注的小说《老三姐》《找红军》《清江壮歌》……从那时开始，文学界响亮着马识途的名字。他开始了业余的文学生涯，虽有坎坷，但矢忠矢勇、攻书走笔。以后，在告老政坛，由职业革命家转为革命作家后，就意气风发地阔步走在文学大道上的著名作家队伍中了。

许多年来，马老在小说、纪实文学、杂文、散文、随笔、游记、诗词等文学创作各个领域发奋著作，以多面手的姿态，取得了突出成绩，体现了一种高度的使命感、责任感及奉献精神。他的作品受到读者的重视与喜爱。这些年，每年基本都有书出版。新完成的回忆录《风雨人生》有七十万字之多，未成书已引起刊物关注，要求连载，令人看到他"壮心不已、晚霞满天"的情景。

文坛尊敬、重视马老，并不因为他是正省级待遇的干部，也不是因为他已九十高龄，而是因为，他是党员老作家中一位有代表性的人物，一位名副其实的从不停笔的著名作家。他是一位经历过生死搏斗，在大时代的激流中从风雨雷霆、霜雪霹雳中锻炼出来的文学笔耕者。他曾在三个广阔的平台上施展身手与抱负，体现了人生价值，做出了可贵的成绩：一是他在地下隐蔽活动时，刀光剑影、九死一生；二是新中国成立后他在行政领导工作岗位上呕心沥血、拓路披荆；三是他在作家平台上辛勤耕耘，硕果累累。他的生活源泉丰富多彩，中文外文根基雄厚，"科班"出身，毕业于名校，博览群书，才高识广，传统经典、中西文化、史学哲学、马列主义……属于融贯、通释之士，不是一般作家所能望其项背者。所以他的那些好的作品，既不因年岁大而泥古保守，也不因片面性而抱残守缺。他在创作中充满青春气息，有推陈出新、与时俱进的态度，确有可以传世之作，令人钦羡。

马老比我年长十岁。二十一年前，初见马老，先为他的文采及博学明智所折服。结识马老后，慢慢才知道他 1935 年"一二·九"运动时即参加了学生运动。1938 年在武汉任汉口职工区委委员做工运工作时，曾发展一位名叫祝华的同志入党。而祝华是我参加革命的引路人之一。我 1946 年在重庆认识了中共南方局的祝华，与他同到沪宁一带活动。1947 年，祝华是上海马思南路 107 号中共办事处处长（也即"周恩来将军公馆"的管家馆长）。知道这以后，虽平日交往不多，思想感情上却与马老接近了许多。

与人相交，我习惯于爱看朋友的长处以便学习。马老前辈风范，对信仰有壁立千仞之态度而又能不断深化，不以时俗为转移，不俯仰随人。他始终爱党爱人民，始终为祖国的命运、社会的进步在思考、写作。他的作品求真务实，是智慧与良心的结晶。小说中塑造的人物、安排的情节极富魅力。我也欣赏他的文风。他思想敏锐、笔触潇洒，行文简、朴、老、辣而又鲜、活，常显示出犀利性或幽默感。《清江壮歌》中的龙腾虎跃、壮怀激烈；《夜谭十记》中的浓郁川味、深远寓意；《沧桑十年》中的忧国忧民、善恶美丑；《盛世三言》中的贴近现实、耿耿激情；《京华夜谭》中的惊心动魄、传奇色彩……均是我欢喜并认为在创作上应当学习的。当然，他有许多长处，我无法都去学习：例如他是书法家，我则本来字就写不好，左眼失明后，更无法挥毫泼墨；例如他不但会写新诗，旧体诗词更是写得声调铿锵、气魄雄伟，我也学不了；例如他是中国作家中用电脑写作的先行者，我则至今仍是"手工业者"。我还发现马老担任多年四川省作家协会主席至今，开会从不迟到，在会上每次讲话，虽并不照稿宣读，但总是自己先写稿做好准备。讲话时，每每都有新意，不老套、不草率，足见其严谨。他对新苗新人的重视，对老作家的尊重，对后进者的放手，诸如此类，耳濡目染，与之亲近，有春风润怀之感。

马老皓首丹心，写作的书斋起名为"未悔斋"。他说过："写了几百万字的所谓作品，非想以传世，但求自己的良心得安而已。也就是屈原说的那两句诗'亦余心之所善兮，虽九死其犹未悔。'屈原的这两句诗，是我一生信守的，我是带着自己的良知良能，才从事写作的。"

他也说过："一个人一生如果没有在风雨中行走，没有在危难中经受考验，那只能算是白来这多姿多彩的世界上走了一遭。"这位在地下工作、行政岗位、作家天地三个平台上前后风云际会、笑对沧桑的马老饱含深情地说过："我对于中国人民奋斗百年，包括我的许多战友曾为之流血牺牲才赢得的新中国，总希望它很快富强起来，立于永远不败之地，在世界上扬眉吐气。"

马识途其人其文，从他的经历、行动，从他的掷地有声的言论、作品中，"亮"给我们的就是这样一个铮铮铁骨、年高德劭、儒雅而又坚忍的高大形象。

马老有《九十自寿诗》七律一首："满头霜雪一龙钟，阅尽斧斤不老松。近瞎渐聋唯未傻，崇廉恶谄拒盲从。心存魏阙常忧国，身老江湖永矢忠。若得十年天假我，挥毫泼墨写兴隆。"诗中充满乐观精神，读后使我动容，如闻天风海涛之声。

本来，人届高龄，闲适的条件具备无缺，完全可以弃笔休养了，但马老还要奋笔写下去，如同战斗。我理解他，也敬重他。这是出乎对文学的一腔眷爱，别无所图；这是对于祖国、人民的两肩责任，不愿冷漠。当今文苑虽然热闹，名家如云，佳作无数，但不良作品也仍存在，而且有的还受到恶炒，侵占市场。作为一员老将，他不愿彷徨，有话要说，岂能不为信念及初衷之贯彻而披甲上阵、纵马横戟耶！

这部十二卷的文集，还不是马老作品之全部。他过去的作品，散见各处报章杂志者极多，有的早已散失，一时难以觅齐；有的尚待整理，也需假以时日。好在马老继续会有新作问世。看来，文集嗣后继续有补遗卷出版，也是可能的。

写序至此，附词一首，祝福马老，作为结尾。

水调歌头·赠马老（识途）

马老涵雅量，心中自刚强。投身革命，怒发冲冠对死亡。惊涛视为屏障，狂飙笑隐地下，令德有遗芳。识途明向背，青云志无疆。　　雄心在，终未悔，老益壮。驰骋文坛名将，众口皆尊仰。喜庆高龄九十，依然松柏风华，龙马精神爽。翰墨挥华章，寿比蜀水长。

（本文刊于 2005 年 6 月四川文艺出版社出版的《马识途文集》）

散文名家李致

前天，北京《十月》的编辑顾建平来家组稿，我将李致同志新出版的散文集《往事》拿给他看，说："李致同志是一个'富矿'，他的散文寻寻觅觅，情真意切，你该去约他写散文。"小顾说："我是要去约稿的，《十月》前主编苏予已给我写了介绍信。"那么，《十月》也许以后可以拿到李致的新作了！

散文集应当漂亮。画家戴卫给《往事》设计了一个漂亮的封面，在一种洋溢着青春的绿色衬底和银色波纹点线上，选用了一张李致的全身彩照，很精彩：群山逶迤在远处，清澈蔚蓝的水波浩瀚幽深，李致独自站在水边的坪上低头沉思，给人一种泱泱大千世界，浩浩历史长河，时光超乎物外，而跋涉者在回忆体味往昔的感觉。当我刚看到书的封面时，就不禁想：我以后也要拍摄一张这样好的照片呢！

十多万字的《往事》，捧到手上一天就读完了！其中有一些文章以前读过，重读一遍仍然喜爱。这三十几篇散文，有对母亲、舅舅、三爸，特别是对四爸巴金等亲情的系念，有与茅盾、沙汀、艾芜等亲切交往的回忆，有李致童年生活和青少年时代对光明的追求，有对"文革"荒谬岁月含泪的叙述及出访和暂住国外的见闻感受。为什么我喜欢他的散文？我回答：

因为这些散文朴实无华、庄严凝重，能用真实的感情打动我的心，拨动我的心弦。我知道：李致是一位重情感的人；写作态度是十分严肃认真的。他或在叙事之中饱含对亲友的深切思念之情，或在议论之中富于理性的光辉和积极的人生态度。文章蕴藉深厚。无论感慨或欣慰，无论得失与进退，都有丰富的意象和心境。在这些散文中看不到无病呻吟、故弄玄虚，看不到未加审察的吹嘘和唬人的自我扩张，看不到自以为是的世事洞明与人情练达；有的只是实事求是与深切准确的记述。细致的情感，安详宁静的思绪，对丑恶和畏葸的憎厌，对明朗透彻、自由和谐的心灵的挚爱，令人心仪神往。

因为，这些文章多数是从心灵中唤出来的，他用坚定的信念、充沛的激情，用平易的语气向你吐露他对生活、历史、亲情、友谊、人格的想法和感情，于是，你读这些散文时，仿佛同他谈心，舒畅自如而意趣款款。

《往事》是一本可以慢慢咀嚼的散文集，我读了《永远不能忘记的四句话》后，将巴金老人在李致童年时教导他的四句话："读书的时候用功读书，玩耍的时候放心玩耍，说话要说真话，做人得做好人。"马上教给了我那外孙，他也马上记住了！我读了《巴金的心》一文后，马上把文中提到的王尔德的童话《快乐王子》找来自己重读一遍并拿给外孙读。李致文中说："随着对巴老的了解，我豁然开朗，感到巴老不正是当今的快乐王子吗？他从不过多地索取什么，却无私地向社会向人民奉献自己的一切。"这话深深留在我的心上。我读了《大妈，我的母亲》和《我淋着雨，流着泪，离开上海》以及《我的胖舅舅》，不但动了感情，而且觉得加深了对李致的了解，明白了为什么他这人有亲和力。

举这样的例子，不是我的目的。正如我不想像评论家那样来分析论述李致散文写作技巧上的长长短短一样，我只是觉得从我的感受来说：

当处于粗鄙的氛围中感到压抑时，可以读读这本散文集！

当度假感到空虚无聊时，可以读读这本散文集，其中有些篇章还该给孩子读读！

当不幸看到庸俗低级的地摊文学或电视节目感到恶心时，可以读读这本散文集!

当处于炎热的夏季心情浮躁时,不妨读读这本散文集!……

读完《往事》那天,我打电话告诉李致同志,说:"《往事》读完了!我很喜欢,也得益不少!尤其喜欢其中涉及巴老和亲人的那许多有分量的文章。那都是有重要价值的文章,有的是你独有的材料和感受,只有你才能写!研究巴金的人将会作为宝贵资料看待的。"我说这话是表明我欣赏这些散文的独特性,更何况这种独特性,不仅指的是素材,同样指的是一种"精神家园"。

后来我说:"你这位散文家可写的东西太多了,有关巴老和李家的事不说,还有许多该写的东西都没有写,希望继续写吧!"

他问:"指的什么?"

我说:"比如川剧领域,你熟悉这剧种和许多名演员,还为领导振兴川剧出过大力了解很多情况,并没有多多去写!比如编辑出版工作领域,你是出名的编辑出版家,在'文革'后四川出版事业步入辉煌时期你作过大贡献,结识过许多人,有过不少有价值的作为和经历。"

他谦虚地说:"那以后我就试着再写写。"

我期待着他这句话。末了又告诉他:"除了内容好之外,《往事》的装帧讲究,纸张印刷好,更精彩的是几乎没什么错字。"我读书有个好找差错抓错别字的习惯。《往事》在这点上没有"满足"我的愿望,证明作者这位编辑出版家自己一定仔细看了校样。

前段时间,文坛出现过一些"隐私散文热",有人利用散文展示自己的婚外恋、性生活之类,引起批评。李致同志则是利用一点空余时间细水长流地在散文园地中耕耘着他的一片绿洲,有自己鲜明的目的、倾向和审美情趣,他已经有《回顾》《牛棚散论》《终于盼到了这一天》《巴金教我做人》《我所知道的胡耀邦》《李致与出版》等许多散文集出版,他正辛勤地扩大这片绿洲,让它更生意盎然了!

(本文刊于 1999 年《四川政协报》)

梦回花神庙

年老了容易怀旧，夜间又常常多梦。许多往事，每每在梦中出现。昨夜，我突然梦到自己又回到了南京。不但看到了当年的故居和故园，还去了当年游览过的花神庙。醒来失眠，天还未亮，却又神驰往昔种种，忍不住开灯起来，铺开稿纸，拿笔写下这篇散文。

抗日战争前，年少的时候，家住南京城北洞庭路十号。屋前有个两亩地不到的大花园，花园前端，是个种有荷花漂满浮萍的清水池塘，塘边遍植垂柳，可以钓鱼。花园两侧，围着高高的竹篱。园中央有个六角亭，父亲可以请客赏花饮茶或设宴。花园左侧，有一小片翠绿的竹林，植有四季常青的雪松、龙柏，铺满着草地，搭着一个紫藤架，种有珍珠梅、紫荆、迎春、蜡梅、红梅、红枫……花园右边，有个花台种的都是各色草本的花卉，像万寿菊、太阳花、鬼脸蝴蝶、指甲花、石竹、凤仙之类。花园右边其余大片土地最远处集中种的是牡丹和芍药，占地十几平方；然后是种的玫瑰、月季和蔷薇、月月红之类，再过来就是菊花的领地。品种繁多，有的是盆栽，有的就种满在地里。秋季时，色彩缤纷，种类各异，名称有孔雀开屏、黄金印、珠帘飞瀑、猩猩冠等。再过来靠近门旁一带，就是盆景和盆栽花木的区域。盆景的盆有瓷的，有陶的，有紫砂的，盆内树桩、山水、植物都诗情画意，令人赞美。父亲不吸烟、不喝酒，但却爱花种花，喜欢好的盆景，他常将挑选出的美丽雨花石放在盆景里的水中搬放到客厅里供人观赏。

除这许多盆景外，有许多盆栽的兰花。兰花有的据说很名贵，父亲也喜爱，但我那时年岁小，并不太欣赏。我宁可抓着一把把草本的花籽撒在花台上看着花籽很快出芽、长大、开花，不愿去关心兰花的那种慢吞吞的幽雅和难能可贵的开花。

花季随着春夏秋冬四季重复轮回，花园里总有繁花似锦，花木使人赏心悦目，爱花的客人来家里时常会对着花木赞叹："花真可爱……"

随着父亲的爱好，我也学着侍弄花草了！南京中华门外雨花台南麓有个出名的花神庙。那儿的花农以种花为主，"千家养女先教曲，十里栽花算种田"。当时确有这么个传统。我家请的一位花匠胡二就是从花神庙请来的。他开始尽心尽力。从他那里不但使我们知道花神庙可以买到各种花木和花种，可以买到花农们用茉莉花窨成的香茶，还知道种花该讲究时节，松土、锄草、施肥、浇水等都不是随意胡乱摆弄的。甚至有的花还需要剪枝、嫁接。总之，种花有技术，有许多的经验和教训，也有许多的手段和时机。时令不对，不行；有的花爱浇水，有的花水浇多就不行。种植的方法和关心的程度达不到要求也不行，如此等等；真是要看到美丽的鲜花，环境不好，气候不好，不费时间和力气也是不行的，如此等等；道理慢慢我似乎懂了，但懂了也未必就能把花种得苞多叶茂，种得那么灿然美丽。花园的美丽还是靠从花神庙请来的花农胡二和父亲的耕耘。

花神庙不知不觉间成了我一处向往的地方，但到抗战爆发的那年——1937年我才有机会跟父亲去那里游览了一次，并留下了深刻的印象。南京由于曾是六朝（吴、晋、宋、齐、梁、陈）古都，寺庙自然出名，"南朝四百八十寺，多少楼台烟雨中"，像"花神庙"这样一个小庙本来名声不大，但因为它的独特性所以也不会被淹没。花神庙周围的村庄连成一片，地名就叫"花神庙"，许许多多花农，每到一年的农历二月十二日——"百花生日"的那天，他们都要到庙里烧香礼拜。花神庙并不大，但环境幽谧美丽，高耸的浓绿大树很多，集市上卖花和买花的人在各种花卉树苗之间买卖交易。不少年轻的打扮得漂漂亮亮的农家姑娘在庙里烧香膜拜，既热闹又别致。据说，祈求时说出自己的心愿，都能在以后的日子里得到实现，平时，为买卖花木到花神庙去的人不少，到百花生日那天去花神庙游览的人就更多。

抗战爆发的 1937 年，我正好是上初中成为中学生了。"百花生日"那天，天气晴朗，父亲由朋友陪同，带了我雇了敞篷马车去花神庙。平时，父亲和我是难得坐马车的，但父亲喜欢坐马车，他带我游历苏州、无锡等地时总爱雇马车坐，听着马蹄声"嘚嘚"的响，看着四下美景，闻着花香，马车不快但也不慢，比坐轿车透气而且舒适。他的朋友是知道他爱坐马车出游的，所以虽然从城北去城南郊区的花神庙相当远，却专门雇了高头大马拉的既新又干净的马车上路。当时爱花的人们有个组织，每年在"百花生日"这天总要在花神庙给种花特别出色的花农颁奖。颁的奖是银盾和大红锦缎的奖旗，还发点奖金红包，鼓励花农把花木种得更加出色。主事者由于父亲是个名人，爱花又有花园，也捐过款赞助他们这种活动，所以特地邀请并陪同父亲去颁奖。那天正好是个星期日，父亲就带了我去，并且特地招呼胡二一起去。胡二四十多岁，身强力壮，听父亲要带他去，显得特别高兴。他是个话很少的人，但看得出他的激动。

我们坐的马车到了花神庙，我出乎意料地看到花神庙热闹得像过年时的夫子庙一样，人多嘈杂，摆摊卖花木盆栽的，卖各式花盆的，卖吃食的，围观杂耍的，敲锣打鼓的、卖茶叶的……使我既感到新鲜也感到快乐。发奖时用木板搭的戏台似的一个大台早已搭好，有些小孩在台上嬉戏玩耍。我们的马车到后，就有人来迎接，可能是些乡镇长一类的人，然后就陪我们进花神庙游览。

这是个规模不大已经古旧的庙宇，门口有"花神庙"三个字的大匾，披着旧了的红布。这庙红墙青瓦，没有殿塔亭坑，画梁金碧已有几分风尘残颓。旧墙斑驳，青苔处处，一些过了冬的乱草略泛青绿，庙前一条水沟上铺盖着石板，水声微响。两侧有松柏和杨树，已经嫩绿好看。几条驴子，是摆摊的拴在树上的，常常踢蹄拂尾。庙外远处，是种的菜地。庙前庙旁真是嘈杂，人声起落，花农的摊子上，有美丽的鲜花，胡二一直跟在我身边，有时同他熟识的乡亲打招呼说话，有时指着一些绮丽出色的鲜花告诉我："这些都是花房里培育出来的。"

跨进了花神庙，见一些年轻的农家妇女在梳妆打扮，有的忙着盘发髻，有的梳着长辫，有的头插鲜花，有的提供香烛都在百花娘娘座前顶礼膜拜，那"百花娘娘"穿着彩衣，脸上涂脂抹粉，戴着凤冠，她占据着庙中央的地位，周围和两侧陪她的是百余尊法身不大的花神，每一种花都有一个花神：海棠、芙蓉、牡丹、蔷薇、月季、茉莉、茶花、杜鹃……衣着鲜艳，只是已经染尘湮旧，虽然亭亭玉立但造像形态大同小异称不上生动多姿。

陪同介绍的人能倒背如流地说出每尊花神的名字，我听了却记不得。隐约记得介绍的人说："古代宫廷中有司花之官，民间则有花神，花神分男女，但这花神庙里供的百花娘娘，是女性，陪供的都是女的花神。"他说了一串名字，我依稀还记得他说："二月花神是兰花，四月花神是牡丹，九月花神是菊花……"又说："屈原、李白、陶渊明、苏东坡都是男性花神。"这记忆在我脑中长期存在，但我却没有当作一个问题来研究过。

庙宇大堂中有一盏琉璃灯高悬在正中央，人来得多了，烟火缭绕，香火呛人。我当时年岁小，急着想跟随父亲转一圈就出去到外边呼吸点新鲜空气。但来的农妇年轻姑娘太多，有点堵塞，好不容易才挤了出去。

颁奖，是在庙外搭的那个戏台上开始的。花农来得真不少，男男女女，穿着新衣服，穿着鲜丽衣服的都来了！走高跷的、敲锣打鼓的、玩杂耍的、吹喇叭的、敲太平鼓的、唱小调的，用竹竿拴着鞭炮准备过一会就燃放的都有。真是摩肩接踵，熙熙攘攘。

后来，燃放爆竹，乒乒乓乓响成一片，主持颁奖的人讲话，请父亲上台颁奖。讲的话不外是鼓励花农们努力把花种好，念获奖者的名字。有的发给银盾，有的发给锦旗。发的奖金都是用红纸包的银圆。台上台下掌声、说话声和欢笑声此起彼落。这时，我看到一面大红锦旗上中间写的字是"奖给花龙王"，父亲将锦旗连同装着银圆的红包授给一个瘦高个儿的花农时，同他握手。那个得奖的花农十分激动，鞠了躬，又鞠躬。胡二陪我站在台下，平时不爱说话的他这时忽然自言自语地说："他得奖大家都服气！"说着，用力拍起巴掌来。我说："他花种得好？"胡二点点头："那是一点都不假！我种兰花、种牡丹都是跟他学的！"

后来，又继续发奖。但父亲发着奖时，由于我的自以为是闹了一个笑话，我见锦旗上写的是"花龙王"，认为写错了字，父亲在发奖，我从口袋里掏出钢笔，从身上带的小本子上撕下一张纸写了个条子给父亲，说："爸爸请注意！锦旗上的'花农王'错成'花龙王'了！"我急急忙忙让胡二赶快把纸条递给父亲去。胡二拿了纸条挤出人丛快步到了台前将条子递给了父亲，父亲立即看了我写的纸条，忽然笑了！说："哈哈！我的儿子今天也跟着我来花神庙了！他刚才看了锦旗，发现锦旗上写的是奖给花龙王！他说应该是'花农王'！写成'花龙王'是错了一个字，大家说，错了没有？"台下忽然像开了锅似的许多人都大声叫喊："没有错！我们愿意要'花龙王'！"这一下，使我脸红了！只听父亲说："用农民的农字也是对的！但用花龙王是经过研究的！海里有海龙王，花神庙这儿的花农们种出了花的海洋，你们是不折不扣的花龙王！龙是尊贵的中国古代传说中的吉祥物。我听说这个问题是经过研究征求了大家的意见后才定下来的！大家不反对吧？"

台下轰地响起了一片"不反对"的声音。我当时听了十分局促。

父亲继续很简短地讲了些话，大意是：发奖是为了表扬大家，鼓励大家以后把花种得更好更美，但是能得奖的人极少，许多应该也可以得奖的人可能没有能得奖，这是因为花的种类很多，评奖时也没法用秤来称一下谁第一谁第二。花各种各样，没法说梅花一定比兰花好，菊花一定比玫瑰强，你爱牡丹我爱桂花，他可能爱荷花。因此，今天让我发奖，我只能说：得奖的光荣，未得奖但花种得出色的人也光荣。优秀的种花者，谁也不能代替谁或者贬低谁。花神庙是有许许多多花龙王的，我向大家表示敬意，向得奖的花龙王祝贺，也向未能得奖的花龙王表示祝贺和歉意。我知道大家并不是为了得奖才种花的！凡努力种花的人都是花神，值得尊敬。

父亲当时说了这番话后，主持人和花神庙的许多花农都说父亲说得好！坐马车回家的路上，父亲问胡二有什么感想，胡二说："先生你说得对，说得好！"出乎我意料的是父亲突然从西装口袋里摸出皮夹，取出一个红包递到胡二手里，说："现在，先生给你发奖！谢谢你把家里的花种得这么好！"那时，在南京，一般被雇的人总称主人为"老爷"的，但父亲是新派人物，不让称"老爷"只许叫"先生"，也不许称我和哥哥为"少爷"，只许叫我们的名字。在马车上看到胡二从父亲手中接过红包的那种欣慰的表情，印象至今仍在眼前。胡二话少，当时只说了四个字："先生真好！"

我们离开花神庙之前，父亲从花农们摆设的店摊上买了两斤茶叶带回家。茶叶是用茉莉花和白兰花窨成的瓜片，颜色碧绿，主持颁奖的人向父亲介绍："花神庙出产的茶叶从清朝乾隆年间就开始了，远近闻名，据说作为贡茶向清朝皇帝进贡过。"又说："人说好茶不漂，漂茶不好。这里的茶叶冲水就沉，翠绿清香，您回去试试，一定会喜欢。"

以上是春天里的事，到了夏天，8月间上海爆发了"八一三"事变，日寇从8月15日开始，就连续派大批飞机轰炸南京。日寇的滥炸，逼使我们离开南京，后来由安徽去到武汉。家中的房屋等全部交由胡二等管理，从此，我就离开了那个有美丽大花园的家。

八年抗战，日寇战败投降，1945年8月抗战胜利，这时父亲因抗日献出生命已经五年多了！我在1946年从抗战大后方重庆回到南京，第一件事就是回到城北洞庭路十号探望故居和故园。但房屋已经严重损坏，门窗均无，从楼下仰望可以看到天空。胡二等早已不知去向，故园更是一片荒凉。前面的池塘已被用土填没，所有树木花卉砍得精光，乱草丛生，早先的花园已经连一朵野花也没有，凄凉的情景使我伤心。侵略者的铁蹄和残酷就是这样践踏伤害中国人民的。1937 年 12 月开始的那场日寇进行的南京大屠杀，使南京被杀戮的军民达到 30 万人之多，我当时做记者采访了日寇的南京大屠杀。并且知道花神庙一带曾遭日寇残酷杀戮。我特别关心花神庙的情况。当日寇大屠杀后，到处是尸体，日寇要求用掩埋焚烧丢入江中等方法"加紧处理尸体"消灭罪证。当时有红十字会及慈善机构崇善堂组织的掩埋队，也有伪南京自治委员会下属的区公所都组织劫后余生的市民成立义务掩埋队努力做掩埋尸体的事，据"难民义务埋尸队"队长芮芳缘老人提供的材料档案记载："由南门外附廓至花神庙一带，经四十余日之积极工作，计掩埋难民尸体五千余具，又在兵工厂宿舍二楼三楼上，掩埋国军士兵尸体二千余具，分别埋葬雨花台山下及望江矶、花神庙等处。"

花神庙所遇到的劫难是有案可查令我心酸愤恨的！我常想念着年少时教我种花的胡二，曾带着怀旧与思念的感情去过花神庙。那里经过浩劫显得败落，庙虽残，但仍存在并由百姓做过维修，花农已经减少，打听胡二下落未得知晓。西风斜阳、衰草凝绿，我站立凭吊，离开后心情咨嗟，悲恨相续。

今夜，在梦中，我仿佛又回到了少年时代，去故园里看到美丽的鲜花灿烂开放，在花神庙的花农中间享受到那种可爱的欢乐！于是，心上涌起了一种难以形容的美好的感情。一切都会过去，但过去的事会留在记忆中，会在梦中重新出现！做梦真好！有梦真好！我终于写下了上面这些，连同梦境和往事，但天已亮了，我又有睡意了！

于是，关了桌上的台灯！我带着疲劳又躺上床打算再睡一觉了……

（本文刊于 2013 年第 9 期《散文选刊》）

寻找老耿

那是 1970 年春天，当时对我的漫长批斗已经停止，而"解放"却遥遥无期。有的顽皮学生开玩笑叫我"司令"，说"谁都得听你的指挥"。其实，我因受劳动惩罚而成为打钟人，每天的任务是在临沂一中的校园里打钟。从清晨起床，到吃饭、上下课……直到晚上熄灯，一天打二十四遍钟，起早睡晚，很辛苦，而且出不得差错。我用一只闹钟、一只手表对着时间，只要时间快到，就从住处走到大钟下边"铛——铛—铛"打钟。我很懂得"世路风霜，炼心之境；世情冷暖，忍性之地"的道理，但心里仍非常寂寞凄凉。打钟时出屋走一走，打完钟回来，就躲在屋子里，真像鲁迅说的"躲进小楼成一统，管它冬夏与春秋"。我全神贯注在打钟上，一种责任心使我不愿打早了或打迟了，只想打得准而又准，以至那时周围一些单位有些人都依我的钟声来对表，甚至后来出现了一句歇后语："王校长打钟——准！"我独自在屋里，无书可看，因为不仅是书，连每一张有字的纸片都早被抄家抄去了。于是，只有看妻借来的当天的《人民日报》，一张报纸翻来覆去要看好多遍。那时，学校里的老师和学生都不与我接近。我简直感到茫茫人世，连一个堂而皇之的朋友也没有了。

一天下午，突然有个人上门来找我。门虚掩着，他轻轻敲着门问："王校长在吗?"

真是奇怪，落魄倒霉到如此，居然还有人这么和善地称我那已被打倒的称呼。我站起身来，从门缝里往外张望，见是一个三十岁左右、敞着旧蓝棉衣的农民模样的人，剪着平头，中等个儿，日晒风吹过的脸上有双明亮的眼睛，眼角、额头都有皱纹了。这人我不认识，我心里嘀咕：他是谁呀？找我干什么？但他已用手推开门了，说："王校长，我来看看你！"

我请他进来，坐在小板凳上，房里的椅子早在两年前那个冬天就被红卫兵搬走劈柴烤火烧掉了。我问："找我有事？"

"没事！"他坦诚地看着我，说，"就是来看看你的！"

我忍不住问："你是以前在这学校毕业的？"

他摇头："不！我是在别处毕业的。可早听说你了，我想来向你请教些文学方面的问题。"

一听"文学"，我像被火炙了似的，"文革"中为文学吃的苦头还少吗？我忙说："不不不，这方面的问题我不懂，我也早不谈了！"

明代哲人汤斌说过："遇横逆之来而不怒，遭变故之起而不惊，当非常之谤而不辩，可以任大事矣。"我则不太行，既有怒也有惊，更想辩！我的心态就是这样，任不得大事的！

见我这样，他笑了，笑得朴实亲切，没说什么，却坐着不走，打量着我那间陈设简陋的屋子。

我希望他走，连他姓什么我都不问，因为我不想同人交往，那样对我不利，也可能对他不好。我提醒他说："我马上还要去打钟。快下课了，这事误不得！"

他识相地站起身来，说："下次我再来！"

我没点头，也没推脱。我很怕想把我往死里整的人看到陌生人进我房里来，又想出什么鬼花样来折磨我。见他走，我感到轻松。

过不了几天，这人竟真的又来了。以后，他骑辆旧自行车到临沂赶集归来，路过学校总是到我这里坐坐。把车停在我门前的大柳树下，然后就敲门进房，总是彬彬有礼地叫我"王校长"，我也总倒杯茶给他。

我感到他对我确实毫无恶意而只有敬意，从感情上同他也开始接近了一些。闲聊中，我得知他姓耿，是河东独树头区（今九曲镇）的农民，读过高中，爱好文学，如今是逍遥派，在收废品废纸的摊上买到一批中外古今的图书，阅读得津津有味⋯⋯

我很寂寞，有人来说说话当然好。每次他来，听他介绍外边的种种情况也使我感到新鲜。不知不觉中，我们越谈越深了。他的纯朴和真诚，使我对他开始信任。每次来，他总要天南地北问点文学方面的问题：托尔斯泰的《战争与和平》是怎样一部书？英国的大文豪除莎士比亚外还有哪些？你认为那些挨批判的书真的都是大毒草吗？⋯⋯我竟有了一个敢堂而皇之来聊天的文友了！

有时候，我突然警惕地笑着问他："你不怕沾我这黑线人物？"

他笑着答："不怕！我是贫下中农，没事！"

我起先还有点戒心，顺着当时流行的说法回答。但逐渐使我感到了友谊的温暖，我也说真话了！他听到了真话，才嘻嘻笑着说："我是来做你学生拜你为师的，你这才是真的把我当学生了！"我心里也有些高兴，唉！文学啊文学，无论怎样，你是不可缺少的，人类总是需要你的！

一天下午，老耿又骑车来了，车上载着一个好大的麻袋包，里边是满满一麻袋玉米棒子。他卸下麻袋，扛着进了我的房间，妻和我都在。他放下麻袋说："我自己种的玉米，给你带点来尝尝新，表示点学生对老师的敬意。"

我历来有个不收礼的习惯，便生硬地说："不行不行，这些玉米我是不能收的！"想不到老耿有个性，竟冒着火睁大了眼说："我带都带来了，怎么能不收？"他脸色难看，见我坚决拒绝，说："这不是礼！这东西不值钱，只是我的心意！"妻比我婉转，说："那就收三五个吧！"但我未注意到老耿的脸色，仍坚决地不收，想不到僵持了一会老耿竟说："好吧，不收就不收！"他真的生气了，扛着麻袋包就走出门去。我认为他要把麻袋包放上自行车带回去，就与妻一同跟在他身后送他，没想到他出了门竟把一麻袋玉米棒子全部取出来，东南西北"噼噼啪啪"乱扔一气，扔得四面八方到处都是。我傻了，站在那里不知说什么好，只见他飞快地上了车，转眼就骑车走了，只留下我和妻站在房门口不知所措。事后，有人问："为什么那人将玉米棒子甩得到处都是？"我只好说："不知道！"怪的是他再也不来了！我想：大约他觉得我没有以真诚对待他吧？唉！

时光潺潺而流，默默无声。一晃二十几年过去了，我离开临沂来成都也十多年了。但这件事常在脑际出现。想起"文革"，我常会想到在那段艰难的日子里，曾有一个人给过我不平凡的友谊和温暖，我忘不了他！可惜连他的名字也不知道，更别说地址了。他生活得好吗？现在他该有五十多岁了吧？他还热爱文学吗？于是，我还是决定写这篇短文，在山东报纸上发表，希望你能看见，老耿，你在哪里？……给我来信吧！倘若我们现在见面，可谈的话就多了。因为，我们是真正的老朋友啊！

（本文刊于 1984 年《临沂日报》）

"所思在远道"①

时光飞逝。这个故事已是四十八年前的事了！

那是上世纪 60 年代。1964 年，华东地区要举办戏剧会演，山东省委宣传部要我写一个剧本供剧团演出。我决定到沂蒙山区去深入生活，搜集素材。初秋九月，一天黎明，我离开了蒙阴县的沙沟到南旺庄去。

南旺庄是一个四面青山屏障的村子，听说那里有一个干实事关心群众的好支部书记魏立武，我想去采访他。我挎着一个大帆布包，顺着一条林间小径逶迤上山。盘着山绕来绕去，途中还绕岔了道，顶着火盆似的日头，多走了三十多里冤枉路，直到傍晚，暮色从背阴的山谷里升起来浸染着整个青山，我才拖着酸疼的双腿到达南旺庄。一天走了一百多里山路，我浑身汗湿，疲劳透了！

我见到了魏立武，给了他介绍信。老魏约莫四十多岁，朴实健拔，黑黝黝的，是个残疾转业军人，左臂早已截去，甩着一只空荡荡的袖子。他安排我吃了点冷锅饼外加热开水当晚饭，然后又将我安置在大队办公室旁的一间瓦屋里住宿。这间瓦屋，屋前种着树木花草，房顶上结着朱红色肥硕的大南瓜。屋内有些破旧桌椅摆设，挺干净，也还宽敞。实际就是大队的"招待所"。地区或者县里来了干部都让住在这儿。初秋时节，蚊子嗡嗡地成团飞舞，天也还有点燥热。老魏用右手

---

① "所思在远道"取自《古诗十九首》第六首中的一句。

提来了竹壳热水瓶，放下瓶，用桌上的小碗倒了一杯水给我，又用右手熟练地从裤兜里掏出一盒火柴。他抬一根火柴把火柴盒朝空中一扔，顺手"嗤"的一下就擦着了火柴，点亮了桌上那盏小油灯，再用小油灯蹿蹿的火苗燃起了一根艾草绳熏蚊子。我简单说明了来意。他一脸诚挚连连摇头说："我没啥好说的，你安心在这儿住两天，看看我们这个庄子，多找群众谈谈。今天累了，早点歇着，洗洗脸烫烫脚，有事明天再办！"我确实累了，只好说："行！"

老魏是个忙人，接待我的时候，有好几拨人来找他，谈这谈那，他安顿好我，似要走了，忽又想起了什么，说："老王，有件事，我告诉你一下，免得受惊……"

窗外，是一棵枝枝杈杈的椿树，离屋挺近，月光扑朔迷离地穿过枝杈洒下来，月影朦胧，我诧异地问："什么事？"

他从腰里拔出短烟袋杆来，在灯上点火吸烟，说："咱这村上，有位军烈属陈大娘，是个孤老五保户，今年六十九岁了。解放战争时期，四七年打孟良崮，她亲自给独生儿子陈德明牵马戴花，送去参军。德明参军后，入了党，当了排长、连长，立过几次战功，一直从山东打到长江边，又渡江打到了江南。可是，四九年冬天，不幸在浙江牺牲了。陈德明牺牲后，通知当时耽搁了，没及时传来，一直渺渺无信，过了两年，通知来时，陈大娘却已经疯了。"

"疯了？"我慨叹地问。

"是啊！"老魏喷出一口浓浓的烟雾，说，"她年轻的时候死了男人，家里贫穷，就守着一个贴心儿子，好不容易拉扯大了。她是妇救会的，为了打老蒋，决心送独子参军。但儿子走了，她不能不想。她要儿子革命，又想念儿子，心里老是憋着，能不疯吗？"

我忍不住问："她现在还疯？"

老魏闷闷地点点头："是啊，从那就一直没好。不过她这疯跟别人不一样。庄上男女老少对她都特别尊重。"

我摸出香烟，递一支给老魏。他扬扬烟袋杆说："我有！"我就自己点着火，一边吸烟，一边心情沉甸甸地问："怎么不一样？"

老魏吧嗒吧嗒吸着烟说："她不打人不骂人，也从不吵闹。她是五保户，受到照顾，但直到现在，她生活能够自理。自小有劳动习惯，还非要干点集体活不可。掰玉米、摘棉花什么的，她见了都抢着干。"

"那怎么说她疯了呢？"

"是啊，"老魏喷着烟说，"要说疯，也就只表现在两点上：一是一双一双不停地纳鞋底，做军鞋，板板正正地做好了就交到大队里来。这些年来，我们也总是不断给她送布、送麻、送针锥……她做的军鞋数不清有多少双了！如今不要军鞋了！那些鞋卖了的钱就都用来花在她身上。二是只要外边来了人，她就以为是她儿子德明的战友，她必定要来看看，问问德明好不好，只要点头回答她：'德明好着哩！'她满意了，就没事了。要不，她就很伤心，回去一个人流泪，忘了吃饭喝水……"

听到这里，我黯然了，也不知怎的，心里像泡了醋似的，我不禁问："儿子从不来看她，她倒也不想去找儿子？"

老魏思索着说："也许，是因为她疯了吧？……也许，本来就不指望要跟着儿子去享福。只要儿子好好干革命，她就满意了，活着就有想头了。她那颗心是金子铸的！"

我点点头，心里叹着气，体味着老魏的话。

老魏这回真的要走了，他咬着烟袋杆，刚跨步出屋，忽又侧转脸来："她知道，外边来的人都住在这屋里，要是来了，你别给吓着，也别将德明的事露了馅就行！"

门前，树影儿参差疏落。我送老魏到门外，并对他说："不会吓着的！"说实在的，我倒真想见见陈大娘。我见过那么多的母亲，听到、读到过那么多的歌颂母亲的故事和诗篇，哪曾想到有这么特殊的一位疯母亲呢？要不是十分疲乏，真想立刻请老魏带我去看望陈大娘。但脚底疼痛，浑身骨头像散了架似的酸懒，才没有把心里的想法说出来。自己思忖：明天去看望老人家吧！……

秋虫奏鸣，四下里一片寂静，月光美极了，水银般泼洒在门外，将婆婆的枣树叶稀稀落落映照下来。小油灯的光线微弱，屋里弥漫着熏蚊子的草绳的怪味，嗡嗡的蚊群已被赶跑了。我揿熄烟蒂，又倒了一碗开水，正想喝点水然后再倒水抹抹身子，忽然看见月光下一位头发银白、中等身材的老大娘朝我屋门口走来了！一会儿，她就伫立在门口了。借着灯光和月光，我见她梳着髻，瘦瘦的，长得十分慈祥。她身板硬朗，穿一件干净的薄蓝布大襟褂子，下身是条黑布裤子。我正想请她进来坐，她已经开口了，神情和蔼，皱褶深深的眼角里隐约含有安详的笑意，用一种母亲对年轻人的亲切口吻说："同志！……"

我忙张开双手搀扶她到屋里唯一的一张有靠背的椅子上坐下，叫了一声："大娘！"忙给她斟水。

她含着慈祥的笑容看着我，笑得使我想起我的母亲。她接过我给她的水碗，双手捧着，眼神温暖地说："你是从俺德明那里来的？你认识俺儿子德明吧？"

我按照老魏的叮嘱，连连点点头："对对，大娘！认识！认识！"

她笑了，无限欣慰。如果说，说谎会使人感到内疚的话，此时，我虽说了谎，却不但可以毫无愧色，而且心灵得到了安慰。

她果然又轻声问道："俺儿子德明，他好？"

我按照老魏的叮嘱，装出一副高兴的样子，连连点头说："好！好！"其实，肠牵情系，我的心里又酸又苦的，想多讲几句，终于哽咽着讲不出口。

大娘那细长的眼睛里溢出了激动的神态，又无限欣慰地笑了，笑得我虽然心酸，却觉得谎说得应该。我宁可伤自己的心，不能伤一位白发慈母的心呀！

用棉絮做成的小油灯的灯芯，摇曳着橙色的火焰，映出一圈朦朦胧胧的光环。她又问了："德明，他干得不孬？"声音里有对儿子的期望，也有自豪。

我连忙点头，温语软言地安慰她："嗯，他干得可好了！今年可能又能立功！"我的声音像飘忽的游丝，心里却在恳求宽恕："原谅我信口开河在骗您吧！好大娘！……"

她突然掉眼泪了，两滴清泪从眼眶里流出来。月光透过薄薄的窗帘照着她的脸和晶莹的泪水，反射出纯净、圣洁的光辉。她撩起衣襟擦拭眼角，但慈祥的脸上依然停留着欣慰的笑。我心里仿佛掀起了巨涛狂澜，费了咬牙的力才忍住了泪。我动感情地说："大娘，您老人家是位好母亲，你儿子是位好军人！天不早了，我送您回去歇着吧！"

她摇摇头，嗫嚅着说："不，俺坐一坐。看看你，你是俺家德明的同志。"说着，她手捧水碗，安详地坐着，喝一口水，用满含真情的眼睛望着我，就像一个母亲疼爱地望着自己的孩子，显得那么满足，那么幸福……我浑身热血沸腾了，平时，听别人叫一声"同志"，很无所谓，今夜，大娘这一声"同志"，竟使我如此触动心弦，又像热焰炙心。

一会儿，我听到她长长吁了一口气，仿佛是牵挂着一缕已逝韶光，释放出郁结在心底深处的无穷思念和忧愁。那是一种奇异的感悟。大娘在想什么？想儿子德明小时候在身边牙牙学语时的难忘岁月？想那战火纷飞年代碾小米做军鞋送军粮的火红时光？想妻送夫母送子参军时亲自牵马戴花的激动心情？……啊！啊！我心潮翻腾，眼睛不知不觉湿润模糊了！

又过了一会儿，她站起身来，依然慈祥地对我笑笑，说："同志，俺，回去了！"我刚要上前搀扶着送她，只听见外边"噔噔"响着一阵脚步声，原来是独臂老魏满头是汗甩着左衣袖出现在我的屋门口了！老魏用眼瞅瞅我，似乎知道没出什么事，放心地用那只未曾残废的右手扶着大娘，像一个孝顺的儿子搀扶老母那样，说："大娘，俺扶您老人家回去！俺扶您老人家回去！不早了！"瞬间，从老魏对大娘的态度上，我就深深爱上了这个大队党支书了！我和老魏一边一个扶着大娘，踏着月光，循着幽静、蜿蜒的石板小道将她送回住处。远处的山峰，黑黢黢、蓝幽幽，像一幅泼墨山水。一路上，大娘没说话，但显得高兴，到了她的住所——那是一片薄薄的柳树林掩映着的一所山区青石垒成的房屋——我才知道她就住在老魏家的一间朝南的北屋里。这样，显然便于老魏一家照顾她的生活。几株桃树和石榴树斜斜地在月光下映出荫翳。进了她的屋子，老魏擦着火柴掌了灯。屋里洁净，门口的大水缸里满满盛着清水，该是老魏挑的吧？肯定是的！东墙上贴满了给军烈属的奖状和慰问信……老魏像个孝顺儿子似的，用仅有的那只右手攥着一把大芭蕉扇子，一下又一下给大娘赶帐子里的蚊子。我扶大娘躺下，轻轻放下了帐帘。然后，老魏吹灭了灯同我一起走到屋外。临别时，老魏听我讲了同大娘谈话的经过，放心地低声说了一句："今夜，大娘能安心睡个好觉了！"

月光缠着山区常有的那种轻雾，周围犹如梦境，南旺庄像是沉睡一般的宁静，只偶尔听到远处有几声狗吠。那夜，我虽疲劳，却独个儿静静理着心事，失眠了！一个游子的心被搅乱了！月亮西沉了，星星疲倦地隐没了，我仍辗转反侧，听着秋虫吟唱，我老是想着陈大娘的事，也老是想着自己的母亲。战争年代，母亲为了掩护和营救党的地下工作者，做过许多工作。为儿子当年那种狂热和冒失，写那种可以惹祸的文章，做那些可以惹祸的事情，她不知担过多少心，伤过多少神。多少年来，她仍在江南那个城市里住着，我同她离得千里迢迢，平时也总寄点钱去，写封信去，但我却从没有像这天夜里如此思念母亲！这样感到自己对母亲怀有如此深刻的歉疚！夜里起了风，院子里的青枝绿叶瑟瑟抖动，灰色的枝影在窗帘外扑来打去……我流泪了，也说不清是为陈大娘和陈德明流的，还是为母亲和我自己流的……

以后，我离开了南旺庄。离开的那天，下着初秋常有的那种霏霏牛毛细雨，远近的山峦一霎时笼罩在白茫茫的雾气中。村庄上许多人家的瓦檐上飘浮着炊烟。我去看过陈大娘，但只按照老魏的叮嘱远远地悄悄地看看，并没有近前去向她告别。村头地边种满了翠蓬蓬的紫穗槐，像一层层绿云。我站在紫穗槐旁张望，见她正独自坐在家门前的一棵巨大的老榆树下。老榆树大伞似的挡住了纤纤雨丝，她带着一种守候的表情，不声不响地拿着长长的线在一针一针纳鞋底，间或抬头望望远山，把缝针在白发上磨磨。她又在做军鞋了！……当年那场战争早已结束，沂蒙老区的南旺庄除了她早已没有妇女再做军鞋……我静静看着，有一种说不出的感情……哦，这南旺庄的日子，在她拉针引线之间，给人一种多么崇高而隽永的印象啊……

（本文于 2012 年 12 月 15 日改定，刊于 2013 年第 2 期《四川文学》）

老黄被捕时讲的话

　　年岁大了，每逢佳节都特别怀念当年的老战友、老同志。十多年来，每到新年和春节，我都会收到天南地北的老友和同志们寄来的一大批贺卡。今年第一张收到的贺卡来自北京，地址是南纬路二号 6－2－903 室，寄件人是黄履冰老大哥。

　　他今年过春节应该是九十八岁高龄了！但一笔字仍像年轻时那样挺拔俊秀。他信封上写着我爱人凌起凤和我二人的名字，华丽的贺年卡上写的是："恭祝新年快乐、健康长寿、阖府平安、万事如意。黄履冰敬贺 2011 年 12 月 20 日"。其实，他该从北京的老朋友处知道起凤已于去年 7 月去世，但信封上却仍写着起凤的名字，我感觉他是有心这样做的。这是为了安慰我。他知道我同起凤之间的感情深厚。起凤当年在北京时，曾在他领导下工作过。他对起凤极好。后来，我们去山东工作，又来成都，老黄先调安徽后又调回北京离休。只是我们基本总保持着联系。因为他是一位我非常敬重的共产党人！一位我一直作为老大哥对待的好同志、好朋友！

　　天下常有巧事，但像我同老黄之间结识的这种"巧"，是难得的，少有的。

　　我同老黄整整应当有七十年以上的"交情"了！在 1938 年到 1940 年抗日战争期间，我住在上海英租界汉口路（即三马路）同安里 21 号，左邻是 19 号，右邻是 23 号。那时，上海沦陷成了"孤岛"，除英、法租界外都在日寇侵略军铁蹄之下。我只是一个由初三到高一过渡时期的中学生，有时自发地和里弄中同龄的好友秘密写些抗日传单到夜间偷偷出去散发；也结伴去慰问过被囚禁在胶州路的"八百壮士"孤军营。黄履冰比我大十岁，住在同安里23号，我们是紧贴隔壁的邻居。那时，他已在上海的联合广告公司做职员了，戴副眼镜，一头整齐的黑发，穿着西装，知识分子的派头。但常是带着笑容，对我这种年龄比他小的中学生也不摆架子。同安里23号是广告公司的宿舍，他每天上下班时总是皮鞋"托托"地走来走去。我们既是邻居，见面总是亲热地点点头。我叫他"老黄"或"黄先生"，他叫我"王浦"（我本名王洪溥，他总叫我"王浦"）。联合广告公司常有多印剩余的有商店广告的纸扇，还有彩色的电影广告画等，他会送我一些，我也很喜欢。当时，汉奸是极少数，中国人的抗日情绪高涨，我们见面说话，少不了总是谈谈时事，骂骂"东洋赤佬"。但我一点也想不到他是中共地下党的人。更巧的是紧贴着我家21号的同安里19号里一家药材行，有个年轻的职工韩西雅，比我大约只大四五岁，长得眉清目秀，面带笑容。同我相识后，也处得很好。课余，有时我去看他进货或出货，用大秤称一大包一大包用芦席包着的甘草、黄连等药材，使我认识了不少中药材的名字与形状。有时我们也一同谈谈抗战，骂骂"萝卜头"（上海人当时把日寇叫作"萝卜头"、"东洋赤佬"）。当然，那时也根本想不到韩西雅也是中共地下党的人。到1940年我搬离同安里了，同这两位比我年岁大的朋友就失去了来往。后来，我在1942年离开上海，从江苏经过皖、豫、陕等省入川到了"大后方"求学。抗战胜利后我从重庆回到上海。这时，我在重庆已与中共南方局地下党的同志有了关系，我也有了记者生涯，开始用笔写作了。1949年5月下旬上海解放。月底，在上海南京路大光明电影院开上海总工会筹委会成立大会。地下党同志推荐我由上海复旦大学助教的岗位上来到上海总工会筹委会文教部工作。以后，成立上海总工会后，我突然发现韩西雅竟是有好多万职工会员的上海店员工会负责人之一。[①] 上海总工会以后成立劳动出版社时，分经理部和编审部，黄履冰任经理部经理，我是编审部主任。大家喜相逢，谈起昔日同安里时期的旧事，不禁感慨系之。原来韩西雅和黄履冰都是在上海做了很多工作的地下党员。可见我们党当时在上海的地下势力，人数多么多，力量多么大，多么不简单。

我和老黄同事以后，合作共事很愉快，老黄为人党性强，正派，和蔼，认真负责，关心同志，业务也精。但到1952年，开始了"反贪污、反浪费、反官僚主义"的"三反"运动。老黄却受到了不同寻常的大考验。

贪污、浪费、官僚主义都是该反的，而且也有成果。"三反"一开始，就枪毙了河北、天津两个大贪官——刘青山、张子善，惩治了其他一批贪污犯。但群众运动起来后，"左"风起来了！上边有句口号是"深山密林必有老虎"。这句话意思是说："凡经手大量钱财经济物资的人中必有老虎"。"老虎"是指贪污分子。拿我们劳动出版社来说，经理部自然就是"深山密林"，老黄和经理部的出版科长郁瑞芳必是"老虎"，他俩当然是挨打的对象！

老黄和老郁二人先后不许回家被分关在二楼上的两间小房里让他们"交待"贪污的问题，组织了"打虎队"开会"帮助"他们交代问题。用了不少逼供的手段，出了许许多多大字报和大漫画作为"纸弹"打老虎。因为老黄是经理，却又"太顽固"不肯承认贪污，有一天把他爱人老童找来，逼她"帮助"老黄坦白交代。老童也是地下党同志，上海解放后是第一任劳动局长马纯古同志的秘书，她来后介绍了经济情况，由于夫妇俩都是供给制，家中生活拮据，黄履冰从来没有拿过贪污的钱回家，逼到后来，老童哭了，挨了大家一顿倾盆大雨的"帮助"后被轰走了。

---

① 韩西雅后来曾任北京中华全国总工会书记处候补书记。

我是相信老黄的清白的。他家里我去过，很一般，不奢侈。他没有什么嗜好，连烟都不抽，他工作的勤恳和认真及为人的正派，怎么也使我无法将他同贪污联系起来。我当时仍忙于业务，因为有个定期要出版的《工人》半月刊，发行量有十六七万册，要配合运动如期出版，不能脱期。我得独挑大梁编刊物。一人干几个人的活，所以"打虎"我也不参加，大字报也可不写。但这时，因为"打虎"的成绩不大，上边派了一位韩部长来"加强领导"。

　　韩部长很有朝气，还带了电教队队长等一伙人来"打虎"，都是"左"派。出版社是大量用纸的单位。黄履冰和郁瑞芳不肯坦白，韩部长带了"左"派把所有给出版社供纸的纸商都一个个抓来了，要他们交待行贿的罪行，交待了罪行的可以放回去，不交待的就关起来蹲在小房间里不让回家。打虎队的队员日夜忙碌，后来，传闻老板们都交待了行贿的罪行。详细情况我也不了解，只知道韩部长很有魄力，使反贪污的成绩大大进展，得到了上边的口头表扬。并且风闻老黄和老郁将要无法顽抗，胜利已经在望。

　　有一天，韩部长突然找我谈话，批评了我"脱离政治"、"右倾"，"脱离政治"是因为我忙于编《工人》半月刊，对反贪污"打虎""漠不关心"，"右倾"是因为听说我"同老黄有私交"，迄今不参加批判、揭发黄履冰的贪污罪行。我做了解释，说明编刊物如期出版是必须做的，承认了我对老黄有"右倾"，因为我觉得他不会是只"大老虎"……出乎我意料的是韩部长说："同志啊！别糊涂，你要看证据吗？"说着，他开抽屉真的将一叠证据拿出来放到我面前了！

　　我真是自我在内心里谴责自己了！

　　这些白纸黑字的证据不能使我不信啊！

　　一张张字迹不同的证据，都是纸厂老板和纸商写的认罪揭发书。上边均有他们的签字和大拇指手印。承认×月×日行贿给黄履冰多少多少钱，×月×日又给过多少多少钱。有的还写着是在上海大三元餐馆和梅龙镇酒家宴请黄履冰和郁瑞芳时给了多少多少人民币……那总数加起来是非常惊人的。我看看看着手心都出汗了。不由得想：咳，知人知面不知心！老黄怎么会这么厉害呀！

但更使我吃惊的，是出版科长郁瑞芳亲笔写的一封检举揭发材料了！他承认，黄履冰和他收受纸商的大量贿赂，金额太大，次数太多，他要继续交待，收受这么多贿赂是由于他俩在镇江秘密开了一个纸厂，目的是将来用这个纸厂生产的纸供给劳动出版社来使用。郁瑞芳的字我认得清，条子上写的字和签名确都是郁瑞芳的亲笔。

老黄和老郁贪污的款数那比刘青山、张子善之流大得多了！这本是难以使我相信的事，但却又怎么能不信呢？我愣在那里，心都战栗了！

韩部长教育我说："资产阶级的糖衣炮弹是最厉害的！同志，头脑别太简单！现在黄履冰还在抗拒！但他如果再顽抗，我们决定逮捕他了！你别右倾了！打黄履冰这只大老虎，你不能置身事外！你今天就参加打虎！"

我昏头昏脑地走出来，那是阴天，很冷，我回到自己的办公室，坐下来回味着韩部长的话，觉得老黄的问题太严重了！浑身冰凉。

突然电教队的队长老王来找我了，通知我："今天用车轮战法对付黄履冰，打虎队分班轮流上阵：你排在晚上六点到十点，在小会议室，四个人一班！你准时去！黄履冰这个家伙，到现在死不承认，看来，他是非逮捕不可了！"电教队长老王是个粗线条的人物，说话语气粗鲁，脸也不会笑，说完就走了，"打虎"他是很积极的，听说有时整夜都不睡。"车轮战法"是小时候我看《说岳全传》时熟悉的，是岳飞当时用来对付双枪陆文龙的作战方式，用来疲劳敌人以取得胜利的一种方法，如今用来对付老黄了。

我吃了晚饭后，准时到了小会议室，上一班"打虎"的四个人已经走了！雪亮的电灯已经开了！一张长条桌后放着我们坐的四把椅子，坐着我们四个"打虎"的人，老黄穿着一件棉军大衣灰溜溜地垂着双手站在我们对面。天气寒冷他站得久了，两只手灯光下泛着紫黑色，脸有些浮肿，嘴唇干燥，看得出他很累很痛苦，这使我心有不忍，但上一班人没有使他服罪招认，到我们的这一班，他也仍不招认，只是摇摇头，偶然回答一句："没有！确实没有！""真的没有！我没有贪污！"

我心里老想着他将要被逮捕的事，起先总希望他坦白，忍不住总说："黄履冰！你赶快坦白吧！证据全掌握了！你现在坦白还可以从宽，交待了，把钱退出来还不迟！别再顽抗了……"这是我第一次参加"打"他这只"大老虎"，他是低着头的，最初可能没有注意到我。突然，他发现是我了，听我语气厉害，他竟抬起头来朝我看了一眼，表情带着责怪，语气冰冷铁硬，似是说了一句："怎么你也这样说？我怎么会贪污？"见他这样，我激动了，心想：你不知道快要逮捕了吗？我把桌子一拍，说："你还不肯交代？再不交代真就死路一条了。"当时我激动地想：你真是要钱不要命了，我真怕他像张子善、刘青山一样！心里急，拍了桌子却很伤心。

谁知他仍旧摇头，一个字也不说了，站在那里人有点摇晃，却仍坚持站着。我脑子里想着我看到的那一张张证据，心乱如麻，但也不想再说什么了，听着别人不断吆喝着猛攻，到了十点钟，我随另外三名打虎队员下班了，接班的四个人来到并坐在我们的位子上。老黄继续站在那里接受"车轮大战"。回家的路上我想：老黄是不会交代什么的！可能自知问题太严重，交待了也没有好果子吃，所以才会这么顽抗到底！对他的"顽抗"，我感情复杂，许久睡不着，老在床上辗转反侧。

第二天，听说由于老黄坚决顽抗，停止了"打虎"。到第三天，社里全体人员都接通知到市政府大礼堂开全市"三反"宽严大会。市政府大礼堂很大，人早就坐得满满的，气氛热烈。九点钟，主持人宣布：请潘汉年副市长讲话。戴眼镜、口才很好的潘汉年副市长讲话鼓动深入开展"三反"运动后,宽严大会开始。我紧张地看到黄履冰、郁瑞芳和另外一些单位的"大老虎"夹杂着一些公安人员都坐在第一排。这时,台上的主持人高叫:"将上海劳动出版社经理部出版科长郁瑞芳带上台来交代,揭发!"

台下人声嗡嗡,领呼口号的人高叫:"贪污分子坦白从宽、抗拒从严!"……台下随着呼叫口号的声音震耳欲聋。只见郁瑞芳被人领上台去,走到台上的麦克风前手拿一篇写好的稿子鞠了一个躬战战兢兢地念了起来,大意是先介绍了自己,坦白交代了自己贪污的钱数,具体到日期、数目都一清二楚。接着说:这么多钱,是经理黄履冰同他一起贪污的。黄履冰贪污了多少,他弄不清!黄履冰应当自己坦白交代。他还说,他和黄履冰贪污的目的是拿钱到镇江开了一家造纸厂!……

他说得"货真价实",说完,台上台下口号声响得像山呼海啸:"把大大小小的老虎都从深山密林中揪出来!""坦白从宽,抗拒从严!""贪污分子必须坦白交代!""坚决把三反运动进行到底!"……我心里难过地想:黄履冰真是完了!……

果然,口号声中郁瑞芳被引下台仍坐到他原来坐的位子上了!口号声中两个公安人员将黄履冰押上了台,引到麦克风前要他坦白交待。慑人心灵的口号声又响了起来:"大贪污犯黄履冰必须坦白认罪!""坦白从宽,抗拒从严!""大贪污犯黄履冰不坦白交代死路一条!"……

当四下里口号声停歇下来,一片肃静时,黄履冰凑近麦克风,大家本以为他要坦白交代了,谁知他却正气昂然地大声说:"我是一个共产党员!共产党人是不贪污的!我没有贪污!"

他的话与大家想听到的距离十万八千里了!此时此刻,他不但不坦白罪行,居然还往自己脸上贴金,那怎么行?有人在台下高叫:"枪毙!——"台下呼应着"枪毙"的人也起码有好几百。主持人走到麦克风前大声宣布:"大老虎郁瑞芳坦白从宽,不予逮捕,回原单位处理!大老虎黄履冰抗拒从严,立即予以逮捕!"

两个公安人员跑到麦克风前，给黄履冰"剐"地铐上了手铐，一边一个挟着黄履冰下台从边门押上汽车带走了！

大会场里嗡嗡地响，大家议论纷纷。我心里打鼓，心跳得咚咚响。我猜不出老黄怎么会这样！这怎么啦？以后会怎么样？老黄会就这么进了大牢被枪毙了吗？散会后，我离开市政府大礼堂步行走回单位，黯然无语，天冷，脸冰凉，手也冰凉！到了单位，在传达室里看到当天的《解放日报》已送来了。拿起报纸，触目惊心，在第一版上的中央地位，花边框里醒目地刊登一条大新闻，标题是："劳动出版社挖出大老虎　经理部经理黄履冰今日逮捕。"

报纸上这篇文章肯定是昨天就写出由打虎办公室韩部长看过同意的。老黄丧失了坦白交代最后求得宽大的机会。我难过地想：他完了！啊！啊！他完了！

脸上吹着冷冷的北风，我手里拿着白纸黑字的报纸从传达室走向办公室，思忖着：我为什么仍不太相信老黄是大贪污犯呢？他今天在大会上居然还说："我是一个共产党员！共产党人是不贪污的！我没有贪污！"是的呀！共产党员是特殊材料制成的人，为了革命为了人民，抛头颅洒热血在所不惜，怎么会贪污呢？唉！唉！……但，老黄的事怎么解释呢？郁瑞芳的揭发和交代怎么解释？我在韩部长那里看到的那许多签名盖着拇指印的证据难道还不足以证明老黄是贪污了的吗？……

院子里贴满了大幅大幅已被冷风吹得歪斜破坏了的大字报在瑟瑟颤抖。屋子里、墙上、楼梯上旧大字报上又贴上了不少新大字报和漫画。一张新贴出的大漫画上，画着一个戴眼镜酷似黄履冰的人头虎身怪物望着公安人员手中的一副手铐头脑里打着一个大"！"号，边上写的是："赶快坦白交代，不然呜呼哀哉！"

运动使得单位里热气腾腾，又阴森森。运动中，人同人之间互相都不太说话，但心情似乎又都很沉重。我进了自己的办公室，拿出桌上的文稿继续做编《工人》半月刊稿件的工作。但脑子里始终摆脱不了老黄被逮捕的那一幕。

一天，两天，三天，过得既慢又快，奇怪的事出现了！

三天以后，上午九点钟光景，公安局的一辆汽车突然开进了大门，停在院子里，从车子里下来了公安人员和黄履冰，老黄仍穿着他那件棉大衣，然后又被带上楼，住进原先囚禁他的那间小房间里去了。这时，郁瑞芳虽然已经从宽，但由于老黄的问题仍未解决，仍不能回家，依然住在他那间小屋里，也依然有人轮班看守。老黄被送回来了，就恢复开"宽严大会"之前的状态了。

我忍不住悄悄打听是怎么一回事。一个同志轻声告诉我：公安局审查了材料，问了黄履冰，也问了郁瑞芳，又派人到镇江调查，更找那些写行贿证明材料的纸厂老板和纸商调查情况，结论是："证据不足，退回原单位慎重处理！"

原来，黄履冰、郁瑞芳一案确实是打虎队"逼供信"造成的。原来，黄履冰没有贪污，郁瑞芳也没有贪污。但他们既在"深山密林"之中，必是"重点"。打虎的人急于求成绩，先是把纸厂老板和纸商都揪来，关着不让回家，老婆孩子哭着来讨人仍不让回家。以电教队长为首的两三个"左"派对老板和纸商们放话："你们这些资产阶级，腐蚀我们的干部，只有写下材料证明你们行了贿，黄履冰和郁瑞芳受了贿，才可放你们回去！"老板们顶了嘴的还被"左派"用拳头用巴掌"教育"了一番。这些老板和纸商们说："我们说真话，他们不要；我们说假的，按他们指引的话说，他们就高兴！我们当然只好照他们说的写！""要怎么写就怎么写！""只要放我们走，签个名盖个手印是容易办到的事！"

我所看到的证据原来就是这么来的！据说有的老板和纸商还说："你们共产党要整自己的干部同我们没有关系！"无中生有的证据出来后，"左"的打虎队员拿这些证据给黄履冰作为"炮弹"引导他坦白，但老黄说："没有这种事！"打虎队员又把证据作为依据去逼郁瑞芳，郁瑞芳也摇头说："没有这种事！"但那位电教队长老王"聪明"，告诉老郁："黄履冰都承认了！他揭发你了！你还不承认行吗？"老郁听了，"啊"的一声，气恼地说："黄履冰承认了？"电教队长老王说："当然！他一五一十都承认了！你的事他也揭发了！"老郁说："他怎么揭发的？"电教队长老王说了些"聪明"的指引老郁坦白的话。老郁听了气恼地说："他承认了，那我也承认！"于是，按照要求，郁瑞芳写下了揭发材料，并且答应"愿意坦白从宽"，"要怎么坦白就怎么坦白！""愿意去宽严大会上坦白、揭发"。一件无中生有能上《解放日报》第一版的冤案就出现了！

幸好公安机关和领导"三反"的上级办公室慎重。我们单位的"三反"运动在这以后进行得比较顺利，换了领导人，"左"风平息，"左"公调走。老黄和老郁都离开楼上囚居的小屋回了家。

据说，运动结束，有位领导同老黄谈话时说："你确实没有贪污！但'三反'运动，既反贪污，也反浪费和官僚主义！共产党员要严格要求自己。你没有贪污，这很好。但总不能说自己连一点官僚主义或浪费都没有吧？"那时节的党员干部，要求自己严，脸皮薄，谁敢说自己在工作中只有优点没有缺点呢？老黄当然说："官僚主义和浪费那恐怕总是有一点的！"于是，老黄又写检查。检查自己的官僚主义和浪费方面的问题，从豆腐里面去找骨头。

运动后期，对老黄，没有道歉，没有平反，没有更正，没有抚慰，老黄被派到上海的码头上去参加码头工人的民主改革。他虽同我离开了，他的高大形象却在我的心中树立起来了。在"打虎"遭到逼供时他不仅实事求是，而且自己是把问题提高到党性、党员的品质上去对待的，他那被逮捕时说的："我是一个共产党员！共产党人是不贪污的！我没有贪污！"充满了正气，像一声霹雳，可以永久使我铭记，永久使我回味。在他思想上：我是一个共产党员，是最重要的支配行动的准则！这就叫党性！共产党员忘了这一点，其实就不是共产党人了！

1953 年初，我和凌起凤同被从上海调到北京中华全国总工会下属工人出版社。因为全总机关刊物《中国工人》要复刊，我参与筹办《中国工人》。老黄后来从上海被调到北京工人出版社任出版处长，起凤后来被调到他手下工作。

　　但老黄到北京后，我感觉有些变了。他在上海时对人热情，此时见到我也显得冷淡。不过起凤在他领导下，他却一如既往，起凤常说"老黄这个人好"。上世纪 50 年代，运动是很多的。老黄在运动里从不乱搞人，正派而且稳重。我是个热情人，想起往事，有一天忍不住找到他带着负疚的心情向他解释"三反"时我的冒失，也坦率地告诉他："'三反'时逮捕你那天，你逮捕前说的话使我深深敬重你！你不愧是个好共产党员！"

　　他朝我看着，脸上善良，说："我不会怪你！搞运动逼供信和扩大化是不对的，但反贪污是对的！我们之间互相理解就行！我们之间的感情不会变的！"

　　后来，我到山东工作又到四川成都。他到安徽合肥中国科技大学做过图书馆长，离休后又调回北京。我们的联系保持着。前些年，他的夫人老童去世了，他却仍旧健康。过去北京的老战友们有时还到他家里聚会。我曾收到过一张照片：他眉发雪白在老童的一张穿着红军服戴着红军八角帽的像前由摄影家佟树珩拍摄寄来的照片，老黄的面容坦诚而明朗。

　　我每年和老黄都寄贺卡在新年降临时互致祝福。今年，他早早就先寄了贺卡来。我想：可能是起凤去世，他先寄卡给我表达一种慰藉，我能了解老大哥的这种心意。我忽然感到我该把深镌在我心上的这段往事写出做个纪念，他九十八岁了！我也八十八岁了！我们老兄弟、老同志俩都老了！但我们这种特殊的感情和记忆不会因老而消失。老黄那次被逮捕前说的铿锵语言只要想起就会在我心上发热发光！有时我不禁想，如今人都在说贪官多，老黄的故事其实可以上一堂党课！

成了贪官的共产党员，面临"双规"或逮捕时，你们能敢讲出老黄当年被逮捕前讲过的话吗？你们的大脑里能贮有他这样的话吗？唉！唉！……

（为祝贺黄履冰老大哥百岁寿辰，本文写于2012年2月，刊于2012年第5期《当代》，后被选入商务印书馆国际有限公司2013年出版的《2012中国最美的散文》一书）

紫禁城里的最高规格

这是一次难忘的值得提倡的挺有文化情趣的接待。

1995 年 4 月底在北京出席全国劳模表彰大会时，住在京西宾馆，突接通知："4 月 30 日下午，文化部在故宫请本系统劳模座谈，午后一点有专车来接。"偏偏那天上午听朱镕基、钱其琛两位副总理的形势报告，十二点半才结束。回宾馆后，我怕晚点，草草吃了午饭就去门口上车。来自全国各地的文化部系统的劳模有常香玉、李默然、李雪健、田桂兰（全国人大代表、山西晋剧院名誉院长、一级演员）、俄珠多吉（西藏歌舞团团长）、刘异龙（昆剧名丑）……有认识的，也有陌生的，碰面都很高兴。为怕堵车，我们的"面包"由警车前导，一路绿灯，从故宫后门开进了紫禁城。

文化部刘忠德部长和常务副部长高占祥及其他三位副部长，全体含笑热情地站在乾隆书斋前欢迎，并逐一握手。我们走进了宽敞雅静、古色古香的当年乾隆皇帝读书的厅堂，见电视台和报刊的记者都忙碌开了。

高部长主持会议，风趣地说："给各位的任务是：将面前的水果消灭，开心果吃十粒。"刘部长的欢迎词十分简短，一共仅三分钟，但令人愉快、亲切和鼓舞。最后，他说："今天，我们用最高规格接待大家。什么是最高规格，等会儿请故宫博物院的书记同志讲……"

平时的座谈会，少不了大家都要重复地讲一些套话，这次不同，高占祥说："请大家每人讲一二分钟话，做个自我介绍就行。"话音一落，气氛就轻松、欢快了。各人发言后，心里都揣个悬念：这"最高规格"究竟是什么？

书记笑着说："刘部长对我说，'要用最高规格接待全国劳模。'我就说我们这儿最高规格是接待外国总统的规格，刘部长说：'比那还要高！'我们今天，就把外国总统都没看到的地方和文物给大家参观。"

"悬念"揭晓，大家都乐了。部长们同大家合影留念之后，我们拿着赠送的精美的故宫画册和一个象征吉祥如意的工艺品，就一同去享受"最高规格"的接待。

50年代到60年代初，我曾在北京工作，对故宫够熟悉的了，但这次却大开了眼界。故宫博物院的一位专家副院长专门为我们作讲解，先看了"坤宁宫"，这在明代是皇后居住的正宫，明末崇祯帝的周皇后在此自尽。清代这里名义上是皇后的正宫，实际上只是大婚时住三天，此后就不启用了。我们看了"坤宁宫"里帝后饮交杯酒的厅堂、洞房以及杀猪煮肉用的神灶。皇帝结婚时要赐肉给亲信的大臣吃，据说肉很难吃，有的大臣向太监行贿，让少割点肉……走过美丽的御花园，曲曲折折过"天一门"、"浮碧亭"，看了从不开放的道教神殿——"钦安殿"，这里阴森森，神像金碧辉煌但古老陈旧……再到"养心殿"，并特意观看了"东暖阁"，这是慈禧当年垂帘听政处，帘仍低垂，使人想起当年她的赫赫威势，也使人想起许多宫闱秘史与戊戌故事……

故宫参观完毕，驱车到新建成启用的"地库"。这个深入地下的现代化三层库房，由电脑控制，可储藏故宫九十多万件珍宝。谁进了库，监视中心都能看到。这里防盗、防火、防水……坚固安全，是百年千年大计的建筑。我们被请到玉器库内，看了四件无价之宝，那是四件夔、龙形的玉器。"地库"不对外开放，我们算是参观的第一批贵宾了！

说享受到了紫禁城里"最高规格"的待遇，确非夸张，让文化人享受文化气息，作为文化部的部长就该这么做，大家都满意地感到不虚此行。

（本文刊于1995年5月《四川政协报》）

皮之先和他的山水画

几年前，皮之先来四川。他去乐山，上峨眉，下山来到成都时，画了好几本速写，几乎把整个峨眉山装了回来。我给他安排住在成都豪华的锦江宾馆。一晚，我到那里看望他时，他正忙得不亦乐乎，手握彩笔，在紧张作画。原来，宾馆的经理，知道他是名画家、全国人大代表，殷殷请他给宾馆留一张山水画作为纪念。那天，他那只妙手画的就是峨眉山。看他作画的人都觉得他画得飘逸不凡，画出了"峨眉天下秀"，夸赞不已。

从50年代初到今天，我同之先已有近四十年的友谊。我了解他这个人，也一直在关注着他的画。

要了解之先的画，先要了解他这个人。

之先是河北阜平人，1928年生，自幼喜爱绘画颇得家传。1947年，在冀南艺校毕业，1948年起就先后在《冀南画报》《河北日报》《中国工人》《工人日报》做美编，在全国培养了很多业余画家，其中有些人已成为名画家。他是中央美术学院第一批毕业生，亲得徐悲鸿、蒋兆和、罗工柳诸先生指授，继承了他们的现实主义绘画传统，创作立足于生活，服务于人民。早在1950年，他在蔡若虹同志直接领导下，参加改造旧连环绘画创新连环画的工作，和别人合作出版了《小二黑结婚》等不少连环画，在全国起到推陈出新的示范作用，影响很大。50年代，他常深入生活，到全国各地写生，画了不少反映社会主义建设的作品。1961年"三年困难时期"，《中国工人》停办，之先到了山东。在山东先后近三十年，创作了大量歌颂老区英雄人民和山水的作品，得到沂蒙山老根据地人民的称赞。他画过泰山全景、崂山全景，出手不凡。名列《中国美术家人名辞典》《中国当代书画家大辞典》《中国当代画家辞典》……曾被选为第五届、第六届全国人大代表，第七届山东人大代表。写这些不是为这位全国美协会员、一级美术师炫耀，是想说明他是一位属于人民的画家，有一颗为人民服务的心。他的画笔永远属于人民。

50年代初，在北京工作阶段，我与之先同在《中国工人》杂志社工作，我发现过他的一件秘密。每个星期，他都要去故宫。起先只以为他是去游玩的，后来才知道他对民族绘画有深入的研究，是去观摩历代名画，心领神会去的。一天下午，我亲眼看到他站在一幅古色古香的山水画前，凝神默睇，久久不动，使我为他那种"面壁十年"艰苦钻研的精神感动。

他在北京做美术编辑，与许多名画家如齐白石、陈半丁、王雪涛……都有交往。50年代，国画有一度不走红，雪涛经济困窘时，他总特意请雪涛给刊物画点东西，好增加点稿费收入。之先是一个仁厚的人，开高稿费我也给予支持。

他崇拜白石老人。白石的"绘画在于似与不似之间"的理论，给他很大启迪，当时创作，他常遵循这一原则。之先效法白石老人画的墨叶牡丹，有时可以乱真。他曾赠我一幅。

他功底深厚，从西画入手有着坚实的素描基础。他学西画但不盲从，一贯反对形式主义，不好时尚，不赶时髦，却追求作品能为群众接受和喜爱。那时，他每次出发写生归来，我总爱看看他的速写本。他创作作品时，我总爱看看他的画，并且同他议论一番。他为人谦虚儒雅，意见尖锐也不生气，锋芒不露，但对美术常有独到见解。同他议论美学与绘画，是一件乐事。

我觉得之先能成为有特色的山水名画家，基础奠于北京，功力得之于在山东沂蒙山区扎根近三十年。绘画的最根本的关键是道路的正确和坚强的毅力。之先有毅力，也走上了正确的道路。他在北京的阶段，画画的面比较广、比较杂，西画、国画都画，国画中山水、人物、花卉都画。但到山东后，他开始集中画山水了。李可染论治学和绘画时用例说过："挖井七八个，一个也没有挖出水，不如集中力量挖一口井见水，了解地层的结构，掌握规律。"之先50年代也画山水，但这时就转向重点攻山水了！以中国之大，名山之多，一样是山，这里的山与那里的山绝不相同。石涛的"搜尽奇峰打草稿"，成了之先遵循的准则。他画山水时，中西结合，别有风格。从50年代开始，这几十年中，全国名山，他简直跑遍了。应该说：对于山，他跑得多，看得多，琢磨思考得多，钻研体会得多。相对来说，画得就比较少。但一棵树要长得耸入云天，根须吸收面要广。中国画不仅是画所见，而且是画所知，画所想，想象力很强。之先不是那种贪多求快、浮光掠影的人。我见他绘画时，常常对着宣纸静静构思。这时节，他一切都抛开了，全神贯注尽在山水之间了！

他选择物象严格。既然是"搜尽奇峰打草稿"，自然要多跑多看，然后选其精粹下笔。何况他又要考虑各地名山的特点特色，要考虑形似与神似，等等。之先是个正派、老实而认真的人。他的"慢"是他的优点。我看到他画沂蒙山，孟良崮、龟蒙顶、百丈崖……在他的笔下更加雄伟壮观。从画中似乎能听到歌唱沂蒙优美旋律的山歌。沂蒙山培养了他！他真是沂蒙山的儿子！我看到他画黄山云海、泰山松涛、庐山飞瀑、峨眉峰峦……北方山水的雄伟，南方山水的清丽，蜀山之青，三峡之险，阳朔之美，剑门之奇，沂蒙山的石崮，九华山的佛气……在他笔下，一样的山，形神各异，恣纵壮丽，各有特点，各有特色。他这种行万里路，读万卷书，看万座山，然后下笔作画的造诣，是一般画家难以做到也难以比拟的。

之先出版的画集、画册、单幅画已经不少。他的作品和他的为人一样，没有矫饰，没有矜炫，但画中都跳动着生命力，紧密地联系着观赏者，使人感到可游可居，挂在壁间可陶冶性情、意味无穷。他的画，繁中有简，清新典雅，观其画，似乎在有限的尺幅里大气流动在无限的空间之中。近几年来，多用泼墨和意象手法作画，物我合一，将山岳之灵气，游漫于纸上，神奇博大，变幻莫测，山水被赋予了生气。无怪乎在全国和山东省美展上，许多海外来客都表示赞赏。

我同之先在山东分手已经七年多了！来四川后与他见面少了，但一直关注着他的画。每见到他的画，感到人与画俱老。他的画似在渐渐摆脱具象的束缚，在笔墨境界上重视骨气沉着。但他那洒脱、永葆青春活力的风度，始终反映到他的作品里。

他比我年小四岁，如今也已年逾六十。他自己说：六十以前只是一年级学生，六十以后才是二年级。最近来信，说：他决心学白石老人变法，使创作进入一个新阶段。现在正试用新的技法、新的题材，用全新的表现形式，创作不同于他人的具有自己独特面貌的作品。我希望这些作品，不久将呈献在朋友和观众面前。努力吧！之先，我的老友！

（本文系 1990 年 9 月应《知识与生活》杂志之嘱所写）

重逢邓敬苏　怀念邓燮康

人生常多奇妙的事，这样的事每每使人生变得丰富多彩，也每每会给人带来不尽感慨，无穷回忆。同邓敬苏大妹在分别五十多年后巧相逢，就是这样的一件事。

1942年秋，我作为一名流亡学生到了大后方用"王洪溥"的本名在江津上国立九中。当时家在沦陷区，我依靠在江津做律师的堂兄王洪江接待，假日总住在他家——江津南安街9号。当时的房主即是江津有名的银行家、爱国民主人士邓燮康先生。

燮康先生曾任四川商业银行总经理、四川江津农工银行总经理。他比我大十四岁，当时已是社会名流，不但爱国，而且急公好义，为人朴实热诚。他与夫人胡道芬同我堂兄洪江及堂嫂凌伯平因住处邻近，平日常多来往，见到我也总要笑着招呼说几句关心话，给我留下亲切和蔼的印象，渐渐地，我了解到他的为人和一些事，倍感敬重。

他特别重视教育，一贯热衷为家乡办学。江津白沙的教育事业，他出力出钱尤多。他既关心别人子女的教育，也关心自己子女的教育。认为既有子女，定要把他们教育培养好，使他们将来成为社会需要的人，能做出贡献。他爱孩子，子女极多。

他在江津有许多房屋，例如南安街9号里面就有不少房屋是让给下江人住的；东门外有个"鼎庐"，里面是许多西式平房及小洋房，也都全部租给下江人居住。当时，下江人"逃难"来到江津，他认为这些人为了抗日不愿做亡国奴离乡背井是"义民"，因此让出房屋来，起先收很少租金，后来则完全不收租金。他默默这么做了，并不沽名钓誉。

1942 年 5 月，居住江津鹤山坪的陈独秀病故后，因贫穷无法入殓，邓燮康及其叔邓蟾秋就慷慨为陈独秀办理丧事，捐地予以厚葬。江津西门外鼎山脚下有邓燮康私人别墅"康庄"，面对波涛汹涌的几江，后倚松竹郁郁葱葱的青山及橘林，陈独秀的墓就建在"康庄"旁的一块园地上。当时，办这事颇有阻力，但邓燮康具有历史唯物主义观点，坚决默默地做了，也不倚名人而张扬。

他力主抗战，爱国从不落后。冯玉祥到江津发动献金，他踊跃带头捐献。

他为人严谨，公私分明。我亲眼见到过一件事：农工银行的某襄理嗜赌如命，他常警告这人：你做这工作不宜赌钱，更不能大赌，以免对银行造成损失。但那襄理终因输了钱挪用了公款，一天早晨，突然跑到南安街 9 号，见到邓燮康就跪下叩头谢罪。邓赶快将他扶起，态度平和地同他讲道理并指出错误。同时立即秉公免了襄理的职。

1944 年，我高中毕业考取了复旦大学新闻系，这才知邓燮康先生早年毕业于复旦大学市政系，其夫人胡道芬也是复旦大学肄业的。无怪乎平日谈吐常给我渊博温文的印象。他们是老学长，我是后进，但同是校友，思想感情上自然又亲近一层。

燮康先生夫妇的孩子很多，几个大的，我常能见到。我比他们的大女儿邓敬苏大六岁，比他们二女儿敬兰大七岁。我高中毕业那年，敬苏也进了国立九中，我们成了九中先后同学。我常见到她。她和二妹敬兰在我印象中那时都是文静秀丽、教养很好的姑娘。但抗战胜利，1946 年我离开四川回上海后，就未再见过邓氏一家人。他们的情况也不了解。后来，四川解放，我从报上知道邓燮康先生以爱国民主人士身份，被安排为重庆市政协委员，以后，又知他被安排在重庆长江航运局的领导岗位上，颇多建树。他受到党委和统战部门重视，使我感到欣悦。

但，我萍踪漂泊于上海、北京、山东……一晃几十年，一直远离四川，未再同邓家的人接触。1983年，我由山东调到成都，曾向重庆的友人打听燮康先生，友人说："这是个好人，可惜1978年已病故了！"又告诉我一件轶事："文革"中，邓先生从航运局领导岗位上被拉下马，让他劳动，替船舶刷漆。他干得既认真又负责。工人们对他都好，下班后见他仍在刷漆，常好心地说："邓局长，该下班了！""邓局长，别再干了！"但他总是仔细把活干完才回家……听到这些，我不禁怅然若有所失。问及他的子女情况，友人也弄不清。想不到今年春天，在国立九中成都校友会上，竟喜出望外地见到了邓敬苏。故人重逢，谈起往事，心情自然唏嘘激动。

我送了我的作品给敬苏，扉页上我写道：

> 抗战时期1942年秋，在四川江津有幸得识邓先生燮康前辈。燮康前辈是江津名人、银行家，一位有强烈民族意识的爱国民主人士，为当时避难到江津的下江人做了许多急公好义的善事，获得众口好评，令人难忘。1944年我在江津国立九中毕业考入北碚复旦大学，是年，燮康先生的女公子敬苏入九中高二分校。我们成了先后同学和校友。我在江津南安街9号见过她。光阴如同流水，一晃五十余年，谁料今年在成都九中同学会上竟能再度相逢。相谈往事，不胜感慨之至，遂写数行，赠此书作为纪念，并借以表达对燮康前辈的崇敬追思之情。

使我激动的是当年那位文静美丽的邓敬苏，现在是成都军区的师职离休干部。她大学毕业后，就参军了，曾在北京总政文工团演出十七年，早已是一位著名的演员与教员，如今仍在生气勃勃发挥余热。她现在四川师大影视学院任教，常被电视台邀请做主持人。今年国际

436

儿童节，她为电视台主持了"20世纪优秀儿童歌曲大型演唱会"，一身军装，英姿飒爽，不亚当年。她爽朗热情，诚恳积极，一如乃父，虽已六十八岁高龄，仍充满青春气息。她的先生就是著名的峨影乐团指挥家郑冶。他们家庭幸福，子女都很好。

几天后，我收到她给我们夫妇的一封信：

洪溥大哥、起凤大姐：

任何语言也表达不了我和你们见面后的兴奋、喜悦之情，我似乎变得更加充实了！

我心目中的"王火"是一个著名作家，洪溥大哥是我记忆中的学长、大哥哥，请允许我这样称呼您。

去扩印了一些"老照片"给你们留念。你们二位对我父母的回忆、讲述，给我们极大鼓舞，我很荣幸。

我任教的四川师大影视学院快开学了，目前正在备课和做一些其他教研交流活动，"学博为师，德高为范"，我自愧才疏学浅，必须努力学习。但在品德、道德方面，我是很自信的，一定教育学生成为"德艺双馨"的艺术人才。请大哥大姐放心。

我家共15姐妹，健在的还有13人，他们都在各自的岗位上奋进，专家教授不少，可告慰父母于九泉，也请你们二位兄姐释念。

郑冶嘱我附笔问好！

学妹敬苏
1998.9.7凌晨

敬苏在信中附了几张十分精彩的珍贵老照片：一张是邓燮康先生夫妇1929年摄于上海的订婚照。有三张是敬苏在总政文工团时与周总理的合影。

敬苏后来谈起这三张合影时说："我是1953年由西南军区文工团调

总政文工团工作的。记得 1960 年 12 月的一天，党和军队的领导欢迎贺龙率领的访朝军事代表团回国，驻京部队的文艺战士也应邀参加联欢会。那晚，聂荣臻元帅把我叫到身边，向周总理介绍说：'这是我们江津小老乡，我熟悉他的祖父一辈，又与他伯父邓矩方一起到法国勤工俭学，你就叫她邓娃吧！'自那以后，周总理和许多老首长便称我邓娃，很少叫名字。周总理亲切拉我坐在身旁，说：'我去过江津，而且后来知道是你们邓氏族人安葬了陈独秀先生。'1961 年 12 月 17 日晚，周总理和陈毅副总理看了我们演出的话剧《红缨歌》，走上台和演职员握手。当时我正拿着剧中儿童团员用的红缨枪，想放下枪好握手。总理一下子把手伸了过来：'邓娃，不要放下手中的枪呀！'接着就对大家说：'她演一个男孩子、儿童团员，很像哩！'总理让我与他单独握手、拍照留念。以后，我又在话剧《年青的一代》中扮演过男孩子，合影时，总理叫我：'过来，站到我的身边来，又去（演）了一个大哥哥角色，不错嘛！'最使我难忘的是 1963 年 4 月的一天上午，周总理和邓大姐百忙中抽空来看我们排练话剧《霓虹灯下的哨兵》。他叫导演转告我们，千万别紧张，平时怎么排练今天就怎么排练。我赶快换上了剧中人林媛媛的长袖白绸衬衣和天蓝色背心裙，总理亲自指导我，不要把上海姑娘林媛媛演得太娇气，否则她就不会背叛资产阶级家庭投身革命洪流，邓大姐亲自为我设计了林媛媛的发饰。她说一根独辫子、一个大蝴蝶结，这种打扮最有时代特点……"

我关切地问过敬苏她的弟弟妹妹的情况，出乎意料地得到了她开列的健在的其他 12 个弟妹的简况表，真是洋洋大观，十分有趣！

邓敬兰：1931 年生，西安第四军医大学核医学科主任、教授、博士生导师，全军核医学小组组长。

邓硕曾：1932 年生，北京阜外医院心脑血管研究所麻醉科主任、专家、教授、博士生导师。

邓敬萱：1933 年生，长沙湖南广播电视中心文艺部。

邓介曾：1934 年生，西南交大社科系副主任、教授、硕士生导师。

邓敬庄：1938 年生，重庆交通学院外语教研室副教授。

邓敬苹：1939 年生，内江七中高级教师。

邓敬若：1940 年生，凉山州 909 医院院长。

邓彦曾：1942 年生，西安冶金勘察研究所工程师。

邓敬菀：1943 年生，重庆市体委人事处长。

邓敬蔚：1946 年生，重庆巴南区渔城中学高级教师。

邓敬茂：1948 年生，西安第四军医大空医系实验员。

邓俊曾：1950 年生，重庆某水产经营部经理。

我知道邓氏姊妹兄弟在新中国成立后几十年风风雨雨中虽也各自受过考验，但祖国好了，在改革开放的大好形势下，他们的情况都很好。我真为邓燮康先生有这么多这么好的后代感到欣慰。我们不迷信因果报应，但好人总该是有后的。邓燮康先生本人对中国有过贡献，子女们的贡献更大。这样的家庭令人钦羡，简直可以写一本书。在庆祝新中国成立五十周年的前夕，我充满了怀念邓燮康先生的情意，愿将良好的祝福，献给这不平凡的一家。

（本文写于 1998 年 11 月 23 日夜，刊于 1999 年 2 月《四川统一战线》）

梦已荒芜

一

清楚记得，十三岁时，在南京，夏季的一个夜晚，花园里萤火虫从草丛里飞出来，像一盏盏绿色的小灯笼分散在黑黑的夜空中，形成一种非常美丽的神秘的意境。我拿起蒲扇，抓起一个小玻璃瓶，跑到花园里，在池塘边扑打萤火虫，将萤火虫一只只装进玻璃瓶里。每个萤火虫像载着一盏绿荧荧的小灯笼，忽闪忽闪，玻璃瓶里荧光闪烁，真是好看。清水塘边的老柳树，枝条垂到水里，柳树上的萤火虫有的飞落到水塘里的浮萍上，水塘里也就这里那里闪起点点荧光，仿佛天上的星星都落到了水面。

那夜，也不知怎的，萤火虫竟那么多，我突然好像是在梦中。

我常常喜欢做梦。童年时有一个时期，身体很弱，常常找医生看病吃药。颈部淋巴结发炎，开刀动过手术，那时期我总是乱梦颠倒。后来，我身体逐渐好起来，在学校的运动会上，田径方面短跑和跳高跳远成绩都不错。但，晚上睡觉仍爱做梦。那个阶段，我常为许多童话和民间故事着迷。可能是《西游记》等一类神魔小说和丹麦安徒生童话及牛郎织女一类的民间故事的影响，我富于想象力，成了一个好幻想的孩子。幻想和梦境有时常交织在一起，难解难分。童年时想长大

440

后做个军人。由于日本侵略中国，很想长大当了军人勇敢地像个英雄般地在沙场上同日寇打一仗。但由于看了《金银岛》《瑞士家庭鲁滨逊》《天方夜谭》《人猿泰山》等许多小说、故事和电影，就又想做一个航海家日夜航行在惊涛骇浪的海上，在人们未曾发现过的神奇岛屿上看到珍禽异兽；想做一个探险家，去到遮天蔽日的非洲丛林中找到大象的群葬场或太阳神的庙宇……我有时常独自望着天空思索，夜晚看着月亮和星星，会想着飞上天去到月宫看看该多好，要是能在天上摘星星又该多好；白天望着云朵，会想着云朵变动时的千奇百态，一会儿是鼓着风帆的船只，一会儿是硕大无比的人脸。想象和幻觉中，真有赏玩不尽的世界，何况我还有梦，恐怖的、奇特的、美丽的、丑恶的梦……军人、航海家、探险家都在梦中实现过。梦，常满足我强烈的好奇和愿望，安慰我自小因为离开亲生母亲而寂寞的心。

就在开头说的那夜扑打萤火时，我如同身陷梦境，一种奇异的快乐而又神秘的感觉浮上心头。从当夜睡熟后开始，我总又常做同样的梦：在炎热的夏夜里，蛙声鼓噪，我手持蒲扇，在花园前面清水塘边的老柳树旁，捕捉闪着绿色荧光的萤火虫……那是一种非常舒畅，非常愉快的心情下的梦。这梦后来直到我进入中年、老年仍不止一次地做过，简直不知该如何解释。

时间是伟大的主人，它调整了许多事情，改变了许多事情，也许是俗话说的"你想得到的总难得到，你不想得到的却会得到"，也许是"谋事在人，成事在天"？可惜，"梦想"这辆华丽马车不能引向任何幻想、理想的天地。后来，我既未做军人，也未成为航海家或探险家。如今年逾古稀，白发双鬓，却成了一个童年时未曾梦想做过的作家。有位法国哲人说过："一切梦都是谎！"也许有点道理，可我却并不这么看。1984年我发表长篇小说《流萤传奇》时曾将那夜捕捉萤火虫的梦境写进了小说；昨天，当我决心写这篇短文时，夜间我又做了童年时经历的捕捉萤火虫的梦。童年的梦实现了吗？看你怎么解释了！

啊！梦已荒芜！人生何其玄妙！岁月何其匆匆！

二

抗战前，在南京中大实校上小学二三年级时，与同班的杨河金最要好。他父亲是"来复会堂"的牧师。一天，他说："做牧师不来劲，我长大要做侠客！"那时，电影《火烧红莲寺》、连环画《江湖奇侠》什么的，也吸引着我。我说："我也想做大侠！"杨河金比我高半头，力大会打架，往我肩上猛打一拳，我只有捂肩"哎哟"叫痛。他逞能地说："拜我为师怎么样？"我五体投地，说："好！"我们约定：背着人他叫我"王大侠"，我叫他"师父"。

那是炎热的夏天，杨河金有一把扇子，上写四句诗："夏天天气热，扇子借不得，虽是好朋友，你热我也热。"但写是写了，仍借给我扇。一连多少天，下了课，他带我去中央大学操场的沙坑里练"铁砂掌"。他教我，要把手用力往沙里插，一个回合七七四十九次。一天练三个回合。第一个回合下来，我手指上的皮全破了，疼得钻心，我擦着汗说："太疼了！"他说："哈哈，收你这饭桶做徒弟算我倒霉！回家用橡皮膏贴上，明天再练！"我好想当大侠哟，点头说："行！"

练了几天，指头依然吃不消。我失望地说："我想学飞檐走壁，铁砂掌下一步学行不行？"

杨河金的手指其实也疼得不行，说："好吧！去北极阁练飞檐走壁！"

第二天放学后，背着书包两人就跑到北极阁，找了处高崖，他叫我："王大侠，往下跳！"

崖有一丈高，下边是乱坟堆。我面有难色，说："师父，你先跳！"

他其实也不敢跳，却说大话："猫教虎还留一手呢！我可不能把绝技全教给你。不跳你就别学武艺！"

我好想当大侠哟！我满面是汗，咬牙闭眼连跳带滚纵身下崖，膝盖和手心全划破了，脚脖子崴了，在乱坟堆的草丛里哼哼。

杨河金在上边瞪大了眼问："怎么啦？"他吓坏了！

我求救："快跳下来扶我！"

他不敢跳，却绕着道走到崖下，扶起我依然吹牛说："看来，你不是做大侠的料！我第一次练时，比这崖还高，呼哧一下就跳下去了，哪像你这脓包样！"

一天，上体育课时，杨河金不守纪律，体育老师狠狠训了他，杨河金哭了。课后，他问我："王大侠，你能不能路见不平，拔刀相助？"

我好想当大侠哟！我满面正义之气，说："当然能！"

体育老师的儿子大约五六岁。第二天，杨河金约了我与其他几个同学，将那小子逮到僻静处，用毛笔给他画了个大花脸，又十分痛快地将他放回家去。体育老师勃然大怒，第二天，让儿子指认给他画大花脸的学生。我们吓得要命。幸好，他那儿子太小，一个也没认出。

又有一次，班上突然来了新同学张承武，刚从日本随父亲回国，杨河金"认定"他可能是日本人，问我："王大侠，侠客都爱国，你爱不爱？揍他一顿怎么样？"

我好想当大侠哟！我说："好！"

我俩当天放学后，约张承武到教室后边"玩"。到了那里，却一个抱头，一个拽腿，动起拳头来，嘴里骂道：

"揍你这个小日本！"张承武哇哇大哭。后来我们才知道揍错了……

光阴如飞，童年想做大侠的白日梦，早已逝去，现在白发双鬓，想起时，只有会心的微笑。对一些孩子从电视里学武打，我曾有过一些忧虑，但想起自己童年的经历，也就释然了。

（本文刊于 1999 年 4 月 30 日台湾《联合报》副刊）

我读书的座右铭

自从同书打上交道后，我就离不开这位良师益友了！

书对人类思想行为产生的作用，尤其在人们年少时产生的作用，其对人的一生的影响，是难以估量的。

有位哲学家说过："整个世界都是被书籍统治着的。"这话并不夸张。美国有位学者，就列举过十六本"改变世界的书"，包括马基雅维利的《君主论》、哥白尼的《天体运行论》、牛顿的《数学原理》、马尔萨斯的《人口论》、索罗的《不服从论》、史陀夫人的《黑奴吁天录》（即《汤姆叔叔的小屋》，又译《黑奴魂》）、马克思的《资本论》、爱因斯坦的《相对论》、希特勒的《我的奋斗》等。他举的例子有的并不恰当，但这些书曾发生过巨大影响则是事实。

所以，我们读书，实际是把前人和当代人的智慧结晶拿来，这是一笔只要你愿意就可以继承的"遗产"。许许多多不朽的书籍，曾历经历史或朝代的兴亡盛衰，遭到时光冲刷，然而内容却仍新鲜有用，可以将前人的知识积累、经验教训、学说成果、人心巧思……统统传给你，给予你启示和感悟。如果懂得这个道理，那我们把书当成良师益友就会是必然的了。

时代在变，如今的中学生，一方面承受着课业负担的压力，少有时间和精力去读课外书，家长们有的还把课外书当做"闲书"，为了保证子女考上大学，禁止或不鼓励子女去涉猎；另一方面，手机、电视、录像、VCD、电脑、游戏机、电影等，都有极强的吸引力，常常占用掉中学生平时及节假日仅有的一点空隙时间。于是，读课外书对中学生来说每每成了"心有余而力不足"的事情。我的藏书不少，但读初一的外孙虽然每天都在我的藏书室里做作业，却很少有时间阅读这些书。而且，他觉得书既没电视好看，也没有游泳、打球有趣。我是主张培养读书兴趣的，建议他有空把书和报刊翻翻，寻找有兴趣的进行阅读，做什么事有兴趣总比没兴趣效果好。

我年轻时做过一个省属重点中学的校长，给学生讲读书问题时，不止一次地把我的关于读书的座右铭介绍给大家。我说："人的生命有限，而书的数量无限，不能用有限的生命去读无限的书，应当用有限的生命去选读有限的好书。"我决不反对博览群书，但是，书实在是太多太多了！在国内，我看过北京图书馆、上海图书馆这类藏书丰富的大图书馆；在国外，我也参观过一些规模宏大的国家级图书馆。书多得真是无边无际。如果漫无边际地去读，活到一百岁，也读不完书海的一角。

由此，我历来奉行自己的座右铭，有些书是基础书，对立身做人，对工作，对增强文化修养，对充实自己贡献社会都是重要的，那就必读；有的新书，我只翻一翻，大致知道些信息和概况，就不去费太多时间；有的平庸的书，甚至属于"文化垃圾"的当然无须理会；有些专门著作，与我关系不大，我读不懂，属于放弃之列；有的书很好，但一时用不上，我又无时间研究，就只能搁一搁再说……从实际出发，作各种不同的处理。因此，"用有限的生命去选读有限的好书"大有讲究。拿我来说，我是搞文学创作和编辑工作的，编辑工作除编辑学外需要知识广博，文学创作需要我对文学有广泛而专门的钻研。面对的知识领域如此广阔，专业门类这么多，新的理论、学术信息和作品层出不穷，首先是从需要和志趣出发，这就是我选书的前提。

书必须读，但不必做书呆子。我从事小说创作，小说太多，我只能精选了看而不是抬来就读。现在"炒"风很盛，有些"炒"得热的作品未必就好，不能上当。

萧伯纳说过："好书读得越多越让人感到无知。"这是说书读多了人会变得谦虚而不自满。马克·吐温说："有能力而不愿读书的人和文盲一样。"这是勉励有能力读书的人不要不读书。时间只要"挤"总是有的。希望置身于信息时代的高中同学，善于从书中汲取营养，善于从书中思考问题，为进入新世纪作好准备。

（本文刊于 1987 年第 6 期《中学生读写》）

第七辑　悼亡伤逝

母亲的藕饼

母亲去世已经许多年，从那以后，我再也没有吃过那么好吃的藕饼了！

母亲李荪是上海人，会做一手好菜肴，都是地道的上海菜，比如八宝鸭、糖醋排骨、虾子蹄筋、油爆虾、素什锦、腌炖鲜冬笋、雪里蕻炒肉丝等。但我从小就特别喜欢吃她做的藕饼。从小爱吃的东西每每会使人爱上一辈子。我对母亲做的藕饼就是这样，至今也忘不了！

其实，藕饼并不是上海菜。父亲是江苏如东（原如皋县——编者注）人，藕饼是父亲的家乡菜。父亲爱吃家乡菜，尤其是藕饼，母亲同父亲结婚后就学会了做藕饼。以后，这就成了我们家桌上常有的精彩"节目"了。做藕饼并不是太麻烦，先是选手臂粗的好藕（易酥带糯性的）买上一二段，再买上一块瘦肥相间的猪肉。将猪肉剁成肉馅，兑上少量黄酒、细盐、葱花、香油；另将藕洗净去节后，整整齐齐地切成手指厚的一片片，每片再用刀从中剖个口子。用筷子将肉馅夹入藕片中。然后，用大碗将二三两面粉，用水调稀，打入鸡蛋一二只，再调匀。在铁锅内放上半斤素油，把夹好肉馅的藕片蘸上稀面糊待油沸滚后置锅内煎，煎得两面发黄熟后即可捞起。这时藕饼的雏形便已形成。最后，将煎好的藕饼放在铁锅内，把大碗内用剩的鸡蛋面粉用少量的水调匀勾芡倒入藕饼上，加入酱油和少许白糖及味精，再做适当的红烧煮熟。这样，色泽红亮香味诱人的藕饼就做成了。这藕饼空口吃固然又酥又香又鲜，当作下饭菜也是很开胃的。记得小时候母亲做藕饼时，我总是在边上看着她做。只见她围着"波俏"，动作敏捷，干净利落，似乎毫不费事地就将藕饼端上了桌子，全家都很爱吃。

可惜我后来萍踪漂泊，极少同母亲在一起。在外边是吃不到藕饼的，只有偶尔回家时才能再吃到母亲做的藕饼。每次到了母亲处，那是上海成都南路99弄5号的故居，母亲总是忙着要做些时鲜的菜给我吃，总要问我："想吃些什么?"我每每都不假思索地脱口而出："藕饼!"而且，我一口气能吃上十个八个。"文革"前有一年，我接母亲从上海到北京来住一段时日，母亲要亲自下厨，问："想吃什么?"我回答："藕饼!"隔了几天，她又问，我又回答："藕饼!"她笑了，说："你倒是个不忘'老朋友'的人，老是藕饼藕饼!"

如果问我：藕饼怎么好吃? 我的回答是：咬下去时，牙齿上那种感觉特别好，舌头上那种滋味特别好。咀嚼时，肉馅和藕片及油里炸过的鸡蛋面粉外壳，加上经过调味红烧形成的一种香而不腻、酥而又脆、荤素配合、咸鲜可口、略带甜味的独到风味突显无遗。要不信，你做了吃吃试试。

母亲未去世前，我曾经在鲁南生活工作过很长一段时期。鲁南人爱吃"炸藕合"，酒菜席上也有这道菜，松脆可口。我见到"炸藕合"，十分欢喜，首先想到的就是母亲的藕饼。不过鲁南的藕没有江南的藕粗壮。"炸藕合"实际就是用藕片夹上肉馅裹上鸡蛋清在油里炸熟了吃。遇到较粗的藕，为了使油容易炸透藕片，就将藕片夹肉馅后用刀一切为二来炸。吃不到母亲的藕饼，能吃到"炸藕合"，我也觉得不错。只是"炸藕合"的滋味与藕饼毕竟两样。我曾经请保姆将"炸藕合"用母亲的办法，勾芡加酱油红烧了吃。谁知，由于鲁南和江南水土有异，藕质脆而不糯，似乎只宜炸了吃，不宜烧了吃。结果，不但吃不到母亲那藕饼的好滋味，烧出来的"炸藕合"失去了香脆，也失去了鲜美，滋味也变得古古怪怪的了。可见烹饪之道，并不简单，用料不同，掌勺的人不同，滋味就迥然不同。生搬硬套、依葫芦画瓢是不行的。

最后一次吃母亲的藕饼，是"文革"中的事。那是1967年夏秋之交，鲁南两派武斗惨烈。我本在一个省属重点中学做校长，正受到极大的冲击。因为不愿在武斗中遭殃，于是狼狈潜逃到上海躲在母亲处栖身。那时她对"文革"不理解，因为当年她掩护过的地下党员此时都成了"叛徒"，她自己的革命子女也都在经历风雨并使她担忧。这一次，倒不是我点的菜，是母亲自己特意做了藕饼给我吃。藕饼的滋味依旧，但人的心情殊异。母亲见我藕饼吃得少，慈祥而歉意地问："做得不好吧？今天的藕似乎嫩了些。"我心酸地说："不！妈妈，做得非常好！只是我……我吃不下！……"母亲也心酸了！我看到她流下泪来！

到1969年，亲爱的妈妈就病故了！

我常遗憾：那天为什么不多吃一点母亲做的藕饼？如果多吃一些，当时，是会使母亲心里舒服一点的！何况从那以后，我就再也吃不到母亲做的藕饼了！

妹妹们都没有把母亲做藕饼的手艺传承下来，现在母亲擅长做的那些美味的菜肴失传了！我说的藕饼的做法，不过是往日在厨房里站在母亲身边看她操作时留下的印象，但要我自己做或者由我教给人做，做出来的也不可能完全有母亲做的藕饼那么味美了！烹饪技术的神奇应是如此。

川菜极好。这些年在四川，外省的菜肴甚至外国菜肴也都纷纷传来四川生根开花，只是我仍未吃到藕饼。日前，纳凉闲谈时，我又想起了早已去世的母亲，然后就是谈起了她的烹饪手艺和藕饼。大女儿王凌说："王明很会做菜，她的菜完全同奶奶做的一样好！"这倒引起了我注意，王明是我哥哥的女儿，曾跟奶奶生活过较长一段时期，是个心灵手巧的姑娘，在石家庄工作，年龄也该四十六七了！我问女儿："她会做藕饼吗？"女儿说："那倒弄不清，下次通长途电话时，我问问她！"

啊！我多么想再吃吃母亲做的藕饼啊！那是维系着我的复杂思念和感情的一种食物。对于我，永远不可能再有比母亲做的藕饼更好吃的东西了！失去了母亲，我也就永远失去藕饼了！

（本文写于 1996 年 8 月 5 日，刊于 1996 年 10 月《四川烹饪》）

长相依

——我与凌起凤的爱情故事

2001 年冬天的一个晚上，特冷。我同起凤在灯下聊天，心里暖洋洋的。我看着她那已经苍老但依然美丽的脸，忽然说："假如你愿意，假如有来生，你愿意我们再做夫妻吗？"

我以为她一定会点头的，谁知她却沉思着，眼帘耷拉下来，忽然把头摇摇，苦笑着说："不！"

我奇怪了，问："为什么？"

她叹口气："不是你不好！只是做人太苦了！下辈子我不想做人了！"

我一时语塞愣在那里⋯⋯

2002 年，在我们的金婚日来到之前，我决定写下这个我与凌起凤的爱情故事。这是我们的一段尘封的秘密。几十年来，我们都不愿多想这段往事，更不愿自己写出这段历史。但现在我们都老了，记忆也许会加速消亡。写出这段过去的经历，对我们是个纪念，让今天幸福的现代青年看看我们昔日那种多劫多难的爱情，也许不无解悟。

一

上海 1949 年 5 月底解放，我很快就到百万产业工人的司令部上海

452

总工会筹委会文教部工作了。

那真是一个火红的年代，我狂热工作。到 1949 年底，上海总工会劳动出版社正式成立。当时，文教部长先是纪康后是李家齐，都是极好的同志，成立出版社后，李家齐兼了社长，吴从云是副社长兼总编辑，我在编审部任副主任、主任，很快升为副总编辑，工作很是愉快。

1950 年到 1951 年，是不平凡的两年。1950 年 6 月 25 日朝鲜战争爆发，6 月 27 日美国总统杜鲁门发表声明：命令第七舰队防止对台湾的任何攻击。两天后，第七舰队进入台湾海峡巡弋。10 月里，中国人民志愿军赴朝参战。冬季开始，农村开展了土改运动。年底，大张旗鼓镇压反革命运动在全国广泛展开。1951 年 2 月，惩治反革命条例公布。接着，到年底，"三反"运动在上海猛烈开展。我在这一连串从未懂得也从未经历过的轰轰烈烈的运动中，眼花缭乱，心情复杂，身体疲劳，神经紧张，从将革命想象得十分美妙轻松，变得开始理解革命是这样不容易而且受到震撼，并背上了思想包袱。

我本来一直认为自己经历简单，历史清楚。在运动中，当每个人要交待自己的出身及全部经历，交待自己的历史问题、政治问题、社会关系及"一切你自己认为应当向组织交待的问题"后，我自认为自己是透明的。我的出身成分由于当时不懂阶级的划分，在干部登记表上误填了"官僚"。这是最最坏的出身了，在运动中自然没有"隐瞒成分"的可能，无须再查。我年轻，全部经历去掉小学、中学、大学及大学助教、新闻记者，简单而又清楚。我没有参加过任何反动党团特务会道门组织，新中国成立前与地下党同志来往密切。我掩护并搭救过地下党的同志，从 40 年代中开始写作，写的东西在当时条件下应当说是进步的。那么，我为什么会背上沉重的包袱呢？

这就是因为我的未婚妻凌起凤（她本名凌庶华）随家去了台湾。她的父亲是国民党元老辈的人物。这件事我是交代了的。但在 1951 年镇压反革命和"三反"运动中，我却只能一次一次写材料，交待她和她的家庭及社会关系，交待她和她的家庭同我的关系，并且将她的所有来信交给组织上看，将我寄发给她的信也在发出前先交给组织上看。

那时，同台湾通信须通过香港转去。我对她是这样的眷恋，她对我是那样的情深。在香港，我高中时的同学施懋桂和柏美伦夫妇俩是我们的好友，可以转信，懋桂当时在一家纺织染厂工作。起凤家有熟人王鹏程和邹金凤夫妇，王鹏程是个大商人，也可转信。一般情况下，一封信十多天可以收到。我们通信，内容根本不涉及政治，都不外是你好我好互相问好，就连谈感情也谨慎得无以复加。信总是既短又重复单调，双方的情况互相都难以交流，仅知对方安好就算通信达到了目的。

当时，"镇反"运动中确实杀了不少镇压对象，台湾报上，对大陆的"镇反"每天几乎都有血淋淋的十分夸大的报道。我们的报上也登载着台湾水深火热的情况及国民党当局为震慑军心整肃军队以"通共罪"枪决前副参谋总长吴石和第四兵站总监陈宝仓案，又以"通共策反汤恩伯罪"枪决了原国民党政府浙江省主席陈仪等案件的情况。谁都能估量到这种情势对我心灵上的压力和影响有多大。

吴从云总编辑最初找我谈话，纯出好意地劝我：老王，形势很清楚，你同未婚妻想见面怕是没希望的事了！大家对你的工作是满意的，但你的台湾关系是个严重的问题。我想劝你听我的话，一刀两断了吧！……

听了老吴的话，我心里火辣辣地难受。我是个讲忠诚和信义的人，又是个如老吴说的那种"恋爱至上"的人！我头皮发紧，先是沉默，但立刻坦率摇头说："我不能！"

吴从云是个老地下工作者。新中国成立前一直在上海的教师中从事活动。他见多识广、通情达理，见我这样，说："你该想一想，你不可能去，她不可能来。而且，你能知道她在那边会干些什么吗？不一定是她想干什么，而是也许会逼她干些什么。你是共产党的干部，怎么能有这样的台湾社会关系呢?!"

我确实觉得他说的在理，心里有无数的话想同他说，想告诉他起凤是一个多么单纯、洁净的少女，她的历史很简单，她的家庭很特殊。由于家庭的原因，所以她见过也熟识国民党里许多上层人物和民主党派里的一些上层人物。但她不是国民党和三青团员。从未认为国民党不腐败，新中国成立前，为搭救地下党员她出过大力。……但我明白：怎么说也得不到理解的，说了也于事无补，主要是现在的形势严峻，与台湾是处在敌对关系上，一提起台湾，使人想到的就是血与火，就是反革命、特务……我无法希冀能轻而易举地得到理解。像老吴现在这样来同我和颜悦色地谈话，已是难能可贵的恩惠了。我心里七上八下、五味俱全。但已经体会到有一种危险的征兆出现了!

我回到家里，闷闷不乐，晚饭时，饭也吃不下，母亲敏感地发现了我的异常。这一向外边大张旗鼓搞运动，大喇叭整天哇哇响，宣传画、漫画和标语、口号贴满一墙，街道里弄中也一样在学习，发动群众检举、揭发，宣传"坦白从宽，抗拒从严"等政策。她找机会单独和我在一起时问我为什么不高兴，我坦率地告诉了她。她也叹息，她懂得有台湾的关系现在是多么可怕，却也懂得我的性格与为人，了解我同起凤的互相深爱。因此，她只好叹息了一声，又叹息一声，竟不知如何劝解我才好。

漫长的时光，烦躁的心绪。我照常紧张忙碌地工作，但运动的学习每天都占半天时间。起初，我并未成为目标，有一天，却忽然使我感觉到脊背发凉，我成为"目标"了! 不过，还是比较客气，是小范围的"帮助"，而不是大范围的追逼。用的是和风细雨的谈心方式。

但，几次会下来，没有成果，情况渐变，我感到空间狭窄而缺氧。老吴是一直参加的，还有 P、W、S 及老黄一共五人。这当中，老吴、老黄仍是态度平和、善意劝导性地讲话；S 是位女同志，温和且富于同情心，基本不发言；P 则像打手似的铁青着黑黄有络腮胡的脸，两眼敌视，语气凶狠，说话"左"得不能再"左"；W是P的同路人，只不过讲话时声音低半拍。后来知道，P和W都很想替代我的工作。据说，在一次未让我参加的小会上，P和W都提出：他有工作能力，但政治上不行！不能信任和重用！认为信任我是错误的。但老吴回答：信任产生于了解。过去在国统区工作，如果对人没有了解和信任，那在白色恐怖下，我们做地下工作一天也活不下去！P说：他有台湾关系！群众会有反映的！老吴说：不能不让人革命。当没有解放区的时候，我们的人原来都是生活在白区里的。革命总是多些人好！当年他给党做过不少工作，政治上有陈展同志作担保。陈展对他有很深的了解。……这样，P才说：那，你们决定吧！

现在，P对我严肃得冷酷地说：你在恋爱上搞了这么个社会关系，怎么行!？我劝你赶快悬崖勒马！他的阴冷口气令我窒息。

我年轻气盛，那是为了爱可以付出一切的年龄，我对P很反感，不会因在爱中受伤就失去了爱的勇气和对美好的追求，我横着心顶撞：我是在革命队伍中不是在悬崖上！

P狠狠地说：男女双方的结合归根结底是政治的结合。她在蒋匪帮那边，你不一刀两断就是敌我不分！你满脑子都是资产阶级小资产阶级的恋爱至上观点！你很危险了！

老吴、老黄和S有的沉默，有的平淡而并无同意他的表示，我诚实地顶撞P说：我没有因为爱情而放弃革命或损害革命！无产阶级难道就不应当忠贞于爱情？……

P居然更凶了，说：你是个在爱情上迷了路的人！革命是绝对不能要这种爱情的！要这种爱情就不能革命！二者只能选一！

尽管有难以抗拒的压力笼罩着我，我仍决定走自己认定的道路。我说：要我不革命是不可能的！要我放弃我的未婚妻也是不可能的！革命和爱情我都要！为什么不能都要呢？

P一本正经地说：不可能的！他忽然拍着桌子用手指着我鼻子说：

"看你这个样，哪像个干部！你是个大浪漫！"

他对我只有残酷打击，没有同情，使我厌恶。我想：什么大浪漫！我对事物的理解有着浪漫的崇高，你这种粗暴的人能有吗？……但我没说。

老吴见我十分气愤，他要掌握会场，语气平和但很沉重地说：老王，你冷静些！《钢铁是怎样炼成的》你看过，保尔和冬妮亚的爱情，那应当对你有启发。

我们劳动出版社，当时由我终审签发出版了菡子的《钢铁是怎样炼成的》的缩写本《保尔》，发行量很大。我也看过《钢铁是怎样炼成的》。说实话，保尔的一切都使我感动、钦佩，但对他同冬妮亚的爱情，我却有一种异样的不释和遗憾。冬妮亚给我好印象，我觉得她很好很可爱，为什么却要把她目为资产阶级小姐而在她与保尔之间划一条鸿沟呢？为什么革命和爱情二者就不能兼得？只能弃一个就另一个只机械地从阶级上分野呢？

听到老吴的话后，P又来劲了，说：我们要从政治上阶级上考虑。你的问题在于立场！我认为需要多对你进行帮助。我建议在这个过程中该暂停你的工作！你也应立即停止与台湾通信！

面前像出现了一片能将人吞没的沼泽地。

我痛苦极了，豁出去了似的说：我不认为我立场有问题，发到台湾的信每封都给组织看过的。停止我的工作，我想不通。难道只有我同我的未婚妻一刀两断才是革命者应有的态度，而像我现在这样就是错误？

P说，想不通就再想想！革命，懂吗？这是高于一切的！

W也帮腔说：我同意老P的意见！老王必须当机立断！要革命不能连这点牺牲都做不到！

我在心里从来就没有否认过革命高于一切，但我不能接受的是把革命同爱情无端对立起来。

我的脸烫得像火烧，感到委屈，也感到无奈，最后，老黄和 S 讲了些劝解性的话，我也没听清，"帮助会"的高潮就算结束了。我心里有一种感觉，像在茫茫大海里沉浮，不知深浅，看不到边，有大风浪，水下有什么可怕的东西也弄不清。我变得满腹心事，心情沉重。

我开始较为深刻地理解到革命的艰难。

我偏激地暗忖：要我放弃起凤，我这辈子心灵将永远蒙上阴影！心里杌陧，我想大叫，疯狂地想：让我死吧！大不了死吧！……幸好 P 还不是上总和文教部或劳动出版社的决策者，建议未被采纳，我工作一直在干。

一天，我找到文教部部长纪康同志。纪康同志原名季寿祖，苏北人，在上海邮局工作过，抗战期间做过很多抗日工作，与工人运动关系密切，在苏北解放区也工作过。解放战争期间，在上海做地下工作时，主编工人刊物《生活知识》，这刊物起了很大作用。上海解放后，他任上海市政交通局党委书记、上海总工会筹委会常委兼文教部长。他是个严肃冷静，但是讲话时带有微笑的人。长期的地下工作经验使他既有很强的阶级斗争观念，也了解中国社会的复杂性，因此对起凤与我的关系能够理解。他详细问清了情况，表示同情，但劝我应当从实际出发处理问题。他没有驳斥我的既要革命又要爱情的思想。认为这两样都要当然好，但他说恐怕不容易做到。他不主张粗暴地批判我，但说希望我多思考思考该怎么办，叫我有事可以同吴从云同志多谈谈。他的方式方法使我比较心服。后来他调动工作了，文教部部长由李家齐同志担任。家齐同志是高级知识分子，原是上海邮局的高级职员又是六次全国劳动大会代表。他立场鲜明，但很讲政策，处理知识分子的问题从不大而化之。因此，我深深感到自己的幸运。我这个烫手的问题暂时搁浅。只是，我耳边总回响着 P 的声音，眼前也总看到 P 那难看的脸色。像是重荷压肩，老在思索着革命的艰难和我面对的尴尬。

二

往事如烟，但镌刻在心上的事永生难忘。

我是抗日战争时期 1942 年初秋在四川江津同凌起凤正式交往的。那时，我们都是十八岁。我在父亲去世后万里迢迢从沦陷了的"孤岛"上海来到大后方，在江津投奔我的堂兄王洪江，就在江津国立九中高一分校高二插班上学。江兄是律师，江嫂凌伯平就是起凤的大姐。起凤的父亲名昭字铁庵，属于国民党的元老辈人物，安徽人，同我父亲也是旧交，见了我特别慈祥、亲切。起凤是她最小的女儿，排行第七，大家都叫她"七姐"。那是一个秋天的下午，我第一次到他们家里去，在客厅里见到她时，我站起身来，她礼貌地大大方方说了一声："请坐！"就不知去忙什么事去了，给我的印象是聪明、文静而且漂亮。她与我先后在国立九中同学，从那开始，我们就相处得很好。我上学是在江津城隔江对面的德感坝，离乡背井的流亡游子渴望有家的温暖，每到周末，我总摆渡过江到江津"鼎庐"他们家去玩。

那时，他们凌家住在江津东门外的"鼎庐"里，那是一幢有着一道深灰色围墙的西式平房。在抗战时期，算是很好的寓所了。

在他们家里，常有些下江的年轻人聚会，我们有时一同唱抗战歌曲，有时开了留声机听广东音乐，有时一同回忆江南，回忆家乡，回忆南京和上海，心头常涌起流亡的苦痛和抗日的激情。

他们一家都喜欢我，不过那时我与起凤还没有谈到爱情。后来，我高中毕业考取了重庆北碚复旦大学新闻系，每次回江津，也总在他们家盘桓。

起凤的母亲去世得早，她的二姐仲正当时主持家务。她善书画，曾在日本生活过一段。她嫁给了飞行员黄葆荃，但在一次日寇轰炸重庆的空战中，黄葆荃驾驶的战斗机从白市驿机场起飞时负伤，他用飞机猛撞敌机，机毁人亡。二姐得知噩耗后，不久即因心脏病突发去世。二姐生前风姿绰约，异常美丽，上街时街上的人常常惊讶她的美丽会招呼许多人跑过来看她。有一次，我陪二姐上街，一家商店里的人都拥出来看她，我说：二姐，你真漂亮，你看，人家都出来看你了！二姐朝我笑笑，用眼指说：你看，我们家七姐才真漂亮呢！我顺着她的眼光，恰巧看到起凤从对街迎面走来。她穿一件蓝布旗袍，手挽一件绿色塑料雨衣，朴素却有一种高贵的气质，确实好看。天下事就是这么怪。从这天开始，我注意到起凤确实十分美丽，是一个心地纯净得不掺杂质的姑娘。她从不着艳装，也不多打扮，却使我钟情倾心无可更改。

而引起她对我注意的是有一次她父亲突然问我：诸葛亮的《出师表》中提到过将军向宠，这向宠是个什么样的人物？我因为读过陈寿的《三国志》就回答说：《三国志》上有向宠的传，在火烧连营寨时，蜀军都乱了，但向宠率领的部下全部完整有序地撤退，毫无损失，所以刘备夸赞他能干。这引起了她父亲和她对我的重视。

那时，在江津有位安徽出名的博学的老先生名叫郭寿康，我与两位同龄人同去请他讲授古文，老先生讲得精辟生动，但同去的朋友对文学无兴趣，一次听他讲课时竟睡着打起呼噜来了，郭老先生颇为生气。命题作文时，我的文字较好，背诵课文时，郭老先生也欣赏。于是，他逢人就夸我，还用"倜傥"两字形容我，使起凤一家对我也刮目相看，有了好印象。

年轻的男女在一起，产生爱情是很自然的。她有冰雪聪明妩媚美丽的一面，也有大家闺秀的一面。为人善良平和却又解人心意，并且幽默风趣，同她在一起就有一种心灵上的愉快。我第一次向她表露感情是在抗战胜利前夕。那时，抗战八年了，我在北碚读复旦大学，有爱国的情愫，但离乡背井孤单寂寞，心情寥落，常想念江南。我童年在南京长大，秋天常到栖霞山看红叶，在北碚也爱去缙云山游览，曾在那里拜见太虚法师。他五十多岁，被视为佛教的新派代表人物，抗战时期曾率国际佛教代表团出国访问，争取国际佛教徒对中国抗战的同情。他对抗战是坚定的，认为佛教徒也不应消极出世。有人嘲讽他是"政治和尚"，我当时认为他对抗战的态度很对，深刻的印象一直留在脑际。而葱茏的缙云山风光当时给我的印象也很深。正是这些回忆与游子的感慨，加上对起凤的爱情，所以玩笑性质地戏填了一首词，只是没敢把词拿出来给起凤或别人看。一次，在"鼎庐"玩，起凤突然笑着对我说："你在北碚上学，怎么常回江津，影响学业不?"我胸中荡漾着年轻时的风花雪月和产生初恋时的甜情蜜意，就冲动地将戏填的那首长短句抄在宣纸上悄悄送给了她。那词是：

> 一天香云绕碧山，
> 心随鸟飞烟散。
> 只因庭园残，
> 爱上禅林凭栏杆。
> 起家立业在江南，
> 凤舞龙蟠钟山，
> 而今栖霞岭，
> 已经七度血斑斓。

我用宣纸录了这首词，在无人注意时递给起凤。那是一个初冬的夜晚。我这首词，每句第一个字连起来就是"一心只爱起凤而已"，她聪明，看出了我的机关，当时微微一笑，一双如湖如水的眼睛平静无波，并未退还，但也无表示。

时光滔滔，似水流年！

以后，抗战胜利了。由四川回到下江，我们在上海、南京又常在一起，了解加深，感情也加深。我们有时徜徉在灯火辉煌的霞飞路上，有时在轻音乐悠扬的咖啡馆里谈心。落雪的日子，我们在法国公园里迎着飘飘的雪花散步。雪花落满她长长的黑发，像给她戴上了一顶灿烂的银冠。然后，出了公园，我们用身边的零钱沿途一个个递给老年的乞讨者。……那真是难忘的记忆。终于，在她随家去香港前，我们订了婚。

我是极不愿意她去香港的。但她随家不能不去。她对父亲又极为孝顺。而我，又无法立刻同她结婚使她留下不走。因此，她去香港我十分难过。只是我将问题想得太简单了，以为从香港回来是很容易很方便的。我完全想不到她随家去香港后过了一些时日，她家竟去了台湾。一道海峡无情地将我们分开，竟形成了一种无可奈何的分离局面。

我心中有如寒凝大地，一片萧瑟。本来，我们分别时，曾经山盟海誓。我对她说：这道难题这么突然地从天而降，我真像挨了一个晴天霹雳。我问你，如果我们分别了，我哪天写信要你回来，你会立刻回到我身边吗？那时，我想得十分幼稚，只认为她随家到了香港，由香港回来是很方便的。

她的眼睛亮汪汪，点头说：我会回来的！

我觉得我能捕捉到她的灵魂的存在状态。临分别时，我又向她说：记住，我写信你就回来，永不变心。

她凄然如同宣誓：永不变心！

我们后来就像在梦幻中似的分开了。但谁知天下事总不如主观想象中那么单纯。她这一去，我们的再相见突然演变得成为完全不可能了！

天下最遗憾的事就是当我们失去的时候才知道过去曾经拥有而未十分重视甚至未曾介意，当那种幸福来在身边时我们却已错过。

有天晚上，母亲在替我缝补袜子，灯光照在她那睿智但是憔悴的脸上，她略带慈爱地叹了一口气。我心中似能明白她想对我说些什么。半晌，她终于说：我想得很多很多，你是我的儿子，七姐我也爱她，但你想过没有？现在的情势这么严峻，你们虽已订婚，但你们的事已经不好办了！你们怎么可能结合呢？这太难以想象了！……母亲是个有文化、有知识的人，她对子女历来慈爱而有原则。抗日战争时期，她仇视日本侵略者，解放战争时期，她思想倾向进步。由于她解放前替地下党保存文化有功，新中国成立后，政务院还给她颁发过奖状。

未等她说完我就说：妈！当我同她相爱并了解后，互相都有道义上的责任。这种真正的爱情，只能在每个人的心上降落一次。我们互相信任，我了解她。她答应永不变心，我不能违背心灵的真诚和人格的坚挺，我可以等待……

妈没说别的，只告诉我：今天下午，陈展来过，他就是来谈你这个问题的。

陈展是我抗日战争后期在重庆认识的地下党员。抗战胜利后，为掩护他，我通过七姐将他南京的户口报在她家里，上海的户口则由我报在上海我家中。陈展在上海时和到南京时，也常到凌家坐坐。做过地下工作的人都知道，那个社会的事和人际关系都很复杂。起凤的父亲是国民党的上层人物，可是他主张抗日，也反对内战。他是国大代表，但他利用他的地位援救过身陷囹圄的共产党员和进步青年。陈展平日叫他"老伯"，叫起凤"七姐"。当南京的派出所查陈展的户口并了解情况时，凌老伯将他们吆喝走了！1948年，陈展在上海搞地下兵站被特务逮捕后，起凤特地陪父亲到上海，多方设法营救。当时，由于陈展被押解到苏北南通，由第一绥靖区军法审判，营救未能生效，但终于由我陪同母亲到南通，用金条将陈展的"人头"买了下来。陈展保释出狱后，重返苏北解放区，以后随解放大军回到上海，做了上海钢铁公司的总军代表。由于我们有一段好几年同生死共命运的交往，他是我参加革命的引路人，对我对起凤都很了解。如今在激烈的运动高潮中，他自然关心我的前途和一切。他找过我谈话，要我从实际出发同起凤一刀两断，说："我是了解七姐的，但情势如此，我只能劝你从实际出发，台湾一时是不能解放了，你们的结合也是不可能解决的了！从你和七姐双方考虑，你们都该实际一些，互相为对方多考虑，大家可以解脱……"

但，我回答他：一个人的感情历程是他品行的最好鉴定，我不能自私地毁约！我奇怪，为什么革命和爱情二者不能兼得，好像我要革命，就必须同她一刀两断，而如果我要爱情，就不能革命！

陈展用近视眼镜下两只略带警惕性的眼睛瞪着我。他1932年入党后，在白区工作多年，被捕不止一次，受过种种酷刑，身体不好，眼睛里常露警惕性也是他工作养成的习惯。他说：我相信你，也了解七姐，但我确实不赞成你坚持要维持这个台湾关系。爱情固然重要，事业更重要嘛！你组织上找过我不止一次了！意思就是要我劝你同她一刀两断，甚至有人说，可以为你介绍一个非常好的女党员。我们这里也有同你很般配的女同志，你们可以志同道合地并肩干革命……

我没容许他说下去，就拒绝了，说：我不会要的！我也不会放弃的！

话是谈僵了！所以陈展来找母亲谈心，让母亲劝我了。当母亲告诉我陈展找她谈话后，我立即说：我能猜得到陈展同您说了什么，但我宁可死，也不会同意的！

听我说到"死"，母亲不再说了。那个阶段，我大学时期的同学好友王善本爱好越剧，他也会写越剧剧本，曾将鲁煤等写纺织工人生活的话剧剧本《红旗歌》改编为越剧剧本在劳动出版社出版，因为上海工人中喜爱越剧的特多。他陪我看了范瑞娟和傅全香演的《梁山伯与祝英台》，那的确是一出十分美丽的戏。从十八相送到楼台会，又到化蝶，无论情节、唱词抑或舞蹈，都使我触动神经。看后，我有特殊的震撼的感受，说到"死"，同这也有关系。母亲明白我的个性，她的人生阅历也使她了解，在我们那个时代的青年男女恋爱问题上是常会像罗密欧和朱丽叶的故事那样破釜沉舟的。我说出"死"字，不是吓唬谁，更不是胡乱用词。母亲叹口气，就什么也不说了。

起凤给我来信，有时附寄照片，有在阿里山游览时照的，有在她家花园里照的。她的样子雍容华贵。但照片我也不留下都连同信件一并交了上去。我向组织敞开心扉，毫无保留。

上海总工会面对黄浦江边。在我这十分苦闷的阶段，中午休息时间我常与善本及其他同志到外滩江边散步。心情郁闷，有时有蒙蒙雨雾，沐着江风，看到江水潺潺流淌，能够抒发些胸中的块垒。这时，一位女同志 X 有意无意地同我一起散步。有时似是偶遇，有时是她约我。她为人极好，工人出身，但有文化，长得也俊秀。有一次，老吴对我说：X 还没有对象，她喜欢知识分子……什么意思？我也不去多捉摸，但感到他不是无心说的，但却引起我的注意，使我想起了陈展说的那些话。同 X 散步，互相都并不多谈什么，只要触发起对起凤的思念我的心里就烦透了！我认为 X 是会体悟到我的心情的。她丝毫未表露什么，却依然大大方方地对待我，而且我会感觉到她对我的同情和关心。只是，以后她未再约我散过步了。

许多个夜晚，都是不眠之夜，我辗转反侧，面对黑暗和虚无，心里叹着气。我怎么办呢？那时常有夜雨，我总睁着眼在黑暗中看着窗外，什么也看不见，但听得见淅淅沥沥的雨声，那种感觉，至今想起仍是新鲜。有什么好办法呢？形势这样严峻，运动这样火爆。有两次，又开我的"帮助会"，不但 P 依然杀气腾腾，一次再次地拍桌子敲板凳，连老吴也自我批评说自己右倾了，改变了和缓的态度，紧逼并无情起来，说起凤去了台湾，就是站在反革命一边了，说我不一刀两断，实际上就是同反革命同流合污。总的目的就是一句话：立刻一刀两断！只要一刀两断，什么问题都解决了！老吴对我说：老王，在革命和个人利益关系矛盾时，绝不能牺牲革命的利益满足个人的利益，而只能牺牲个人的利益维护革命的利益！你说你革命和爱情都要，实际你是只想要爱情，为了爱情可以放弃革命。……

我大声说：不对！如果我不要革命，那我为什么不去美国或者台湾？美国大学里的奖学金都答应给我了！是我自己放弃了的！你怎么可以这样说！？

他的话当然不错，但我思想不通。见我脾气犟得要命，也许怕逼出人命不好，领导上宽宏大量容忍了我的顽固，把我的事暂搁在一边，只偶尔由老吴同我关心似的谈谈开导一下，态度和缓而耐心。

心里老是空荡荡的。只要不失眠，睡着了我常会梦到蔚蓝的大海，白浪滔滔的海峡，更常会梦到起凤。那有时是甜蜜的梦，有时是恐怖的梦，以前同在一起时种种情景的梦使我甜蜜，古怪的噩梦使我恐怖。梦醒后，什么也模糊了，只感到黯然神伤、心跳、心悸、紧张和疲惫。

这期间，起凤信少了，而且写得极短，只是在老套地问问好。什么原因？我可以想象得到：绝不是她变心或别的，而是"镇反"运动等的报道震慑了她。她担心我，怕连累我，所以才这样的。虽然她的信少了，但读到她寥寥数十字的短信反而更加深加重了我的思念。我们年轻时，会唱一支黄自谱的歌《燕语》，歌词中有这样一些句子："君莫问别来在何处/君莫笑画梁依附/君更莫虑旧时巢/受尽风风雨雨/我但愿共春同住/我但愿主人无故/我便从头筑起新巢/哪怕辛辛苦苦。"想起当年唱的这支歌，我心情凄黯无比。厄运笼罩，我不怕我自己倒霉，我只怕因为我的毁损而招致起凤毁损。

该怎么办呢？夜里失眠我思索着答案，白天工作我也想着这问题。我确实想到过死，死了什么都不知道了，什么都轻松了，什么都不管了！但想到我要做一个革命者的初衷，想到起凤，想到母亲和家人，我理智地否定了这个廉价却容易的方法。我觉得既然要革命又要爱情，就该在这个目的下努力找出钥匙来。这答案其实也简单：维持现状解决不了矛盾，解决矛盾唯一的办法就是改变现状——让起凤回来！我意识到她要回来是十分困难的，因为她不是在香港而在台湾。这等于把皮球踢给她把难题推给她了！她能不能突破这一关呢？我一点把握也没有！但我知道，我们有约在先，只要我去信，她就是面前有九九八十一难也会挺身前行的！但台湾有严厉的进出控制，她家里能同意她回来吗？当然，我估计，依她父亲的地位和人事关系，她也许能做到一般人做不到的事。但水有多深，事有多难，谁料得到呢？

我不但为自己设想，也为起凤设想，不愿使她为难，不愿使她伤心！但不这么办又怎么办呢？

那天，我终于把这决定——写信要起凤立即回来——告诉了母亲，同她商量。

母亲仍是叹气，说：好是好，只怕不容易办到吧！最后，我们都沉默着，半晌，母亲建议：找陈展去商量下吧！

我去到陈展那宽敞明亮的大办公室里，同他商量。他吃惊地瞪着眼说：叫她回来，这想法固然不错，但不切实际啊！能成吗？

我确实也无把握，只能回答：我想她会努力办的！我们有约在先，她是个讲信义有血性的姑娘……但我也不禁无把握地说：当然，这一定很难！非常难！……

陈展斟酌了又斟酌，说：你找领导上谈一谈吧！看看他们怎么说。我也同他们通通气！

我去市委宣传部找了白彦副部长，他比我年长五六岁，是延安时代入党的老党员，早年在延安担任过抗日军政大学政治教员，在三野担任过军职，参加过济南、淮海、渡江和解放上海等战役。他为人朴实沉稳。平时我去市委向他请示工作时，对他印象极好。他也没有架子。听我讲了情况，他说了很诚恳的意见：首先建议我放弃，后来表示我可以试一试。但他认为可能办不成，劝我应以革命为重。但和蔼的态度和亲切的语气使我感到温暖。

这样，我就找了老吴，把我的想法说了。

老吴听了，忽然说：啊呀！你这想法真像开玩笑一样！叫她从台湾回来，怎么回来呀？你认为有把握吗？这不是天方夜谭吗！？

我硬着嘴说：我想，她会努力办的！

老吴摇头：怕不好办呢，《四郎探母》这出戏你是知道的，这不成了四郎探母差不多的事啦！

那时，京剧中的《四郎探母》等节目均已被作为糟粕剔除、禁演，《四郎探母》是作为政治上敌我不分等理由挨批判的。听他这么说，我心里发凉，闷不作声。

幸好老吴知冷知暖地说：老王，这样吧！我把你的想法向上反映吧！

这时，已是1952年初春节时分了！"镇反"正在谨慎收缩，处理积案，"三反"打虎高潮已过，"五反"还轰轰烈烈。我等待着上边的答复。有一天，我去找陈展，他对我说：你的领导又已找我谈过你的问题，据说有人认为你要这样做很好，有人则认为不现实必须要你死了心一刀两断才行。现在仍在研究。陈展说：党对你的问题可说是十分慎重、十分讲政策了！像你这种情况的人实在太少，革命队伍里也许就你一个，谁也没有碰到过这样的怪事。你也别心急。现在他们忙得很，让他们研究研究吧！会给你答复的！

我等了些天，依然没有回答，我想起了刘长胜同志。

长胜同志是山东海阳人，他是个传奇式的人物，1922年在苏联海参崴当码头工人，1927年加入苏共，后转为中共党员。1935年共产国际为恢复与中共中央的联系，由他带密码回国后送到中共中央。他化装商人历尽艰险完成任务。后来他到延安担任陕甘宁边区总工会主任。抗战爆发后他到上海恢复和重建中共地下组织。他在中共七大上当选为中央候补委员。日寇投降后，中共中央决定新四军进军上海，他被任命为上海市委书记、上海特别市市长，后来形势变化，取消了上海武装起义的行动计划，他留沪协助刘晓同志一起主持地下工作。解放战争时期及上海解放前夕，他领导上海地下组织开展了卓有成效的斗争，为配合解放军胜利解放上海做出了特殊贡献。上海解放后，他任上海市委第三书记，并先后担任华东局常委、工委书记、华东军政委员会委员及上海总工会筹委会主任，1950年2月在上总第一届委员会上当选为上海总工会主席。

这时，我就冲动地写了一封信给长胜同志。我曾替长胜同志起草过好几次例如《发展生产，劳资两利》等的讲话稿，见面时他总是很亲切。我在信中说了我的情况及想法，告诉他我认为既要革命又要爱情是可能的，没有错。我引用了古人"海纳百川，有容乃大"的话，我说希望争取起凤回来，好一同参加革命……

不多天，答复真的来了。老吴单独找我谈话，说：你给长胜同志的信他看到了，你的事领导上慎重研究过了，肯定你有这样的想法是好的。想法争取她回来吧！但就怕想是这样想，实际却办不到。无限期地拖下去，一年，两年，三年五年，也不是办法。所以，你该有个承诺。要求她今年"五一"节前一定回来。如果不回来，那你就该一刀两断！这样，对你对她都是仁至义尽了！你总不能再不讲理了！你说呢？

真是波折太多了！我何曾想到会要有这样的承诺!?

我心里七鼓八镲、忐忑不安。再讨价还价吗？当时我意识到领导上对我确实是既特殊又合情合理了！我还该怎么样呢？我觉得像P那样一些残酷打击的话能毁掉我的生命，而好几位领导同志那种讲政策知冷知暖的话却会愈合我心上的伤口，使我看到前进的路。这时已是2月底了！时间确是很紧促了！但我还能怎么样呢？我只能硬着头皮说：好！我立刻给她去信！

我去找陈展，把情况告诉了他，又回去把情况告诉了母亲。但我心里面老是在嘀咕：万一起凤回不来怎么办？天下事难以预料，这时节从台湾归来，可能是谁都想也不敢想的事，倘若她回不来，我就真同她一刀两断了吗？是的！我已等于向领导上做出了承诺，但我明白：如果起凤不回来，不是她舍弃了我，而是她无法回来，那我能负心地同她一刀两断吗？这真是两难的局面！我是死也舍不得这样同她一刀两断的！但我承诺了老吴代表组织向我提出的条件，我能怎么办？那我只能停止同她通信，但我绝不会另找对象。我将会终身不娶！自然，这都是内心活动，我用一种脚踩西瓜皮——滑到哪里算哪里的态度，面对现实，对什么人也没有透露。我要在革命和爱情两方面都对得起！

夜间，我立刻写信。写到深夜。我同起凤往昔在江津相处时，曾热衷于阅读屠格涅夫的小说，特别是《前夜》和《贵族之家》。《前夜》那位保加利亚的革命者英沙罗夫和俄罗斯姑娘叶莲娜的爱情故事令我们深深感动。我写信时，谈到英沙罗夫和叶莲娜，这她看得懂。叶莲娜为了英沙罗夫离家，与父母永远告别，叶莲娜和英沙罗夫间那种理想的爱情，以及叶莲娜纯洁高尚的女性之爱曾给我们当时的青年男女极大的感动和满足。我在信中隐约地用怀旧的方式暗示她效法叶莲娜。因为怕遗失，信一式两封，一封我让在香港的施懋桂、柏美伦夫妇代转台湾给起凤；一封我让王鹏程、邹金凤夫妇代转台湾给起凤，为的是一封遗失还有另一封可以到达。我要她在"五一"前一定要回来结婚。我用沉重的语气说：生命犹如单行道，没有回头的机会，如果你不回来，我们今生将永远不能再见面了！结尾我一连写了好几个：你一定要立刻回来！你一定要立刻回来！……

第二天，我便将信送交领导，但这次出我意料，老吴说："领导上对你是信任的！不用看了！你快发出就是！"

于是，我冒着淅淅沥沥的冷雨，亲自去到北四川路邮政总局将信用航空寄发到香港。回来后，想想不放心，怕信件检查被扣留或不幸遗失，又一式大致照原样写了两封信再次寄出。

发出了信后，我又决定每隔几天再照样寄发类似的信，力争起凤在"五一"前能够回来。

我历来喜欢唐诗宋词，陆游的《沈园》二首及那首《钗头凤》熟记在心。那个阶段，想起往事，心中常默诵："伤心桥下春波绿，曾是惊鸿照影来……""春如旧，人空瘦，泪痕红浥鲛绡透。桃花落，闲池阁。山盟虽在，锦书难托。莫，莫，莫！"不禁潸然。但又暗自谴责，一个革命者，沉浸在这种小资产阶级感情里怎么可以！？于是，强自振作，摒弃不想，用积极工作排遣心绪，心里总处于亢奋状态。

真是"别时容易见时难"啊！我们这爱得死去活来的情谊！我在寂寞中等待，确实似有把握又毫无把握。我每天工作之余，读马列主义的书排遣，那是一段心情矛盾十分少有的特殊难熬的时日。

三

起凤在台湾是3月里收到我要她在"五一"前回来的信的，而且信收到一封又一封，都是同一内容，急促而严肃、坚定而冷峻。她最不放心的是我的安全，她怀疑我出了什么事，可能已面临什么危险，要不然绝不至于用这样的口气、这样的要求来表达。用她的话说，当时收到信真如晴天霹雳，变得眼前昏天黑地了！

一些年后，她根据刚回来时写的材料记录下这一段回忆，写了她在台湾及收到我信后的情况。我现在将她写的这段回忆照录如下。她是个感情上比较含蓄腼腆的人，叙述也失之于简略，但为了存真，所以我认为用她写的比较合适：

……那时，我在台湾监察院于右任老人手下工作。至台湾后，作为国民党政权中央一级机关的监察院，实际还不如台湾省的下属办事机构。办公的地点起初借台北车站前的七洋大楼里的几间房屋办公，开会时另借济南路的礼堂，而院长办公室及住处则在中山北路的一幢楼房里的一间屋子，办公条件很差。我们的办公室与闽台监察使署毗邻，于右老当时总在家里办公，住处是那种日本式榻榻米房屋。进门后，右边是花园，左边是他住处。他睡的房间很小，会客和他写字的房间大些。父亲和他是老朋友，抗战前及胜利后，我曾陪父亲在南京宁夏路二号看望他。他有时也来看望父亲。抗战时在重庆，也在上清寺住所见过他。在台北，我进监察院，也是于右老主动让我去的。

我称呼他"于老伯"，对他印象挺好，主要是因为他是个和蔼的长辈，而且他与父亲相交颇为知心。有时单身一人坐着汽车就来看望，有时还拉父亲同到小北方馆子里谈心吃面片。他仪表威严，满腹经纶，善诗词，又是书法名家，一笔草书，形神俱备，飞扬洒脱，以简漫稚拙出之，有独特风格。他叫父亲的字"铁庵"，父亲则习惯叫他"老于"。两人很谈得来。那时，总不外谈些思念大陆并叙叙年轻时反清讨袁等往事。有时两人一同感慨。父亲总说他廉洁。每次他来，我总要泡一杯香茗递到他手中，他常会说："好！好！"

那个所谓"监察院"，实际并没有多少事干，由于父亲双目失明，我可以不定时地上班，迟到早退也无妨。我不喜欢特殊，所以在院内总是避免与于老伯多接近，仅在见到面时，轻轻叫他一声。而且，他说话的声音闷而低沉又是陕西话，有时会客，不是知己，他话很少，只是用手捋着大胡子，一下又一下。有时星期一，早上做纪念周，他给大家开会讲话，我也总觉得没有听到多少内容，有些话也听不清。

1951年的2月旧历年前夕，他大病了一场，是中风，卧床一个多月。他那时在台湾，很寂寞。病前身边只有一个由大陆刚送去不久的幼子于中令，十多岁，是个长得很清秀的孩子。他的老高太太和大女儿于芝秀等都留在大陆没有去台湾。大儿子于望德在国外，原来的秘书李祥麟也留在四川未跟他走。他身边换了个年轻的副官照料生活，那次大病，拖的时间很长，"监察院"的工作人员和他的友人们差不多每天都要去看望他。他躺在房里床上，去看望他病的人除极少数人外并不会见，都在外边签名本上签个名表示心意，但每天副官都把签名簿拿进去给他看。

这当中，有一天，他的病似乎略为好些了。他要给大家见面讲讲话。可能因为他说话费劲，未到大会议室讲话，就在二楼上一间房里听他讲。那天，秘书长杨亮功也在，我们几十个人就都站着听。他坐在一张圆藤椅上讲话，非常吃力，声音颤抖，手也颤抖，大家估计他是来作临别讲话的。讲的内容大致是要大家忠于职守廉洁自律等。话讲得不多，因疲惫就未再讲，而被搀扶回住处了。那年他七十三岁，大家估计他的病可能要摧毁他了。但却没有，春天以后，他却一天天又好起来了。

他的病渐渐好后，又常常写字。1952年初，有一天，我陪父亲到他住处看望他时，他正写字，放下笔，我说：于老伯，您应当写幅字送我！他笑着点头说：行！但又说：等我以后写给你！他桌上文房四宝和一卷卷一叠叠的宣纸很多，向他求墨宝的人不少。说实话，我向他索字，也是一时兴起，未想到他却已牢记住了。

以后，发生了一件事：我在上海的未婚夫王洪溥不断写信经过香港转到台北，要我立刻回大陆，这使我万分为难。一是父亲年迈，我舍不得离开；二是当时大陆正在镇反，台湾报纸上连篇累牍报道镇反的情况，有不少耸人听闻夸大失实的报道。我想：我回去能行吗？三是那时台湾控制人员外出十分严格，到香港也要两家铺保并要被批准，我能走得成吗？因此，我痛苦不堪。父亲知道我心，而且他是位讲信用的人。我既已订过婚，他又喜爱王洪溥这个女婿，他明白：如果我不回去，这件婚姻就毁了。因此，他开明地说：你是个单纯的女孩子，没有政治色彩，也不是为政治问题来去的。我想你回去是不要紧的，在这里也不应出大问题。为了你的幸福，爸爸让你去。只是，你于老伯那里，你不能随便一走了之。瞒他不好，找个机会你听听他的意见也好。……

我痛苦得无法形容，日夜不安。那时，为了爱情我觉得再大的牺牲我也可以付出，主要是不忍离开父亲，但父亲最爱我，他为我思考得十分周到，他总说：想来想去，还是让我先到香港然后再回上海是最佳方案。我就开始做好准备。

4月11号那一天，是于右老七十五岁寿诞，父亲让我送一些水果和海味给于老伯祝贺生日。当天，客人多，没有谈话机会。次日下午，于老伯派副官来说：院长有事请凌小姐去！我去到他那里，见他是把写好的一幅字拿给我看。他说：我想了又想，给你写了。也许你喜欢诗词但我写了段话给你，勉励你！

于是，我看到他写给我的一幅字。当时，他念给我听了，原文连署名一共三十九个字：

庶华仁仲正之（注：我又名凌庶华）
光绪十八年七月孙先生在西医书院毕业
各科学业成绩大部分都是满分

于右任

如果不是他亲自念给我听，有些草字我真不认识。他似乎对自己写的这幅字很满意，说：这字写得好！又说：我同你父亲都是孙先生的追随者，都是老同盟会员、革命党人！我是勉励你好好学习，年轻人哩！……于是，他讲了孙中山先生1892年在香港西医书院毕业后，在澳门、广州行医，后来到檀香山创立兴中会的事。

等他讲完，我接过字，谢谢了他，踌躇着说：于老伯，有件事我想告诉您。父亲让我听听于老伯的意见……于是，我把我的事讲了，并且坦白告诉他王洪溥的父亲王开疆于老伯您也熟悉，他在法官惩戒委员会时做过您的秘书长……

他听了点头，但坐在那里沉默半晌，捋着须，不作声，后来叹一口气说：唉！多少人家都不团圆啊！又突然说：回去安全没问题吗？

这问题我也无从回答，但当时我却回答：我想没问题！

他没有说好，也没有说不好，却像疲劳似的坐在那儿闭上了眼。我心里想：他是不能表态的呀！他能怎么表态呢？反正，他知道了，没有反对，也就是表态了。他谈到了安全，也说明他对我的关心了。

于是，我告辞。我说：老伯，我将去香港一次，我会办请假手续的！

他睁开眼来，又叹了一口气，但点点头。我告辞时，他伸出手来。平时，他并不同我握手。但这次握手，他的手是温暖的。我觉得他有一种同意我走的含意在内，也有握别的含意在内！

后来，我办好了出境到香港的手续，急匆匆给王洪溥写了信告诉他：我正在做准备，估计不日就可以到香港。接着，坐飞机到了香港，又由香港在 7 月间到了上海，同洪溥团聚完婚。

起凤的这段叙述是写得非常平实的。实际上，她是抱着牺牲自己救我的命的态度离开台湾回来的！多少年来，她总不愿去触动那段永生难忘的奇特而伤心的遭遇。其实，当时她几乎每天都在以泪水洗面，她当时每时每刻都像驾着一只小舟在惊涛骇浪中翻腾。她尝够了一个小人物在大时代里既无法左右情势，却又拼命想主宰自己命运的挣扎。当她取得两家铺保，拿到了台湾"警备司令部"批准出台的证件坐飞机抵达香港后，她既牵挂着上海不知什么情况的我，同样牵挂着在台湾的年迈的父亲。人情之常如此，她感到前途茫茫，就像漂浮在无边无际的大海上一样，不知自己会不会被海水和浪潮吞没，也不知她是否能同我见面，更不知她以后是否还能同老父见面。

她在"五一"前夕如约到了香港。她住在王鹏程夫妇家中。他们只以为她是到香港来购物和玩耍的，用对待上宾的态度对待她。她没有透露她到香港的目的。但她一到香港就又给我写信告诉我她已经飞抵香港的消息。

我是在干熬苦等中收到她从台湾发来的信件的，并且瞬即又收到了她由香港发来的电报和信。这不啻喜从天降。我喜出望外却又能料想到她的为难。母亲和陈展也为我高兴。这时，离"五一"限期已没有几天了，我拿了信和电报向领导上汇报起凤抵港的情况。她的抵达香港使我激动得含着泪水充满了欣慰感激，用什么样的词汇都表达不出我当时的感情。只记得老吴也很为我高兴地说：我以为不可能的事居然可能了！好得很！

但，事情并不这样简单，接着收到她从香港寄发的信，信上说：她因心力交瘁，不胜负担，已经病倒了！所以"五一"以前，她无论如何是回不来上海了！……

既然已经在"五一"限期之前离开台湾到了香港，组织上通情达理，也不计较什么时日了。老吴在将这种情况向上边汇报后，对我说：既然已经回来了，她又病了，也不急了，等她回来吧！……意思是说："五一"前这个限期拖长些日子无妨了！我能体会到领导的好意，也深怀感激，但却十分担心起凤的病情。她少年时代，曾得过心脏病，这我知道。我能想象得到她的归来是多么不容易，她是个至孝父亲的女儿，她这次为了我舍弃父亲离台到香港，她的"心力交瘁"确不是一句假话或套话。我五内如焚地担心她的身体。

怎么办？为了她的病，为了使她能安全归来，最好的办法是我去香港接她回来，但上海从刚解放直到"镇反"高潮之前，去香港是很方便很自由的。后来就严格控制起来了。我是干部，当然不可能去。她要回来，还得到上海公安局申请入境许可。这时候，母亲知道她病了，又见我焦急万分，提出：我去香港接起凤回上海！

母亲年岁大了，身体又不好，当时，她因支气管扩张咯血刚刚痊愈。我自然不忍让她这样独自远行。只是她是个极有爱心的母亲，坚决要去，并自己到派出所申请办了去香港的证件，我也向领导上汇报了母亲去香港接起凤的事。

这样，母亲就在6月上旬坐火车离开上海去广州，由广州转赴香港，专程去接起凤回来！我忧心忡忡地数着日子等待。

四

当时，从广州到香港需要偷渡。

母亲到了广州，住在旅店里，找到了可以同去香港的旅伴，找到了负责偷渡去香港的船家，出了高价，深夜离开广州上了木船，被藏在船舱板下，在茫茫夜色掩护下，偷渡去了香港。当时，偷渡的船上人装得太多，船舱里空气稀薄，母亲病后体弱，差点闷死，但总算平安到了香港。

到香港后，她找到施懋桂和柏美伦夫妇。那时，懋桂住在九龙荃湾，在一家纺织染工厂做职员，美伦已有了孩子，老同学盛情可感，他们夫妇热情为母亲安排食宿，并陪同母亲找到了住在加连威老道王鹏程夫妇家的起凤。

起凤确实病了，但并没有想象中的那么严重。见到母亲，她十分感动。可是，她心事重重，处在一种不知如何是好的状态中。抵港后，一些认识她的人，劝她别冒冒失失回来。有的还说起许多"三反"、"五反"及"镇压"运动中的传闻，那都是些十分可怕甚至悲惨、残酷和神秘的事。她也不了解具体情况怎样，这使她处在进退维谷的地步。更严重的是她离家孤身到达香港后，格外想念父亲和家人，她估计得到如果离开香港到上海，从此与台湾的父亲及家人将永远告别，不可能再有相见的机会，这使她留恋、踌躇、依依不舍。她从来没有长期离开过父亲，从来没有长期离开过自己的家，她无法想象她从被视为蒋匪帮盘踞的台湾回来，一旦走进这样一个被香港许多人称为"铁幕"、"竹幕"的共产党统治的境界里，从此与父亲及家人永别，会是怎样一种心情与处境。

同时，更令她难以处理的是她的两家铺保的问题！

当时的台湾，有恐怖的"戒严令"，特务可以任意抓人、杀人。50年代初，台湾由于重建特务机构，控制舆论，形成了大屠杀大恐怖，位于台北植物园附近的马场町，有如抗战前南京雨花台的地位，传说以"匪嫌"名义，送往青岛东路军人监狱、台东绿岛或用麻袋捆扎不经司法程序丢到海里喂鱼的大有人在。……这两家铺保，是起凤父亲和她依靠情面取得的。起凤如果不回台湾，就会追究保人的责任。起凤如果由香港回到"共区"，那罪名可就更吓人！她可以牺牲自己，却不能让人家因她而遭祸，到香港后，看到报上关于台湾的种种报道，她对台湾的实情看得比在台湾时清楚得多了。她除了怕连累两家保人，又多了怕连累双目失明的父亲和家人的顾虑。她觉得真是进退两难，不知该如何才好了。

她见母亲很憔悴，母亲见她也很憔悴。她问起我的情况，母亲据实以告，劝她回上海，并说这是解决问题的最好最实际的方法，但她泪流满面地说：她本来到香港前是决定回上海同我见面的，但现在，她再三再四考虑，觉得没法回来了！她觉得自己与政治本来离得很远，但如今却不能不从政治上多加考虑。因为这涉及她父亲和家人的安危，也涉及两家保人的生命财产安全。怎么能因为自己的幸福，害这么多的人呢？因此，她原来的决定只好改变了！她希望母亲能理解她！

真是一波三折！牵涉生死的事情确实就是这么摆在面前，谁也觉得难以处理。两难的境地！险恶的命运！使起凤和母亲都像进入了天门阵，找不到出路。哪里能有两全的办法呢？为起凤考虑，事情似乎只有一个办法，那就是她仍然回台湾去，母亲仍旧回上海来，恢复原来的态势。这样，才会使新产生的矛盾得到解决！

但是按这办法恢复原来的态势也不行呀！那样一倒退，起凤和我的问题怎么办呢？那样，我们之间就一定永远无法相见相聚了。本来，她来香港是为解决我同她之间的问题来的，可是如今为了不连累保人和家人，又倒退到起先的始点上去了！那又是为什么呢？

无法两全其美！无法两全！一切都似乎注定要以悲剧结束了！这不禁使我又想起屠格涅夫的《前夜》，叶莲娜是在海上失踪的！难道我与起凤的爱情必然成为一个大悲剧吗？

母亲同起凤一筹莫展，十多天下来，没有起程回上海的消息。信息反馈到了上海，原本以为起凤立即可以回来的希望，忽然像天上美丽的彩虹瞬间消失了。我心里冷了半截，简直目瞪口呆了！

我将情况告诉了陈展，也将情况及时向组织上做了汇报。谁也不能不承认这情况是真实的，这情况也是使人为难的。他们都有点同情我，没有谁逼迫说："一定叫她立刻回来！"都奇怪地保持了沉默，只是知道了这情况，而办法却交由我和起凤自己拿主意。

起凤的归来，似乎完全不是照着一个正常的态势在发展，是喜剧还是悲剧，这时谁都判不清弄不明！

真是难办啊！5月天已经开始炎热，我丧魂落魄，连阳光在我眼里看来也显得憔悴，但要起凤回来的意志毫不动摇。我能体会到她的为难、她的处境与压力。我也绝不希望她的回来造成对她的父亲、家人及保人的灾难。人在巨大灾难降临时，想到的不是自己，而是别人，这种心灵之美使我肃然起敬。但是，我爱她，不能没有她，好不容易使组织上同意让她回来参加革命，好不容易使她出了台湾到了香港，如今使情势倒退回去，怎么行呢？

我把许多事仍都扔在夜晚的乱梦里，也将许多烦忧溶化在淅淅沥沥的夜间雨声中！

在这过程中，我心情灰暗，大学时的同学兼好友王善本也在上海总工会工作，常给我友情的安慰和劝解，使我减少了不少烦忧。

我估量了一下：依起凤父亲的地位与社会关系，受到她回来的不利影响是可能的，但还不至于有生命及满门被捕的危险，因为她确实单纯是为婚姻而离台回来的。至于保人，被作为替罪羊，那确是难办的事。但她不回来又怎么办呢？转眼已到 6 月，我在不知所措的情况下，在 7 月上旬，到王善本家里，同起凤通了一次长途电话。那时，从上海打电话到香港是可以传呼的，但价钱很贵。我在善本的家里通过电话局传呼起凤。

终于，听到了她那我十分熟悉的声音。

起凤的声音回来了！

但，快乐与伤感交融，我们的对话重复而单调。

我说：我们一直盼望着中国能强大，现在有这希望了！你快回来我们一同干革命吧！我感觉到她是在悲哽饮泣，她那压抑的呻吟使我揪心。我一而再、再而三地说：你回来吧！无论如何你一定回来！而她也一而再，再而三地说：我不能回来！我不能！……我说：一切都会好的！一切都会无问题的！如果你不回来，那我们的一切就完了！但她仍是说：不能回来，我不能！……

这样，一再重复，一再僵持，电话两头的人都哽咽，足足十几分钟，她那伤心欲绝的声音一再萦绕在我耳际，我恨不能用手穿过话筒将她拉回来。但无论我怎么说，她仍是哽咽地说：我不能回来！我不能！……尔后，她平静地沉默了，听不见她说话，但我明白她仍在听着我的恳求。终于，最后是电话断了，她的声音回来了又走了！我的心一下子像空了似的，留在我心头的只是一片失望和悲伤。

她最后的平静，平静得让我心惊，也让我心碎。她的情况使我想起丹麦安徒生童话中《海的女儿》那篇故事。那位最小的人鱼公主，为了爱情，她失去了夜莺般的歌喉成了哑巴，失去了鱼尾，长出了腿，但每走一步路就像走在锋利的刀刃上，但她无怨无悔，宁愿自己牺牲也不有害于别人……我突然有一种不祥的预感。打完电话，我又给母亲打电话，这才明白，原来她已做了决定：她既然摆脱不了这种矛盾——她不回上海，怕影响我；她不回台湾，怕影响家里和保人，她打算在香港去修道院做修女。她并不信仰耶稣基督，但实在无法处理她面临的困境，她只有牺牲自己出此下策了！她是见到香港街上那些穿黑衣的修女得到启发的。我明白：她熟悉屠格涅夫《贵族之家》中的丽莎。丽莎为了爱情后来是做了修女的。当年在江津时，我与她谈《贵族之家》，为丽沙的结局深深抱憾。而现在，她竟要走上丽莎的路出家做修女去了！这真是从何说起呀!?

我理解，对她来说，爱情不仅是幸福，而且是义务和信任。正因为她意识到自己道义上的责任，所以她才会这样。起凤超乎人情超乎爱的品德使我起敬而且迷恋。那些天，我每天写一封信给她，历述要她回来的理由，恳求她慎重而又慎重，千万别酿成无法挽回的悲剧。我一心要用爱情打开她的心锁。我写信告诉她，我不是《贵族之家》中的拉夫烈茨基那样消极无为的人，新中国也不是那种时代，你不该学丽莎，你该回来，我们可以一同为新中国出力。

台湾起凤家中有信给她，建议她回去！那自然是老父和家人得到了什么信息不放心，对她的悬念和惦记才使他们这样做的。只是这却促使起凤萌生了一死了之的念头，她觉得既不能对不起家人和保人，也不能对不起我，她只有用死来超脱痛苦、越过障碍，放弃生命的痛苦，用自杀来解脱难题。幸亏母亲的日夜紧紧陪伴，加上我每天一封信用怀旧的内容恳求她珍视我们的感情，使得她的轻生未能草率实现。

说实在的，我并不愿意起凤为我做出偌大的牺牲，受到偌大的痛苦，我宁可我付出牺牲与痛苦，甚至于死！但为了我爱她，她爱我，不这样又怎么办呢？我虽撕心裂肺，心里流泪，实在拿不出好的办法来，让她排除干扰回到我的身边。我将通电话及起凤的现状依然及时向领导上做了汇报。我很感谢当时领导上对限期已过却一点也没有催逼我的意思。我认为这不仅是对我的信任、尊重人性人道，而且是相信我会而且能处理好这个问题。但我了解起凤，她善良、孝顺，是个忠诚、烈性、富于自我牺牲精神的未婚妻，她更是个绝不自私、为人着想、不愿连累别人的好少女。我当时为她的处境担忧，也为母亲的处境担忧。母亲去香港后滞留在那里瞬忽一两个月了，像一只船搁浅了似的，动弹不得，她不能丢下起凤自己回来，又无法陪起凤一同回来，尴尬无奈的局面怎么结束呢？我六神无主，思绪走进了死胡同，堵在那里动弹不得了！

我唯有不屈不挠。我多次写信给懋桂，请他帮助母亲劝起凤回来。其实，懋桂早就帮助母亲不断在慰劝起凤，只是未曾奏效而已。起凤平时话不多，但有主见也有性格，在面临艰难选择关头，思绪显然也走进了死胡同。僵持在那里，天天被母亲盯守在身边，回来的事却杳无音信。远离香港，我有力也使不出，除了苦闷只有苦闷，心里只担心着起凤出事，却又希望能忽然翩翩归来。

忽然，一连多天杳无音信，又完全出乎意料，母亲突然从广州发回了一个电报。打开一看，电文很简单，大意是：我已陪七姐立即坐火车同回上海！这真是"山重水复疑无路，柳暗花明又一村"。电报从天而降，她们怎么突然已从香港到达广州了呢？

像梦一样，令我完全出乎意料，却又明白这是百分之百的事实！不是梦！

起凤真的回来了！但她是怎么回来的呢？

收到电报后隔了一天，那是最炎热的 7 月中旬里的一个下午，我看到起凤真的同黑瘦了的母亲一起出现在我们家——上海成都南路 99 弄 5 号楼下的厢房里了！

当听到开门声和脚步声的那一刻，我的心怦怦地快要跳出胸膛，那种期待、兴奋与激动及眼的湿润，是无法忘怀并形容的。在惊心动魄几乎绝望之中突然祥云降临，我觉得房里布满了金色的光辉，空间明净深远，世界是这样值得爱恋。我颇有一种快从高岩绝壁上跌下去却被人一把拽住了的感觉。起凤消瘦，像经过大灾大难生还的人，她的眼睛经过长期泪水浸泡，明显肿着，黑黑的眸子依旧明亮好看，但有悲哀深不可测。她穿一件黑白小方格子的丝光旗袍，长长的烫发剪短了依然风度翩翩。我记得很清楚，当时，母亲见到我，走到我身边脸上十分严肃只对我轻轻叮嘱了一句话："今后，你要对七姐好点！"这九个字实际包含了起凤抛家舍命回来的千辛万难与一切。

我的心猛烈跳动，浑身发颤。非常高兴，心里也非常难受，充满了感激，猜得到母亲把起凤带回来经历了多少磨难，猜得到起凤归来是多么不容易。但我还猜不出是用什么办法是什么情况才使起凤能撇开死神撇开修道院毅然归来的！

五

这真是一段意想不到的曲里拐弯不寻常的历程！

谜底是这样的：那天，母亲和起凤又开始了一遍又一遍内容重复的谈话。母亲仍是劝她回来，她仍是想死和去做修女。

母亲说："老先生（这是母亲对起凤父亲的称呼）原来同意你回上海才放你到香港的，如今来信要你回台湾，我认为是怕你出事不放心你在香港。你无论如何不能自寻短见或去做修女。"

"但我觉得只有死或者做修女才能解决难局。洪溥可以重新成家；我家里和保人不会受连累。我对不起大家，包括伯母您。但我实在筋疲力尽了！"

"天下事，总有一个最好的答案：一个最好的解决办法，一个两全之计。如果死能解决难题，那么，我们就想办法'死'！昨夜我一宿未睡着，想出一个不是办法的办法，你马上独自搬到旅馆里去住……"

后来，多年后，我写过一个电影剧本《明月天涯》，1981年发表在《花城》杂志第1期上，其中有这样几段文字，我摘录在下边。因为这几段文字实际上真实地记录了母亲当时在香港为起凤导演的一出假自杀：

> 香港德辅道一家小旅馆楼下嘈杂的走廊里，亮着电灯。
>
> 这是下半夜了。从一间客房里，猛地窜出一个男侍，他手里拿着一张信笺和一张照片，一脸惊恐之色，下意识地高声叫嚷："出事了！出事了！"
>
> 一个女侍急忙上来，惊问："怎么了？"几个未睡和走过的旅客也围上来看。
>
> 男侍扬扬手里的信笺和照片："这房里的女客自杀了！"
>
> 女侍惊讶地："自杀了？"她朝房里张望，这是一间摆设普通的客房，电灯开着，衣架上挂着女人穿的时髦外衣，桌上有漱洗用具，茶几上放着飞机箱、旅行袋，但床上空荡荡的……
>
> 男侍推开围观的众人，用手带上了门，对女侍："人去跳海了，赶快德律风报告差官！"
>
> 女侍从男侍手里接过照片来看，众人围观。这是一张六寸的半身照片。照片上是一个气质高雅美丽的女郎。她微笑着，带着向往的神情。……
>
> 〔同上地点，下半夜。〕
>
> 房门外拥挤着大批小报记者和看热闹的人，也有巡捕。房里镁光灯闪闪发亮，记者正在摄影。
>
> 一个警方人员在询问男侍："人是什么时候不见的？"
>
> 男侍："也许是上半夜十点钟。"
>
> 一个记者用手扬扬那张美丽的照片叹息："真漂亮！为什么年

纪轻轻就要自杀呢?"

房里,女主角的飞机箱、旅行袋、衣物、毛巾等原封不动地放着挂着。一个记者说:"东西全留在这儿了!人去跳海了!"

桌上,放着"绝命书"。一个记者给现场拍照,另一个记者用笔将"绝命书"的原文抄在采访本上。一个巡捕说:"这是绝命书!"

我们看到了"绝命书":

我因身心交瘁,无限厌世,决定不再回台在此跳海自尽,我之死,纯属自愿,与任何人无关,特此声明。

××绝笔

无边无际的大海,掀起汹涌波涛拍打着岩石和沙滩的大海……高高飞翔的海鸥。

〔晨,香港一条马路上。〕

卖报的小童用广东话高声叫卖:"新闻纸!看台湾来港妙龄女郎投海自尽!看德辅道旅馆里发生奇案,少女香消玉殒!……"

行人纷纷买报,报纸标题:

妙龄少女自台湾来港投海自尽
遗书声明无限厌世自杀与人无关

深圳,罗湖桥头。正逢升旗。高音喇叭里响起了"代国歌"的旋律。那面鲜艳飘扬的五星红旗冉冉上升……

母亲陪剪短了长发的女主角一起走过站着边防哨兵的罗湖桥头。

这是一个晴朗的鸟语花香的碧云天,绿草在欣悦地生长,蓓蕾在无声地开放……

是炎炎如火烧的 7 月中旬。

"凌庶华"跳海"自杀"了！凌起凤却活着回来了！

她心里爱着一个人，她怀着一种崇高的牺牲精神回来了！

起凤离开香港前，托一个熟人将她身边的全部首饰、现金等一起带回台湾交给家里。为了家人及保人的安全，她只能不写告别信，她的全部随身衣物为了要证明她的自杀是真的，全部遗留在旅馆里了，所以她回到上海时，除了身上穿的衣服外，一无所有。离开香港的那夜，懋桂悄悄送母亲和她上船到澳门。然后，她们又由澳门坐船到广州，再从广州坐火车回到了上海。

起凤回到了上海后，我陪她到上海市公安局去谈话并报进户口。公安局谈话的同志很有礼貌也很和蔼亲切，听她讲了全部回来的经过和心路历程，说：你的情况包括在港台的情况我们全部都掌握，我们也同上海总工会有联系。你说的都是真的。我们马上就给你报进户口。上总领导和我的同事们知道起凤回来了，也都为我高兴。上总当时正要开一次晚会，演出文娱节目，邀请起凤参加了晚会。许多同志都上来同起凤握手表示祝贺。1952 年 8 月 11 日，由组织出具证明信，我和起凤到上海市人民法院公证结婚。当时，只需每人交两张照片并付五角钱即可结婚。在布置得带有喜气的厅堂中，一位和蔼的名叫钱学淳的法官询问了我们一些问题，诸如是否结过婚，是否自愿而非包办等，书记官是位年轻带笑容的姑娘，然后，法官起身同我们握手向我们表示祝贺，并发给了结婚证书。他的祝贺使我感到我和起凤的婚姻是合理合法的，得到这一声祝贺，在我和起凤是用生命和信念换来的！我当时是供给制干部，这种仪式既节约又庄重，感到很好。但我年迈的外祖母当时却有那么一点想不通，说："只知道离婚要去法院，还从没听说结婚也到法院的！"

我们险些遭到毁灭的爱情得到了一个好的结局，我终于既得到了革命，又得到了爱情。

1953 年 3 月，我从上海总工会调到北京中华全国总工会工作。起凤随调北京，组织上随即为她安排了工作。她穿上灰布制服，参加了革命。中央统战部曾有两位同志两次来找她，希望她动员父亲回来，但那自然是不可能办到的。自从她回来，直到 20 世纪 80 年代，几十年间，为了家人及保人的安全，她就一直隐姓埋名从未同台湾的家人及友人通过信息……

尾　声

啊！爱并不是一时的激情，爱代表一路同行。

要想得到多多的爱情，理应付出多多的代价，在失去与获得之间，我懂得了许多。我们正因为结合来得这样困苦艰难，因而特别珍惜我们的爱情。在后来的"左"风盛行时期，我们自然会受到影响，所以我在职务、工资上始终没有什么进步。起凤也只能做点一般的工作，但我们已满足。共同生活几十年，从上海到北京，从北京到山东，从山东到四川，有过贫穷苦难，有过风和日丽，也有过风霜雨雪，但从来没有吵过架、红过脸，起凤是个苦了我一个、幸福全家人的贤妻良母，人所共知。我们有了两个可爱的女儿。几十年共患难共欢乐的相亲相爱，我和起凤两个人的世界正像金色池塘中那两只交嗥游弋的天鹅。1990 年 8 月，我在后来得过茅盾文学奖的长篇小说《战争和人》三部曲的书上放上了我们的合影，并写了这样一段话：

> 熟人都知道我有值得羡慕的"大后方"。
>
> 几十年来，我和凌起凤在生活和创作上始终是最好的"合作者"。

书成之日，请允许我用这张合影作为纪念。

这段平实的话，其实是包含着许多曲折和辛酸。我的一位作家好友鲁之洛看了以后说："字里行间洋溢着的创作丰收喜悦之情和对相濡以沫的爱妻的感激之情，浓重得令人读罢久久萦绕着一股甜甜的暖意。"看到这段话后，已故的萧乾先生生前多次写信给我时，都称起凤为"大后方。"

起凤的父亲我的岳父凌铁庵先生 1962 年在台湾去世，1995 年他的骨灰由起凤的哥哥凌跃龙捧回安徽，在外孙余望周到安排下隆重安葬。是年 4 月 2 日《安徽日报》以"辛亥革命志士凌铁庵魂归故里"为标题发了新闻，说："祖籍定远县的凌铁庵先生，辛亥革命志士，先生早年参加同盟会，曾东渡日本接受孙中山先生的指示，回国后投身于辛亥革命，在北伐中战功卓著……凌先生一生爱国，为人正直，晚年在台湾赋闲日夜思念家乡。临终前嘱咐亲人将其骨灰运回故里。"起凤和我前去参加了葬礼。他墓前石柱上镌刻着老友于右任生前赠他的一副对联："尽国民天职盲目不盲于心；是革命人豪寿己兼寿夫世。"起凤与他哥哥跃龙兄妹见面，跃龙从台湾将当年于右老写赠给起凤的那幅字带来交给起凤。于是，过去了的许多往事又像放映电影般地重新浮现在眼前……

刘长胜同志 1953 年当选为中华全国总工会副主席，后派往奥地利维也纳世界工联做领导工作，1967 年"文革"中含冤逝世。李家齐同志 20 世纪 50 年代中由上海总工会副主席调任上海市委秘书长。"文革"中受冲击，"文革"后续任上总副主席，80 年代又任上总顾问，主编过《上海工运志》等，他既有水平又谦和平易。主编的工运志中在"人物"栏里竟不放自己的小传，可见其为人。他如今仍在上海。

纪康同志后来调到世界工联及北京中共中央对外联络部工作，于1964 年病故。白彦同志一直在上海工作，1997 年病故。吴从云同志在任上海师范学院党委书记时"文革"开始，含冤去世。陈展在"文革"中被诬为"叛徒"，"文革"后任上海宝钢副总指挥，1992年病故。施懋桂、柏美伦夫妇定居加拿大，懋桂已病故，他们儿孙满堂。王善本退休前在陕西主编《人生报》，现在在宝鸡安度晚年。王鹏程病故已多年，邹金凤随子女定居美国。我母亲在"文革"中病故，葬于苏州凤凰山公墓……对这许多位同志、好友、亲人，我们始终怀着感激之情。

对于我来说，这是一段刻骨铭心的记忆，也是一段如梦似幻的记忆。过去了的我们的辛酸苦涩的特殊遭遇，无异像一滴水反映海洋似的折射出当时历史的缩影。1999年5月，我任团长率大陆作家访问团出访台湾，心中涌出独特的感受，对祖国统一、振兴中华的实现，由衷感到更加急切。

每个人都曾面临人生的选择。我和起凤的生命有自己的一套专属的价值观和精神认知。我们用这做到另一种许多别人也许无法做也无法想象的事。我们在决定自己的选择时，都有全心全意的付出，那就是我们会永远牢记的虽有风浪却又能换成美好的时光。年轻时的"大浪漫"早成过去。我们的青春早像黄鹤飞走。尽管受尽劫波，有过无限辛酸，但却真的无悔。因为当时我坚持的既要革命又要爱情的观念和追求终于实现。我们在当时还是幸运者！我们的爱情天长地久永远不老！生命的意义中如果寓含悲壮与高尚，回想时能存有使自己悠然神往的境界，那就可以说自己未曾辜负此生，即使在生命已经老化并且走向枯寂时仍有一种安慰。

这些年，我见闻过许多海峡两岸亲人见面或想见面而一方已经死去的悲伤故事。我感到我和起凤是幸运的。我们共守爱情同甘共苦这么多年，如果当初起凤不回来，我不坚持，组织上和一些领导同志不关心，我们也许又是一段很悲惨的爱情故事了吧？唉！谁知道谁能说呢!？我们互相带着年轻时的浪漫走进婚姻，又以爱来互相滋润各自的心田。我们的爱情始终充满魅力。当我挥去历史的尘土揭开记忆的箱盖时，我愿同时揎去的是我所经历过的那个特定时代有过的不幸与无奈，只留下爱和温馨。然后将它留给今天沉浸在爱河中的青年们。过去的事离你们这样遥远，你们现在不会再经历我们所曾经历过的困苦，但希望这样的回忆带给你们的不仅是往昔有过的叹息而是值得珍惜的今天的美好。过去有过的那种使当事人心痛的波折，在记忆中已成了一种"泰然"。我们还将幸福地在共和国一同生活下去，五年、十年……我们的肉体当然不会永生，但我们有过的忠贞和追求绝不会失去光彩。那种在特殊年代存在过的倔强的爱情会是永生的，永生在知道这件事的我们的亲友及后代心中……

（本文写于 2002 年春，刊于 2002 年第 5 期《当代》。曾获正泰杯全国报告文学大奖及北京市优秀文学奖。）

补记：我与起凤同在北京工作近十年，又同到山东工作二十二年，1983 年我们携两个女儿王凌、王亮调四川成都安家。王凌在出版界工作，有子张楠、媳骆晶。王亮与王卫平结婚，有子安帝、安文。我和起凤金婚时，四川省委老干局曾举办"九九重阳金婚"福寿宴纪念仪式。但起凤不幸于 2011 年 7 月 2 日病故，享年八十八岁。

今宵别梦寒

——哭忆马骏（张希文）

一

我哭也没有用，希文再也不会同我见面相聚了！我知道自己不能哭，因为多流泪要损伤我的眼睛，我仅剩的一只老视的右眼必须要保护住，不能再失明。但是，我仍旧抑制不住我的悲伤，我是流着泪断断续续写这篇文字的。

二

认识希文是抗日战争时期1944年夏季。那时，我考取了在重庆北碚夏坝的复旦大学新闻系。入学后，新闻系举行迎新晚会，每个同学都须站起来自我介绍一番。我介绍自己时说："我，王洪溥，三横王，洪秀全的洪，溥是三点水，台甫的'甫'字下面加个'寸'字。"边上有个人笑了，说："不就是伪满皇帝溥仪的'溥'字吗?"其实，我明知是溥仪的"溥"字，只是不愿那么说。这个心直口快笑我说得啰唆的人就是希文。那天，他就坐在我旁边。等到他自我介绍时，说："我名叫张希文，微山人，这微山有时划归江苏，有时划归山东，如今是山东人。我没什么优点，是性情中人，心直口快，疾恶如仇，好得罪人，看不得丑恶现象……"那天，有些人自我介绍时都爱贴金，他却与众不同，但马上被坐在他身边的一个大高个儿的二年级高班同学打断了，这同学名叫孟庆远，也是山东人，起身代他更正说："他乱谦虚，其实他很优秀，书看得多，有思想、有见解、有抱负、成绩好、待人忠诚，大家别误会了！"显然，老孟与他是好朋友、同乡。当时的复旦新闻系已是名牌大学的名系，人说它"红"，一是指考生多，是热门，二是指左倾进步的学生多。我的感觉是老孟是在掩护、帮助希文。我是个比较宽容而不狭隘的人，希文在迎新会上虽然笑了我，我却对他毫无芥蒂。散会时，希文和老孟上来同我打招呼。希文伸出手来握，笑着说："洪溥，你这名字不好记，可我今晚一下子就记住了！我猜你是不愿把自己的名字同溥仪挂上钩，对吗？"我笑笑点头。老孟说："这以后，咱们就都是好朋友了！"我也点头，觉得他们热情、直爽，挺可亲近的。

三

　　一间寝室当时住八个人，上下双层铺。我住的寝室里，有新闻系的同学，也有外文系、法律系的同学。新闻系的除我外有汪汉民。汉民是陕西人，特别聪明，下笔快，文学修养好，我们很谈得来。后来，不知不觉，希文、老孟、汉民和我四个人课余就常常在一起了。夏坝隔着滔滔的嘉陵江面对北碚。校园旁有许多小茶馆。学生喜欢在露天茶馆里喝茶，看书看报。聊的当然是从国际到国内的时事政治。我和汉民有时就在坐茶馆时写写东西。我那时已经写作并发表小说和散文，写抗日的如《天下樱花一样红》《青山葬连理》，写反封建的有《墓前》，写农民受剥削压迫的有《老伦明的梦》等，间或也译些美国《读者文摘》上的短文寄给报章发表。因为茶馆里写东西究竟不如空教室里安静舒适，所以我茶馆坐得比他们少。流亡学生大都很穷，幸而读书有公费和贷金，考取了大学吃和住都不成问题，但手边是十分拮据的。大家既穷，是一段共患难建立友谊的日子。老孟当时穿的衬衫丁丁挂挂的，肩上肉有时也露出来；希文老是穿一件黑布长衫，很少看他换衣，幸好冬天四川不冷，冬天也就靠这件黑布长衫御寒；汉民的旧白衬衫衣领既皱也从不白净。但大家穿衣有时是"共产"的，坐茶馆总是谁有钱就谁付账。喝茶时，采取的是"车轮战法"，泡一杯沱茶或者菊花，甲喝了离去时，乙来接着喝，浓茶喝成了淡茶，淡茶喝成了白水。每每上午泡杯茶一直喝到傍晚。茶馆的老板和伙计倒也体谅穷学生，一般都不太计较。我们四个坐茶馆时，他们三个都抽香烟，但太穷，有时买烟只买一支，就用钢笔在烟上划界，第一部分希文吸，第二部分汉民吸，第三部分老孟吸，有时还听到汉民笑着嚷嚷："嗨，希文，你吸到我的地界里了！快把烟给我！"虽然穷到这地步，在一起还是很开心的！

<h2 style="text-align:center">四</h2>

　　星期日，一般我总是同希文、汉民过江到北碚逛书店，在《新华日报》营业部买来了进步书籍大家轮流读。我喜欢同希文相交，因为他开朗，为人爽直，身上似乎冒着一股热腾腾的气息，待人诚恳。他比我大一岁，老练但不圆滑，有锋芒，但又带有一种侠义之气。我偶尔得到点稿费或有了点接济，总邀他和汉民、老孟到小面馆里吃碗面条。小面馆里有一半面条外加一半馄饨的"鸳鸯"吃，价钱比面条贵些，希文爱吃"鸳鸯"。几十年后，谈起大学时同吃"鸳鸯"的情景，仍不禁思念夏坝和年轻时的自在岁月。希文有时也很幽默。那年深秋，我见他穿着黑布长衫突然围着一条白绸围巾，色彩对比强烈。我说："今天怎么这么漂亮？"他用手拉拉围巾说："送你，要不要？"我说："君子不夺人之美！"他朗朗笑着说："还美呢！我是遮风用的！说了你别笑，这

是我的一条旧绸裤，用剪刀一剪，就围上脖子了！"

后来，老孟、希文和汉民邀我一同创办《复旦新闻》壁报，四个人一起作了商量。老孟才华洋溢，讲话特有鼓动性，我们把他当老大哥看待。但我那时已同地下党的同志秘密接触，得到叮嘱叫我在学校里千万别"红"。办《复旦新闻》是要出头露面的。我就同希文说："我不参加。"他追问为什么，我只能说："将来我告诉你。"他有悟性，似乎明白了些什么，后来就另邀了同班的梁启东参加，由他们四人出面办报。但希文他们与我的友谊仍如既往，毫无改变，我们总能做到推心置腹。《复旦新闻》办后，很出色，影响颇大，复旦大学三青团、国民党分子就办了个《复旦新新闻》来与之对抗打擂台，但围观《复旦新闻》的同学总是比看《复旦新新闻》的多，充分说明了当时的人心所向。

五

使我和希文感情更加深的是发生在1945年冬的一件事。当时，云南发生了"一二·一昆明惨案"，反动派动用军人和特务镇压学生。复旦的进步同学义愤填膺，大家捐款并签名声援。我捐了钱正签名时，竟遭到几个不认识的三青团职业学生的辱骂。我不是怯懦畏缩的人。当时，一个凶恶的矮个儿嘴里骂着，用肢体碰撞我，做着要用刀杀头的手势，冲突正要激化，希文及汉民恰好经过。希文率先冲了上来，他两眼冒火，声音洪亮，比我壮实，浑身一股豪侠气概，护着我往前一站，汉民也上前了，引来了许多同学都围拢来纷纷指责，那几个动手挑衅的家伙才悻然走了。当时的希文激昂慷慨，使我感动。事后，当夜我写了一篇抨击的论文，题为《孰令为之》，寄给了《大公报》，很快在主要地位刊登了出来，我控诉了反动党团分子在胡作非为扰乱学府，呼吁反动党团分子应当退出学校。《大公报》当时有较大影响，希文看到后，将报上我的文章剪下贴在新出版的《复旦新闻》上。

经历过这次，我觉得希文是一个在关键时刻可以为你挺身而出的好朋友。

六

1946 年夏，复旦大学从重庆北碚夏坝复员迁回上海，到江湾重新开学。回到上海以后，我们都已是三年级的学生了。我开始在三家报刊挂名做新闻记者，奔波于沪宁沿线采访和写作。由于同地下党同志有了联系，既要做些掩护工作，也有时需要帮着做些介绍关系、穿针引线、购买物资、寄发邮件等事情。而希文则早就投身学运忙得难以见到他了。我回上海后，基本住在自己在市中心淮海中路成都南路 99 弄的家里，江湾的校舍分散，我同希文各忙各的，选的课也不相同（他有时也不上课），很少见面，但互相还是大致了解一点情况的。他注意着我发表的文章，例如我写的《上海在不景气中》《上海滩的潮汐》等文，他都看过。我在上海《前线日报》的新闻学副刊《新闻战线》上发表过一篇《我们这一代的新闻工作者》论文，是由复旦新闻系杜绍文教授拿去发的。他主编这个副刊。这篇论文我收集罗列了全国近两三年来新闻工作者横遭反动派特务压制、摧残、殴打、逮捕甚至杀害的大批事例进行抨击。因这篇论文较长，杜教授决定要分两三期载完，但第一期登出后，就受到了当局警告。杜教授告诉我："论文被禁止继续刊登了！"当时，地下党同志知道这件事曾又叮嘱我不要冒失并提高警觉，不要赤膊上阵。有一天，在复旦登辉堂附近见到希文，他正急匆匆不知忙着要去干什么，见到我，他站住了脚，笑着说："洪溥，你那篇《我们这一代的新闻工作者》我看了！可惜只看了一个开头！"我告诉他文章被禁登"腰斩"的事。由于他这时常常出头露面，我好意地说："希文，形势越来越险恶，你可得小心些。"他点头，仍是朗朗一笑，说："我这性格，有时会忍不住的，不过，你劝我，我也得劝你，你在《文汇报》上发的那篇文章我也看到了，那也很犯忌呢！"他指的应是我写的《怀念陈铭枢》一文，我说："我有记者名义，还认识些上层人物，估计没问题！"站着就匆匆一谈，他又急匆匆地走了。

这时，他和老孟、汉民等都已成了学运中的风云人物。希文1948年5月入党前后，总是在前台活动。他心直口快，疾恶如仇，冲锋陷阵自然难免。在1947年5月上海法学院学生为纪念"五四"前往北四川路一带张贴标语时，十几个学生被几十个警察殴打，打伤了两个学生，上海各大学学生立即罢课，组织了上海学生"五四事件"后援会，向上海特别市市长吴国桢提出严惩凶手、赔偿损失、公开道歉等要求。六百多学生浩浩荡荡开进了市府请愿，同吴国桢进行了五六个小时的马拉松谈判。那天谈判时，作为代表之一的张希文，锐气冲天，理直气壮，我去采访，远远见到他带着头，挥着手，做着手势，厉声驳斥吴国桢，使能干而又滑头的吴国桢尴尬而又无奈。我事后写了《泛滥京沪的学潮》一文发在报上，文中未提他的名字，但现在重看手边留存的这篇文章，他当年的英雄形象仍鲜明挺立在我眼前。

七

希文终于真的出事了！

那是以后不久的一天夜里，月黑风高，校园附近僻静黝黑。有一伙特务埋伏着等候目标。希文出现了，特务们窜出来袭击，残酷猛打希文。特务们用一种棍棒，上边有铁钉，形状有点像狼牙棒，打到人身上一个钉子就是一个血洞，这种棒有人名之为"中正棒"，希文被打得身上全是伤口。幸好救援的同学来了，特务逃逸，他被送到仁济医院救治。

我事后从汉民处知道了希文受伤住院的消息，很不放心，急急忙忙去医院看望，当时天真，没想到医院里已有特务监控。我提着水果，有特务虎着脸上来盘问还检查了水果，我进了希文的病房，特务站在一旁监视，见希文躺在床上，身上伤处全是纱布、绷带，见我来了，他却有意咧着嘴坦然地对我笑，表现出一种倔强无畏的姿态。有特务在，什么话也不好谈，我心疼地看着他纱布上的血迹，皱起眉头，但却觉得他的形象很光辉。他不断催我快回去。我终于点点头就走了，没想到，以后没几天，学校里大逮捕，希文在医院也被抓走，集中解到曹家花园关押着了！

希文住的这个仁济医院，新中国成立后改为上海第一人民医院，我 20 世纪 80 年代中左眼负伤转到上海治疗，住的就是这个医院。环境未变，往事未忘，发现住的居然就是当年希文治伤住的那间大病房，但离当年探望希文时已相隔三十多年了，岂非巧事！后来我回成都告诉了希文，谈起当年，不胜沧桑和唏嘘。

希文被囚曹家花园，汉民、老孟等也都一同被囚。各方都在营救，我时刻为他们担忧。当时，收到希文和汉民合写的一封给我的短信，信平淡，主要是说很想回校上课，免得荒了学业。我懂得他们的意思，他们知道我有些社会关系，信上实际暗示要我设法救他们出来的意思。我未婚妻的父亲凌铁庵是国民党元老辈的人物，在上海住南昌路光明村 6 号，他有个好友王绍鏊，抗战时在苏南组织武装抗日，当时是爱国民主人士（民主促进会负责人）。他们是辛亥革命时的老朋友，一同参加过讨袁（世凯）运动的。王绍鏊实际"九一八"后就参加了中共，新中国成立后为第一任中央财政部副部长，此时是上海民本中学校长。他来找凌铁庵携手为搭救被囚学生出力，他们分头找上海一些权贵要求释放学生，凌铁庵还专门到曹家花园去了一次。社会舆论当时也同情学生。终于，曹家花园的同学们大批陆续出狱。

但希文、汉民出来后就不见了，我未能见到他们的面，他们悄悄地离开了上海。

八

后来知道，希文是去苏北了！汉民去了香港！对希文来说，那可真是他叱咤风云、轰轰烈烈、慷慨激昂而又"光荣"遍体的岁月。他在上海复旦大学时，是复旦大学学联主席，后来是上海市学联主席。去苏北后，在华东解放区华中大学任学生会主席（这里有许多从上海各地去的学生）。1949年，任华东学联副主席，后来就北上去了北京。1949年5月底，上海解放，我在上海百万工人的领导机关——上海总工会筹委会工作。新中国成立前夕，北京召开第一届中国人民政治协商会议，他以中华全国学生联合会副主席身份，作为全国政协委员青年代表，登上了天安门城楼，和国家领导人一起参加了开国盛典。我是在上海《解放日报》上看到记者采访他写的专访和他的照片才知道的。而这时的"张希文"已改名"马骏"。他后来告诉我：到苏北进入解放区后，大家都改了名字，他就改用了"马骏"这个名字。

我是1953年春天由上海被中华全国总工会调到北京的。

在北京，同希文重新见面，互相拥抱，高兴万分。这时，老孟在主持《农村青年》杂志的工作，汉民在新华社，启东在团中央宣传部，我在《中国工人》杂志社。大家都忙，当时有人形容北京干部的生活是"披星戴月上班去，万家灯火回家来"。早饭前要先学习，下班后也要学习、开会。希文写过一篇文章谈到这段时期说："五十年代在北京，工作是够忙的，除去白天的八小时以外，晚上还要上班两小时，或加班，或学习，甚至连星期天的晚上也安排了民主生活会，汇报思想，进行批评与自我批评，因之留给自己自由活动的时间就很少了。那段时间同洪溥只是偶尔见面，而且多是无意碰到。就当时的气候而言，谁要是专门去看望老同学，别人会说你拉私人关系，会让你做检讨。"这并非夸大之词。

但我们偶尔还是会见到面，我知道他除全国学联的工作外，在团中央工作过，也在《中国青年报》主持过文教部和群众部的工作，筹建了人民体育出版社。有一次，在一个会议上见面，他送了一本他写的《和工人谈体育运动》给我。那次，我看到他同荣高棠在一起，很忙的样子。

1957～1958年掀起了反"右"狂飙。我当时任《中国工人》主编助理兼编委，天天从早到晚开会还要如期发稿。风声鹤唳，常从报纸第一版上看到复旦新闻系同学被批判的消息。有一天，意外地看到了批判马骏的报道。我仍清楚地记得当时有如被淋了一头冰水，巧的是那天傍晚在东单附近我却遇到了希文，风很大，希文竖着大衣领子，低头匆匆走着，迎面相遇，我带着感情叫了一声："希文！"他抬头看看我，脸上木然。双方立定了脚步，但都无话可说。稍停，他问了一句："看到报了吗？"我点点头，想安慰他又不知道说什么好，他竟什么也不说了，低着头踽踽走了，冷风中，背影远去。反"右"时期，谁跟谁都不来往，从那，我知道他遭了！但想不通：反"右"中，我许多同学都成了"右派"，但其中大多数都是当年的进步学生或地下党员，他们出生入死过，为建立新中国出过力，怎么突然都成"敌我矛盾"了呢？什么是左什么是右啊！？……

从那，整整二十年，希文消失了，既未再见到希文，也不知他遭遇不幸后怎么了。在三年困难时期的1961年夏，由于《中国工人》杂志被老人家批了"拆庙搬神"四字，刊物停办，我率队去了山东"支援农业第一线"。到山东后，分配到一个省属重点中学做行政领导工作，一干许多年，打听希文，总是音信全无，仅知他和老孟都成了"右派"，汉民坎坷地去了陕西，启东不知何故到了广州。天苍苍，人四方，回首当年，能不感慨系之？

九

　　1983 年，我写的一部解放战争时期大学生活及学运的长篇小说《浓雾中的火光》在重庆《红岩》杂志发表。那里边有个人物确是有希文的影子，想不到突然收到了希文的来信。原来他看到了这部小说，向《红岩》打听我的地址，就来了信，我喜出望外，从信上知道他反"右"后下放四川达二十年，1979 年 7 月得到改正，恢复了党籍，并到四川人民出版社任副书记、副总编。过去的辛酸他不提，沉沦二十年的艰辛杌陧我也不问。四川出版事业红火，通了两封长信后，他突然诚邀我到四川人民出版社任副总编，大意是说：同学、好友能在一起干点事业，是人生最高兴的事了，希望一定来云云。我当时确被友谊所感动。而且，写《战争和人》三部曲需要写到四川，于是我就决定来。经两个省的组织部联系，一个多月就办好了手续。1983 年 10 月 11 日深夜，我坐火车抵达成都，希文和四川人民出版社社长梁燕等同志在月台迎接。故人相逢，希文与我热情拥抱，想起以往，热泪盈眶。当夜，他不要我去宾馆，坚邀我到家里住一夜，他的夫人淑平是我同乡，子女张小熊、张憬均已成才成家，媳妇万富华也做少儿编辑出版工作，三代同堂，令我欣慰。当夜，虽未抵足共眠，却谈到深夜，天明前，下了秋雨，我忽然想到杜甫的诗："人生不相见，动如参与商。今夕复何夕，共此灯烛光……"心中五味杂陈。

　　但是，使我敏感的是：希文不但苍老了，而且似乎也少了当年那种锐气和豪气。话不像当年那么多，那么直率，有时甚至喜欢沉默、稳重。既不开朗，也少了那股热腾腾的气息。眼神和笑容中甚至有时露出一种看上去经历过风霜的凄凉，那个英气勃勃、轰轰烈烈的学运领袖黯淡了！可能仍保持着宽阔的胸怀，但确是黯淡了！时光与境遇竟能如此使人起变化？我心里感到难过。

谈起往事，他说过："往事不堪回首！"于是，我尽量不同他谈过去。但每次相见，谈谈今天，免不了涉及过去。尽管不堪回首，却为大学时代那种风雷激荡的生活引发起旧谊与深情。每每在这种时候，他会突然沉默，于是我们改换话题。作为好友，我能特别感受到他的欢乐与隐痛。

他是一位名副其实的编辑出版家，工作能给他快活。他总是非常积极热情地埋身在工作中。他有丰富的经验，知识面广，政策理论水平高，他分管川人社的文史、教育、科技编辑室，然后筹建四川科技出版社与四川教育出版社，创办《龙门阵》和《文明》两刊并兼过主编，参与远景规划的制订和几套大型丛书的选题计划决策，主持确立了一批双效益有影响的获奖图书。在四川出版系统举办的编辑培训班中授课，也为期刊编辑讲习班和四川大学新闻班授课。他文笔极好，写过大量散文、杂文，出版过《实用姓氏读写简编》等著作……

从1983年到2004年，这二十一年间，希文与我同在成都相聚，互相知心，互相关心，也互相理解。对人对事间或意见相左也都互相不以为忤。前些年，他爱钓鱼，每每钓到大鱼，即使已经夜深，也要送来让我们夫妇尝尝鲜。他在我左眼失明后说："真不该让你坏了一只眼，你要写作品，与其你少一只眼，不如让我少一只眼！"说这话时，他满眼满脸都是真诚。当年复旦老同学们来成都的不少，希文都热情接待，一同欢叙。汉民、老孟、启东等都先后来过，但汉民早几年去世于汉中，老孟前年病故于北京，启东那里去信也不复，弄不清情况。希文手边有一张他写的详细完整的当年同学的名单，那年他八十岁，曾拿着名单深情地叹息着对我说："洪溥，你看，走了一大半了！"我也心酸，竟无言以对。

他爱吸烟，我总劝他戒烟，但无效。每次来看我时，入门之前，丢掉烟蒂，分别时，走出门去又立刻点上一支，原因是他怕我"被动吸烟"。我未能劝他戒掉香烟，实在太无能了！如果他不吸烟，也许就不会患肺癌了吧？

他病到去年 10 月 8 日下午 5 点 35 分，无言地闭上双眼离开了人间。希文活了八十一年，生在世上三万二千八百多个日夜。有过光荣，有过不幸，但更有过贡献！我永远忘不了有过这样一位老朋友、好朋友。他火化的那天，是 10 月 11 日，二十一年前正是这一天深夜，他在成都车站月台上接我到来，整整二十一年，我们怎么又分手了呢？我怎么能不哭呢？

别了，希文！我献在你灵前的挽联是我的心声：

> 同窗共患难，慕君英才，学运中慷慨激昂是人杰，回首往事，泣下双行不成声；
>
> 凄凉别旧雨，情同手足，出版界开拓创进有功绩，瞻望前路，悲痛满腔缺知音。

自从希文去世，我就抑郁、牙疼、发热、心脏不适，总是失眠，白昼常想着他，夜里常梦着他。往事冉冉，心潮澎湃。植物学家发现植物也是有感情的，何况是人？我不知何时才能摆脱对希文的伤逝⋯⋯

在他的墓志铭末，我写了这样几句："其为人有云水襟怀，松柏气节，人虽西去，精魄永存。"

希文，别了！我的好兄长！

（本文刊于 2005 年第 2 期《红岩儿女》）

有文学之美、人民之爱

——悼鲁彦周

我历来对重友谊的好友逝世总是最悲痛的。老鲁是一位有高度成就的作家，但在我心目中，他又是一位高度珍视友情的作家。他在去年 11 月 26 日晚间离开了人间，使我心伤。直到今天，我仍未走出伤逝的阴影。我甚至不敢打电话给他的夫人张嘉同志说一些发自内心的慰问，因为我怕她伤心，我也会流泪。

20 世纪 50 年代初到 60 年代初，我曾在北京工作过将近十年。第一次见到鲁彦周同志是 1956 年在北京全国第一次青年作家创作会议上。那时我是《中国工人》杂志社的主编助理、分管文艺的编委。我到人民大会堂采访、组稿，认识了很多人。老鲁就是其中之一，他那时年青清瘦，挺拔秀气，一头黑发，戴副眼镜，朴实而智慧。但我当时同胡万春、郑秀章等在谈话，与老鲁仅仅握了手，认识了却没有交往，只是以后我就关注着他的电影、话剧及小说等方面的成就了。

开始深交，是在"文革"结束后。那时我在山东，曾参加集体创作执笔给上影写过《平鹰坟》电影剧本（1977 年上映），同陈清泉、傅超武、夏天、徐桑楚等同志相交，在上海永福路 59 号上影文学部给我保留了一间 306 号房间写作，前后长达三年。在那里写电影剧本的作家很多：李准、梁信、谌容、欧琳、林予、张华山、毕必成等先后都在。有个阶段，老鲁也在，叶楠、张弦和老鲁与我接触较多。我们都是对

503

文学痴情不改的人。白天各自忙着写自己的东西；夜里，每每总是叶楠、张弦来邀老鲁和我去外面附近的馆店吃夜宵，吃的不外是生煎包子、馄饨之类。

当时，经过浩劫，我们几个都有一种共同的想法：被"文革"破坏的十年，生命浪费了不少，该把失去的时间补回来，所以大家写作都很勤奋。在交往过程中，老鲁给我的印象是真诚而大气。他脸上常带着一种善良而智慧的笑容，使人感到亲切。我是知道并阅读过他的一些作品的，他的剧本《归来》得过全国大奖；影片《三八河边》由张瑞芳主演，得到过周恩来总理等中央负责同志的表扬。"文革"前，我看过他编剧的《风雪大别山》影片，也读过他写的一些短篇小说。但他谦虚、低调，根本不谈自己的作品。他住在三楼最末一间房，常开着门写作。他从未到我房里来串门，我也不爱打搅人家，倒是叶楠、张弦写累了总爱来敲我房门聊天放松一下。但夜间一同走着去吃夜点心时，我们几个都能互相谈谈知心话。我们的创作思想都是遵循现实主义精神的，都明白文学要注意社会性，重要的是塑造人物、制造形象，至于手法，则不应排斥，一切新的、旧的手法都可以用，要向文学大师学习……

记得很清楚的是有一次，与老鲁谈起"文革"。我告诉他，我写了一部一百多万字的长篇，在"文革"中毁了，而且使我吃足了苦头。他告诉我他也有一个长篇小说是写大别山风土人情与革命斗争的，写了三十多万字，在"文革"中遭到批判，片纸无存。两人遭遇类似，思想心灵相通，自然友好。一场"文革"闹了十年，我们都将最好的一段年华浪费了，我已是五十几岁的人了心情不免懊丧，但老鲁似乎颇有锐气，说：我们该努力重新找回我们自己，开创新的创作。

看到老鲁、叶楠、张弦等都劲头十足，我也不甘落后，这就是友谊的好处和力量。回想起来，那几年，他们三位都是在创作电影剧本的高峰期。我那个阶段，却不太成功，写成并发表了三个电影剧本，拍成的却只有一个。有一个剧本连改了十多次仍不能拍，从那我再也不愿"触电"了。

以后多年，我萍踪漂泊，既忙于工作，又忙于重写《战争和人》三部曲，老是忙忙碌碌。但仍关心着老鲁的创作，见他创作高峰迭起：《天云山传奇》得奖并改编成电影受到观众热烈欢迎，我真为他高兴。拿一件我遇到的事就足以说明这部小说、电影的影响之大了！有一个朋友问过我："安徽的天云山在哪里？"我告诉他："安徽没有天云山，出名的是黄山、九华山、大别山……"他却坚持说："怎么没有？鲁彦周的《天云山传奇》写的不就是天云山吗？"老鲁用笔给安徽增加了一座令人难忘的天云山了！

记不清是哪一年了，我读过老鲁写的《走出中南海》。这篇纪实文学作品写的是廖承志在"文革"中被"解放"的那一天二十四个小时。真是写得非常出色的一篇作品，真实、干净、生动、形象，十分感人。文字很朴实，但真情深邃，读了令人心潮起伏，不是有过"文革"中的坎坷经历与切身体验及深层思索的作家，是写不出如此形象的感受的，至今我也忘不了这个作品。

例如，我还读过老鲁的小说《逆火》和《乱伦》。前者是因为被译成外文，所以我找来读的。后者是因为篇名引起我注意，想看看老鲁怎么写这样一个题材，它被《新华文摘》选载时我就读了。我觉得这两个中篇都很有特色，故事性强有可读性，内容深刻复杂，有沉重压抑的气氛，但通过刻画人物写了人性中的美与丑，鞭挞了残酷的封建族规、家法对现实的影响，批判了世俗人心，释放了奔腾的激情，使读者在脑际留下了难忘的鲜明人物形象，记住了那揪心的故事。

我高兴地看到老鲁的确找回了自己，也的确开始了新的创作，并且始终在努力有所突破。这也激励了我努力去向他学习，克服种种困难，决不放下手中的笔。

1988年，我曾收到老鲁寄赠我的长篇小说《古塔上的风铃》。这是人民文学出版社出版的，题材新颖，写城市改革和新老干部交接中的矛盾。出版后有很大影响，北京开了研讨会，冯牧、荒煤、江晓天、雷达等同志都发了言。读老鲁新作，我当时既为他兴奋，又不胜"千里永相望，昧昧我思之"之感。

时光滔滔，同鲁彦周同志再次相晤是1996年春天了！那是四川举办的一次"五粮液"笔会。老鲁偕夫人张嘉同志应邀出席这次笔会。他们到成都座谈游览后还要转道宜宾等地去领略四川的山水名胜。我在第一天参加了座谈会，会议的种种主要是诗人孙静轩大力操办的。我想请老友聚叙，但时间紧，我征求静轩的意见，他怕影响会议，终于无法尽地主之谊邀约一些老友聚叙一次，使我心中颇有歉疚。事后，我给老鲁、张嘉兄嫂写了一信，并寄去了一部《战争和人》请他们指正。很快收到了他5月28日的回信：

王火兄：

　　你好。这次在成都重见，阁下风采依然，令人喜悦之至。我从宜宾没有返成都，因为唐达成、从维熙诸兄要去安徽玩玩，我当然要奉陪。这样就赴重庆、过三峡、抵安庆直至九华山、黄山等地。送走了朋友之后，我到二十日后才返肥。回家首先令我又惊又喜的便是摆在写字台上的三大卷，这才是巨著，我不能不从内心感佩你的才力和毅力，并尽快拜读。

　　我近十多年虽然也写了几部长篇，但都不满意，影响也不大。我也没有在意，最近还有一部长篇要出，出来即给你寄出，也只是一种回报而已，书本身不足道也。

　　暑热将临，诸希珍重。匆此敬候大安并向夫人致意。

鲁彦周
五月二十八日

信是用毛笔写在红线八行宣纸上的，共三页，他是书法家，一笔字收放结合、游行自在。我的一位内侄余望前几年出版他的传奇人生经历时，就是请彦周同志给他用毛笔题写了书名——《阳光照彻》的。这封信我自然珍藏着。

老鲁为人磊落谦逊，给我的信上语多勉励，其实他的成绩比我大得多。1997年9月，我就收到了老鲁寄来的长篇新作——《双凤楼》。这部长篇形式和内容都有变化，可读性强，艺术构思颇具匠心，能给人丰富的审美意趣，应当说是一部有历史穿透力的小说。我当时曾想写篇评论，但我不是评论家，又忙于出国访问，结果是一字未写。这以后，我忙于写长篇和回忆录，又忙于率团出国访问并到台湾进行文化交流，还到英国住过几个月，游览了法国。老鲁也在1998年到1999年间去美国住了将近一年，我同老鲁简直断了联系。但2002年12月，厚厚八卷本的《鲁彦周文集》精装本首发式及鲁彦周作品研讨会就在合肥举行了！我未能参加14日举行的盛会，但收到请柬及文集，文集出得精美，老鲁著作等身，硕果累累，使我钦佩。文集是对我国文学事业的文化积累有贡献的。在第一卷首，老鲁写着"王火、起凤伉俪老友教正"的字样。在第五卷上，我看到老鲁放上了他和我的合影，我明白：这是他认可我们之间深厚的友谊。这增加了我对老友的思念。

转眼到了2003年，作为安徽省文联名誉主席的鲁彦周同志和夫人张嘉盛情邀约我和起凤到安徽参加由省文联及国营敬亭山茶场举办的"首届敬亭绿雪笔会"。4月初，我们夫妇由成都飞往合肥。参加笔会的除老鲁夫妇及省文联书记处书记吴雪外，有邓友梅、邵燕祥、吴泰昌、南丁、苏中、刘祖慈、何向阳、殷慧芬等各位。省委宣传部及省农贸局领导同志宴请后，我们游览了合肥、宣城、旌德、歙县、黄山……这次皖游，与老鲁夫妇及好友们相聚，十分快活。老鲁有一个幸福的家庭，夫人张嘉是位画家，贤惠能干，也像老鲁一样待人谦虚真诚。老鲁夫妇感情极好，三女一子名字里都有一个"书"字：大女鲁书妮、二女鲁书英、三女鲁书江、儿子鲁书潮。我曾笑着对老鲁说："你们一家是书香之家！"老鲁满意地对我说过："我的孩子们还是不错的！"他儿子书潮和媳妇王丽萍都是作家、编辑；三女儿在加拿大攻读过英美文学博士，如今在美国；大女儿是位编辑，如我未记错的话，她曾向我邀过稿子。查找 2003 年 4 月 8 日的日记，上写："当年老友，而今都已白头。彦周夫妇在皖声望卓著，极有信誉和人缘，待我们周到热情……昨天，彦周对友梅和我说：'我们三人是几十年的老朋友了！'言下颇多感慨。后来谈起叶楠。叶楠清明那天逝世，大家均唏嘘不已。叶楠比我小六岁，遽而去世，令人伤感。"

皖游笔会期间，由于我们夫妇年岁较大，老鲁夫妇细微周到地照顾。相聚匆匆，忽又告别，但我们留下了多张合影留念。别前，我对他说："你有过一首诗，说：'虚名有若无，笔墨未荒疏；莫羡春花艳，喜闻沫相濡……'我很喜欢，这次见面，我要谢谢你相濡以沫的友情。希望保重。"他说："你年龄比我大，但身体比我好。"我知道他有肺气肿，血糖也高，但见他精神状态良好，并知他在写一个新的长篇。我发自内心地说："你为人性格好、修养好，又有和谐美好的家庭，你是会长寿的！写长篇很累人，希望一定掌握劳逸。"分别时，下着雨，大家不断招手。我当时颇有"此情不可道，此别何时遇"之感。

2006 年 1 月，我意外地收到他寄来的由人民文学出版社出版的两卷本七十万字的长篇小说《梨花似雪》。他说："这本书不能说是我的呕心沥血之作，但确实是我的真情的倾诉。"我非常赞叹。老鲁给我的深刻印象是勤奋有为。这是他的第五部长篇，他写这么厚的一部巨著，形式上有创新，淡淡的抒情很吸引人阅读。他说："我是为人民而写。"他用四年时间将"心中久久已蕴藏的想说想写的内容做了一次大释放。"翻开书来，篇首有一张康诗纬同志拍摄的老鲁的近照，非常传神，他戴着黑呢帽穿着黑大衣，围一条白底黑方格围巾，露出红毛衣，双鬓白发，架着一副眼镜，带着他那动人的善良、智慧、谦虚、和蔼的笑容，背后是满树似雪盛放的梨花。我从心里产生出一种对他的敬重。他这样的笑容会留在我眼前永不消失的！

老鲁是安徽巢湖人，出生在巢湖北岸。抗日战争时期，我在1942年夏天为了过日寇封锁线曾在合肥东乡大兴集住过一个多月，路过有名的巢湖，远望巢湖给我留下了深刻的印象。它大极了！大得超乎我想象，那是个阴天，风萧萧，巢湖有哗哗的水声拍岸。水连天，天接水，远处有白色的帆影缓缓飘移，湖上有迷茫的神秘，辽阔的湖水丰满宽阔，令人神往，那时的印象至今鲜明。老鲁在《梨花似雪》里写到了巢湖，引起了我许多的遐思。老鲁这位巢湖之子，像巢湖一样的有浩浩荡荡的风骨气韵！染上岁月的风霜，他西去了，但中国当代文学史上会留下他。他是一位有成就有贡献的作家，一位心中有文学之美、人民之爱的作家、一位有毅力有追求用生命书写作品的作家！

我永远不会忘记老鲁的友情和他的作品！

（本文写于2007年1月28日，刊于2007年2月《四川文艺报》）

北望遥祭江晓天

友情是终生的精神食粮。江晓天兄去世，使我悲伤。但想起我们的交往，他这位君子，不仅使我在相交中沐浴到他的友情，从他身上获得许多值得学习的优点。而且在他西去后，每一想起，除悼念的悲伤外，同时会忆起他的高尚情操。我翻阅他给我的信件，保留的还有十七封。重新阅读，使我想起许多往事，记得有一次我曾对他说过："你是一位君子！"他问："怎么？"我说："你谦逊、正直、礼貌、智慧，心地光明正大，工作任劳任怨，处事磊落，与人相交，诚实坦荡。你坚守着这些发光点，岂非君子！？"他笑着摇头，但说："努力做吧！"

我发自内心地说这些话，并非偶然。

上世纪50年代初，我从上海调到北京筹办中华全国总工会机关刊物《中国工人》杂志，在北京先后工作将近十年。往事袅袅，大致记得五十年代中期，晓天在中国青年出版社负责文学编辑室的工作。他先后和一些出色的编辑同事们编辑出版了很多极有影响的好书，办了丛刊《红旗飘飘》，出了长篇《我们播种爱情》《红旗谱》《红日》《草原烽火》《红岩》《创业史》，等等。我们既是同行，我当时自然知道他的名字。但见面却只有一次。那是在一个讨论会上，讨论的是传记文学与传记问题。中青社是他和黄伊两位参加。那天他同我坐在一起。他给我的印象是瘦削清秀、两道黑眉很浓、浓眉下的两只眼睛很有精神，脸上常有笑容，谦虚和蔼。我内心是很佩服中青社的同志的，觉得他们成绩大值得钦佩。晓天那天没有讲话，黄伊讲得较多。我的发言后来发表在《北京文艺》上。那时忌讳讲私人友谊，以后我同他并无往来。到1961年《中国工人》奉命"拆庙搬神"，我做完结束工作，率队去山东支援老区建设。临行前，我将业余写成的长篇小说《一去不复返的时代》送到中青社请他们审处。同王维玲、张羽、黄伊、王济民等同志打过交道，却未见到晓天，听说晓天"下放劳动了"！那时政治上密云骤风，详情我也不便打听。但我到山东后，仍关心着中青社的情况，记不清是哪年了，听说晓天仍在中青社，而且抓了姚雪垠的《李自成》和陈登科的《风雷》。这两部长篇出书后畅销，我都买了看了，但"文革"来到，我在山东一个省属重点中学做行政领导工作，倒了大霉。看到报上批判《风雷》成了"黑风雷"，成了"反革命大毒草"。我明白晓天一定受了大罪，只是情况却已无从知晓了！

　　光阴流泻，1983年我从山东调到成都仍干编辑出版工作，知道晓天无恙，曾调文化部政策研究室、文艺研究院做行政组织领导工作，又调到中国文联书记处做书记，并参与了《中国新文学大系》等大型图书的编选工作。1982年恢复作家出版社后，任总编辑。由于我当时在四川文艺出版社与他有工作来往，通过信也在北京见过面，只是交往频繁是从1992年才开始的。那时，为编选出版《世界反法西斯文学书系》（这是国内外第一套全面、系统地介绍世界反法西斯斗争的优秀文学作品书系，规模宏大，共五十二卷，中国占十二卷），晓天和我都是中国卷编委。其他编委有殷白、胡可、邹荻帆、陆梅林等。我们在北京住中组部招待所，晓天同我过从的机会多了，他是个不张扬的人，但编选意见每每十分中肯。当时，将孙犁的《风云初记》，老舍的《四世同堂》选入长篇卷内，晓天是坚决的。记得他说过一次话，大意是：书出版了，有的活下去，有的很快就死掉了！活下去的书少，死去的书多。好的书才能活下去，差的书却只能死掉。"文革"杀了许多好书，造成书的冤案。我们如今要将被冤杀的书救活平反冤案。一个作家的成就不在于看他写了多少本书，而在于看他的书有多少能长期活着甚至永远不死。……他的话说得新鲜、生动、饱含真理。那段日子，我同他和其他同志，包括重庆出版社的沈世鸣、陈兴芜、杨希之等同志，相聚十分愉快，至今留下美好难忘的印象。

晓天是一个习惯于分析文学作品、深懂小说艺术的编辑家。因为我们都热爱这种工作，所以很谈得来，常常两个人在一起嘀嘀咕咕，谈得越多，了解越深，常有共同语言。他一生爱书。不但是优秀的编辑家，也是出色的评论家。博览群书是他的嗜好。他读了我的《战争和人》三部曲，曾经主动写过一篇评论，题为《气势恢宏，璀璨夺目——读〈战争和人〉琐谈》。他明明写的是一篇长长的正规评论，却只肯用"琐谈"来命名。写这篇评论，他先后给我来过三封信。第一封信上，他说："关于《战争和人》写了两大段卡住了，因为给朋友写信可以随便，整理成文就得有章法。我有个习惯，写文章前，不看别人已发表的文章。这就须通过自己反复思索、把握准，从而也不可能与别人的近似或雷同，因此宁肯先放放，多想想。"第二封信上说："就《战争和人》的审美和认识价值而论，需要进行更深入的探讨，任何一部艺术精品名著，都不是一时评说得清楚的，但总要说出一点自己的见解，至少要选取一个新的角度。'先下手为强'，越往后越不好写了。我写的稿子拟再作调整充实。"第三封信上，他说："从济南回来，才看到永旺（按：指评论家谢永旺）发在《当代》上的评论《别开生面》，竟彻底改变了我原来的构想，以童家父子为主，寻着你写出一个时代的结束和一个时代的开始主题意旨，和从广泛的视角，写战争和人，写人物深层次、复杂的性格的艺术追求，用评述的写法谈个人赏析之所感，历时十多天，终于成篇"……引用这些信件，是说明晓天对文字工作的认真、细致。像他这样的评论家，信手大笔一挥写篇评论是不难的事，但他却是如此认真，一板一眼，一丝不苟地评而论之。这是使我深深感动、难以忘怀的。所以他以前做编辑出版工作时，能抓出了那么多有影响的好书。他是呕心沥血地在干的！

殷白同志曾对我说过："江晓天是位书法家。"确实如此。晓天的书法挥洒挺秀。他写给我的信无论毛笔字还是钢笔字，每封信展开都是规矩整齐、漂亮多姿的。我写信历来潦草，看到他的信，常会惭愧。

晓天是安徽定远人，想不到和我的爱人凌起凤竟是小同乡。定远人在外边能遇到的不多。他遇到起凤当时的高兴出乎我的意料。原来晓天爱安徽爱定远，非常热爱家乡。他写过不少描绘故乡的散文，诸如《还乡散记》《说往道今》《故乡给我晴朗的天》《故乡茅草室》等，也写过关于安徽的散文，如《夜宿临淮关》《淮河三日行》，等等，都洋溢着浓郁的爱乡思乡之情。他在北京第一次同起凤见面，知道是定远同乡，立刻热情地直呼其名，说："遇到我的小老乡真是难得，非常高兴。"吃饭时，给起凤亲切地夹菜，然后就谈定远，并且认定我是"安徽定远人的女婿"。

以后我们通信，他和夫人李茹总是联名写信给我和起凤。有次信上说："起凤还好吧？今秋定远大丰收，粮副产品价格又提高，农民很高兴。故乡这条好消息，起凤听了也会为之高兴的。你们到北京后，不要忘了给我们打电话。寒舍水酒、粗饭，聊天是一乐。"有一年冬天，晓天、李茹夫妇回安徽老家去了近一个月，在定远住了七天。回到北京后，来信说："有件事急于告知起凤。在这里，县志编写组同志们来看望过，说起家乡还有位女秀才凌起凤，他们说在打听你在什么地方，县志人物传要收进令尊的小传，务请起凤为令尊写一生平小传寄给定远县志编委会办公室，邮编233201。家乡近十年发展变化很大，定城旧貌也不见，柏油大路，新楼林立，十四层现代化宾馆……西乡几个镇，全换了二层楼房。"现在，晓天病故，起凤因小脑中风，脑萎缩，生活基本不能自理，时光真是残酷，往事不堪回首。

晓天自己身体瘦弱，常在病中，但却始终十分关心我的健康。他写信时总劝我要保重身体，不要在写作上过于劳累。夏天暑热，要我注意盆地的潮湿；冬天寒冷，要我防止感冒。言辞恳切，这位兄弟般的好朋友，关心我胜过我关心自己，使我常生感动。

　　晓天有一个很幸福的家。他和李茹大姐互相恩爱。李茹美丽贤惠。有朋友对晓天开玩笑，说："你怎么把李茹骗到手的？"其实，何必要"骗"，就凭晓天的为人就该配李茹这样美丽的贤妻。晓天夫妇孝顺老人。我读过晓天写的一篇忆母亲的散文，题为《刻骨铭心的往事》，刊登在山东人民出版社出的《名人与父母亲的故事》一书上，那真是亲情深厚之作。晓天夫妇有一子一女，都很优秀，子名江淮，女名靳虹（晓天本名靳家保，1941 年参加革命后，用江晓天名），但 1975 年 2 月，在海军南海舰队政治部文工团的女儿靳虹不幸牺牲，这成了晓天夫妇心上永久之痛。江淮同杨小葵结婚后，晓天和李茹有了个媳妇又添了小孙女，小孙女成了掌上明珠。小葵在北京中国文联出版社做编辑，她温娴淑静，不愧是编辑家的媳妇，做编辑极负责任，编过不少好书。我的《在忠字旗下跳舞》一书，小葵拿去做了责编，印数很多，有一定影响。至今她仍关心我的创作，希望我有新作品好再为我做责编。他们一家本是一个非常值得羡慕的家庭，和谐美满。但女儿不幸早逝，晓天又病故，令人心疼，情何以堪。月有阴晴圆缺，人生自然摆脱不了喜怒哀乐与生老病死。前些天，在电话里听到李茹大姐沉稳安详的声音，告诉我：墓地已经购定，晓天已经安葬，靳虹将迁来与慈父做伴。我心中涌出难以形容的感情，却想到了一位哲人说过："死是人人会有的，重要的是灵魂不死！"对国家对人民有过贡献的君子、好人，就是灵魂不死的人！歌德在他的诗篇中写过："人格是大地之子最崇高的幸福！"从这种意义上说，这个家庭永远是幸福的！

　　今天，我决定将晓天给我的信寄还给李茹和江淮、小葵及小孙女留作纪念。我是用祭悼的心情写这篇悼文的。我比晓天大两岁，今年 85 岁了！但以后也许还能去北京看望一次亲友。如果实现，自然会去看望李茹和江淮、小葵及小孙女的。我也会去给晓天和靳虹的墓上带去鲜花的！

　　　　　　（本文写于 2009 年 4 月 28 日，刊于 2009 年第 7 期《四川文学》）

"幽声遥泻十丝弦"

——悼吕宁

看到 8 月 4 日《光明日报》上报道了《中国日报》社秘书长吕宁同志于 1987 年 7 月 26 日逝世的消息，这些天来，我不能不沉浸在难以自拔的悲痛中。啊，老吕！你和我同年，今年都是六十二岁！我一直以为你是个长寿的人，因为你性格豁达，雍容大度，才不外露，遇事又能不惊不慌，从容稳健，我总觉得修养好的人能不以忧喜得失而伤身体，可以常葆青春，但你竟忽然去世，太出乎我意外了！这几天来，我一直心上像压着一块石头，记忆的深井被搅动了，往事都浮现眼前。你的音容笑貌，总使我感到分别似还在昨天，可是生死永隔，我们想再见面已不可能！关山万里，我在四川成都，你在北京，在你病危时我们未能见最后一面，你逝世后我又未能亲临吊唁，这就成了一种遗憾，一种终身的遗憾。也许，现在，只有回忆能帮助我抑制悲伤、抚平感情的波澜。思想，是人类实践和知识凝汇成的精灵；我想，回忆也是的，每每在多少年后，思索和回忆会带来爱与美的怀念，会带来较深刻而真切的认识。如今，想起我们在一起的那些日子时，势必也是这样。那么，今天我含着热泪写的回忆也就不是多余的了。

我还记得，我们初识是在北京北新桥的一家很脏很小的饭铺里，那是 1953 年，上海、东北、武汉、重庆等地的工会系统的各出版社和刊物都奉命撤销，编辑人员选择一部分集中调到北京，加强中央级的

515

工人出版社，我是从上海劳动出版社调到北京的，吕宁是从沈阳东北《工人之家》杂志社调到北京的，我们上海来的一些人正在筹备出版全国性的《工人》半月刊。吕宁和从东北来的一些人，还有教育部来的一批同志，合办一个面向全国工人的《学文化》杂志。那时，工人出版社面临大发展，人员来自四面八方，口味各异，伙食又办得不好，中午时许多人都在外边随意吃点东西，北新桥一带，那时还很荒凉贫陋，这种小馆子卖炒饼、面条，也卖炒菜。饭店里，几张破旧的方桌，指甲很长的堂倌用一块黑油油的抹布抹桌子，门口火上煮着一锅浑浊的洗碗水，看到这腻腻黏黏的洗碗水，就使人汗毛立正食欲全无。我和爱人凌起凤是皱着眉头硬着头皮去吃饭的。每次，我们总看到吕宁先我们坐在那里。他瘦瘦高高的个儿，很精干，又有点书生气，脸上平静，但常带一种亲切的微笑，他不爱说话，我们先后一共说过不到十句话，照例是互相点点头，各坐各的，各吃各的，但他沉默却不使人感到阴暗，我对他的印象不坏，馆子里苍蝇嗡嗡嘤嘤，他也不在乎，从不说一句不满或嫌弃的活，总是独自静静地吃，或饭或面，像在完成一项任务，吃完就走。

后来，《学文化》停办，《工人》半月刊也不办了！我们有缘，竟被分配到一起办《中国工人》杂志来了！而且他是主编兼编委，我是主编助理兼编委，一度，我们在一间屋里办公，面对面地坐着，我"助理"他，互相之间的工作关系变得异常亲密了！工人出版社那时是在西总布胡同30号，我们的宿舍是在东总布胡同19号，离得不远，我们与老吕两家成了近邻。我们社里这幢西式楼房宿舍，据说是袁世凯时代的德国大使馆，后来又做过评剧名坤伶小白玉霜的公馆，院子里有一架虬蟠斑驳、条叶垂挂的紫藤。我和吕宁有时就在紫藤架下站着谈一会儿工作。当时住在一起的邻居还有作家康濯等人。吕宁照例不多同人来往，给人一种"冷"的感觉。但我仔细观察，他绝不是"冷"的人。他见到我的女儿王凌总爱笑着逗一逗，对自己的两个儿子大雁、二雁爱得很深，每到星期日，他和在人民出版社做编辑的王淑吉同志总是带了孩子外出游玩，有时去北海划船，有时去景山游览……他发现我每逢星期日总是在家看书或写作，每每总笑着说："啊呀，老王！你怎么不玩一玩呢？"这句话，他常常重复，可是别的话却听不到，我也不免感到他与人有距离了！

他同我在办公室里对面坐着的时候，也是沉默寡言，绝少说话，更不谈心，因为那时候，有种"左"的看法藏在每个人的头脑里，互相之间的关系只肯定在工作关系上，同志之间是讳有友谊的。不过，尽管这样，我们的关系还是不错的，在工作上，他善于放手让人工作。我任主编助理阶段，他几乎将大部分业务权全交给了我。他只过问大事，诸如方针、任务、计划、总结之类，却不去陷入具体编务和琐事。互相加深了解以后，有一天，他征求我的意见："老王，你来做个'头脑清醒者'如何？"这种"头脑清醒者"，是苏联有的报社采用的制度和形式：由这种人在付印前来审定大样以减少错误。我同意以后，每期发稿的版式由我审定签发，每期付印前的清样，也由我审定签发。我还记得很清楚，有一次，工会召开八大，封二刊登的照片上大标题是"庆祝工会第八次代表大会召开"，可是"大"字误成了"犬"字，被我及时发现，让工厂从速挖版补救后，那次，他显得很高兴，笑着对我说："幸亏你头脑清醒！要是你也糊涂了，就'大'字上这么一点，咱就吃不了兜着走啦！"

这几乎是我所听到的他说的唯一的一次幽默话了！

刊物开始办的初期，怎么办还缺少经验，举棋不定。因为《中国工人》是全国总工会的机关刊物，工人阶级包罗的既有普通男女工人，也有工程技术人员、教育工作者、工会工作者……产业又各不相同。工会干部要看工会工作经验介绍，青工要有青工的特殊爱好，老工人文化低要求刊物通俗，工程技术人员提出增加科技内容，工厂的车间主任、班组长又希望看到生产管理的文章，工厂中的文学爱好者又请求将《中国工人》办成文艺性刊物……吕宁让大家下去调查研究，自己也下去听取意见，回来后展开讨论，提出方案，终于确定《中国工人》应当是一本面向广大工人的政治思想教育刊物。一切从政治思想教育出发，但不排斥包括文艺在内的任何形式。明确了这一点，大家的工作好做了，刊物也有了起色。

吕宁做主编，十分稳健，他主编下的《中国工人》，大的纰漏是不多的，因为他牢牢掌握着舵。他平时自己不写文章，也不爱动笔改人家的文章，但他大事决不马虎，重要文章一定亲自斟酌，审稿的水平很高，聚精会神，眼光敏锐，常能看出人家疏忽的大问题。逢到这种时候，他的习惯是：用笔画出一切有问题的地方，严重的打上"？"，退给你自己红着脸去看去改。他说："这样会改得更恰当，也是培养提高编辑的方法，不必越俎代庖！"他历来不赞成改稿时从个人口味和爱好出发，而主张保留作者自己的风格。

吕宁一米七几的个儿，说话声音软而慢，平时不太讲究衣着，冬天总穿一件破旧了的"皮猴"，袖口已经有点丁丁挂挂了，但开起会来，往那里一坐，挺潇洒，还俨然有一种大将的风度，他的优点是能启发人无拘无束地讲话，因为他从不抓谁的"辫子"，对逆耳之言从不表示厌恶。他最后做小结时，又善于采纳众人的意见，讲的话好像并不怎么精彩，优点是干净利落，中肯，明确，简洁，绝不拖泥带水，也绝不放空炮，使人感到他是个务实的人。

谁有好的建议，吕宁都能采纳，有同志提议刊物上应当办个"讨论会"的栏目，他支持，而且很关心。有同志提议，刊物上增加读者来信栏发表一些有质量的群众信稿，他支持。1959年初，我建议重新发表夏衍同志的著名报告文学作品《包身工》，他认为很好，同意拿出大量篇幅抽去许多别的稿件。全总书记处分工领导《中国工人》的张修竹书记提出：要在《中国工人》发一个好的连载小说，他就坚决贯彻执行。我们先将吴运铎的《把一切献给党》改写本的精彩章节连载，他又同我商量要我写一个连载，后来，将我写的节振国烈士事迹的中篇小说《赤胆忠心》配上画家江荧的精致插图放到刊物上连载，反响挺好。对本刊编辑部同志的稿件，无论文稿、画稿，只要有质量，只要能处理好编创矛盾，他是坚决主张采用的，而且认为这是一个优点。在我给刊物写总结时，他主张把采用内稿的比数增加作为一项成绩纳入总结，因为他认为本刊的同志，了解刊物的对象，了解本刊的要求，写出的稿符合读者要求，而且他历来认为一个刊物编辑部，既出刊物，又该出人，人才要靠自己从现有人员中培养，能通过写作提高编辑素质，这是好事。在这种培养下，编辑部后来涌现出不少能写、能画的人才。虽然，他自己是从来不写一篇稿在自己的刊物上用的。

我听到过当时编辑部的同志有的说吕宁似乎有点"懒"，能写出好文章来却不肯动笔花时间去写。但后来从一些运动中得到体会，感到他不是"懒"。他把主要精力用在执行刊物的方针任务上，而且，他的"懒"也许是当时那种"左"的气氛和现实的产物，他的"冷"也可能是同样的产物，他平时慎言慎行，但假日就寄情于山水之间，唯有见到活泼天真的孩子才表露热情，何尝不是一种彷徨心态的流露？何况，他支持编辑部的同志写稿，他自己也夹在中间写，那就不好办了。他支持大家写，自己不写，在公和私的问题上要好处得多。

吕宁是个不爱趋时整人的领导干部，跟他一起工作，他决不会记嫌报复，绝不乘人之危落井下石，绝不会假充积极踩人家的肩膀。他做主编阶段，运动中也伤过人，但那不是他的主张。反右开始前鸣放阶段，他要去东北"走马看花"，让我在家主持工作，我不同意他在这种时候离开，他非要出发不可，我只好在家主持工作。但我问他："你看你走后我的工作怎么做？"他当时未答，事后却抄了一段话留给我：

"报刊应该真正成为领导一切社会主义建设和发展无产阶级国家力量的事业的党的意志的表现和喉舌，报道事实上应该成为党在组织群众和向群众进行列宁主义思想教育方面的主要的助手。因此，我认为现时尤须强调指出的是：报刊不仅应该和我们的党有密切的联系，不仅应该置于党的完全的领导之下，而且应该使自己的全部工作完全地与党的工作和党的思想生活结合起来。"

他亲自把这段话压在我桌上的玻璃台板下。这段话是引自《布尔什维克报刊文集》中的《苏维埃的和党的报刊的基本任务》一文中的。当时我们编辑部学习过这本书。我觉得有点"老生常谈"，但却因为是他给我的"临别留言"，不能不重视，所以在他走后的阶段，倒确是时时看一看想一想的。而这，显然在大鸣大放的惊涛骇浪中确是像警钟似的使我清醒，给了我极大帮助的。

在那个大鸣大放的日子里，我否定了许多有过于出格言论的文章。但反右开始，由于尺度不同，"左"的情绪使一些正确的东西也成了"毒草"（比如一幅《叶公好龙》的漫画，本来是丝毫也没有问题的，当时却也可加上"鼓动右派向党进攻"的罪名），我真怕出问题。反右运动是从工会系统开始的，当报上发表《工人说话了》的社论后，吕宁从东北回来了，他回来的那晚，我心情沉重地在紫藤架下同他站着谈了片刻。我讲了他走后的工作情况，并检讨说："我的工作没有做好，看来，刊物上发了一些不好的文章和漫画……"他依然默默不语，但看得出心情也非常沉重，临别叹着气说了一句："看运动的发展吧！"话虽简单，显得无可奈何，我感到他的态度并不"冷"，他并不想拿我做"替罪羊"，也无心陷我于泥淖之中。

后来，反右斗争狂飙似的在开展了，从检查刊物上的"毒草"开始，很快就有扩大化的情况，吕宁始终稳稳地，并不热衷，很少发言，即使开口，语气也是平和说理的，不像批判，倒像"谈心"，使人感到他实事求是。由于他平时并不同人谈心或深交，他不"揭发"任何人也成为可以理解的了。有人议论他在运动中不够"积极"，不够"火爆"，其实，他在解放战争时期参加学运，听说是热情奔放、慷慨激昂的。在反动派面前，他毫不畏惧退缩，不是不会"火爆"，为什么在运动中会是这种不够"积极"的态度呢？当时并未深究，我只是觉得他从不哗众取宠，从不得意忘形炫耀表现自己，确乎是一个比较实事求是的人！

反右斗争结束，送走了一批同志去劳动，我平安无事，看到那些主人离开了的空椅，又看看玻璃板下吕宁的那段留言，心里感情十分复杂。这段留言我珍贵保留作为纪念，直到十年内乱才损失。

吕宁背后不爱臧否人物，看人总是看优点多。与他相处那么久，我很少听到他背后说谁不好，但却并不排除他当面对一些人和事谈出自己的看法。当时有位老同志，资格很老，人品很好，就是能力差，工作不称职，有人背后评论那位老同志，他显然也认为评论的意见基本是对的，但自己不参加评论。只是在后来从工作出发，对那位老同志的工作进行了合适的调整，让胜任的同志去干，而对那位老同志，他总是称之为"×老"，很尊重。

我曾率一个工作组出差工作，组内有一位同志，平日从不认真工作，但政治口号叫得比谁都响，是个善于动辄就"汇报"的人。在出差中，他有些不妥当的做法受到我的批评，出差归来，我听说他很快就去向吕宁"汇报"出差情况并且歪曲了事实。我就特地找吕宁解释。但吕宁笑了，说："我都知道了！"他的意思是我不必解释了，小事一件！我也不禁笑了，感到自己气度还不够大，过于斤斤计较。我想，有时，我感到吕宁有"大将风度"，可能就是一种气度恢宏的气质决定的吧！

吕宁在有些事上确是不与人争的！争名、争利、争权、争位，他都不涉。出风头的事他绝不热衷去做。《中国工人》在1958年独立，由中华全国总工会书记处直接领导，他的主编工作好做得多了。起初，未独立时，有些领导同志喜欢能说会道的人，似乎觉得吕宁平庸不露头角，却忽略了他从不患得患失，历来踏踏实实不表现自己的一面，因此偏爱别人，对他不无微词。个别能说会讲、锋芒毕露的同志也就自以为是、气势凌人，但老吕置之泰然，未见他生过气发过牢骚，未见他计较一言一事。但最后事实证明，吕宁是称职的。他是一个埋头耕耘的主编，他主持下的《中国工人》，执行方针任务上始终坚定不移，刊物不断有改进，与《中国青年》《中国妇女》并驾齐驱，印数高的时候达到六十万册以上，一般也稳定于二三十万份。他的为人也洁净无垢，如清风，如绿草，虽不显眼，却纯粹、美好。他在私生活上也是严谨的。

1958 年"大跃进"时，我到了甘肃，在那里看了引洮上山工程，又到处看了全民大炼钢铁的阵势，访问了省委领导同志。当时我用"本刊记者"名义，写了《紧张是东风——记中共甘肃省委第一书记张仲良同志一席谈》一文，由《中国工人》当"帽子文章"发了头条。文章大意是：有人说大跃进太紧张了！大炼钢铁太紧张了！这不对，紧张是东风！不是东风压倒西风，就是西风压倒东风！……当时，颇得好评，但平心而论，当时看到群众十几个昼夜不睡觉，连铁床、铁门都砸碎了炼钢也确实不是滋味。加上，到河北徐水地区去"走马看花"，看到了更多"左"的和浮夸的做法。虽然回来后鉴于 1957 年反右的情况，不敢如实说出，只好闭口不谈，但在取舍稿件时，却开始否定那种过于虚夸的文章了。这曾引起个别的编辑不满，但每逢这种时候，老吕总是支持我的，他那个阶段，也出去"走马看花"，回来也闭口不谈，但当然也有所感。我们之间，互相心照不宣，却隐隐都有一种忧虑，记得 1959 年秋，我出差去旅大时，吕宁就叮嘱我："老王，带上十几斤饼干去吧！那里也许吃饭不方便。"我幸亏带了饼干，不然，有时就要饿肚子了！到 1959 年冬末，北京城里供应十分紧张，我和吕宁却还一同到西山中直机关造林站去劳动过一周，任务是植树。那时浮肿的人已不少，每顿都吃不饱，老吕干活仍很出力，脸上也仍旧总有亲切的笑容，我们每次都一人背三棵马尾松树苗上山，栽得妥妥当当才下山。回来后，啃了咸菜、窝头，就一同到附近散步闲逛。有一天，看到一处炼钢工地上到处丢弃在地上的一堆一堆废钢铁时，他终于叹息地说："老王，我们头脑都发热了！你在甘肃写的那篇《紧张是东风》，当时认为好，现在看来是坏！办刊物做编辑工作责任太大了！传播的东西正确，有利人民；传播的理论错误，为害人民！岂能不小心谨慎啊！"

我思索起来。但就是这一次，我们也未继续深谈什么。他是个有党性的人，工作中的缺点错误，如果发现了，心里明白，有所抵制，但不愿多加指责抹黑。他深沉，我也不爱发牢骚，一种当时抑制人交流思想和意见的寒流，使我同他之间始终保持着一种不远不近、亲近又有距离的工作关系，这一直维持到我们分手。

1961年《中国工人》奉命撤销，上头批了四个字"拆庙搬神"，人员大半下放各省，吕宁被留调《工人日报》任副总编辑，我则在处理完刊物结束工作后，又给《工人日报》编了三个月《工人文艺》，然后决定下放山东。走前，我去向他告别，他刚出差归来，手里抱着小女儿香香，灯下对坐，两杯清茶，知道我要远行，他少有地露出颇为不舍的神情，像做鉴定似的表示对我的工作和为人是满意的。平日相处，从来没听他说过这类动感情的话，这就是推心置腹了，使我感到他确实内含热情。临别互道珍重，他又终于深情地说了一句："你去山东的事，我不知道。以后《中国工人》如果复刊，我们一定仍会在一起的！"也许，这就是我同他相处中他所说的最富私人感情的一句话了！正因为他平日话少，这句话和他当时的神态却使我每一想起，就感到温暖。虽然，后来《中国工人》直到今天也未复刊！

我不禁想，我同吕宁是50年代初到60年代初相处近八九年的老同志。朝夕在一起，虽有较深的了解，当年却谈得那么少，而且友谊总停留在一定程度上就不再发展了！这是那时频繁的政治运动和"左"的思潮造成的。老吕这个人，长期从事党的新闻出版编辑工作，他是一个党性很强的同志。他比较平凡，一生并不轰轰烈烈，也没留下什么著作，但他是个真正为他人做嫁衣的宣传工作者！在他所从事过的工作中，他付出了心血，他留给我的印象是一个实事求是的人，一个勤恳踏实的人，一个不哗众取宠争权争利的人，一个谨慎而忠诚于党的事业的人！一个人倘若死后让人回想起他是这样一种人时，也就值得欣慰的了。他去了！像一流清泉潺潺流过，逝在天之一方，滋润灌溉过他经过的土地，清泉凉津津的，但却澄明透彻，使人回忆起他时，会想到泉水的甘冽芳甜，会在心上和耳际想到泉水流淌时"幽声遥泻十丝弦"的意境，使人牵动情思，难以入眠……

老吕，我总忘不了你把"人"说成"银"的亲切东北口音，忘不了你那纯真、平静的举止和笑容，忘不了那些我们相处时值得回味的往事。我们住过的东总布胡同 19 号院子里那棵大紫藤架上，现在该又早是浓绿满眼挂满荚子了吧？北京西山上红枫林畔我们在二十几年前一同手植的那些马尾松早已成才了吧？……可是，倘若我再到北京，我到哪里再能见到你呢？……啊？……啊？……老吕啊！

（本文写于 1987 年 8 月 18 日，刊于 1987 年冬山东《洗砚池》）

永生的逝者

——忆吴运铎

老朋友去世的越来越多，但多数均活在我的记忆中。他们中有些是使我每一想起就产生崇高、钦敬感情的，他们是永生的逝者。最近，谈到党员的先进性时，我不禁常想起吴运铎同志，他在 1991 年 5 月 2 日逝世，瞬间十四年了！但他对我的感染和激励却从未消失。

认识老吴是 1955 年在北京，共青团中央召开全国青年第一届社会主义建设积极分子代表大会。

他是特邀代表。当时他的英雄事迹已经流传甚广，大会宣传部门向我推荐他，说："这是中国的保尔·柯察金，值得大写特写！"我采访了他，并同他开始建立了友谊，却没有写出文章来。因为早在 50 年代初，他就常被邀请去机关作报告，他自己写的长长的报告稿，最先由女作家茵子帮助整理过，但茵子只略略在文字上动了一动。后来，报告稿又由《工人日报》记者赵荣声采访补充并帮助整理，字数相当于一个中篇，用《我是劳动人民的儿子》为题，在 1953 年春由《工人日报》副刊《百花园》连载发表。不久，工人出版社派文艺编辑室主任何家栋在原来的基础上作了较大的补充和修改，这些补充和修改当然主要是老吴的创意、经历和体会。老吴是有一定文化修养的，他对文字工作严肃认真，文字也流畅，所以编辑帮助之功不可没，但书由他署名也是可以的。1953 年夏，这稿用《把一切献给党》的书名出版了单行本，第一版就印了十万册。

那时，我觉得再来"炒冷饭"，写人家已写过的人和事意义不大，所以虽采访了吴运铎，目的是认识他，却本无写他的打算。而且，老吴是一个低调的不善夸夸其谈的人，我访问他时，他显得沉默和沉静，话不多，起先谦虚地说："我的事就那么一些，你采访别的同志吧！"后来也只是问一句答几句，我对他的采访遂中断。直到后来，大家熟了，交谈中他才肯讲一些往事。印象中最深刻的是他讲起抗战中他在皖南事变后从皖南到苏北，在苏北溧阳和句容交界处，住在一个村子里，次日清晨，忽被汉奸特务队偷袭，六个同志不幸被俘，日寇在村口搭了一个大台子，台下挖了六个坑，把老百姓和群众都集中起来，让六位同志供出情报指认同伙。说："不招供不指认同伙就统统活埋！"但六位战士除了高呼抗日口号外一句话也不说，都被鬼子残暴活埋了。老吴动感情地说："当时我浑身热血沸腾，泪水往肚里咽，这件事我永生难忘！我后来就总是用不怕死的精神在学习他们干革命的！"这件事听他讲后，日寇的残暴，革命者的坚强形象始终留在我的脑海里。

吴运铎是湖北人，但出生在江西萍乡安源煤矿，父亲是矿上炼焦部一个小职员，家里贫寒，他读书到小学四年级就拾煤渣，挑煤卖，后来回到湖北，在大冶黄石港石灰窑一家煤矿的机电股做学徒，常受打骂，但他自己刻苦学文化和技术，十七岁出师成了一个有技术的机电工人。1937年抗战爆发，1938年他先到武汉，后到江西找到了新四军办事处参加了革命，转到了皖南新四军军部，因为他是个技工，就被派到新四军军部的修械所工作。

老吴不但觉悟高，还是一位富于创造性的聪明人。那时的"修械所"是个茅草棚，仅有一个风箱、一些零星工具。老吴为了抗日打鬼子，拼命钻研、改造工具，从造刺刀开始到修理枪械，进一步又接受了制造步枪的任务，使用他创造的"土机器"、"土办法"达到目的。例如枪筒子是要用镟床的，没有镟床就用条长木凳将四条凳腿埋在地里，在木凳一端钉上两个铁叉，在叉子当中放一根带有木轮子的铁棍当车轴，这样就成了一个最简单的车床。没有发动机，就把老乡的磨子借来，在眼上插进一根铁棍当轮子轴，埋下两根树桩当轴承，把石磨架起来将就算发动机。又用一条自己缝的厚皮带代替传动皮带，"土机器"就将枪筒子镟出来了。老吴是我党我军兵工事业的开拓者、奠基人。抗日战争中，他和战友们白手起家，奇迹般地建起我军第一个军械修造车间，成功地制造出第一批新步枪。当时，美国女记者、作家史沫特莱到苏北曾参观过他领导的设备十分简陋却能制造步枪的"兵工厂"，赞叹说："我到过许多国家，见过许多工厂，就是没有见过这样的兵工厂，这是世界上独一无二的一个兵工厂！"

吴运铎是一位意志坚强无私无畏的革命战士，在修理和制造炮弹及枪榴弹的过程中，他舍生忘死，冒着粉身碎骨的危险，三次身负重伤，炸瞎了右眼、炸坏了左手、炸断了右脚，浑身的大大小小伤痕简直数不清，他那种浑身伤残依然拼命工作的精神使我感动。他左手伤残，所以平时习惯将左手插在裤兜里。有一年夏天，我无意中看到了他身上的一些伤痕，那是触目惊心的，但他迅速用衣襟遮住了，他脸上依然漾着平日常有的微笑。

我同老吴的友谊是在互相都爱读书、互相也都写作这基础上建立的。上世纪 50 年代初，流行出版苏联小说通俗本，同老吴认识后，我送过他一本菡子缩写的《保尔》，这是菡子根据《钢铁是怎样炼成的》一书缩写的通俗本，我曾在上海劳动出版社工作，任副总编辑，《保尔》的书稿是我终审签发的，当时发行量很大。我也送了一本我根据苏联作家波列伏依的小说《归来》缩写的《炼钢英雄》给老吴，他表示对这两本书都很喜欢，回送了我一本《把一切献给党》。我在 1956 年到冀东采访，写过红色游击队长、抗日民族英雄节振国事迹的传记小说《赤胆忠心》，书稿在《中国工人》杂志上连载，他看到了，说节振国的事迹很动人。后来，出了单行本，我送了他一本，他看后打电话给我，表示感谢，并说他喜欢这样的作品。我们的交往并不频繁，但见面总有话谈，而且互相能够知心。

《把一切献给党》不但畅销，而且影响极大。大约到了1959年，何家栋又帮助老吴将《把一切献给党》再一次加以补充和修改加工。这次的改动和补充是很大的。老吴是位认真负责的人，搜索记忆回想往事细微有序，他文字也是不错的；老何是位有才华的人，笔头极健，两人合作很协调，有个阶段吃住都在一起。我当时在《中国工人》任主编助理兼编委，在西总布胡同30号办公，住东总布胡同19号，何家栋的文艺编辑室也在西总布胡同30号办公，偏巧他也住在东总布胡同19号，与我毗邻。修改《把一切献给党》的过程中，有一段时间他们在外边找了地方专心完成书稿，避免干扰，时间约花了将近一年。修改稿完成后，我向老何索要了书稿来看，并选择了其中的"反扫荡"等章节，找画家配了精美的插图在《中国工人》上面先发表。这次改动实际是重写，由于文字润色和文学描述较多，文学性强了，写得细腻了，篇幅字数也增加了不少。书由工人出版社不断再版，累计总印数在五百万册以上，还被译为俄文、英文、日文发行。

新中国成立前，吴运铎做过淮南根据地子弹厂厂长、军工部副部长、大连联合兵工企业建新公司工程部副部长兼引信厂厂长。新中国成立后，他做过株洲兵工厂厂长、中南兵工局第二副局长，调到北京后在五机部任科研院副院长，但由于遍体是伤，还有关节炎和神经衰弱症，病痛多，生理影响心理，健康情况极差。他脸色虽然不好，为人也比较严肃，与人交往脸上却常露微笑，而且作报告十分认真，从不嫌劳累。新中国成立初期，组织上让他到苏联治过病，将他左眼中的一小块碎弹片取出，恢复了些视力，身体仍是很衰弱，可是他从不悲观。他对待病痛的态度是很值得学习的。他应邀到处做报告，他写作《把一切献给党》，都是为了党的事业，为了人民的利益，是一种强烈责任感和使命感支配下的行为。我同他相处，感到他刚直坦率，穿得极朴素，生活上要求很低，始终不渝地坚持共产党人的政治方向与信仰。他以保尔·柯察金为榜样，处处是以身作则的。

　　我只到过老吴家里一次，而且是偶然的。因为那时候，可以维持正常同志关系，却不强调私人友谊。那是1960年秋天，生活困难时期，北京人处于饥饿状态。一天傍晚，我在甘家口附近遇到老吴，我听说他在初夏时分去苏联治病了，却不知他已回来。他很热情，他住在甘家口八号乙四楼八号，看到他脸色不好，人也瘦弱，我说："病治得怎样？"他邀我去家里坐，我就去了。他爱人陆平同志与他是抗战胜利那年结婚的。陆平原先是兵工厂里的装配工，一个朴实沉默的女同志，我还是第一次同她见面。老吴家里依当时的眼光看，陈设也是简陋的，陆平给我倒了一杯开水，我主要想听听老吴去苏联治病的情况。他说："我到莫斯科，中苏关系正处于低潮，我的这次治疗眼疾，几经周折，不太顺利，我的心情也不太好"……后来又谈了些什么，已记不详细，只记得他说："苏联人民仍是友好的！"奥斯特洛夫斯基①的妻子达雅曾请他到家里做客，并准备了丰盛的晚餐，有凉菜肉冻和酸黄瓜等。谈到吃，谈到供应紧张，老吴说："眼下的供应困难肯定是暂时的，其实这点困难同战争年代比算不了什么，那时活了今天也许明天就'光荣'（牺牲）了！如今不过是吃的东西少了点，是不？"那天，我见他桌上摊着纸、笔和颜料，原来他正在学国画，纸上是一幅松树，尚未完成，我说："你在绘画？"他说："还是学徒工呢！"我夸道："画得不错！这棵松树苍劲挺拔、葱绿可爱！"他说："岁寒而知松柏后凋！"……后来，我说："哪天你画一幅送我！"他慨然说："好的！我一定好好画一幅赠你！"分别时，他送我下楼，握手时大家都很用力。

　　这就是我同老吴的最后一次见面了！

　　1961年6月，我所在的单位撤销，7月我就离开北京率队到山东支

---

① 《钢铁是怎样炼成的》作者，作品主人公保尔的原型。

援农业第一线了！到山东后，被分配到省属重点中学临沂一中做行政领导工作。我们那个时代的干部，差不多都知道奥斯特洛夫斯基的那段名言："人最宝贵的东西是生命，生命属于我们只有一次。一个人的生命是应当这样度过的，当他回首往事的时候，他不因虚度年华而悔恨，也不因碌碌无为而羞耻……"与吴运铎相交，自然加深了我对这段话的理解与感受。从首都北京遽而到了鲁南革命老根据地临沂，当时那里也是灾情严重，生活不好，但我毫无怨艾。工作很忙，早起晚睡，我很少闲空。学校很大，同著名的华东烈士陵园邻近。有一天，偶去看看，见陵园里有新四军副军长罗炳辉将军的墓。墓是苏式的，像个碉堡，有旋转形的阶梯可以走上去，看到罗炳辉副军长的墓，我就想起了吴运铎，抗日战争时，罗炳辉任新四军二师师长时，老吴在他领导下工作，老吴对我说过：罗师长不摆架子十分和气，把青年当作小兄弟，工作中给帮助，思想上给启发，有一次约老吴去玩，想送点什么给老吴，可是找了半天没有东西可送，就摘了一个他自己种的大番茄给老吴……想起了老吴，我心里不平静了！我离北京时，有不少朋友送行，但我连电话也未给老吴打一个，我觉得理应写封信告诉他我的情况。于是，我给老吴写了信，记得我告诉了他我的近况，问问他身体好不好，告诉他我看到了罗炳辉的墓，并向他索取他答应赠送我的那幅松树国画。信发出后，隔了些日子，收到 10 月 18 日老吴从北京同仁医院写寄给我的信：

洪溥同志：

　　来信收到了，只因住院动手术，未能及时作复，乞谅。

　　我左眼旧伤复发，半月前在同仁医院做过手术，手术后一切都很好，只是角膜仍疼痛不止，大致再过一星期即可出院了。

　　知道你在临沂工作，这地方我在 1946 年大撤退时路过的。蒋机的追击下，曾在沂河桥旁躲过飞机的轰炸。想来今天的临沂一定是美丽的城市了。

罗炳辉师长的墓在临沂，殊甚想念，不知能否拍张照片寄给我！你要我作的画，等出院后，给你画好寄上。

希望你常来信，我仍在修（休）养中。匆此谨致

敬礼

吴运铎

十月十八日于同仁医院

我历来有保留信件的习惯，此后同老吴通过几次信，但"文革"中，我所保留的信件绝大部分损失，这封也不知是怎么侥幸存留下来的，一张与老吴合拍的照片也不知怎么才逃脱劫难的。其实当年合拍的照片有好几张。我应老吴之托，拍了罗炳辉将军墓的照片寄给了他，他寄过一幅青松图给我：高大的松树在风雪中摇曳，但峥嵘多姿，他题的字是"风雪撼青松，松摇根不动"。他写给我的信和送的这幅画，都是勉励我的。他是一位益友。只可惜画也毁于"文革"了！

"文革"十年，使我们断了联系，以后，我忙于创作，不是采访和收集材料，就是关上门爬格子，极少与人交往，我是想把损失、浪费、被耽误了的时间夺回来。但我不时仍会想起老吴。他有一句名言，凡读过《把一切献给党》的人可能都知道，就是"我真嫌时间不够用，在我们的时代，真应该有两个太阳轮流照耀，帮助我们把一切梦想变成现实"。也记不真切是哪一年了，我写过一首小诗："一年年似水流淌/记忆中常有西窗烛光/虽不辉煌，却也明亮/静静思索，轻轻吟唱/生命化为纸上文章/日夜该有两个太阳。"这末一句实际是来自老吴的。我把这首诗放在我的散文集《西窗烛》的插页照片下，我本拟书出版时就写信给老吴并赠书给他，告诉他我写的这首诗末一句得自他的教益。但，我的书是1991年9月才出版的，而在1991年5月，我从报上看到了老吴逝世的噩耗⋯⋯

（本文刊于 2006 年 2 月《现代教育导报》）

悼周克芹

四川文艺出版社的金平同志8月6日下午写了一张纸条让我的女儿带给我,上面写着:"周克芹同志因病已于昨日凌晨去世,不胜悲痛,特告。"一小时后,四川作协创联部负责人王德成同志打电话告诉我:"周克芹同志于8月5日凌晨去世!"问我是否收到讣告,并通知我治丧委员会8日下午在作协开会。他声音里夹杂着疲劳,是忙于克芹的病故后事两三天来未睡好的原因。

今夏特别热;知道克芹去世的消息后,我心里难过极了,也乱极了。我正在赶写一部长篇,却再也写不下去,暮色苍茫,我没有开灯,独自静坐桌前,心里充满了哀悼之情。

一星期前,听说克芹病了,可能是肝癌,因为看望的人多,怕干扰,住在军区总医院。我很吃惊,但并不认为他会很快出事。想去看望他,那里太远,我自从左眼失明后,有一次去西藏饭店开会险些被车撞伤,独自外出不便,所以我立即写了一信给克芹,表示想念和慰问,给作协转交。但后来听说他一病重就陷入肝昏迷,这信估计他未看到,我同他却已经天上人间两茫茫了!唉!我真应该在他病危时去看望他的!

我是1983年由山东调到四川后才认识克芹的。最初,见过几次面,感到他朴实、深沉,话不多,不是一个哗众取宠的人。我仅是通过作品对他有些了解。后来,有了一些交往。我们通过信,互赠过作品,他的信使我感到他第一是谦虚，因为他比我年轻，就把自己放在一种尊老的态度上；第二是关心，因我视残，他总是十分关心，问病情，要我好好保护仅有的一只右眼；三是勉励，对我出版了作品表示由衷的高兴，希望我继续写出好作品来。他态度诚恳，据我所知，他常向有的同志说应当评介我的作品。

他平日很关心四川作家们的创作。"文人相轻"在他身上没有。我看到他替人写书序、写评介，关心青年作家的成长，上海文艺出版社出版的《作家、评论家、编辑家推荐1988年全国短篇小说佳作选》上，有他推荐的金平的《博艾霍拉诱惑》。克芹写的推荐文十分精彩，主要是对作品体会的深刻，比有些评论家的文章要高明得多，看得出他才华洋溢。

三年前，我左眼因外伤型视网膜脱落住院时，他与作协一些同志特来看望，迄今我犹记得：他坐在一边，握手后什么也未说。但从我未失明的右眼里透过墨镜看到：他脸上全是关怀悲切的神色。事后，有同志告诉我："克芹回去后说，看到你那模样，他心里非常难过。"当面热情当然好，但他当面不说什么，回去却念念于怀的情谊，使我感动。

同克芹增进了解，是去年9月。我们一同参加了评选四川省十年优秀图书专家组的工作。我们同住在灌县的省委组织部老干部局的招待所，朝夕相聚了不少天。有时散步，有时聊天。本来，他与陈朝红同志和我同住一室。他总是那么关心人，怕我休息不好，坚决去联系了一个单人房硬逼着我去住。在那次，谈心的机会多了，互相的了解也就多了！说起外面一些不正之风不良现象时，他的是非感很强；谈起文学创作上的情况时，他立场鲜明，立论公正。我这才认识到他不仅写作努力，学习更加努力；读的书很多，文学修养极好。在评选中，他意见中肯；掌握评奖标准时，思虑周密、分寸恰当，使我感到他豁然大度，还颇有领导才能。果然，不久他就担任了省作协党组副书记、常务副主席。

5 月间，在参加了省委召开的《在延安文艺座谈会上的讲话》发表四十八周年座谈会后，我们在一次宴会上见面，这该算是我同他最后一次见面交谈了。我们同桌挨着坐，他常夹菜给我吃。我觉得他脸色不好，也不喝酒，问他身体好不，他告诉我："胃不好！"又说他"从不检查身体"。现在想来，他的"胃不好"，也许是肝的病吧？他的"从不检查身体"，也是使病耽误了的原因吧？他在谈话中仍不忘关心我的眼睛和创作。后来告诉我：作协的工作很忙。我问他："还能写写东西吗？"他朴实地说："总想挤点时间写点东西看看书！"他确是积劳成疾的。

克芹尚在中年，死得太早，使人伤心。

但，人生的长短恐怕不是单以时间衡量，而是应以思想和行为去衡量的吧。克芹的光荣与价值，不仅在于活着时受人赞美，而且在于去世后使人哀悼，使人想起他时，觉得他有可以学习与思念之处。他是位杰出的小说家！想起他的离去，固然使人悲痛，但生活也正如一篇小说，不在长，而在好！他的一生，从成就和贡献来说，是美好的！

克芹不仅属于一亿多人口的四川，他属于十多亿人口的中国。中国应该多一些好作家，所以他的早逝十分可惜。克芹是一位当之无愧的好作家。他的作品，从《许茂和他的女儿们》到《秋之惑》……都将传之久远，他对文坛的奉献将会不朽！

克芹送我的作品仍在我的书架上，他人却已经不在了！一颗光灿灿的明星陨落了！思念往事，宛若昨日！这使我不能不落泪。8 月 10日，我在殡仪馆向他遗体告别，同他见了最后一面，那印象将永远镌在我的脑中。那天，自动来吊唁的人多极了！我觉得克芹泉下有知，应当得到安慰。

永别了！克芹！

（本文写于 1990 年 8 月，刊于 1990 年秋《成都晚报》）

木盒思念录

——忆文常韦三姐

是经过一段心绪的平静，才动笔写下这篇回忆的。如今，又是金风初起的 9 月了，这是挽歌，也是哀思……

1992 年 9 月，与起凤同去北京。9 月 9 日我与当代人民文学出版社一编室副主任于砚章到复兴门外看望萧乾老师夫妇。我知道，他们正在赶译《尤利西斯》，每天清早就开始工作，十分紧张，估计去时一定在家。谁知到后方知老师因治疗前列腺住院了，只有文常韦三姐一人在家。我早知道老师夫妇与他们的三姐文常韦自 1962 年起就在一起生活。三姐英文名字叫 Sophie，年轻时在辅仁大学念三年级时，不幸骑车摔伤了足部，一直架着拐，文洁若为了想给姐姐治腿，从工作后就开始积蓄钱，到 1956 年，三姐动了大手术，走路终于恢复了正常。他们同住相处得十分和谐，文洁若在《我与萧乾》一书中说过："亚^①曾说，他把三姐当成他的亲姐姐。姐姐最喜欢种花和看书，亚也爱花，以前他每晨散步，必路经一个农贸市场。他常带盆花给她。来了书报，他总让她先看。每逢有新客人，他从不忘记介绍她是家里的台柱。有时请她去邮局寄什么东西，就风趣地称她作邮政部长。并把他那部 1986

---

① "亚"：即"亚克桑"，日语第三人称代词"他"的译音，文洁若在《我与萧乾》中说："婚前，家中每提到萧乾，我们就用这个字，婚后，就一直沿用下来。"

年由香港三联书店出版的《负笈剑桥》献给了常韦三姐。他说：没有她任劳任怨地操持家务，我们二人都不可能有这么理想的写作环境。"

不认识面前的这位上了年岁的清秀的女生是谁，只是猜到她定是文常韦三姐。因此我很尊重地向她报了名字。她似乎是个心灵平静话不多的人。于砚章看到在她的一张桌上，放着《战争和人》，指着我介绍说："他就是这书的作者。"这下引起了她的注意，脸上露出了笑容说："我是文洁若的三姐！我看了您写的书！……"这时电话铃响，恰巧是老师从医院打回家的，三姐匆匆谈了几句就说："有客人来了！"把话筒递给我说："您来通话吧！"我高兴地问候了老师。知道他用一种以色列进口机器在治前列腺，情况尚好但很疼痛，对于第二天人民文学出版社召开的作品研讨会不能参加表示抱歉。1947 年在上海复旦大学新闻系时，老师教过我们"英文新闻写作"课。那时，我既钦佩他的才华，也喜欢他的谦虚、真诚和爱国。这些年的交往中，老师夫妇的勤奋、赤诚和责任感常给我感染。由于老师在忙碌和病中还为研讨会写了书面发言稿，我表达了由衷的谢意，希望他好好休息。但话未说完，就被禁止老师劳累的医生阻断了。我只好向常韦三姐告别，她彬彬有礼地送我们出门。

第二天，研讨会召开，老师夫妇周到热情地请人到会场上交给我一个大纸袋，打开一看，原来是他俩的一张合影，另外是两厚本书：老师的《萧乾文学回忆录》和洁若师母译的日本三岛由纪夫的《春雪，天人五衰》。老师附的信上说："知你枉驾了就十分抱歉，希望回川前能一叙。"老师夫妇历来都是热情待人，9 月 14 日下午我要飞返成都，上午就特地挤出时间与起凤及于砚章同志一起去看望。见面后，大家都十分高兴。因为表示对《战争和人》研讨会召开的祝贺，洁若师母突然说："请等一等！"她特地去换了美丽的红色上衣戴上漂亮的项链迎客。中秋刚过，他俩用精美的茶具泡了香茶切了莲蓉月饼款待。高兴地谈了一个多小时，拥抱后分手，我突然想起了文常韦三姐，她住在右边的套房里，我和起凤提出要去看望她辞行。老师夫妇高兴地陪我们同去。我们只匆匆看望了一下就匆匆辞行。三姐没有多说话，始终微笑着，给我们留下了善良、沉静、和蔼的印象，我们就同她握手告别了。

上面所讲的事是这样平淡无奇，只不过说明了一次欢聚，说明我们在偶然中认识了常韦三姐。但想不到回到成都仅仅十天，却收到了一个从北京寄来的木盒及一封信，信是这样写的：

王火夫人：

　　我是文洁若的姐姐文常韦，很荣幸我见过您一面。我听说王火先生的眼睛受伤的事，我很难过。他又是非要用眼不可的人，我今寄上一袋硼酸粉和一个洗眼杯，您用一个拳头大的小壶，放上多半勺硼酸粉冲开，冷后倒在眼杯里，七八分满，扣在眼睛上。眼睛一开一闭，一二分钟即可。洗后眼睛特别舒服，可解疲劳和疼痛，我们已用过几十年了，您不妨请王火先生试用。那天很仓促，我也没来得及跟您说句话，我知道您是一位非常好的人，王火先生的书，我非常爱看。这是我有生以来看到的最精彩的著作，不再耽误您的时间。

　　　　　　　　　　　　　　　　　　全家好！

　　　　　　　　　　　　　　文常韦　9月21日

我知道我的书不可能像常韦三姐说的这么"精彩"，主要我们都是同龄人，经历过类似的生活，可能容易引起共鸣，她因为爱书，就关心起作者来了。从她的信中，发现她的性情和神态，我们赞叹了！动感情了！拆开木盒，洗眼杯和硼酸粉赫然在目。这种洗眼杯如今在店里难以买到，记得几十年前我年轻时家里曾有过一只同样的洗眼杯。从三姐信上看，她自己也是需要洗眼的。慷慨地把自己需要用的东西给了我，只是因为她认为我"是非要用眼不可的人"！为别人的健康幸福操心，她表现出的高尚德行，使我们夫妇十分感动，我们看到一种非寻常的心灵美，起凤当即写信致谢，我并签名寄去了自己新出的一本童年回忆录。

接着，收到 10 月 11 日常韦三姐给起凤的复信，说："谢谢您的信，收到信后，过了两天，书也收到了，真是份宝贵的礼物。我昨天收到后，一气看完，看到夜里十一点半，实在是好书。萧乾、文洁若都去西安了。等他们回来，我一定把书给他们，他们也会很高兴。请代我们向王火先生致谢。不知他用硼酸水没有，假使您找不到小壶，用杯也可以，中号玻璃杯放半勺就可以了，太多太少都不好。我还想到羊肝同胡萝卜对眼睛很好，您不妨常炒点吃。看得出王火先生写书要费很多的心血，但成果也是特别的好。萧乾拿那三本书给我看时，他说：'你会看得舍不得放手！'果然如此……"

时下，社会上各种个人的欲望都涨满起来，当现实生活中有些人和事令我摇头时，常韦三姐的行为使我仿佛看到了清水湖面上圣洁的莲花，带着清凉的芬芳和淡泊的幽雅。收到这第二封信后，我们立即又回了信，但没有打搅萧乾老师夫妇，因为知道他们在用坚韧不拔的耐心在译爱尔兰詹姆斯·乔伊斯的名作，每分钟对他们都珍贵。为了感谢三姐，我们将她的木盒子放在卧室中那只雪白的有茶色玻璃的橱内，这只橱中放着不少值得作为纪念品的东西；木盒粗糙而普通，但它放在那里似乎闪耀着光彩。说实话，我辜负了三姐的一片好意，没有用硼酸粉洗眼，因为左眼早已失明，右眼总是由医生开了特定的药在用。但三姐给的药是可以治心病的。她是一位"读者知音"，激励我不断创作，鼓舞我应当写得好些。她给予的温暖，是一种矫正人心的力量。起凤与我商定："下次再到北京，一定要给三姐带件纪念性的礼物，一定要同她合影，一定要将我们的新作带赠她。"

忙碌中，一晃度过了 1992 年。当 1993 年 1 月降临，想不到在下旬，一个灰蒙蒙的下着雨的上午，突然收到一封北京来信，传来一个完全想象不到的噩耗，来信是这样的：

王火、起凤同志：

　　今天是 1993 年 1 月 18 日凌晨一点，我姐姐文常韦去世已整整三天（72 小时）了。不但《尤利西斯》一个字也不能译，满脑子都是文常韦。记得 1954 年 5 月和萧乾结婚后，我曾对他说："Sophie 是我的生命。""Sophie 比 baby 还重要。"使他印象极深。据报载，有一对连体姐妹在六十五岁中同时死了。我和三姐虽非连体（她是 1922 年生人，比我大六岁），但 1965 年来几乎没分开过。当然，除了干校那三年。我们的女儿荔子生下后五天，从医院里就直接到三姐手里，由她喂牛奶长大。我和萧乾依赖她到那个程度，今后不知生活该怎样安排，幸而有两个弟弟以及弟媳帮忙，又正在托中央文史馆找一位可靠的人来帮我们料理家务。1983 年春节后搬入目前的二套单元（我姐姐一个人住三个房间的一套，我们二人住二间）。1986 年女儿去美国后，本来可以请个二十岁左右的女孩子，由我姐姐指挥，把这个家治理好。我于 1988 年退休后，花两年半时间把最重要的几部稿子结束掉，1990 年 8 月便接手《尤利西斯》的翻译。我对姐姐说，"我本来应该跟着你后面转，但那样太冤了，我为出版社、为他人做了四十年的嫁衣裳，现在正是一生中最重要的阶段，陷在家务中太可惜了。"但姐姐坚决不肯请保姆，说，"你要雇你使用，我不支使人。"当然不可能请个全日保姆，拖到 1991 年 12 月，才找了个每天二小时的钟点性保姆，每次她来，三姐把门一关，不让进入自己的神圣生活区域。今天回想起来，我坚持请个人，一年多来做了 720 小时的劳动（洗衣、搞卫生、倒垃圾），使姐姐垮得晚些，才有机会结识你们二位。搞卫生、倒垃圾一向是我分内的分工，但洗衣，虽是用洗衣机洗，大件拧出来晾上，也是费体力的工作。

翻开去年的日记本，二位第一次到我家是我陪萧乾住院期间的事。接电话和给来客开门，一向是我的事，要不是有萧乾住院这一偶然因素，三姐本来不会见到你们的。9月14日你们第二次来访，就没见到她（其实，是见了的，我是第二次见，起凤是第一次见——作者注）。她不喜欢多言多语，所以直到她去世后整理遗物，发现起凤同志于10月1日和10月16日给她写的二封信，才知道她也收到了一本单独签字送给她的书。这是她一生中唯一的一次收到作家的赠书。中外作家的作品她都看，但她唯一赞赏的是您的作品（原信如此，但这实在不敢当——作者注）。我曾对她说，您为了救那个孩子而不能写出三部曲后的其他各部，实在太可惜了。

14日上午她说不舒服，又不肯去医院，我打电话把复兴医院的大夫请到家里来，量了血压（低压80，高压170），脚不浮肿，只是心律不齐。我们觉得在这种情况下硬违背病人意志送医院也不好。而且也没有特殊症状。谁知15日凌晨突然去世，当时我守在身边。萧乾准备写文章，我得等到《尤》译定才能写。如果你们能把和她单独见面的情况告诉我，并把她写给你们的信复制一份掷下，则感激不尽。萧乾嘱笔问候。

信下未署名，也无日期，看得出执笔者方寸之乱。真是晴天霹雳，心里无比沉重。自然，人的死，谁都不可避免，只是我们四个月前见到常韦三姐时，她还很健康只像五十多岁的人，却突然来了如一片秋叶凋零的悲惨消息，叫人怎么忍受？一个善良高尚的灵魂逝去得这样快，太不公平了！我们心情飘忽无着，愣愣地说不出话来。我俩总觉得欠常韦三姐什么，原来想还报的心愿就此再也无法实现了！我们马上将三姐的两封来信复印后又写了安慰的复信挂号寄去，心里空落落的。那夜，下着淅沥的雨，秋声逼人，奇怪的是我与起凤都梦见了常韦三姐。当残梦飞走以后，一连多天难于释怀。我们还担心老师夫妇，他们在感情、工作、生活上缺少了三姐将怎么办？《尤利西斯》将怎么继续顺利译下去？……

终于，1月31日，又收到了第二封信：

今天是1月31日，自从我和两个弟弟送姐姐去火葬场，已过去了十三天。我开始化悲痛为力量，重新回到耽误了半个多月的《尤利西斯》上来。姐姐是1922年阴历七月十七日生人，刚满七十岁。她把自己的聪明和才智，全部献在为我们治家上。吃过她亲手做的饭菜的，有马来西亚的州首席部长林苍佑夫妇，也有美籍华人聂华苓和她丈夫保罗·安格尔等。半个月来，凡是听到她逝世的消息者，无不感到悲痛。因为1979年复出以来，人人都知道萧乾在早年有个老姐姐，晚年又有个常韦三姐。在《收获》上发表的信函中，萧乾用了个"老"字；我替他删掉了，因为我姐姐不爱听"老"字。姐姐这次去世也太突然了，直到今天傍晚，堂姐文蔷新给我打来电话，告诉我三姐生前曾对她说，她对于在我们家受到的尊重和信任感到满意，我才稍感释然。否则我会像安娜·卡列尼娜死后的渥林斯基那样，一辈子受良心的苛责。我曾想，既然姐姐不肯雇保姆，我在1988年1月1日，正式退休后，本应退回家中，帮姐姐做些家务，使她松口气，休息休息，岂料我退休后，反而比以前更忙了，电视买了十几年（86年我从东京带回一架多功能的，把以前那架从78年起、用了八年的送人了），我连一个节目也没看过，花半年时间写了一部《我与萧乾》，1990年又接下《尤利西斯》，1994年交稿后，下一部以我生长的家庭为背景的小说已在酝酿中了。

萧乾正准备，写一篇纪念三姐常韦的文章，希望你们二位把对三姐常韦的印象写给我，我在积累资料。她七十年的一生是伟大而平凡的一生。我的成就的大半，应归功于她，因为如果没有她默默的奉献，我连三分之一的成绩也做不出来。三姐将永远活在我心里。

匆致撰安

洁若

　　老师夫妇都有水晶般的心。读了信，我们一方面凭吊火化了的常韦三姐，一方面仿佛看到老师夫妇又在埋头孜孜工作而感到些许宽慰。随信，文洁若赠我一张她童年时随父母与姐弟同摄于日本东京的照片。照片上有常韦三姐站在母亲的身边；十四五岁的一位亭亭玉立的少女，我觉得在北京见到的那位年届古稀的老太太，脸上已找不到当年的痕迹。唉，人生终是这样！

　　事实是无须费力描绘的，死者的生命因其皎洁会在活人记忆中延续。在萧乾夫妇的杰出文字贡献背后，有常韦三姐的丰功，研究萧乾、文洁若的作品和生平时，人们会记录并记得有这样一位三姐。在我从事创作的生涯中，得到过这位善良的爱书者的勉励和关心，实在是有幸；这将督促我加强一种使命感，写作时常常清醒，文常韦三姐的死，成了一片永恒的宁静，但她在我心中保有一种独立的完美。

　　我与起凤默默将三姐寄来贮洗眼杯和硼酸的木盒，从橱里取出凝视，拭去上面的浮尘，最后又放回原处，像一件珍贵的宝物。木盒冷寂无声，它会引发我的悲思与怅惘，也会让我在心中描摹三姐形象。

　　流逝了的人生岁月中，遇到过的好人都用真情感动过我，使我难忘，当在人生的旅途上跋涉得艰难时，只要想起这些好人曾赐予我的关怀，我就每每变得感情激越，精神振奋，步履轻快。并不奇怪，大千世界，人间总是互相用感情维系，有好有坏，有美有丑，有善有恶，而无论怎样，对那些曾给过我真情的人付出思念，不再忘却，是必然的。坟墓已经覆盖了她，思念是不会被覆盖沉埋的。

　　安息吧！爱书的常韦三姐！谢谢您！

　　（本文写于 1993 年 9 月 14 日，刊于 1993 年 12 月《四川文学》）

难忘朱奇民同志

20 世纪 60 年代到 80 年代，我曾长期在山东临沂工作。临沂地区十三个县，六七百万人口，是原鲁中、滨海、鲁南三大战略区合并而成的，绝大部分是老区。那里老革命、老干部多，许多领导干部都有好作风，有的还有传奇色彩，给我留下了美好、难忘的印象。原山东省副省长、省政府顾问朱奇民同志就是其中之一。

1961 年夏，我率队离开北京到山东临沂地区"支援农业第一线"。那是"三年困难时期"，当时北京城里笼罩着饥饿的威胁，干部浮肿的极多，街上买不到吃的。临沂虽然也有饥荒，但不算太重，自由市场上物资供应较好，群众用"瓜菜代"的办法尚能吃饱。地委不同意我去支援农业，却留我到省属重点中学——临沂一中做行政领导工作。当时的地委书记就是朱奇民同志，人都叫他"朱政委"，我了解到一些关于他的事情。

他原名朱锡珍，祖籍山东峄县，1918 年生，1935 年参加革命工作和革命组织。这年北京发生了"一二·九"学生运动，朱奇民在山东兖州乡师参加党所领导要求抗日的罢课运动。1939 年入党，在抗日战争和解放战争中出生入死，新中国成立后更是作出了许多颇不寻常的贡献。他 1953 年就是临沂地委副书记，1954 年主持地委工作，1955 年任地委书记。我到临沂时，他仍是地委一把手。但因为营养缺乏、工作辛劳，全身浮肿，日常工作，他托付薛亭副书记主持。我听到有关他的事，有两件印象最深。

一件是关于水灾中炸堤的事。1957年7月10日，临沂地区自西南向东北来了一场龙卷风，接着是瓢泼大雨，乌云滚滚，电光闪闪，山洪暴发。他到苍山县察看水情，见水深一米多，一片汪洋泽国。夜间地委来电话说各县雨量都大，要他火速赶回临沂应付局面。但路被水冲断，吉普车不能走了，只好步行到磨山区找了马骑着回临沂。谁知中途一条河洪水横流，马不能过。问老百姓可否雇条船过去。群众说：这条河平时没有水没有船，发大水时如有急事只好坐大缸泅过河去。这很危险，但朱奇民决定坐缸冒险过河。由坐吉普改为骑马，又由骑马变成坐大缸漂过河去。过河后，就只有冒雨步行了。在风雨泥泞中走了二十多里路，出现在面前的是风雨交加中一片白茫茫大水包围了的临沂城，根本无法进城。幸亏当地驻军二〇四师派来了橡皮船迎接。坐上橡皮船，水急浪大，差点被冲到大沂河去，真是好险！但朱奇民没有想到个人生命安危，只想赶快回到地委指挥战斗。

回到临沂城，没有进地委机关，更未回家，他就直奔防汛指挥部听了介绍。这时河水继续猛涨。为了保住临沂城，省防总下令临沂站水量如到达每秒一万二千立方米就要从小埠东炸堤分洪，以确保临沂城的安全。天已是黄昏，他带了几个技术员在倾盆大雨中上了沂河大堤看水势。只见大水如野马奔腾向南奔驰，令人心惊，机关干部和工人等都在守护大堤、加宽加高堤坝，水流量已达每秒九十立方米。回到防汛指挥部，他与省委来帮助工作的农村工作部长穆林、专员李希平、副书记刘维理等领导同志商议怎样执行省防总的命令。有的说省防总的命令就是省委省府的命令，必须坚决执行；也有的说炸开小埠东下游群众怎么办？有的默不作声。穆林也未表态，只是小声对朱奇民说："不能炸！"朱奇民说："等等看，每秒一万二千立方米没有事就坚决不炸大堤。即使有点问题我们也要尽力抗，抗住了更好，抗不住只要我们尽了力，对党对人民也有个交代。如果到一万二千立方米我们炸了大堤，事先跟群众连招呼都不打，将淹没临沂、苍山、郯城三个县二三百万亩土地、几百个村庄，几十万人还不知要淹死多少！我们怎么对得起群众？"他讲了以后，其他同志也表示赞成，决定继续增加人力物力，加强防守，拼命保大堤的安全。谁知，夜间十一点左右，水位上涨超过每秒一万二千立方米了！省防汛指挥部值班室副总指挥来电话：要求炸开小埠东分洪。专员李希平按地委讨论的意见答复了省防总。不到半小时，省委常委、省政府常务副主席、省防总指挥王卓如同志又来电，要求立即炸开小埠东大堤分洪。朱奇民是务实的人，接了电话，申诉说："炸开小埠东很容易，但是炸了大堤洪水如猛兽泛滥，几百个村庄、几十万条百姓生命、上百万间房屋、二三百万亩地都要泡汤，我认为不行！我们正在尽力防守，是不是再暂缓炸堤？"省防总指挥王卓如听了说："好吧！暂时按你们的意见办。我向省委汇报后再定！"

凌晨一点钟，水已涨到每秒一万三四千立方米，并继续上涨。朱奇民在大堤上见水已快与大堤相平，且已渗透到堤外，心焦如焚，但发现流速已减缓，干部、群众正努力在堤外齐腰深的水中运土护堤。朱奇民的妻子王炘是临沂县里的干部，也一身泥水与群众一同热火朝天地在那儿奋战。朱奇民实地考察后认为不立即炸堤，坚持一下是必要的。午夜一点左右，他回到指挥部，省委第二书记谭启龙亲自打电话来问情况，并要求执行炸堤分洪方案。朱奇民仍坚持不能炸堤分洪，指出："正尽最大努力防守，水的流量虽上涨了，但流速已减缓，炸堤的损失太大，不好向人民交代。"谭启龙同志听后，欣赏朱奇民的务实为民的态度，遂决定："分洪不分洪由你们自己决定吧！"朱奇民感到欣慰，一夜未睡，破晓时又带人再到沂河大堤去察看，水流量已达每秒一万六千三百立方米，护堤的干部群众仍在拼命。所幸，河水流动不但渐缓且已停止上涨，水文站报告水已开始回落，朱奇民才感到肩上的千斤重担轻了一些。洪水终于过去了！这次大水，仅郯城县最下游有一处堤决口，淹了五万亩地、塌了几千间屋，但因是白天决口，无人员死亡。

许多年后，谈起这事，朱奇民说："想起1957年战胜百年不遇的大洪水，一幕接一幕真是扣人心弦。这件事，当时过去了，也受到了表扬，因为顶抗了上级，却有些后怕。但从当时实际情况出发，从党和人民利益出发，不顾个人安危得失是应该的，是可以自慰的。当时所以有那个勇气，就是从实际出发，从群众利益出发。"他并不把这作为自己的功劳，却说："地委有一个团结一致的领导班子，坚定不移执行正确决策，干部群众又舍命保堤，这使临沂避免了一场大灾难，也使我们避免了一个大错误！"

第二件事是在1958年"公社化"后，刮起了浮夸风，朱奇民有所抵制。他熟悉农业。当时临沂地区粮食亩产三百多斤就是大丰收了。但浮夸风刮起来后，有的省吹牛先说"亩产七千斤"，后来又加成万斤以上；有的省说"小孩坐在稻子上面都压不倒"。山东有的地区就也来带头跟着乱吹了！当时省委农办主任穆林与朱奇民去参观时，当地说一块玉米地亩产五万斤，谷子亩产三万斤。朱问穆："你看这个玉米亩产有多少？"穆答："至多一千斤！你看呢？"朱说："我看至多五百斤！这玉米长得不错，但一亩地至多一千棵，怎么超得出五百斤？"又去看亩产三万斤的谷子，朱奇民认为达到八九百斤上千斤也就最多了。在刮浮夸风时，他虽难以抵挡，但内心是抗拒的。果然，到了冬天，那些热衷于浮夸的地方，吃粮就十分紧张了！不仅于此，在刮浮夸风时，又刮起了共产风。拿临沂地区来说，最离奇的事发生在莒南县。当时为了"跑步进入共产主义"，县委书记提出了方案，设想要在县城里搞成一个全县八十万人集中居住的大城市。每个劳动力一辆自行车，男女分住集体宿舍，过星期六星期天吃食堂，吃饭不要钱，下地劳动都骑自行车，分片办小学，等等。碰巧朱奇民检查工作到莒南，县委书记把方案做了汇报。朱奇民听了后只提出如下问题，就是："你全县八十万人集中住在县城，这个房子谁去建？什么时候建起来？哪里来的钱？即使都进来住下，怎样去劳动？几十里路上百里路，一日三餐，还有没有劳动时间？你打的粮食怎么往城里运？"朱奇民说："其他问题我不讲了，只要你把这些问题回答清楚了，然后向地委写报告，地委正式讨论。"这样一来，莒南县的共产主义过渡的笑话也就不了了之。莒南县人民也就避免了一场灾难。

正由于领导人有一种实事求是为人民的精神，对浮夸风、共产风有一种心里抵制的态度，尽管抗不了当时的总体形势，但至少是使恶果大大减少。从 1960 年到 1962 年三年困难时期，临沂也出现水肿病和逃荒要饭的，个别地方也有饿死人的。但临沂在全省算是好的。许多年后，朱奇民说："并非说临沂没有刮五风，只是相比之下程度轻点罢了。在临沂地区，沂源县五风刮得最轻，1959 年他三十万人口的小县，还调出三千万斤粮食支援灾区。而且 1960 年到 1962 年，把山东北三区（聊城、德州、惠民）一部分群众迁到临沂等地就食。临沂北部各县，每县都容纳几千或一万人。"就是这种困难时期，朱奇民及其一家也同样遭受困难。他本人由于在"大跃进"中太疲劳染上了肝炎，甚至在 1959 年病中还两次到跋山水库检查施工情况。由于未及时治疗，肝炎由急性转成慢性，并传染了妻子和孩子，到 1960 年 5 月全身浮肿无法工作。省委命他到青岛疗养治疗。他为人廉洁，当时十口之家，夫妇每月收入二百多元，生活是非常窘迫困难的。那时候，我从北京到山东工作，看到老干部们家中生活都简单朴素，与当时的老百姓基本相同，既不热衷享受，更珍视廉洁。朱奇民一家就是这样。

1962 年底，朱奇民奉调到济宁任地委书记。他到济宁后，口碑依然极好。他到下边蹲点时，因为不让叫官名，人叫他"奇民同志"，群众就以为他姓"齐"，都叫他"老齐"。他在济宁，为了改善农民生活，领导当地农民在常闹水灾的地区进行种植改革——改种水稻，从江苏和进行稻改成功了的临沂请来二百多农民技术员教当地人种水稻，最后终于成功，使沿湖地区的农民结束了遇灾要逃荒要饭的悲惨生活，吃上了大米。多年后他谦虚地说："在济宁四年的工作，我认为是可以交代过去的。有不少好同志，把济宁稻改的功劳记在我的账上，我不同意。实事求是地说，我是做了些工作，但第一位的奉献者是济宁地区的各级党组织特别是沿湖的农民。"他在济宁工作，最后使济宁地区粮食亩产在全省各地区中跃居第三位。

但，1966 年"文革"开始后，朱奇民受到了冲击。最初，是北京造反派北师大的谭厚兰带红卫兵到曲阜"讨孔"。在那种情况下，朱奇民仍率直地当面建议要他们保护历史文物。当然，那完全无效。接着，他作为当权派受到批判。但许多农村干部、群众怕他吃亏，暗中都极力保护。有一次开大会批斗后，曲阜刘村的群众把他接到一个场园里端上茶水剖开西瓜慰问说："让朱书记受惊了！""我们送你回去！"大家都想着他进行稻改的功劳。在唐口的一次大会上，一个唐口老太婆跟着乱喊"打倒朱奇民"，别人就吼她说："你讲良心不？打倒朱奇民，饿死唐口人。"当然，在"史无前例"中，他后来逃脱不了抄家、批斗，也遭到坐牛棚及关押，但在十三次抄家中，造反派翻箱倒柜，掘地三尺，用镢刨屋，挖墙捣顶，既无罪证，更无存款，发现的只是朱奇民的清廉与贫穷，全靠每月工资拮据生活。正因如此，朱奇民遭遇到一件伤心的事。当他被夺权批斗的时候，本来多病的老父在家乡因焦灼而病重。但朱奇民当时工资被扣发，无法寄钱给老父治病，老人终于去世，使他痛心疾首，无穷抱憾。

1970 年 7 月，朱奇民被解放，在济宁地区任地革委副主任、党的核心小组副组长。1972 年 4 月，调任山东省农业局长、党的核心小组组长。1974 年冬被省委派到临沂任工作组长。临沂是"文革"的重灾区。为了临沂形势的稳定与巩固，在艰难中他做了大量工作。1975 年 5 月，又再被任命为临沂地委书记。1978 年调任山东省农委主任、省革委副主任。1979 年当选为山东省副省长。1983 年 4 月，在机构改革中退任省政府顾问，整整十年，却干的是实事，一直帮助先后四位副省长分管全省农业，同他们个个合作得很好。人们认为这不能不说是山东农业保持连续稳定发展的原因之一。

朱奇民深有体会地说过："一个党员、一级党委在正确路线政策指引下，对实际事物理解得深刻正确，又有胆量能联系实际认真贯彻执行，成绩就会大一些。……在遇到错误路线时，如果头脑清醒，了解实际情况，体察群众的要求，就可能把错误和损失缩小到最低限度。"他又说："我常对一些同志和家人讲我的经历与所受到的考验，以及半个多世纪的经验与教训。我有上进心、竞争心，但从来没有野心，厌恶投机钻营。我办事总想要办就下决心办成，不到黄河心不死。我抗战八年没有牺牲，解放战争四年也没被打死，'文革'未被整死，回过头看，比许多同志都幸运。我一不想发财，二不愿谋求什么名誉和职位。现在一心一意安度晚年，我的晚年是很好的。"他有一个美满的家庭，夫妇亲睦，儿女上进。他的夫人王炘同志也是位老干部，工作认真、信心坚定、待人和蔼、仪表端庄，与他结婚五十几年，恩爱互敬，人皆称道。当年，我与一些临沂的省政协委员、省人大代表到济南开会时，王炘大姐总代表朱奇民同志来看望大家，与大家交谈相处，宛如家人。1998年王炘七十五寿辰时，朱奇民曾赠诗给她说："持家唯谨慎，教子有义方。处邻和为贵，报国志如钢。"确非溢美之词。

我同奇民同志本来素昧平生，在山东工作时，既敬重他，也得到他的尊重。他注意到我，可能由于我是作家。这可能同他既有文化也爱好文学、自己也爱写点诗有关，我见过他写的有些旧体诗，是颇有诗味的。如1985年他赠小学同学高玉宾的一首七绝《答高玉宾先生》："少小同窗戏竹马，长大征程各当家。皓首欢颜泉城会，娓娓乡音话天涯。"感情、意境、音韵均好。又如1990年写的《安徽归来》七绝："黄山秀丽甲天下，泰山雄伟众口夸。归来额首两相比，齐鲁自有新章法。"既是咏景，又蕴含着更深的思索与抱负。与他相识，我感到在

"左"风盛行时，他仍很重视知识分子干部，也重视作家，有些事是难以忘怀的。1976年，我在山东奉命与一些同志集体创作一个土改题材的样板戏剧本。我是主要执笔者，但其中一位合作者竟要弄诡计要独自占有这个剧本。我对这种事本来处之泰然，但后来听说这事被奇民同志知道后，他将那人找去，进行了教育，纠正了这件事。以后，他很关心我的创作，给了我三个优越的条件：一是给予政治待遇；二是需要出差可以报销差旅费；三是我想写什么可以写什么，不要强给任务。我这人历来不喜欢跑上层，有空也不爱串门。我有我的骄傲与清高。省里的领导同志中，原来曾任全国总工会书记的栗再温副书记，在北京是熟识的；曾任副省长兼省委宣传部长的余修同志是1961年的全省高级知识分子代表会上认识并深谈过的。我到山东后，为了关心，他们曾要调我到济南山东大学筹办新闻专业。我不会教书，婉谢了他们的好意。他们叮嘱我有事可以找他们，但我从未去找过他们。他们二位"文革"中遭劫，再温同志自杀，余修同志后来也病故了，我一直悼念他们。但在我感觉上，朱奇民同志更会主动关心人。例如他当副省长时，到临沂视察工作，百忙中一天深夜十时许，他突然带了秘书李春逊同志到我家中看望并谈心，亲切、和善，像朋友而没有官架子，足足一个多小时才走。他平等待人，相处以诚，给我很深的印象。最令我感动的是：1983年我要调到四川成都工作，省、地好些同志都挽留我，说舍不得我走，我均一一去做了工作，请求放行。他也挽留，后来我才知道他不仅挽留还立即建议省里有关部门给予恰当安排。这他本人并未告诉我。更令我感动的是，我到成都后不久，李春逊同志到成都开会专门看望了我。春逊是一位非常优秀、正派、干练而且有学识的同志，我们是很谈得来的。他来看望时，带来了奇民同志的三句话："你在山东时工作很好，创作很好，到成都后要依然这样好，希望写出好作品来。四川'文革'时可能留有一些后遗症，不要介入这些事。工作如果顺心，就很好；如不顺心，可以回山东，我给你安排。"

得到这样的温暖，自然使我不但感动，而且在工作和创作中增加了动力。

光阴如同流水，我来到四川瞬忽整整二十年了！二十年来，可以告慰的是我无负于奇民同志的厚望。我今年七十九岁，到了容易怀旧的年龄，常常想念山东。既想念那里的山山水水和城市、乡村，更想念那里的好领导和许多好朋友。而朱奇民同志就是这些人中的一个。他今年八十五岁了！回忆往事，远隔关山，我很想念他。并不是因为他对我好，所以我才说他好的，而是因为虽然有些已是旧事，但从立党为公、执政为民来说，这些旧事既不该忘，也永远芬芳。我是以求实的态度来勾画、记录这样一位老干部的形象的。我愿以这篇朴实无华的纪实文字为他祝寿，并纪念我离开山东整整二十年。祝愿我那些第二故乡的老领导、老朋友们都康泰吉祥！祝愿山东更加繁荣进步！

（本文写于 2003 年 10 月，刊于 2003 年第 12 期《山东文学》）

哀思绵绵

——哭胡广惠

昨夜，我梦见老胡了！梦中，他仍旧是那样在对我微笑，他那高大魁梧的身材也依然那样挺拔。我同他握着手，感受到他手上的温暖。但，没有说话，梦就醒了！醒时房里座钟正"当当"敲打三点。我心里发酸，泪水湿了枕巾。

昨天是4月1日。上午，收到山东临沂地区工会来的电报，说胡广惠同志3月30日病逝。像遭到意外一击，我当时就哭了！我并不爱流泪，但却不能不哭老胡！无法赶赴临沂，我只能与凌起凤合发了一个加急电吊唁，说："广惠同志忠于党忠于人民，赤诚待人，模范执行政策，我们有切身体会。关山阻隔，不能前来，愿他安息……"电报发出！我心情悲痛，浮想联翩，如烟往事，不断展现眼前。夜里的梦，难道是老胡前来告别？人间天上，从此两茫茫了！我一直想回临沂再住住，与许多我常常挂念的朋友们聚聚。但倘若将来愿望实现，却再也看不到老胡了！我怎么能不难过、不思念？

1961年7月我从北京下放临沂，住在第一招待所里。地委组织部的胡广惠同志来看我。他成了我到临沂后第一个遇到并认识的地委干部。他给我的印象是亲切、关心人、讲政策，不但能虚心听取意见，而且能设身处地为干部考虑。他身上没有官气，却有老区干部那种朴实诚恳的豪气；他身上没有显露的"党气"，却有体现党的原则和政策的正气。我觉得他很了解我，心里话愿意同他谈而毫无顾虑。他在分配我工作时，叹着气说："你的工作很难分配，级别高，有专长，可是这里没有适合你发挥专长的工作好安排。"为了我的工作，地委张学伟书记同老胡慎重作了研究，让我到省属重点中学临沂一中去做行政领导工作。去前，老胡一再同我说："既然来了，就要从实际出发；有一个科学的态度……"他希望我能工作得好，并要我有什么要求和问题随时向他提出。我到一中以后大约十多天，收到他写来的一封长信，给我打气鼓励，并关心我的思想和生活，又谈到应从实际出发，这使我感动。其实，他已分配了我的工作，别的他全可不管！他却不然，仍在关心着我！我们党的人事干部工作，如果能做得这样"到家"，那将能调动多少人的积极性！从此，我把他当作一位知己！并且决定：我要安心努力地发挥我的光和热。

那时候，对知识分子极左的情绪像一种流行病。但老胡不怕沾我。我同他非亲非故，他之所以关心并爱护我，完全是从党的事业和政策考虑。我搞创作，他很支持。中国青年出版社要我修改《月落乌啼霜满天》初稿时，他亲自为我请了三个月的工作假。那稿子后来在"文革"中损失了，但我一直没忘记老胡对我的支持和帮助。我甚至想：由于有的人把业余写作看成是"种自留地"，没有他，我到临沂后也许就会放弃写作了！

我这人不爱无事串门闲谈。同老胡来往不多，他又不是个多话的人。但怪就怪在我们见了面就像知心朋友，分开了也会互相牵挂。他到苍山做县委书记时，来临沂总要看望我和起凤。"文革"中他受冲击，"当权派"们集中被挪到一中办学习班，我就偷偷找机会去看看他。我受冲击严重时，他在当时的"红卫兵广场"上见到起凤，总要问问我的身体好吗，处境怎样。那种情谊令人难忘。当然，他也不但对我这样，他对许许多多干部都是非常好的，一中副校长杨星垣同志对我说："胡广惠真是个好人，做干部工作就得像他那种态度。"在"文革"中，我同一中赵明远书记之间有了些误会，老胡诚恳地对我说："老赵这个人很好，也有水平，你不要那样。"他陪老赵到我家里促膝谈心消除了误会。

我最感激老胡的一件事是"文革"后期，那时他在"地革委"组织组负责。正逢"批邓"高潮，我心情忐忑。因为在"批邓"开始前，我给小平同志写了一封信，为了我哥哥王宏济的事。宏济在一所军事学院工作，但造反派有妒忌他的，突然要将他下放到一个苏北的小农机厂里去。宏济是个立过军功的优秀的高级科技人员，如此处理自然不当。我生气便向小平同志"告状"，谁知偏偏又来了"批邓"。老胡这天来后闷闷地吸烟，一支又一支。我敏感到是有什么事，忍不住问了他。他说："你写信的事出问题了！"我这才知道：我写给小平同志的控告信转到了宏济单位，那里又将信转来临沂附信要追查我，并要我提供宏济的材料。情况紧张，我将宏济是多么杰出的兵工专家及事情真相告诉了老胡。他对"批邓"是不满的，对"四人帮"也是痛恨的，对科技知识分子是重视的。终于，由于他的爱护和抵制，我既未提供宏济材料，也没有出事。宏济现在是中国人民解放军军械工程学院的名教授、全军英模大会代表、七届全国人大代表。这几天，人大七届二次会议正在北京举行，中央各报上都登了他的发言。在那黑暗蒙蔽了太阳的日子里，老胡保护了我们兄弟俩。今天，我如果把老胡逝世的噩耗函告哥哥，他也会伤心的。

1983年初秋，我调四川成都工作。老胡当时是地区工会主席，出差归来匆匆赶来送别。我见他有些疲劳，说："你这么忙，何必还来看我？"他微微一笑，深情地说："你来临沂二十多年了！来时，是我接的，调走我怎能不送！"说得我当时险些落下泪来。我委实无法想象这竟是我同他的最后一面！

到四川后，我常想念他。我在担任党的领导工作时，常常以他给党做工作为榜样，摒弃官气和"党气"，朴实诚恳，讲原则讲政策，赤诚待人。我思想上是把他作为良师益友看的。他爱喝点酒,我曾面劝过他戒酒。四川出名酒,我早准备了一瓶好酒想带给他。"君子之交淡如水",在临沂二十多年,我没有好酒送他。如今,送他一瓶好酒当然合乎我的心意。可是,想到酒对他的身体不利,我和起凤又犹豫了!如今,酒在,可是,老胡走了!我情何以堪!巍巍的沂蒙山啊!滔滔的沂河水!想起蒙山沂水,我就会想起老胡!在我写这篇短文时,悲伤一直伴随着我。一个人,死后能使人想起他会哭,总不是偶然的,总不是偶然的啊!……

　　愿老胡安息!

　　　　　(本文写于 1989 年 4 月 2 日,刊于 1989 年 4 月《临沂日报》)

心祭沂蒙悼薛亭

　　明年 7 月 23 日就是薛亭同志逝世十五周年了！十几年来，对薛亭同志的悼念之意常浮现在我心头，以后也会镌刻在我脑海中永不消失。我在山东临沂工作二十二年，认识不少我们党在老区发奋工作的好党员、好干部，并深受许多老领导的关心与爱护。薛亭同志这种焦裕禄式的地委书记，是我从心里十分尊敬并视为学习榜样的。逝去了的未必全都不存在，薛亭同志为人民做公仆的革命精神和他所作出的贡献，长留在沂蒙大地的百姓心中。我们党的历史是由无数烈士和无数类似薛亭同志这样的优秀党员、优秀干部用前仆后继的行动写就的。我们的党生命力是否强大，首先看党员和干部表现得怎样，而薛亭的表现是无愧于党、无愧于人民，立下了一座丰碑的。写这篇文章时，我的思绪中弥漫着悲伤，怅然若失。仿佛又看到薛亭同志高大的身影站在面前，他脸色严肃，昂首向着云天，若有所思……人说怀念是一种相会的形式，谁说不是呢？我确实像又回到了过去的岁月中去了……

　　我是 1961 年 7 月由北京来到临沂的。到临沂后，地委张学伟副书记和组织部胡广惠同志会同宣传部田致祥部长反复研究后安排我到省属重点中学临沂一中做行政领导工作。那是三年困难时期，离北京时，北京正在饥饿中。到临沂后，见市场供应丰富，物价虽贵些，至少"瓜菜代"是能吃饱的，这就很稀罕了。人告诉我："地委书记薛亭熟悉农业，大刮共产风时，他能坚持实事求是，不搞胡指挥，才保存不少元气……"我想：这一定是位头脑清醒而冷静的领导干部，当众人头脑都发热时，他能坚持马列主义的原则，真的不容易！有这样的干部，临沂人民有福了！秋天时，统战部赵邦举同志通知我参加一个座谈会。会上，我第一次见到薛亭同志：平头顶，穿一套半旧的干部服，深沉稳重，似乎是个寡言笑的人。与会的一共十多人，都属临沂的高层知识分子和文艺界头面人物，谈的中心是对赫鲁晓夫的言行发表看法。我离北京前，在世界工联执行局北京会议宣传组工作过，早已知道了"反修"的精神，所以会上发言后，薛亭同志总结时肯定了我的发言。会议结束，我走过他身旁时，他对我笑笑，问："从北京来这里习惯吗？"说实话，当时我并不习惯，但他的笑容使我温暖。他很了解我的情况，这出乎我的意料。

　　第二年初，收到省委召开全省知识分子座谈会的请柬，那是一次安慰、慰问并给高级知识分子打气鼓劲的高规格高待遇的会，全省仅百余人参加。会前，地委让赵邦举同志陪我去郯城、莒南参观，目的是了解情况增强信心便于在会上发言。我们先到了郯城，又去了马头、陈村、桑庄等处。在三年困难时期，看到这儿政策落实、人畜兴旺，我感到欣慰。记得当时我在陈村曾写旧体诗一首，有"陈村喜闻政策美，桑庄笑看规划宏。一条路线能通天，三年变化大不同"之句。郯城是薛亭同志原先担任过县委书记的地方，一再听到人们讲"薛政委"在郯城如何深入群众，如何从实际出发安排农业生产的事，人们对他的感情都很深，都夸他是个好书记。据说薛亭刚来任县委书记时，郯城习惯于"人无厕所猪无圈"，但他善于为群众办实事，终于实现了"人有厕所猪有圈"的局面。一个干部离开工作岗位后，人们仍怀念他，津津乐道他的成绩，增加了我对薛亭的了解与敬重。后来，我到济南开会，与高亨、章益、田仲济、童书业、冯沅君等教授一个组。会上，省委宣传部余修部长找我个别交谈，详细询问了临沂情况，并要我就此作了发言，我觉得大家听了都是很受鼓舞的。会后，我去北京过了春节，回临沂后向地委宣传部田致祥部长做了汇报。他正住院，一再对我说："以后我们交交朋友。"我汇报完走出来后，遇到薛亭同志上医院看病。他手抚胃部，疼痛难忍，面色苍白，见面匆匆分手，只对我说："以后找机会好好谈谈。"（如没有这句话也许以后我就不会同他有接触了！）自此，我知道他有严重的胃溃疡病，是坚持着抱病工作的。以后，见到他时，我总很关心他的溃疡病，总觉得他因操劳脸色很憔悴，但无法体会他过的是什么样的廉洁简朴的生活。

他的大女儿薛应平、二女儿薛伟平都在临沂一中初中部上学。应平敦厚而且懂事，伟平活泼天真，当时穿得都极朴素。我印象很深的是应平在夏天总是赤脚穿一双旧凉鞋坐在班上最后一排静静听课，很专心，尊敬师长，功课很好。我注意观察，薛家女儿最大的特点是不像有些干部子弟有特殊思想，从不炫耀自己是地委一把手的孩子。薛亭同志也从未因她的女儿在学校上学，而对校方提出过什么要求，这是薛亭夫妇家教严格的结果。大约是 1964 年或 1965 年的秋天，听说薛亭同志下乡回来后，我突然感到应当去看望他。一个夜晚，我找到他的住处。他和夫人老萧在家，溃疡病折磨着他，但同我握手时很亲切，既有对待友人的态度，也有对待他们女儿的校长的态度。我是自尊心很强的人，那是对知识分子极"左"的时期，他的态度使我觉得亲切。令我吃惊的是他的住处简陋无比，什么享乐，什么利己，似乎都同他无缘。从北京来的我，真无法想象一个地委第一书记的住处竟清贫成这般模样。那天，我主要只是看望，未多谈什么。老萧是个贤惠热情的女干部，当时在临沂县负责人事工作，正忙着自己在蒸"风搅雪"（一种掺和了豌豆面的面粉）。薛亭同志虽然满面病容，来找他的人依然不少。见他那么忙，我就告辞。老萧送我出门，问我孩子在学校的表现。我夸了应平姐妹，临别，我发自内心地说："老萧同志，请多多在生活上照顾薛书记。"心里许多话都没有说，我确实被薛亭同志那种只知奉献不计待遇的形象感动了。以后，见到宣传河南兰考县委书记焦裕禄同志时，我就想起薛亭同志，我认为只是没有人写他，他就是一个活生生的山东的焦裕禄嘛！

临沂地区兴办水利种植水稻的稻改是全国闻名的。本地历史上不产大米，我与妻由北京到临沂，最不习惯的是没有大米吃。但薛亭同志和地委一班人以科学和魄力抓了稻改。他常下乡蹲点，亲自抓农业，推出东张屯等稻改样板。大种水稻成功后，临沂同江南相似，变为鱼米之乡，我们很快都吃上了质量上等的大米。稻改早成历史，但在这段奋发向上的历史的创造中，人民是铭记那位名叫薛亭的共产党的优秀地委书记的！

过春节时，我间或曾去看望薛亭同志。有时，他同我谈临沂的形势，问问我的情况。每每见他繁忙，找的人多，我就匆匆告别。去看望他，仅是表达一些尊重之意，并无所求。他对我说过："有事你可以找我。"我却从未找过他办什么事，只是因此同他和老萧有了一定的友谊。

接着，就是史无前例的"文革"。"文革"是1966年夏从临沂一中开始卷起风暴的。风暴来势迅猛，使人莫名其妙。9月里，我在学校处境险恶，随时会坠落深渊。由地委石一庆同志带领的工作组入校后，是保领导班子的，可是实际已经力不从心。"十六条"公布后，一天，薛亭同志穿上军装以军分区政委身份由石一庆同志相陪来一中开了一个会。一批极"左"的教师都参加了。薛亭同志军装领子上两个红领章映得他很英武，神色却特别沉重、压抑而且严峻。他讲了话，用"十六条"联系中学实际来讲，用意是说：中学里没有党内走资派，对资产阶级反动权威的划定要慎重，要注意政策。讲话时，他常用眼看着我讲，似是向人解释，也安慰我。听了他的话，我明白他是专为保一中的领导班子来的，他的有些话是专为保我而讲的。他走后，我心里感到异常的悲凉。我虽知在劫难逃，但当时心怀感激，直到今天也不忘却。只是，当时红卫兵正要进攻他，他自己后来也就身陷水火，而我则在他来一中讲话后不久就被野蛮揪斗了！

他不是为与我的私交而保我的。我同他的交往并不密切。他只是在党性和一种责任心的支配下才保我的。这是他的真诚与正直。时至今日，我应当在这补说一声："薛书记！谢谢！"

以后，我曾见过他和老萧被残酷批斗的场面！那使我不平而且难过……1972年秋，我"解放"后，有一天，曾去看望过他们。薛亭同志不在，只见到了老萧，当时他们处境仍不好，家里也依然简朴如洗。除了安慰几句，一切都无能为力。再以后，一场混战的"文革"结束。薛亭同志调到了省里，后来，又病故在济南。噩耗传来，我只能写了一封恳切的信寄给老萧表达悼念。十年前，我调来四川成都工作，心里却忘不了薛亭同志这一家。我知道应平、伟平、宁东都很有出息和贡献。去年，临沂人大常委会于兴和副主任来蓉，才知道老萧同志已经病故，心里免不了又是一番黯然。

人生必有一死，但好人的早逝，使人惋惜，使人依依。个人的命运总与时代休戚相关。无法假设如果没有"文革"薛亭同志会如何，但至少他对党和人民会有更大建树是无疑的。今夜，我停笔推窗伫望，静谧的天空，夜色神奇多情，群星眨眼，回忆往事，突然想起了几年前知道薛亭同志去世的消息的那晚，也是这样一个静谧的天空有群星眨眼的夜。那夜，我曾默默地在灯下写信给老萧，对薛书记的离去表示衷心的悼唁。

成都离山东太远太远了，今夜，在写这篇怀念文章时，我的心一下子又飞回了鲁南。我的心中燃着一炷馨香，我用心在祭念薛亭同志，这短文是代表我的祭奠的一束鲜花，一杯纯酒，一盘鲜果。对着遥远的巍巍沂蒙山、滔滔沂河水，在心潮澎湃中，我用笔吐出我的敬重、思念与赞颂……

薛亭同志，魂其来飨！

（本文写于 1994 年 10 月，刊于 1995 年出版的《薛亭纪念文集》）

伤心悼大泓

　　储大泓同志 9 月 2 日在美国去世，我是九天后看到了《文学报》一版上刊登的噩耗才知道的。事出突然，异常悲痛。我不久前曾有一信寄到美国给他，未得复，这有违惯例，现在猜度一定是他身体不好才未复的。因为前此他给我和起凤来信说："我经常想起你们，时时刻刻惦念着。""如能在美国见次面，那就太好了。"又说："我大概在今年 9 月间回上海，所以在美迟迟不归，主要原因甚至可以说唯一的原因是为了小孙子。我这做爷爷的在此作用不大，小孙子目前还少不了他奶奶。""我俩（指他和夫人顾嘉瑾）身体总算还可以，但毕竟年逾七十，尤其是我，颇有点老牛破车的景象了。"他一直体弱，心脏也不好，信上用"老牛破车"形容身体状况，使我很担心，想不到闪电似的他就西去了！他是这样好的人，遽而离去，我真有折断手足之感。我原以为他 9 月里可以返沪，我到上海可以有聚叙的机会，谁知竟如此永别，人间天上两茫茫，心何以堪!?

　　大泓与我抗战时曾同学于四川江津国立九中。多年相交，交称莫逆。我喜欢他为人儒雅谦虚，钦佩他的文学修养和办报能力。我们虽离得远，但通信不断。他的逝去，使我几天来都茫然若失。我忍不住拿出他过去赠我的作品和写给我的信翻看，眼前总浮现出他那戴着眼镜的清秀面容和颀长的身影。往事历历，于是，泪水不禁模糊了双眼。

　　他生活经历中与我曾有相似之处。他比我小三岁，童年与我一样也是在南京度过的。"八一三"事变爆发后，我随父从南京为逃避轰炸到安徽南陵居住，巧的是他也是随父从南京经芜湖坐夜行船到南陵小住的。后来，我们又都一样流亡到了四川江津上中学。新中国成立后，他在上海工作，我也曾在上海工作……谈起这些事时，两人都常津津有味而又感慨系之。他在一篇文章中写过："读王火的小说《战争和人》时，我感到，不仅读到一部好书，而且仿佛找到一个散失多年、年岁相差无几的兄长。这心情真是难以用笔墨来形容了！"

1992年四川省作协在成都召开《战争和人》作品研讨会，大泓应邀特地来成都参加。在会上，他作了有分量的发言。当时限于条件，给他安排的住处很差，我感到抱歉，他却毫不计较。会后，我们夫妇同他相聚了一天。那天，我们并未出游名胜古迹，主要是聊天。我们一同逛街，一同吃成都的小吃，十分愉快，但是高兴的是忆旧：谈南京、谈上海、谈四川……在我住处谈到夜深。我的老伴在家排行第七，人都叫她"七姐"。大泓自此见面或写信总叫她"七姐"，亲切而热情。

大泓与我都爱好唐诗宋词，但他在古诗词方面的修养比我高，功夫也下得多。为此他从70年代末，有目的地系统地大量阅读并选录历史咏史诗，目的是要出一本《历代咏史诗选注》，到1986年底方完稿，共选二百四十四家、五百余首，注释与解说大都皆有独到之处，书由陕西人民出版社出版，获好评，被认为是一本有保存价值及学术价值的选本。

大泓曾任上海《解放日报》副总编、上海市文联党组副书记、文学报社社长，工作一直繁忙，兢兢业业对新闻事业和文学事业有不少贡献。年过半百后，常写随笔、散文，有的谈文说艺，有的是旅途杂记，有的有感而发，有的是国外游记，有诗论，有书评，有序跋，也有议论。多种多样的精美文章，都文笔清丽、富于内涵。前年，他精选了三十万字在学林出版社出版了《晚晴幽草》一书。这书名引用了李商隐诗中的"天意怜幽草，人间重晚晴"的含意。他认为李商隐这首诗对晚晴充满欣慰欢快的情绪。"这种情绪对早已人过中年的我来说，显得更为可贵，对没有花香，没有树高的幽草来说，倘能得到雨露的滋润、阳光的照拂，在微风中欣然摇曳，当然也是幸事。"大泓的诗情盎然透现在他的文字中，也透现在他的人生态度、人生境界中。

呜呼，大泓！你那和颜悦色、舒坦洒脱的模样深埋我的脑海之中，可是我已不能再与你相聚作知心的长谈，不能再一同谈诗论文忆旧怀旧，不能再通过信件交流情谊与思想，我们永远不能再相见了！

今晚，月光亮如水，遥念大洋彼岸，我浮想联翩，心情悲伤。大泓，魂兮归来，今夜我们能在梦中相会否？

（本文刊于 1996 年 10 月上海《文学报》）

告别塞风兄

　　二十多年前在山东济南与塞风相识，我很喜欢这位兄长。他比我大三岁，诗文极佳，为人豪爽。我知道他的经历不平凡，有遍体荣光、壮怀激烈，也有崎岖坎坷、荆棘满身，受过荒谬的不公正待遇，但他是一条经过九蒸九晒的中原英雄汉子，是那种"人生各有志，终不为此移"的杰出诗人。我来四川二十一年，经过通信，与他交谊更深，对他和夫人女诗人李枫的了解也更深。我一直想重回山东与那里的老友们聚聚，看望塞风兄夫妇自然是心愿之一。何曾想到突然噩耗传来，塞风兄遽然西行，令我伤心。

　　塞风兄扎根大地，吟唱人生，他出版了九本诗集，三千多首好诗。诗人和作家们说他的诗里既有"稼轩手中的雪剑"，也有"易安居士的小舟"。说他的诗是"黄河波浪，江上清风"，说他是"黄河之子，大地之弓"，说他是"永远屹立在风雨文坛的高大身躯"，说他"永远远离了浊流，成为一代清流的榜样。"……这些都恰如其分。他的去世，是诗坛的大损失。他为什么匆匆就走了呢？

　　应《小诗原》张天授、穆仁二兄之邀写这悼文，我看着塞风兄赠我的照片，眼前蒙着水雾，心上涌塞千言万语。却忽然想到：我今年也八十了，我不悲观，但也懂得自然规律；我不迷信，但却希望魂魄能够相聚。那么，塞风，我的老哥哥，将来，将来我一定来看望你，听你朗诵你的名句：

黄河、长江

是我两行混浊的眼泪……

（本文刊于 2004 年 7 月《小诗原》）

名山事业自千秋

——悼张啸虎

1990 年 11 月，收到啸虎从武汉寄来的《楚国狂人屈原与中国政治神话》一书时，啸虎已经骨癌在身病入膏肓了。读着他这本有利于中西文化交流的书，想着他，我不能不挂念他那本已完稿的《中国政论文学史稿》。但次年 2 月就收到了啸虎的讣告。其后，立娟来信说："屋里放着啸虎的遗像，像前放着花篮、鲜果，但我却喜欢看他的日常生活照，就好像他仍在书房伏案写作。有时对着孩子叫'啸虎'，意识后不觉凄然……"

我也凄然。我与啸虎有深厚坚持的友谊。前些年当我创作《战争和人》三部曲时，啸虎来信说："独特的作家，不是指他从不受人影响，而是指谁也影响不了他，谁也模仿不了他。你的《战争和人》是独特的，不仅是生活和题材，而且在风格，别人无法写你的这部作品，而读者需要这部作品。无论怎样你一定应当完成它。"如今，"三部曲"已经出齐，8 月，四川省作协在成都开讨论会，9 月，人民文学出版社在北京开讨论会。而啸虎离去已一年多了。他关心我的写作，我也关心他的写作，现在，他的巨著由于得到有关部门支持，在科研项目下拨出一笔款补助印刷费，又得到名学者、名书法家吴丈蜀及啸虎的高足易树人的整理修订终于面世。捧读立娟寄来的样书，我的感受实非笔墨所能形容，如烟往事，一时都涌上心头。

一

啸虎是位学者，年轻时给人的印象就如此。1994年夏，复旦大学新闻系在大后方招生。那时新闻系名声显赫，录取的三十名学生是从近六百考生中挑选的（当时复旦全校仅八百多学生）。啸虎被录取很特殊：两篇作文（一篇白话，一篇文言）都考了100分。这在复旦是"史无前例"的，他一入学就引人注目。我与他同学四年，头两年在四川北碚夏坝时，毫无交往。我仅在抗战胜利后的1946年看到他在墙报上写过一篇《建都长沙论》，不禁暗笑：这个湖南佬，什么都想让湖南占有！1947年复旦迁回上海江湾，宿舍是日寇留下的兵营，我和王善本、张镇中等同住一室，啸虎住斜对面，偶尔来我们房里坐坐，他才华洋溢却不善言辞，湖南乡音特重，"张镇中"从他口里出来就成了"咚咚咚"。常在《大公报》等报刊上读到他写的洋洋洒洒或精美华丽的文章。他爱喝一点酒，一喝脸就红。当时写过一篇散文，第一句就是："我接过了父亲传下的酒杯……"那时，他在秘密追求历史系的高才生张立娟，立娟是他同乡，端庄智慧而有胆识。傍晚，啸虎有时"失踪"，问他何处去了，答：到教室写稿去了。后来却发现了他的秘密。见到他傍晚夹着书和稿纸去教室，大家总忍不住开句玩笑："又去写稿么？"其实，他确是常独自去看书或写稿的。他终生爱读书、爱写作，乐此不倦，直到去世。

啸虎1948年在四年级时，被储安平教授邀到他办的《观察》编辑部里工作，工作重，人手少。储教授要求高，待遇苛刻。我有一次途经虹口到那简陋狭小的编辑部里去，只见啸虎埋在稿堆中低头孜孜改稿，大热天，穿件破背心汗流浃背，心无二用，只是满面歉意说："没法留你坐，这稿储先生急等我改出来！"不久，我们毕业了，《大公报》聘啸虎去任编辑。他没有丝毫人事关系，完全是凭本事进去的。1949

年春，他到香港，在《文汇报》做编辑。我同他断了联系。大时代中，大家萍踪漂泊，再见面已是八年后了。

二

1957年初春，啸虎来北京出差，突然来看望我。当时，他是沈阳人民广播电台的负责人之一，《文艺报》等常发表他的文章，我和复旦同学王善本请他在东安市场吃日本式的"鸡素烧"。喝了点酒，他显得高兴，谈起和立娟婚后的幸福，谈起他在研究政论文学，也研究屈原、研究新闻学及文艺学理论，依然是沉迷书会文海中乐而忘返的学者。谁知依依分手后，他回到沈阳，在"反右"中竟入冤狱。从此音信渺渺，我们再见面时已是整整三十年后的1987年了！

1987年9月，啸虎、立娟伉俪从武汉来成都参加一个学术讨论会。重逢回首，叹世事之沧桑，大家都悲喜交集。学者终是学者，想不到啸虎囚禁在秦城监狱十多年，除英文外，竟又掌握了德文、日文、俄文，而且写作翻译了数百万字著作，毅力如此惊人！冤案早已彻底平反，给了他许多荣誉，头衔一大堆：中国屈原学会副会长兼秘书长，湖北省屈原学会会长，湖北省社科院研究员，文学所所长，在武汉的大学里是兼职教授……他是中国作协会员，散文、杂文写了许多。

那天是9月18日，我们从早晨谈到下午四时许才分手。我主要想听他谈谈过去的坎坷经历，他却专心于谈著作，告诉我，他仍在写《中国政论文学史稿》，这是一部史无前例的伟构，在现有的文学史著作中有多种中国文学史和中国诗史、词史、中国白话文学史、妇女文学史、俗文学史、小说史、骈文史、戏曲史……但从未有人提过政论文学史，这是填补中国文学史范畴中一项空白的开创性工作，一切都要从零白手起家。这使我不禁想起1957年那个初春同吃"鸡素烧"的情景来了！他兴奋地红着脸激动地说要完成这样一部巨著。而今三十年之后，在他经历无数难以想象的坎坷与挫折以后，在手稿资料完全被毁于劫难之后，竟仍以"出不入兮往不返"的精神念念不忘要完成这项为学术界作出贡献的工程。于是，我感情激动，叹息着想：这就是中国的知识分子呀！啸虎还是啸虎，虽九死而不悔，他没有变！

三

啸虎这部巨著的价值不仅仅在于首创精神和填补了一项空白。我佩服啸虎撰写时掌握资料之丰富，书中引用和涉及的人物不下千人，典籍资料上自十三经、先秦诸子百家，下至清末民初学者言论不下千种。啸虎洗沙淘金选材严谨，如非胸藏书卷，既谈不到旁征博引、分析论述，更无法对人和事给予评价。更可贵的是对前人的论点能择善而从，不正确的则据理批驳，随处可以看到一位高明学者的独特见解和不凡识见。这部巨著是通史性质，结构严密，层次分明，条理清楚，将政论文学发展过程连贯引出，表现了高超的文学组织功力，而文采斐然，气势不凡，使我时时仿佛看到啸虎埋头稿纸堆中，置一切于度外潜心著述的情景，因而眼眶禁不住又湿润了！

啸虎的老友吴丈蜀在《中国政论文学史稿》序中说："……从此，我国有了第一部《中国政论文学史》，使我国的文学史行列增加了一个新的伙伴，而'政论文学'一词，也从此正式确立。这都是本书作者建立的功绩，应该记在中国文学史中。"啸虎一生专心治学，遇不幸而仍穷力。默默奉献，无愧于时代，无愧于人生。我为他的早逝悲伤，但为他的成就欣慰。菊残独有傲霜枝，名山事业自千秋！啸虎不朽！

（本文刊于 1991 年夏《作家报》）

第八辑　海外人物

巴黎寻雨果

巴黎的 10 月上旬，早晚已经秋凉，近中午时分，阳光温暖，我们是凭着一张巴黎地图来寻找雨果故居的。假如以罗浮宫为巴黎中心来看，雨果故居所在地就偏向东南了，卫平开着他那辆 Rover 牌的轿车从我们住的那个古老的旅馆向东南开，按地图上的指示到达巴士底地区。巴士底广场上矗立着美丽的巨型青铜"七月圆柱"，柱顶有金翅自由神像，右手高举火炬，左手提着被砸碎的锁链。街道纵横，不知往哪开才好，幸亏巴黎不像伦敦，停车比较方便自由。卫平建议把车停下，我们再按地图去找圣安东尼路。

车停巴士底广场，不禁使我想起了 1789 年法国大革命时，7 月 14 日巴黎人民起义就是从攻占巴士底狱开始的。恐怖的巴士底狱早已毁去，广场就是当年监狱的旧址，如今用"七月圆柱"代替了它。在纪念法国大革命二百年之际，这广场上又建造了一座豪华的巴士底歌剧院。广场可以流连徘徊，但来的目的是寻找雨果故居，只好扔下巴士底的事不去想它。

雨果的故居是在离这里不远的圣安东尼路旁的孚日广场 6 号。七拐八弯，用英语一路问人："请问雨果的故居在哪里？"懂英语的年轻人似乎陌生，老年人却会点头指引。终于找到了那个美丽的广场。在进口处的路边，一家小店的门口，有个胖胖高大开朗的法国汉子站在那里，向他询问雨果故居，他友好地笑着用手一指："就在 6 号那里！"但接着庄重而又亲切幽默地说："但，雨果度假去了！"欧洲人爱外出度假。他的意思是你们见不到雨果，他不在家！谢了他，我朝孚日广场看看，广场不大，但有美丽的大树，茵茵的绿草坪，摆设的座椅上散散落落坐着些休闲的老人，一些孩子在奔跑玩耍。广场底端，有个铜像，我自作聪明地说："这可能是雨果的铜像。"近前一看，原来是路易十三的青铜像。铜像早已斑驳陆离。这片包含在孚日广场中的场地原来曾名叫"路易十三广场"，帝王之家总是要占尽风骚的。如果没有路易十三的铜像，雨果住处的门前，怕当年还留不出这么一块风水宝地供人憩歇呢？

6号处于一座有拱形门带长廊的楼房的拐角处。一幢幢四层楼的建筑紧紧衔接。蓝顶红砖的楼身拱形门和白色浮雕花纹全已带点淡褐的灰黄色，显示出房屋盖造的年代已经久远。在6号门前首墙上，有一块十六开大小的铜牌，说明这是雨果故居。引人注目的是6号门的上方，插挂着一面法兰西共和国的红白蓝三色国旗，是对这位在世界享有盛誉的大作家表达一种特殊的敬意，给这貌不惊人的作家故居，展示一种风采。

维克托·雨果（Victor Hugo，1802－1885），是我最喜爱的作家之一。我十分喜欢他长篇小说中的三部。

他1831年发表的《巴黎圣母院》，塑造了佛罗洛和卡西莫多两个主要人物：一个道貌岸然但心地黑暗，一个外形丑怪但心地光明。在揭露教会罪恶的同时，宣扬了仁慈与爱情创造奇迹，虽有宿命论，但撼人心灵。

他1862年发表的《悲惨世界》，广泛反映了19世纪前半期法国资本主义制度下贫苦阶层的悲惨遭遇，表达了对这些不幸的人们的深厚同情，也集中表达了仁慈情爱可以杜绝罪恶、改革社会、拯救人类的人道主义思想。他在小说中描述了1832年巴黎共和党人起义的街垒战斗，歌颂了战斗中视死如归的英雄们。

1874 年雨果发表的《九三年》，写的是 1793 年法兰西共和国军队镇压旺代地区叛乱的故事。共和国军队司令郭文私自放了叛乱头子朗特纳克侯爵。后者是在逃跑时，为了从火中救出三个小孩才被捕的。郭文的行为违反了革命利益被判死刑，但判决和执行的政务委员薛木尔登，思想矛盾，在郭文被处决的同时开枪自杀。雨果揭橥了"在绝对正确的革命之上，还存在着一个绝对的人道主义"。

　　雨果是一位怒放着人性美之花的大作家。我酷爱雨果那种浓墨重彩的大手笔，那种汪洋大海的大气度，那种狂风暴雨般的大气概，那种悲天悯人的大魄力与渊博的知识、宽广的心胸、鸟瞰历史与社会的智慧、纵横运筹创作的才能。因此，是带着这种心情寻找雨果故居的。

　　走进雨果的故居，里面光线并不明亮。展室门口有雨果的半身青铜坐像。他那浓密的大胡子，挺直的鼻子，紧促的眉毛，睿智锐利的双眼，使人肃然起敬。拿今天巴黎的居住水平来说，这里简陋而且朴素无华。但当年雨果的客厅，四壁曾都用红绸装饰，有"红客厅"之称。雨果不仅是文学家，也是政治家，他 1802 年出生于法国东部的贝尔松，父亲是拿破仑麾下的将军。他因反对拿破仑三世，曾被迫流亡外国十九年，《悲惨世界》等作品都是流亡期间在国外写成的。1870 年普法战争爆发，拿破仑三世垮台，雨果才回到巴黎。这以后，这幢孚日广场 6 号的房屋就是雨果的住所。雨果不仅以大作家，而且以法兰西学院院士、国会议员的社会身份，曾使这里成为一代大作家的聚会所。巴尔扎克、大仲马、拉马尔丁、梅里美等，在法国文学史上闪闪发光的大师们，都是这里的常客。

　　《九三年》应是在这所房屋里写成的。我曾在一本法国画册上见过一张画，画的是 1881 年庆祝雨果八十寿辰时举行群众集会的场面。许多人聚集在雨果住所门前欢呼。那广场上的大树，那密集的四层楼房，显然都是这故居当年的写真。

　　雨果故居如今可以叫作"故居"，也可以叫作"纪念馆"。故居中依照他流亡时期的旧居布置了两个房间，有趣的是还布置有一间是中国风格的房间，里面有中国的高背座椅，墙上挂着许多中国瓷盘。雨果从未到过中国，但雨果在他六十岁那年，听到中国清朝的皇家公园——北京圆明园被侵略者"英法联军"焚劫一空，他对法国军队也参加了这一暴行十分愤怒。当时他写了一封长信，谴责了这种侵略和践踏文明的罪恶行径。雨果终生未到过中国，但他对中国和东方文明的感情，使中国人感到亲切。

老年的雨果，家庭不幸。他的孩子有的死了，有的疯了，亲人仅剩下一个孙子一个孙女与他相伴，很使人同情。1885 年 5 月 22 日，雨果在巴黎逝世，享年八十四岁。他在这故居里度过了一生中最后的日子。法兰西全国为他志哀，他的国葬仪式在巴黎凯旋门举行。从那时开始直到今天，这故居也成了巴黎一个景点，常有本国和许多外国热爱雨果作品敬仰雨果为人的旅游者，来到这里瞻仰他的故居。雨果是永存的！他的作品永远散发着恒久的艺术魅力。他去世已经一个多世纪，但我们问路遇到的那位巴黎人不认为他已经死去，却庄重幽默而且亲切地说："他度假去了！……"

雨果是永远的！他的文学精神是永远的！

走出雨果故居，有一种说不出的不满足！但怎么才叫满足怎么才能满足呢？除非真让我见到雨果！？外边阳光灿烂，阳光给人温暖、明亮，阳光衍生万物，阳光也是永远的！

（本文刊于 1999 年冬《四川政协报》）

神往"拉雪兹"

在有些巴黎的导游图上，未把著名的拉雪兹神父公墓（Le Pere Lachaise）绘上去，原因是它离市中心很远，偏在东边。但如果坐地铁，却有一站专到拉雪兹公墓下车。多少年来，这里总有游客光临。

在英国时，从图书馆里借到的一本介绍巴黎的旅游书中，介绍了拉雪兹公墓，附着一张极不准确的平面图，介绍说：这公墓里埋葬着许多名人，文化名人中有作家巴尔扎克、莫里哀、王尔德、舞蹈家邓肯……从那平面图来看，坟墓并不多，要找到这些名人的坟墓似很容易。因此，在未到巴黎拉雪兹公墓之前，我绝对想不到它有多大，里面有多少座坟墓！我1997年到过捷克布拉格的"名人公墓"，也到过奥地利维也纳的"名人公墓"，曾慨叹那两处公墓里的坟茔"每个都像一件艺术品"，也对公墓里的名人之多表示赞叹。但绝未想到拉雪兹公墓里的名人拿来同上述两处一比，显然这里的规模之大，名人之多，简直是可以叹为观止了！

巴黎可以游览观赏之处实在太多，我偏偏要挤时间到远处这个公墓来，是为什么？

我是为了想看一看巴尔扎克和王尔德的墓才来的。为这，我宁可放弃了去迪斯尼乐园一游的机会；为了这，名声赫赫的拿破仑皇帝棺材就在市区波旁宫旁南边的"荣军院"地下墓室中，我也宁可放弃不去。但我想得太简单了！只以为走进"拉雪兹"，这两位大作家的坟墓就放在我的眼前，绝未想到这公墓如此之大，坟墓如此之多。这里有人说是占地四十三公顷，有人说是五十公顷。坟墓层层叠叠密密麻麻如满天繁星，一打听，竟有一百万个以上。幅员如此广大，坟茔好像海洋，要去找其中的一二个坟墓，真像老虎吃天、大海捞针。

想起刚才进公墓时，见到门口有卖公墓游览地图的小贩。感谢陪我游公墓的卫平赶快跑去买来一张地图，好让我按图索骥。可惜图上列举的名人足足有上千人。这里面有法国作家巴尔扎克、巴比塞、普鲁斯特，法国戏剧家莫里哀，英国作家王尔德，法国寓言作家拉·封丹，法国作曲家比才，波兰音乐家肖邦，《国际歌》作者欧仁·鲍狄埃，美国女舞蹈家邓肯……这儿实际是一个国际名人公墓。巴黎一直是世界文化的著名地，这么多的名人，有不少是我熟悉仰慕的，但时间有限，寻找又这么困难，怎么办？

整张公墓平面图分成九十七个区域，每个区域里的名人又有许许多多。手中有图比没有图好些，但图是平面的，地形是高高低低、有岗有坡的，坟墓又有大有小，梯田般的，图画得很难准确，按图索骥依然并非易事。

我终于感到年岁大了！但仍然决定无论如何，循序而进，巴尔扎克与王尔德这两位大师的坟墓必然要找到。

晨间飘过雨，地上潮湿。天阴沉沉的，有沁人肌肤的寒气。浓荫密盖的大树很多，有些古老的橡树不断掉下栗子般的橡实。一些不知名的大树叶子已经泛红发黄，有些梧桐树伸着枝杈给墓园增加了色彩。有一对白发夫妇在弯腰细细辨认一个墓碑，有两个年轻的姑娘在坟墓堆中转来转去。公墓中气氛有些阴森，既神秘，又凄凉，这种气氛我不喜欢，但我却来了！而且这么艰难地在荒草碎石旁的墓茔中费力地寻觅。凹凸的石子路很硌脚，卫平陪着我飞快地在坟墓中穿来穿去，这是为了什么？

只是因为我喜欢而且尊重巴尔扎克和王尔德的作品，他们的作品都给过我启发、鼓舞和营养。先找他们的坟墓，有我轻重缓急的思考。

巴尔扎克（Honoré de Balzac，1799－1850）的一生，处于19世纪前半期的五十年，经历过拿破仑帝国的战火纷飞的岁月，动荡不安的封建复辟王朝。他用总标题为《人间喜剧》的一系列小说，反映了社会变革时期的法国生活。10月上旬访法前，我在英国见到一则电讯：

〔法新社巴黎9月27日电〕在今天公布的法国有史以来最优秀的十二部作品名单上，巴尔扎克、福楼拜、司汤达和左拉等作家在19世纪创作的作品占了多数。

每年评定法国著名文学奖龚古尔奖的龚古尔研究院把巴尔扎克的《高老头》、福楼拜的《情感教育》、司汤达的《巴马修道院》和左拉的《女福公司》定为法国文学的"必读作品"。

雨果创作的上下卷巨著《悲惨世界》也榜上有名。

巴尔扎克博览群书、知识丰富，有很高的文学创作才能，有惊人的观察力和记忆力，能不舍昼夜地勤奋写作。他的小说，把各种性格的人物塑造得活灵活现有血有肉。他的小说重视现实意义，使人觉得真实，有极强的可读性，却深刻而毫不浅薄。我喜欢他写的《欧也妮·葛朗台》《高老头》《贝姨》《夏倍上校》等名篇，我一直把他当作老师看待。他去世将近一百五十年，我既到了巴黎，岂能不来他的坟前送一瓣心香？

奥斯卡·王尔德（Oscar Wilde，1856－1900）是葬在巴黎的英国作家，诗人。他的早期作品——童话故事《快乐王子》，有人曾批评它流露了消极悲观思想，我却感到从这个童话中受益无穷，它使我拥有同情心和牺牲精神。《快乐王子》和安徒生的《卖火柴的小女孩》《皇帝的新衣》都是我最喜爱的童话。我常觉得一个作家只要写出这样一则童话，就可不朽。40年代中期，我在上海看过王尔德的喜剧《少奶奶的扇子》，剧本的精巧结构，人物的机智谈吐，使我钦佩。我更喜欢王尔德的唯一长篇《道林·格雷的肖像》，这是一部引起颇多争议的长篇：美少年格雷幻想永葆青春，画家哈华德为他画了一张神奇的肖像。它能承担格雷由于放荡生活在脸上留下痕迹的后果。格雷受人引诱，耽于酒色，先后害死了女演员赛琵尔和谋杀了哈华德。他的每件罪恶都使画中人脸上多添一分狰狞，身上多增一块血污。格雷无法内心平静，决心去刺杀画像中的丑类，毁掉他灵魂堕落的唯一证据。一刀刺去，自己却应声而倒，尸体变得丑恶不堪，而那画像却重新放出青春和美好的光华。这部长篇使人想起了巴尔扎克的《驴皮记》。在《驴皮记》里，主人公每实现一个愿望，驴皮就会相应缩小一些，最后主人公的生命随着驴皮的收缩殆尽而消失。但王尔德表现的主题要比《驴皮记》范围广得多，我为作家的丰富想象力、创造力及他的哲学和美学思想所震撼。

　　王尔德因私生活不检点，在英国坐牢服苦役两年，刑满后去巴黎。他 1900 年四十六岁就病故，起初葬在别处，1909 年才收葬"拉雪兹"。他作为唯美主义代表人物，在世界文学史上有特殊地位，是 19 世纪 80 年代的美学运动的主力和 90 年代颓废派运动的先驱。我并不赞同他的全部文学创作观点，却欣赏他有些作品的独特贡献。几十年来，在我国王尔德的作品不能也没有得到应有的重视。我却忘不了他的《快乐王子》和《道林·格雷的肖像》。对这位死后葬在异国他乡、命运乖戾的英国作家，我怀着好奇想看看他的墓是什么模样，简陋还是华丽？是否十分凄凉冷寂？

　　要俯身或仰脸细察每一个墓碑，才能辨出谁是墓主。有许多墓碑随着年代久远风雨磨洗已模糊剥蚀。但我耐心识读，目的是找巴尔扎克和王尔德，也不放弃看我熟知的文学家、艺术家、音乐家和其他名人的坟墓。

　　最先看到的是《追忆逝水年华》的法国名作家普鲁斯特的墓。黑色大理石砌成长方形的坟墓同一些庞大精致的、华丽的坟墓相比，就太寒碜。但有人献了两盆开放着的鲜花在墓上。我用热手抚摸他冰凉的墓碑，然后离去。由此向南，我看到了巴尔扎克的墓。我惊呼起来！

墓约两米高，顶端是他的半身大理石雕像，墓碑四周有黑色矮铁栏杆圈围，栽着绿色植物。比起普鲁斯特，这墓气派大些，比起左近那些贵族、将军、巨富，却差得很远。我依然用灼热的手抚摸他的墓碑，站在墓前致敬。看看时间，已是下午快五点了！慢慢寻找已经不行，只有突击向北直奔第89区找王尔德的墓地。

王尔德灰白色的墓茔竟出乎我意料地高大。巨石造型别致。墓中端是一个双脚并紧在飞翔的巨人浮雕。墓正面镌有王尔德的名字，墓后有墓志铭介绍王尔德的业绩，最想不到的是，墓前有人献了一盆红色鲜花，散放着四五束有绿叶的红花、白花，墓后也有人献了三盆红色、黄色的鲜花。无数体面、精美的坟墓前都没有鲜花，这里却有这么多红玫瑰、白玫瑰、黄玫瑰！这么多人献花意味的是什么呢？是非褒贬在人心上会有不同的秤，这些人并未因为他曾服刑而否定他在文学上对人类做出过贡献。

这种启示似乎能打开对他存有偏见的人心灵上的门扉。

时间在催促，我仍用手抚摸了王尔德的墓碑，向他告别！但突然想看看美国现代舞派创始人舞蹈家邓肯的墓。她的自传《我的生平》曾强烈感染过我。争取时间，卫平陪我奔走如飞地在坟墓间穿梭。野菊花、蒲公英、山百合、三色草、酢浆草……散乱地穿插在坟墓间。乱草残碑，草木森森，哪里有邓肯墓的踪迹？倒是无意中经过了肖邦墓。人说："人类创造了钢琴，上帝创造了肖邦。"肖邦的墓上也有不少花束。天色阴暗，已有暮色苍茫之感。坟墓间似有淡淡的雾霭浮起。拉雪兹神父公墓六点就要锁门，逼得我和卫平只好匆匆打住，意犹未尽地向大门口飞跑。地图上注明邓肯墓的地点看来是有误的！

地图上说：公墓东北角有著名的巴黎公社社员墙。1871年5月28

日，凡尔赛反动军队进攻巴黎公社保卫者的最后据点拉雪兹神父墓地，公社战士一百数十人战斗到死。一部分人就葬在墓地西南角。但限于时间，无法去瞻仰了！

公墓内冷寂无声，来的游客都早已走光了！

没有比我这样以七十六岁的年纪带着酸痛的右肩和双腿劳累、匆忙而且在这雨后的下午直到黄昏薄暮时在公墓寻找并凭吊文学大师更心潮澎湃的了！要离去时，我心头浮起怅惘的情绪。尽管这里有些地方也有点像个公园，但无论如何它是个坟场。我不喜欢公墓中给人的那种冷寂的死气沉沉的感觉。我又感觉到人生太短促，这里集中长眠着多少人中之精英，他们以自己的智慧才能和各自所有的方式拼搏开拓，在自己或长或短的一生中，为人类、为世界献出了光和热增添福祉，生命质量是一流的。他们是真正的伟人。他们死了，埋在此地化为泥土，但活着的人们享用着他们献出的成果。唯一可以得到一点慰藉的是：有人来凭吊，说明一切死去了的生命，只要后续的人们不忘记他们，都有机会重新活在人们记忆中。

"拉雪兹"拥有这么多法国及他国的名人墓，实在可惊可贵。集中无数世界一流文化精英的大公墓，是一个大宝库。我虽不欢喜墓地灰暗沉重的气氛，却热爱埋骨者的文化蕴含。倘能给我一个月或者半年，让我从容些逐一去寻找、发现我知道的那许多长眠者的墓来写一本书，我愿意！

别了，"拉雪兹"！我仍不禁神往……

（本文刊于 1999 年冬珠海《明镜报》）

走近纳尔逊

特拉法尔加广场

年轻时读欧洲历史，当时血气方刚崇拜英雄，所以很敬重英国海军统帅纳尔逊（Horatil Nelson 1758－1805）。1798 年，他指挥英国舰队在埃及阿布基尔（Abukir）歼灭了运送军队的法国舰队。1805 年在西班牙特拉法尔加角（C. Trafalgar）海战中大败法国、西班牙联合舰队。他是英国的民族英雄。40 年代，美国好莱坞有个影片，译作《英雄美人》，演的就是纳尔逊的故事，饰演纳尔逊的是英籍名演员劳伦斯·奥立弗。影片中描写了特拉法尔加战役，纳尔逊的英雄形象十分鲜明，我至今印象犹深。

夏天，游伦敦时，逛市中心的特拉法尔加广场，就又想起了纳尔逊。

这个漂亮的广场是纪念纳尔逊才有的。它十分热闹，远处有高大的五彩缤纷的广告牌，周围有四通八达的街道。游伦敦的人，几乎都要来此看一看、停一停、拍拍照。广场上最大的特点是鸽子多。不少人把它叫做"鸽子广场"。人不伤害鸽子，鸽子也不怕人。有摊亭出售饮料和食物，兼带出售米花、玉米、面包等鸽子食，供游客购了喂鸽子。瓦灰、鱼鳞斑、青毛、点子、花儿、雪白……各色鸽子走在游客面前，飞到游客身上，你一撒食，几十只鸽子都追过来。鸽子可爱，但鸽粪讨厌。游客喝饮料和矿泉水都将空瓶丢入废物桶中，鸽子却到处拉屎，广场地上被污染得很脏。据说鸽子还会传染某些疾病。什么事做过了分，就有问题。广场上的鸽粪据说很使卫生当局伤脑筋，每年要花大量英镑请人清除鸽粪。

这广场是在纳尔逊死后三十五年，即 1840 年才修建了纪念这位杰出海军统帅功绩的。广场中央树立了一座雄壮优美圆柱形的纳尔逊纪念碑，高五十六米。刺向青天的碑顶是一座五米多高的纳尔逊上将全身武装站立的铜像。铜像是用特拉法尔加海战中缴获的法国、西班牙联合舰队的大炮熔铸造成的。可惜圆柱形纪念碑实在太高了，高得难以看清纳尔逊是什么样子。可见，高高在上，脱离群众，总是不行的！纪念碑底层台阶四角，分别安放着由英国著名雕塑家埃德温·兰西尔爵士雕塑的四只披鬃龇牙的雄狮，造型威武，也是用缴获的大炮熔铸成的。有些游客爱在铜狮旁摄影留念。化杀人武器为精美雕塑，寓意不凡。只是我在纳尔逊纪念碑下看着那四只雄狮却情不自禁地想起了上海外滩过去英国汇丰银行门口的那只象征大英帝国的雄狮。浮想联翩，又想起了纳尔逊 1799 年曾率领英国舰队进军那不勒斯，镇压过意大利革命运动的那段历史。由此，想到了英国的海上扩张。英国人的殖民活动开始于 1497 年，1588 年，英国打败西班牙的庞大舰队后，夺取了海上霸权，从此就到处利用舰队侵占殖民地，到 19 世纪时建立了占全球面积约四分之一的殖民大帝国，号称"日不落国"。中国也是身受其害的被侵略国之一。20 世纪以来，英帝国才衰落下来。纳尔逊显然在英帝国的炮舰扩张政策中也是一员骁将。他没有带领英国舰队侵略过中国，但给他修造特拉法尔加广场纪念碑的 1840 年，正是英国对中国发动鸦片战争的同一年。想到这，离开特拉法尔加广场时，我有一种异样的心情……

朴次茅斯军港

不久以后，8月29日，我到英国南部中段沿海重要军港朴次茅斯（Portsmouth）游览时，对纳尔逊的思索又继续下去了。

朴次茅斯在伦敦西南一百多公里处，是军用船舰制造中心之一，也是重要海军基地，更是英国一座名城。二次世界大战时期，1944年6月6日诺曼底登陆战时，此地是盟军主力舰艇起航处。盟军统帅艾森豪威尔的指挥部就隐秘地设在此处郊外的一处森林里。这里是文学家狄更斯（1812—1870）的故乡。狄更斯诞生在商业路393号一栋带阁楼的二层红砖楼房里，如今是狄更斯纪念馆。侦探小说作家柯南道尔曾在市内行医，地址在何处，则弄不清了。我很喜欢这个海滨名城，这儿市容整洁，到处有鲜花和绿草地。市区南部沿海是游客云集的休闲度假胜地，面海有许多漂亮舒适的旅馆，海边有长达五六公里的沙滩和宽阔的汽车道。我们到了宽敞可爱的海边，碧海无涯，晴空万里，令人胸怀开阔。恰逢举行"海节"（Sea Festival），海边热闹非凡，各种色彩和样式的汽车载来了各式各样的游客。人头拥挤，穿着夏装的男女老少都在快乐晒太阳、沐海风。有风筝会正在举行，天上飞翔着大大小小五花八门的风筝。有鹰隼、有海鱼，有尖有方，有长有短，都在飘飘然争奇斗艳。一串串三角形的梯状风筝，用电操纵，发出哗哗的响声，疾飞如燕，流星般地在天上地下闪烁。许许多多各式各样的游乐设备布满绿色广大的草坪：上下翻斗车、圆形的巨大转车……载满了嘻嘻哈哈大笑和发出惊骇叫声的孩子们和男女游客。一条巨型充了气的彩色大鳄鱼小兵舰似的趴在地上，吸引了无数儿童钻进去玩耍。一具充了气的有四十米高的彩色巨大红鼻子小丑，随着风吹摇摇晃晃在阳光下站立不稳。一切的一切，使人眼花缭乱。……海边有高大宏伟的一次世界大战和二次世界大战英国殉难海军人员的纪念碑。纪念碑上镌着密密麻麻的名单。我看到有一处全是二战中诺曼底登陆战牺牲者的名单。这里有人敬献着盆栽的鲜花和塑料花。当中年人和青年人及孩子们幸福地在草坪上正欢娱于"海节"中时，这里却有些白发的男女老人在静静凭吊，包括我和老伴。也许正因为我们经历过二战时期的中国抗日战争，因此才对这有着特殊的感情和兴趣吧。

就在这时，我望着滔滔碧波的大海，又想起了纳尔逊。因为就在这旁边，有纪念纳尔逊特拉法尔加海战的一座纪念碑。碑上是一个铁铸的大黑铁锚。下边写的是：特拉法尔加之战。

大不列颠舰队在纳尔逊爵士统率下，以二十七艘兵舰摧毁并俘虏法国及西班牙三十三艘兵舰。

1805 年，法国皇帝拿破仑推行对外扩张、争夺殖民地政策，妄想统治全欧洲。他联合西班牙舰队要渡海侵占英国。强大的法—西联合舰队三十三艘兵舰，由法国海军上将维尔纳夫指挥，浩浩荡荡地逼来。如果这一战英国失败，英国将陷入黑暗之中，受到奴役和蹂躏，欧洲局势也将彻底改观。英国政府面对强敌，决定任命伤残只有一只眼睛的纳尔逊出任海军总司令。纳尔逊率弱势的二十七艘兵舰由朴次茅斯军港出发，在"胜利号"旗舰上指挥。他后发制人，静候在特拉法尔加海面上行动果断地指挥作战，以少胜多，俘虏了维尔纳夫上将，消灭了侵略军，但自己被敌方狙击手发枪击毙，以身殉国。如今，纳尔逊上将当年乘坐的旗舰"胜利号"战舰，停在朴次茅斯一座干船坞里供人参观。纳尔逊打破了拿破仑称霸世界的美梦，为祖国赢得了胜利和尊严。海风猎猎，回顾这段历史，我终于意识到英国人尊崇纳尔逊为民族英雄的理所当然。国家领土主权的完整，民族的尊严，对任何一个国家民族都是头等大事。于是，一种敬意也油然浮上心头……

（本文刊于 1999 年冬珠海《明镜报》）

到萧伯纳故园

午后，我们的福特车从爱萨克斯郡（Essex）的哈罗镇（Harlow）向西进入邻郡海特福夏郡（Hertfordshire），到了威旺（Welwyn）就开始进入乡间小道了！

道路不但狭窄，而且坑洼不平，行车有点危险，对面来汽车，还得有一方揿喇叭早早先停车让路。在车上，我不禁想：萧伯纳是英国作家中的富翁，为什么生前选择这么偏僻的乡间来居住呢？

我决定来访问，只因为在一份"伦敦四周国家保护文物的地点介绍"的说明书上，看到一则对萧伯纳故园的介绍，附着照片，有故居，有花园。从地图上看，它在伦敦西北不远，却没想到路的崎岖。

对萧伯纳有兴趣和感情，是由于他1933年曾到过中国的上海和北平。我无数次看到过那张在中国广为流传的照片——萧伯纳与鲁迅、宋庆龄、蔡元培等的合影，照片上的萧伯纳是一个七十七岁高龄个儿高高瘦瘦的有着白色大胡子、白头发的英国大戏剧家，给我亲切的印象。我又读过些他的作品，他的幽默令我赞叹；也读过瞿秋白编的《萧伯纳在上海》一书，这书中的文章都是谈论萧伯纳对中国的访问的，可见当时的影响。凭着这份兴趣和感情，诱使我和老伴及女儿女婿带着外孙一起来了。

诞生在爱尔兰首府都柏林的萧伯纳，全名是乔治·伯纳·萧（George Bernard Shaw，1856～1950），中国人叫他萧伯纳。他一生多产，共写剧本五十多个、小说五部和其他著作多种，1925年获诺贝尔文学奖，将折合约七千镑奖金全部捐献给英国瑞典文学基金会。他同情社会主义，这在当时的英国大作家中，是独一无二的。

萧氏的幽默很出名。年轻时听到过一则关于萧氏的笑话：一位英国漂亮的女演员写信给萧伯纳，说："我们能结婚最好了，因为您有智慧，我有美丽，倘若我们生个孩子，定会既有您的聪明，也有我的美貌。"但萧伯纳回答说："不！万一生个孩子有你的智慧和我的容貌那怎么办？"

艾渥特圣劳伦斯村在哪里？萧的故园是在这个村的村边。总算还好，路虽难行，却看到了一路都有的指示牌，写着"萧之角落"（Shaw Corner），画着箭头。"Corner"是"角落"的意思，也是"隐处"的意思。萧伯纳的故园也是他当年隐居的一个角落，这就使我得到了我本应懂得的答案。他远离伦敦的尘嚣，为了便于写作，他是1906年搬到这乡间居住的。他从五十岁到九十四岁这四十年间，经济上极富裕，却不愿住在五色迷离的大城市里声色犬马或者交际酬酢。据统计，后期的萧伯纳，七老八十过渡到九十四岁，他在这里写了二十三个剧本。直到去世前一年，他还说："我甚至不想就此告别，因为我身上还有足够的劲儿，还可以大干一气呢！"他临终那年，九十四岁了，还写了剧本《为什么她不肯》。住到交通不便的乡间，甘于寂寞，才可多出产品，作家如果不写作，怎么能叫作家？萧是一个用创作排遣寂寞的人。

我们终于在村头停下了车，找到了单独怀抱在花园中的萧氏故居。故园大树参天，清新的绿树丛中，通过一条刻满悠长岁月痕迹的赭黄色的碎石子路，沿着平坦的草地，我们向一幢墙上爬着许多青藤的红瓦、红砖两层楼英国式建筑走去。这幢房屋很大很气派，每层楼均有六个房间，斜坡主体凸起的屋顶上先后竖着四个烟囱，那是烧壁炉取暖和炊事用的。

楼下进口处，有位和善的英国老太太在管售票，家庭票一张八镑，个人票一张三镑二十便士。英国的名人故居，一切名胜景点，差不多都要卖票参观，收入用来维持这些地方的开放，票贵些，却无可厚非。

故居里的一切全部保留萧氏生前在这儿住着的样子，楼下有厨房、餐厅，有弹琴室放着一只寂寞沉默的风琴，还有客厅和工作室等。

客厅并不宽敞，似可说明这里并不常招待很多客人来坐，布置简朴，引人注目的是在壁炉上方，放着一些照片，有俄国的托尔斯泰，有印度的"圣雄"甘地。还有苏联的列宁和斯大林，这是由于萧氏1931年七十五岁时曾应邀访问苏联，当时莫斯科为庆祝他的寿辰举行过盛大宴会，照片是那时带回来的，有的已经发黄暗淡了！

餐厅明亮，朝向花园的那扇门敞开着。阳光和清风一起袭来。敞开着的门，像一只油画镜框，框内的画就是美丽而宽广的花园：远处是郁郁葱葱已经成林的树木。近处有一些浓荫密布的老树，灌木丛旁，大片绿草地，一丛丛类似雏菊的黄花在这9月间的初秋季节里开得正茂盛，闪着鲜亮的金光……可以想见当年萧氏在这里用餐时看着他心爱的花园时的恬美心境。

工作室是萧氏写作的地方，竟出奇地简陋，他用一张由支架撑着的小木板桌写作，窗在右边，光从右边进来。桌上有架黑色的老式电话机，他坐的藤椅上有枕头似的坐垫，桌上有日历、墨水瓶、吸墨水纸等。引人注目的是桌下有一只极大的字纸篓（估计他收到的信件、材料很多，写作时也喜欢丢弃废纸）。这个工作室木板墙刷成白色，粗糙寒碜，看来萧氏只讲实用不讲奢华。一侧，静静放着一架用旧了的打字机，我注意到靠墙放着一张小卧榻，是年迈了的萧氏写作劳累时休息用的。更注意到有一套锯子、剪子等修剪树枝、整理花园用的旧工具，萧氏平日常在花园里劳动，他爱树木，爱花草，爱新鲜空气，爱阳光，爱活动筋骨……我在这间工作室里停留了片刻，看到的东西不多，想得却不少，印象也深刻，有使我感动的东西充溢胸口……

上楼，看到了萧氏的书房，有朝南的书桌和转椅，有萧氏及他友人的照片，靠墙放着几橱书，当然少不了萧氏自己的作品。这里本来是萧氏夫人夏洛蒂的房间，进门处的墙上挂着夫人的一幅大画像。夏洛蒂是一位富家小姐，具有叛逆思想，提倡女性解放，画像上的她是中年时期，一个端庄而并不很美的女人，她1896年与萧伯纳结婚，一直伴着萧氏。1932年，夫妇俩曾作环球旅行。1943年9月，八十六岁的夏洛蒂病故，对萧伯纳是一个沉重的打击。她留下巨额遗产，再加上萧氏自己的大量积蓄，使萧伯纳成为文坛上的大富翁，但萧氏依然过着简单朴素、辛勤创作的生活。这间空房隔壁，是萧氏的卧室，放着床铺，给人的依然是近乎清贫的印象，至于洗澡间、卫生间等，用今天的眼光看，自然也是旧式而且粗糙、设备并不齐全的。

萧氏故居内禁止拍照，有不少房间现在是工作人员占用着，问二楼的一位工作人员："萧氏1933年曾经访问过中国，为什么毫无反映？"工作人员是位中年的妇女，说："只知他到过苏联，不知他到过中国！"但又补充："萧的材料很多，有些照片和资料未曾展出！"

萧伯纳没有子女，妻子去世后，他在次年（1944年）就将房产捐给了国家，他一直独居，勤恳写作到死。1950年九十四岁高龄时，他在花园里修剪树木，不慎摔了一跤，在11月2日早晨与世长辞。他的剧本，这些年仍有在伦敦演出的；他的著作，在书店里也仍有人购买，有时也进行书展。

出了故居，来到花园。花园很大，空气清新，十分美丽。天穹开阔，面积总有十几英亩，现在有专人治理，草坪修剪得平平整整，开着黄花、红花的花卉种植得井然有序。大树婆娑，布局优雅，树上有鹧鸪在啼叫，一会儿"扑棱"抖着翅儿飞了！在阳光下静静的花园里走了一圈，瞥见在一棵粗大栗树下站立着一尊黑色铜像。原来这是圣女贞德的铜像，《圣女贞德》是萧伯纳最著名的剧本之一，也是萧氏剧作中唯一的悲剧，写于1923年。贞德，这位英法百年战争中的法国青年女爱国者，领导农民群众反对侵略，击退英军对奥尔良的围攻，但在贡比涅战役中被勃艮第人所俘。她被出卖给英国占领军后，交付教会法庭审判，诬为女巫，被处以火刑。1455年，在法国巴黎圣母院，贞德得到了平反昭雪。我后来1999年10月间去游览巴黎时，在巴黎圣母院的大教堂右侧，看到过贞德的白色大理石雕像，气势与造型同这具铜像一样勇敢轩昂。一个工作人员走过，告诉我们铜像是法国人赠送给萧氏的。

西方已有明亮红色的晚霞，离开萧氏故园回来的路上，萧伯纳老人的面容雕像般浮在我心中，我忽然有一个心愿：回国后，我要找一帧萧氏与鲁迅、宋庆龄、蔡元培等人的合影寄给萧氏的故园①。如果可能的话，能再找一本瞿秋白的《萧伯纳在上海》（哪怕是复印一本）寄去当然更好！……

（本文刊于1999年冬珠海《明镜报》）

---

① 回国后，四川文艺出版社的编辑唐宋元即将萧氏与鲁迅、宋庆龄、蔡元培等的合影放大寄去。

卡夫卡魂归布拉格

弗朗茨·卡夫卡（Franz Kafka，1883—1924）应该说是一个传奇人物。他1883年7月3日生于布拉格的一个犹太人的中产家庭，父亲是百货批发商，性格暴烈专横。卡夫卡1901年进入布拉格大学学习文学，后转修法律，1906年取得法学博士学位，曾在保险公司任职，1923年迁往德国柏林，1924年6月3日因患喉结核在维也纳附近的基尔灵疗养院病逝。他在保险公司任职时，利用业余时间开始文学创作，主要是写小说。但作品发表得不多，在创作上显得很不顺利。他生前默默无闻，郁郁寡欢，将死时曾偏激地嘱托好友马克斯·布罗德将他的手稿"毫无例外地予以焚毁"。布罗德是个爱好文学的人，卡夫卡的写作，当年是受过他的影响和鼓励的。卡夫卡托他焚毁手稿，幸好布罗德敏锐地发现了卡夫卡艺术的潜在价值，努力整理并出版了他的全部著作包括书信和日记。由布罗德主编的《卡夫卡全集》有九卷，作者生前发表过的作品只占一卷篇幅。第二次世界大战后，读者从卡夫卡的作品中看到了自己的影子：孤独、绝望、恐惧、苦闷、挣扎，宗教学、心理学、文艺学种种的解读，掀起了"卡夫卡热"，在现代西方社会产生了很大影响。卡夫卡终于被目为现代艺术的鼻祖。

我读过卡夫卡那些贯穿着社会批判精神的作品，例如长篇小说《城堡》与《美国》。这两部长篇均未写完。《城堡》体现了他的创作特色，主人公K去城堡（官府）要求批准在村子里落户。城堡就在眼前，但千方百计、吃尽苦头始终不能进入。这个城堡显然是整个国家官僚统治机器的缩影。我也读过一些卡夫卡的短篇小说，印象最深刻的是他的名作《变形记》。这是一篇古怪的寓言小说，写一个小职员格里高尔·萨姆沙一天清早突然变成了一只大甲虫，因而失去了工作，成为家庭的累赘，最后在寂寞与孤独中死去。小说深刻而生动地揭示了人与人关系的冷漠，甚至包括父母和姐妹，描绘了资本主义中的"异化"。这个短篇写了一个不寻常的悲剧，给我留下难忘的印象。

拿卡夫卡四十一岁的一生来说，其遭遇是很悲惨的，但卡夫卡算不算个悲剧人物呢？这是有过争议的。拿他生前的遭遇来说，他十分不幸，非常悲哀，但拿他死后现在的名声与受到读者及各国文学界的评价来说，他又是十分幸运的。他的成就与光荣已使他从悲剧人物变成了成功人物。这样，似乎他又不应完全算个悲剧人物了！说他是个传奇人物倒是恰当的。

卡夫卡的名作《变形记》是长篇小说还是短篇小说，也有过争议，有人把《变形记》看作是短篇小说，有人则认为《变形记》的深度、广度及内含的容纳量绝非一部短篇小说，而应是一部长篇小说。卡夫卡生活在西方现代文艺流派此起彼伏的时期，他的创作手法与这股思潮相呼应。他善于通过奇特的构想勾勒出夸张的画面，将现实与非现实，合理与悖理，常人与非常人并列在一起。作品不点明时间、地点和社会背景，穿插的故事和场面游离于情节之外，主题晦涩，画面破碎，甚至荒诞不经、很费思索。他这种有别于传统现实主义的写作方法在不同程度上被现代派作家所仿效并发展。二次世界大战后许多现代文学流派的产生都深受卡夫卡影响，因此，人们尊之为现代派文学的鼻祖，欧洲大师级文学家萨特和加缪将卡夫卡这位文学巨匠尊为师长，文学界有些人士将他与法国的普鲁斯特和爱尔兰的乔伊斯等大作家并列。而《变形记》的艺术成就和思想探索的空间，有的评论家认为"可视为是一部被延误发现了的现代艺术的丰碑"。

我一直以为卡夫卡是奥地利作家，因为他在奥地利住过，死于维也纳，连《中国大百科全书》也说他是奥地利作家。但也听德国文学界有人说卡夫卡是德国作家，因为他由捷克移居到德国住过，而且他用德文写作。可是1989年后，捷克与斯洛伐克分成两个独立国家后，我又听捷克文学界的人士说：卡夫卡是捷克人，他的故乡是布拉格。

为什么会发生这个争议呢？原来在1989年以前，苏联及东欧评论界一直把卡夫卡看作是"西方腐朽文化的代表"，不但加以排斥，而且还加以批判，捷克人在1989年以前，绝大多数人根本不知道有卡夫卡这位大作家，更从来不认为卡夫卡是他们的同胞，是捷克的光荣。一个卡夫卡这样的大作家，他的真正故乡捷克却对他不但毫无所知而且还不认他，这实在既是笑话，也是悲哀。

那么，卡夫卡到底是哪国人呢？有一种意见认为卡夫卡1883年出生时，捷克当时还被奥匈帝国统治着，卡夫卡是生活在捷克人中讲德语的犹太人，因此，严格地说卡夫卡既不真是捷克人，也不真是德国人或奥地利人，卡夫卡现在已是文学巨匠，于是三个国家以前不认他的，现在也争着要他。其实，像他这样的名作家，已不在乎这点，他早已属于世界。不过他诞生在捷克布拉格，他的故居在布拉格，他在布拉格居住的时间最长，至今他还有侄子住在布拉格，到捷克布拉格游览的人把这里看作是卡夫卡的家乡是很自然的。

我很高兴有幸在英国寻访过萧伯纳等名作家的故居，在法国巴黎寻访过雨果等名作家的故居，而在捷克布拉格，我也有幸寻访了卡夫卡的诞生处和故居。美丽的布拉格是欧洲旅游胜地，它跨踞伏尔达瓦河两岸，人口一百二十万左右，是捷克的政治、经济、文化中心。这是一座小巧精致、古老与现代化并存的城市，这里环境优雅、物价便宜，街道宁静，气氛祥和，可供旅游观光的景点极多。特别精彩的是各种类型与色彩的建筑物构成了一幅亮丽的图景，由于城市不大，可以步行游览，不使人觉得太累。

捷克作家协会副主席艾娃，一头金发，脸上有风霜造成的皱纹，她带着女秘书丽达陪着我游览布拉格。艾娃过去在苏联解体前曾受过不公正待遇，坐过牢。她近年来过中国，为中国改革开放后的变化和建设成就倾倒，对中国有美好的感情，当我提出想看看卡夫卡的诞生处和故居后，她点头说："卡夫卡魂归布拉格了！我陪您去！……"

早上下过牛毛细雨，地有点潮，我们步行到了老城广场。广场很大，中央有 14 世纪捷克思想家、宗教改革家杨·胡斯的巨大雕像，男男女女衣色各样的各国游客，游老城区的非常多。卡夫卡的诞生处就在广场附近一条狭窄的街旁一个转弯角上，那是很古老旧式的房屋了。土黄色的粉墙有的地方已斑驳剥落。如今是一家名叫"TRiO"的音乐店了！音乐店的玻璃橱窗里除一些乐器和音乐书籍外也出售卡夫卡的照片及有关图片。音乐店很小，仅一间门面，我推门张望了一下，没有顾客，冷冷清清。未见别的游客在此寻访，我有些扫兴。艾娃说："这里没有什么可看的了！但有个标志您可以看看！"她陪我在转弯角处用手朝上一指。原来那上边有一块一米多高瓦形的黑色纪念标志，写明："此处是 1883 年卡夫卡的诞生地"。黑色标志离地约一丈多高，并不引人注意。我遂在牌子下面留影作为纪念。尽管卡夫卡如今很出名，布拉格也在借卡夫卡的光推动这座金色的城市的旅游事业，但看到他的诞生地点冷冷清清，心中颇有怅怅之感。

卡夫卡诞生在这间现在成了音乐商店的屋里，后来他们家迁到了黄金小街 22 号居住，那是布拉格犹太人的聚居区，当年，卡夫卡的父亲在这条街上做批发生意并开店，他就随父亲到黄金小街 22 号居住。

到黄金小街，是捷克名作家 Dr. 杨（他五十多岁，是位著名的精神病医生）和捷华协会秘书长奥布赫布娃博士（汉学家、中国名字叫鲁碧霞，是一位戴眼镜的难以判断年龄的漂亮女郎）陪同前往的。

我们通过圣乔治街到黄金小街去，这儿早先是犹太人聚居区。"黄金小街"的名称从 16、17 世纪时就有了。当时欧洲许多有名的冶金者都到布拉格来冶炼黄金。他们住在这一带，故而这条街取名为黄金小街，现在这里专卖各种旅游纪念品，成为各国旅客拥挤购物的地方之一。旅游纪念品各种各样，五颜六色，捷克出名的各式木偶高高悬挂着。捷克盛产玻璃器，工艺巧致，精美可爱。捷克又盛产皮货，皮鞋、皮包、皮衣等，质量上乘。由于卡夫卡出名，香烟盒、蜡烛、圆珠笔上有的就镌印着卡夫卡的头像：穿着西服，打着领带，头发乌黑，鼻梁挺直，浓眉下有两只忧郁、精明而洞察世事的眼睛冷冷地炯炯发光，瘦瘦的面部表情严肃。

黄金小街22号——卡夫卡的故居，是一处低矮的平房，砖木结构，外面是蓝色的粉墙。木门的框和四方格的小木窗也刷成深蓝色，个儿高大的人进门得低头弯下身子进去。就是这所低矮的小房和居所，现在各国游客仰慕卡夫卡这位现代派作家的名望，都愿来瞻仰一番。它实际成了一所简陋、狭小的卡夫卡纪念馆和书店，书店出售的全是卡夫卡的作品、照片和图片。我与挤着进进出出的人摩肩接踵进到屋里，看到墙上有放大了的巨幅卡夫卡本人及他在德国、奥地利生活地的建筑物的照片，还有他的一些放大了的手稿照片，可惜其他陈列品不多，主要是没有实物，不免又有些失望，可能由于从前捷克并不认可卡夫卡，所以卡夫卡故居的实物等也就未能保存下来。捷克当局如今是在收集有关卡夫卡的一切的东西。据说在布拉格，凡是叫卡夫卡的人都被询问过是否与这位名闻世界的大作家有亲戚关系，而且，布拉格市政府已把卡夫卡故居门前的小广场命名为"卡夫卡广场"了！由于越来越认识到卡夫卡在文学上的成就及其对捷克旅游业的价值，布拉格市政府还设立了"卡夫卡文学奖"，并且打算建一座卡夫卡纪念碑。卡夫卡魂归故里自当有这种待遇！

"世界好物不坚牢，彩云易散玻璃脆"，这是人所知道的常理。但是对于那些在文化和精神世界作出贡献的大作家来说，人的躯体归于泥土了，他所留下的作品——精神财富是不会消失的。带有传奇色彩的卡夫卡生前无名，死后二十年后却扬名世界文坛成为奇珍异宝。三个国家同时有人争夺卡夫卡的国籍归属。他的作品在被肯定的前提下却在研究中不断能引起新的开掘和争议。各国游客在布拉格拥挤在黄金小街 22 号那矮小狭窄而又简陋破旧的卡夫卡故居小屋里徘徊留恋，他们会想些什么呢？

别人我不知道。我当时想的是：是真金，终久是会闪光的。但我也在想：如果没有卡夫卡的天才与勤奋，他在生前寂寞艰难时不锲而不舍地写下那么多独特而有独创性的作品，就不可能有这么一个大师死后被发现。希望和美好常常是伴随不懈的努力才来的。我更在想：在人生的战场上，卡夫卡虽然是一个"智者"，也是一个"努力者"，但他对失败、挫折与打击的承受力似乎还不够，所以才会有对自己的作品"毫无例外地予以焚毁"的遗嘱留下。如果没有那位违背他的遗嘱，不但不烧毁他的遗作反而将这些遗作整理出版的好友布罗德做"伯乐"，就必然埋没了卡夫卡这匹千里马！……

我想得很浅薄，但对从事创作的人来说，有这样一些想法也是很自然的吧！

（本文刊于 1997 年 12 月《四川政协报》）

在丹娜墓前

1997 年 10 月 14 日那天下午三点多钟，在著名的捷克查理大学汉语系同系主任凯尔教授和包捷教授等师生们开完座谈会后，小何陪我们去奥尔桑 1 号公墓。

伏尔达瓦河上飘着淡淡的白雾，秋天的布拉格在阴雨中仍很美丽。那些叶片变红变黄了的树木，那些尖顶的、半球状顶的、脊形顶的从罗马式到拜占庭式、从巴洛克式到欧洲各种形式的建筑物，都被雨水浸湿。有冷风飕飕吹袭，路人有怕冷的已穿着冬衣缩着脖子，使我走在雨水打潮了的路上心里感到萧瑟。这种萧瑟的心情当然也是同要去墓地凭吊丹娜分不开的。

丹娜·施佳维契科娃（1929－1976），捷克著名的女汉学家，如果活着该是六十八岁的老人了。她 1953 年随捷克文化代表团访问过中国，次年，应聘到北京大学和北京外语学院东欧语系任教三年。她翻译的中国作品和发表的有关中国的著述有几十种，翻译介绍过鲁迅、郭沫若、朱自清、闻一多等人的作品，也译过艾青的诗、萧三的作品和《新儿女英雄传》《中国民间故事集》等。她还完成了《捷汉辞典》中她分担的部分。但 1976 年 10 月 30 日，她在一场车祸中丧生，骨灰安葬在布拉格奥尔桑 1 号公墓 9 区 38 号。

我同肖复兴、徐小斌三人是代表访捷中国作家代表团来凭吊的。刘星灿下午因为有事未能同行。天上偶尔飘着点碎雨花，这样的心情，碰上这样的天气，心里自然有浓得化不开的压抑。

陪同我们的是查理大学汉语系的何志达（我们叫他"小何"，竟忘了他的捷克本名）。小何只有二十多岁，高高的个儿，戴眼镜，短短的络腮胡、短短的黑发，走路矫健。他今夏来过中国，8月间还在成都坐过茶馆。（他说："成都的茶馆很有味道！"）他爷爷是著名汉学家何德理博士（赫德利其卡），奶奶是捷华协会主席何德佳博士（赫德利其科娃）。"家学渊源"，小何不仅讲一口流利的中国普通话，对中国文化和文学有兴趣，而且对中国有十分友好的感情。中国作家代表团在10日那夜从北京经维也纳飞抵布拉格时，夜已深，下着雨，在机场迎接我们的人群中，我就注意到了这何家祖孙三人。"何老"是后来我们对何德理博士的尊称，他（早年曾任过驻华大使，年近八十，须发皆白，面色红润，面目祥和，绅士气派）和他的夫人何德佳博士（捷华协会主席，一位头发雪白，笑容慈善，服饰色彩和谐的美丽老太太）带着孙子小何热烈上来同我们握手。天凉，他们的手很温暖。现在，小何陪我们去丹娜的墓地，他显得同我们亲密而且融洽，像个卫士似的走在小斌左右。

到布拉格后，在看到捷克朋友们安排得很好很紧凑的日程时，我与同行的伙伴们商量后，决定提出增加一项活动：我们要去丹娜墓地凭吊，并在她墓前点燃一支怀念的蜡烛。

现在，是实践这愿望来了。

对丹娜的怀念，不是偶然的。80年代初，读艾青的诗集《归来的歌》时，我就注意到了艾青的诗《致亡友丹娜之灵》；以后，我在四川文艺出版社终审签发《艾青选集》时，又一次读了这首真挚深情的哀诗。我终于知道，丹娜是艾青的好友，当艾青在1957年那场大风浪中遭难后，她很为艾青不平，也感到迷惘，但她执着地爱着中国，不管风云有何变幻，势态是好是坏，她像艾青在诗中写的："在最困难的时候保卫她／在各种压力下拒绝反对她。"即使在那种不顺当的时候，在每年"十一"国庆节，她仍旧前去中国使馆在签名簿上默默写上自己的名字。她用自己的译作，铺垫捷中人民之间的友谊之路，可是谁料当艾青在遭难二十一年后重新恢复了应有的尊严后，丹娜却已长眠于九泉之下。

那是 1978 年，丹娜的姐姐米拉达通过我国驻捷大使馆转来一封信，信中写道：

> 我痛心地失去了心爱的妹妹，至今已两年了。……丹娜对贵国人民有着深厚、忠实的感情。她非常喜欢中国人民的思想和情操，仰慕贵国精湛的文化、诗歌、建筑和绘画艺术。在她活着的时候，总是愉快地回忆她的中国学生和友人，她似乎把所有的时间，都用在研究中国文化上，只有死亡才能夺去她的工作热情……

> 我愿通知你们，丹娜的骨灰，已安放在家人的墓地中，地址是：奥尔桑 1 号公墓 9 区 38 号。你们当中认识她的人，偶尔路过那里，请到她的墓前停留一下，向她表示怀念，或点支小蜡烛以志哀思，丹娜在九泉之下，将会感到欣慰……

我是深深被这件事感动了的！因此，当到捷克访问之后，不能忘记丹娜，更不能不和我同行的伙伴们到她的墓地去默哀，去看一看，以访捷中国作家代表团的名义去献上鲜花、点一支蜡烛。

晚上，捷华友协要在玛纳斯饭店举行一个盛大的冷餐酒会欢迎我们。我们要赶去参加酒会，不能迟到。这自然使大家都脚步匆匆。奥尔桑 1 号公墓不太远，可也不近，雨后路滑，我们随着小何去地铁站。

事后我常想：那天如果我从地铁的电动阶梯上跌下来了，一切就都不堪设想了！怪只怪我性急慌忙，皮鞋打滑，上升的电梯却又飞快转动，速度比国内的要快上二三倍，又是四十五度的斜坡。于是，我忽然失脚，身子一仰，朝后摔倒。险是真险，幸亏我身后是复兴，老肖一路都挺关心照顾我的。他双手又推又顶，鼎力扶住了我，使我缓过神来挣扎着站定脚步。一场大祸片刻之间成了笑谈。

　　惊魂方定，安全地上了地铁，在隆隆的车厢中向奥尔桑方向进发。虽然米拉达信上有分寸地说："你们当中认识她的人，偶尔路过那里，请到她的墓前停留一下。"我们既非素识，也非偶尔路过，却被一种捷克人民对中国的友谊激动，感到有责任怀着中国作家友好的感情专诚去丹娜墓前致哀。

　　地铁里人很多，从闹市驶向冷僻的地段，在奥尔桑停了下来。雨早已停歇。天冷，我发现小斌冷得够呛，因为上坟，她今天没有披戴她那件漂亮的猩红两用披肩。我打算把风衣脱下来给她披上，但小何已经把他的厚上衣脱下加在小斌身上了！小斌穿着小何那件大的外衣甩搭甩搭地，我们跟着小何急匆匆走向1号公墓。那是有灰色围墙围住的一所公墓，里边郁郁森森有许多大树。有的树叶深绿，有的金黄，带来一种悲秋的气氛和格调。小何说："到了！就是这里！"

　　门口有出售花圈和鲜花的花房，布着摊子，摆满了紫色的、白色的、鹅黄的、淡红的鲜花，有些大大小小用柏叶和鲜花扎成的花圈挂在墙上。我们选了一个较大的美丽的花圈，小何买了一盒火柴，我们走进了公墓。

　　啊！在这阴寒雨后的下午，来到墓碑林立的公墓，看到满地落叶，有些野草已经东倒西歪，脚下踩着潮湿的泥地和衰草，心是沉重的。

　　小何用手指着左侧，说："墓就在那里！"

　　随着他的指向，我却有了新的发现。

　　我看见在丹娜墓旁，有一个须发皆白的老人站在湿漉漉的草丛中等候着我们。刹那间，我动感情了："啊，何老！……"

　　确实是何老！——小何的祖父年近八十的何德理博士呀！这位译过许多中国名作，也出版过许多写中国的书的著名汉学家（离捷前，他又送我一册研究中国园林的书），这么大年纪了！在室内已经生了暖气，这么潮冷阴雨的下午，他知道我们要来丹娜墓前，自己却早早冒着雨来，先在这儿久久等候着我们了！

我上去紧紧用双手握住他的双手，虽未说话，瞬间互相却觉得十分理解，人与人之间的情谊，有时不用语言，就凭感觉、凭态度、凭眼神，说什么也是多余的了。墓地里虽然寒气逼人，我们互相却感到一种友谊的温暖。

丹娜的墓就在她父母的墓左边，墓碑紧挨着父母的墓碑，就像一个孝顺的女儿紧挨在父母的怀里。经历过二十一年的风雨日月，丹娜那黑色光滑的墓碑上的金字仍旧金光闪闪。她的名字下边可以自豪地镌刻着她的著作和译作的书名。

我请小斌代表我们献花圈，鲜花和翠柏点缀在丹娜墓前。点燃蜡烛与亡灵沟通信息该是捷克的风俗。小何帮我们点燃了一支装在红色防风盒里的白蜡烛。烛光摇曳，照耀着墓碑上的金字。于是，我和复兴、小斌怀着哀思和怀念的感情，默默站在丹娜墓前。我说："丹娜：我们来看望你了！……"

我向来难得写诗，但这时，心上却涌出一首题目该叫作《在丹娜墓前》的诗来：

> 从十月的北京飞到金色的布拉格，
> 我们带来了中国作家对你的怀念。
>
> 我们这个时代的友情可贵而又艰辛，
> 你为中捷文化交流有过卓越的贡献。
>
> 凄风冷雨泪湿了落满黄叶的衰草，
> 素净的花圈凝聚着我们的哀思绵绵。

此刻我们动感情地站在你的墓前，
你在天上是否能够看见？

我们点燃了一支凭吊的蜡烛，
这美丽的烛光就是献给你的无声的诗篇。

后来，我们同何老在丹娜墓前合影留念。

何老的轿车在公墓外边，他开着车带我们去一家富于文化气息的咖啡馆里喝咖啡休息并取暖。咖啡馆里，香味扑鼻，暖气开放，温暖如春，使人舒适。每个桌都有人，但听说是陪中国作家来喝咖啡，马上有人友好地让出空桌挤到别处与人合桌坐了。喝咖啡时，何老说："去年是丹娜去世二十年，捷克的汉学家们曾集体到她墓前纪念她，中国使馆也有人参加的。"又说："丹娜是 1976 年 10 月 30 日遭车祸的，再过半个月就整整二十一年了！她是没有被忘记的！"

我想：是啊！如果 10 月 30 日来给丹娜献花圈那将更好。但我们那时访捷早已结束，我们早已访问完南斯拉夫该去奥地利维也纳了！

喝完杯中的咖啡，我看看手表。何老说："六点开会，我们准时到达，不会迟到。"他敏捷地带我们离开咖啡馆，亲自驾车陪我们到了伏尔达瓦河边的玛纳斯饭店。我们走进去看到：举行冷餐酒会的大厅里很热闹，已经来了大批汉学家和对华友好人士，有捷华协会主席赫德利奇科娃、捷克作协主席安东尼·耶林涅克、捷克前任驻华大使法斯、访华电视编导米·瓦洛娃、捷克科学院东方研究院博士鲁碧霞、汉学家约瑟夫·海兹拉尔夫妇……我国驻捷文化参赞张德生和文化处随员高晓川也早到了，男男女女的客人正陆续在来。

会议开始，赫德利奇科娃发表了热情洋溢的讲话。我在致答词时谈起了去丹娜墓的事，我说："中国人有最讲情谊的传统，我们永远不会忘记曾为中捷友谊和文化交流做出过贡献的好朋友。……"刘星灿为我翻译。她是《好兵帅克历险记》的译者，精通捷克文，我感觉到她的翻译不但达意，而且充满着感情。我看到捷克友人的脸上有感动的表情。

这似乎使那晚有五十多人参加的冷餐酒会上的气氛更加温馨，友情更加浓烈了！

（本文写于 1997 年 11 月，刊于 1998 年 1 月珠海《明镜报》）

"鱼作家"霍米

这是 1997 年 10 月的一天，捷克作家协会主席安东尼·耶林涅克教授和捷克文学基金会主席米哈尔·诺沃特尼陪同我们到捷克南部塔博尔（Trebon）去看养鱼和捕鱼。

年近七十的安东尼开着车说："今天到塔博尔，你们会看到一位'鱼作家'！他叫霍米，是诗人，也写散文（他们有时把小说也叫作散文）。他是当地人，同鱼的关系密切。因为爱鱼，写与鱼有关的书，出了一本又一本。"

这引起我的兴趣了，问："最近他在写什么？"

安东尼说："一个月后他将出版《偷鱼的和捕鱼的》一书，是短篇小说集。他自己办了个'鲤鱼出版社'，还开了一家'鲤鱼书店'。他是出版社社长，也是书店老板。"

说实话，看养鱼和捕鱼我兴趣并不大，但对这位"鱼作家"，我却有了浓厚的兴趣，而且，我不由得想起了海明威、拉玛尔丁写鱼的作品，也想起了邓刚和高晓声写过的关于鱼的作品。

塔博尔在布拉格正南面。汽车行驶在高速公路上。十月里，美丽的捷克大地秋景醉人。地势常有起伏，树林很多，叶片有的闪着金光，有的依然碧绿，有的却红得像胭脂了。广阔的耕地种着平整的庄稼，给人一种天鹅绒般的感觉。阳光灿烂，照出一片彩色可爱的秋天的辉煌。公路两侧常有结满红苹果的树木，但无人收摘。安东尼说："公路一公里外的水果才能摘食，这些树上的果子有污染，人都不吃。"

大约一个半小时后，到了塔博尔附近的渔村荷鲁新斯基，车子停在公路旁，我们下车看捕鱼，见"鱼作家"霍米已在这里等着我们。这是一个有着满脸棕黑胡子，头发蓬松的中年人，穿着黄皮夹克、花绒线衣、蓝色牛仔裤，有一双睿智明亮含着笑意的眼睛。介绍以后，大家握手，他用略带沙哑的嗓子幽默地说："鱼早在欢迎你们了！"

风很大，眼面前的无边无际的人工鱼池（其实，大得应当叫"人工鱼海"）水天相接，大批白色的水鸟在水上飞翔欢叫，啄食小鱼，真是一种特殊的景色。原来，捷克不但没有海，也没有大河大湖和大江，所以从十二世纪开始，就挖鱼池来人工养鱼，这就成了捷克南部的一个特色。从十六世纪开始，有个名叫卢伦堡的贵族，创造性地大挖鱼池，并利用洼地改作鱼池，当时鱼池开拓面积达到七千公顷，现在我们眼前的"鱼海"，基础就是那时奠下的。鱼池不深，好处是鱼养在里边容易长肉，到捕鱼时把水吸浅，用木船起网捕鱼，也很方便。

"鱼作家"霍米陪我们走下坡去参观。远处雾气蒙蒙，水天一色，近处水已被吸浅了的养鱼池像连绵不断水汪汪的沼泽。成群集队的捕鱼人架着木船，有的用白色长篙"啪啪"、"啪啪"敲打水面赶鱼，大大小小银色的鱼蹦蹦跳跳，多数有尺把长。百分之九十是鲤鱼，百分之十是梭鱼或从西伯利亚引进的鱼种。木船上的网满满捞起，倾倒出来后又将鱼送上停在公路上的红色运鱼车运走。捕鱼人干得热气腾腾，兴高采烈。

霍米说："这里每两年开网捕鱼：夏季先捕一次，十月再捕一次，一般可捞到五百吨。鱼不但供捷克吃，还出口到比利时、法国、奥地利等国。十月捕的鱼，可储存过圣诞节用。过去的渔业协会是集体的，1993年起已变成股份制了。"霍米在渔业协会也入了股，他说："不大赚钱，但鱼是大家需要吃的，不赚钱也需要保持下去。"

风呼呼地带着鱼腥味吹来，我说："真冷！"霍米说："鱼可不怕冷！"我笑了，他真幽默，对内陆国家这样大规模地人工养鱼我是第一次见到，倒也觉得新鲜。看到我太冷，安东尼提议："我们跟霍米到罗姆尼采去吧！"

罗姆尼采是霍米的家乡。霍米自豪地说："我就是本地人！"有家洁净的饭店名叫 EDEN，霍米带大家进去，在一家厅房里坐下。墙上挂着七八个大镜框，里边都是风景水彩画，生活气息很浓烈，霍米又自豪地说："这都是本地人画的。"女侍者端来咖啡、橘汁和柠檬红茶，大家边喝着边休息，我问起霍米"鲤鱼出版社"的事。霍米同我交换名片，一看名片我笑了：名片是用绿色印的，使人想起了绿水，上面有趣地画着一条鲤鱼。霍米兴高采烈地说："我是为了鱼的文化才办出版社的。鱼是捷克南部的特产和特点，凡是与鱼有关的书籍我的出版社都愿意出版。这样也可以培养些年轻的作家，他们有这方面的书我就给他们出版。"我问："这种书卖得掉吗？"他说："可以卖得掉的！等会儿去我的书店看看。"

午饭端上来了，是霍米请客。喝了有肉丁的浓汤后，每人吃一盘各色蔬菜，最精彩的是来了一盘新鲜的炸鱼，还配着三小团浇了汤汁的米饭。炸鱼极香，味道很好。

霍米大口吃着鱼说："我土生土长在这儿，与鱼就结下了不解之缘。我十四岁就当诗人，但出了两本诗集后十九岁就改写小说了！当然，还是写鱼！"

安东尼说："他写作勤奋，让他给你们说说他那满脸胡子的故事。"

霍米用手摸着满脸棕黑色的胡子笑着说："我这胡子同写作密切有关。我每出一本书，就立刻把黑胡子剃光。然后，再写，胡子就长了起来。又写成一本书出版了，就再把胡子刮光。"说得大家看着他那满脸棕黑胡子都哈哈地笑。

霍米是个会说幽默话的人，这时又说："我们这里的姑娘最美丽，不过现在看不见，要到夜里，姑娘们从家里走出来了，你才看得到！"

我以为他这又是说幽默话,但安东尼和瘦瘦的米哈尔说:"他这说的是真话,这里的姑娘确实漂亮。"

饭后,坐车到特舍博尼小镇去看霍米的书店。这个小镇整洁、漂亮,富于文化气息。霍米的书店外面有个招牌,上面画的是一条鲤鱼,书店就叫"鲤鱼书店"。店里有一幅很大的色彩鲜艳的油画,画上也是一条活灵活现的大鲤鱼。这真是一个有趣的书店,店面很大,铺的棕色地砖,有里外两间,约莫五六十平方米,还有木扶梯可以上楼。楼上实际就是"鲤鱼出版社"的编辑部,放着几张书桌,书桌上堆满一些书籍、文件、报章杂志,私营出版社有这样一个编辑部已经不错了!整个书店密密放着的各种书架上装满了五颜六色的书籍,有桌子陈列着各种画册、杂志,有插架插满着各种画片、明信片,也有几个书架出售的是旧书。进门处的空间,挂满了捷克的特产——红红绿绿七八寸长的木偶,总有好几十个,这属于"多种经营。"别看这是个小镇,不时有人在这里买书买画片。我问:"生意好吗?"霍米说:"可以!书店是我的生活主要来源!"

霍米从书架上拿了许多与鱼有关的书给我们看,印刷都精美,有的是讲捕鱼技巧的,有的是关于钓鱼和钓鱼方法的,有介绍鱼的品种的,也有写鱼的诗歌的,更有养鱼方法、鱼的烹调术,连介绍十二世纪以来挖鱼池养鱼及捕鱼的历史照片也有。霍米得意地把他有一本写鱼的散文集签了名送给我们,一人一册。这书彩色封面上是一群在水中游着的鱼。书是精装本、大开本,花体字正文,配了十五幅精美的彩色插画,很可爱。书名很怪,译意是《渔夫和盗鱼者们的幸福》,可惜我不会捷克文,没能看,是个遗憾。

手里捧着书,我心里很感动,这位以鱼为题材进行写作的乡土作家,扎根在他家乡的土地上,从事他那为了"鱼的文化"而醉心的事业,他一定经历过不少艰难,但他的信念,他的勤奋,都通过他所得到的成绩在实现。为这,岂能不向他表示赞赏!

我们还要去别处游览。同"鱼作家"热烈握手告别时，我笑着说："愿你不断把胡子剃了又剃!"那天，他笑着说的最后一句话是："可能将来北京见!"话又说得幽默，但我却感到这确是真心话，说不定以后哪天他真的会到中国来访问哩!

（本文刊于 1998 年春珠海《明镜报》）

认识了伊凡·克利玛

　　1997 年 10 月中旬，到捷克首都布拉格后的第六天，在游览了美丽的市区和外地一些名胜后，捷克作协主席安东尼教授告诉我："下午有个盛大的座谈会，大批捷克作家都会来参加。会议将由伊凡·克利玛主持，他是在西方世界很出名的作家，他是国际笔会中心的副主席，但他对中国不了解，我很怕下午的会开得不愉快……"我告诉安东尼："不要紧的！我相信会一定能开得很好，因为我们中国作家代表团是为了增进了解和友谊来捷克的。我们会尽量使捷克作家了解中国！"

　　伊凡·克利玛在捷克是响当当的大作家，他于 1931 年出生在布拉格一个犹太人家庭。他中学时代开始写作，曾在布拉格的著名学府查理大学求学，20 世纪 40 年代末 50 年代初登上文坛。曾在"布拉格之春"期间发挥过重要作用。苏联入侵捷克后，他的作品遭禁，但大量作品均以地下读物形式出现，流行国内外。在五十多年的创作生涯中，他出版过几十部长篇小说集，如《我的初恋》《我金子般的生意》《夏天的风流韵事》等；此外，还出版了《布拉格精神》《安全与不安全》等随笔集。其作品多次在国内外获奖，并被译成几十种文字流行国外。有捷克典型的民族特性，有幽默感，有耐力，喜欢寻欢作乐又有善良的心。

　　我最初是从刘星灿那里了解到一些克利玛的情况的。星灿是研究捷克文学的专家，捷克名篇哈谢克的《好兵帅克》就是她翻译介绍到中国的。这次我们中国作家代表团除了我和肖复兴、徐小斌外，星灿也是成员，有了她兼做翻译，我才真正有了耳朵和眼睛。

我对出国访问有个基本认识，那就是我们等于在做外交工作，有时候也需要做统战工作和宣传工作。对克利玛主持的这次座谈会，不但安东尼有顾虑，捷克作协的副主席艾娃也向我表达了她的担心。艾娃曾经访华，对中国有了感性认识。

由于艾娃和安东尼都表示了相同的担心，我在同伊凡·克利玛会见之前，忍不住心里琢磨：他会粗暴对待我们吗？会上将出现些什么难题呢？他采取什么态度来开这次座谈会呢？

终于，安东尼在下午四时，陪我们代表团到捷克国际笔会中心租借的一处布置得颇有文化气息的地方去与捷克作家开座谈会了。进入会场，发现大批男男女女的捷克著名作家、诗人、《文学报》主编等差不多都来了，竟有四十多人。捷克国家小，外地的作家开着车就来布拉格开会。安东尼一一为我们作介绍，第一个当然就是主持会议的克利玛。他蓄着长发，戴眼镜，神情严肃，看上去只是四五十岁，皮肤黝黑，显得壮实，穿一件浅月白色的夹克，打着一条有红色方格的花领带。他同我握手并互相交换了名片，但未说话。

安东尼逐一介绍了我们作家代表团的每一个成员。然后，伊凡·克利玛对着我们和大家说："现在，我们开会，我第一个提问。"他开门见山直率地问："中国现在有没有创作和出版自由？"这是一个较好回答的问题，我扼要谈了"双百"方针，告诉他们今天中国的作家都在"八仙过海各显神通"，想写精品，又列举出数字说明创作和出版的情况，说明天下没有绝对的自由，例如，淫秽色情下流的坏作品就是人民反对写的，写好作品则创作很自由，以前有些禁区如今早不是禁区了。复兴、小斌、星灿也与我一同谈了自己的切身体会。我发现听的人很专心，很有兴趣。

有人接着又提出了一个问题："中国人吃狗肉，还吃一些别的奇奇怪怪的东西，很残酷，是不是?"捷克人普遍宠狗，在他们看来，吃狗肉不可思议。我理解他们的感情，实事求是地答:"吃狗肉是有的。吃的问题每每同生活习惯有关，中国有五十六个民族，我们尊重各民族的生活习惯。例如朝鲜族，历来爱吃狗肉，吃狗肉就像你们吃牛肉一样。事实上，中国现在有人吃狗肉，更有无数人养狗做宠物，同你们一样，中国城市、乡村养狗当作宝贝的人不计其数。至于吃别的东西，例如青蛙、蛇，也是有的，那也同吃的习惯有关，但青蛙吃害虫，蛇也有益于生态，所以现在受到保护。有人违法，政府会按法律惩罚。"

此后，在克利玛主持下，捷克作家们提了不少问题，有关于出版情况、扫黄问题，有关于中国文学现状的，还有环保问题，以及参加国际笔会活动等问题，我们都实事求是耐心地一一做了回答。

整个座谈会的气氛，是由严肃、紧张、尖锐开始到热烈和谐，然后又转到热烈融洽。由提问、答问转为谈心。大家谈得高兴，克利玛的脸上常露出灿烂的笑容。在他的主持下，中捷双方都认为两国相距遥远，这些年交往少，互相不了解并不奇怪，我们是许多年来第一个访捷的中国作家代表团，今后应当保持联系，进一步交流，最好能将双方的好作品多多互相介绍。

最后，我说:"天下没有完美无缺的东西，中国正在前进，也不可能什么缺点和问题都没有，但眼见为实，我们国家的变化很大，我们的生活很开心，欢迎各位以后有机会能来看看中国。"

克利玛热情地作结束语，他用带感情的声调说:"中国是一个伟大的国家，将来在世界上起的作用会更大。我们希望她越来越好!"我听了，深深感到对中国的认识在他身上起了极大的变化。

座谈结束后，大家高高兴兴地合影留念。克利玛同我热情握手。我说:"希望你以后能到中国看看!"他点头说"好"，又说:"我们可以合拍一张照片吗?"我说:"当然可以!"于是，我们两人高兴地合影留念。他同我合影后，不少捷克作家和诗人也陆续要同我合影，照片拍了一张又一张。散会时，我们友好而有礼貌地同捷克作家、诗人们告别。末了，克利玛用力握着我的手说："中国！中国……"他的声音和表情使我感到那一种赞颂和好意。

去年圣诞节前，我收到一封布拉格的来信，是克利玛寄给我的美丽圣诞卡。我眼前又浮现出克利玛握着我的手说"中国！中国"时的情景。我按他的地址也给他寄去了一张精美的贺年卡。

（本文刊于1998年春珠海《明镜报》）

梦铁托

我们中国作家代表团离开捷克首都布拉格坐奥航的飞机在 1997 年 10 月 17 日下午飞抵贝尔格莱德访问南斯拉夫了，东道主安排我们住在华丽舒适的"皇宫旅馆"，奇怪的是当夜我竟就梦见了铁托。

从 1991 年到 1996 年，在五年中，前南斯拉夫的斯洛文尼亚、克罗地亚、波斯尼亚和黑塞哥维那（简称波黑）及马其顿四个共和国都已独立。位于欧洲巴尔干半岛的南斯拉夫联盟共和国，目前只包括塞尔维亚共和国和黑山共和国①，人口约一千零六十万，面积十多万平方公里。贝尔格莱德是南斯拉夫联盟共和国的首都，也是塞尔维亚共和国的首都。"贝尔格莱德"在塞语中原意是"白色的城"，意味着它像白色一样光明纯洁。欧洲两大著名河流多瑙河与萨瓦河在此交汇，人口约一百五十五万。贝尔格莱德分新旧两个市区，景色秀美，令人喜爱。但前些年波黑陷入战火，南斯拉夫又遭到封锁禁运，今天的贝尔格莱德有受过风霜雨雪侵袭的痕迹，不那么繁荣，有些萧条，物价较贵，人民的收入不高，建筑物显得比较陈旧。

可喜的是现在经济渐渐复苏，从官方到人民都对中国友好，英雄、坚韧的南斯拉夫人民依然保持住锐气，民众在勤劳、正常地工作和生

---

① 当时，南斯拉夫包括塞尔维亚和黑山独立共和国，后来塞尔维亚共和国与黑山共和国也分开独立了，南斯拉夫联盟共和国不复存在。

活，对前途怀有信心。诗人和作家们都仍在放声歌唱。爱国情操昂扬抬头。我来到南斯拉夫，发现这里像一个诗歌的海洋，正如他们诗人所说：诗是时代的良心，是融化冰雪的火焰，是兄弟间的祝福和祈祷。我在南斯拉夫参加了六次诗歌朗诵会，听众表现出的对诗歌的热爱与高层次的文化素质令我赞叹。我相信，一个诗歌如此兴旺繁盛的国家必然是富于朝气和前途的国家！

到南斯拉夫，不想到铁托似乎是不可能的。铁托如今寂寞地安息在贝尔格莱德他工作和生活了三十几年的住所的墓地里。那里有一座呈正方形的平房，用玻璃隔成几间，铁托生前，在这里办公和接待客人。如今这里建有一个长方形大理石的铁托墓，光滑的墓碑上镌着金光闪闪的大字："约瑟普·布罗慈·铁托 1892－1980"。

俱往矣！这里过去曾不断有瞻仰者分批排队进入，但如今早已门庭冷落，多少事，欲说还休了！

"梦是心中想。"大约正是因为日有所思，夜有所梦吧，所以在抵达贝尔格莱德的当夜，我就梦见了铁托。梦境朦胧，醒来已说不清究竟，只记得铁托那身着军装的巨大身影似乎站在蓝色的多瑙河边，看着滔滔的水流低头沉思……

第二天，有机会同一位塞尔维亚汉学家谈起了铁托。他说："有人肯定他，有人否定他，也有人对他一分为二。但谈论他的人已很少很少了！人们没兴趣谈那些！"

肯定他，因为他英勇抗击德国法西斯为解放南斯拉夫有巨大贡献。他曾为捍卫独立自主同"国际情报局"和苏联做过坚决斗争，同时也为独立自主蔑视、抵御过美国。像南斯拉夫这样一个当年经济基础薄弱、多民族、四周环境又极为复杂的国家，他历尽艰辛，使之团结富强，人所共见。

否定他，则是因为他在统治中的不少的失误、差错，这为后来国家的分裂与多难也造成了不良后果。

一分为二则是既看到他的成功和优点，也看到他的失败和过失……

确实，没有听到过人主动谈起他，我也就不再主动提起他。在塞尔维亚共和国访问时，我与许多外国作家及几位蓄着大胡子的塞尔维亚诗人同到南匈边境的一个美丽的城市松博尔参观，夜间，我被用车送到一处尖顶的古堡式的建筑里就寝。古堡独立寒秋，四周空旷，月夜有水墨画似的树影，里边亮着金色灿烂的灯光。一个五十多岁西装整洁的管家礼貌地欢迎我，开着暖气，楼下是华丽的餐厅、大会客室，楼上卧室里有很好的床、洁净的白被褥和红毛毯，很好的卫生设备。并不奢侈，却很舒适。原来这里是当年铁托元帅来松博尔狩猎时常住的别墅，现在只偶尔供贵宾住宿。管家当年就在此工作，谈起铁托，未作评价，但显然带有一种感情。我在卧室里，拉开窗帘，见月色迷人，四下一片银色，感到住在这个铁托住过的古堡里既是意外又是幸运，浮想联翩之后，觉得也许我又会梦见铁托。

但，没有，竟一夜无梦！早晨，在楼下铁托当年进餐的地方吃了管家端来的火腿蛋、果汁、咖啡、面包等早点，自然又引起不少遐想。

次日，在归途中，同那几位大胡子的塞尔维亚诗人分别。他们热情地同我拥抱、贴脸，大胡子扎得我脸上痒痒的。回到贝尔格莱德，我又飞往黑山共和国访问。黑山共和国的首都本名"铁托格勒"，已经改为波德戈里察。这种改名自然是对个人迷信的否定与对铁托的否定。我决定在黑山不再提起铁托。

黑山共和国有美丽的大山和大海，那里作协的主席伊里亚和副主席且多米陪着我们同文化部长喝茶后，就同去游览海滨旅游名城科托尔，想不到在这亚得里亚海边风光旖旎的古城的城门上，却看到了高高镌刻在上边署名铁托的两句铿锵的爱国话语：

　　别人的土地我们不要，

我们的土地不给别人！

这是二战末期铁托率军打败法西斯德军解放科托尔时留下的！即使否定、反对铁托的人，看来也不想铲掉这样英雄的语言。

我没有再同人谈起铁托。在南斯拉夫两周，我要离开贝尔格莱德去奥地利维也纳了，谁知当夜又梦见了铁托。梦境仍旧朦胧，醒来时只似乎记得看到铁托率军进入科托尔，他接受着群众欢呼，阳光灿烂，一片辉煌……

铁托人早逝去，有人会否定和忘记他，有人仍肯定和记得他。历史与历史人物的千秋功罪，后人会评说的！我悟到的只是：不论谁做了好事，人都忘不掉；不论谁做了坏事，人也忘不掉！普通人是这样，领导人更是这样！

（本文写于 1997 年 10 月，刊于 1997 年 12 月《四川政协报》）

希茜公主的魅力

1997 年秋天，游奥地利维也纳前，我就不由自主地想到了希茜公主。知道她、熟悉她，当然不仅是由于那部由国际影星罗密·施耐特主演的影片，更是由于阅读奥地利历史加深了印象。

在维也纳那宽广豪华的国际机场内的许多商店里，在维也纳市内著名的玛丽亚商业街的许多漂亮的商店里，巧克力的彩色包装和精美糖果的五彩铁盒子上，有些都印着希茜公主美丽的画像。书店里在出售五颜六色的希茜公主的画片。服装店的 T 恤上有的也印着希茜公主的半身像。茶盘、咖啡壶上也烧烙着希茜公主的彩绘像。我更看到玩具里有的可爱的洋娃娃，俨然就是美丽的希茜公主。在商业社会，经商者显然最会利用名人效应，绝不会放弃任何可使他们推销商品获得利润的机会。

维也纳的名人中，那些国际音乐大师——"乐圣"贝多芬、"圆舞曲之王"约翰·施特劳斯，人生旅程短短三十一年却创作了六百余首名曲的修贝特、六岁就在皇宫举行音乐会被誉为"音乐神童"的莫扎特……固然脍炙人口，但希茜公主同样是维也纳国际旅游者仰慕的大名人。

游览位于维也纳市中央国会大厦和国家歌剧院不远处的故宫时，那富丽堂皇、金碧辉煌而又宽广的皇宫及花园，给我一种似曾相识的感觉。我就想到：这是《希茜公主》那部电影留给我的印象，这也是小女儿游维也纳故宫时寄给我大批在这里拍摄的照片留给我的印象。于是，浮想联翩，不禁想到一百多年前希茜可能也在我走过的地方漫步过；她也一定在这豪华宫殿的大厅里随着出神入化的圆舞曲风度翩翩地起舞过……

希茜公主正式名字是伊丽莎白，1837 年生在慕尼黑，1853 年与奥地利皇帝弗朗兹·约瑟夫相识并结婚。她凭借自己的美丽与风度，很快成为一位神话般的皇后。她的一生富于传奇性。她思想开放，感情丰富，热爱自由，爱写诗，擅长骑马，具有强烈的和平意识和民族感情，在奥匈民族冲突中，她为民族和解做出了重要贡献。但是，她不满拘束和沉闷的宫廷生活。后来，她终于离开丈夫和孩子隐居起来。在她年老以后，由于亲人的相继离去，使她心情抑郁，她远离宫廷的奢侈生活，一身素衣，四处浪迹，常出国旅行，在青山绿水间寄托情思。1898 年她六十岁，9 月里她到了瑞士日内瓦，住宿在著名的美岸饭店，9 月 10 日那天，她在日内瓦湖滨的一艘汽艇上，不幸被一名年轻的无政府主义者刺杀。她倒在风光旖旎的日内瓦湖畔的血泊中，当时这件事震动了欧洲，不亚于去年英国王妃戴安娜在巴黎出了车祸。

希茜公主是一个既美丽可爱又令人同情的悲剧性人物，电影、戏剧的传播使她成了人们崇拜、喜爱的偶像。而她一生的经历与不幸的遇难却使人嗟叹。听说，几年前，在德国舞台上，曾推出了一部以希茜公主的故事为题材的摇滚音乐剧，上演了五年，票房纪录仍旧不衰，欧洲剧坛作为盛事看待。后来，这剧由德文译为日文，在日本东京和大阪上演，观众也十分踊跃，都去一洒同情之泪。

1998 年被宣布为"希茜—伊丽莎白年"，9 月 10 日是希茜公主百年忌日。奥地利维也纳的许多行业都早已行动起来，准备在这天之前和利用这一天，发动旅游，大量开发有关希茜公主的商品，用纪念希茜公主，大炒特炒，来促销有关行业的产品，我能想象出维也纳市场上那种盛况。听说匈牙利布达佩斯、瑞士日内瓦也将开展许多活动。商业社会、市场经济是会抓住一切机遇不放的！不断地创新和开发，意味着一种蓬勃的生命力。希茜公主的百年祭自然是个赚钱的大好机会。但由于是商业炒作，对希茜公主的宣扬，主要是放在她那美丽动人的女性魅力上，对她的其他方面却极少涉及。其实，她的平民思想、和平意识、民族和解的态度，在今天这个世界上十分需要。造成她死的那种恐怖行径也是今日世界上应予谴责和制止的！要说魅力，这些也都是闪耀在希茜公主身上的魅力！不仅仅是她的女性美丽。

（本文刊于 1998 年春珠海《明镜报》）

《魔镜》画家埃舍尔的启示

几年前，在友人处见到一本国外杂志，其中有几幅饮誉全欧的具有独特风格的荷兰现代画家莫里茨·柯内里斯·埃舍尔（1898－1972）的作品，给我留下了深刻印象。

一幅画名叫《荡漾的水面》，作于 1950 年，利用的是平面反映的原理。画面显得极其自然：一棵冬天掉光了叶子的树倒映在清澈的水面，背后是一轮苍白无力的太阳的倒影。有两颗水珠滴在光滑的水面，荡起波纹，它诱发人们对水面的立体想象，画面本是静止的，但两滴水珠唤醒了这一切。这幅画挂起来是很美的。

更有一幅是他的名作《魔镜》。1946 年，画家创作了这幅单一的变形转化循环的石版画，展示了平面与立体空间的循环。画面是这样的：中央有一面直立在架上的魔镜，左右侧各有一个圆球。围绕圆球各有一群长翅膀的小狗在行走，增加了魔幻的意味。镜中反映着行动的狗和静止的球。镜面上的图案逐渐长出镜面，随后步入空间。镜子的两边出现同样的情况，走到中途，狗变成双纵队，两个相反方向的狗形成规律性的平面分割图案，由白狗和黑狗构成从空间到地面的造型，画面好像只有那两个球是真的，因为观者还能看到一个球在镜子里反映出的一部分。画是什么意思呢？我说不出，但我却凝视着它难以舍弃，觉得它将魔幻的镜子这一主题用画做了表述，而且，确是一幅令人赞叹的艺术品，平面上的空间造型利用夸张的手法使观者暂时忘却平面而被其魔术般的造型深深打动。埃舍尔运用独特的技法，独特的画面构图，展示了一种动态平衡。人们认为他"通过观察结果，最终使艺术步入了数学领域"。人说他的《魔镜》这幅画，"乍一看如一个乱线团，继而又仿佛是在说一个故事，这个故事首尾交融在一起了，它诞生于镜面"。是他利用反映原理在创作上迈出的更新一步。这里不光是镜子反映出来的画面，更有诞生于镜面而步入真实空间的联想。是一幅耐"咀嚼"的画。

M. C. 埃舍尔真是一位魔镜似的画家。但他也是一个在中国被忽略了的艺术大师。当人们关注着欧美古典主义、现实主义、现代主义直至后现代主义的所有大师时，却似乎忽略了他。

随着改革开放，我们需要不断打开一扇扇窗子，了解国外一切对我们有益、有助于我们开阔眼界和思路的文化成果。埃舍尔和他的作品理应属于这一类。

埃舍尔是一个不肯循规蹈矩的艺术家。本来，艺术家为什么一定要在创作里循规蹈矩重复前人呢？我是十分欣赏埃舍尔这一点的。他出名以前，并没有人收藏他的作品，艺术评论家也不知如何去评价他的作品。但他锲而不舍，时过境迁，现在对埃舍尔作品入迷的观众越来越多。在1937年以前，他的作品总的说来是表现出纯粹的绘画性的。像他的木刻《女人与花》（1925）、石版画《父亲》（1935）、版画《手与球面镜》（1935）、版画《静物与街道》（1937）……那些充满诗情画意的风景版画，那些富于表现力的肖像，已足够为一个艺术家写评传了。那些画都是很好卖的。他是一个熟练地掌握并杰出地运用技巧的画家（他指摘大部分现代艺术家缺乏技巧，只是乱涂一气；对有些抽象艺术，他认为没有灵魂、苍白无力）。但1937年后，这种纯绘画性的创作形式不再是埃舍尔的主要研究方向。他被均衡的、有规律的数学结构及无穷无尽的结构可能性吸引。他将三维空间搬上平面，踏进了一条前人从未发现的小径。谁也不会认为每个画家都应走他这条路，但谁都会感到一个艺术家有自己独特的艺术风格的可贵与可羡。他坚持着为自己着迷的艺术道路贡献智慧。作为一个艺术家，为了作出独特的贡献，不去理会世俗名利，也不趋风尚赶时髦，他这种独辟蹊径、想为真正的艺术献身的愿望和有所发现和创造的精神是很可敬的。艺术批评家格莱维萨蒂（G. HS Gravesande）曾说："关于埃舍尔的作品，总有这样一个问题萦绕我的脑际：他最近的作品是否该算在美术范畴之内，尽管这些精致的东西同样能打动我？"

确实，埃舍尔1938年所作的《昼与夜》，1957年创作的《光的王国》、1955年的《欧几里得大街》、1961年的《血之声》等名作，要立刻完全理解它的含意也许很难。但它们不但精致，而且是极美能打动人的，说它们"不属于美术范畴之内"，恐怕只能是一种偏见。拿《光的王国》来说，画面上是夜晚在大树掩映中的一幢三层楼的房屋，环境幽美，屋前有美丽的池水，二楼有两扇窗户亮着灯光，屋前的一盏路灯灯光灿灿，倒映在碧澄的池水之中。是一幅美妙的风景画，是埃舍尔的代表作之一。他自己说："《光的王国》表现的就是光，我预告就有光的概念，确切地说，我画了夜晚有天空的风景。天空亮如白昼就是光。我以为昼和夜在一起会产生一种魔咒般的力量，它会使我在惊颤之余又为之兴奋。这种力量我把它叫作诗。"

时间帮助人们认识和接受新的东西，这已成为颠扑不破的真理。埃舍尔大约在1954年已声名大振，直到现在经久不衰。海牙市为他举办隆重的作品展，参观的人数不亚于当年为伦勃朗举办纪念展的人数。1970年，荷兰外交部专门将埃舍尔及其作品摄成电影。作曲家尤利安·安德里森（Jurriaan Andriessen）从埃舍尔作品中获得灵感创作的现代音乐作品，演出时场场满座。今天，埃舍尔作为版画家比任何一位同行更有名望。

超现实主义画家创造了谜一般的世界，观众若不被其迷惑，画家就算没有达到目的。埃舍尔的作品中也有谜，但同时也有答案——它藏得隐蔽，制造谜并不是他的宗旨，他希望自己的作品被人称赞，让人迷惑，但同时又能悟出谜之所在。埃舍尔的作品都是一丝不苟的，他自己说过："我的创作都是在传达我的发现。"埃舍尔的作品都有他自己的发现，因而都能给人一种陌生感。即使在常情之中，乍一看，观者无不惊讶。他不走人家的老路，不用自己的老套，独自迷醉于自己在探索追求的美的世界，他应算是一位真正的独特的美术家。他形成了自己的流派，谁也会在世界美术殿堂中，发现他那些参与陈列的使人倾倒的丰硕成果。

国外，有人认为哥德尔（Godel）的数学原理，埃舍尔（Escher）的画，巴赫（Bach）的曲，揭示了数学逻辑、绘画、音乐等领域之间的深刻的共同规律。《科学美国人》游戏数学专栏专家道格拉斯·霍夫施塔特说：哥德尔的数学原理、埃舍尔的画、巴赫的曲，美妙地编织了一条光灿灿的金带——GEB。他们用这条永恒的金带，把这些表面大相径庭的领域贯穿一起，构成奥秘的思维，人工智能和生命遗传机制的基础。

埃舍尔曾说："但愿你们知道，我在黑夜深处看到的……我常常很痛苦，因为我不能表现这种黑暗。每一幅画与黑暗相比都微不足道，而它却从未被表现过一丝一毫，它们会有什么样的效果呢？"黑夜谁都用黑色在画，他却有这种独到的"痛苦"。

其实，埃舍尔那些富于想象力的画已经够在一定程度上满足我们想象的愿望了。不仅表现黑暗，而且表现光明，在他的名作《昼与夜》及《光的王国》中人们就会看到这一点。

我在从事文学创作中，常深切感到文字的苍白、平淡与无能。文字表达思想感情，表达色、香、味，表达音乐旋律，表达动态……总是那么受到局限，那么力不从心。但文字又每每与音乐、绘画艺术等等领域有着密切的关联。有时一种感情用音乐表达比文字好得多；有时一种意境和气氛用绘画表达比文字也美得多。如何使文字的表达与传导有所突破，从音乐、绘画等等艺术上得到补充，是我常常思索并试探的问题。思想上的禁锢与束缚少一些，活跃与放开一些，推进艺术思维与在文字上的实践也每每能好一些。埃舍尔涉足数学等领域对待艺术创作的思想和他那些破除陈规寻找新的表现方式的不同于一般的作品也正在这方面对我有喜出望外的启示。

埃舍尔说过："当我创作一幅作品时，我认为这是世界上最美的东西了，它果真获得成功的话，我就会在傍晚坐在它面前向它倾诉我对它的爱情，这种爱情远远超过对人的爱情。"这一位将毕生倾注在艺术追求上的大画家的心声，表露得何等令人心醉而且感动啊！据说埃舍尔曾计划创作一幅了不起的画，那是根据一个流传的童话故事作题材的。故事中有一道"宝门"，它孤零零地立在绿树点缀其间的草原上，附近有肥沃的丘陵绵延。这是一道莫名其妙的门，既非出口，也非进口，只需从它中间过一下，奇迹就出现，门开时，里面闪出霞光万道，眼前一派闪烁：那金的山、宝石般的河流和种种奇花异草，令人目不暇接。这样一个"宝门"入画当然是非常美丽且极富幻想的。如果画出来了，势必会与《魔镜》一样出名。本来，要求不高的画家用蹩脚的图解式的画来表现也是不难的，但要有奇妙的构思和别出心裁的画面就难了。可惜埃舍尔从1963年开始构思，经历多年，却始终未能画成。人们认为可能只有埃舍尔才会为我们创作这样难的一幅高超美术作品，用他精湛的技巧，如反映透视平面分割和向无止境的童话世界推进。只是，太可惜了！他却没有画成。也许，过多的思索和过高的要求，造成了流产吧？真是遗憾的事！

说来也许你不相信，在我创作过程中，我常爱翻阅世界艺术大师们的绘画作品，达·芬奇、拉斐尔、米开朗基罗、提香、丢勒、鲁本斯、贝尼尼、弗美尔、伦勃朗、雷诺兹、戈雅、大卫、安格尔、米勒、列宾、马奈、高更、莫罗等的作品和画册，我都爱仔细一遍遍地翻阅欣赏，有时甚至到图书馆去专门借阅。我写的是小说，但看的是绘画，是不是有点风马牛不相及？不，从我的体验，受益很大。艺术大师们的绘画作品本身，未必会对我的写作有多大的关系（虽然我在有些作品如《战争和人》《隐私权》《心上的海潮》《浓雾中的火光》等中也常谈到绘画），但从那些珍品体现出的创造性、想象力，那些珍品迸射出的奇特的美韵与诗意，放荡与开拓，浪漫与怪诞，既有助于我开阔思路，启动开创，也有助于我拓展眼界。那些在文学艺术上共通的属于九九归一的创作要素，或者各不相同的别出心裁的创作风格与技巧，打破固有程式的勇气，超凡脱俗的观察体味与思索，寓情寄意的造型，每每会使我的笔由笨拙变为神奇，由滞涩变为流畅，由暗淡变为多彩，由呆板变为多姿，我思想会开窍的！例如，我并不喜欢活跃于国际艺坛的十分怪异的英国现代艺术家培根·法兰西斯（Bacon Francis，1910—　），他画的人物太丑陋了！但他的"独特"却吸引了我；我也并不欣赏多少带有玩世消闲意味的年轻一代英国艺术家大卫·霍克尼（David Hockney，1937—），他是今天举世公认、卓有成就的蚀刻和制图艺术家，但他的拼贴技术和错位排列的艺术特征，使我产生的幻觉感受非同凡响，也使我发现在同一个领域内，开拓的天地广阔无垠。比利时的两位在国际画坛声誉日隆的超现实主义画家 K. 马格里特（1898—1967）与 P. 德尔沃（1897—?），都有其独特个性。

　　马格里特善于画出梦一般的景象，看他的画就像读诗（埃舍尔很欣赏他的作品）。德尔沃是人体艺术史上立下丰碑的大师之一，他的绘画世界的主角是通常处于情爱气氛中的女性。人说他画的女人是"美的符号，诗的幻觉，光的化身"。也有人说，看马格里特的画有些像读卡夫卡的作品，读德尔沃的画则有些像读普鲁斯特的作品。总之，艺术不论在西方或在东方，达到最高境界时，总是相通的，我看到大师之为大师，全赖他们创造的个性，他们实际都注重于提出新问题而非重复老问题，不倦、不断创新，让自己区别于别人，努力去寻求美的表达，他们首先也都有其民族风格和个人特色。即使我不太喜欢其中有的人的过于怪诞与荒谬，但他们在艺术追求上的造诣和成就，对我都有震动。

　　从这使我想到：艺术的创作是无止境的。我们需要新，需要深，需要脱俗，深入在生活中的用"艺术之眼"可以得到的应当表现成为贡献给人民的艺术品的一切，应当用不断革新、不断进步的主题和技巧来丰富、表现，这关键在于艺术家的努力与探索，因而这也需要我们面向世界、放开视野，开阔思路，不排斥任何一位对人类文化宝库做出积储的大师，探讨吸收他们有益于我们的成分。时下，习惯于"老子天下第一"，习惯于人云亦云，习惯于墨守成规，习惯于走人们走过的老路，不太讲究表现技巧的画家与作家，从埃舍尔等的创作中可以得益之处应当是不少的！

（本文刊于 1996 年春《文汇报》）

同波列伏依见面

现在的年轻人，知道波列伏依的人已经不多。但在 20 世纪 50 年代的新中国，许多年轻人都读过波列伏依在 1946 年发表的主要代表作长篇小说《真正的人》。这部长篇以苏联英雄阿列克赛·马列席叶夫为原型，写了一个在卫国战争中负伤截去下肢的飞行员，经过刻苦锻炼重返前线建立奇功的事迹。小说获得了 1947 年度斯大林奖金，当时提起小说的主人公"无脚飞将军"，年轻人都拿他作为学习的榜样。波列伏依的特写集《我们是苏维埃人》等在中国也流传甚广。

我曾经在 50 年代初，读到了波列伏依的长篇小说《归来》，写的是一个在卫国战争中失去了亲人的炼钢工重新获得爱情和家庭的故事。书中那种奔放的激情和对美好生活的向往令我感动。那时，工人的文化普遍较低，阅读苏联作品有困难，所以出现了"苏联小说通俗本"这种形式。我就将《归来》改写成了通俗本《炼钢英雄》一书，由上海劳动出版社出版。那时候，不懂也谈不到什么版权问题，出书后也未给波列伏依送过一本。虽然这书曾印了将近五万本。

到 1956 年 10 月，波列伏依到了北京，他是来访问新中国并来北京参加鲁迅逝世二十周年纪念大会的。由于他的作品在工人中已有影响，当时我在北京《中国工人》杂志社任主编助理，刊物编辑部想派人去看望他一次，了解一下他的创作情况，并向他赠送一些新出版的《中国工人》杂志，就由我同女编辑陈刃余一起去了。想到改写《归来》的事，我就带了一本《炼钢英雄》准备送他。

波列伏依住在前门饭店，翻译姓黄。我们先同翻译联系，约定了时间，届时到了前门饭店。那是一个阳光灿烂的上午，大约九点钟。翻译在楼下接待我们，告诉我们：波列伏依写作很勤奋，身体很好，每晚写作打字要到深夜，一早起来又在打字。他陪我们到了三楼上波列伏依的房里，那是一间附设卫生设备的单间房，波列伏依热情地欢迎我们，他很壮实，四十八岁但看上去显得苍老，而且左眼似乎有些毛病。这使我想起他的苍老一定同卫国战争时期在前线的记者生涯和每天都忙于写作有关。

我将《中国工人》杂志和《炼钢英雄》都送给了波列伏依，向他介绍了《中国工人》的情况，又向他介绍了改写《炼钢英雄》的情况，他显得很高兴，谢了我们，不断翻阅着手里的杂志和书，不断点头，说他很高兴看到中国的这样一本全国性的工人刊物。对《炼钢英雄》，他问：工人喜不喜欢？知道工人的反应很好，他说愿他的作品能受中国的读者欢迎。我说希望他以后能专为《中国工人》写点短稿，他表示可以，但告诉我们：这次他到中国，是为了参加鲁迅逝世二十周年纪念大会来的，同时是想到各地看看，他想写一本描写和歌颂新中国的书——《旅行中国三万里》。他已经去过上海、南京、武汉等地，现在赶回北京开会，会后要再继续他的旅行。为了不使自己在旅行中获得的新鲜印象消逝，他正忙于写作，有时通宵不睡，把印象、感受及时写下来。他说：这本书写成后，如果有片断章节《中国工人》认为可以用的话，他愿意让片断文章在《中国工人》上发表。

后来，我们谈到了鲁迅，他讲的有些话我已经记不得了，但有一些话我记得很清楚。他说："在我们苏联和你们中国，屹立着两个文学巨人，这就是我们的高尔基和你们的鲁迅。"他又说："看我的样子，你们就可以知道我已经不年轻了，但我在年轻时就已热爱鲁迅的作品。30年代，在苏联还刚出现鲁迅著作最初的译本，现在鲁迅的作品已是非常普及了!"

我谈到鲁迅对苏联文学的爱好和推崇。波列伏依说:"鲁迅起先是俄国文学,后来是苏联文学的一个最优秀的外国鉴别家和朋友。"

最后,他告诉我们:这次在纪念鲁迅逝世二十周年纪念大会上,他不预备说祝"鲁迅安息",而要高呼"鲁迅同志万岁!"因为"我们的鲁迅同志永远生活在他的不朽作品里,生活在由他的学生继承着的光荣的事业里!"

波列伏依很忙,打字机放在桌上,周围全是纸张、记录本和一些书籍。谈了大约一个多小时,我们告辞,他又热烈同我们握手,并拿起《炼钢英雄》对我挤眼笑笑,说中国话:"谢谢!"

第二年,波列伏依的《旅行中国三万里》在苏联出版。他曾来信并附了书来。由于《中国工人》不是文学刊物,而且他的这本书篇幅较长,《中国工人》未考虑选择某些章节译来发表。以后,我经常注视着波列伏依的动态。他1962年起任《青春》杂志主编,1967年获列宁勋章,1974年为社会主义劳动英雄。最后,在1981年传来他去世的消息。

同波列伏依的见面瞬息过去多年了!但记忆犹在。雪莱说过:"历史是一首时间写在人类记忆上的回旋诗歌。"时间逝去了,但"诗歌回旋"的韵律仍在,余味未绝。

(本文刊于1961年夏《工人日报》)